老北京人家

赵鸿明 著

中国文联出版社

图书在版编目（CIP）数据

老北京人家 / 赵鸿明著. -- 北京：中国文联出版社，2025.4. -- ISBN 978-7-5190-5803-6

Ⅰ．I247.4

中国国家版本馆CIP数据核字第20252GF405号

著　　者　赵鸿明
责任编辑　于晓颖
责任校对　秀点校对
封面设计　肖华珍
版式设计　杰瑞设计

出版发行　中国文联出版社有限公司
社　　址　北京市朝阳区农展馆南里10号　　邮编　100125
电　　话　010-85923025（发行部）　010-85923030（编辑部）
经　　销　全国新华书店等
印　　刷　三河市龙大印装有限公司

开　　本　710毫米×1000毫米　1/16
印　　张　29.25
字　　数　446千字
版　　次　2025年4月第1版　2025年4月第1次印刷
定　　价　78.00元

版权所有·侵权必究
如有印装质量问题，请与本社发行部联系调换

目 录

001　第一回
　　　海战陆战，尽把那倭国战　铁匠木匠，齐将东洋车仿

014　第二回
　　　赵院判针药并行道秘方　俞举人声情并茂话谜团

033　第三回
　　　下盲棋手谈无语叙古局　抚名琴指触生情会知音

049　第四回
　　　同文馆洋文肆语幸灾乐祸　松筠庵奋笔万言泥牛入海

067　第五回
　　　吃晶饭康进士囫囵吞枣　训灶膛野厨子沐猴而冠

080　第六回
　　　家宴装扮小环苦口训于八　许宅祝寿立本巧破毒酒案

100　第七回
　　　大蚊子小蚊子嗡嗡同文馆　男巫祝女巫祝嘣嘣王爷府

114	第八回
	光绪帝数旨总导京昆戏　那王爷切齿欲夺高公庵

129	第九回
	黑大汉两脚踏破英泰梦　小刀刘一刀斩断莲英情

141	第十回
	莲英胜春初显身手　墨玉观音乍逢高人

158	第十一回
	安德海过笼痰筒谑莲英　恭王爷巧计密谋杀阉人

174	第十二回
	天师得宠凤凰窝　莲英入道白云观

190	第十三回
	二婶用情三姨太　老爷腾笼换后院

199	第十四回
	肖大鹏落水漕河滩　富三爷赔罪宾晏春

216	第十五回
	专制千年天然冰　始入寻常百姓家

234	第十六回
	于扒拉自制于八灰　赵三爷外宅养三娘

254	第十七回
	赵立纲结识王瑶卿　谭鑫培赐名谭金培

271	第十八回
	谭金培童心未泯冒进慈禧寝宫　王瑶卿仓皇出逃谢罪跪伤膝盖

289	第十九回 金少山识真假钟馗嫁妹鼻烟壶　齐如山怒东洋正山次郎诈国宝
306	第二十回 面人汤妙手捏人像　郭满芝温言诉衷情
323	第二十一回 愤青皇帝百日维新　虚伪圣人沽名钓誉
341	第二十二回 光绪帝变法失败禁瀛台　义和团扶清灭洋乱京城
358	第二十三回 柏罗恩避难地窖中　克林德命葬牌楼前
376	第二十四回 珍妃怨沉珍妃井　天仙茶苑天仙进
394	第二十五回 谢秀才痴情高处落　周师爷巧舌平士怨
410	第二十六回 错送奠银成进项　一亢高歌引凰来
426	第二十七回 四万万人齐俯首　京城无一是男儿
436	第二十八回 淤泥自洁赛二爷　穷愁潦倒居仁里
454	附：作者回忆录一篇

第一回

海战陆战，尽把那倭国战
铁匠木匠，齐将东洋车仿

　　立草听了会儿戏，觉得有点饿了，掏出怀表看了看，对权宝贵说："权爷，到饭口了，今儿个去哪家奔食去？"权宝贵想了想说："去全聚德吧，这一伏天都没过去，叫吴大灶弄俩拿手菜伺候咱爷们儿。"立草笑着说："走，麻溜地走，你这一提可勾起我的馋虫来了，那吴兴裕的三不沾、大酥丸子、核桃酪咱来个双份！"权宝贵拍了一下立草笑道："别一提吃就这么没出息，叫人笑话，好像八辈子没进过馆子似的。"立草回了他一膀子说："别找辙了，是心疼钱了吧，今儿个我会钞！"权宝贵："这是说的哪门子话，不着调！"

　　看官，这老北京的酒楼的菜，不光讲究色、香、味，更讲究个样儿，那一盘盘的菜摆上桌来，就像一件件精雕细刻的工艺品，看着就叫您赏心悦目，不忍下筷。大凡高档酒楼，上的菜绝不能漫过菜盘的内沿，京城有名的厨子整治出的招牌菜，也就够一人一两筷子，这就叫"卖手艺"，客人吃得顺口，再要一份儿也是常有的事，却很少有上来就要双份的现象，所以权宝贵说立草不着调。全聚德的大灶吴兴裕，山东泰安人，同赵家是同乡，两村隔着条小河，同治年间因黄泛举家投奔在天津的远房亲戚家，后在天津登瀛楼学徒，二十来岁就远近闻名，三十岁出头被全聚德东家请到北京掌灶，一时名贯京城。吴兴裕的媳妇因坐不住胎到赵家就医，如今已有一儿一女，因此，两家走动还挺勤。

　　两人刚落座，吴兴裕赶忙过来招呼道："三爷、权爷，有个把月没光顾小号，是不是吃腻了小号的菜，到别处换换口儿了？今儿两位爷赏脸，我

做东。"

立草忙欠身回礼道:"别介,吴头儿,今儿个我同宝贵说好了,我做东,您要是做了东,岂不是抢了我的生意,给这位权大爷落下话把儿了。"

吴兴裕诡秘地笑了笑,凑到立草耳边小声说:"三爷,这几个小钱,您就赏个脸,成全了我。您要请权爷,那好办,吃美了,您和权爷去办两个洋女人,您掏子儿,不就结了?"

立草乐得笑弯了腰,指着吴兴裕说:"吴头儿,您可真会编派!"吴兴裕说:"两位爷慢用,我去灶上拾掇几个像样儿的菜,叫伙计烫上一壶上等内黄,为两位爷助战!"

吴兴裕退下,立草对权宝贵说:"今日来个双局如何?"

权宝贵:"既然三爷这么有兴致,就把枝子和富子一堆搓儿来,叫富子也伺候伺候您。"

立草笑道:"那咱哥俩儿怎么论?这富子是良子的亲妹妹,这姐俩儿一直是您的相好,这么一来,咱哥俩儿不成了担挑加靴友了吗?"

权宝贵:"共同抗倭,谁逮着谁杀,谁还计较那么多!一个倭奴,哪儿那么多牵挂。"

喝了两壶热酒,划了几把拳,良子、枝子、富子进房来。行过礼,枝子在立草下首入座,良子在权宝贵下首入座,富子刚要挨着良子入座,权宝贵吩咐道:"去伺候三爷。"

富子瞟了权宝贵一眼说:"一会儿犬子转局过来,怎么说?"

权宝贵笑道:"就说姑换嫂呗!"

富子轻盈地走到立草旁,按住立草的肩说:"三爷,可别嫌奴家不会伺候,奴家先敬爷个双杯。"

立草推开酒杯说:"怎么没穿和服?先罚三杯。"

富子一愣,枝子笑着接道:"三爷您今儿个是怎么了,日常叫我们的局,从不叫我们穿和服,我们几个才刚应局,确实穿的是和服,得知爷叫局,是赶忙换了旗袍赶来的,爷要是高兴看奴家穿和服,叫娘姨回去取,可取来,爷可得伺候我们穿戴一回,谁让爷挑的头儿呢?"

立草笑道:"这小妮子一口京片子腔,哪儿有一点儿东洋味儿哇,不过,今日不同,爷就要你穿和服,爷我好大战……"

权宝贵向立草挤了挤眼,立草赶忙改口道:"战……大战八圈雀牌!"

枝子笑着依在立草怀里说:"原来是爷想赢点酒钱,可那和穿不穿和服也挨不上边儿呀。"

权宝贵接道:"穿上和服赢的是东洋钱,三爷想娶个地道的东洋姨太太。"

正说着,就听到楼梯上传来踢踢嗒嗒的木屐声,枝子、富子、良子拍手大笑道:"三爷要娶的地道的东洋姨太太来了。"

随着木屐声,犬子像一阵风,飘了进来。给立草和权宝贵行过了礼,看见大家还冲她笑个不停,不知所措地边摆弄着和服,边对立草细语道:"奴家怕三爷等得着急,没换穿戴就赶来应局,三爷您可不兴不高兴。"

权宝贵大笑道:"看来还是犬子会来事儿、会凑趣儿,知道三爷的心思,三爷没白疼你,富子,你过来,还是叫犬子伺候三爷吧,省得日后落下个什么担挑、靴友的话把儿。"

犬子笑中带着一丝嗔怒道:"人家不过是晚到了半个时辰,也用不着合伙编派我呀,渴死了,我得先喝口茶。"

富子笑着站起来说道:"有谁敢编派你呀!怕是巴结还巴结不上呢,三爷要娶你做三房呢,赵太太!"

犬子道:"这不是编派是什么?三爷是什么人家,能娶咱们这号人当姨太太?这不是大白天说梦话,也不怕闪了舌头!"

富子一把拉过犬子,给她按在三爷下首的座位上,趴在她耳根前,一本正经地说:"姐姐你没过来时,权爷叫我替你伺候三爷,三爷心里惦记着你,又不好推脱,就拿我没穿和服说事,也是呀,我们哪知道今日三爷又调了什么弦,破天荒地迷恋起地道和服的东洋女子了呢!可不就你会应景,三爷想什么,你就装扮成什么,三爷不娶你娶谁呀?谁会变着法儿哄三爷高兴哇。"

犬子推了一把富子说:"快伺候你家爷去吧,你家爷沟沿儿那一溜房子闲着呢,正好你去填房,一过门就当奶奶,自个儿偷着乐去吧,可别乐背过气,真要是背过去,怕是请我家爷也不赶趟儿。"

立草哈哈大笑道:"你看看、你看看,这哪儿还有一点点东洋味儿,走到街上,一张口,人家准把你们当成正宗的门头沟柴火妞儿!"

良子啐了立草一口,笑着用天津话骂道:"三爷可真够哏的,转着圈儿地数落我们,还不带脏字,真够损哪儿。"

立草笑道:"我怎么骂人了?没有哇!"

良子:"谁不知道,你们京油子那几句歪词儿,'过了三家店,麻雀都是黑的',还有'进了门头沟,家家都是窑子',联起来不是骂我们是一群黑心的窑姐吗?"

立草笑了笑说:"真是说者无心,听者有意,我也真宾服你这'卫嘴子',说不定你真是天津卫的人,假冒东洋鬼子。"

权宝贵举起酒杯嚷道:"说归说,别耽搁了这么好的酒,细品这味儿,足有二十年,搞不好还得往上说。"

良子笑道:"我的爷,别打横好嘛,我和三爷还没说上正事儿呢,这可比灌黄汤子重要得多。"

权宝贵:"说说你倒来劲儿了,有哪门子正事儿呀,你倒说说看,说不出正事儿,看我不把这一壶黄汤给你灌下去才怪。"几个人不觉放下筷子,静待良子道来。立草也丈二和尚摸不着头脑,一脸迷雾地望着良子。

良子招了招手,一旁伺候的娘姨忙把水烟袋递上来,装上烟,吹燃了火绳,半跪着伺候良子吸烟。权宝贵推开娘姨,顺势夺下水烟袋,一边递给娘姨一边说:"有什么正事儿,赶快说,别卖关子!"

良子徐徐吐出个烟圈说:"忙什么,等我吸足了,才有劲儿说。"说着一边示意娘姨装烟,一边看那冉冉升起、不停旋转、越转越大的烟圈。几个人眼巴巴地看着良子吸烟,眼看着一个个圈一层层地叠起,像一只旋转着的嘎嘎,在空中飘浮着,良子吸足了一口烟,撮起小嘴向空中疾吐去,只见一根烟柱腾空而起,冲向嘎嘎,迅速从飘浮旋转着的嘎嘎中间穿过,众人屏住呼吸凝视着空中,生怕这空中美景被自己呼出的气冲散。但烟圈、烟柱还是慢慢地散得无影无踪,众人不约而同地惋惜地"唉"了一声,长吸了一口气,愣了一下神,一起拍着巴掌叫起好来。跑堂的小柱子赶忙跑进来,慌慌张张地小声问道："两……两位爷……爷有什么吩咐吗？小柱子一直在外……外边等着伺候您哪……"屋里这几位看着被吓结巴了的小柱子，大笑起来，权宝贵笑弯了腰，用食指不停地叩击着良子的头，良子却板着脸，闭上眼，咬紧牙关控制着自己，努力装出一副严肃的样子；枝子和富子笑得相抱着从座位上溜到桌下；犬子碰翻了酒杯，趴到立草怀里，急促地喘着粗气，立草笑得合不上嘴，一手指着小柱子，嘴里含混不清地呜哩呜嘟地叨叨着："小柱子，小柱子……"良子再也忍不住了，笑得连人带椅子一起向后歪去，两个娘姨慌忙扔掉烟具，用身子倚住。只听得一阵急促繁杂的楼梯声，大堂崔掌柜、大灶吴兴裕、二东家张爷鱼贯而入，崔掌柜看了看掉在地上的碎酒杯，扫了一眼打翻在桌的杯碟，瞪了一眼吓得不知所措的小柱子，赶忙给立草和权宝贵请了安，小心说道："三爷、权爷，小柱子有什么伺候不到的地方，小的给您赔罪了……"权宝贵又摆手又摇头，一只手掐着腰，想说个"不"字也说不出来，立草本想说没小柱子的事，看着吓得尿湿了裤子的小柱子却呜嘟嘟地说成："没……没了小柱子……"富子和枝子本想站起来，听了立草词不达意的结巴腔，觉得真像街上吹哨子演呜丢丢的，不觉笑得滚成了团，这一滚，不承想却压着抬布，小半桌子的碟碗稀里哗啦地落下，汤儿、酒儿浇个正着。

吴兴裕看出来没什么要紧事，上前调侃道："看来二位爷是首战告捷，杀得落花流水，还俘获了几位如花似玉的美人儿，柱子！还傻愣着干什么，还不赶快拾掇利索了，给爷们摆上庆功宴！"

崔掌柜拉长了声音高喊道："二楼高间八碟八碗伺候着哇！"小柱子和闻声而进的伙计们赶快收拾桌子，娘姨忙扶起枝子、富子到里间更换衣服。大伙儿止住了笑，权宝贵说起笑的原委来，崔掌柜、吴兴裕、二东家也笑了一阵子。

立草欠身拱拱手道："得罪了、得罪了，惊动了二东家和掌柜的，不妨大家一块儿坐坐，喝上一杯，乐一乐，权当立草给几位赔个不是。"

二东家张爷摆了摆手，又冲立草抱了抱拳说道："三爷、权爷能光顾小号，令小号蓬荜生辉，哪儿有三爷赔不是的理儿，既然三爷、权爷兴致这么高，小的们理应添酒助兴，吴头儿，给三爷露两手，崔掌柜，今儿个都记在

我账上。"

吴兴裕抱了抱拳说道："三爷、权爷有二东家和掌柜的陪您，小的忙活去了。"

立草忙说："吴头儿，忙活完了，过来喝杯酒。""少不得敬爷两杯。"吴兴裕边说边退下。

喝了两巡酒，小柱子端来甜面酱、铺淋酱油和蒜泥三种调料，几碟黄瓜条、卫青萝卜条和改了刀的葱段，众人知道这鸭子立马就出炉。

小柱子布完佐料，端上荷叶饼和空心火烧，吴兴裕托着食盘将金灿灿冒着热气的鸭子送上来，靠近桌前，微微一欠腰，将托盘稍稍倾斜，缓缓地在身前画出一道弧线，见立草一点头，迅速将手臂一收，头冲着立草微一低首，半个身子就转了过去，右脚向后斜跨一小步，就势将托盘悠到接手台上，左脚虚蹭地面，又画出一道小弧，身子就转到接手台后面。这一套潇洒飘逸的舞步，既有嫦娥奔月的妩媚又有公孙大娘舞剑的刚柔，如行云流水无拖滞，似曹衣飘带无接痕，引来一堂喝彩声，赞声未绝，一盘片片有皮有肥瘦肉的、散发着诱人香气的鸭子不知怎么就放在了桌上。

权宝贵吃了两片鸭子说："烤得好，和当年乾隆爷御膳房烤的一个味儿。"

崔掌柜拱拱手说："谬赞、谬赞！"

良子说："权爷，乾隆爷下回请吃鸭子可别忘了攒我的局呀。"

权宝贵笑道："那得到东陵奔食去，也不知乾隆爷在那边还好不好这一口。"

良子说："乾隆爷那阵子，有没有烤鸭还另说呢！这烤鸭是从哪儿淘换来的也两说着呢！"

二东家笑问道："良子姑娘，这话怎么讲？"

良子说："半月前晋隆洋行店庆，买办孙爷叫我的局，我听孙爷说美国东家说北京的烤鸭是学的他们的烤火鸡，英国东家说北京的填鸭是学他们的填鹅，而且，种鸭还是从英国引进的呢。"

权宝贵拍案而起："屁话、鬼话！扛个破烧火棍（洋枪）满世界乱窜、乱打、乱杀，他们也做得熟烤鸭！当今皇上不主事儿，老佛爷妇道人家过于仁慈，由着一群番奴群魔乱舞……"

二东家和崔掌柜神色慌张地急忙拦住，连声说："莫谈国事！莫谈国事！"

立草"哼"了一声道："中国人吃烤鸭的时候，美国人还没出生呢，英国人还茹毛饮血呢，别听这些鬼话。"

崔掌柜笑道："还是三爷有学问，可这鬼话不光洋鬼子说，前儿个江苏会馆的爷们来这儿品尝鸭子时说，小号的烤鸭源于明洪武年间，用的鸭子是南京江宁县湖熟镇的苏北鸭，那年间就是贡品，永乐帝时传到北京宫里。咱吴大灶不服，又不便和客人争，私下磨叽：这烤鸭是由山东传来的，不然的话，为什么配料的大葱段非用俺山东章丘的呢？"

犬子说："三爷，我听正山次郎君说《康熙字典》中都找不着儿'烤'这个字，这北京烤鸭肯定是舶来品，那正山次郎可是日本首屈一指的大汉学家呀！""广东人说烤鸭就是学的烧鹅的招数"……

"瞎磨叽什么，趁热吃，还真要拿它供乾隆爷？"良子边说边卷了片鸭子递给立草。

吃完烤鸭，小柱子端来鸭架汤，权宝贵随手向托盘里扔了两块大洋，小柱子高声喊道："三爷、权爷赏灶上大洋两元了哪……"那一个"哪"，字正腔圆、铿锵高昂、余音袅袅，和着一片"谢三爷、权爷赏了啊……"的和声在众人耳旁回荡。又喝了一阵子茶，犬子等人催三爷和权爷早点去寓所。立草掏出一把大洋往桌上一放，向二东家和掌柜告辞，崔张二人忙前后照应着，随着崔掌柜"三爷、权爷升座了哟……"的长音和"升了哟……升了哟……"的和声走下楼梯，来到大堂，犬子和良子要三爷和权爷同她俩共坐一车。立草看了看怀表对权宝贵说："叫我的车和伙计今晚住您那儿，快宵禁了，省得不方便。"崔掌柜等伺候立草、权宝贵上了东洋车，四辆东洋车向南飞似的离去，走不远，折向西，奔石头胡同驶去。

石头胡同，老北京著名的八大胡同之一，南口在珠市口西大街，北口在铁树斜街，也曾是外省驻京会馆，如"望江会馆"和"龙岩会馆"都在这条胡同中，是二等妓院的聚集区。这条胡同比较长，有二十四家二等妓院，有名的有荼华楼、三福班、四海班、贵喜院、桂音班、云良阁，日本人成赖正

治开的"君代家"就在这条胡同里。

下得车来,一群身着和服的东洋女人深深鞠着躬,那躬鞠得几乎要挨着立草和权宝贵的脚,立草伸了伸腰,昂首阔步走进花厅,权宝贵目不旁视地随后跟进。成赖正治想寒暄两句,立草一摆手转进后院,犬子慌忙引进一间上房。成赖正治卫生球似的两眼无神地转了转,捻了捻仁丹胡,脸上的横肉抖动了几下,从嘴角挤出一串东洋话。

立草一落座就对权宝贵说:"权爷,您说这东洋车坐着怎么那么别扭,脚踏那么高,上下多不方便,是不是这东洋人个子矮,坐在车上怕别人看不见,才整治得这么高?再说,这车把这么短,咱爷们儿一伸腿儿,不踢着车夫后腰才怪呢!"

犬子捧上茶来说:"就依三爷您说的,东洋车再别扭也比您那骡车方便呀,爷看着不顺眼,爷您也造辆北京车,车背后刻上'大清国赵记'五个大大的汉字,咱娘们儿坐坐,也风光风光呀。"

权宝贵笑道:"别胡吣了,良子,才刚在全聚德说的正事儿还不赶快倒出来。"

良子神秘地给了立草一个飞眼,笑笑说:"我估摸着三爷有心事儿。"

立草吃惊地回道:"我有什么心事儿叫你看出来了。"

良子说:"三爷您答应摆桌花酒我就说。"

立草笑道:"为了桌花酒就向我砍斧头哇,再说你们这群破铜烂铁,哪个还值得摆桌花酒?"

良子不急不恼地说:"三爷吃完烤鸭火气大了,说话也直了,也不再遮掩着数落我们了,要说我们是老相好了,也不必摆什么花酒,可要有三爷您中意的主儿呢?您摆不摆花酒?"

立草:"笑话,三爷我什么时候又琢磨着跳槽了,疼你们还疼不够呢!"

良子说:"爷可真会灌迷汤,我说的是正事儿。"

立草说:"这算哪门子正事呀!"

良子笑道:"锣鼓听音,说话听声,刚才席上三爷这么看重穿和服,准是想弄个东洋姨太太。"

立草笑道:"这是哪的话,就你们几个,我都嫌累得慌,哪儿有心思去弄东洋姨太太呀!""要不弄东洋姨太太,就学学您家五爷,养匹'西洋马'。"良子说。

立草笑道:"那'西洋马',五大三粗、皮糙肉厚的,倒胃口、倒胃口,没味儿、没味儿。"

犬子绷着脸对良子说:"没正经的,别拿三爷开涮。""瞧你那醋劲儿,我还真得给三爷寻个小的,酸倒了你的牙。"良子像煞有介事儿地说道。

权宝贵一本正经地说:"可别弄个挨城门的捉弄三爷。"

良子说:"我有几个胆,敢捉弄三爷,我琢磨着,三爷不喜欢'西洋马',又嫌北派妞儿俗、南派妞儿贱,这品位也只有东洋雏儿能合三爷的胃口,说来也巧,正好有一头东洋小毛驴儿,净炝蹶子,打了十几个茶围,没攀上一个相好,就连吴大少也给人家上荤茶碗。"

权宝贵说:"是不是当家的吊人胃口,故意拿糖,开个好身价。"

良子说:"没有的事儿,她们当家的怕惹麻烦,给她转卖了。"

立草心痒了,忙问:"卖给哪家了?"

良子哈哈大笑起来说:"我一准知道三爷就得动心,可别也遭了个荤茶碗,闹得不自在。"

权宝贵呵斥道:"你可太小看了咱们三爷!咱三爷'四书五经'倒背如流,要不是无意功名,还不早就中了状元,琴棋书画、昆京腔调无一不通晓,要是生在寻常人家,也早就下了海,那吴大少虽出身名门,却是胸无点墨,是个十足的大草包,他降不了的,三爷未必降不了,不就是一头东洋小毛驴嘛……"

良子道:"那东洋小毛驴儿也仗着'四书五经'、琴棋书画的功底,就不知和三爷是不是知音。"

犬子说道:"绕了半天,你说的是她呀,眉高眼低的东西,进了行,还没入道就想从良。还说是什么杨贵妃的后代,有中国皇家血脉,唉,三爷,您祖上不是大宋八千岁吗?哈哈!这唐朝的外孙女和宋朝八千岁的后人,倒真是大大的门当户对,三爷您府上要是容得下,趁早花俩钱,给她赎了身,这

倒真是个黄花大姑娘，哪像我们呀，一群破铜烂铁。""别扯闲篇儿了，找奔回来了吧，你呀，就是吃不得一点儿亏，嘴上修点德，说事归说事儿，别那么尖刻。说不定还真是贵妃娘娘的后人，我倒想拜见拜见。"立草不怒而威地说道。

犬子臊不搭眼地回道："三爷，可真有您的，还没见新的就厌了旧的，又不是什么薛涛、李香君，一个院子里的姑娘，哪受得起爷拜见拜见呢！想见还不容易，今儿个咱也不传菜了，叫娘姨去花厅，就说三爷要打茶围，立马就给那小蹄子拘来！"

立草怒道："惯得你没样了，越说越不像话！权爷，叫车！咱们走！"

犬子捂着脸呜咽着跑进里间，良子在一旁冷笑不言语。权宝贵皮笑肉不笑地拦住立草说："三爷，值不得真生气，咱爷们儿是找乐子来的，生气可犯不上，枝子，快叫娘姨传菜去。"

枝子赶忙依到立草怀里小声说："爷，我看犬子姐对您是动了真情，近来，对其他客人也怠慢得多，应局还是应局，就是不陪铺，总推脱不方便，叫娘姨陪铺，好在她那几个娘姨也略有姿色，又会来事儿，倒也没得罪了主顾，那些主顾也乐得换换口味，倒也相安无事儿。爷要是家里不方便，胡乱买个小门楼，神不知鬼不觉地养个外宅，姐姐她也不会较真儿的。"

良子也听不清枝子同立草说了些什么，但看着立草的脸色渐渐缓和，知道枝子把立草稳住了，赶忙上去给立草一个大台阶："三爷呀，想走也走不成了，宵禁了，栅栏门都挂锁了，往哪儿走呀，我看不如了却爷个心愿，借着今夜良宵会会知音。"

立草瞪圆了双眼凝视着良子，那眼光是那么的明亮、那么的透彻，侠骨柔肠之中又带着一丝祈盼，良子觉得这素日熟悉的面孔突然陌生了起来。

权宝贵说："别糊噜巴涂的，这时辰叫三爷哪儿去会知音呀，摆酒、摆酒，喝他个一醉方休。"

良子笑道："那贵妃娘娘之后人嘛……如今就在这院的后罩房里，要不要请来一会儿？"

权宝贵说："这么巧，难道是成当家的截了货？""前儿个过来的，当家的还没有调理她呢，我去和当家的说。"良子答道，转脸望着立草，等着立草的示下。

立草想了想说："不必了！还是咱们自个儿喝。"

正说着伙计们把酒菜传了过来，娘姨们忙着摆台布桌，伺候入席，枝子和富子进屋去把犬子搀扶了出来，犬子低首轻移着莲步，秀步姗姗地向前走来，脚下是三寸金莲，浅红的织锦缎绣鞋上一簇簇满天星，熠熠泛着青白相间的冷色光，葱绿柔软的丝裤显得腿更修长，蓝地儿夹袄上补绣着一株大红牡丹，那红的牡丹花瓣梢随着酥胸微微颤动，好似流动的朱丹欲滴，绿叶如翠，红绿相间，点缀着一片片由鱼白渐变雪白的花瓣根既美观又大方，一领藕荷色薄纱披肩，随步飘摇，乌黑的头发盘起高高的发髻，显得脸更加清秀，两撇双眉好似黛色的远山，两只杏眼汪着一汪秋水，像碧水蓝天让人心旷神怡，樱桃般的小嘴轻抹一点胭脂让人心猿意马，双颊微红略带几滴泪痕，好似梨花落雨不禁令人怜香惜玉。

原来那犬子呜咽着跑进里间，一头扑倒在床上抽泣了一阵子，又想了一阵子，三爷温柔体贴的一幕幕像拉洋片似的在眼前闪过，于是坐了起来，对着镜子重新梳妆打扮起来。边梳妆打扮边想，"我今儿个是怎么了，我是什么身份，三爷是什么身份，我不过是一个供爷们把玩的东西、一个小玩意儿，爷高兴时，捧在手里怕碎了，含在嘴里怕化了，裹在身上怕丢了。爷不中意时，随手一扔，还管它是落在臭沟里还是茅坑中，只要溅不着他就行。可三爷不像是这路人，不行，我得赶快给三爷赔个不是"。她急速走到门前，拉住门把手，可觉得那门把手有千斤重，一股委屈涌上心头，于是垂下手来，转身又坐在原处自语道："我干吗给他赔不是，这么下贱！下贱的词儿一溜出嘴角，犬子心里突然闪出一点昏暗又摇曳欲灭的火光，犬子呀犬子！你身在下贱行当里，做的就是下贱的营生，你不下贱谁下贱？！既做了婊子就别梦想立贞节牌坊！"她又走到门前，扶住把手，可觉得双腿像灌了铅般的沉重，出淤泥而不染，我身虽下贱，人可不能下贱，大丈夫威武而不能屈，笑话！一个烟花女子别辱没了"大丈夫"这个词儿。心里叨念着大丈夫、大丈夫，不由得用眼睛隔着门缝向外望去。正看见枝子附耳同立草低语，立草没有一

点儿生气的样子,嘴角还暗含着若隐若现的笑意。犬子醉了,只有他才配得上"大丈夫"这个词儿哇!犬子真想一个箭步冲过去,一下扑到立草怀里哭诉:三郎呀,快赎我出去吧,赎金和买宅院的钱我早备下了,用不着您掏一个子儿,后半辈子的开销只要不"过福"也是绰绰有余的……可……可是,就是他答应了,他的家门我又如何迈得进,日本国能迈进大清国门,东洋女可难迈进汉家的宅门。她觉得血向头上涌,头昏脑涨地缓缓地坐在了地上。

冰凉的地砖一下子使她清醒了许多,在汉人眼里,日本不过是个弹丸之地,连巴掌都够不上,汉家的宫阙在立草眼里比富士山还要高,日本的榻榻米比四合院的门坎儿还要低。他进日本院子攀相好,可从不涉足日式装饰的房间,他不愿我穿和服,也不大喜欢旗袍,看到我的脚,总爱讥笑我和鞑子一样,是个大脚片子。汉人的女子都是小脚,立草说这叫"男降女不降",女为悦己者容。犬子忽然间有了主意,打开樟木箱,取出十几个假三寸金莲,摆在床前,又打开花梨穿衣柜,捧出一堆袄、裤依次摆在楠木百鸟朝凤床上,对着穿衣镜仔细地打扮起来。

这一身典雅的明装打扮的用意立草顿时明白了,心想真难为了她的一番苦心。真是骤雨初歇,风情无限,有词为证。

雨霖铃

和服初卸,汉装摇曳,骤雨初歇,洋班畅宴欢叙。浓情到处,春情勃发。执手相看,竟燃出一洞热穴。战战战,海战陆战,尽把那扶桑国门破。

文明自古同虚设,更难堪寇盛清廷弱。今宵大战何处?君代院,东洋风月。走雨行风,爱恨交融策马神阙。便纵有郁闷满腔,床第一时泄。

次日,一觉醒来已是午后,犬子和枝子忙伺候立草梳洗,用过午饭,犬子、良子叫车夫送立草和权宝贵去河沿的宅子。到了宅门口,权宝贵欲拿赏钱打发车夫回去,立草拦住了,叫两位车夫把车拉到东栅栏门内的跨院内等他,然后对他说:"权爷,去拿尺子和笔纸来。"

权宝贵说："三爷莫非当真想造辆洋车玩儿？咱爷们儿哪有那闲工夫鼓捣这劳什子儿，想坐洋车玩，叫下人去弄一辆，也犯不着劳这个神呀。"

立草说："这东洋车咱坐着不得劲儿，我鼓捣一个坐着舒舒服服的洋车来。"立草忙乎了一夜，画出一张草图。仆人把"悦来"铁铺张掌柜、"福兴"篷车行的庄掌柜叫来，一起商议。和俩掌柜议了半天，俩掌柜都说行，就是有些拿不准，于是立草又把犬子的洋车借来半日，一伙人依次将各部位尺寸、用料议定，权宝贵付了定钱，各自回去备料造车。立草和权宝贵每日去转转，和俩掌柜琢磨着如何造得舒适大方。

一连几日，立草不是在家闲坐就是鼓捣那洋车，众多好友约局听戏玩耍也懒得去。权宝贵知道立草既是个性情中的人物，但又是个执着的令人担心的爷们儿，难道他对犬子动了真情？这也用不着动那么多心思呀，弄进宅子填房，老太太肯定不答应，养个外宅这总可以吧，他家五爷外边弄了匹西洋马，老太太说了两句，也就不大理会了。难道他怕辜负了犬子的一番情意，还要明媒正娶不成？笑话！为一个东洋女人值得吗？看犬子那情景还真格的是跟定了他，只要他点头，什么名分、什么体面她都不会计较。我的三爷哟，您可别为这点烂事儿迷了心窍，坐下心病。虽然您家几代都精通岐黄之术，可这心病药是治不好的，您家二姑奶奶不就是同姚掌柜那段情，郁闷得坐下病来，不治而亡，那姚掌柜舍家而走，至今下落不明，害得姚老爷子老公母俩整日以泪洗面。这可不得了，我去和良子合计合计怎么办，这小蹄子还有些心计，什么情呀痴呀她倒是解得透。

权宝贵在会贤楼叫了良子的局。良子一看只权宝贵一人，有点儿奇怪，虽是奇怪倒也没说什么，一言不发地静听着。听完了，也不出声，权宝贵急了道："我的小姑奶奶！我都急成这样了，你倒说句话呀！"良子看着权宝贵笑而不答。权宝贵在房里来回乱转，良子慢慢悠悠地品着茶，就是一言不发。过了半晌，良子蹦出一句话来，让权宝贵吃了一惊，究竟良子蹦出一句什么话来，且听下回分解。

第二回

赵院判针药并行道秘方
俞举人声情并茂话谜团

　　良子说："三爷中意的女人还没找到！"良子怎么说出这么一句话来，还得从那头东洋小毛驴说起。这头东洋小毛驴叫美羊稚子，据说是三个月前被人从奈良卖到大清来，先是在扬州丽春院坐局，只抚了几回琴、对了几盘棋，就把扬州府闹得沸沸腾腾，正热闹着呢，美羊稚子突然间在扬州销声匿迹了。一时间有人猜疑是被哪个不愿透露姓名的富绅买走了，渐渐地也就无人再理会这件事。可谁知她却神不知鬼不觉地在北京东四牌楼东南的史家胡同一家日本妓院出现了，应了几回局，却没攀上一个相好，又不知怎么到了君代家，难道是成赖正治想囤奇货挣一笔大钱？更奇怪的是美羊稚子曾在扬州应局的事儿北京上上下下却不知晓，住在干面胡同的日本汉学家松本太郎告诉良子这段事儿后说："据说这美羊稚子的家族在日本也显赫一时，以她的汉学造诣说不定不是被卖到中国来的，而是到大清寻司马相如来的。"良子临走时，他还特意叮嘱她不要外泄。这些情况她连自己的胞妹富子都没告诉，自然也不便同权宝贵说。良子在全聚德应局的前一日，曾到美羊稚子房里坐了一阵子。凭她的直觉，立草和美羊稚子确实是天作之合，正所谓有缘千里来相会呀。所以，她一直撺掇着立草打茶围，玉成这段姻缘。

　　良子对权宝贵说："爷，别看您见天见地和三爷一堆儿处，三爷的秉性您连一半也说不上，三爷确是性情中人，可您仔仔细细地品品看，三爷什么时候因性因情乱了方寸？那陕西巷各院子的名角儿，哪个不想同三爷攀相好，只要三爷乐意，又有多少不心甘情愿地自己掏钱赎身跟着三爷？再说寒葭潭的那些相公，哪个又不眼巴巴地逸着三爷？三爷同他们好是好，可火候拿捏得特别好，别看三爷在风月场子里泡，但三爷从不淫乱。唉，三爷赶上这没着落的世道，苦闷呀，您当前儿个我不知三爷为什么叫双局吗？那是因为甲午年间的事儿，大清水师被日本兵打得落花流水。三爷他恨，他恨东洋人，但他更恨满洲鞑子。他打不了东洋人，又办不动满洲鞑子，就想拿我们东洋女人作筏子，拿我们取乐，把我们当日本军人杀。壮志凌云地杀进君代家，觉得又不是那么档子事儿，好在有个东洋车，替我们作了筏子。再说那犬子，也该着她命苦，要没有美羊稚子，兴许有一天，三爷还真把她收了房，再不济也能养个外宅。爷，您看犬子那天的醋劲儿，出奇地大，为什么呢？正是她已感觉到美羊稚子不论人品、不论才学都在她之上，她是怕三爷和美羊稚子一见钟情，冷落了她，才有失常态地搅了局。三爷这两天的郁闷，就是拿不准见不见美羊稚子。见吧，要真是才情出色的奇女子，三爷一旦落了水，又觉得有些对不住犬子这般痴情。不见吧，三爷又觉得欠点什么。但三爷毕竟是三爷，用不了一两天，准有动静。至于什么杨贵妃的后代，我看倒有点杜撰，那杨贵妃怎么也不会逃到日本去，可能是她长得富态，有些像贵妃娘娘的画像，因而被人戏称为杨贵妃之后，也是有的。"

　　良子确实说得不错，立草是陷入见与不见两难的苦闷之中。但良子却不知道，立草还在苦思一个问题，那就是有没有可能美羊稚子确实是杨贵妃之后人。如果是，杨贵妃当年就肯定没有死，最早透露出这段千古之谜的是白居易的《长恨歌》，以后陈鸿的《长恨歌传》虽写出"使牵之而去"的词句，但这都不是正史，正史中找不到蛛丝马迹。这几天他闷在家里，正是在苦思苦想不出结果而郁闷。

　　这天一早，侄子鸿儒手捧着《曲园课孙草》抄本讨教，使他突然间想起一个人来，就是《曲园课孙草》的作者曲园老人俞樾，去年他和大哥立德随父亲游江南，曾在苏州马医科巷的曲园小住过数日。俞世伯的儿子因消渴症早殇，世伯将全部希望寄托在孙子身上，为孙儿阶青写下这部求功名捷径的经验之书。哪知孙儿从小身体孱弱，十来岁中了秀才后就有了眩晕的症候，吃了上百服汤剂也没有多少起色，正值立草的父亲赵长江丢了太医院右院判

的官职，虽心中烦闷，倒也难得清闲，就带着两个公子到江南散散心。

曲园老人见了赵长江的名刺，喜出望外地迎了出来，将赵长江父子引领到春在堂，寒暄了几句，赵长江欲说遭贬之事，曲园老人忙说已看过邸报，将话岔开了。见立德、立草在父亲身后垂手肃立不敢落座，忙叫仆人将孙儿阶青唤来，赵长江拉着阶青的手仔细端详了半天，喜欢得很，俞樾就吩咐阶青，陪两位世叔到园子里转转。

三位公子退下，赵长江说："世兄，有件事儿，本不好说，但你我是世交，想必说说世兄也不会介意。"

俞樾知道他已看出孙儿的病情，怕自己忌讳不好说出口，忙说："老世谊过谦了，想必是老世谊已看出拙孙的症候不便说出，我闻知老世谊造访敝园，喜欢得很，心中暗忖我孙儿的病有指望了，本想饭后向老世谊求诊，既然老世谊已观出，我这里就向老世谊求诊了。"说罢起来躬身作揖。赵长江慌忙起身还礼，两人相对会意地一笑，又坐下饮茶。

饭后赵长江给阶青诊了一会儿脉，阶青退下，他又仔仔细细地审阅了阶青历年来服过的方剂说："当今医者，唯以大温大补为立方之本，不适贫富贵贱之居、不别饮食甘淡之宜、不辨身体强弱之状、不区性情勇怯之情、不察气血虚盈之态，诊脉必言虚，立方必大补，亦美之曰百补无一过，虽富贵之疾多宜补正，但也宜有攻伐，而今攻伐少而补益多，使之脏腑虚热，上宣于肺，以致为消渴之症，上消者，肺已虚，进而用参术之剂补之，又致其脾胃失调，此已为中消之症，燥热下注大肠、膀胱，致其热秘，大便必干结为羊粪状，小便必赤短混浊而甘，此已为下消，既为下消，虚热波及命门，上扰心包，血则不盈，浊气反逆于首，致使眩晕更甚，令孙之病症，依小弟诊之，正是此症。而令郎也应殇于此疾。"

俞樾连连拱手说："佩服、佩服！望院判救小孙一命，可……可敝处一些庸医不知为何却误诊为中风之症。"

赵长江问道："令郎小时应有阮籍之三白眼态，全身易瘙痒，逝前是否已呈水蛇腰状？"

俞樾奇道："世谊未曾见过犬子，如何这般知晓？""小弟适才诊了令孙之脉而得知。以小弟度之，令郎想必是在如厕之时突然亡故。"赵长江答道。

俞樾大惊："先生真乃华佗再世，扁鹊再生，神医也！朝廷不用先生，乃太医院之过！愚兄当广为联络当朝众同门及命众门生八方上书，力保先生复职。"

赵长江连连摆手说："小弟先谢过世兄一番美意，但塞翁失马，焉知祸福，世兄断断不可、断断不可！"

俞樾道："这就是先生的不对了，以先生旷世奇才、历代御医之声望，太医院舍先生而用何人？况当今圣上，除弊兴利、锐意改革，也不枉为一代明君，不过是一时掣肘，不好发挥，但圣上年富力强，终有大展宏图之日，先生理应锐意进取，怎可荒废了前程？"

赵长江见俞樾真情尽露，为了自己竟如此用心，大鸣不平，连犯忌的话都不避讳，很受感动，也推心置腹地深谈起来。仗着酒力他说出了被贬的因由。

原来圣上因常年郁闷也得了消渴之症。

俞樾问："这消渴之症据说洋人称为糖尿病？愿闻其详。"

赵长江呷了口茶缓缓说道："这消渴之症就是今日所说的糖尿病。上消、中消即相当于今日的糖代谢紊乱，下消相当于今日糖尿病的各项临床指标。消渴，最早的记载是《黄帝内经》，该书成书于春秋战国时期，但是记载的却是公元前27世纪以来的医学史。唐朝王焘编撰的《外台秘要方》中将消渴症分为三类：消渴病，消中病、肾消病。"渴而饮水多，小便数，无脂，似麸片甜者，皆是消渴病也。""

定义中明确指出尿液因含糖而甜的显著特征，只是未正式以糖尿病更名。糖尿病是中国古代常见病，美称富贵病。历代糖尿病患者多名人。"夸父追日"中的夸父死于糖尿病，袁术也因患糖尿病而亡。据《千金要方》作者唐代名医孙思邈考证："竹林七贤"全是糖尿病患者，《千金要方》中记载了五十多种治糖尿病方剂。李白、杨贵妃都患有糖尿病。宋元医书《丹溪心法》作者朱震亨因为母亲有糖尿病而学医。就连明医李时珍也曾患过糖尿病，用黄芪汤治好。曹雪芹《红楼梦》中的秦可卿死于糖尿病。可见该病在中华大地既

普遍又"源远流长"。糖尿病如医治不当，则可能引起其他并发症状：心悸、失眠、淋症、水肿、关格（肾衰竭）、脉管炎、阳痿、眩晕、便秘、肋疼、胸疼、中风、肺痨、白内障、肢体麻痹等。

糖尿病发病有六个阶段：

一、头项疼痛，腰背不舒。
二、身热、眼涩、鼻干、睡眠不好。
三、胸胁疼痛，已入足少阳胆经。
四、腹胀咽干、入脾胃两经。
五、下肾上肺，连接舌根，口燥咽干、口渴。
六、烦闷三阴三阳易受病（免疫功能衰退）。

什么人易得糖尿病？

一、饮食丰富、饮酒过度、运动量小。
二、身体提前透支、生活无规律者。
三、五脏先天不足者。
四、妊娠时期。
五、心情抑郁者。
六、微量元素缺乏，如锌、镁、铬。

赵长江讲完消渴症的病因说："世兄，当今圣上和令孙虽共患一症，起因则有所不同，圣上是抑郁而致病，属心病，单凭药物已很难奏效，况太医院所拟之方，多用大补之法，其补药已伤及圣上。世兄呀，岂不闻'病伤本可治，药伤固难医'。故小弟用攻伐之法欲先去其心火，再徐图之药伤。但方子呈到慈禧皇太后手里，懿旨批道：'太医院右院判赵长江所呈之方剂过于峻猛，恐不利于皇帝，不得选用，命太医院院正谨慎率医诊脉，重拟方剂。并严查其为何拟此峻猛之方……'太医院上下惊恐万状，那院正思前虑后，只得拜折称小弟因医术不精而误诊，拟将小弟革职永不叙用。这也是保全小弟性命的唯一方法。圣上在折子上朱批道：'此处置过重，念其几代为朝廷尽力，偶有小过，降为太医院吏目既可。'折子送到太后手里，几天后才批回：'就依太医院所奏。'"

赵长江说到这儿老泪纵横，起身向北频频俯地叩首。俞樾不禁也落下泪来，也向北频频遥拜，然后扶起他说："真是皇恩浩荡，圣上对贤弟如此眷顾体贴，贤弟迟早有出头之日。"

赵长江一听此言泪如泉涌，呜咽着说："只……只怕……只怕没有那一天了。"

俞樾问道："此话怎讲？"

赵长江："自甲午蒙耻，圣上日夜操劳，忧心忡忡，可内外交困，太后虽不训政，但大小事儿哪件不得太后做主。这经国之大事儿，小弟为圣上分不了忧，可圣上的龙体却系着社稷的安危、万民的冷暖。小弟焉能不心急如焚。细诊圣上的脉，圣上已……已……"停了一会儿他才说道，"要用小弟拟的方剂，即使不能使圣上痊愈，至少也能稳住病情，待得日后圣上心情舒畅了，自然也就慢慢地安康了。可当今医不得法，这样下去，用不得……世兄哇，小弟……小弟就说个大不敬的话，圣上也就有三五年的光景了。"

说到阶青的病症，赵长江说："这倒是这孩子的造化，他同圣上竟是一个症候，只是起因不同罢了。令孙儿是先天不足，亦用补法扶正，可虚不受补，再一味用补，这补药可就变成毒药了。补进之药随气血运行，滞留于体，轻则为淤，重则为肿，轻则经络运行不畅，重则阻断经脉，令孙儿今已在这两者之间。虽调理起来稍费些工夫，但凭小弟这点微末功夫，看来是没什么大碍，世兄尽管放心。"

俞樾道："贤弟有什么祖传秘方，尽管拿出来用，愚兄断断不会张扬出去。"

赵长江笑道："世兄怎么也信这世俗的东西。"

俞樾："难道说这祖传秘方都不可信？"

赵长江："那倒也不是，关键是要对症，作为医者，这是最难的，要对症就要脉把得准，脉都把不准，草率开方，那还不是误打误撞。要诊得准脉，

就要有倒背《内经》《金匮》《伤寒》《温病》的功底，还要用心揣摩其要旨，脉诊得准方可下药，这方剂嘛，从《神农本草经》到《汤液本草》《本草纲目》，先贤们凝注了多少心血，从《肘后备急方》到《千金翼方》又记述了多少验方，从《太平惠民和剂局方》到《医方考》又对多少验方用伍作了详尽的诠注。为医者之对症，不外也就是从成千上万的验方中筛选出对症的验方，加减适量，病焉能不去？所谓秘方，即是方剂中的药物加减得体，药量增减合理，于一种病症有奇效。这加减的草药和加减的分量，秘不示人，也就是所谓祖传秘方也，要说也对，这黄帝是华夏之祖，张仲景是先贤，药王孙思邈是大哲，皆为先祖。仅凭咱们一介凡人，终其一生尚不能参尽圣人这些典籍，又哪有什么能力去创出个古怪离奇的方子呀！这成千上万的验方是先贤先圣数千年的经验之集大成，今日若能学好用好，又有什么病症治不了的，又何须追寻什么世俗的'祖传秘方'呢！只要对症，单味药都可去疾，这就是常言的'一药治百病，百病归一药'的哲理。"

俞樾拱手赞道："佩服！佩服！贤弟一番宏论，让愚兄受益匪浅，想贤弟难得这般闲在，不如在小园多住几日，愚兄也好随时讨教。"

赵长江："小弟也正好想向世兄请教些诗词曲赋呢！""彼此、彼此。"两人抚掌大笑。那赵立江随手开出方剂来：

熟地黄八两（砂仁酒拌）、山萸肉四两（黄酒润炒）、泽泻三两（淡盐白酒拌炒）、怀山药四两（干粉炒）、茯苓去皮四两（人乳汁制）、牡丹皮三两为末，炼槐花蜜丸如梧子大，晚用夏枯草五钱、杭菊半两煎汤送服三丸。

甘草十二两、白术十两、阿胶一斤、黄芩八两、附子四两、干地黄三两、伏龙肝三斤为散剂，晨空服用生黄芪三钱，以山泉水煎送服二钱散剂。

赵长江将方子拟好递给俞樾。俞樾细看这方子，觉得有些寻常，他也略知医药。这前一剂不就是"六味地黄丸"吗？只是制法有些古怪。这后一剂不过就是"黄土汤"吗？什么伏龙肝，不过就是灶里烧过的黄土，我那孙儿饭都吃着不香，难道吃些黄土就能治好病？这些药没有一味值钱的，可他毕竟是世家，或许能有奇效，应了小药治大病的俚语。

赵长江知他有疑虑，问道："除小弟，又有哪个郎中给令孙儿开方早晚用药不一样的？"

俞樾点头称是。"令孙儿脾湿肝燥，按常理应使'人参归脾'之类药调理，但他平日里人参服得还少吗？再服参只能使病重，伏龙肝即是灶黄土，世兄必是笑小弟怎么连黄土也入药，让令孙儿用水和起来当泥吃。"

俞樾不好意思地笑道："哪里，哪里，愚兄岂不知那也是药。""令孙儿虽血便不多，但脾虚湿太甚，只有黄土汤最是温脾祛湿的良药，再加上用黄芪等汤剂调服，事半功倍。仅凭药物还不能完全治愈令孙，因为他经脉阻滞，小弟还须行针疏通经脉，方能使药性充分发挥出来。这就叫针药并行的治疗方法，要说祖传秘方，这'针药并行'就是赵氏一门的祖传秘方！"

俞樾彻底折服了："惭愧，惭愧！先生真是大医治病不瞻前顾后，唯病是治呀，惭愧呀，惭愧。愚兄看先生方中须用山泉水，我看不如移到我那小山寨子去住。"

于是一行车马，离开苏州曲园，来到运河边，早有两只官船在码头等候，不一日到了杭州府界，转了几个河汊，荡进了西子湖中，在西泠桥旁泊了船，上得岸来就是俞楼。管家把药配好，赵长江开始给阶青行针治疗。闲来没事儿，一行人就游西湖，谒灵隐寺，登六合塔，饮龙井茶。玩耍了几日，一行人又乘轿来到栖霞岭下曲园老人俞樾的山寨——右台仙馆。

个把月后，眼见那阶青一日好似一日。俞樾愈加佩服赵长江的医术。阶青和立草两人从辈分上论是叔侄，可年龄却相仿，个把月下来，俩人好得如亲兄弟一般。三个月下来，阶青已痊愈，赵长江辞别了俞樾，回得京来，住了几日，又带着立德去了济南。

立草正想着同阶青那段苏杭的情谊，门房来报："三老爷，江南举人俞大人来访，二老爷那正给人把着脉呢，吩咐叫三老爷先招待下客人。"

这俞举人就是阶青，俞举人名陛云，字阶青。

立草赶忙从东院书房来到西院客厅，见了阶青拱拱手说："我正思念着你呢，怎么说到就到了，也不先发个电报，真是说曹操曹操就到！"

阶青说："小侄是昨日晚间到的。"

立草说："贤侄，这可是怎么说得，既来了还在外面住，这里虽比不得你家那山庄豁亮，也还凑合着住得，住在哪家客栈？我叫下人把行李取来。"

阶青说："小侄住在南横街的全浙会馆，倒也清静得很，世叔就不必了。"

立草说："不行，会馆再好，吃也不如家里顺口，还是住在我这里。"

阶青说："小侄这次是进京会考的，怕是会给宝宅添麻烦。"

立草笑着说："原来是俞举人欲金榜题名，怕我们这些闲人搅了你用功，这也好办，我家东边园子后边有个小跨院，清静得很，你们主仆三人住着也方便，从上房拨俩丫鬟过去，伺候个浆水，岂不比会馆强。就这么着了。"

阶青也不好再争辩，只好叫书童回去和仆人收拾行李。自己随着立草到他的书房。进得立草书房，一看满桌子全是《全唐诗》及《新、旧唐书》，忙问："世叔是在研究唐诗吗？""别一口一个世叔、世叔地叫，咱俩在苏杭时不是单论过吗？咱俩在一起时还是那么称呼，省得太拘谨。我研究什么唐诗呀，不过是碰上了个难题，哥哥我可愁了好几天。"

立草和阶青两人在杭州相交甚密，也少不得去打茶围、喝花酒，大凡富绅子弟未有功名之前，都是如此，一旦有了功名，就不敢去和女妓胡混，因为朝廷明禁官员宿娼嫖妓，但玩弄相公即男妓却无朝禁。

阶青一听是杨贵妃生死之谜，笑了说："这可巧了，爷爷刚好给我讲过，杨贵妃真的没死！"于是阶青就给立草讲了起来。

杨贵妃确实没有死。安史之乱发生于公元755年。50年后白居易写了一篇脍炙人口的诗歌《长恨歌》，诗中道出了这段隐情。

渔阳鼙鼓动地来，惊破霓裳羽衣曲。
九重城阙烟尘生，千乘万骑西南行。
翠华摇摇行复止，西出都门百余里。

六军不发无奈何，宛转蛾眉马前死。

花钿委地无人收，翠翘金雀玉搔头。

白居易这里所述的是处死杨国忠父子及其妻妾的情节。这实际上是一次兵谏、一次部队的休息整顿，也是一次大唐王朝各派政治势力的角逐，更是各派反杨国忠势力的大发泄。太平盛世，被压抑的反杨势力只有忍气吞声，等待时机。在逃亡的喘息间隙，他们找到了这个时机，并抓住了这一宝贵的时机，一举除掉杨氏父子。客气地说，这是一次"清君侧"的军事行为，不客气地说，这是一次犯上作乱。在逃亡前后，他们曾多次上书罢免杨国忠的相权，始终未被唐玄宗采纳，眼看就要转危为安，一旦安定下来，他们不死也要遭贬。生死存亡之际，他们利用兵将的怨气，先斩后奏地处死了杨国忠全家老小百余口，暴尸荒野。未得圣旨而擅杀大臣，按唐代律法其重罪有二：一是欺君，二是违反了"刑不上大夫"制度。大臣获死罪，必先贬为庶人后方能处死，因此这次行动，无论对错皆可谓之犯上作乱。

看到被兵器剁得稀烂、残缺不全的遍野尸骨，这些人先是高兴，转而又恐惧万分。因为杨国忠的妹妹还在玄宗皇帝的身旁，一旦安定下来，她能不报仇雪恨吗？可他们不敢闯进玄宗皇帝驻跸的行宫（一所寺庙），把贵妃娘娘拉出来杀掉以除后患，只好依照法律程序向皇帝请旨：贬贵妃为庶人后赐死。皇帝不答应，他们就有秩序地控制部队弄出较大动静，然后煞有介事地、气急败坏地禀报皇上，不处死杨玉环，六军就不走了。

《旧唐书·杨贵妃传》记载：禁军将领陈玄礼等杀了杨国忠父子之后，以"后患仍存"为由，强烈要求赐杨玉环一死，唐玄宗无奈，与贵妃诀别后只得下令。杨贵妃"遂缢死于佛室"。

而实际的情况是，玄宗坚决不同意处死杨贵妃，反杨势力开始动摇分化。但有一点是统一的，就是必须清除后患。经过反复多次的协商，最终在极小的范围内协商出一个两全的折中方案。贬杨玉环为庶人，由陈玄礼负责先妥善送离行宫，容日后遣送还原籍监禁，永不得进宫。对外则称：贬杨玉环为庶人，赐死。交由高力士及禁军将领陈玄礼执行。高力士是玄宗宠信的内侍，

陈玄礼则是御林军总领，最亲信的武官。他俩自然是谨遵圣旨，内外结合，天衣无缝地用个丫鬟偷换了杨玉环，巧妙地蒙混过关，将贵妃娘娘藏匿在行宫附近的一处黄土洞穴中。

皇帝毕竟是皇帝，危机一过，他就反悔了，不再执行："容日后遣送还原籍监禁"的协议，而去寻找藏匿在马嵬坡附近的爱妃。

> 天旋地转回龙驭，到此踌躇不能去。
> 马嵬坡下泥土中，不见玉颜空死处。

在马嵬坡挖地三尺地找了半天，却是活不见人，死不见尸。杨贵妃到哪里去了？皇帝哪里知道，这几个最亲近的宠臣早先一步将"后患"安排在一个妥善的地方。即使杨贵妃就在离玄宗皇帝不足一百米的范围内，为了他们项上的头颅，他们能让"君心难测"的君王找到吗？于是这几位重臣陪着不明真相的君王和文武百官们，痛心疾首地泪洒马嵬坡，一步三回头地向长安走去。

> 鸳鸯瓦冷霜华重，翡翠衾寒谁与共。
> 悠悠生死别经年，魂魄不曾来入梦。

玄宗密令寻找贵妃，他坚信贵妃没有死，不然她为什么没托梦来呢？这时的杨贵妃已被高力士、陈玄礼及反杨派的重臣安排在扬州的一所园林中，于公：为了大唐帝国的尊严；于私：为了他们自身的安危，绝不能让杨玉环再变成杨贵妃。玄宗也不是一个头脑简单的皇帝，他也是用超凡的智慧、宫廷政变的手段一举歼灭武家势力，而登上大唐皇帝的宝座的，也是一个有作为的帝王。他开始非常有策略地动用国家这架机器寻找他的爱妃。他之所以敢由地下秘密寻找而转入地上公开寻找，是因为他紧紧地抓住了"不见尸"三个关键字。只要见到尸，这些权臣就犯有欺君大罪，就会株连一大批人。但只要不见尸，我当今皇帝怎么寻找都成。

> 临邛道士鸿都客，能以精诚致魂魄。
> 有感君王辗转思，遂教方士殷勤觅。
> 排空驭气奔如电，升天入地求之遍。
> 上穷碧落下黄泉，两处茫茫皆不见。

动用国家机器没有寻到杨贵妃，皇帝并不甘心。他开始动用非政府机构的民间社团寻找爱妃，他首先想到的就是道教，因为道教是大唐帝国的国教，唐王朝奉老子李耳为先祖。道教的丛林、庙观像一张巨大的网，覆盖着大唐广阔的版图。于是他召见了在长安的道教首领。可别小看这些道教首领，他们虽不在朝供职，可他们却能影响朝政，干预朝廷的政治人事制度。诗仙李白就是一个忠诚的道教信徒，修炼过道家的房中术，还辟过谷，他是通过道教系统的推荐才见到玄宗皇帝的。道教这张大网络，在长安指挥中心的首脑们，也就是诗中所说的临邛道士鸿都客们的指令下，开始运行。

皇帝动用道教系统寻找爱妃对反杨集团是个巨大威胁，也是对高力士、陈玄礼不信任的流露。一群不明真相的大臣们都尽心竭力地参与搜寻。杨国忠集团的旧部为扳倒反杨集团，是真心实意地在搜寻，他们非常清楚，只要找到贵妃娘娘，他们就能重见天日、扬眉吐气地重返政治舞台。反杨集团的大部官员不明真相地推波助澜，使得反杨集团的核心焦虑万分，但这是一伙政治精英，他们一边暗中干扰道教运行的网络，一边商议紧急预案。他们暗暗庆幸的是高力士、陈玄礼两位内侍在马嵬坡兵谏中被迫参与了反杨集团。秘密地处死杨玉环这两位肯定不敢做，这两位权臣在马嵬坡之所以能加入反杨集团，那是因为他们操纵的六军在外围有强大的武装威慑力。用六军来抵御安禄山的叛军不是对手，但对付陈玄礼这点禁卫军还是易如反掌的。高、陈两内侍正是看清这种形势才被迫加入反杨集团的。加入反杨集团既可以保全自己又可以保全皇帝，如果不能保全皇帝，这两位忠臣肯定会背水一战，战死在皇帝之前而青史垂名。他们先利用高力士干扰了道教网络，给了皇帝一个错误的信息：方士们上天入地都找不到。看到皇帝仍不死心，还在不停地召见非政府官员寻访，他们只好说服高、陈两内侍启用紧急预案，将杨贵

妃安全转移出大唐疆土。高、陈两位上了贼船而不能自主的内侍，为了自己的欺君之罪不暴露，也只好将这紧急预案进一步完善。

    忽闻海上有仙山，山在虚无缥缈间。
    楼阁玲珑五云起，其中绰约多仙子。
    中有一人字太真，雪肤花貌参差是。

  反杨集团伙同高、陈两内侍，收买了所谓的临邛道士鸿都客，派出亲信秘密拜见杨贵妃，谎称玄宗被反杨集团控制，无法接娘娘回鸾，这些人还在四处寻访追杀娘娘。我们受力士及陈将军的委派，特将娘娘转移到安全的地方，等待皇帝重振朝纲之日，接娘娘回鸾。说罢拿出若干宫中信物。杨贵妃如何不信，随道士上了早已备下的豪华海船，离开扬州向上海方向驶去，顺利通过海关检查，漂向东洋，这条从扬州直达日本的航线是最近的航线，它不需要经过第三国，但海上风大，浪高较危险，于公元701年通航。从北海驶日的航线沿海岸线绕经朝鲜半岛虽然安全，但以朝鲜同大唐的关系，杨贵妃有可能被反杨集团截获而惨遭不幸。这也是高、陈二位的担心所在。好在当时大唐造船及航海技术非常发达。杨贵妃所乘的"空舻舟"长一百多米，载重越千吨，可乘六七百人。这条大船劈风斩浪，终于在日本山口县的一个叫唐渡口的码头登陆。被惊涛骇浪颠簸得昏昏沉沉的杨贵妃在众随从的搀扶下走下船来，来到一个小渔村休息调养。

  不几日，杨贵妃身体好转，由众人陪同，拜别完唐渡口，向繁华的东京走去，在东京附近买一个肃静的住所。杨贵妃等人来到唐渡口，久久地伫立在大海边，遥望着大唐帝国的方向，凄然泪下，不忍离去。经随从们多次劝解才缓缓离开渡口，向车队走去。就要登车的一刻，她突然发现山口处有一大片怒放的牡丹花，迎着海风频频地向她俯首，她毅然决定不去东京了，我就要在这里，在牡丹花的簇拥下等待大唐皇帝宣我回鸾的使船。众人无法，只好重回小渔村，慢慢劝说贵妃娘娘。可贵妃娘娘每日都去渡口向西眺望，并吩咐众人将山口的牡丹花移栽在渔村低矮简陋的住房四周。众人无奈，只好在此大兴土木，建起了行宫。行宫落成，贵妃娘娘命道士们回长安城见高力士，叫高力士设法让玄宗皇帝召见他们，诉说真情。

道士们回到长安，见了玄宗，按高力士等人的吩咐，说在海上的仙山中见到了贵妃娘娘。玄宗大喜，立刻把贵妃娘娘在宫中道观里供奉的两尊金佛赐给贵妃，并拿出一对仲尼式琴，这是蜀地制琴名家"古琴雷"当年为玄宗和贵妃娘娘特制的一对鸳鸯琴，玄宗皇帝抚摸了半日，将其中一张琴赐予了贵妃，并赏金万两，派内宫秘史命同道士即刻起程赐予贵妃娘娘，并问贵妃娘娘可否再回人间相会。

金阙西厢叩玉扃，转教小玉报双成。
闻道汉家天子使，九华帐里梦魂惊。
揽衣推枕起徘徊，珠箔银屏迤逦开。
云鬓半偏新睡觉，花冠不整下堂来。

杨贵妃正在噩梦中，梦到她第二次被皇帝贬出宫的情景，在悲泣中忽闻天子派高力士召她回宫。天使到的喜报惊醒了她，她衣冠不整地奔下楼来。她向西拜接了皇帝的赐物，高兴地吩咐天使即刻起程返唐。可天使却告诉她安史之乱尚未平息，皇帝正在竭力平叛，反杨势力尚未剪除，皇帝说让娘娘耐心等待，一伺国内平定就派高力士来接娘娘。

唯将旧物表深情，钿合金钗寄将去。
钗留一股合一扇，钗擘黄金合分钿。
但令心似金钿坚，天上人间会相见。
临别殷勤重寄词，词中有誓两心知。
七月七日长生殿，夜半无人私语时。
在天愿作比翼鸟，在地愿为连理枝。
天长地久有时尽，此恨绵绵无绝期。

杨贵妃无奈，只好殷勤款待天使，从天使的话里得知梅妃江采萍正在皇帝身边侍寝。她心中悔恨当年只是叫皇帝把她贬出宫而没有置她于死地。为了重新回到皇帝身边，她想给皇帝写一封信，可思绪万千，无从下笔，思来想去怎么也写不出来，离开皇帝已整整四年了，自己的情敌江采萍又在君王身边，当年皇帝因她胖、江瘦而把她比作牡丹花，把江采萍比作梅花，虽然是信誓旦旦地表白三千宠爱只在她一身。但他却常同梅妃偷情，被她察觉，从墙的夹缝中把她揪了出来，皇帝只好把她贬出宫去。她如今得宠，能不在皇帝面前进杨贵妃的谗言吗？皇帝会不会因杨国忠之事迁怒于杨贵妃呢？他也曾两次把杨贵妃贬出宫，君心难测呀！但皇帝还是深深地爱着她，对她的爱胜过一切。他想起那年在华清宫，她在海棠汤池沐浴，皇帝在外边偷偷地看，看得醉了，令侍女取琴来，在池边奏起了《霓裳羽衣曲》，听着他为她作的曲子，她也醉了，情不自禁地在水中和着那优美的旋律翩翩起舞，曲终皇帝竟顾不得脱掉衣服，除去靴袜跳入池中……那一天正好是七月初七，夜深人静皇帝仍兴致不减，他把杨贵妃紧紧地拥在他那温暖的怀里，指着牵牛星和织女星，附在她耳边轻轻地私语道："在天愿作比翼鸟，在地愿为连理枝。"她突然有了主意，在纸上写了这两句私房话，又把她与皇帝那年在马嵬坡惜别时的信物一起封好，托天使带给皇帝，她想这就足够了，她笑了，她在满堂牡丹花中醉了，她催促天使尽快地起程。

你道那天使是谁？他即高力士的徒弟李静忠，他也是安史之乱的参与者之一。玄宗皇帝内宠杨国忠为相，外骄安禄山为藩，已构成对太子李亨顺利继承皇位的重大威胁。而杨国忠同安禄山两人又在玄宗皇帝面前争宠，李静忠向太子献策，利用安禄山除掉杨国忠，于是他就利用皇帝派他宣旨命安禄山进京朝拜之际，暗示此次进京杨国忠要对他不利。安禄山一个胡儿，哪有那么多韬略，就一边遵旨缓缓向长安走来，一边不断地打听信息。玄宗皇帝召安禄山入朝有什么重大的事吗？没有，他只不过和杨贵妃一样想看安禄山跳胡旋舞，别看那安禄山肥得有两三百斤，跳起胡旋舞来却旋转如飞，让人眼花缭乱，尤其是给杨贵妃伴舞，他俩人的默契配合常使龙心大悦。玄宗皇帝等他不到，就派使催促，催得越急，那安禄山越害怕，越害怕就越踌躇不前。

杨国忠嫉妒之心大起，就上奏玄宗皇帝称安禄山有反叛作乱之意。皇帝如何肯信，命高力士拟诏宣安禄山火速入朝。宣旨的自然还是高力士的得意门生李静忠，那李静忠不提皇帝为何宣他入宫，再添油加醋地说杨国忠如何如何要加害于他，并挑唆说大多朝臣都要除掉杨国忠而苦于没有办法，希望你来个清君侧的举动，内外配合除掉杨国忠。这胡儿为大唐江山打匈奴、征北戎立下过无数战功，深得玄宗皇帝喜爱，对他宠渥尤隆。他果然上当，打起了清杨国忠的大旗。

这边朝内众大臣一致要求皇帝罢免杨国忠，而平息这场叛乱，在杨贵妃的泣求下，玄宗皇帝没有答应群臣的要求。陈玄礼在长安城中杀杨国忠未果，皇帝并不想跑，他不相信他的胡儿安禄山会造反。杨国忠可真被吓得魂飞胆破，他极力恳请皇帝到四川避一避，他为什么请皇帝到四川呢？因为四川既是他杨氏一族的发迹之地，又是他多年苦心经营的故乡。他在任剑南节度使时，已把蜀地当成自己家族的封地，入朝为相期间，他恃宠又安排了一群党羽，只要挟持皇帝一入蜀，他还怕谁，可玄宗皇帝既不入蜀也不罢相。反杨集团岂肯善罢甘休，他们纵容安禄山攻破潼关，杨国忠挟持皇帝出逃，高力士忙令李静忠传诸王子及近臣随驾，过了霸桥，杨国忠欲烧桥，把敌兵拒在渭水之东。玄宗不肯，他想返回长安，他想亲自在城上安抚安禄山，令他罢兵。杨国忠及杨贵妃苦劝，玄宗有些犹豫不决，这时太子率万余铁骑赶到勤王。太子也劝皇帝暂避一下，玄宗随任命太子为兵马大元帅随驾。群臣在逃亡中多次奏请罢相，皇帝始终不应。

到了马嵬坡，杨国忠暗暗得意，一入蜀就到了他的势力范围。反杨集团在再次苦劝罢相未允的情况下，只好先斩后奏地杀了杨国忠父子百余口，随后，有组织有纪律地恳请杀贵妃以绝后患。

杀了杨国忠，逼走了杨贵妃后，他们又导演了众百姓跪拦皇帝入蜀的闹剧，因为他们不敢入蜀，一入蜀他们的万余铁骑就成了杨氏余党报仇的小菜。玄宗无可奈何之下，只得命太子监国，率军民平叛，自己则悻悻地带领千余卫队入蜀。高力士则奏请李静忠追随太子平叛。这李静忠一到灵武，就劝说太子称帝，太子以皇父健在不准。在李静忠等的苦苦哀求下，太子勉强同意。

于是李静忠假传圣旨，称玄宗让位于太子李亨，太子继了皇位，向西泣拜尊父皇为太上皇。你可知道这反杨集团的总设计师是谁？实际就是太子。他成功地接替了皇位，其他皇子并不服气，永王（璘）也矫旨称帝。三年后，已是肃宗皇帝的太子羽翼丰满，这才传旨接太上皇玄宗皇帝返朝。

玄宗返回长安时，肃宗在渭河边霸桥前跪泣诉说自己的苦衷，恳请父皇复位。玄宗久久地看着跪地不起的儿子，思绪万千，不发一言地慢慢下马将儿子扶起，一同进城，进得城来，夹道欢迎的百姓载歌载舞地欢呼太上皇归来。玄宗苦涩地笑着向百姓招手致意，由肃宗的禁卫军引导安置在大明宫。

晚间，肃宗过来问安，又苦求玄宗复位。第二天，玄宗到长乐宫临时搭建的太庙祭祖，向列祖列宗谒拜谢罪，恸哭失声，不忍离去，在太子的搀扶下，回到大明宫，触景生情，想起和贵妃的恩爱，不勉伤心泪下。

他看了看太子，吩咐道："亨儿，如今你已继位，父皇我不便居住大明宫，我就搬到兴庆宫去养老，命朝天监择个吉日好把玉玺授予你。"随即信步走出大明宫。

李静忠和道士们回到长安，叙述了见到贵妃娘娘的经过，献上了贵妃娘娘的封匣。玄宗挥挥手，李静忠和道士们退下，高力士上前打开封匣后退了几步，低首垂臂侍立。玄宗抚弄着钗钿，泪如雨下，待拿起彩笺，打开一看到那秀丽的字体，泪水就一滴滴滴洒在字里行间。"在天愿作比翼鸟，在地愿为连理枝。"字字似星光闪烁，字字似随风飘落的牡丹花瓣，字字似一颗颗火热的心。那星光在眼前飞来飞去，一会儿组成天牛星座，一会儿组成织女星座，一会儿聚一会儿散，又聚又散、若隐若现，聚散之间慢慢团成两个星云团，两团星云急速地相聚在一起，旋转成一个硕大的星团，那星团像一个浑浊的大球，在旋转中又慢慢清浊分明起来，慢慢地向心离去，缠绕在球体内，好似那一分为二的太极，那太极慢慢弥散，相对离去，两极之间逐渐涌出一段天河；那牡丹花瓣在眼前飘来飘去，好似一张张靓丽的美人脸，一会儿似贵妃的笑脸，一会儿似虢国夫人的花容，一会儿似秦国夫人的月貌，一会儿似韩国夫人的妖艳，一会儿似杨国忠的飘逸，飘来飘去，光怪陆离地在目下起舞，渐渐地组成五色不同的方队，合着鼓瑟缓缓而来，突然被一阵疾风挟持而去；那火热的心，像一团团滚烫的火球，一会儿炽烈地燃烧，一会儿暗淡得欲灭，旋转时好似安禄山的胡旋舞，扑来时好似渔阳鼙鼓杂沓纷纭，零落时好似巴蜀散兵，一阵潇风沥雨，拨动着疲马铃声，肃杀的风、凄苦的雨裹着鹤唳的铃声，把那一团团火球浇灭，散落在马嵬坡的荒郊野岭。

玄宗颤抖的双手似乎感到彩笺上残存的贵妃余温。她不是仙而是人，她不是道姑而是太真。"在天愿作比翼鸟，在地愿为连理枝。"他要上天入地、踏海扬波地去寻找他的至爱。他吩咐高力士备船，准备追寻太真，亲迎贵妃回銮。高力士急忙去安排太上皇起驾事宜。诸事已毕，玄宗高兴地正同高力士商议起驾吉日，列所带物品清单，忽听内侍高呼："圣旨到，齐国公高力士接旨。"声音未落，殿中监李辅国带禁军入宫，玄宗一愣，高力士已跪地听旨，李辅国高声念道："齐国公高力士擅自离宫，结交外番，谣言鼓惑太上皇，敕贬黔中道，即刻起程。"宣旨毕，李辅国转身出宫，两名禁军搀起高力士随李辅国而去。

你想那肃宗皇帝李亨怎能容那爱参与政务的贵妃回朝再搅乱朝纲？于父子论，她是父皇的宠妃，是自己的后娘。于兄弟论，她曾是哥哥寿王李瑁的王妃，是他的亲嫂子。是娘是嫂都不好办，况且她同寿王生的王子还在。这个后娘若在内联络旧臣，在外勾结杨氏余党得逞，高力士再从中兴风作浪，自己的皇位还坐得稳吗？

高力士被押解着，沿当年随玄宗入蜀的老路走着，想起玄宗、贵妃对他的恩典，不住地回望长安，回望马嵬坡，回望成都，有多少惊心动魄的往事不堪回首。由川西南转道迁徙云贵之际，他看到遍地都是贵妃娘娘爱吃的荠菜，此地却无人吃，因而感怀咏旧：

两京作芹卖，五溪无人采。
夷夏虽不同，气味终不改。

诗中借荠菜思念起流落在东夷的贵妃娘娘，惦念起被禁锢在华夏大地的玄宗皇帝。

公元 762 年高力士赦返，途中经过因荠菜作诗的地点，忽闻玄宗皇帝驾崩的噩耗，他面向北号恸不止，过度的悲伤使他一腔热血涌向心头，夺口喷出，喷向空中，被风击散成一片鲜红的血雨，染红了身前的荠菜……

高力士死后，被追封为扬州大都督，陪玄宗皇帝葬泰陵。那扬州是贵妃娘娘流浪东夷的起点，追封高力士为扬州大都督，是不是肃宗皇帝让他在另一个世界里了却力士二哥（肃宗为忠王时对力士的尊称，其他亲王则称力士为"阿翁"，驸马们则恭称为爷）的夙愿？

第三回

下盲棋手谈无语叙古局
抚名琴指触生情会知音

话说那阶青主仆三人搬进了跨院，住着倒也安静。整日里一早一晚准备着会试的文章，白天由立草陪着四处访师寻友。这一日，立本传了会仙堂的厨子，在家整治几桌菜，算是给阶青补个接风酒。他太忙了，大哥立德随着父亲了，四弟立纲对应诊的事儿又不太上心，碰着个疑难杂症还有些应接不暇，三弟立草负责管理几处庄子和几家生药铺合股开的买卖，根本就不管诊所里的事儿。这小五子立目从小就不爱学医，也挨了不少板子，就是不上道，自从二姐死后，爹娘也不大理会他学不学医了，由着他喜欢学什么就学什么，只要肯学个一技之长就行。谁知这小五子学医不成，学八股不成，可那番邦的话他一听就会。十来岁进了同文馆，三五年下来，什么英美话呀，什么法国话呀，什么德、意、俄、日的话没他不会说的。父亲看着也乐着说："春秋战国时有六国宰相，看来我们家要出个六国通译，也是不错的嘛，将来在圣上身边谋个差事儿，也省得用那么多译员了。"前两年，家里给他操持婚事儿，他就是不从，也就没再死乞白赖地逼他，谁知这小子竟敢在外面养了头"西洋马"，还想娶进家里来，给家里气得够呛，断了他的例钱说："男人嘛，在外面寻个妓、宿个娼、弄个相公也不是什么大不了的事儿，断断不能拿中国的银钱养杂种儿！"这小子倒满不在乎，几个哥哥偷偷地塞给他银子他也不要。嘻嘻哈哈地说他有的是洋钱养杂种儿，用不着花清朝带鞑子臊味儿的钱，真叫人哭笑不得。

自打立德不在家，立本整日在家里应诊，有时都顾不上吃饭，自从阶青

来了，只草草陪着喝了会儿茶，就匆匆地又忙活去了。今儿一早，他吩咐了立草和阶青不要出去，中午一起吃顿便饭。也派下人去寻那小五子回来，可下人说五老爷的外宅和几处洋馆子、洋妓院全找遍了，就是找不到五老爷。

立本见找不到小五子，只好吩咐管家王祖德安排席面，请老太太到东院花厅用饭。众人给老太太请过安，等老太太落座，方各自回到各桌按长幼之序坐好，老太太四面环顾了一下，问立本道："怎么没见你五弟呢？"

立本刚要起身回话，只见赵立目同权宝贵满面春风地走进花厅。

老太太笑道："知道家宴还不早点过来，看看人家俞公子年纪轻轻就中了举人，哪像你整日没个正经地胡混。"

阶青慌忙起身向立目施礼道："小五叔，小侄给您老请安了。""五叔就是五叔，什么小呀老呀，俞大人，我到底是小还是老？"立目冲阶青一边顽皮地挤着眼，一边煞有介事地说道。

阶青虽长立目几岁，按两家世交的辈分论确是子侄辈，可这两人从小就一起玩耍，有着撒尿和泥的总角之交。阶青在长辈们面前自然拘谨些，不敢乱了礼数，若只是他俩单处，早就厮混在一起了。

立本说："五弟，不得无礼，人家阶青已中了举人，断不能再像儿时一般胡闹。"

立目说："二哥哥教训得是，小弟给俞大人赔罪！"说罢走到阶青面前，学着欧美女人的样子施礼。众人笑得前仰后合，老太太笑道："这没正形的猴崽子，还不给我掌嘴，重重地处罚他。"

立目说："老太太说得是、说得是，孩儿早就知道要被罚，早就备下了挨罚的玩意儿，献给老太太、献给俞大人。"

老太太说："又弄了什么稀奇古怪的洋玩意儿糊弄我？"

立目笑着说："那玩意儿太大，抬不进厅来，还得请老太太和几位哥哥及俞大人到院子里看看。"

老太太虽然嘴上说什么破烂儿也值得去看，但还是移座走出花厅，众人随着走出花厅来到院子里，一看，两辆簇新的洋车停在院子里。蓝呢子车座格外宽敞，靠背上方鱼白色的菱形编织物上织有一圈桃红色的鸟纹图案，中间是淡青色的汉瓦当图案，瓦当周围有一小圈五颜六色的番花。黑漆漆的车身在阳光下泛出乌黑而明暗相间的光彩，修长的车把和高矮适度的车厢显得那么匀称，车右把手前锃亮的铜镏金手铃闪烁着金灿灿的光芒。

原来这些日子，因阶青来京，立草陪着阶青四处寻师访友没工夫顾及那洋车的事儿，就让权宝贵寻着立目商量着加工出来。那立目一看见快成型的洋车，眼睛一亮，有了主意说："权爷，照这样再造50辆！"

权宝贵疑惑不解地问："我说五爷呀！您又没正形了，弄个一两辆玩玩就行了，也犯不着玩得太大份儿啦，没地界儿弄那么多，又不能熬着吃！"

赵立目："我说的可是正事儿，玩也不能像我家三爷那个玩法，赔本赚吆喝地玩，就是玩也得玩出钱来。我问你，一辆东洋车卖多少钱？你们自己攒辆车又合多少钱？"

权宝贵说："东洋车多少钱我倒不知道，我们攒辆车估摸着得40多块。"

立目："这就对了呀！一辆东洋车卖120块！你要是成批攒，本钱还要低，咱们攒的车比那东洋车还漂亮还舒服，你就卖80块，按你现在的本钱算，都是对半儿的利，放着赚大钱的事儿你不干，你是不是有毛病呀？"

权宝贵："攒辆车玩玩，没人管，要成批造就得到衙门登记立照上税，不少事儿呢。"

立目："上哪门子税呀！你只管去造你的车，我去找德国领事办照，看哪个衙门敢收我的税！这就是李中堂李大人所说的以夷治夷，这德国洋鬼子和小日本为了山东的地界儿险些动了手，咱做批洋车，让那小日本的洋车没销路，同德国领事一说，一准儿成，材料嘛，我到洋行去成批进，比你零买能便宜不少，你找个宽敞的门面，前边卖车，后边加工带修理。置房子、办厂你负责，所有进料款我包了，利润赚钱五五开，赔了全算我的！"

权宝贵把宣武门外河沿的闲房腾了出来，又是装修，又是置铁、木、棚的设备，又是招铁匠、木匠、棚匠地忙了起来，没几天扔进去千把块钱。赵立目到德国使馆去了一趟，说妥了，又跑了几家洋行，赊了万余块的货。就等着开业了。

老太太坐在车上觉得挺舒服，在院里转了几圈高兴地说："五儿呀，难得

你有这份孝心，花多少钱买的东洋车？待会儿吃完饭，去柜上支银子去，都算我的，用不着你掏半个洋子儿。"

立目笑着说："哎哟，我的亲娘呀！您老人家可看好了，这可不是东洋车，那小日本的东洋车哪有这么舒服呀。"

老太太："倒也是，东洋车小里小气的没这么宽敞，难道这是西洋车，西洋人人高马大的，车也做得大，我看是。"

立目："东洋、西洋哪里做得出这么地道的车，这是我三哥设计的，同权爷一起攒出来的，儿子我不过是借花献佛罢了。"

老太太："敢情是你三哥操持的，你倒是拿现成的做人情，也不臊得慌！看来还得罚你！"众人依次坐了一圈，觉得确实是比那东洋车舒适轻巧，夸赞了一番，陆续回到花厅用饭。

一进花厅，立目就嬉皮笑脸地凑在老太太面前说："孩儿我给您老人家和哥哥嫂子们都带了点儿小礼物，您可不能不赏孩儿的脸。"

老太太笑着用指头点着他的头说："瞅你那没正经的熊样儿，你能真格儿地拿出什么像样儿的东西，还不知从哪儿弄来些洋垃圾糊弄人。"

立目吩咐下人们将东西拿过来。送给老太太的是一盒东洋布料、一块英国山羊绒的呢料、一套东洋暖手脚锡金壶。送给二哥立本的是一大盒印度红油。送给三哥一箱1845年产的法国轩尼诗酒。送给四哥的是一箱俄国伏特加。送给各位嫂子一人一瓶德国柯隆香水及一盒英国洋布料。最后拿出一支英国自来水金笔和一块一尺多高的日本武士造型的和墨，走到阶青面前一本正经地说："草民赵立目恭祝俞大人金榜题名，独占鳌头。"

下人们摆上了三丝拌蜇皮、北镇熏猪蹄、月盛斋的铁盒酱牛肉、天福春的酱肘花等冷盘，送上了双层暖酒杯，刚要斟酒，立目说："慢点儿，慢点儿，拿玛瑙杯来。"然后转过头来对自己的跟班说了几句英文。那跟班给爷们儿的桌上每桌上了一瓶甘武士白兰地酒，给女席一桌上了一瓶法国红葡萄酒。

立目对大家笑笑说："先尝尝这洋酒可好喝？"

老太太说："净出幺蛾子，我可喝不惯那酸不叽叽的水儿。"众人尝了一口，都觉得比不上内黄的味儿好。

喝了一阵子，下人们陆续摆上来芫爆里脊丝、它似蜜、保店驴肉、炒八宝辣椒丁、苹果鸡、玫瑰锅炸、汆芙蓉黄管、兰花熊掌八个会贤堂拿手山东菜。

吃了一阵子，后厨又送上几样菜，老太太说吃不下了，先回房歇息去了，女眷们也随着老太太走出花厅，门房来报说方大人求诊，立本忙带着立纲去应诊。

立草、立目、阶青这仨公子可没了辈分地侃起来，权宝贵先是有些拘谨，慢慢地也入了港，跟着胡天胡地地哨起哪家院子姑娘有味儿、哪家相公堂子的相公漂亮。众人把四九城的名妓依次品评了一番。立草约明天陪阶青去陕西巷，立目则先要去王府井的小白楼，权宝贵见双方争执不下说："三爷、五爷都别争了，眼下有个要紧的地界要去呢。"众人一起望着他，他笑着看着立草说："三爷，您这两天陪着俞爷忙，没听说那东洋小毛驴的事儿吗？不少人连见都没见着那驴什么模样，就给吃了荤茶碗，盛家（盛宣怀）公子、左家（左宗棠）内侄都没降住，败下阵来。段家（段祺瑞）少爷还不错，手谈了一局，也就没了下文，我看该三爷试一把了。"阶青这两天也正同立草议论这东洋女人的事儿，也乐得看热闹，就说："三哥呀，我看就依了宝贵兄弟的主意，明儿个我们先陪三哥相嫂子去。"

次日，立草、立目、阶青、权宝贵驱车来到石头胡同君代家，成赖正治赶忙将几位爷迎进花厅，良子忙下来说："犬子等才去应局，马上派跟班叫她们转局过来。"见过了俞爷，请过安，问是否要安排打茶围。

权宝贵笑道："俞爷自然要打茶围，但主要是三爷要会知音。"成赖正治笑道："可不巧，犬子姑娘刚出去，她要是知道三爷来，也早就推脱了局，眼巴巴地等着伺候三爷呢。这姑娘眼里只有三爷一个人，三爷真没白疼她，三爷您先喝杯茶稍候。这位俞爷，要位什么样的姑娘伺候？"

权宝贵说："俞爷的事儿叫良子去安排，你操持操持三爷的事儿。""就去，就去！"成赖正治说完就鞠躬欲退下。

权宝贵笑道："就去，就去哪儿呀？三爷要打美羊稚子的茶围！"

成赖正治先是一愣，接着哈哈大笑地抹了抹仁丹胡说："三爷要打她的茶

围,太好了、太好了!可三爷得担待点儿,这姑娘初入道,还有点小脾气,我看就得三爷驯服她。"

众人在成赖正治的引导下,来到后罩房,在客厅中坐下,良子带着一个花枝招展的日本姑娘陪俞爷。众仆役布上茶水,成赖正治深深地鞠了七八个躬,一脸坏笑地退了出去。喝了一杯茶,那日本姑娘亲手给俞爷奉了一杯茶,阶青一笑接过了,众人拱手相贺。又喝了一阵子茶,聊了一阵子天,仍没见美羊稚子下楼来接客。忽听得一阵楼梯响,接着是轻轻的开关门声,又是一阵碎步声,通向正厅的西屋的门慢慢开启,众人一齐望去,出来的竟是一位娘姨。

良子起身一一引见了各位爷,那娘姨大大方方地向众人行过礼,对立草说道:"三爷,我家姑娘想同三爷手谈一局,不知三爷可否赐教?"

立草微微一点头。娘姨转身离去,很快就折返回来说:"我家姑娘说请三爷占先。"

权宝贵心想,就你算是尽地主之谊,也没有这么拿大的。良子在想这美羊稚子也狂得有点儿过了分,即使你棋艺再高,没有碰到敌手,也不能如此轻狂呀。阶青也有些疑惑,这"上手执白后行以显尊,下手执黑先行以示恭"这是围棋对局的古理,莫非她真是显贵出身,沦落成妓女而不肯屈从?看来有些味道了。

立草又是微微一点头,那娘姨又上去一回说:"那就请三爷您开局吧。"

说罢就站在花厅里等候,并不去拿棋盘棋子。众人有点儿奇怪,良子刚要开口询问,却听立草说:"起东五南九置子矣。"

那娘姨回来说:"姑娘子落东五南十二处。"立草:"西八南十二处置子。"娘姨返转后说:"姑娘应西九南十处。"

立目、权宝贵等不知这叫什么玩法,良子知这是盲棋,但这种术语却从未听到过。下了十几个回合,双方都要思虑一会儿方落一子儿。阶青一下子明白过来了,开局是著名古局"邓艾开蜀势",到了中盘又变化异常,让人捉摸不定,况这些年一来身体欠安,二来为了科举,少有时间对枰研讨了,看来要同立草差一大截了。这起局既是"邓艾开蜀势",说明这两人对上号了。

这局棋相传是唐玄宗时的棋待诏、著名围棋大师王积薪流传下来的棋谱，至今还没有一个人能明白其中奥妙。这两人不光是在下棋，而且是在对话。因为王积薪这盘棋谱是在同玄宗皇帝西逃入蜀的途中得到的。玄宗皇帝和贵妃娘娘都是当时的围棋高手，两人经常对枰为乐，王积薪作为棋待诏常伺候在旁，有时也陪玄宗和贵妃下棋，也常给玄宗和贵妃娘娘演示讲解历代名局。西逃时，他虽随侍在侧，但晚上住宿时，因官位不高而常露宿荒郊。在马嵬坡兵谏前几天的一天夜晚，他有幸找到林间一个小草房借宿，夜间听一对婆媳对盲棋，记下了棋谱却想不明白。清晨他躬身向婆媳俩请教。婆婆对他说："你先把你认为满意的棋局摆给我看。"王积薪从行囊中取出一直随身携带的棋具，把他认为最得意的棋局一一摆给婆婆看。

婆婆看完对媳妇说："这难的棋局就不必讲给他了，教他点简单的就行了。"媳妇走上前来，给他指点了一些攻守、杀夺、救应、防拒之法。

王积薪不甚明白还想再问，婆婆笑道："不必再问了，就这些恐怕当今天下已无敌手了。"

王积薪来到玄宗皇帝和贵妃娘娘的临时行宫，用这盘棋局给两人解闷，消除逃亡路上的烦恼。

下到第三十六手，娘姨下来说："三爷，我家姑娘说三爷果然棋艺非凡，三爷您赢了，佩服、佩服！"

立草说："哪里、哪里，明明是你家姑娘赢了。"

众人也不明白，他们俩到底是谁输谁赢。娘姨转身又上楼去了。这时节，富子和枝子也转局过来伺候。

枝子对立草说："三爷，犬子姐姐身子不舒服，歇息一会儿再过来。"立草笑着点点头，没说什么。只听得一阵楼梯响，一直响到西屋，众人目不转睛地望着通向西屋的门，却只见娘姨带着两名侍女转了出来，对立草说："姑娘想请三爷抚一曲琴，不知可否？"立草微微一笑，又点了点头。娘姨挥了挥手，两位侍女搬出来一张紫檀琴桌，在正厅安置好，进房去搬出一架古琴来放在琴桌上，又转身进了西屋。

众人一看这把古琴长三尺六寸五分，琴通体蛇腹断纹柔和地泛着黑灰相

间的暗光，显得古朴典雅。从两侧起项到冠角匀称地起伏呈涟漪状，显得气韵生动。紫檀的岳山、承露、冠角、龙龈天衣无缝地镶嵌在梧木琴面上，就像鬼斧神琢一样，显得滑润舒畅。玉制的琴徽晶莹剔透地撒落在一首一尾，遥相呼应，显得深邃古远。七根冰弦由岳山上一泻千里地奔下龙龈，好似银河落九天，显得秋思缠绵。立草和阶青小心翼翼地把琴捧起，翻转过来。那梓木的琴底就像一块坚实的大地，显得广袤浑厚。龙池和凤沼就好像两口方形古井，满含通天之水，在井下起浮升降。轸池中一排弦眼就像珍珠泉，不断地从泉底吐出莲花。藏青色的雁足就像那敦实的天柱，擎举着天，擎举着地。龙池旁刻有隶书"秋波"二字，凤沼旁有"戛玉鸣金"一方篆文印。

这是一张价值连城的唐代古琴，史料记载名"秋波"，是蜀制琴大师雷氏献给贵妃娘娘的贡品，安史之乱后失踪。

立草和阶青相对一点头，就把琴翻转过来安放好。俩侍女已燃上檀香。立草洗过了手，擦了把脸，又振了振衣，正襟危坐在琴桌前，在香烟缭绕下调着琴弦，接二连三蹦出的音符好似叮咚的泉水声，又好似玉磬的碰击声，又好似金钟的敲撞声。立草又拨动了几个连音，轻轻一抹一划而少息，那琴音就好似钱塘江中秋大潮千军万马般地涌到脚下戛然而止。调完弦，立草垂下手来闭目凝思。

众人屏住呼吸，静候佳音。良子想三爷会不会弹《凤求凰》向美羊稚子诉说爱慕之情呢？阶青也在想三哥起什么曲好呢？《关雎》似乎有些俗，《雨霖铃》符合情理但沉于哀怨。阶青正缕着琴曲，忽然感到琴声在袅袅香烟中泻出，犹如山泉叩石，珠落玉盘，犹如孤鹿嘶鸣，求其友声。阶青眼睛一亮，心想三哥呀三哥，不愧为情场老手，用这首琴曲起手，真是不卑不亢，既不失身份又不含媚求，得体、得体。便眯起眼睛欣赏起来。

小雅·鹿鸣

呦呦鹿鸣，食野之苹。
我有嘉宾，鼓瑟吹笙。
吹笙鼓簧，承筐是将。

> 人之好我，示我周行。
> 呦呦鹿鸣，食野之蒿。
> 我有嘉宾，德音孔昭。
> 视民不恌，君子是则是效。
> 我有旨酒，嘉宾式燕以敖。
> 呦呦鹿鸣，食野之芩。
> 我有嘉宾，鼓瑟鼓琴。
> ……

这《鹿鸣》之曲乃是周代国君宴会群臣及宾客时所奏之琴曲。后来被文人们作为寻友之音。

立草弹完《鹿鸣》之曲，闭目静候回音。四处静寂无声，众人隐约能听到自己的怦怦心跳声，那怦怦之声轻轻地向四壁撞去，又悠悠地返回心房。一阵舒缓的琴声从西屋门缝中钻了出来，好似有人在空旷的田野徘徊，突然间琴声急促起来，嗒嗒的马蹄声夹杂着幼鹿哀鸣声把怦怦之声吓得深藏心底、惊恐万状，不禁使人感到心神不安，未免抓耳挠腮。琴声慢慢地又缓滞起来，好似幽咽的冷泉缓缓地流下冰滩，众人不禁打了个冷战，冻得连嘴也张不开了。琴声慢慢地又轻快起来，好似冷泉在温暖的阳光下逐渐充满活力，穿过水塘，流向小溪，汇入江河，奔向大海，欢快地浸润着一片鸟语花香的沃土，融入沃土之中，化出绚丽多姿的漫山鲜花碧草迎着朝阳，伴着海风向着太阳微笑。

这是《获麟》和《阳春》两首古琴曲巧妙地衔接在一起的一首即兴发挥的琴曲。《获麟》之曲，相传鲁哀公时，有人捕获了一只麟，但使它受了伤。孔子去看了以后，感到很悲伤，认为这种象征祥瑞的动物因出现的时机不对，在礼乐崩溃的乱世出现，唯有遭到伤害。因而有感而创作这篇琴曲，借此抒发出伟大的政治抱负无人问津的苦闷心情。《阳春》即阳春白雪，在先秦之际被文人们认为是曲高和寡之作，它表现出万物知春、仰沐春光、和风淡荡的艺术境界。

阶青随着琴声在细细地品味着，苦苦地思索着。难道是在叙说杨贵妃好似祥瑞的麟，不合时机地被唐明皇捕获，险些命丧马嵬坡，亡命天涯而东渡日本，在日本又有一番作为的故事？还是在叙说美羊稚子受尽了人间伤害，得遇知音的复杂内心世界？

过了好一阵子，余音还环绕在众人心头。"吱"的一声开门声，娘姨手捧一朱红雕漆托盘走了出来。放在花梨条案上，立草起身移了过去，侍女为立草拉开无把手明式花梨椅，伺候立草入座。娘姨先从托盘中取出一方砚来，这是一方蕉叶形冻石端砚，立草拿起仔细把玩了一番，见砚后有"大周皇帝御制"字样，旁有"明、空"二字相连，似一个字又稍有疏离，似两个字又不够紧凑。知是女皇武则天所用之物，那武氏把"明""空"两字竖叠在一起，作为称帝后自创的新字为名，含明月之光普照大地之意而别于男性王权的统治。后来的男性王权称大周女皇为"牝鸡司晨"。立草将这方砚递给侍女，侍女轻轻捧过，放在条案右侧。娘姨又拿起一块通体漆衣的牛舌形墨，通景镌绘龙盘凤绕，错以云纹，龙身上端及凤头皆饰金漆，两面分别横列篆书阴识"天府""御香"，一金一蓝，下角楷书阳文"大明宫藏"四字款，重五六钱。立草知是玄宗皇帝御用之物，递给侍女，一侍女接过墨来，横卧于胸前，另一侍女从娘姨手中接过一凤首唐三彩净瓶，慢慢滴水珠入砚，持墨侍女缓缓地研磨起来。娘姨又取出一琼黄玉笔山及墨玉笔洗递与侍女，取出一块蜀绢平铺在毡上，把一支象牙笔管制成的毛笔，轻轻除去纯金笔帽递给立草，立草一看是只七紫五羊褚遂良式唐笔，就轻放于笔山之上。娘姨又从犀角编成的笔卷中取出一杆孙过庭式长锋狼毫笔。立草接过，端详片刻，夹在右手指间，俯首一看那蜀绢上仿佛还隐隐地有些花纹。仔细一看右下角好似长安的大雁塔，左下角好似临水一码头含着一淡淡的远山，两角之间似有水波相连。立草略思片刻，头一摆，饱蘸了墨汁后，在砚上端捺了捺笔，一气用瘦金书成诗一首。

寥落中天雁一声，当年宠爱记分明。
扶桑春满唐渡梦，霸柳寒生雁塔情。

侍女用生宣纸轻轻吸去余墨，立草双手捧起递给娘姨。娘姨俯首接过捧到西屋去了。过了片刻娘姨捧出一张薛涛笺，双手举如眉高，屈体献给立草。但见那笺上用秀丽端庄的欧体写着一首诗。

　　蜀绢诗词如梦声，琴枰谈笑慰平生。
　　寒梅春艳弱柳边，牡丹秋残隐东瀛。

阶青心想这东洋女子确是杨贵妃之后，难怪这般高傲。诗中已明确道出要以琴枰慰平生，可在这妓行之中总不能做一辈子清倌人吧，想寻一个知音赎出身去，明媒正娶，可能性并不大。三哥遇到这么个奇女子，要想弄到手，可还真得下点水磨功夫。看她出来，怎么应三哥这个局。

听得西屋有些动静，众人又眼巴巴地盯着厅门，等待一睹美羊稚子的芳容。但那声音却又变成楼梯声，显然是一行人上楼去了。难道是重新更衣？众人有些捉摸不透这葫芦里究竟卖的什么药。

娘姨又转回来，拿来两个锦函，一大一小，也不知装的是什么。对立草说："姑娘叫我送与知音两函东西，请三爷回去拆封，姑娘不便下来，望三爷不要介意。"说完，深深行了个东洋礼，转身回去了。

犬子由外进来，和众人打过招呼，坐在立草下首。阶青说："三哥，出来也大半天了，我还有点俗事，要不我先走？"立草知道阶青的心思，起身说："既这样，就不传饭了，我们一起回去。"

一进立草的书房，阶青说："先别打开，看我猜得对不对？这小函应是给你的私信，这大函应是有关她家事儿的资料。"立草笑着点点头，小心地打开小锦函。只有一张和宣精制的彩笺，立草打开仔细地读着，阶青在一旁笑眯眯地望着他。立草一头雾水地将彩笺递与了阶青。阶青接过来一看，是一首诗。

无　题

　　中原问鼎矫诏传，文仲子胥释前嫌。

忘点徐公脸前痣，未换三宝二千年。

阶青看了几遍也不明白诗中的隐意。这"中原问鼎矫诏传"说的是西周后期八百诸侯国离心离德欲逐鹿中原的典故，用在今日又指的是什么呢？"文仲子胥释前嫌"就更奇怪了，两个人分属吴越两国，在两国争霸中都为自己的国家立下过大功，胜利后分别被国君除掉，"高鸟尽，良弓藏。狡兔死，走狗烹。敌国破，谋臣亡"的典故就出于此，可是这两位忠臣一先一后被赐死，生前并未谋面，难道两人死后在阴间成了好朋友，未免有些子虚乌有。"忘点徐公脸前痣"这徐公又指的是哪个徐公？哪个徐公脸上有痣，看来另有其他意思。"未换三宝二千年"这三宝难道是指佛家之三宝——"佛、法、僧"？佛自然是指释迦牟尼，法自然是佛家教义，僧自然就是传道的高僧。两千年这三宝一直未更换，倒是说得通。可四句诗是一个整体，怎么会读起来合辙押韵，解释起来却不知所云呢？两人怎么琢磨也捉摸不透。赶忙打开大锦函来看。里面却只有两张照片，一张是一座古墓，似隋唐风格又暗含秦汉遗韵，叫人拿不准到底是哪朝哪代的墓葬建筑，墓后有一排房舍，有些像是秦汉之际建筑特点，但也有南宋江南园林之特征，背后是一望无际的大海。另一张则是一座精美的汉白玉唐装贵妇雕像，高高的发髻前有一硕大的牡丹花，雕像坐落在一块方形大石台上，一株盛开的牡丹花挡住了半个石台。这是杨贵妃的墓，难道日本也供奉杨贵妃？长安马嵬坡下的杨贵妃墓是衣冠冢，难道杨贵妃的香骨真就长眠于此？

几天来，两人也没琢磨出美羊稚子诗的含义。阶青会考的日期却一天天临近了，两人就把这事儿放了下来。阶青忙着准备文章。仆人和丫鬟们忙着给准备被褥、衣物、食品、调料等。

会试在内城东南方的贡院举行。那贡院的位置即今日的建国门内，原建筑已荡然无存，只留下贡院胡同一遗念。原大门是五楹三启式府门，门前有宽阔的空场，以备停留车马。门对面有一大型青砖八字影壁，与大门前的空场遥相呼应，组成先导空间，使举子们尚未进门，就感到庄严肃穆。大门正中高悬"贡院"匾。大门内的第一道门叫作"龙门"，因为会试合格者，就有资格以"贡士"身份参加保和殿的殿试,在皇帝面前大展宏图,皇帝既然是真龙天子,举子们跃过这道坎而面见天子,这座门叫作龙门自然是恰如其分。龙门后为至公堂,龙门与至公堂间有一座两层楼叫作明远楼。北面及中路东西两侧则为考场。举子考试场所称为"号房",号房宽约1.5米,进深约为1.6米,前置一案,供举子答卷用,后置一顶东西墙的简单床铺,答卷时可用来端坐,闲暇可用来歇睡。旁置小炭炉,既可取暖又可热饭。内有一带盖恭桶供举子们方便时用。号房因地制宜一排几十间到上百间不等,用《千字文》编列号数,考场共有上万间号房。清朝时会考每三年一次,各省经"乡试""府试"两中举者方可进京参加会试。会试由礼部侍郎主持,有主考官四人称为"总裁",总裁须由进士出身的大学士、尚书以下副都御史以上官员经部报御批充任,同考官20余人多由翰林充当。会试在当年三月举行,故称春试或春闱,共分三场,第一场在初九,第二场在十二日,第三场在十五日。每场考前一日入场,第二日傍晚退场,因为虽已是阳春三月,但北京春寒未过,在号房过一夜,未免有些寒冷,故要备些衣物御寒,从考前头一日即进考场,入场检查完毕,即将内外门封锁,举子不准离号,考官不准离院。考官们自然有人伺候饭菜。举子们只能热点方便食品果腹。三场会考项目为:四书文、五言八韵诗、五经文以及策问。

两场下来,阶青也不觉太难,这四书文都是举子们背得滚瓜烂熟的东西,谁又比谁能差多少,怕也是难分伯仲。这五言八韵诗都是举子们从小玩熟了的陈词滥调,也难分出高低,关键是合不合主考官的口味。这第三场五经文也很难令人脱颖而出,关键是这"策问",起、承、转、合对举人们来说都是轻车熟路,可比高低的就是这立意,难也就难在这立意。阶青和立草商讨了两日,分别各自拟了三个策问题目作了一回,相互比较点评了一番,转眼就到了三月十四日,立草送阶青去贡院,正赶上街上掏臭沟,满街臭气熏天。臭沟旁用木架子支着"信远斋"字号的白底黑字的灯笼以示行人。立草捂着鼻子笑道:"这一场策问说不定哪个臭猪头巧遇上位没鼻子的菩萨呢。"两人相视大笑了起来。

第二天,立草传了做扬州菜的厨子,整治了一桌鳝鱼全席,叫下人从内

院搬来一坛状元红，安置在东跨院为阶青接风。

　　阶青尚未进院，那笑声却先钻进院来，立草听这笑声有些不对，从未见过阶青如此这般大笑过，赶忙迎了出去，见阶青的仆人和书童一脸担惊受怕地搀扶着笑得前仰后合的阶青正向院子里拖。家中的用人们不知所措地垂手侍立。阶青一见立草，更止不住地大笑起来。立草心中未免有些犯嘀咕，这阶青可别和《儒林外史》中的范进犯了一个毛病，可这榜还没公布呢，难道他比范老爷病得还快？看到阶青笑得喘不过气来，憋得小脸儿一会儿红一会儿白，未免也有些害怕，赶忙一只手扶着他，用另一只手给他捶背。见得阶青吐出口痰，又长吁了一口气，方放下心来，拉着他走进东跨院。刚进客厅还没有扶阶青坐下，就见立本持着针灸包跑了进来，立纲也一头是汗地跟了进来。阶青一看众人着急上火的样子，一边摆着手，一边又笑起来。

　　管家王祖德进来问道："俞举人怎么了？老太太不放心，打发小人过来问问。"

　　阶青喘了一大口粗气，接过立草递的茶来，呷了口茶说："快去回老太太，我没事儿，可别吓着老太太，待会儿我给老太太请安去。"王祖德转身去了。立本不放心地说："俞举人，还是叫我给您把把脉，您可真把我们哥儿几个给吓坏了。""二叔，小侄给您赔不是了。"阶青说着一躬到底，立目赶忙上去将他扶起，顺势拉住他的双手，握了一会儿才撒手，笑笑说："看来是真的没事儿，想必是贤侄今日考得不错，今科的状元已稳稳到手，才如此高兴的。"

　　立草说："我还以为他同范老爷犯了一样的毛病，我正发愁到哪儿去请那张屠夫给他一巴掌呢。"

　　阶青说："别笑我，你们看了不笑掉大牙才怪呢！说不准真叫三哥说着了，这臭猪头没准真能巧遇上没鼻子菩萨，如要是那样，今年的状元非这位仁兄莫属了。"边说边掏出一张纸，递给了赵氏三兄弟。立草等接过一看。

项羽拿破仑论

　　夫项羽，拔山盖世之雄，岂有破轮而不能拿哉？使破轮自修其政，又焉能为项羽所拿哉？拿全轮而不胜，而况于拿破轮也哉？

　　……

众人一看，先是一愣，接着也笑得直不起腰来。

原来这《项羽拿破仑论》是今年策问的考题，也不知哪位考官出了这么一道"高题"，把中国古代的西楚霸王项羽和当代的法国风云人物拿破仑放在一起叫举子们论述。有不少举子十几年如一日"两耳不闻窗外事，一心只读圣贤书"，如何知道海外还有个法国，法国还有个叫拿破仑的大人物。可策问既出了这题又不能不答，结果是笑话百出，有位举子，作了上述大作，自以为妙笔生花，出了考场竟得意地背诵起来，众人认为是奇文，有好事者竟抄录下来变卖，还真发了一笔大财。

这位举子不知道"拿破仑"三个字连起来是人名，而以"拿"为动词，"破仑"为宾语，又吃不准"破仑"究竟是破的轮子，还是人名，于是两边都说道："岂有破轮而不能拿哉？"是把"破轮"作人名；"拿全轮而不胜，而况于拿破轮也哉？"是"破的轮子"之意；"使破轮自修其政"，这个"破轮"则是人名，而且俨然是与项羽、刘邦争逐秦鹿的英雄人物之一了。题目还没有弄懂吃准，望文生义地就发开了议论，一连三个反问式的排偶句，音调铿锵，气势壮盛，这也真是语妙天下。

这天一早，权宝贵就坐着"福聚"牌洋车来到缸瓦市的沙锅居，一到沙锅居门口，见印有"福兴""悦来"牌子的洋车十几辆一水儿排在大门两侧，不少人围观试坐，好不热闹。

这天是"福聚""福兴""悦来"京城三家车行联合开张的喜庆日子。这三家怎么合在一起开张了呢？还得从赵立目那万多块的料说起。当时赵立目叫权宝贵再攒五十辆洋车，可他却进了二万多块的料，权宝贵盘算着这些料攒三百辆都有富余，五爷想大干？可也不能这么浪呀！凭自己招的这点工匠一下子也攒不出这么多车来呀，河沿的院子就这么大，这料，这铁匠家伙、木匠家伙、棚匠家伙已摆得到处都是，连个下脚的地方都没了，想多加人、加设备都没地方放了。他小心地问赵立目是不是又寻了块地扩大攒车厂。可赵立目却说不扩这料还不够用呢。半个月攒出来十来辆车，还没正式开业就被京城的爷们儿抢光了，甭说自用的了，就连样车都叫买主给买走了。那天，他同立目商量再买块地扩厂，立目却说扩什么厂呀，悠悠地攒着吧。正说着，

悦来掌柜张宝来、福兴掌柜庄有余一块找来，商议也要开厂的事儿。立目和俩掌柜商议好，头一批每家攒车100辆，厂地自己解决，牌照自己去衙门办理，料由福聚这儿进，料钱卖完车一总过到福聚的账户上，这100辆车由于是福聚出的料款故要分净利三成。100辆以外再进料自行支付，自己进料也成，如果要想进料便宜，最好是三家统一进。两家可用自己的商标，但要一次性支付福聚车行300块转让费。俩掌柜一准儿应了下来，立马就立了契约，签完字画完押，赶紧从袖口掏出银票交给权宝贵。

权宝贵和张宝来、庄有余在门前忙着迎接前来致禧的嘉宾，大堂里陆续坐满了京城各商号的买卖人。听得门房高喊："赵五爷、齐大爷、二爷、三爷前来致禧了您哪！"权宝贵三人赶忙把四位爷让进雅间。接着，阶青同康有为、梁启超等也进了雅间。

阶青同康、梁等举子自是一桌，赵立草兄弟同齐如山兄弟三人等又是一桌。刚要开宴，工部官商方伯根又进了雅间，寒暄了一回，同立草坐了一桌。

第四回

同文馆洋文肆语幸灾乐祸
松筠庵奋笔万言泥牛入海

　　权宝贵同张掌柜、庄掌柜自在前面照应来贺喜的各路朋友。雅间里立草坐了主位，立目、齐家三兄弟、方伯根同立草自是一桌。另一桌一水儿全是刚会试完的同科举人，阶青坐了主位，康有为坐了主宾，梁启超打了个横，还有三位，一位是南海县举子陈大照，字阶平，另一位是香山县举子魏宗弼，恰巧也字阶平，还有一位也是香山县举子，姓钟名崇光，字悦可。康有为对立草兄弟自制洋车之事大加赞许，认为是习法日本富国强民的实业之举。立草觉得康氏所赞同的与自己初衷相违，但又不便言明，只好拱手相谢。立目同齐氏三兄弟都在同文馆习洋文，对康之言不大理会，不时地低语些洋文说笑。几杯酒下肚，看着满桌丰盛的菜肴，康有为不禁起身大发宏论。

　　"今到京师来，见兵弱财穷，节颓俗败，纪纲或乱，人情偷懒。上兴土木之工，下习宴游之乐，京师处处酒肆歌台，无不行尸走肉，家家斗牌堂会，无不纸醉金迷，若贺太平，去岁甲午一战，如国人不为警钟，则将为丧钟也。"

　　阶青觉得康有为酒后有些失态，此时此刻这种议论未免不合时宜，忙起身将康有为按在椅上说："吃菜、吃菜，你先品品这小烧肉味道如何？这大红杏干和蜜饯海棠也是这里的拿手菜，一片猪肉能做出几十道菜，也是不容易的。"

　　立目用法文对齐氏三兄弟耳语："自个儿吃着大鱼大肉，也不知谁是行尸走肉。"

齐寿山用德文窃语道:"一个幽灵在京城上空徘徊。"

立草忙用眼神制止住。梁启超不紧不慢地说:"吾师自光绪十四年(1888)起,多次上书强国之策,至今如泥牛入海,不能上达皇上,眼看国将不国,怎能不感慨万分呢?"康有为感到众人对国家兴亡如此冷漠,未免又激动起来,愤而蹿起,用不纯熟的官话夹着广东音侃侃而谈起来。

"今日外夷交迫,日本虽区区小国,然而君臣合力,锐意改革,仅十余年则百废俱兴,扩军备战,南灭琉球,北扰虾夷。昔者,谋取高丽,实则欲夺我关外沃土于东;英兵强侵青藏,而虎视川、滇于西;俄筑铁路于北,紧迫盛京;法国利用教士,小惠愚民,广聚教徒,煽动乱民于南,实则欲占滇粤之疆。东西南北,屠刀高举,而黄河堤坝失修,洪水泛滥,鲁豫之民,流离失所,妖僧恶道,挑拨是非,藏污纳垢,结会作乱;广东大水,京师大风,拔木毁株,江淮沿岸,地多苦旱,五岳之脉,多至地震山倾,此皆为我朝历代未有之大灾大祸也……"

齐如山笑道:"更有可骇者,奉天大水,山涌川隆,下泻清帝皇陵,墙圮坍塌,左右十八山形势面目全非,不知康举人知也不知?"这齐如山如何蹦出这么一段话来。原来齐氏一族乃是明末反清志士之后,巴不得天灾人祸灭了清朝,使皇权重归汉人之手。齐氏一族,明初由山西迁至河北高阳。其九世祖齐国琳在清兵伙同吴三桂与李自成大战之时,曾与河北新城王余佑、蠡县李恕谷、博野县颜习斋、响马窦大东和窦二东(即《连环套》中的窦尔敦)等人组成乡团军事联盟,共同抗清,曾从清兵手中收回雄县等不少失地,后看到清兵势力太大,就知难而退,委曲求全,以保全家及各村县免遭杀戮,虽然反清失败了,但反清复明的余热一直存留在后代的血脉中,一有风吹草动,未免萌生推翻清朝的先祖遗志。

康有为:"康某如何不知,当今圣上乃是中兴之帝,只要圣上锐意改革,仿效日本,变法维新,内外交困之势必然改观,天灾人祸之状必然缓解,只是康某徒有强国富民之策,无法上达天庭,施之于政,若诸君尚存爱国之心,不妨同康某共同具名上书,一旦为圣上所采纳,朝之行变法之政令,夕必收改革之硕果也。"

齐如山："康大人数年如一日，宣讲变法，实乃难得，但任凭你有灵丹妙药，如何治得病入膏肓的清朝异族？"

康有为："我等历代受当朝皇恩，本应精忠报国，为圣上分忧，齐大人如何能说出诽谤圣朝之语，康某不敢苟同。"

齐如山："诽谤却是谈不上，冲毁皇陵，怕是天意，怕是如同康举人所说的清朝也要重蹈明崇祯之穷途，无力回天。"

康有为不觉动容，泪流满面，转身冲南躬身，大呼："圣上哇，奴才还要冒死上书，望苍天有眼，让圣上龙目能一睹奴才一心为国之赤胆忠心。可叹京师之地，尚不如湖广不毛之壤，还有一些忧国忧民的臣子，可叹呀！"

梁启超、俞阶青忙扶康有为入座，劝慰不止。赵立目同齐氏三兄弟则在一旁冷笑。

方伯根起来说道："湖广自有康举人、梁举人这样的有志之士，京师自是自愧没有先生这般有管仲之才的志士，但京师毕竟是首善之区，决不会生出长毛一类乱臣贼子，听说香山县不光出了魏举人、钟举人这样出类拔萃的贡生，还出了一门大炮，不知是也不是？"

钟崇光："可不是嘛！那大炮，姓孙，名文，字中山，自称孙大炮，竟大放厥词，说什么要'驱除鞑虏，恢复中华'，简直是一派无君无父的狂言。大清有什么不好？尊孔礼儒，深得士子之心，如今满汉一家，满汉大臣同朝辅政，并无歧视，敝县出了这等不耻之徒，实乃敝县的耻辱，这也是中了那狗洋人的什么鬼邪教，如要上书，我看这禁洋教是最为要紧的事体。"

康有为："提那无君无父的歹徒作什么，一群乌合之众，成立个什么兴中会，喊几句狗屁不通的口号，出两张不伦不类的小报，岂能成事，不过是几个跳梁小丑罢了。"

赵立草："康大人，凭咱们这微末功名，什么要言妙道，也难达圣上，但愿这次殿试康大人能高中状元，只有中了状元，康大人才有可能授予四品编修之职，四品以上就有皇上直接召见的资历了，算来康举人这是第六次会试了吧，想必是轻车熟路，来，喝一大杯，祝康大人独占鳌头！"

康有为回到东城韶酒胡同金顶庙的住所，想起席间同文馆一伙人的冷嘲

热讽,心里很不是滋味,很难入睡。这伙人,论学识,那点"四书五经"的微末功夫,不用说考举人了,恐怕连秀才都考不中,学了几年洋文,也不过就会糊弄个国人,真和洋人会谈,还不是道士、和尚做道场——各念各的经。想自己十年寒窗,满腹经纶,考了三届才中了个秀才,那举人又是三届才得中,会试六届十八年了,届届中不了进士。可同文馆这一伙,十来岁一进馆,吃呀、喝呀全是朝廷供给,学个七八年,"四书五经"狗屁不通,洋文结结巴巴的,能背下几十个字母,就算学业有成,一离馆,即被授予六品官职。他就是会试得中贡生,殿试要排不到一甲前三名,连个六品官职都拿不到。十几年前,他来京会试落第,可同科一班平庸之辈却金榜有名,他愤恨不平,给圣上上书,希冀圣上能赏识他的经国之才,谁知人微言轻,满卷治国之良策,竟无人理睬,六届会试,六届落第,上书六次,六次如泥牛入海,杳无音信。这次,他还要上书,不光要言辞激烈,还得弄出点动静来,不然怎么能让圣上知晓呢?

  康有为一夜未眠,看看将到入朝开内城城门的时刻,赶忙起身出了金顶庙,向东踱去,踱了几十步,就到了胡同东口,向南一转就上了王府井大街,走到锡拉胡同口,正赶上户部右侍郎张大人上朝,康有为忙垂手立于路旁,张大人在轿中向他微一点头,就急着上朝去了。康有为尾随其后,向南走去,出了正阳门,转过珠市口来到了米市胡同南海会馆,敲开了门,径直奔陈大照的住房,仆人给他让到客厅,不一会儿,陈大照衣冠不整地慌忙过来问:"广厦兄,何事深夜来访?"

  康有为:"我想多联络些同科举人给圣上上书。"陈大照:"广厦兄还想上书?要说广厦兄也没少上书,可从未有过回音,要上书,也要等殿试完了再说,如果这次连会试都不得中,我看就省了那份笔墨吧!没别的事儿,我去叫下人弄点儿菜来,烫壶酒,咱们喝到天亮,吃过早茶,到东岳庙进炷高香,让神明佑咱们能会试过关,只要会试中的,那殿试就没有名落孙山的,好歹也是个进士出身。你先坐坐,我去洗漱了就过来。"说完转身离去。

  康有为无精打采地回到金顶庙住所,仆人招呼他吃饭,他也没心思吃,回屋倒头便昏昏沉沉地睡了。忽听得门外鞭炮声起,报子快马来报:"恭贺南海县贡生康有为康大人高中恩科状元！"他高兴得一跃而起，飞出门外扶起报子，命仆人置酒款待，接着二报、三报接踵而到，他站在金顶庙山门前一拨一拨地喜迎着报子。

天快亮了，那初起的朝阳并未卷起满天的火云，却使全城笼罩在柔和的浅玫瑰色的晨曦中，他站在台阶上深情地向右边望去，高崇巍峨的皇宫大殿在浅玫瑰色的晨曦中闪烁着金色的光芒，那金色的光芒把眼前青砖灰瓦的民房涂上一层金色。浅玫瑰色的晨曦绝不同于暴风骤雨前的暗紫色，却带着一种明亮而温暖的光芒，一轮红日在槐花丛中冉冉升起，露了露慈祥的笑脸，然后就把脸埋到金玫瑰色的淡淡晨雾里去了，在舒展云层的最高处，两边闪烁着金色的光柱，那闪亮的金色光柱又变成九条金龙，在灰白相间的云际中飞舞，把灰色渐渐擦去。云层翻转着、聚集着，金龙飞舞着、盘绕着。翻转的云和飞舞的龙短暂地凝结在一起，好似金光闪闪的博山炉。那跳跃的金光又向前移动了，带着一种肃穆的欢悦，向上飞似的涌出了一轮朝日。太阳，并不厉害，不像家乡酷热得令人窒息；阳光，并不强烈，不像南方的烈日刺得人睁不开眼。悦耳动听的韶乐声起，一组皇帝的骑驾卤簿纷沓而至，警人跸旗一对，为先导，五色金龙旗一对、翠华旗一对、金鼓旗一对、日月旗一对、五云旗一对，迎着朝阳随风飘舞。金立瓜一对、金卧瓜一对、金星一对、金钺一对映着朝阳序列而来，进善纳言旌一对、敷文振武旌一对、明刑弼教旌一对、教效表节旌一对，参次行进。紫芝盖两对、翠华盖两对，后面紧跟着整仪尉两人、持戟尉两人、持殳尉两人、持豹尾枪两人。宣召内侍骑白马在中路，云麾使骑棕马于左，冠军使骑棕马于右，目不旁视地缓缓而来。金水瓶一对、金炉一对、玉如意一对、拂尘一对，簇拥着一双手捧托金盘内侍，盘上盖着明黄绣龙罩单，其后是一挂彩内侍牵着一匹头扎红花、背披彩缎、金鞍金镫的高头大马，趾高气扬地向金顶庙走来，马后面殿以黄龙大纛，其后是宫廷乐队边奏着"乐部列前部大乐"，边随队行进。

内侍们设了香案，康有为跪地接旨。两名内侍扶他入内更衣，他先拜了装着官衣的金盘，内侍掀开罩单，小心地打开一袭石青色衣底圆领、对襟、平袖的官衣，他看见补子是雁方补，知道是四品官服。戴好三枝九叶素金顶

子的状元帽,康有为春风得意地骑在马上,由皇帝钦赐的骑驾卤簿招摇过市,向皇宫驶去。

光绪皇帝赐予他上书房行走、维新变法首辅大臣。他用馆阁体在保和殿一气呵成维新变法的诏书。他踌躇满志地走出皇宫,满朝的文武官员夹道向他贺喜,新科榜眼梁启超、探花俞陛云紧步后尘。他四处查找,却怎么也找不到赵立目及齐家三兄弟,不免有些失望,向前一望,看见方伯根立在披红挂彩的马前等待伺候他上马去鸿胪寺,他得意地大笑起来。他左脚穿进金马镫,右脚刚悠起,突然钟鼓声大作,方伯根一松手,他从马上跌了下来。

忽听得仆人们急呼着老爷的声音,他睁开蒙眬的睡眼,发觉自己是跌落在卧房的地上,原来是南柯一梦。钟楼、鼓楼的钟声、鼓声还在紧十八、慢十八地敲打着,他走出了山门,站在台阶上左右寻视,胡同空荡荡的,没有一丝生气。残阳已被高大宽阔的紫禁城建筑群遮挡住,那如血的晚霞映红整条胡同,黯淡的霞光用夸张的手法把自己的影子拉得长长的,在朝阳门的典声和崇文门的小钟声的催促下渐渐消失在夜色中。

他呆呆地站在山门前,看着昏暗死寂的胡同,梦中的一幕幕不停地在眼前飞逝而过。突然眼前有了一片光亮,自己的身影清晰地映在对面的山墙上,显得高大无比,回头一看,仆人一声不响地提着灯笼正站在他的身后伺候着。他叹了口气,走下了台阶向西走去,仆人小心翼翼地跟在他身后。走了十几步,他向南拐到韶酒胡同和锡拉胡同之间的夹道里,径直向锡拉胡同张宅走去。

户部右侍郎张荫桓是他同县同乡的世交,同治年间中的进士。因为有这么一位当朝的熟人宅第在锡拉胡同,所以他每次来京都租寓同张侍郎一墙之隔的韶酒胡同金顶庙。

张侍郎见到无精打采的康有为,未免有些心疼这小老弟,六次会试都无功而返。论才学,这小老弟也是学富五车,比起翰林院的编修来,似乎也不在其下,大概是运气欠佳吧,一个秀才都考了三年,才勉强得中。考举人吧,也是费尽心机。可就是当秀才时他就开馆教徒,不少举人都心甘情愿地拜他为师,那梁启超十六余岁就中了举人,听他一夕之谈,竟然五体投地地拜他这个功名比自己低的秀才为师，追随他四处宦游讲学。想必是这小老弟担心这次会试又要落第，未免有些郁闷。于是赶忙叫下人置下酒席，边对饮边劝慰这忧心忡忡的小老弟。席间张侍郎聊起今日上朝的要闻，康有为有了精神，瞪圆了两眼凝视着他，大气都不敢喘，生怕漏掉一个字儿。

原来这大清国甲午一战虽然战败，可这日本国并不算完，还要强迫清政府签订关于结束甲午战争的不平等条约——《马关新约》，清政府为了满足日本侵略者的要求，派李鸿章为议和全权大臣，前往日本谈判。日本侵略者大肆进行讹诈、恐吓，把事先拟好的一个狠毒的侵略条款，逼迫李鸿章画押。共十一款，附有《另约》《议订专条》各三款。主要内容为：

一、中国承认朝鲜完全"自主"，由日本对朝鲜进行控制；

二、中国割让辽东半岛、台湾、澎湖列岛给日本；

三、赔偿日本军费二万万两白银；

四、开沙市、重庆、苏州、杭州为商埠，日船可沿内河驶入以上各口岸；

五、允许日本在中国通商口岸设立领事馆，建造工厂及输入各种机器；

六、日本在中国享有片面的最惠国待遇；

七、中国不得逮捕为日本侵略军服务的汉奸分子。

由于条约过于苛刻，超出了李鸿章临行前朝廷的授意，李鸿章不敢擅作主张，急忙电告圣上。圣上一见电文拍案大怒道："这倭寇也欺人太甚了，朕就不信大清国四万万臣民就战不过他小小东洋奴才！"立即传旨召开御前会议商讨对策，主战同主和的大臣各占一半，争吵得不可开交。

这高丽国（今朝鲜）同越南、老挝、真腊（今柬埔寨）自古就是中国的附属国，法、英两国已用武力强占越南、老挝、真腊为殖民地。高丽被日本占领后，强分出去独立为国是在预料之中。主和、主战双方对这一条款全都认同。割让台湾、澎湖列岛给日本，主战派不同意，主和派却同意。对于割让

辽东半岛给日本,两派都不同意,因为该地被划给对方,将对大清发祥地盛京构成威胁,主和派建议同日本协商换个地方,哪怕是山东半岛也可以。对于开放口岸、允许设立领事馆等主战派坚决不同意,怕一旦开此先例,各强夷纷纷效尤,大清国如何应对。对赔款一条,双方都认可,只是主战派觉得高,要求圣上电告李鸿章请求日方再降一降。圣上也拿不准主意了,只好到颐和园请西太后的懿旨定夺。

慈禧皇太后在颐和园玉兰堂召集二品以上京官议事,由于日本提出的条件太苛刻,尤其是威胁到盛京一款,令满大臣们简直无法接受,主战一方倒占了上风。

慈禧皇太后仔细地审视着一个个养尊处优、大腹便便的满汉大臣,询问如何战法。甲午一战大清水师以强于日本水师的优势,竟在自家门口惨败。她想起十年前(1885)大清国始建海军衙门,醇亲王奕𫍯任海军衙门总理大臣,购买的是德国铁甲舰,请的是英国皇家海军教习,西洋最先进的蒸汽舰,西洋方法训练,当时满汉大臣一致奏报大清水师大大强于日本,战则稳操胜券。醇亲王还特命天津机器局仿制了"安澜""翔云""捧日"三艘小号战舰,在昆明湖里演练给她看,并在湖畔办了一所皇家海军学校——昆明湖水操内外学堂。白花花的银子花了不少,还不都丢在了水里,这光绪痴儿还想重建水师,细算起来,比赔款也少不了哪去,不如赔小日本点钱,倒比白扔在水里强。可这日本人也太过分,一个高丽分出去就分出去吧,干吗还要占辽东?陆战咱大清国能打得败日本吗?也不知那胡芸楣在天津小站的西洋式十营"定武军"练得怎么样了,那可是德国教习替大清国训练的新军哇。

主战派建议向俄、德、英等借兵同日本一战。

慈禧想起,咸丰年间,英、美等国欲在京城建立使馆,咸丰皇帝不同意,指定凡有交涉都在广州、上海进行。可英法联军兵临天津,咸丰八年(1858)六月,只好接受了城下之盟,签订了中英、中法、中俄、中美《天津条约》,让强夷们攫取了"钦差各等人员及各眷属可在京师,或长行居住,或能随时往来"等种种特权。以后,咸丰皇帝总觉得,公使驻京会带来"肘腋之祸",因而犹豫反悔,就趁英法联军退出天津之际,严令桂良"必须极力挽回"。

因此，朝廷在上海谈判通商章程时，拿出"全免课税"做条件，换取取消公使驻京的条款，但没有料到，洋人同样是把公使驻京一事看得比全免课税更为重要，于是朝廷的交换条例被拒绝了。英、法各国为实现公使驻京，不惜再次挑起侵略战争。咸丰十年（1860）十月，英法联军占领北京，迫使朝廷屈服。除承认《天津条约》的全部条款外，又变本加厉地胁迫签订《北京条约》，使朝廷又吃了大亏。

她反复地思考着，这东洋、西洋全靠不住，看来签也得签，不签也得签。既然是非签不可，那么不如早签，免得东洋人又变本加厉，吃亏更大。于是她只留下荣禄等几个近臣，把自己的意思说明，命皇帝押了玺，悄悄地派人送了出去。

李鸿章在马关代表朝廷签了字，待月后在烟台换了约后生效。李鸿章将这一情况电告朝廷，朝中诸多大臣并不知密使把押有玉玺的《马关新约》神不知鬼不觉地运送到日本，误认为李鸿章越权签约，于是大骂李鸿章为卖国贼，封疆大吏更不知情，纷纷上书朝廷不欲批准李鸿章签的约。不明真相的旅日台胞更是义愤填膺，在马关街上向李鸿章开枪行刺，险些要了李鸿章的命。

那光绪十五年（1889）中第的进士丘逢甲（字仙根，台湾苗栗县人）听说要割台湾给日本，奔走于台湾各界人士之间，联名致电朝廷痛陈抗倭保台，泣血表示台湾军民宁为玉碎、绝不瓦全，并通电十八省驻京会馆，联名上书朝廷，拒签丧权辱国的《马关条约》。

朝中亦有些大臣，已揣测到李鸿章不敢私自签约，看来反对签约也不会奏效，于是分别上书建议朝廷维新变法。

兵部侍郎陶模针对中外诸臣条奏变法而上"培养人才疏"。

疏中言道：

> 人才不足，和战皆不足恃，即战胜亦无益。因言天下事，当变通者非一，如减中额、停捐例、汰冗员，令京官升迁不出本部，司员分类治事，删弃旧案，破除旗兵积习，禁士大夫食鸦片……止于旧法外增一法，

不得谓之变法；于积习外增一习，不得谓之祛积习。欲求富强，当先崇节俭、广教化、恤农商……

定武军总督胡芸楣上"变法自强疏"：

臣闻五帝殊时，不相沿乐。三王异世，不相袭礼。盖穷变通久，因时制宜之道不同也。上年倭人肇衅，陆师屡挫，海军继失。寇焰猖狂，神人共愤。我皇上不忍两国生灵久罹锋镝，以大字小，舍战言和，虽两害从轻，计不能不出于此！然自古驭外之策，断无一意主和可以久安之理。唐于吐蕃，宋于金人，是其明鉴。今辽河以东，失地千里。虽由俄、法、德三国合起而争，许还故土，但倭人仍有从容商议之理，恐不免枝节横生。台湾交地，近复激成变端，倭人能否不起责言？固难预料。然此风一开，事变一日亟一日，及今而不思改计，窃恐数年之后，大局更不堪设想。目前之急，首在筹饷，次在练兵……

御使王鹏运针对倭人借铜贵银贱之机，利用奸民筹私钱，收购白银运回日本之举上"请通饬开办矿务鼓铸银圆折"。

一些满族权贵则联名上"迁都长安折"……

康有为边听边想，十四年前我就上书谈到日本进兵高丽，意在夺我辽东沃土，可是我这先见之明却被埋没在一群庸庸碌碌的官员案下，如果当年圣上能看到我的治国良策，怎会有今日内外交困的窘迫局面呢？这次会试不知中不中得贡生，只要得中，在殿试的策问中我就可以将这治国良策发挥得淋漓尽致。如果会试不中，岂不真如陈大照所言，上书也是白费笔墨。想来想去，还是没有把握，就告辞了张侍郎，垂头丧气地向回走去。

一拐过夹道，他感到有几缕金光闪耀，未免有些奇怪，仰起头来向上望望，繁星当头，一轮皎月倾泻着青白相间的寒光，他俯身把灯笼吹灭，低头一看，坑洼不平的土路上洒满斑驳陆离的银光，并无一缕金色。他慢慢地向前走去，又觉得有几缕金光在眼前闪烁，停下步来定睛一看，原来是金顶庙山门的灰瓦在泛着微弱的金光。他觉得庙中的关圣人在显灵，莫非关公在暗示着他那美梦即将成真？他掏出手帕擦了擦眼睛，确实是庙顶的灰瓦在不停地闪着金光。他兴奋了，兴奋地驻足长久地注视着山门顶。

为什么这座小小关帝庙叫作金顶庙呢？原来果然会发金光，他又回头看看身后的皇宫，心想会不会是紫禁城的金琉璃瓦反射出的金光呢？他赶忙敲山门，敲了半晌才得开，原来是仆人以为他留宿在张宅，因为往日只要晚间去张宅，必住无疑，今日主人破天荒地深更半夜独自返回，令仆人们措手不及。进得院中，见方丈房中也亮着灯，慌忙到方丈房前问安，方丈把他让进屋来，倒了一杯热茶与他说："老衲正在做功课，听得施主深夜叩山门，而且声音颇为急促，想施主必然是心绪不平而致，故煎得一杯香茶，静候施主。"

康有为寻问山门灰瓦深夜泛金光之事，方丈合掌答道："小庙是座关帝庙，京城中关帝庙有百余座，叫金顶庙的不过三两座，老衲曾听先师说过，每逢这灰瓦泛金光，于国必有大喜大庆之事，于庙必有贵人入住。老衲今年七十有八，还是第一次遇到灰瓦发光之事儿，想必是吉祥之兆要应在施主身上。"说完拉着康有为来到院中，吩咐庙祝吹灭所有灯火仔细观看，只见那灰瓦确确实实不停地闪烁着微弱的金光。方丈向康有为合十道："想必是关圣人显圣，主施主今科高中，老衲提前向施主贺喜了！"

康有为还有些疑惑，赶忙叫仆人和庙祝抬来梯子，自己亲自登梯爬到山门上，用双手遮住一块灰瓦，眯起一只眼仔细观察了半天，确实是灰瓦自身泛出一片微弱的金光。康有为兴奋不已地下来，险些跌落在地，忙令仆人拿来纹银五十两双手奉给方丈说："这点银子权当香火钱，有劳大师打开正殿，叫康某给关圣人上一炷高香，添一壶灯油，拜谢一番。"

康有为虔诚地跪在关帝塑像前顶礼膜拜，方丈在一旁闭目凝神地慢慢地敲着法器。悠扬的余音在大殿中回荡，那清脆的法器声和袅袅回音交融在一起，是多么的悦耳、多么的亲切、多么的动听、多么的醉人，康有为迷迷糊糊地又沉浸在美梦之中。

第二天一早，康有为来到南海会馆，同梁启超、康广仁等人商议上书之事。他奋笔疾书、一促而成。见是双日，忙徒步送往都察院。

自三月二十八日、三月三十日、四月初二日、四月初四日、四月初六日各省举子陆续向都察院上书达六百余封，上书内容虽五花八门、各抒己见，但大多是道光、同治年间已故翰林冯桂芬的老调重弹，不过是新瓶装陈酒，带了点涮瓶的水而已。何以见得？不妨将冯氏著述题目略例一二。

公黜陟议：建议朝廷选用德才兼备的大臣。

汰冗员议：建议精简机构，重手裁掉只拿俸银不干事儿的官吏。

许自陈议：建议言论自由，民俗、士情上达朝廷不梗阻。

复乡职议：建议加强乡镇一级官员，引出顾炎武"小官多者其世盛，大官多者其世衰"的宏论。

省则例议：建议提高办事效率、缩减办公费用。

罢关征议：尖锐指出税收衙门行私舞弊，截流税款，中饱私囊之现象，建议改革税制。

筹国用议：建议铸造等值银圆，以防通货膨胀。

节经费议：建议废除八旗子弟不劳而获的供给制。

稽户口议：建议核查权贵庄园户籍不实而不负徭役之现状，均徭役，不使小门小户负担过重。

收贫民议：建议实行社会福利及保险。

改科举议：废除科举，提倡新学，学习新科技。

广取士议：有绝技、有奇才者，不计较门第、功名，唯人是用。

停武试议：停止仅凭力大、弓箭准的考取武状元的原始方法，建议将军由实战中选拔。

采西学议：建议不要故步自封，要善于学习西方先进的东西。

制洋器议：不要因循守旧，视铁路、汽轮为怪物而毁之，要洋为中用。

善驭夷议：不可以泱泱大国自以为是、闭关自守。而要改变外交政策，认识世界之大，同世界各国和睦相处。

借兵俄法议：借外国之兵，犹如引狼入室，不如自己富国强军。

设同文馆议：建立外语学堂，培养外语专业人才，改变大清国不讲、不学夷语的错误做法。

几百封上书入了都察院，如石沉大海，动静全无，康有为同众举人于心不甘。他和梁启超伙同湖南举子任锡纯、文俊铎、谭绍棠，江苏举子王孝达、冯诚求等联络人于举子初八日相聚松筠庵商议联名上书之事。因各省举人进京会试，都由各省派公车送达，这是朝廷给有功名的文人的一种特权。可举人有功名却没有官职，没有用折、疏向皇帝条陈己见的资格，只有上书都察院代为转奏的权力。为弄出点儿动静来，这些尚未安排官职的贡生们，就挖空心思琢磨出"公车上书"这一引人注目的词儿来，向朝野表白：上书之人全是等待朝廷录用的准官员，不是普通老百姓！

1895年四月初八这一天，正是孟夏时节，街道两旁枝繁叶茂，绿草如茵，几只山喜鹊在绿叶间不停地鸣叫着，康有为迈着轻快的脚步，踏着朝阳向正阳门走去，仆人连跑带颠地紧紧跟着他。他呼吸着花草的芳香，觉得心旷神怡，"居庙堂之高，则忧其民；处江湖之远，则忧其君"。他现在是居庙堂之高还是处江湖之远呢？会试一中，他就顺理成章地成了天子门生，自然是居庙堂之高了。居庙堂之高则要忧民，他会心地笑了，遇到提笼架鸟遛早的闲人，他也倍感亲切，他那对京师上下"人情偷懒"的评价早飞到爪哇岛去了。出了正阳门，京师嘈杂的叫卖声此起彼伏："哎嘿——黄花鱼来买！""杨妃的芍药花哟……"他走到鲜鱼口，仔仔细细地视察着鲜鱼摊，俨然是钦差大臣体察民情的劲头儿，他对着鱼贩子们微笑着不停点着头，鱼贩子吓得直向后退，他和颜悦色地向鱼贩子招招手，仆人赶快上来拉他的衣襟，他并不理会，叫鱼贩子称了四条大黄花鱼，仆人赶忙上来问价，并告诉贩子送到韶酒胡同金顶庙，贩子唯唯诺诺地应着，仆人拉他离开，他一边责问仆人为什么买东西不付钱，一边摸出一块碎银子递给小贩，小贩吓得双腿直抖，两只手怎么也抬不起来。他和蔼地拉起小贩的胳膊，把银子塞在小贩手中，仆人在一旁无可奈何地摇着头。挑担卖芍药花的赶忙过来，他又买了一大束芍药花。他把玩着芍药花，越看越喜欢，龚自珍的《忆京师芍药》诗不觉脱口而出："可惜南天无此花，丽情还比牡丹奢。难忘西掖归来早，赠与妆台满境霞。"这龚中书的"九州风气恃风雷，万马齐喑究可哀，我劝天公重抖擞，不拘一格降人才"诗是多么豪放，同这首《忆京师芍药》的缠绵之作真

是判若两人，既为官就要谋政，一心一意辅佐圣上，哪有闲情买个花儿、草儿讨老婆欢喜！尽想着闺房之乐，还有什么作为。他又看了看手中的芍药花想：我买花干什么呢？夫人又不在京师，插放在谁的妆台前呢？哦，我买花是体察民风民情，龚中书是沉湎于闺房之乐，怎么可同日而语呢？为官者，沉湎于闺房之乐，难怪他徒有大志却没有建树。可他为什么没有建树呢？想起他被贬出京，客死丹阳也怪凄惨的。"难忘西掖归来早"，他在京师住在西城，自然是进出西掖门，龚中书呀、龚中书！白学了"四书五经"，为官宅第因首选东城哇，这点易经都没弄明白，难怪一朝夕贬路八千呀。"水杏儿来，不酸不要钱咧"的吆喝声打断了他的思路，他觉得很奇怪，怎么酸的东西还能卖？于是向背筐的小贩走了过去，掀起湿漉漉的豆包布，看见又青又小还裹着一层绒毛的小青杏，觉得非常可爱，问小贩这东西也有人买？小贩莫名其妙地看着这位老爷直发呆，一个小丫鬟欢蹦乱跳地从一所宅子里跑了过来，抓起一个小酸杏放在嘴边咬了一口，就龇牙咧嘴地笑个不停。一个老妈子走了过来说："少奶奶听见卖酸杏的吆喝声，直流口水，叫你来买，你倒好，馋了吧唧地先嚼吧起来了，你个小丫头片子，又没有喜，怎么也那么馋这酸了咕叽的玩意儿，还不麻利地给少奶奶送过去。"

康有为听着这轻快带着儿音的京片子腔，觉得比粤剧还动听，虽然有些土语听不大明白，但"有喜"两字却听得真切，这户人家有喜了，想必是这户人家的老爷升官了，想必是这京师人有着有喜事总要吃些酸的的习俗。少奶奶想吃酸的，想必升迁的是她的丈夫，难道是放了外任？吃点儿酸的，意味着游宦在外，要尝尽酸甜苦辣。他越想越是这么回事儿，自己也抓起一只小杏放在嘴里一咬，只觉那酸味带着苦涩直冲脑海，张开的嘴却合拢不上了，龇着的牙没有了知觉，口中的酸水像小泉眼似的咕嘟咕嘟向外冒。他用右手捂着腮，用左手掏出手帕捂住嘴，皱了皱眉，用左手两指捏住小杏两端，三口两口就把小杏啃干净，扔掉杏核，硬着头皮，咀嚼起来。仆人和小贩呆若木鸡地望着他，口水顺着嘴角往下流，竟不知道擦。小丫鬟同老妈子也顾不得给少奶奶送酸杏了，站在自家高台阶前指指点点，瞧着这外地傻帽儿笑。

康有为不停地嘘着气，不停地吞咽着满口的津液，酸味儿随着不停的吞咽慢慢地淡了下来，口腔里慢慢地泛出甜丝丝的感觉，他又吞咽了几次，觉得满口的香甜竟比家乡的波罗蜜还要甘甜。真是酸苦尽甘甜来，他笑着掏出约小半两碎银子递给小贩，卖杏的松头日脑、结结巴巴地问："大……大老爷，您……您老就……就是包……包圆儿也……也擎、擎受不起呀！天……天哪！"

康有为："我也不是什么包青天，这杏儿我全买下了，这点银子够不够？"

卖杏的心想：这是哪跟哪儿呀，敢情这位爷是个棒槌，任嘛儿全不懂，出来硬充冤大脑袋，合来该着我发财，看来这位爷姓包，想当包青天，呸！就您那稀松二五眼的劲头儿，别大白天做美梦了，也不撒泡尿照照，那份尖嘴猴腮的德行。

卖杏的诡秘地一笑说："包老爷，您都要了，小的给您送到府上去吧。"

康有为笑着指了指仆人说："交给他吧。"卖杏的连筐都送给了仆人，双手握紧了那块碎银子，一溜烟儿似的颠儿了。

康有为赞道："京城的百姓倒是十分纯朴！"仆人刚才被主人抢白了两句，也不敢再吱声，只好斜挎着筐，强作微笑地点点头，垂头丧气地跟着主人向松筠庵走去。

那松筠庵本是杨继盛的故居，在达智桥胡同内。

康有为走进达智桥胡同，来到东北角门前，站在门前抬头细品门额上的石刻"松筠庵"三个阴文楷字。"浩气还太虚，丹心照千古"，杨继盛的诗句脱口而出。"平生未了事，流与后人补！"随着续吟声，三五个同科举子从角门里迎了出来。直隶省河间府举子孙植（字培之）、福建省举子董元亮（字季友）、安徽举子周维藩（字介臣）及梁启超等人同康有为见过礼。孙植看见康有为的仆人捧着芍药花，背着筐，觉得很奇怪，再看看多半筐小青杏有些纳闷，稍一琢磨，拱手向康有为贺道："恭喜、恭喜，春闱之际如夫人又有喜，真是闱中、闺中双喜临门呀！南海兄，不知如夫人何日可生贵子，看来要等到金榜题名之时吧？贵公子洗三同南海兄独占鳌头的喜宴看来要同日开宴了，可喜！可贺！"康有为这才明白京师人说的"有喜"是指女子身怀六甲，未免有些尴尬。梁启超说道："培之兄，可开不得玩笑，吾师屡感张夫人

代夫请诛的贞烈，昨日还说要好好祭祀一下张夫人呢。"孙植忙说："罪过！罪过！既得罪了南海兄，又亵渎了椒山夫妇的神灵。"忙引导着康有为走进角门，向南来到景贤堂，拜祭了杨继盛的牌位，又进了南边张夫人的祭室，孙植小心翼翼地把芍药花和小青杏摆在祭桌上，点燃了香火跪拜道："张夫人在天有灵，今有广东南海县贡生康有为康先生为夫人供上京师应季时鲜，望夫人笑纳，晚辈适才不恭，望夫人谅晚辈不知之罪。"

众人出了张夫人祭室，向西走了几步，进了一座花园，绕过假山，穿过游廊，走进了谏草堂，已有几十个各省举子在里面议论着上书之事，康有为同众举子一一打过招呼，在上首位落座，小沙弥献上茶来，他慢慢地品着茶，眼睛却不时地注视着门外。又陆陆续续进来些各省举子，看来有个百八十位了，梁启超等人请康有为演讲。

演讲完，各省举子公推康有为撰写上皇帝书。定于四月初十签名上书都察院。

康有为回到金顶庙奋笔疾书，弟子梁启超同麦孟华等在一旁抄录。夜深人静，康有为有些累了，仆人先沏了壶普洱茶，接着送来状元及第粥、萝卜丝饼、素炒牛河、煎咸鱼等消夜。吃完消夜，康有为见梁、麦等人开始抄录，就独自走了出来，转到前院凝视着山门顶，觉得顶上的金光比前日似乎又光亮了许多。他赶忙来到正殿前，低首合掌静静地拜了一番，然后转身回到书房不声不响地又书写起来，一天两夜拟成一万四千余言。

1895年四月初十上午，百余名举子聚在松筠庵花园中，康有为站在杨继盛亲手栽的古槐下听梁启超宣读上皇帝书。阳光直射下来，透过绿叶，打在身上，映出青白相间的斑斑点点随风晃动，晃动得令人有些眼花缭乱，朦胧中他觉得自己好似站在一个巨大的伞盖下面。他想起了泰山的五大夫松，那五棵古松因给皇帝遮阴而被封为大夫。心想："如果圣上能依我所上书维新变法使国富民强，我应禀奏圣上给这株古槐赐个封号。"

梁启超朗读完上皇帝书，众举子在谏草堂又议了一会儿，小沙弥告之已在膳堂备好了斋饭，请众举子用斋。众人用毕斋饭，回到谏草堂又用了一会儿茶，仆佣、书童们铺好了温州皮宣长卷宣纸，研好了松烟墨，舒开了狼毫、纯羊毫、七紫五羊各种毛笔，请众举人签字具名。

众举子刚要签字具名，明朗的天突然昏暗起来，一阵狂风呼啸而至，刮得窗扇摇摆不停，把铺好的宣纸卷飞了起来，又甩在墙角边。众举子大惊，用胳膊挡住头，纷纷挤出堂来，站在回廊里观望。

只见天空乌云翻滚，狂风大作，刚才还灿烂耀眼的太阳这会儿也不知躲到哪里去了，北边天际上盘旋着几条漆黑的弯弯曲曲的线条，飞速地向南移来，漆黑的线条越旋越快，逐渐变成弧形的叶状云，上下飞旋着，逐渐扩大着盘旋的圈际，圈的中央却逐渐地由白变亮了起来，漆黑的叶状线条不时侵掠光亮的边缘，当线条接近光亮的边缘时，又好像被光亮的圈不断地吞噬掉了，光亮的圈不停地吞噬着漆黑的叶线，漆黑的叶线却不知死活地向光亮的圈里飞蹿，使光亮的圈又逐渐变淡，可逐渐变淡的亮圈依然在不停地扩大着，须臾就飘荡在松筠庵上空。豆大的雨点稀稀拉拉地砸在花园的土地上，激起一朵朵蘑菇状的尘土群。众举子觉得有些寒冷，突然间一道闪电撕碎亮圈，震耳欲聋的炸雷吓得人心惊肉跳，西北风夹着山核桃般大小的冰雹劈头盖脸地打下来，打得廊前站立的举子满身肿疼，众人慌忙退到堂里，拼命将门窗抵死，心怀恐惧地听着那噼里啪啦的冰雹砸堂声。

没一会儿，云消雨散，风也住了。众举子一打开门窗，强烈的阳光格外刺眼，走到廊前一看，冰雹铺满了花园，园内是一片狼藉，碎叶、残枝、断草被冰雹压挤得没了形，间或支棱着几片烂瓦在阳光照耀下冒着细细的白烟，赤条条的古槐树侧着遍体鳞伤的枝干，伤心地俯视着被剥去的叶片，滴滴答答地垂着泪。

众举子但觉气象愁惨，相对嘘唏，有不少人悄然离去，康有为等忙招呼众举子签字具名，十六个省的举子代表——代表本省曾有意上书的举子具名，共六百零三名。

去都察院交上书途中，不少举子心灰意冷地溜掉了，沿途倒有一些台湾人士及闲散好事之徒尾随其后。数十人出了达智桥胡同东口，向北拐入宣武门外大街，进了茶食胡同西口由香炉营四条向北拐到头条，又西行至西沟沿胡同，出了东口北拐进正阳门，过了棋盘街又折向西进了前府胡同，出了西

口沿刑部大街向北，来到都察院门口，交涉了半天，方进了大门。都察院值班官吏竟以"已经用宝，无法挽回"为由拒收上书，众举子不相信，争执半响，值班官吏告知军机大臣孙毓汶传令众举子不得干涉朝政，小心丢了功名。众举子愤怒万分，表示不收上书绝不离去，僵持了半个时辰，都察院主事踱了出来，一声不响地收了上书，众举子才愤愤离去。

第五回

吃晶饭康进士囫囵吞枣
训灶膛野厨子沐猴而冠

康有为愤愤不平地回到寓所,回想着一天中发生的事,心中越发觉得郁闷,饮了几杯土炮(广东米酒),有些醉意,借着醉意,龙飞凤舞地成五言古风诗一首:

千界皆烦恼,吾来偶现身,狱囚哀浊世,饥溺为斯人,
诸圣皆良药,苍天太不神,百年无进化,大地合沉沦。
人道只求乐,天心唯有仁,先除诸苦法,渐见太平春,
一一生花界,人人现佛身,大同犹有道,吾欲度生民。
廿年抱宏愿,卅卷告成书,众病如其己,吾言亦可除,
人天缘已矣,轮劫转空虚,悬记千秋事,医王亦有初。

写完诗,他觉得气顺了些,借着月色他又走出房来,踩着松软湿漉的土地,他想起白天那铺天盖地的冰雹未免心有余悸,抬头看了看院中的花草树木,在夜风中婆娑起舞,不但未受冰雹之灾,而且还得到了天水的滋润。他三步并作两步来到前院向山门望去,觉得那金光仿佛又亮了许多,他长舒了一口气,叹道:"芸芸众生,大千世界,生死各有命,岂非人力所能为也!"

第二天,会试金榜贴出,他中第,接着就是殿试,他踌躇满志地走进紫禁城,望着那金灿灿的大殿,热血沸腾、心绪难平。"我终于登上了天子之堂,三十余年寒窗,今日始得回报,二十余年宏愿,明日将宏图大展。"他胸

有成竹地迈着坚实的步履踏进了保和殿。

待得殿试金榜下来，南通贡士张謇中了状元，授了翰林院修撰，安徽贡士周维藩中了榜眼，杭州贡士俞陛云中了探花，周维藩、俞陛云自然是授了翰林院编修。康有为中了二甲第八名，虽是中了进士，但心中未免有些遗憾，总觉得这个二甲第八名有些蹊跷。

二甲前七名的进士，也由朝廷直接分配差事，授予翰林院庶吉士。这康有为是二甲第八名，进士大排行为第十一名，刚好被挤出前十卷，他的维新变法的时事宏论皇上自然是看不见，不但失去了政治主见直呈圣上的大好良机，而且还成了数百名等待朝廷再分配差事的第一名进士。因为那前十名之后的进士按惯例是不能直接授予官职的，还要再经过一次朝考，综合殿试、朝考两次成绩酌情分配。这一名之差，对康有为来说真是天壤之别呀。

这一日，光绪皇帝在大殿召见新科进士，前十名进殿谢恩，余下的站在殿外伺候，康有为站在殿外东侧第一名的位置上，心里更觉得不是滋味。

新科状元、榜眼、探花等披红挂彩、兴高采烈地走出大殿，由礼部官员引导着在五凤楼外上马，在仪仗队的前导下游街，去鸿胪寺赴宴，数百名同科进士尾随其后，所有的进士的脸上都绽开幸福喜悦的笑容，唯有康有为却是哭笑不得。

到了鸿胪寺前，状元等下得马来，俞陛云趁机递给康有为一个油纸小包，两人没顾上说话，俞陛云就被人拉走了。康有为趁机溜进茅房，打开油纸包一看，里面包着的是一张黑油油、略带潮湿咸味的高丽纸。他不知这纸是做什么用的，心里嘀咕着，是不是阶青高中了探花，自鸣得意，拿张黑纸来嘲讽我，就随手把油纸包扔进粪坑中，对着油纸包撒了一泡尿，转身离去，随队按次序进了鸿胪寺大堂，静等皇上赐御宴。

军机大臣李鸿藻、读卷大臣徐桐、李文田等率众进士谢过皇恩后，陆续入座。光绪皇帝赐的御宴在庄严肃穆的雅乐声中开宴。

一盘盘中看不中吃的御菜被传了上来，众进士都觉得这御厨真是徒有虚名，这烹调水平也太平常了，味道连一般小镇的酒楼都不如。但众进士吃的不是饭菜的滋味，而是皇上的恩典，即使再难吃，心中也香甜。吃了一阵子，只见内侍们双手庄重地托着朱红桦木托盘，托盘齐整地举在身体右侧，头微微向左倾，眼睛下视，面无表情却步伐一致地分两排向大堂内走来，众进士知道，御宴最高规格的大菜——晶饭上来了。众进士虽不曾吃过，但对晶饭却早有耳闻，知道皇上赐这道大菜是对臣工们的最高政治待遇。内侍们齐整整地放下托盘，虽然很轻，但几百个托盘同时放下，大堂里还是惊起"唰"的一声，众进士未觉有多大动静，可堂外檐上垂涎欲滴的乌鸦却被这响声给惊飞了，在大堂上空呀呀地叫着、盘旋着，不忍离去。

康有为面对着白不呲咧的晶饭，真是难以下咽，头虽未敢动，眼的余光却在斜楞着两边的进士是如何吃法，他发现不少人把刀子在一块黑纸上抹一抹，然后再去切肉，切了抹，抹了切，动作虽很大，但黑纸隐在手心中，不在其后很难发现，他想起阶青给他的油纸包，心中非常懊恼。由阶青又想起同文馆的一帮子人，气不打一处来，操起小刀，狠狠地切着白肉，将那白不呲咧的肉囫囵吞枣地吞了下去。

这天一早立目来到东城的东堂子胡同的同文馆，先到齐寿山房里说了一会儿话，竺山和如山相继过来。原来这齐氏三兄弟都住在同文馆里，闲着没事，这里倒成了他们的集会地点。

立目同齐氏三兄弟正说着话，文辉、文耀兄弟二人走进房来。这文辉是老大，文耀是老二，是满族正黄旗，祖上原本住在德胜门内，后来家境败落，卖掉了祖屋，搬到了德胜门外，兄弟俩同在同文馆学习，平日里大家很少称其大名，只是大蚊子、二蚊子地诨叫。

大蚊子一进屋就一边用手拍着巴掌，一边嚷道："新鲜，新鲜，真新鲜，厨子竟把官服穿；稀奇，稀奇，真稀奇，于八改称于老爷。"众人都弄不明白是怎么一回子事儿。二蚊子忙眉飞色舞地讲了起来。

原来大蚊子、二蚊子昨晚去窑子里找相好的玩，趁着早朝开内城城门时，溜回了同文馆，这哥俩儿折腾了半宿，肚子也饿了，又舍不得钱在外边吃，就到厨房传饭菜，这也是同文馆中学员的惯例，六两银子一桌的饭菜，只要够六个人厨房就得给开饭，而且没有时间限制。二蚊子来到厨房外，忽听厨房里众厨子齐呼："喳，于老爷。"他觉得奇怪，深更半夜哪来的老爷呀，于

第五回

是他没有推门进去,就扒着窗缝向里看,看见厨子头于八穿着道员的官服正人模狗样地给厨子们训话呢,他赶紧回去告诉了大蚊子等人,众人都觉得新鲜,忙一起拥到厨房看个明白。大蚊子一脚踢开厨房门,大摇大摆地进了厨房,一群小兄弟也耀武扬威地踏了进来。于厨子想躲也躲不开了,尴尬地垂手立在一旁,大蚊子走到于厨子面前,阴阳怪气地说道:"这是哪庙的妖魔,闲得没事儿,跑同文馆来装神扮鬼来了,还不给我扔到油锅里炸了,要不撅巴撅巴塞进灶里烧了,免得闹出幺蛾子来!"于厨子臊得脸上青一阵子白一阵子的,讷讷地说:"文大爷,小的是于八呀。"大蚊子凑过去端详了半天说:"哦,原来还真是于八于厨子,哪儿淘换件行头来,赶场来了?可这深更半夜的赶他妈的哪门子场呀!"一群小兄弟跟着起哄道:"走两步台步,叫爷看看像不像叫花子女婿莫稽!""他娘的,十一个人你站中央,人五人六的,不知自己是个什么东西!也敢称老爷!""真他妈的屎壳郎拉车——假充大牲口!"……于八小声说:"小人捐了个候补道员。"大蚊子咧着嘴冷笑道:"我说这饭菜怎么一日不如一日了,原来是你这怂玩意儿克扣我们的菜钱,去捐了个什么鸟候补道员,呸!瞧你那份怂德行,就是他妈的捐了个知府,也是一身油烟子味,还是离不开厨子这一行!"

立目等人都听得笑了起来。齐如山和立目虽同众学子在馆里习洋文,但因学有所成,虽是学员,已然成了每月拿十五两银子的教习,同在一班学习,边学习边辅导其他班的学员。齐如山觉得不便跟着起哄,就说:"大蚊子、二蚊子,于厨子既是捐了个道员,自然是有身份的人了,自然可以称爷,断不可对他太无礼了。"大蚊子说:"齐爷,话可不能这么说,他一个厨子,哪来的银子捐身份,这捐身份的银子还不是从咱们牙缝里挤出来的,开一桌饭,衙门给六两银子,可他妈的那是什么饭呀,简直是猪食、狗食,连猪食、狗食都不如!"寿山说:"敢情咱们见天见吃的都是猪食、狗食哇,这可得说道说道,大蚊子,可就这猪狗之食你一天三顿是顿顿不落空儿,我看你顿顿吃得净光净。"大蚊子知道说走了嘴,忙找奔儿道:"齐爷,这猪食、狗食不过是打个比方,几位爷可别往心里去,说实在的这里的饭菜,兴许比一条龙、正阳楼的还强些呢。可我琢磨着,这衙门给的六两银子一桌的饭菜,按于厨子的做法,这一桌饭菜,满打满算,撑死了也就值二两银子。他一桌就克扣咱们四两银子,一天开多少桌?怎么也有五六十桌,甭算早餐,光中晚两顿,他妈的一天就净挣四五百两银子,像您们几位爷,隔三岔五地下馆子,他每天又少开多少桌,少开了桌,他不还是虚报了上去,那一桌六两白花花的银子,甭他妈的劳神就他妈的掖了起来。"众人仔细一想,确实是这么个理儿。

这于厨子,自从生下来也没个正经的名字,从记事儿起就跟着哥哥姐姐满大街地捡破烂。哥哥姐姐拿着捡破烂用的小耙子在垃圾堆里扒拉烂纸、煤核儿,他没耙子,就用脏乎乎的两只小爪子学着扒拉,一群捡破烂的小伙伴就叫他"于扒拉"。到十来岁时,他娘又傍上了个野厨子,他就跟着干爹打个下手,因手头利落又眼里有活,干爹格外喜欢他。没几年,野厨子的活计就满顶了起来,活得倒是挺滋润。到十六七岁,竟变成了个落落大方、干净利落的青年厨子,可他对野厨子这行总是耿耿于怀,总想到大饭庄谋个正经差事儿,扔掉这个"野"字,虽托人到各处饭庄说合,但各饭庄一听是野厨子出身,倒找钱都不要,害得他茶饭不香,只恨自己没托生个好人家。他娘和他干爹想给他张罗个媳妇,他一听就火冒三丈。给他娘愁得终日以泪洗面。

这一日,干爹接了蒙古王爷那彦图家老妈子儿子的喜庆宴席,他在灶上、灶下一阵穷忙活,看着一个王府家的老妈子办喜庆宴都几十桌,来的虽都是用人,可也衣冠楚楚、体面得很,他羡慕不已。这老妈子有些不放心,几次到厨房来问这问那,三问两问倒喜欢上了这青年后生。得知他尚未娶亲,就对他们父子说:"王爷家有个厨娘,叫小环,平日里饭菜也做得不错,前几天,不知怎么不对了王爷的胃口,王爷把一桌饭菜都给踢翻了,并吩咐管家将这小环找个野厨子嫁了,王爷宁可不要赎身钱。这小环是个聪明伶俐的姑娘,又会来事儿,同王府上上下下都合得来,大伙儿都给她说情,谁知越说王爷火气却越大。王爷的八姨太在王爷面前很是得宠,也很喜欢小环,就去求王爷把小环给她当丫鬟,谁知把王爷惹火了,三脚两脚竟把那八姨太给踹死了,谁还敢再给小环求情。这两天,王爷不知怎么又高兴起来了,问管家小环嫁了没有,管家陪着小心说还没有嫁,怕王爷哪天又想起小环做的那一口,没地方抓挠去。王爷吩咐管家,嫁还是要嫁,而且一定是个地道的野厨

子,还不能随便找个歪瓜裂枣,要找个像模像样的东西,明媒正娶地娶过去。我看这小环同你这儿子倒真是天造地设的一对儿,你们要是愿意呢,我就促成这段姻缘。"

白捡个王府丫鬟做媳妇,这爷儿俩如何不乐意。没几天于扒拉就把小环娶了过来,那王爷把八姨太的财物也都赏给了小环做嫁妆,于扒拉平白无故地又发了笔大财。

那小环却是也贤惠,对公公婆婆汤呀水呀伺候得周到,小夫妻俩恩恩爱爱,小日子过得挺红火。小环想起八姨太对自己的好处,又想想丈夫叫什么于扒拉太难听,就和丈夫商议改叫作于八。于扒拉从此就有了大名——于八。这小环四处活动打点,给于八谋了个同文馆的厨子头的差事儿。没几年,又买了所宅院,又给于八捐了个道员,又买了几个丫鬟,套上辆骡车,雇了几个伙计,小环也在家里像模像样地拿起夫人的架子来。

于八自从娶了小环,虽然大字识不得几个,却从一个野厨子变成了一个有身份的候补道员,穿上官服,自然是四九城的到处显摆。亲戚朋友自然是又羡慕又巴结。可这于八一进同文馆就觉得底气不足,总觉得比那些学员矮一截。可不到同文馆显摆显摆,又于心不甘,想来想去,只好穿着素日里穿的衣服,天一擦黑,夹着官服溜进了馆里,深更半夜地换上官服,在仆人的伺候下趾高气扬地走进厨房,进了厨房,随手甩给每个厨子二两银子的赏钱。众厨子自然是对他递嘻和儿。于八拉开架势,站在了脚踏上,头灶、二灶率队带领着配菜的、打荷的、烧火择菜的分左右两排垂手肃立,面案师傅、堂头带着烤炉的、和面的、蒸活煮粥的、刷锅洗碗的众杂役横七竖八地列在对面。他左顾右盼,好生得意,压低了嗓音、放慢了速度训起话来,每说一句就有意停顿一下。众厨子自然是凑趣地应一声:"喳!于老爷。"随着不断的停顿,那"喳,于老爷"的呼声是越呼越齐,越呼越洪亮,于八也越来越找不着北了。没承想叫大蚊子、二蚊子带一伙人搅了他的美事儿,他一下子像泄了气的皮球,一溜烟地颠儿了。

于八回到家坐在堂屋里,心还在怦怦地跳,丫鬟送上茶来,他呷了一口,心想:他娘的,我这道员又不是假的,我凭什么怕他们呀,大蚊子、二蚊子不过是俩破落户,仗着是个臊鞑子,没地界地欺侮人。那两块料,算个什么东西,家里穷得叮当乱响,还瘦驴拉硬屎,瞎逞什么熊!得亏是两个败家子儿在馆里混个学上,官几两银子算是救了穷,要不然家里连嚼谷儿都混不出,连臭要饭的都不如!这两块料,还偷偷摸摸地把馆里的鸡蛋、肉片、灯油往家里顺,哼!就连揩腚的草纸也是整刀整刀地搂。我得想个法子整治整治这群臊鞑子、下三滥。

小环从里间走了过来,于八慌忙站起来说:"夫人不在屋里歪着,出来做什么,小心别闪着了。"小环看着衣冠不整、狼狈不堪的丈夫,叹了口气说:"老爷,如今您也是有身份的人了,穿上官服就要有当官的样儿,好生生的一身官服怎么就穿不出个样儿来,褴不褴,褛不褛的,哪有一点儿老爷的样儿,倒好像赁来的行头似的。"于八惭愧地望着小环说:"夫人哇,说实在的,我架上这官服,总觉得不自在,不如穿平常衣服得劲儿,就说这慢条斯理的官步吧,走着走着就变成了一顺了,我对着镜子看着自己走路的熊模样儿,自个儿都笑了,心想这是哪位爷中了风,拐着半身不遂的身子练步呢。"说着于八站起来给小环走了一回一顺边的官步,给小环笑得半天直不起腰来。于八又一本正经地坐在椅子上笑嘻嘻地说:"夫人哇,再说这座,我一坐下,这两只手就不知放在哪儿好,忍不住要抓耳挠腮,你看看,你看看,于八爷像不像个猴崽子。"小环看着丈夫滑稽的表演,笑得连气都喘不过来了,憋得满脸通红,于八三步并作两步飞了过去,把小环拥在怀里,又是拍背又是摩挲胸,那小环酸软地靠在于八怀里,连说话的力气都没有了。

于八一觉醒来,已是晌午,一摸小环已不在炕上,忙穿好衣服,走出来,丫鬟忙伺候着洗漱。洗漱完,于八来到堂屋,没看见小环,心里痒痒的,忙问丫鬟夫人干什么去了。丫鬟笑着说:"老爷,夫人吩咐过了,请老爷升升座,换上官服,到东边饭厅进膳。"于八觉得今日有点怪,怎么这丫头说起话来都文绉绉、酸溜溜的了,在自个儿家里吃饭,还要换官服,真有点儿意思。

于八不自在地坐在饭厅里,觉得一身官服板得挺难受,不禁又抓耳挠腮起来,忽听外间有脚步声,忙放下手来正襟危坐。小环一身旗装官太太打扮,满面春风地款款走进饭厅,右手把绣花帕子一扬,身子一屈,给于八请了个

安。于八身子一歪，嬉皮笑脸地说道："夫人请坐。"小环一本正经地又行了个礼回了声："谢老爷赐座。"就斜签着坐了下首。于八咧开大嘴笑道："夫人怎么用半拉片子腚坐，莫非那半片子肿了？"小环低首答道："老爷取笑了，老爷在上，贱妾岂敢正坐！"于八大笑道："老爷我叫你坐正了。"小环感激地说了声"谢老爷"，然后稍稍移了移还是没有坐正。于八："快别弄这酸不唧儿的事儿了，老爷我肚皮都快贴到脊梁骨了。"小环："老爷吩咐传膳。""喳，老爷吩咐传膳了哟！"这洪亮的此起彼伏的吆喝声吓得于八险些从椅子上跌下来。小环正色道："老爷是金贵之体，可要坐稳了呀。"于八正了正身子，眼巴巴地等着用膳。

仆人们传上来一个青兰花大浅盘，于八定睛一看，一对活灵活现的山喜鹊昂首站在一株蜡梅的虬枝上，他站起来边绕着桌子欣赏边发出"啧，啧"的赞叹声，问小环："这是菜还是摆件？"小环："回老爷，这是一道冷盘菜。"于八："叫什么？"小环："回老爷，叫喜鹊登梅。"于八："拿什么做的，这么水灵儿。"

小环："回老爷，这喜鹊登梅是用熟鸡脯四两、烧鸭丝四两、卤冬菇二两、盐味黄瓜二两、熟胡萝卜二两、醉笋二两、熟火腿末半两、葱油发菜末半两、鱼松二两、熟白果十颗、樱桃五颗、皮蛋两只、熟鸽蛋两只、熟黑豆两颗。主要就是这些原料。"

于八："是夫人的手艺？"小环："是贱妾特意为老爷做的。"于八："夫人是怎么做得这么活灵活现的？"

小环："谢老爷夸奖，这主要是刀工，用刻刀把鸽蛋修平作喜鹊头部，胡萝卜雕作喜鹊嘴，黑豆作眼睛。发菜末粘在头上，空余部分做头部黑色羽毛；烧鸭丝在盘内堆放成身坯，胡萝卜修成腿、爪。冬菇、黄瓜均切成片处理做羽毛形状，在鹊尾相间地排成尾羽；鸡脯切片修成羽毛状，在身坯上排拼成身羽，并与尾羽紧密连接。皮蛋切成长羽毛，作翅膀羽毛，鱼松缀在翅膀根处，作白色细羽。同样手法再做出一只，接着把冬菇切成细长条，在喜鹊爪下装成两组梅花枝干，用白果刻成梅花，火腿末放在花心中作花蕊，粘在一组花枝上作黄梅；用樱桃制成梅花，胡萝卜剁末放在花心当花蕊，粘在另一组枝干上作红梅；最后淋上麻油，就成了。"

小两口正说着呢，仆人又传上第二道菜。

小环又解释道："这道冷菜叫锦上添花。用麻辣鸡丝四两、熟牛肉四两、黄蛋糕四两、葱油黄瓜二两、熟胡萝卜二两、盐味红辣椒二两、卤冬菇二两、盐水鸭脯二两、香菜叶半两、热火腿末五钱、水发银耳一朵、熟鸽蛋一只、熟黑豆一颗、糖醋海蜇头一块。第一步是用米绿边白底圆盘一只，先把鸽蛋修平雕成锦鸡头，胡萝卜刻画成嘴巴，黑豆嵌入头部作眼睛，红辣椒修饰成锦鸡的鸡冠，分别放在头顶和下颌处。第二步是把鸡丝在盘内堆成身坯，胡萝卜雕成锦鸡的腿和脚爪；牛肉切片修成锦鸡尾巴上长羽状，黄蛋糕切片制成尾巴短羽毛。第三步是把冬菇、黄瓜、烧鸡脯均切成薄片，处理成柳叶状，从尾至身及颈，相间拼摆作锦鸡身体上的羽毛；黄蛋糕剁末盖在大腿上当成腿上羽毛。第四步是把黄蛋糕、红辣椒均切成片，处理成羽毛状，相间放在鸡翅处，成翅膀上羽毛。第五步是把海蜇头在盘内拼成牡丹花，就可上桌了。"

于八端详着两盘艺术品似的冷菜，实在不忍下筷。仆人又布上四个冷碟，丫鬟给小夫妻俩斟上上好的热内黄酒，给于八美得屁颠儿屁颠儿的。

三杯酒下肚，于八觉得自在多了，说："老爷我……"小环笑着接道："老爷，这就对了！老爷有股子灵气儿，这才多小会儿呀，就有了老爷样儿了。"于八不好意思地说："夫人哇，我想和您商量个事儿。"小环严肃地说："老爷，这就叫贱妾承受不起了，老爷是一家之主，是顶天立地的大老爷们儿，招呼贱妾只能用'你'而不能用'您'，可不能乱了礼数，有什么事儿吩咐一声就成了，断不可用商量的口吻，在外边当差，更不能给下人们好脸子看，可不能叫下人们小瞧了老爷。"

于八："老爷我看夫人这菜整治得这么地道，老爷我琢磨着，老爷我要是开个饭庄，还不赚了老鼻子钱了。"小环："老爷，这玩笑话可说不得，您是有身份的人了，开哪门子饭庄呀！"于八："夫人，老爷我头两年还是个野厨子，这不是沾了夫人的光，谋了个好差事儿，可归根到底儿老爷我还是个厨子。"

小环："老爷可千万别这么说，用不着这么糟践自个儿，贱妾要不是嫁了老爷，还不就是个奴才，贱妾是沾了老爷的光，今儿个老爷已是个道员，明儿个咱们再花点银子补个实缺，弄个知县、知府当当，前呼后拥的可有多风光。"

于八："夫人，老爷我除了账上的数字儿马马虎虎识得，那书呀，老爷我一行都念不下来，这官儿可怎么当得。"

小环笑道："老爷用不着那么小瞧自个儿，大字不识的人，当官的有的是，我看他们还没有老爷能耐大呢。同文馆里红白两案厨子杂役怎么也有小百十口，老爷不是也把他们调理得井井有条嘛，一个县老爷归里包堆也就管这个数，老爷有什么转不开的磨呀。"

于八疑惑地问："不识文断字，那怎么升堂断案呀？"

小环冷笑道："那有什么难的呀，花钱请个师爷不就全齐了嘛。上下公文师爷给写、给读、给讲，状子师爷给判，就是老爷想写个字，胡诌白咧个什么诗呀、文呀，只要老爷努努嘴儿，也就齐活儿了。"

于八："这么说，这当县太爷、知府大老爷比我当这厨子头还容易。"

小环："可不是嘛，县太爷、知府大老爷未必能当了厨子头，他们哪有咱家老爷那两把刷子呀，衙门里的钱三下五除二就溜进了咱家门，哈哈、哈哈。"

于八挠了挠头问道："那当知县、知府的没有什么油水可捞，官的那几两银子哪够挑费的，还不穷得叮当乱响？"

小环："怎么能没有油水可捞呢，进项可多着呢，老爷没听说过'三年清知府，十万雪花银'的童谣吗？这十万雪花银只是一个清官的进项，还不顶半点雷。"于八点了点头，眼睛连眨都不眨地静等下文，小环却站起来说："老爷，贱妾这会儿净扯闲篇儿了，把正事儿都给忘了。"

于八不解地问道："夫人还有什么正事儿？"

小环："还有几道孔府菜没给老爷烧呢。"

于八起身拉住小环说："菜叫厨子去烧吧，你讲的可比什么菜都有滋有味。"

小环："这几道菜，恐怕他们烧不好，倒了老爷的胃口，可就没滋没味了,还是贱妾去烧,老爷要想听贱妾扯闲篇儿,也不急于这一时三刻,老爷请宽坐,贱妾去去就来。"

于八念叨着"三年清知府,十万雪花银",陷入了沉思。心想:老爷我一个月下来,虽然有万把两银子的进项,可人吃马秣、灯油火耗就去了一半,为了保住这厨子头,又得四处打点,又去了一大半,月月再添置点儿零碎儿,也就剩个千把两银子。为这千把两银子,得劳多少神呀,稍不留神,一个月就白忙活,劳神不说,还要受他娘的夹板气,不给谁伺候舒服了,谁都敢找你的碴儿。就是给这些祖宗们伺候得舒舒服服,他娘的要是有点不顺心的事儿,还不是拿老爷我作筏子。夫人说十万雪花银还是清官的进项,可这世道,又有几个清官呀,有谁那么傻帽当清官呀,这不当清官又有多大进项?三年最少也有十万两的进项,就是当个知县也是威风得不得了,也没有老爷我这么多窝囊气受。老爷我是得补个缺,体体面面地捞他娘的一把,凭老爷我聚钱的手段,三年捞个百八十万还不是玩似的,敢情当官有这么大油水,老爷我真没想到,看来老爷我得当官去。

小环走了进来,亲手给于八斟了杯酒说:"老爷,贱妾整治了几个孔府菜,请老爷赏脸尝尝。"

于八满脸堆笑地说:"请夫人共用、共用。"一品丸子、七巧豆腐、怀抱鲤、鸳鸯鱼、金钩挂银条、诗礼杏仁、御笔猴头、狮子滚绣球依次被传了上来,小环一一介绍用料、做法、典故。于八心想:看来这野厨子和正经八百的厨子还真差得不是一星半点儿的,这菜还有这么多的说头儿,真真是做梦也想不出来。他深情地望着小环,小环臊得把头埋在桌子下面,他依次看着色香味俱佳的菜,心中默念着菜名,突然眼睛一亮,明白了夫人的良苦用心,那冷盘分明是暗示我这道员虽是候补的,但也是脱离了平民百姓的下贱窝,喜登进老爷这高枝上来了,不能满足现状,还要锦上添花。这孔府菜好像是一七怀鲤(伊妻怀鲤),可不是嘛,夫人有两个月没来月事儿了,老爷我真他娘的糊噜巴涂的,快当爹了,还糊涂油蒙着心哪,该打、该打!夫人希望儿女双全,诗书继世,财源滚滚。

他噙着泪花颤抖地叫了一声:"小环……"小环抬起头来,四目相视,小

两口已是心心相印。丫鬟退了出去，随手带上了门。

于八来到同文馆李有基李提调的家中，进了客厅，李提调挥了挥手，仆人们陆续退下。于八从袖口掏出五千两一张的银票双手奉上，李提调接过来看了一眼，揣了起来，微微一笑说："请用茶。"

于八说："有件事禀报老爷，得请老爷的示下。"

李提调："如今大小你也是个爷了，怎么没穿补褂就出来了？"

于八："瞧老爷说的，小人能算个什么爷，哪敢在老爷面前拿大，要不是老爷尽心呵护，小人哪还有个人模样儿。"

李提调："你也不必过谦，别立着了，来、来、来，坐下用茶。"于八："小人怎敢同老爷同坐。"

李提调："你既然捐了个道员，就是有身份的人了，但坐无妨。"

于八："老爷，小人捐的这芝麻粒大的身份，哪有资格敢同老爷相提并论，老爷的功名是十年寒窗，一场场凭真才实学挣来的，小人不过是依仗着老爷厚爱，赏了小人几个闲钱，胡乱买了个身份罢了。"

李提调："这身份不管怎么来的，也是身份，本官叫你坐，你就坐吧。"

于八打了个千，说了声"谢老爷赐座"，然后就斜签着落了座。

于八说："小人有件小事儿请老爷示下。"

李提调斜了他一眼说："要是私事嘛，你就说，要是公事嘛，你改日就行个文递到签押房。"说着端起了茶碗，于八不敢多言，情不自愿地退了出来。

于八回到家里，对小环说："他娘的，小半年的进项都给他上了供，连个谢字儿都没有，黑不提、白不提地掖了起来，还他娘的叫我行个文，明知道我大字不识，这不是成心挤对我嘛！"

小环笑着说："老爷息怒，千万别气坏了身子，先喝杯茶，消消火。"

小环仔仔细细地询问了当时的情形，笑道："老爷半年的辛苦钱就这么轻而易举地进了人家口袋，老爷觉得冤得慌，其实这钱本来就是人家的，老爷您想想呀，您逢年过节才打点一次，也就合着每个月千把两银子，谁能比谁傻一刻钟呀，他算不清楚您实落多少钱，师爷、管家、账房能闹不明白吗？现今，老爷又捐了官，他能不眼红吗？他从来没找你什么事儿，那是因为老爷是王府荐过来的，他多多少少有点儿怵，不难为老爷您，是给王爷面子。"

于八："我这东也给，西也给，这点儿进项还不够打发这些当官的呢？这差事儿还有什么干头儿。"

小环："老爷说得极是，挣着钱就得去买官，不然挣多少钱都得归在'官'字头上！"

于八："夫人呀，这两年咱又买房又买官，当差的进项全扔进去了不说，就是王爷赏的八姨太的财物和夫人您的私房钱也搭进去了不少，要再买个实缺，又得几万两银子，咱们的孩儿又快出世，我……我真怕委屈了你们娘儿俩。"

小环感激地说："老爷能把小环挂在心上，小环就知足了，既是一家人，就不说两家话，凭老爷聚钱这点儿能耐，李提调就比您差远了，他要通过管家、账房给他算账，要把他一个读书人，读个十几年书，除了书什么也不识，甭说算账了，他要是离开了下人，一天也活不了。管家、账房过了手，能不雁过拔毛吗？别看老爷识字不多，可老爷这钱上，将来不会叫师爷、管家给糊弄了。"

于八："那咱们就想想辙，赶快补个实缺，好早点儿发大财。"

小环："要说现在补个缺，这点钱咱们还是拿得出来，可有两码子事儿，一码子要办，一码子要等。"

于八起身躬身给小环行了个大礼，小环忙扶住于八说："老爷，这可使不得，快别折杀贱妾了，嫁鸡随鸡，嫁狗随狗，小环既已嫁给了夫君，活是于家的人，死是于家的鬼，夫贵妻荣这点儿理小环是再明白不过的。"

于八拉着小环的手说："你岂止是我的夫人，简直是我的师爷，简直是我的再生父母，我于八今后要是有一点儿对不住夫人，叫天打……"小环急忙捂住于八的嘴。

于八问："有哪两码子事儿？请夫人、师爷、女诸葛赐教！"

有分教：那小环说出一番话来，又引出一段故事。

第六回

家宴装扮小环苦口训于八
许宅祝寿立本巧破毒酒案

小环说:"这第一码事要办,是指要把馆里的事儿办好,咱们既然凭借着王府的面子谋了这个差事儿,能多挤出一个大子儿来,就不能少半拉儿,只要不出大格儿,甭管他李提调也好、张主事也罢,拘着王府的面子,谁也犯不着多什么事儿,再给什么馆里但凡能主点事儿的衙役们嘴抹平了,还愁发不了财吗?"

于八:"夫人,打点这些八竿子打不着的小人,凭空又多了一项支出。"

小环:"那又算得了什么,还不是羊毛出在羊身上,大头儿还在咱们这里。我在王府里这么多年,这类怂奸坏的人见识得多了,别看他们平日里捞不到油水也不哼不哈的,好像是没脾气似的,可他们那贼眼珠子总是瞅着你,有个针鼻大点儿的小缝儿,这些怂玩意儿就能下出蛆来,俗话说阎王好见,小鬼难缠,可不能叫这些小人一马勺坏了一锅汤。"

于八:"理儿是这个理儿,现今是咱们包死了这差事儿,多出多少开销都得咱们自个儿出。"

小环:"我的于大老爷哟,事儿是死的,人是活的,活人能叫尿憋死吗?厨子这行,赚钱要瞄着两头,一头是进,另一头是出,进是想法子多弄虚头,叫衙门多出银子,只要经手人都沾上油,谁还在乎衙门流出多少银子呀。"

于八想了想说:"自从我接手,每逢休息日只有五六桌饭,我报了十来桌,两天下来,就虚支了小二百两银子。"

小环:"前任遇到这种情况报多少桌?"

于八:"据说是报五十桌。"小环:"平日里开多少桌?"

于八:"净是学员,逢发膏火钱时能开六十多桌,加上亲友能开小百十桌。"

小环:"亲友开桌的银子怎么支?"

于八:"由衙门里支,实报实销。"

小环:"一桌多少银子的定例?"

于八:"同学员一样,也是六两银子一桌。"

小环:"老爷比前任少报了桌,衙门给老爷什么好处没有?"

于八:"什么好处也没有,上边也没人理没人问,只是大灶老王头说我太实在了。"

小环:"老爷新官上任给人留下个实在的名也对,可老爷虚报一桌和虚报十桌全是虚报,没事儿则罢,有事儿都是一个样儿的罪过,也便宜不了哪儿去。老爷又何必苦了咱们自个儿给衙门省下银子,做这般费力不讨好的事体呢!老爷不妨多开些虚头,从中拿出些银子把上上下下、左左右右都摆平了,摩挲顺了,有什么不好?大清国再穷,也不会在乎这点儿小钱。"

于八边听边飞快地算计着,手舞足蹈地对小环说:"若是这样,每月最少要多进五六千两银子,拿出一千两打点,这一年下来能多落五六万两银子。"

小环冷笑道:"老爷可别烫着手!"

于八收起笑容,却顽皮地说:"敬请师娘赐教。"

小环啐了他一口,笑骂道:"没见过大钱的猴崽子,竟会耍贫嘴儿,办不来一点儿正事儿,早晚得跟你吃挂落儿。"

于八:"小的我一算计着有这么多钱好赚,未免找不着北了,夫人见谅、见谅!"

小环:"但凡能有个说头,从官家支得出银两,都是最好、最快的赚钱买卖,再好的营生也没有这么大的利。"于八信服地不停点着头,竖起两只不大的小耳朵,眯着老鼠眼,倾听着夫人的金玉之言:"但凡这从官府、衙门流出来的钱,大伙儿都认为是白来的,自认为人人都有份儿。但凡能知道这项银子来路的,你都不能白了他,要不然的话,这些怂玩意儿迟早毁了你,先叫这项银子谁也拿不着,然后再编派出一堆罪过儿,叫你到手的银子都吐出来,

弄得你叫天，天不应；叫地，地不灵，倾家荡产还吃了官司的时候，这些怂玩意儿就躲到旮旯里美不滋滋地偷着乐。在衙门里却假装清廉地说：'某某太贪了！官家的银子也敢往自家窝里捣鼓，咱们早就劝过某某，可他就是鬼迷了心窍，听不进去，还以为咱们看他发财眼红呢，还以为咱们害他呢，瞧瞧、瞧瞧！这家也抄了，人也进了班房，弄得一家老小没个着落，唉！某某也真是的，要是听咱们一句劝，见好就收，也不至于落得这步田地。'"

于八听得全身冷飕飕的，颤抖着身子说："夫人啊，现今咱小日子过得挺红火，咱……咱两口儿就要当爹当娘了，咱们见好就收了吧？"

小环："看把你吓得那副熊样儿，得亏你还是个大老爷们儿呢，你既然蹚了这趟浑水，上了这条贼船，就得想辙撑下去，不然在上对不住王府的恩典，在下对不住即将出世的儿女。唉！过去老爷一直在下九流的圈子里混，整不明白官府里这点儿猫腻儿，也怪不得老爷哇。老爷是个透着灵气的主儿，这上头儿的猫腻儿，只要用心掺和进来，也没什么新鲜玩意儿，也比下面这些蒙来骗去的、够个斗儿的强不了哪儿去！"

于八："请夫人指教！"

小环："指教是不敢，老爷，只要您牢记一个理儿，就保准翻不了船。"

于八："什么理儿？"

小环："就是不能吃独食！"于八"不能吃独食，不能吃独食"反复地唠叨着、细细地品味着。

小环看着这既猴精似的夫君，但还带着土啷干呛的于八，心想：只要他尽心听我调教，凭他那股子机灵劲儿，用不了一年半载，一准儿出落个人儿似的，可我也不能一味顺着他说，给他惯出爱听顺毛驴儿的话，就调教不出来了。小环对如饥似渴的于八说："但凡从官家鼓捣出来的银子，最忌讳的就是独吞，反正官家有的是银子，只要老爷分派得得体，那官家的银子还不像这御沟里的水，没歇台儿地可劲儿地流，到时候，老爷想截都截不住。"

于八问："怎么叫分派得体？"

小环："就是让凡是知情的人既捞到了油水，还觉得你没藏掖儿多少钱。"

于八："那可得分出去多少镚子儿呀？""大半拉儿！"小环斩钉截铁地

说。看着于八心疼的模样儿，小环严肃地说："老爷如果舍不得，就不要蹚这趟浑水，免得将来小环落下一堆不是，既对不起人又对不起鬼。"

于八想了想，坚定地说："他娘的，多半拉儿就多半拉儿，归里包堆还是咱们的油水大。"

小环："老爷，这就对了，您想想，谁心里没有个小九九呀，只要这些知根知底的人把把有油水，油水还挺大；月月有进项，进项还不小，他们能不同老爷您一起欺上压下吗？只要他们月月拿着银子，跟咱们一个马勺分食吃，有事儿他们就得同咱们一样担待着点儿，即使是惹出点娄子来，他们能不想辙，大事儿化小，小事儿化了吗？"

于八："夫人说得是，于八我月月取来银票，就兑出银子，立马就给这伙人关饷。"

小环急忙说："老爷，这可使不得，万万使不得呀！"

于八哈哈大笑道："敢情夫人也舍不得了！白花花的银子摸着挺舒服的，怎么会嫌烫手白扔给人家呢。"

小环气急败坏地说："于扒拉，你这个没见过锣儿大的天的野厨子！简直就是块府窖里冻得梆梆硬的冰，三伏天儿都不开化。我算是倒了八辈子的血霉，嫁了你这个没起色的东西！"

于八慌忙又是打千儿，又是赔不是，小环也不理他，只是背身坐着垂泪，于八跪在地上挪动到小环跟前，抱起小环的脚，把头扎下去连鞋带袜子的一起吻啃了起来，小环憋住笑把于八拉了起来，拉长化脸儿地说："于八，你给我仔细听着，送出去打点的银子，什么时候都不能送现钱，送就要送银票，你还要把银票的号码一一记下，把日子和送的人名一一注在旁边，分抄几份，别藏在家里，找个稳妥的地界儿。你要是送他们现钱，到一定时候，他们觉得捞得也差不多了，准找个岔口儿把你扔出去顶缸，到那阵子，你想咬都咬不着他们，他们还得便宜卖乖说镏子儿没见着，你越咬得狠你就越死得快。这银票就不同了，只要出了娄子，谁都得顶着雷，他们怕你把他们抖搂出来，就得变着法儿保你、救你，可你得火候拿捏得准，什么时候都不能犯迷糊，就是睡觉你都得睁着半只眼。不论谁给你灌黄汤子套你话，你都不能漏出都

送给谁银票了,要让他们感到安全,如果他们感到不安全,抽冷子给你灭了,死你都不知是怎么死的。如果谁拿着银票还想犯葛,咱就不痛不痒地敲打他两句,不信他不收敛着点儿,只要他拿了银票,他就在咱们手心里摽着,他就同咱们一起上了贼船,一有风浪,不会摇橹也得喊号子,真的、假的也得卖把子力气。"

于八心服口服地应着,等小环说完了,忙问那第二码子事儿,小环说:"那码子事嘛,就先不告诉你了,我得先看看你这码子事儿办得漂亮不漂亮,然后再掂量掂量你是不是那块料,先这么着吧,我也乏了,得歪着去了。"

于八搀扶着小环进了卧房,见小环睡得安稳了,转身出去了,吩咐仆人套车来到李提调府上,门房爱搭不理儿地说道:"老爷正歇息着呢,有事儿,也不挑个好时辰。"

于八笑眯眯地递上二两银子说:"三哥,一点儿小意思、小意思。"

门房从春凳上站了起来说:"敢情是八爷呀,瞧、瞧小的这眼拙的,连八爷都没看出来,该打、该打,要说这也怨不得小的,谁叫八爷打扮得这么鲜亮儿,把小的晃晕了呢,爷您等着,小的给您瞵瞵去。"

于八笑笑说:"我不是来拜老爷的,麻烦三哥把师爷请出来,我在东口的茶馆里等他,可别告诉师爷是谁等他。"

不一会儿,师爷周少泽走进了茶馆,跑堂的忙把周师爷引进雅间,于八忙把他让到了上座,周师爷面无表情地坐在太师椅上,目视前方,一言不发,连斜楞都不斜楞于八一眼。于八不紧不慢地说道:"小的昨日有个事儿禀老爷示下,老爷吩咐小的行个文递上来,小的胡乱写了一篇,想先请周师爷给展一眼,指点指点。"说完从怀里掏出个手本,双手奉上。周少泽接过来,打开一看,甭说字儿了,连个墨点儿都没有,可却夹着一张"恒源号"二百两一张的银票。这二百两银子相当于他一年当师爷的例钱和赏钱,还是京城响当当"四大恒"的票子。他把银票顺到袖口里,把手本放在桌上,皮笑肉不笑地说:"如今于老爷也是有身份的人了,有话坐下慢慢说。"于八推辞了一下,就斜签着坐在了下首。

两人互让了一回茶,周少泽说:"真想不到于爷自从捐了这道员后,文章也做得来了，真是可喜可贺，于爷这文章写得如此漂亮，可别抢了我们这当师爷的饭碗儿呀！"

于八干咳了两声说："瞧师爷您说的，小的这点儿墨水，怎敢在师爷面前班门弄斧的，不过是被挤对得不成，生给憋出来的，怕是往后月月得有手本请师爷指点指点。"

周少泽心领神会地说："岂敢、岂敢，若是于老爷太忙，没时间写，我倒是可以代劳，就不知中不中于爷的意。"

于八："这敢情好哇，这不，衙门里有个文，我憋了半天也没憋出来，周师爷要是肯代劳，可帮了我的大忙了，谁不知道师爷您的文笔呀，那可真是字字值千金呀！"

周少泽："就不知是什么文，在下写不写得来。"

于八："这同文馆里，也没个饭堂，先生们吃饭都在自个儿房里，尤其是那天寒地冻的时节，饭菜还没端到房里就凉了，看着先生们吃生冷的饭菜，于八心里不落忍，这几百号先生们，都是大清国的宝贝疙瘩儿，万一吃出点儿毛病来，咱们可担不起这个不是，周师爷您说呢？"

周少泽心里盘算着这件事儿，不由得暗自窃喜，凭空又有笔银子好赚，瞧了一眼憨中散发着贼鬼流滑的暴发户，觉得倒是块揩油的料，但不知这小子嘴上有没有把门闩，就问道："于爷昨日见着老爷，没拿手本给老爷瞧瞧吗？"

于八："小的是什么身份，哪敢给老爷直接上本呀，这水大也不能漫过桥去呀，再说这也不是什么大不了的事儿，老爷一天有多少国家大事要操心劳神呢，这点小事儿怎敢叫老爷分心呢？"

周少泽："于爷打算怎么个建法？"

于八："我想齐着伙房西墙建个大膳堂，从衙门里支点银子，可这呈文的规矩又搞不明白，师爷您做这个是做惯了的，不如麻烦……麻烦师爷您代小的拟个文。"

周少泽："于爷您太客气了，咱这是为朝廷办事儿，义不容辞、义不容辞！"

没几日，总署衙门的银子就拨到了同文馆。于八得了准信，约好了广信木厂的屠掌柜，查看了地点，筹备着施工。广信木厂的屠掌柜揽了桩肥活儿，自是给于八送了一份大礼。屠掌柜忙着备料，安排伙计收拾家伙，准备择个吉日进驻同文馆。

这一日，于八约了周师爷到茶馆小坐。于八揣了几张恒源号的银票，分别放在左右袖口里、夹在帽衬里、放在鞋踝里，美滋滋地坐在雅间里慢慢地品着茶，嗑着瓜子，哼着小曲儿，静等周师爷光临。

周少泽头顶马聚源的黑素缎面六合春秋帽头儿，帽正上缀着一块鲜亮的玛瑙，熠熠泛着柔和的光彩；身穿瑞蚨祥的苏缎长袍，外罩苏绣滚边马甲；脚踩聚茂斋骨子皮双脸鞋，一步三晃地走了进来。

于八一见周师爷满面春风地走了进来，忙起身打千，满脸堆笑地把周少泽让到上首，冲跑堂的招了招手，跑堂的赶忙布上细八件茶食，小心退下，并把门轻轻地带上。周少泽慢条斯理地品着茶，嚼着小点心，漫不经心地瞅着于八。于八上下左右地打量着周少泽，心想：这酸不溜溜的东西，手里有了几两银子，还真会装扮自个儿。美儿目儿的，臭显摆起来了。见周少泽不开口，于八也不敢上来就说正事儿，只好胡诌白咧地扯闲篇儿。

于八："头戴马聚源，身穿瑞蚨祥，脚蹬聚茂斋，腰缠四大恒，周师爷真是时兴得很呀，这身打扮可真把于八给比得没人样儿了。"周少泽瞄了一眼于八，见那六瓣帽正上缀了一个大金疙瘩，觉得俗不可耐；虽是一身苏绣，穿在那瘦骨伶仃的五短身材上，却像个衣服架子，根本就撑不起来个样儿，对襟上一排金扣儿，把个暴发户的形象一览无余地展现给世人；一对柴火脚硬撑着崇呢面的千层底布鞋，脚趾的大骨头节把鞋帮顶得凹凸不平，真真地糟蹋了一双内联升的好鞋，那鞋里不像是装着脚，却像是撑着一对捡破烂用的耙子。周少泽轻蔑地一笑，伸出一只脚来说："这内联升的鞋怕是不跟脚，我脚形不好，也不愿赶什么时兴，穿穿聚茂斋的骨子皮鞋倒觉得脚不受委屈。"

于八："那敢情是，那敢情是，还是师爷会捣腾，师爷要不说，于八还真不知聚茂斋的羊皮鞋做得这么地道，啧、啧，看看这羊皮是怎么鞣出来的，可多细腻儿。"

周少泽把脚又向上抬了抬说:"于八爷,看仔细了,这可不是羊皮的!"

于八忙起身,半蹲着用双手捧着周少泽的脚,赔着笑脸儿问:"那可是鹿皮的?"

周少泽:"不是,是驴皮的。"

于八:"师爷可不兴冤人哇,这驴皮粗了吧唧,怎么也整治不了这么细发。"

周少泽收起脚,卖弄地说:"用你们京片子话说,这骨子皮就是驴腚皮,只有这块皮才能整治得这么细发。"

于八心想,老扯闲篇儿也不是个事儿,看来我不开口说正事儿,他一准儿拿捏着不搭腔儿,唉,谁让咱是求人家办事儿呢。于八小心地问道:"周师爷,那建膳堂的事儿,衙门里可有了准信?"

周少泽:"差不多了。"

于八心想:明明是银子都拨到了馆里,他怎么还说差不多了呢?看他这一身行头,虽说是花了不少银子,可那二百两银子也使不完呀,看来他是宰我宰顺了手,唉,只要建膳堂的银子到手,宰就让他宰一刀吧。于八从袖口里拿出一个夹着五百两银票的手本,双手献上说:"周师爷,要不咱再上个本子催催?"

周少泽打开手本看了看,合上手本推给了于八说:"于老爷,这手本就不用再上了,目前要紧的是陋规。"于八不知这"陋规"是什么东西,猜想着可能是衙门里的公文,但又拿不准,又想到刚才因为鞋的事儿,拍马屁没拍成,却拍到驴屁股上了的情节,不敢再胡呲了,只好站起身来,恭恭敬敬地给周少泽行了个大礼,说:"师爷,您老多多包涵,小的实在是不明白这'陋规'是什么意思,请师爷赐教、赐教,小的也长点儿学问,也省得日后露怯。"周少泽看于八的情景是真不明白,转念一想,自己也乐了。他一个大字不识的粗人,虽然披上了一张文人的皮,可仍是个下里巴人,我和他唱什么阳春白雪呀!岂不是对牛弹琴。于是就笑嘻嘻地对他解释道:"这陋规就是官场和士阶层的通用语言,如今于老爷也算是进士的圈子,也该懂点儿这类语言。"周少泽扫了一眼于八,见他一头迷雾地仔细聆听,心想跟这种俗人聊天说事儿,还真费劲儿,就得用市井俗语。于是干咳了两声继续说道:"这陋规就是

打点用的银子。"

于八笑了，拱拱手说："谢谢师爷指点，叫小的长了见识。"随手把手本又推到周少泽面前。周少泽按着手本说："凡是下级要拜见上级，或是有文本上呈，都要先过两道关，一是门房，你不给门房打点银子，你就进不了大门，但这进门的银子只是零头儿。进了大门，你还要过签押房这一关，你不打点银子，你还是办不成事儿，门第，哦，也就是门越大，官越大，这陋规，也就是打点用的银子也越多。"

于八："请问师爷，这总署得多少陋……陋规？"于八对"陋规"这个字眼说起来还不顺口。

周少泽："这总署，可不是一般的衙门，他承管着各国洋人的事体，这陋规能少吗？仨瓜俩枣儿的，岂不掉了价，失了朝廷的体面。"

于八忐忑不安地问道："那……那得多少陋……陋银呀？"

周少泽："门房最少是二十两，一般二十两都拿不出手，叫门房瞧不起，大多给五十两，外埠官员给得更多。签押房起价就得二百两。"

于八不禁"啊"了一声，伸出了舌头，看了一眼周少泽，赶紧把舌头缩了回去，端起茶杯喝了口茶，定了定神，一对老鼠眼滴溜溜地转个不停，心中却在不停地盘算着：二百两、二百两，加上门房最少就得二百二十两，我上次给他二百两，这么说还不够打点的？难道他镚子儿都没落着？不会吧？他这身行头可是全新的，难道他舍得花自己的钱穷倒腾？这里面肯定是有虚头儿，可就是有虚头儿，他也得拿出银子去打点，这打点，还不是为我多赚点银子去打点。开点儿虚头儿，也在情理之中，谁没利起早哇！就是开一半虚头儿，也不为过。去一趟二百多两，要是去两趟，打一半儿的虚头儿，可不是人家周师爷没落着钱，这事儿正在骨节上，还得用人家，哪能叫人家白忙活了呢？也难怪人家今儿个阴阳怪气的，五百两银子不待见。于八伸手又从左边袖口里摸出一张五百两的银票，递了过去说："周师爷，真对不住您了，哪能叫您垫钱为小的办事四处打点呢。"

周少泽把银票夹在手本中说："为于老爷办点儿事儿，这本是应该的，替于老爷四处打点嘛，这也不难，可我们这做师爷的，原本是个苦差事儿，不过是个过路的财神，头里收了人家的银子，转手就得送出去，两袖清风也罢了，弄不好还要搭上点儿，于老爷，您说，这可找谁说理去？"

于八听着这话茬儿，看来这一千两银子还不济事儿，心想：屠掌柜前个儿刚送来两千两银子，只要把这活儿让屠掌柜顺顺当当接到手，这一把还有赚头儿。想到这儿，他下意识地摸了摸左边袖口，又摸了摸右边袖口，抬起脚来，刚要摸鞋，忽然觉得不对劲儿，欠身红着脸说："周师爷，您稍坐一会儿，小的方便一下就回。"周少泽笑眯眯地点了点头儿，于八溜了出去。

于八三步并作两步蹿进茅房，四下斜楞了一阵子，见确实没有人盯着。这才先把左脚的鞋脱下来，取出一张五百两的银票，然后又从右边鞋踝里取出另一张五百两的银票。两张银票稍稍有点潮，他贴在脸旁焐了焐，觉得有些酸臭气，于是又抖搂了一会儿，才揣到袖口里。走进大堂，在铜盆里涮了两下手，用手巾板擦干了手，抹了几下香胰子，伸到袖口里胡噜了几下，又抹了几下香胰子，又伸到袖口里胡噜了几下，然后扯着袖口闻了闻，觉得满袖子都是香胰子味，才放心地洗了一回手，接过伙计递来的热手巾板，擦了擦手，又抹了一把脸，转身走进雅间。

于八拱了拱手说："周师爷，瞧小的这点儿出息，真对不住您了。"

周少泽笑笑说："谁都有个内急的时候，不碍事儿、不碍事儿。"

于八搓了搓手，从袖口里把两张银票掏了出来，递给了周少泽说："帮人帮到底，还请师爷替小的四处打点，打点这……这陋……陋规。"周少泽笑了笑，接过两张银票，夹在手本中，揣进袖口说："先这样吧，于老爷敬候佳音，不出个把月，保你个漂亮的膳堂用，时候不早了，我得赶快回去了，怕老爷有事儿寻不着我。"

这天晌午，于八闲着没事儿，叫了街头耍呜丢丢的给夫人逗乐儿。那木偶艺人把一个粗蓝布围子的架子支在南墙头，钻了进去，一个木偶猪八戒在围子上的小台子上舞了起来，两只大耳朵忽忽悠悠地乱晃，围子里传出模仿人言的哨声，给小环乐得合不上嘴，一会儿猪八戒背着个漂亮的小媳妇满台子乱转，猪八戒的大耳朵和小媳妇的水袖儿前后飞舞，那哨声一阵粗一阵尖，给于八两口子笑得前仰后合。小两口正乐着呢，同文馆的杂役狗剩儿满头大

汗地跑了进来上气不接下气地说:"给……给老爷……老爷道喜了!"

于八奇怪地问:"狗剩儿,什么喜事儿?说给老爷听听。"

狗剩儿:"膳堂开工了。"

于八心想,这屠掌柜也未免太性急,怎么连说都不说一声就动工了呢。

于八对小环说:"唉,本想同夫人一块乐和乐和,不承想这屠掌柜这么猴急,也不支应一声,就动了工。我得去瞧一眼。"

小环笑着说:"老爷公事要紧,快去、快去,要乐和等有闲工夫时再乐和。"

于八来到同文馆,见一群小工正在开槽、砸夯、打地基,瓦匠们正在磨着青砖,木匠们正在整治着家伙,架子工正往院里码放着杉篙,好一个热火朝天的场面。

于八问一个木匠:"你们掌柜的呢?"

木匠答道:"同管事儿的在客房说事儿呢。"

于八心想:这屠掌柜可不地道,怎么能越过老爷我直接就把活儿接了,哼!看于爷怎么敲打你!

他怒气冲冲地来到客房,见门虚掩着,他立住了脚,没敢冲进去,在门口喘了几口大气,心情平静了许多。心想:我发哪门子火呀,屠掌柜就是接了这活儿,也不敢白了我于老爷呀,他见周师爷,不就是白白填显点儿银子,利薄了,是他自找,活该!转念一想:可这屠掌柜怎么和周师爷搭咕上的呢?兴许是周师爷找的他,他有什么法子呢,这周师爷也忒黑了,吃完这头儿又吃那头儿,一点儿都不拉空儿,也他娘的不怕噎着。也许是屠掌柜进驻时,正巧叫周师爷撞见,周师爷趁机敲他的竹杠,屠掌柜呀屠掌柜你他娘的着的哪门子急,要进驻你他娘的和老爷我支应一声,真他娘的忙中出乱子,没地界儿地抻着脖子叫人家宰了一刀,活该!周师爷举着刀正宰着人呢,屠掌柜抻长了脖子,闭着眼咬着牙正准备挨刀呢,我进去是不是不是时候?他转身向回走了几步,用手拽住耳垂儿站了一阵子。不对!这周师爷收了我那么多银子,既然收了,就得给我办事儿,屠掌柜接了这趟肥活儿,是老爷我关照你,两人都欠着我的情儿,哼!一个想宰人,一个愿挨宰,虽说是两相情愿，但也没有隔着我这正主儿的道理，哈哈！周瑜打黄盖的事儿爷管不着，但爷得知晓，不能让你们当傻子诓。

于八又转了回去，推开客房的门。见周师爷和一个中等身材、消瘦的脸透着精明的人正在说笑，这个人并不是屠掌柜，他并不认识。两个人都戴着密镜，圆圆的茶色镜片把四只眼睛遮挡了起来，四个眼仁汪汪地透出刺眼的光，好像四枚光绪重宝当十钱挂在两人的脸上。他愣了一下，周少泽站了起来，冲他拱拱手，满脸堆笑地说："于爷，您来得正好，来、来、来，我给你们引见引见，这位爷是于道员于老爷，馆里的膳食都由于老爷一手承办，这位于爷，张掌柜，用你们山东话说，可是位人物，这衙门上下用京师的话来说，于爷可是脚面水平蹚，这膳堂就是衙门里拨银子特地为于老爷盖的，张掌柜你想想，这可是多大的面子！哦，于爷，这位张掌柜是京城有名的广兴木厂的大掌柜，各衙门口的活儿，差不多都是他承办，活儿干得既快又好又漂亮，人也厚道，咱这膳堂的活儿交给了张掌柜，可就省大了心了，在张掌柜眼里，这还不是张飞吃豆芽——小菜一碟，保您个把月就能用上一座漂亮的膳堂。"周少泽喋喋不休地叨唠，张掌柜在一旁不停地微笑着点着头。

周少泽的话像一盆带着冰碴儿的冻水，当头浇了下来，于八先是觉得从头凉到脚，接着感到胸闷得很，呼吸也逐渐急促起来，一股冷汗从脑门慢慢地渗了出来。张掌柜冲着于八打了个千儿，随手从袖口摸出一张名片，双手奉上说："于老爷，小的姓张，名德山，请于老爷多多关照、多多关照！"于八听着这糖嗓的山东腔，也没听清说的是什么，好像那耍呜丢丢的吹哨的声音，含混不清。他木雕泥塑般地站在那里，手也抬不起来接名片，张着嘴只喘着大气儿，却说不出话来。周少泽忙拉着他说："别光站着说话，于爷、于爷，看坐，给于老爷上茶。"边说边拉着他，把他按在太师椅上。

于八昏昏沉沉地被张德山架回了家，丫鬟、用人忙把他扶进房，放在床上。小环慌慌张张地跑过来一看，丈夫两眼发直、牙关紧闭地躺在床上，嘴角不停地流着涎。就问车把式汪有财："财头儿，老爷是怎的了？"

汪有财惊慌地说："回夫人，小的送老爷到同文馆，进门时，老爷还好好的呢，还吩咐小的在外边候着，别动地方。谁承想，不大工夫，老爷就迷迷

糊糊地叫一位爷给扶了出来。"

小环："哪位爷？"

汪有财："小的也不认识。"

小环："财头儿哇、财头儿，可惜你这把年纪，办事儿怎么这么不着调，你不认识那位爷，你就不会问问吗？"

汪有财："那位爷一直把老爷送回家来的，小的当时瞧老爷这模样，早乱了方寸，哪还顾得问人家呢。"

小环："那位爷呢？""夫人，那位爷还在南屋候着呢。"丫鬟接道。

小环走到堂屋，理了理头发，整了整衣服，径直走向南屋。张德山给小环请了个安，焦急地问："夫人，于老爷好点了吗？"

小环摇了摇头说："也不知我家老爷是什么症候，怎么连人也认不得，连话也不会说了，唉！这是怎么了，没地界儿地叫张掌柜跟着劳神。"

张德山："俺这是应该的、应该的，得赶快请个大夫看看。"

小环："我家老爷这症候有些古怪，怕是走街串巷的一般郎中整治不了，我正琢磨着请哪家的呢？"

张德山："这好办，南城赵太医是俺们山东老乡，没有治不了的疑难症候，夫人要是同意，俺这就去请。"

小环："怎好平白无故地劳您大驾，我叫管家去吧。"

张德山："夫人不必客气，治病要紧，还是俺去请，谁叫俺们熟呢。"

小环："那就辛苦张掌柜了，叫财头儿赶车拉您去。"

张德山："不用、不用，俺的车就在门口候着哪。"

不大一会儿，张德山带来一位大夫。小环一看，是个修长漂亮的年轻大夫，一张白皙的鹅蛋形脸上，嵌着两只乌黑透亮的大眼睛，上面两撇弯弯的细眉，不像是从细嫩的皮肤里长出来的，却像是用眉笔描出来的，眼睛上盖着浓密的睫毛，像是巧手粘出的眼帘，当眼帘低垂时，明媚柔和的目光若隐若现，乖巧小鼻子像绢做的一样挺秀，鼻翼不停地鼓动，散发着青春的活力，端正潮红的小嘴，轮廓分明，红唇微启，露出一口洁白如奶般的牙齿，像是整齐划一的牙雕。小环看呆了，心想：这是个爷们儿？怎么这么漂亮，如穿上娘们儿装，京城里的娘们儿还不都给比没了。

张德山说："夫人，这是赵太医的四公子。"见小环没反应，心想不好，别也急出个好歹来，于是提高了声调叫道，"夫人！夫人！大夫来了。"小环"嗯"了一声，脸一红说："快请、快请！"说完扭脸转身在前边带路。

四公子赵立纲给于八把着脉。纤细嫩白的三根手指搭在于八腕上，好似三根鲜嫩的葱白横放在一段山药上。这么漂亮的男人，小环从未见过，在那王府的数年中，有多少京城名相公到王府应局，也没一个比眼前这位四公子中看的。如果这位四公子穿上女装，着实能把京城的相公比没了。这个身段、这张脸、这双手如果换给于八可有多美呀。小环看着遐想着，不觉心里突突的，脸儿一阵阵红了起来，慢慢地连脖子也泛起一片潮红。

赵立纲从医箱中取出一个针包，抽出根一寸银针，左手拇指掐住于八嘴唇上的水沟正中，右手捻动银针，刺入人中穴。于八嘴角抽动了几下，左半个腮帮子抖动了一下，就不再动了。赵立纲又抽出一根寸半银针，左手握住于八的左手，将他的手心翻向上，推起袖口，右手将针刺进内关穴，捻了几下，留住针，又在右手内关穴上行针，然后双手捏住左右内关穴上的银针，同时捻动提刺起来。没几下于八的脸憋得通红，腮帮子一鼓一鼓地运着气。突然，"啪"的一声，一口痰从于八口中夺口而出，擦着赵立纲的衣角向后飞去，正好落在小环的身上。赵立纲迅速取下三根银针，扶起于八，重重地拍击着他的后背，于八又吐出几口浓痰，长呼了一口气说："可憋死我了，水……水……"丫鬟忙递过一大碗凉白开，于八咕嘟咕嘟地喝了下去，大半碗水竟洒在了身上。

张德山笑笑说："于老爷好了，这就好，刚才没给小的吓坏了。"

于八不明所以地问："老爷我这是怎的了？"

小环说："瞧你那德行，没出息的东西，要不是人家赵大夫，你还不巴巴地在炕上挺尸！看看，给人家大夫的衣裳都给弄埋汰了。请、请各位爷南屋去坐。"说着引领着赵立纲、张德山走了出去。

小环拿了条湿手巾去擦赵立纲的衣角，赵立纲摆了摆手，接过手巾擦了擦，在铜盆里洗过了手，走到八仙桌前，取出一张纸笺，平铺在一块小毡子

上，又取出一只精巧钻花扁圆铜墨盒，打开墨盒，拿起一支七紫五羊兼毫毛笔，开出一张方子。

  桂枝一钱半 蜀漆一钱半 高良姜三两 甘草二两
  龙骨四两 牡蛎五两 滩枣十二枚
  三剂
  水一斗二升，煮蜀漆减二升，入诸药，煮存三升，日服三次，一次温服一升

  赵立纲递过方子。小环觉得这大夫怪怪的，怎么从进门到现在连吭都没吭一声，就问道："请问四爷，我家老爷是什么症候？"
  赵立纲："肝火上逆，痰迷心窍。"
  小环："药服完后，还得请您出诊。"
  赵立纲："三剂服过，定是痊愈，不必再诊。"
  小环："贱妾这里多谢四爷了，请张掌柜陪四爷稍坐片刻，待贱妾安排酒饭来。"
  赵立纲："不必了。"
  小环看留不住赵立纲，便吩咐管家取银子支付诊费，张德山忙说："这诊费俺来出、俺来出。"边说边取出十两一锭小银锞子，递给了赵立纲，赵立纲放进医箱，起身走了出去。
  小环望着赵立纲的背影，轻轻地叹了口气。心想这么漂亮的一个人儿，怎么却冷冰冰的，没有一点儿热乎气。她懒懒地回到堂屋，对着镜子左照右照，觉得自个儿不论脸盘还是身段都很水灵，怎么他连正眼都不瞧我一眼，还爱搭不理的。
  小环哪知道，这位赵立纲赵四爷，虽是生在医学世家，对医却不感兴趣，学医对他是无奈，可这又是家学，不好好学，就有板子伺候。三岁背《针经》、四岁背《素问》、五岁背《雷公药性赋》、六岁背《濒湖脉学》，到十五岁，什么《伤寒论》《温病条辨》等中医典籍也都倒背如流，可这十几年是怎

么熬过来的呀，无冬历夏，几乎天天一顿板子，手肿得吃饭拿不住筷子，屁股肿得夜夜只能侧着睡。得亏有京昆之腔支撑着，不然，还有什么活头儿。他迷醉于京昆之腔，尤喜攻青衣，只要一玩票，所有的痛苦就都飞到九霄云外去了。他虽是男人之躯，却天生一副女相。因为自个儿比女人长得还美，所以他不待见漂亮的女人，却喜欢帅小伙儿。

立纲在窑台吊完嗓子，信步溜达到南横街，走进堂子胡同口的豆汁摊，小二笑着同立纲打招呼道："四爷，吊完嗓了，给您来碗热粥？"立纲笑笑，点了点头说："今儿个，还是外甥打灯笼——"小二笑着拉长了腔调接道："照舅（旧）！"边说边抽下搭在肩上的手巾板，麻利地抹了抹桌子、长凳，伺候立纲入座，随即端来一碗豆汁粥、一碟焦圈、一碟辣咸菜丝和一礅芥末礅。立纲喝下几口热粥，还未吃辣咸菜，就感到全身暖洋洋的，紧绷的嗓子也一下松弛下来，美得他真想唱一大段导板不成。他舒了一口气，下意识地四下望望，得意地用筷子轻轻地打着点儿。忽见伙计小四儿跑来说："四爷，您用完了吗？二爷叫您麻溜回去出趟诊。"立纲不情愿地推开碗筷，站起来，往桌上扔了两个子儿，跟着小四儿回去。

来到家门口，看见停了一乘兰呢官轿，一看轿夫，便知道是东城干面胡同许家的轿子。许家老爷子原籍是浙江萧山人，咸丰时放过一任道台，现任户部总督仓场侍郎，是个肥差。几个儿女全玩票，奈着老爷子的面，不敢下海当戏子，同立纲倒是志同道合，立纲觉得羡慕的是：人家许家公子终日不是去捧角就是去玩票，而自己整日还要盯门诊，时不时地还要被二哥熊上两句。

立纲美不滋滋地上了轿，不大工夫，就停在了许府大门口。立纲随孙管家进了广亮大门，在影壁前折向西，许家大公子海路从倒座的客厅中迎了出来，拱拱手，寒暄了两句，将立纲让进客厅。仆人献上茶，退了出去，许大公子待立纲呷了口茶，才慢慢地说："小女不知得了什么病，近日时常上半身肿胀疼痛，不瞒您说，洋大夫也看过了，就是不见效，还待麻烦您给把把脉。"

立纲忙说："许爷，您就别跟我客气了，快请女公子一见。"

许公子笑着站起来说:"那好,请您老弟移移步,到暖阁去把脉。"

许小姐不足周岁,整个脸肿起有三分高,眼睛肿得眯成了一条缝,头部肿起足有一寸高,胸背亦红肿成片,为防止女童乱抓,双手给捆绑上厚厚的棉布手套。立纲叫奶妈褪下手套,拿起女童的左右食指,逐次诊了一会儿,回到客厅对许公子说:"女公子是肝肺盛热所致,病在太阴,我开个方子,先服三剂试试。"仆人拿来文房四宝,立纲略一沉思,随手写道:

羌活三钱、荆芥三钱、赤芍五钱、牛蒡子三钱、竹叶八钱、桔梗五钱、葛根五钱,三剂水煎服。

写完方子对许公子说:"如果三剂不见效,只好安排我家二爷来替我补过。"

许公子将方子递给孙管家后说:"兄弟,别太谦了!你们赵家个个都是华佗再世、扁鹊重生,小女这点儿病,我看就不必劳动二爷了,又不是什么疑难杂症,四爷这把刷子就足可抹平了。"

三日后,孙管家提着点心盒子走进麻刀店赵家,对立本、立纲说:"我家大少爷叫我谢过两位爷,小姐的病见好,饮食起居也正常了,只是肿还没有全下去,请四爷再辛苦一趟。我家老太太也特高兴,叫我也谢过两位爷,下月初八是老太太六十大寿,已请下乔老板、王老板、谭老板等京昆名角唱一天堂会,老太太叫我给您们送请帖来了,请爷儿们务必带上宝眷赏光。"

立纲又去了许府三四次,换了两回方子,可许小姐头上的肿就是消不下去,二爷立本也百思不得其解。但许家觉得疗效不错,洋大夫束手无策的病症,赵家虽未根除,但小姐饮食起居无妨,慢慢治着吧。

转眼就到了许府老太太的寿诞,二爷停了门诊,同四爷一起带着家眷去祝寿。四爷立纲觉得奇怪,往常,二爷从不会停诊赴堂会,实在推脱不掉,也只是晚上照个面,尽了礼数就罢了。停诊的事儿还真是破天荒头一遭。

车子刚到西石槽就听到了喜庆的乐声,一拐进干面胡同西口,就走不动了,只见满胡同搭起了彩棚,挂起了寿幛。许宅的仆人们斜挎着寿带,四下忙活着，好不容易挨到门前，老太太和女眷们由许宅丫鬟引导着从侧门进了宅院。立本和立纲进了大门，签了到，送上礼单，仆人们抬着寿礼自随许宅用人们去了。二人进了寿堂，见母亲正和许老太太拉着手说笑呢，二人忙过去行了礼，许老太太将立纲拉到身前，喜欢得不得了，对赵太太说道："我说侄媳妇呀，你可真会生，怎生的这哥儿，比姐儿还水灵呢！瞧着脸盘儿，我还当是七仙女下凡了呢，好、好，男人女相主大福大贵，你就赚等着吧！"

赵太太："瞧寿星老说的，谁有您福分大呀，如今是四世同堂，福寿双全。"

拜完了寿，许老太太拉着赵太太的手来到戏台前，在主桌坐定，儿孙们各自陪着来宾入座。

开场戏是《福寿双喜》，接着是《喜洽祥和》，许老太太对赵太太说："这应景儿的戏，也就是图个热闹，侄媳妇点出中听的。"

赵太太："今儿个就是喜庆热闹的日子，要点也得寿星老点呀，哪就轮到我们晚辈儿点呀。"

许老太太笑笑说："刚才我见阿寿来请安。"

赵太太："这阿寿去什么角儿，我听着怎么有点儿生呀？""唉，阿寿就是乔惠兰呀！"许老太太得意地说。

赵太太："敢情是这戏子为给老寿星祝寿，现改的名字，这孩子可够孝顺的，老寿星可得多打点儿赏。"

许老太太："瞧你说得有鼻子有眼的，你是真不知道，还是哄老太太开心玩儿？"

赵太太："瞧老寿星说的，我要是真知道，能不在您眼前显摆吗？就我们这点儿道听途说的芝麻粒儿，捡一晌午也不够您填牙缝的，老寿星还不麻溜地给我们说说，也让我们长长见识。"

许老太太："也难怪你不知道，打今儿个年上起，这孩子可出息大了，到宫里承局，升平署赏了这么个艺名叫阿寿。"

赵太太："我听过这孩子演的《绒花记》，他把那二小姐演得活灵活现的。"

许老太太:"他最拿手的还是《双钉记》,去梅香那个角儿,连老佛爷都给叫好,也巧了,今儿个这套班子倒齐整,穆长寿去包拯,那黑头唱得有滋有味儿的,那孙秀华去阮氏,倒也是字正腔圆,尤其是那拖腔,能拖半个时辰,你还看不出他在哪个节骨眼上偷的气,可真是绝了。"

赵太太:"听老寿星说戏,比听戏还热闹呢,老寿星见多识广,京城哪个角儿老寿星没有不知道的,就点《双钉记》,叫我们也开开眼。"

许老太太:"这出戏还是咸丰爷时由昆腔改的皮黄,好像是咸丰三年(1853),还是咸丰四年(1854)?八月节时,我在宫里听过。"

回到家后,立本兴奋不已,吩咐伙计到骡马市宾宴春要了一桌菜,把立纲叫到书房来共饮。立纲说:"我说我的亲哥哥呀,许家的燕翅席您不正经吃,到处乱溜达,溜达累了、饿了,回家又找奔来了,不知这唱的是哪一出?"

立本笑眯眯地举起杯说:"哥哥可真饿坏了,肚皮都快贴上后脊梁骨了,陪哥哥喝两口。"接着有板有眼地念白道,"却听我慢慢道来!"

对于许家小姐的病,为什么药用了个把月,却不能根除呢?立本也坠入五里雾中,百思不得其解,所以,今日才破例停诊,就为到许家探个明白。他意外地发现,许小姐的奶娘酒量很大,府上的人说:奶娘喝的酒越多,奶水就越稠、越香,小姐就越爱喝,故许府上等内黄酒让奶娘随意喝,这本来也是浙、闽一带妇人坐月子的习俗,这一带一般人家妇女坐月子,一个月子要喝掉一两百斤米酒,家境好的还要喝几十斤上等黄酒,许家是这一带人,自然把这一习俗带到北京,况且,他家用人大多是本地乡亲。但没承想,许小姐的生母、许大公子的三姨太却是滴酒不沾的人,只要沾酒,就过敏。许小姐天生就继承了她生母的遗传基因,许家没想到乳汁中带的酒,诱发胎毒使小姐受病。

立纲听立本说完,才知道哥哥的一番苦心,自愧不如。就问道:"二哥,病因既然找到了,药却如何配伍,望哥哥赐教!"

立本喝了口酒说:"四弟,说实在的你的方子开得已非常不错了,一味药都不用动,只是把葛根加到二十钱,我看就可痊愈,另外再把爷爷淘换来的奶子府'平安催乳方'抄给许家就行了,你就说这是你无意中发现的病因。""不行!不行!咱和许家是至交,还是实话实说的好,况且四九城都知道,咱家医术就是哥哥您高,做弟弟的略逊一筹也丢不了咱赵家的人,砸不了咱六代世家的牌子。"立本摇了摇头,语重心长地说:"四弟呀,你现在的医术已相当不错了,哥哥想,你再历练历练,也该独挑一摊了。"

立纲说:"哥哥,我从小就不爱学医,这点医术,全是被长辈打出来的,我从来就没想过自己开业,只要能干点儿别的,我就不行医了。"

立本怒道:"不能说这种对不起祖宗的话!想当戏子去,我都不答应,玩两下票,算不得什么,真要下海,那是万万不行的,兄弟,听哥哥一句,你就死了那条心!"

第七回

大蚊子小蚊子嗡嗡同文馆
男巫祝女巫祝嘣嘣王爷府

于八不过是一时气迷心窍，服了立纲几剂汤药也就痊愈了，张掌柜来了几趟，不但送了许多糕点、细菜、水果，还送了一张五百两的银票。于八看着这张银票，气就不打一处来，心想自个儿掏了两千多两银子，活儿没到手，还得退给人家屠掌柜两千两银子，真他娘的大窝头翻了个儿——显了多大的眼。小环扒开了揉碎了地劝他，只要膳堂能建起来，这钱就没打水漂。可于八就是一根脖颈骨，转不过这根筋来。

于八病虽好了，可总是猫在屋里不肯出去，小环看着这块扶不起来的天子，一脑门子的气，无奈地偷偷落泪。

张掌柜那边却是热火朝天地紧忙活儿，不到半拉月，膳堂的模样就出来了。

同文馆里修建个房屋，也不是什么大不了的事儿，学员们也懒得问津。可这么大的动静，一出了模样儿，就不免有观看猎奇、包打听、包传事儿的主儿光顾。大蚊子、小蚊子正是这样的主儿，没事还想挑三窝四地寻个乐儿，岂能落了这个空。这哥儿俩打听清楚了建膳堂的前因后果，就琢磨着生出点事儿来解闷儿。

这天，哥儿俩买了五斤烧刀子，把小边子、小雷子、小六子、小鱼子、狼崽子、羊羔子六位小兄弟聚到自己房里。

小边子满族老姓额尔吉，额尔吉在汉语里是边的意思，故汉姓为边。这小雷子的满族老姓是阿克占，小六子是宁古塔，小鱼子是布尼，狼崽子是钮祜禄，羊羔子是尼玛察。这八位拜把子的兄弟自称"同文馆八大金刚"，可馆里馆外都称他们为"八大煞星"。

几杯酒下肚，大蚊子说："这他妈的于扒拉，不说好好伺候咱爷们儿，三扒拉两扒拉的，竟扒拉上了李提调，愣从衙门里鼓捣出大把大把的银子，修他妈的鸟膳堂，这不是诚心腻歪咱爷们儿吗？"狼崽子刚撕了一只鸡腿，正要往嘴里塞，听了大蚊子的话，把鸡腿往桌上一扔，嚷道："想跟咱爷们儿找不自在，没门儿！大哥，咱他妈的给他拆了。"小边子呷了一口烧酒，摆了摆手，晃着脑袋瓜子说："拆是不能拆的，咱哥几个要是一拆，可就捅大娄子了。捅出娄子可没人给咱哥们扛。"羊羔子说："咱不进膳堂吃饭，看他有什么辙！"狼崽子："不进膳堂吃饭，你给找饭辙呀？"羊羔子："咱叫所有人都不进膳堂，不就结了。"小边子把头摇得跟拨浪鼓似的说："做不到、做不到，甭说这群汉人不听咱的，就是在旗的也未必敢随着咱们闹腾。"小六子说："要不咱就天天摔盆砸碗？"大蚊子挑起大拇指说："好！"小鱼子说："大哥，那咱们就分头通知去，叫大伙儿一块儿摔。"大蚊子："不用，咱们八个弟兄分八桌坐，带他们玩儿。"小雷子说："老大，要不咱跟赵老五支应一声？他鬼点子多，馆里不少人都听他的，他也在旗。"小蚊子："他算哪门子旗人呀，早年间祖上不过是走街串巷卖假药的汉郎中，也不知给哪位满大爷舔腚沟子给舔舒服了，赏了个抬旗，还他妈的给弄到太医院塔儿哄，这不，他们老爷子，前儿个惹恼了老佛爷，差点儿给下了大牢，要不是皇上心慈手软，抬了抬胳膊，脑袋瓜子还不早就搬了家哇！"

于八一觉醒来，日头已照在了屁股上，他伸了个懒腰，连打了几个哈欠，翻了个身，想在炕上再腻会儿，小环走了进来说："老爷，您也不能总在家里糗着，总得接长补短儿到馆里照一眼吧。"于八赶忙坐起来说："夫人，我真懒得待见这些没良心的东西，反正每月有银子送来，不如在家里和夫人乐和，倒是省了不少烦心的事儿。"小环："一个大老爷们儿，咋这么窝囊呢，现今馆里正是要紧儿的节骨眼上，您总得四下里转转，免得出岔子。"于八："能出什么岔子，没什么了不起的大事。"小环刚想说话，丫鬟站在门外说："老爷、夫人，狗剩儿有话要回。"小环说："叫他候着吧，我和老爷这就过去。"

原来是周师爷要做东，请于八吃饭。于八嘟嘟囔囔地说："黄鼠狼给鸡拜年，没安好心，又没憋好屁，哼，想再把老爷我当冤大脑袋诓，没门儿。"小环劝道："可不兴这么没里儿没面的，凡事儿要往好处想，没人家周师爷，咱那膳堂哪有影儿呀，哪儿有花钱的不是，多带点儿银子，人家给咱办事儿，哪能叫人家破费，大方点儿，别小家子气，叫人看扁了咱。"

于八穿上官衣，狗剩儿伺候他上了骡车，同车把式财头交代了几句，自回馆里去了。一袋烟工夫，骡车就停在正阳门外的观音寺街的福兴居门前，跟班和财头伺候他下了车，张德山张掌柜迎了出来，请了个安，在前面引路。于八看着张德山一身商人打扮，虽也雍容华贵，但怎么也比不上这补褂官衣体面，不觉又抖了起来。心想：你周师爷，又咋的了，也不过就是个能识文断字的酸秀才嘛，老爷我虽说是斗大的字识不得一筐，但也能弄个道员风光风光，可不比你这酸秀才强多了，哈哈，不就是两千两银子嘛，就当老爷我赏你的，接济你这穷酸的，膳堂一开张，用不了个十天半月老爷我又该搂回来了。他越想越得意，不禁踱起了方步，摇头晃脑地跟在张德山后面，突然他看到墙上挂着一块横匾，上面有四个字，他停住步，假模假式地端详起来。仔仔细细看了半天，认出"下处"两个字，他有点儿得意，心想老爷我没念过一天书，这漆亮亮的木头上刻的字就叫老爷我认出一半来，看来这识文断字也不是什么太难的事儿。下处是什么意思呢？哦，下处是窑子，这大不了也是窑子的意思，兴许高档些，八九不离十。张德山凑过来说："没想到于老爷还有这雅兴哇，难得、难得，这'寻常下处'几个字确实写得漂亮，难怪于老爷这么赏识。"于八心想原来是寻常的窑子呀。他哪里知道这是从杜甫"酒债寻常行处有"的诗句化出来的雅联呢。

进了二门，来到后院，于八看见罩房堂门上也挂着一块匾，上面写着"醉乡深处"四个大字，他只认得"醉"和"处"两个字，心想"醉处"，看来漂亮的窑姐儿肯定不少，不然嫖客咋能醉？

进了后罩房，走到雅间，没见到一个姑娘，于八有点儿纳闷，弄不清这葫芦里卖的什么药。一进堂屋，对面墙上挂着一对集句对子，上联是"劝君更尽一杯酒"下联是"与尔同销万古愁"，横批是"太白遗风"，中间是一幅太白醉酒图，左边墙上悬着行草杜甫的柏梁体诗《饮中八仙歌》，右边墙上悬着狂草李白的长短句《将进酒》诗，于八左看看，右看看，一个字也认不出来了，心想：不知哪个玩童乱划拉的，横竖都不齐整，也好意思往墙上挂，也不怕人笑掉大牙。周师爷从东屋迎了出来，三人喝了一会儿茶，周师爷从袖子里掏出一个锦盒说："于爷，这是张掌柜送您的玩意儿，打开看看。"于八打开一看，是一副密镜。周师爷说："这可不是寻常的镜子，这镜片是水晶的，戴上它养眼睛，这镜框是玳瑁的，珍贵得很。"于八不知这玳瑁是什么，就问周师爷，周师爷神秘地说："就是海里的王八。"于八心想：戴什么不好，非戴这王八东西，真好笑，难道是海里的王八个头儿大，那绿帽子也大？戴着好看？戴帽、戴帽，哈哈，原来是大王八。周师爷觑忽着他，已猜到了他的嘎七马八的心思，看他不当回事儿地摆弄镜腿儿就说："小心，可别扒坏了，这一副镜子可值千八两银子呢，不少有头有脸的老爷，拿着钱还买不着呢。"于八心想这王八东西，还不好淘换？能值千八百两银子？于八小心地戴上镜子，盯着周师爷，觉得周师爷的眼仁像两颗青豆，他盯着周师爷笑了，周师爷也盯着他笑了。于八大笑着说："咱们这不是王八看绿豆——对上眼了嘛！"三个人捧腹大笑了起来。

小二进来布上了凉菜，周师爷给于八让到了上位，自己坐了主位。周师爷举起酒杯说："为于爷的膳堂落成干杯！"三人干了一杯。小二斟上酒问要不要走热菜，周师爷点了点头。不大工夫，黄焖鳝段、清烩鳝鱼丝、烹爆鱼、烩蝴蝶海参、翡翠羹、清蒸鸡等淮扬名菜陆续上来。于八虎是厨子出身，但毕竟是个无门无派的野厨子，又是北方人，吃惯了咸，乍一吃这甜淡的淮扬名菜，觉得鲜嫩无比，就不辞箸儿地东一筷子、西一筷子地没了吃相，不免洒汤漏水地污了官衣。周师爷看在眼里，笑在心里，说："于爷，味道怎么样？"

于八含混不清地连说："好！好！香！香！"

张德山见于八还不撂筷，就说："于老爷，小的敬您一个双杯。"

于八一只手举起了酒杯，另一只手把筷子停在菜盘上，眼睛还斜楞着桌上的菜。

周少泽笑了笑说:"于爷,李厨子的拿手菜还没上呢。"

于八放下筷子,推了推密镜,瞪圆了双眼望着周少泽,惊愕地问:"还有好吃的?"

周少泽:"那清炖蟹粉狮子头,可是扬州的名菜,连隋炀帝都赞不绝口,不可不尝。"

别看于八没读过书,可隋炀帝的故事倒听说过,还知道有个修河的麻猴子,专爱吃小孩肉。他突然害怕起来了,想起小时候他只要一哭,娘就大声吼他:"号什么号!再号就把麻猴子给号来了。"他就连吭都不敢吭一声了。他战战兢兢地问:"难道还有清蒸小孩肉吃?"

周少泽先是一愣,然后捧腹大笑个不停,张德山一琢磨,跟着也大笑不止。于八看着两人得意地大笑,觉得身上有点冷,那笑声缠绕在耳前,刺得脑浆子直疼,他似乎觉得这笑声好似是麻猴子宰杀小孩时的狞笑,他觉得不寒而栗。周张二人笑了好一阵子才止住了笑,张德山说:"于老爷可真风趣得很、风趣得很!"

周少泽说:"那麻猴子叫麻叔谋,爱吃清蒸胎羊肉,因修大运河,对老百姓残暴了些,惹得天怒人怨,人们就杜撰他吃小孩子肉。要说这胎羊的模样儿也和胎儿差不了哪儿去,于爷要想吃,哪天我做东,到牛街回回馆子里去吃。"

三人正说笑着呢,清炖蟹粉狮子头摆上了桌。于八一看,一只精制的小白砂锅,清白色的汤中半浮着四个丸子,随着热气散溢着蟹粉的鲜香。他觉得丸子的颜色有些淡,不如北方喜庆用的四喜丸子红润、喜兴。跑野厨时,如果把四喜丸子做成这德行,白不呲咧的,不砸了锅才怪呢。

周少泽说:"于爷、张掌柜别闲着,一人盛一个,剩下的一个留给于爷,叫于爷好好尝尝这扬州精品菜。"

于八夹了一筷子放入口中,一合嘴,还没等嚼呢就酥散了。咂巴了两下嘴,觉得肥嫩异常、鲜香味美、菜酥烂清口,风味确实独特。

周少泽得意地卖弄道:"这扬州丸子为什么比北方丸子好吃,好就好在料精工细。就说这选肉吧,扬州丸子非净猪肋条肉不用,一丝肥肉都不用,哪像您们呀，图个省事儿，胡乱选块肥瘦肉就行。"

于八不服气地问："请问周师爷，那肥肉的香味是咋整出来的？"

周少泽："可惜你还是厨子出身呢！用熟板油来调哇。再说这工吧，扬州厨子不是把肉剁碎，而是用刀背慢慢将肉拍成细泥，而且要反复地拍一个时辰才行，哪像您们呀，一人挥两把大刀，三下五除二就剁成肉馅了。再说这主料蟹，扬州非活清水大闸蟹不用，哪像您们呀，抓个浑水小毛蟹就觉得鲜得不得了了，没活的，淘换个死的也能对付。"

于八听出来了，周师爷这是踩乎北京人，挤对自己是个野厨子，可斗牙钳子他又斗不过周师爷，只好闷头喝酒吃菜。张德山有点儿挂不住脸儿了，心想俺们山东孔府吃四喜丸子时，你们还只会生吞活剥呢。可因人家周师爷让他发了笔财，不便和人家斗嘴，就举起酒杯劝酒。

小二端来三小碗鸡汤面。周少泽余兴未尽，借着酒气又喷了起来："尝尝、尝尝这扬州鸡汤面，能鲜死人！"于、张二人一尝，果然是鲜得很，那一丝丝的面同头发丝般纤细，同银线一样透亮，挑起来竟然一根都不断。

周少泽说："这家的面，每日一清早就被抢光了，我是特意吩咐掌柜的特意给二位留的。"

他见二人三口两口就吃得精光，摇头晃脑地吟道：

面白如银细若丝，煮来鸡汁味偏滋。
酒家唯趁清晨卖，枵腹人应快朵颐。

同文馆的膳堂建好了，请来了德胜门墙根儿的"灶王曹"曹大满来盘灶。后厨们收拾着家伙，布置着红白两案，伙计们忙着抹桌子，摆凳子，打扫饭厅。馆里也张贴了告示，明文规定学子们必须膳堂就餐，并公布了三餐就餐时间，过时不候。

膳堂正式开餐这天，偌大的饭厅还没坐够一半。其中不乏赌气不进膳堂，以示不满的，但毕竟是少数，大多数人虽可享受免费就餐，但压根就很少在馆里就餐，总是三一群、两一伙地四九城满世界地品尝美味佳肴。大蚊子等

八大金刚生怕势单力薄，闹得不热闹，特地邀了一帮吃白食的在旗子弟来凑热闹，光这帮馆外小玩闹儿就坐了十来桌。

李提调在周师爷的陪伴下走进饭厅，于八没敢穿官衣，穿了一件狐狸皮袍马褂，笑眯眯地站在李提调身旁。李提调简单讲了几句话就吩咐开饭。

六盘八碗陆续上来，众人开始吃饭，十几个跑堂的穿梭般地忙着添饭，虽累得上气不接下气，可也供不上这些吃白食的造。突然，一声大喊："盛饭！"跑堂的还没跑到，就听啪的一声，一只饭碗被摔得粉碎。接着"添饭！添饭！"之声四下鹊起，噼里啪啦的摔碗声连绵起伏，碎碗碴四处飞溅。李提调慌忙挥手制止，还哪里止得住，只听狼崽子一声大吼："于厨子，盛饭！"于八一激灵，一大碗炖肉连汤带水就向他飞来，洒了他一身，还溅在李提调的补褂上。于八一看不好，撒丫子就向外跑，一群人端着碗就追，大蚊子扔掉手中的碗，几个箭步就赶了上来，将于八按倒在地，众人赶上来，汤呀、水呀泼了于八一身。于八在后厨换了衣服，吩咐狗剩儿明天一早到菜市口人市雇三十个零工应急。

第二天中午撤了大海炖菜，改上火锅。三四十个跑堂的专布在八大金刚周围。八大金刚斜楞不着于八，饭又上得勤，众人闹不起事儿来，有点泄气。正没辙呢，突然，小边子那桌齐声大叫："添汤！添汤！"众玩闹儿一下来了精神，纷纷舀干火锅里的汤，伴着"吱吱"的干烧声，在黑烟的弥漫中，整齐地拍着巴掌，快乐地齐声高叫："添汤！添汤！"那新雇来的跑堂哪见过这阵势，手忙脚乱地如何添得过来，眼巴巴地看着一个个火锅被烧坏。

头天于八虽被泼了一身菜汤，狼狈不堪地逃回家来，可想着那崭新的膳堂，明亮的大厅，又有李提调撑腰，明文规定了就餐时间，虽说是狼狈点儿，可每天能多赚多少银子呀。摔一摞盘碗，又能值几个钱，老爷我每天进一大车盘碗，让你们这群臊鞑子摔，哼！不累歪了你们才怪。雇几十个零工，又有多大挑费？归了包堆也用不了一桌饭钱的银子，灰孙子，于爷我有的是银子哄你们玩儿。于八越想越得意，就学着烧起烟泡儿来了。

天刚擦黑，狗剩儿跑来，气急败坏地向于八两口子叙说火锅被烧坏的事由，于八笑哈哈地说："看把你急的，明个儿买他妈的两百个锅子哄他们玩儿，没事儿，没事儿，头灶、堂头儿一人赏五两银子，能上灶的、管点儿事的一人赏二两银子，打杂的闲杂人等一人赏二百文小钱，爷赏你二十两银子，可要给爷多经点心。"

小环问："那些吃白食的有没有再添乱？"

狗剩儿："今儿个比夜个儿又多了几个。"

小环："狗剩儿，回去精心给奶奶顶着，先让他们摔着、闹着，由着他们闹，可别惹翻了他们。"

狗剩儿："不消奶奶费心，狗剩儿哪惹得起这帮活祖宗呀！"

小环心想照这样闹下去，也太不像话了，这差事儿可怎么干下去呢！可闹事儿的都是满族旗人，谁敢惹他们呀。可就这么黑不提白不提地受这份儿窝囊气，也太丢人现眼了。馆里的人给点儿气受，自然是没的说，谁让咱干的就是这受气的差事儿。可这馆外的玩玩闹儿也骑着脖子拉起屎来了。如果不治服了他们，这新建的膳堂还不成了吃白食的大伙房，四九城的嘎杂子还不都闻风蹿来蹭吃蹭喝？到那地步，不光丢了自个儿的脸面，那王爷府上也没光彩呀。一想到那王府，小环心里亮堂起来了。这同文馆的差事儿是凭借那王府的面子谋来的，不给姑奶奶面子，就是不买那王府的账！打狗还得看主人呢，姑奶奶又不是没根儿没襻的主儿，由着你们骑脖子拉屎！由那王爷又想到疼她的干娘八姨太，不禁落下泪来。

小环擦干了眼泪，梳洗打扮了一番，备了几份厚礼，冲着委在床上的于八轻蔑地哼了一声，转身走出屋去，驱车直奔那王府而去。

这天，大蚊子、小蚊子等"八大金刚"带着京城一帮满族破落户、地痞无赖在同文馆饭堂正砸得欢呢。突然，九门提督的官军一拥而入，将这一伙人拿下。

大蚊子、小蚊子被脊杖二十，发配宁古塔戍边，其余"六大金刚"等被发配伊犁。同文馆又恢复了平静。

小环向堂屋那王爷的八姨太灵位上了香，泣拜了一番，又向那王府方向叩了八个响头。

那王府实际是座外蒙古王爷府，因这第七代王爷叫那彦图，故京城里称

"那王府"。京城众多王府，最多的是满洲亲王的王府，其次是内蒙古王爷的王府，外蒙古能在京城设王府的，只有那王府这一处。那彦图王爷祖上是外蒙古三音诺颜部落的首领，世代对大清国忠贞不二。其先祖策凌因率兵助清平定厄鲁特有功，被封为亲王，在京城赐了王府。从此，这王府就成了大清朝统治外蒙古的纽带、桥梁、控制中心。

那王府坐落在安定门内宝钞胡同，北依国祥胡同，南望高公庵，西临净土寺，北隔酒醋局，占地三十八亩。对着高公庵建有宏大的宫门三座。东、西两侧是单开启的宫门，用满族语命名，分别叫作"东阿斯门""西阿斯门"，中间一座是正门，有宫门三间，虽然按大清律"王府大门，五启三开"，没有越制，但一般王府的五启三开只有一座宫门，足见清廷对外蒙古王爷的倚重。东、西阿斯门外排列着辖喝木四架，正门门洞排列着阿虎枪十支，足见那王爷位尊权重。

列位看官，为什么仅凭一座门就敢说那王爷位尊权重呢？因为门是封建社会等级的象征，同是老北京的四合院，可它的档次却有着天壤之别，这种天壤之别首先就通过门来体现。那彦图家的门是"王府大门"；赵立本家、许海路家是"广亮大门"；李提调家是"金柱大门"；周少泽家是"蛮子门"；权宝贵、张德山、方伯根等人家是"如意门"；吴兴裕、于八家是"小门楼"。进入正门是一座木质雕花影壁，其后是一座卷棚歇山式顶的五间正房，是朝廷特许按宫内殿宇形式建造的，那王府的婚丧大礼都在这里举行。正房后面是公主府，那彦图的祖上曾娶过乾隆、道光皇帝的两位公主。公主府也是正房五间，但顶是歇山式的，没有卷棚。两侧有东西配房，后面有后罩房，这是乾隆年间赐给的公主府，按规定公主死后，朝廷应收回公主府，驸马由宗人府另安排宅第。可乾隆的公主刚死，朝廷又将道光的公主指婚给那彦图的祖父车王，故而未收这座王府。

到了光绪皇帝时，虽然是道光的公主已故，但因外蒙古有与中央政权逐渐脱离的倾向，朝廷就更把羁縻外蒙古的希望，寄托在那彦图身上，并特派那彦图王爷兼领乌里雅苏台大将军，并兼管土谢图汗、车臣汗两部事务。故慈禧太后懿旨不收回公主府，赐予那王使用。那王就把自己的王府、化归的公主府连成一片，统称那王府。

那王爷觉得住在原公主府不便，就住在东北隅的一所三进院落里。内院也是正房五间，顶子主体是悬山式，前坡后卷，前边出抱厦三间。室内所有家具，一水儿金丝楠木，令其他王爷羡慕不已。书房五间在前院，上挂"缉熙堂"匾额一块。他的会客厅在西院，正房，五开间，上悬"古意斋"匾额一块，东墙挂着赵孟𫖯墨竹中堂一幅，西墙是赵孟𫖯《秋郊饮马图》一堂。中院花厅他用作画室，上悬"缀云轩"匾额一块，他收藏的几百幅历朝名画，轮流在此摆挂。三处家具均为红木螺钿镶嵌家具，多宝格上的古玩一旬一换。

那王府的西北隅是花园，内有假山花木，园中有小楼一座，前面主墙贴着粉色琉璃砖，是仿照新疆帕勒塔亲王府小红楼建造的。花园里不但有梅、兰、竹、菊四大园圃，还有一座玻璃暖棚，由两名花把式带着十几名杂役养着君子兰、玉兰、栀子、梅花、香橼、佛手、金橘等盆景花木。仅君子兰就养了五六十盆，这些君子兰全部是从福建带原土运来的。花园中还挂着上百只鸟笼子，养着百灵、画眉、八哥等鸟儿。小红楼东侧是鸽子楼，有三四百只名种鸽子。还有一群哈巴狗和几十只狸猫在园里嬉闹。

东阿斯门对面有一个大院落，有房五十余间，是那王爷的马号，养着百八十匹新疆、内外蒙古良马，其中有一对儿从白俄罗斯买回的汗血马，是那王爷最钟爱的。号里有大、小十六辆鞍车、四辆西洋四轮马车供王府使用。马号又分东号和西号两处，东号负责掌管嬷嬷、贴身丫鬟、跟随们的骑乘，西号负责王爷、福晋、哥儿、格格、姨太太们的骑乘。号内还养了一只猴子，自然是依照《西游记》的说法用来避马的瘟病的。

那王府不但建筑形式不雷同于其他王府，就是出行也不雷同于其他王爷。那彦图每次上朝，都有一个人打着上面画着"卍"字的大圆牛角灯笼，走在前面引导，后面一个人骑马相随，才是其他王爷用的先导"顶马"，再后是那王坐着的大鞍车；车后是十几名随侍，骑着马紧紧跟着。随侍们都是三四品衔，头戴花翎。车马一出王府的大门，乘骑就展开四蹄，随车向前，车把式不像其他王爷一样跨车辕，只能手提缰绳，随车奔跑。因他得到了"赏紫禁城骑马"的宠遇，车抵神武门即改为骑马，后来西太后又"加恩"赐他乘坐

两人肩舆，于是就改乘轿出入宫禁。

那王爷吃饭也不同于其他王爷，在府里总是一个人先吃，即便是逢年过节、喜庆家宴，也从不同福晋、儿女、姨太太们同桌。

那王爷的福晋是庆亲王的二女儿，是老佛爷给指的婚。大姨太是庆王府陪嫁来的侍女。二姨太是外蒙古泽登部奉献来的，其他四个姨太太都是侍妾。去年春夏之交，那王的福晋和二姨太相继去世，那王心里不痛快，觉得风水不好，可这是朝廷赐的王府，又不能随意搬迁，所以整日闷闷不乐。大管家常双德请来了萨满教大巫师阿穆兰为那王解忧。阿穆兰由常双德陪伴勘察了王府各个角落。

阿穆兰大巫师同王爷来到临时搭建的蒙古包里。徒弟们在金香炉中焚起了浓烈的藏香，服侍他穿上雪白的汗衫，穿上饰有洁白天鹅羽毛的天蓝色布裙，扎上未去鳞的大马哈鱼皮肚兜，系上金、银腰铃各六只的腰带。大巫师一手握住一面用桦木做的鼓围，围上绷着野猪皮、周边缀着八枚康熙通宝银钱的大抓鼓，一手执长柄鼓槌在男巫祝三弦、摇鼓的伴奏下翩翩起舞。八名女巫祝胸部紧裹着刺猬皮元朝式样合欢襟，臀部围着五颜六色的羽毛，系着铜、铁、锡各四只腰铃的腰带，手执檀板旋转着伴舞。

大巫师和女巫祝在乐器的伴奏下，嘣、嘣、嘣三步一节地缓缓起舞，渐渐地越舞越快，一时间抓鼓、摇鼓如雷鸣，大马哈鱼鳞和各色羽毛交相辉映如闪电。突然，大巫师停住舞步，将抓鼓高高举起用鼓槌疾击三下，然后就像一座雕像似的凝固住了。女巫祝们急促地抖动着臀部，随着铃声分八个方向五体投地地把大巫师环绕在中心。刹那间，什么声音都没有了，蒙古包内寂静得让人害怕。大巫师头上慢慢地泛起一圈金色的光环，一名女巫祝用蒙古语唱道：

哲布尊丹巴，
格鲁喀什哈，
万物飞翔显灵性哇，
魔鬼布祸满天下。

长生天派圣哲下，
大智大慧大勇的圣哲，
就是巴思八，
五色彩旗扬哇，
飞到苍穹下。
巴思八呀巴思八，
大智的巴思八，
巴思八呀巴思八，
大慧的巴思八，
巴思八呀巴思八，
大勇的巴思八，
巴思八呀巴思八，
大智的巴思八，
大智的巴思八。
……

大巫师缓缓地转动着抓鼓，八个女巫祝匍匐膜拜，那王爷知道巴思八先哲已附体大巫师，就撩起蒙袍，跪在簇绒提花地毯上。大巫师用苍老、迟缓的蒙古语唱道：

天苍苍野茫茫，
大漠尽牛羊，
天灵灵地灵灵，
神鸦满天堂。
长生天呀长生天，
统管三界法无量，
福禄金环从天降，
从天降。

天惶惶地惶惶，

魔鬼是无常，

魔无常呀鬼无常，

冲出地狱人间藏，

不男不女挺癫狂，

挺癫狂，

挺癫狂！

……

随着大巫师唱完最后一句，有节奏的鼓点突然嘈杂起来、狂烈起来，好像无数个阵雷叠在一起，滚滚而来。大巫师和女巫祝们疯狂地飞舞起来，飞舞着、旋转着，"嘎"的一声鼓声、乐器声、铃声一齐止住，大巫师和女巫祝"啪"的一声整齐地头向西南方向摔倒在地毯上，全身不停地抽搐着。过了许久才复苏过来。

那王爷在府里设蒙古大宴，款待大巫师阿穆兰及其男女巫祝。叫大管家常双德带着仆佣伺候，独自一人回到书房，把刚才的唱词默在宣纸上。

阿穆兰来到王爷的书房，给王爷请了安，王爷问道："大师的唱词是什么意思？"

阿穆兰惊愕地反问："小的唱了什么？小的唱了吗？"

王爷拿出写好的唱词递给他。阿穆兰："哦，王爷，这是长生天的旨意，是先哲巴思八大师降临府上宣讲的。"

王爷："请问大师，巴思八先哲给我带来的旨意是什么意思？"

阿穆兰仔仔细细看了几篇，才闭上眼睛说："神灵赐福，魔鬼布祸，万物有灵，灵魂不灭。长生天已赐给王爷金色的光环，在金色光环的照耀下，草原上飘浮着千朵、万朵洁白的云，那千朵、万朵洁白的云，就是长生天赐给王爷的羊群。在金色光环的照耀下，大地泛起千片、万片金花，那千片、万片金花，就是长生天赐给王爷的庄稼。在金色光环的照耀下，天上的银河流到王府东南，那奔流不息的银河流在东南，是长生天赐给王爷的滚滚财源。"

王爷心里盘算着：外蒙古无边无际的草原上有我多少羊群还真数不清；张北、河北我有多少田庄、土地还真不好算；崇文门关确是在王府东南，我任崇文门关监督，一年有多少银子进项还真说不清。

　　阿穆兰又说："神灵赐福，魔鬼布祸，万物有灵，灵魂不灭。厄鲁特的草甸上刀光剑影，血流成河，尸骨残缺不全，残缺不全的尸骨，不能展开翅膀，飞向天堂，污浊的血流，把它冲进了地狱，变成了魔鬼。魔鬼转世到人间，魔鬼挟带着血污，血污化成了迷雾，欲击碎金色的光环。一旦击碎光环，魔鬼将冲出地狱，化作神鸦，飞向蓝天。大智的长生天，派哲布尊丹巴大勇士下凡，保护那金色的光环。哲布尊丹巴斩杀魔鬼落西南，无法飞向蓝天。魔鬼挟带的血污，冲不破光环，却使光环黯淡，却在王府飞溅。哲布尊丹巴急召格鲁大慧，格鲁抛下喀什哈（蒙古语，羊骨头），才把血污驱散，落在西南。大勇、大慧才把天堂返。天堂一日，人间一年，十年魔鬼把身现，金色光环射金光，魔鬼被射肢体残，忍痛随光飘散去，滴滴污血染大殿。"

　　那彦图的先祖策凌协助大清国平定了外蒙古厄鲁特四部，厄鲁特死去的魔鬼到王府来布祸，那是自然的，如今已是祸不单行，本王幸好有金环护卫，不然后果不堪设想，可这金环已经有些黯淡了，怎么办？看来只有把法师请到府里才安全。这不男不女的厄鲁特魔鬼又是什么呢？法师也说不明白。魔鬼们被打倒在府西南，西南又有什么作祟呢？

第八回

光绪帝数旨总导京昆戏
那王爷切齿欲夺高公庵

王爷把常双德叫来问道:"府南边都有什么?"

常双德:"回王爷,东阿斯门南边是府上的马号,西阿斯门对面是座姑子庙。"

王爷:"姑子庙,姑子庙怎么建到咱家门口来了?"

常双德:"回王爷,自打奴才生下来时就有。"

王爷:"谁家的?"

常双德:"回王爷,奴才听说是方砖胡同刘老爷家的家庙。"

王爷:"什么狗屁刘老爷,也敢在太岁头上动土!"

常双德:"是、是,奴才这就去找那个狗屁刘,给他点银子,叫他给拆了。"

王爷:"拆倒不用拆,给他买过来就成了。"

常双德来到方砖胡同,长随给门子递上名片,不一会儿,一个五十多岁的肥实汉子穿戴着七品官服,迎了出来。那汉子浑身都是圆圆的,抖动的肌肉好像要冲出官服飞出来似的。一个滚瓜溜圆的大脑袋好像一个大花翎西瓜。十个手指头也都是肉鼓鼓的,凹陷的指节好像是箍紧的肉圈,这哪是手指哇,简直就像几串挂着的短香肠。他向常双德拱拱手说:"一点点小事儿,怎敢劳大总管的大驾,吩咐一声,不就结了,来、来、来,里边请、里边请。"

常双德觉得很奇怪,难道这老小子能掐会算?我还没张口,他就知道了?他喝了一口茶,刚要说话,那汉子却先问道:"可真是的,芝麻粒大的小事儿，还麻烦大总管大老远地辛苦一趟，看来是其他总管办事儿王爷不放心，非得辛苦大总管不成。这次要几块料？高点儿的还是矮点儿的？"

常双德纳闷地问："什么料？"

汉子："人呀。"

常双德："什么人？"

汉子："老公哇。"

常双德这才知道这汉子是做太监买卖的，就说："我这次是来买房子的，高公庵这地界儿，你开个价儿吧。"

汉子："我压根儿就没张扬过要卖高公庵呀。"

常双德："可王爷看上了这地界儿，我看你还是卖了吧，免得得罪了王爷，你不妨开高点儿价钱。"

汉子："庵里那几十口子可怎么处置呀？"

常双德："我说你怎么这么没脑子呀，你再买个现成的，不就得了，你要是想明白了，就开个价儿，我先付你一半银子，等你腾空了，我马上派人把那一半银子送来。"

汉子："不是钱的事儿，真的要卖我也做不了主。"

常双德："谁做主也没关系，王爷要买，他能不卖吗？你要是不好开口，把他叫来，我跟他说。"

汉子为难地摆了摆手说："恐怕不大方便吧。"

常双德："有什么不方便的？我的车在当街候着呢，咱们现在就走一趟。"

汉子："我说大总管，你就死了这份儿心吧，咱就当没这么档子事儿。"

常双德："我死了这份儿心倒没什么，可王爷不见得收了这念想。你告我这人是谁，我直接找他去。"

汉子："大总管还是不问为好，免得小的落不是。"

常双德："有什么不是我担着。"

汉子："小的落点儿不是倒没什么，我是怕连累了大总管吃挂落儿。"

任凭常双德怎么说那汉子也不告诉这个人是谁，常双德急了，问："你叫我怎么向王爷回话。"

汉子："你就回人家不卖。"

常双德："你可想明白了，把王爷惹恼了可不是闹着玩儿的！"

那汉子笑了笑说："大总管好好劝劝王爷，另寻个地界儿吧，省得咱爷们儿吃不了兜着走。"

常双德这个外蒙古人不知这汉子的底细，这也难怪，因为那王爷府上大总管一职是世袭，他家在王府西边的纱络胡同有两所大宅院，也是仆佣成群，平日里根本不用到王府应值，只有重大庆典或是王爷有大事召唤他才到府里来应承。因事儿没办成，他没有马上去给王爷回话，而是回到了纱络胡同的自家宅院，叫仆人悄悄地把王爷的听差田文林和长随曹宽叫来。这二人倒是门儿清，田文林向他讲述了姓刘的汉子的根底。

原来这姓刘的汉子，他家和南长街的会计司胡同毕家是京城两处特殊的宅子，备受京城人瞩目。每每茶余饭后京城人提到它，都会用鼻子发出鄙弃的一声"哼！"，或轻蔑地说一句："骗人的营生。"虽如此，京城人还总是津津乐道地谈论它。

曹宽告诉他前任大总管安德海出自毕家，现任李莲英李大总管和小德张、安九等慈禧太后身边太监都是出自刘家。据说这高公庵是李大总管早年间预备养老的地方呢。常双德被吓出了一身冷汗，心中暗暗庆幸自己没太鲁莽。

这边的小刀刘也没闲着，同父亲老小刀刘商议了一下，就叮嘱小小刀刘照料门面，自己就奔西郊去了。到了货房胡同东口，忙叫门房支应一声。这是一座雕梁画柱的玲珑豪宅，房主人是李莲英的三弟李宝泰。

李宝泰迈着台步走进客厅，一指小刀刘用京剧念白道："呔，将军哇，你这风风火火为哪般？为何小刀不挂在腰间！"

小刀刘："我的爷呀，别闹了，出了大事儿了。"

李宝泰一惊，忙问："出了什么事儿？"

小刀刘向他讲了那王爷看上了高公庵的事情。他笑道："我当什么大事儿呢，既然王爷中意，你匀给他老人家不就结了，反正王爷有的是钱，咱狠狠地敲他一笔不就结了，难道你和银子有仇？"

小刀刘："大总管不是说过，要在高公庵养老吗？"

李宝泰哈哈大笑了一阵子说："那猴年马月的陈芝麻烂谷子你倒嚼得香，就您那耗子都不拉屎的臊窝子，谁待见呀，还真当回事儿呢。"

小刀刘："甭管咋的，三老爷也得同大总管支应一声呀。"

李宝泰不高兴地说："咋的？这点儿屁事儿，非叫我二哥劳神吗？三老爷我做不了主？"

小刀刘尴尬地还想说点儿什么，李宝泰不耐烦地说："没别的事儿，该哪凉快到哪凉快去吧，我这儿忙着呢。"

小刀刘无可奈何地退了出来，走到门口，见一个身材魁伟的大汉，穿着鲜亮的官服下得车来，后面跟着一个漂亮的小厮，提着装蛐蛐罐的匣子款款走来。认得是内庭供奉谭鑫培谭老板，忙凑上前去请安打招呼。只听"嘣噔"一声，谭鑫培一个丁字步立住，好像两只铁鞋被他抛掷在地下，脚下腾起一团灰尘，把个小刀刘吓得后退了两步才站稳，谭鑫培拱拱手问："这位爷是……""在下是小刀刘，听过谭爷的戏。"谭鑫培惊诧地问："你也叫小刀刘？！""在下是方砖胡同的小刀刘。"小刀刘向前跨了一步说。

谭鑫培"哦"了一声，飞起的尘土吸了一嘴，觉得鼻子痒痒的，忙从袖里掏出一个翠盖玛瑙石鼻烟壶，用铂金小匙挖出一小撮，拈在双手食指上，将拇指顶住下巴，食指捅到鼻孔中，旋了一下，慢慢地沿着鼻沟线向上抹了两条弧线，然后紧吸两口气，冲着天，先小阿嗤了几下，随即张开大嘴"阿嚏"一声，打了一个大喷嚏，给小刀刘喷了个正着。谭鑫培用帕子抹了抹脸，又吐了一口痰说："对不住了您啦，回见了您咧。"转身向大门走去。

那谭鑫培听到"小刀刘"三字为什么吃惊。原来是他近日有个搭档叫刘鸿生，工净角，这刘鸿生因少年时在护国寺一家刀剪铺学过徒，入戏班后，绰号"小刀刘"。待得知是阉人的小刀刘时，便借着飞起的尘土喷了他一脸唾沫星子，心里暗骂了一句"呀呀呸！"，才扬长而去。

这天，老佛爷懿旨赏那彦图王爷进园子听戏。传了谭鑫培、王桂花、孙菊仙、杨月楼、王瑶卿、金秀山、刘永春等外班伺候，并由本宫伺候，由昆腔北曲刚响排成的皮黄戏《双钉记》。

颐和园大戏楼的宝座上，只设了四桌，老佛爷一桌，只有庆王府的四格

格那王爷的小姨子作陪，光绪帝一桌在东，光绪帝东侧是那王爷的岳父庆亲王，那王爷一桌在西。这是慈禧皇太后同光绪皇帝特意为那王爷安排的特殊礼遇，因为"甲午"蒙耻后，外蒙古有脱离大清朝的倾向，皇太后同皇帝自然要依靠这唯一敕封的外蒙古王爷保一方平安。那王爷却被这特殊礼遇弄得有些受宠若惊。老佛爷看在眼里，和颜悦色地说："王爷不必拘谨，今儿个没有外人，只是自家人乐和乐和。既是自家人乐和，一切平日里的礼节就全免了吧，谁让咱在自家园子里热乎呢。"庆亲王和那王爷都身不由己地站了起来，齐说道："嘛，谢皇太后、皇上圣恩。"说完爷儿俩就转过来行跪安礼。

老佛爷故做生气状指着庆王的鼻子说："你这当长辈的领着头儿地不遵旨，看我待会儿怎么处置你。皇帝，他是你的大臣，你来处置吧。"

皇帝笑道："儿臣谨奉懿旨：罚庆亲王、那亲王听足本的唱腔。"慈禧老佛爷笑得头饰乱颤，庆王和那王也笑了起来。

老佛爷说："皇帝，那就开戏吧。"光绪说了声"好"，转身向身后的升平署太监总管冯得安交代了几句。冯得安跑向寿台喊道："皇上有旨……"后台备场的戏子、场面等跪了一地，冯得安传旨："凡孙菊仙承应，词调不允稍减，莫违，钦此。"

列位看官不免疑惑：堂堂的大清国皇上怎么当起总导演来了，闲得没事儿干，连园子里演戏都下圣旨，岂不有些荒唐可笑。可这道圣旨的的确确是光绪二十二年（1896）下的，现存于国家第一档案馆中。

光绪皇帝同慈禧太后是当时顶尖的戏剧专家，对京昆艺术的改革、提高有着不可磨灭的历史功绩。光绪皇帝还是位杰出的打击乐高手，当时宫中上演的上百部戏他全能拿起，只是苦于皇帝的身份，不能上台过把瘾。大清国在他手中虽然是磕磕绊绊，可他却把戏剧的打击乐指点得酣畅淋漓，如在戏情、唱段转接时，为了将各种不同的锣鼓点结成一气，而不致造成生拼硬凑或不连贯的后果，他创新了用"抽头"转入"长锤"或"夺头"，用"长锤"化入"抽头""闪锤"，用"冲头"淡入"纽丝""归位"等，一改京昆打击乐呆板凝滞的死套路，使打击乐生动活泼起来，一直流传到今天。慈禧皇太后还是一位天才的舞美专家，对剧装、道具、布景、灯光都有新意，如传统京剧《空城计》的舞台布景基本还是她老人家的原设计。

孙菊仙、刘永春等唱了开场戏《福寿双全》，老佛爷点了金秀山的《太师回朝》。金秀山唱道：

> 将人马扎皇城休要啰唣，
> 这几载征北海得胜回朝。
> 下麒麟扬尘舞蹈，
> 后宰门是谁人对杀冲霄。
> 东华门怎不见文官来到，
> 西华门怎不见武将来朝。

老佛爷边听边用手有板有眼地轻击着，等金秀山唱完了对众人说："这段导板是很吃功夫的，他师（何桂山）唱起来是重声轻腔，他却是古朴平直，夹糅着鼻音，倒也是韵味深长。皇帝，你也点一出吧。"

光绪："皇额娘说得是，儿臣点出《打瓜园》叫王瑶卿去陶三春，别看这孩子才十三四岁，却能把青衣、花旦、刀马旦的身段、唱腔融为一体而不留痕迹。"

王瑶卿唱完《打瓜园》，老佛爷笑道："要说这孩子唱得也算是很不错了，只是皮黄中夹杂的昆腔太浓，尤是那拖腔时，把琴师都给带跑了。皇帝，你告诉他们京昆不乱是最要紧的，不然京不京、昆不昆的不叫玩意儿。"

庆亲王点了一出生、旦、净并重的戏《大保国》。老佛爷听罢赞道："王爷的女婿倒像是大清国的徐延昭！"

庆王和那王慌忙起身行跪叩大礼。老佛爷笑骂道："我看庆王爷是老糊涂了，咱不是说好了吗，自家乐和，干吗还要行这大礼，你这个不识好歹的老东西，竟敢三番五次违旨，看来不处置你是不成了。皇帝，我看把他的銮仪卫的差事给免了吧，省得年老误事儿，皇帝，你另找人选吧！"

光绪笑道："这人选不是现成的吗？"

老佛爷故作不明地问："谁？"

光绪:"大清国的徐延昭哇!"这母子俩相对大笑,那父子俩又叩首谢恩。

晌午老佛爷在乐寿堂赐了宴后,同庆王一家三口喝茶聊天。光绪回玉兰堂拟旨。

下午,君臣又到戏楼听戏。刚入座,就听太监高福云向戏子们传旨:"有京昆腔轴子,不准唱混涂了,如再唱混涂了,降不是,特传,钦此。"

老佛爷高兴地赞道:"皇帝办事儿真是雷厉风行哇!"

庆王和那王齐声和道:"这是朝廷的的福分、社稷的福分、老佛爷的福分、黎民百姓的福分。"

太监给每桌送来一份彩笺,每份儿三本,老佛爷拿起上边的一本,见封面上用楷书写着"升平署双钉记承应提纲",翻开一页写道:

角色和本宫承应如左:

第一出:院子—陈寿峰,包拯—穆长寿,梅香—阿寿,阮氏—孙秀华,芒儿—鲍福山,王龙—姚阿奔,王朝—吴永香,马汉—吴全荣,张龙—张和安,赵虎—刘幼荣。

第二出:吴能手—罗寿山,白氏—于庄儿,贾有礼—联凯,男邻舍—李惠山、高如桂,女邻舍—唐进喜、阿寿。

老佛爷问道:"皇帝,这第一出扮梅香,第二出串女邻的,是哪个孩子,我怎么不知道呢?"

光绪:"皇额娘,这孩子进宫前叫乔蕙兰,因避皇额娘的讳,儿臣给改叫阿寿的,也是儿臣祝皇额娘万寿无疆的意思。"

老佛爷:"好孝顺的皇帝,真难为你的一片孝心,额娘没白疼你。你这提纲、剧本弄得不错,以后外班进的戏,都要有本子才好,免得额娘听不清楚,一时又想不明白。"

光绪应了一声,忙令冯得安传旨:"以后遇有外学戏,俱要本子,老佛爷一份,万岁爷一份,钦此。"

那王爷点了一出《宇宙锋》，阿寿饰赵艳容。在《修本》一场，天真烂漫的赵艳容粉墨登场，载歌载舞、声情并茂地唱道：

"老爹爹发恩德将本修上，明早朝上金殿面奏吾皇。"

老佛爷笑道："这孩儿唱得真真的好，身段也好。"

那王爷叹道："只可惜她摊上了个阉人的爹，误国又毁家，可恨呀！可恨！该杀呀，该杀！挨千刀的东西！"

庆王爷略一皱眉，赶忙接道："历朝宦官为害，多为昏君纵容所致，我大清则不同，顺治爷一入关就裁减前明太监，并在交泰殿前立铁牌，告诫内监不许干预政事，窃权纳贿，交结官员，越分奏事，否则凌迟处死。"

那王爷愤恨不平地说道："我大清国原本就没有太监，没地界儿的同汉人学的也用起这不阴不阳的腌臜东西，依臣看，不如将这些腌臜东西全逐出宫去，免得生出点儿事端来，对大清国不利。"

慈禧太后今日心情格外好，笑眯眯地望着那王爷说道："真放了他们也没什么，可这园子里、宫里的活儿谁干呀？"

光绪笑道："王爷刚接了銮仪卫的差事儿，新官上任三把火嘛，这第一把火就烧到宫里来了，谁让朕同皇额娘给了王爷这个差事儿呢，这可真是作法自毙呀！"

庆王爷在一旁，捏了一把汗，早就坐立不安了，生怕自己的女婿因言语不当得罪了太后和皇上，见光绪帝当真要照办，赶忙起身说道："皇上万万不可当真，宫里、园子里断断不可缺了公公。"

光绪略一扬头，望着慈禧胸有成竹地说："一下子全裁掉，确是不可能，先裁个一二成，朕看是没问题的，请皇额娘示下。"

慈禧笑道："裁不裁是皇帝的事儿，我才懒得管这些闲事儿呢。"

伺候完老佛爷，李莲英慢慢地向西跨院的下处踱去，他反复地琢磨着那王爷的话，怎么也想不明白，那王爷咋突然恨起我们这伙子人了呢。难道宫里哪个奴才倚仗主子的势力得罪了王爷？可谁又这么不开眼，敢在太岁头上动土呢？连老佛爷都敬重他得很，谁又敢触这霉头呢，这不是作死呢吗？

众小太监服侍着他更衣洗漱完，奉上一碗六安瓜片，问要不要传膳，他

呷了一口茶说："不用了，备轿！"

他出了园子，只一袋烟的工夫就到了宝泰宅的门前，听得一阵儿小锣声，他知道三弟正在玩票，仆人边引路边说："二老爷，三老爷听得二老爷家来吃饭，甭提多高兴了，把饭菜摆在了花厅，正说要和二老爷对出戏呢。"

众人伺候李莲英入了座，宝泰问："哥哥今儿个想串哪出？"李莲英："今儿个有点乏，没嗓子，懒得唱。"

宝泰赶忙挥挥手将场面撤掉说："哥想吃点儿什么顺口的？"

李莲英："口淡，懒得吃。"宝泰："要不烧两泡？"李莲英点了点头。哥俩儿左右各吸了四泡。李莲英一肚子烦闷全随着烟雾腾空而去。

哥俩儿进了西屋，歪在烟榻上喝茶，觉得精神倍增，嗓子却觉得有点儿痒，就想起身到花厅号两嗓子出出火。宝泰一阵儿急咳，吐了几口黄痰说："哥，小刀刘夜儿个过来了。"

李莲英警觉地问："他来了？准有什么掰不开捏的事儿。"

李莲英回到乐寿堂，百思不得其解。究竟是为什么那王爷突然间恨起宫里的公公了呢？那王爷府上那么大地界儿，怎么会看上高公庵这不起眼的犄角旮旯儿呢？难道王爷是冲着我来的？可王爷未必知道那是我的产业。高公庵哦，高公庵，他心中默念着，一幕幕往事儿涌上心头。

漫天的彤云愈来愈重，缓缓地压向大地，压在直隶河间府大城县贫瘠的大地上。彤云好似漫不经心，可大地却不堪重负。三年大旱，已是颗粒无收，阴冷中挟带着潮气的云团，分明是苍天赐给久旱大地的甘露，面对着整整祈盼了三年而至的甘露，本该欢呼雀跃感谢上天的灾民却怎么也乐不起来。这甘露来得太迟了，荒芜的土地连棵草都没有了，又逢立冬时节，这场大雪袭来，对缺衣少食、饥寒交迫的灾民，无疑是雪上加霜。虽说来年收成有望，但又有多少人能熬过严冬。可干涸的大地却咧开大嘴，笑迎着苍天恩赐的飞雪。

修鞋匠李玉披着碎皮袍，拄着木棍，艰难地迈着皲裂的土路，缓缓地向家中挪动着。灰头土脸的他虽是步履蹒跚，嘴角却挂着掩饰不住的微笑。

今天真是佛爷显灵，赐给我这么多食物。

四更天李玉被冻醒，他小心翼翼地从冰冷板硬的破被中抽出僵硬的身躯，打了个哈欠，揉了揉干涩的双眼，伸了伸胳膊腿，才下得炕来。他转过身披了披被，又把散落在炕边的鸡毛、茅草向炕头拢了拢，轻轻地堆在媳妇和儿子国泰身上，虽然动作很轻，但还是惊醒了蒙眬中的媳妇李王氏。李王氏有气无力地说："他爹，饿得慌了吧，待俺起来烧锅皮梢汤，喝点儿热乎的，再出去刨食。"李玉说："娃他娘，你歪着吧，那么重的身子，别累出个好歹来，俺先烧把柴，把炕暖暖，可别把你们冻坏了。"

　　他来到堂屋，舀了几瓢混浊的水添在柴锅里，拿起灶台上的火石，颤抖的双手打了好一阵子才将火点燃。他把双手伸向灶口烤了烤，然后焐在脸上，不大会儿，僵硬的身子慢慢暖和了起来，他起身挪到躺柜前，打开盖，摸出几块皮梢头儿，转身扔到锅里，盖上盖帘，借着火光慢慢摆弄着剩余的皮梢头儿，盘算着还够烧几锅汤。

　　他一片片地摆弄着，心中不停地默念着：这是老牛皮梢儿，是给老爷们掌鞋掌用的；这是猪皮梢儿，片薄了用来加缝儿的；这是羔羊皮梢儿，是用来补鞋帮的……

　　锅盖帘泛起蒸气，蒸气中夹杂着霉臭味，充斥着堂屋。李玉紧一口慢一口地吞咽着蒸气，觉得霉臭味中还夹杂着诱人的肉香。他暗自庆幸这多年蓄存的烂皮梢子头儿。村子里的乡亲三停有一停饿死了，有一停背井离乡，逃难他方，剩下这一停，苦苦地守着这片祖祖辈辈居住的土地，不忍离去。如今，不用说皮梢儿了，就是储存的片下来的碎皮渣儿都成了救命的宝贝。可当年，娃儿他娘还笑俺是守财奴，谁知如今却派上了用场。

　　炕头逐渐热了起来，李王氏挪了挪浮肿的腿，觉得轻松了不少，就扭了扭身子，用手摸了摸高高隆起的腹部，胎儿不停地在腹内颤动着。哎，怕又是个带把儿的，要是个闺女可多好哇，老大是个秃小子，老二要再是个秃小子，等娃儿大了，可咋整哇，连个媳妇都讨不起。这胎要是个闺女，打小就能帮俺操持点儿活计，待聘出去时收的彩礼，正好够给老大娶亲用，再不济弄个姑换嫂，也不至于叫老大打光棍，没招想儿。李王氏正盘算着，突然，她觉得肚子一鼓，小腹向下坠着痛，叹了口气，不免犯嘀咕：还没落草就这

么浑淘，准又是个秃小子，直娘贼！小王八蛋！你要再敢踹老娘一下，看老娘不把你阉了当姑娘养才怪呢。

她挺着大肚子扭到堂屋，不免有些气喘吁吁。李玉赶忙扶她坐在修鞋的木箱上，埋怨道："这么重的身子，叫你歪着，你起来做啥！"李王氏："他爹，才刚俺做了个梦，好兆头，急着说与你。"李玉看着虚弱的媳妇，从破瓦罐里抓了一把碾得粉碎的苞米核儿，边向锅里扔边气呼呼地说："什么梦值得你这么劳神，就算是梦里攥一把金条，又咋的了，醒来还不是一把稻草！还不是狗咬尿脬——空欢喜。"李王氏："娃儿他爹，可不能瞎扯，得罪了菩萨！俺梦见观音菩萨从净瓶里滴出两滴仙水，那仙水在空中愈飞愈大，一会儿，变成两个大黄包袱，直落在俺们村东南的龙泉庙里。待俺打开一看，你猜是什么？一包是绿豆，另一包是五只大活王八。那一窝活王八瞪着眼望着俺，怪可爱的，俺伸手想摸摸它，却被一只没尾巴的小王八咬了一口。"李玉添了把柴，摆了摆手说："什么好兆头，王八看绿豆，这不是诓人吗？观音菩萨也拿穷人开心，难道是笑俺们大眼瞪小眼，眼巴巴地干瞪眼？"李王氏上气不接下气地说："娃他爹，可……可不兴这么说，小……小心遭报应，待会儿，赶快给菩萨磕几个响头去。"

李玉把粪筐斜挎在左肩上，右手提了把砍高粱用的半截小锄走出家门，向西一拐，走入一条小街，站在丁字路口，犹豫了一下，向村北走去。街上冷清得连条狗叫的声都听不到，可街上的浮土却有半尺厚，一脚脚踩上去，发出扑扑的闷响，一团团尘烟紧随身后，想甩都甩不掉。村北下坡有条阴沟，往日臭水横流，白天苍蝇、傍晚蚊子一团团交替飞舞。如今阴沟里翘起大大小小的鱼鳞片，干硬得像残砖断瓦，摔都摔不碎。甭说苍蝇了，如今连个死蚊子腿儿都寻不着。李玉心想，要不是俺屋里头双身子，俺们不也逃荒去了，谁还在这儿强撑着。

他寻了小半日，一口可入嘴的东西都找不到，又累又乏的他无可奈何地拖着疲惫不堪的身子向回走。走到村边，他不由自主地向村东南走去。龙泉庙早没了往日的香火，山门虚掩着，他推开山门走进庙里，连个人影儿也没看见。他觉得有点不对劲儿，虽然寺里的师父们陆续出外游方躲灾，可老方丈慧莲一直守着寺庙不肯离去，月初来时，老方丈还给他包了两斤大楂子，叮嘱他给媳妇孩子熬锅粥喝。他之所以没出了家门就奔龙王庙来，实在是不忍心再从慧莲师父口中夺食，受灾这几年来受慧莲师父的恩惠太多了。

　　他推开大殿，见供桌上落了一层薄薄的灰土，觉得有点儿奇怪。自从小时候随奶奶第一次进寺来玩，几十年了，寺里总是窗明几净，从来没有见过这么埋汰的。难道慧莲老师父也云游去了？他走出大殿高呼了几声师父，没有回应。他赶忙穿过殿东的宝瓶门向慧莲师父的卧房奔去，推开门见慧莲师父端坐在宝榻上，双手合十正在打坐。他松了口气垂首说："原来师父在这儿，俺还以为师父也出去了呢。"半天没听见回应，他抬起头来望了望，见慧莲师父微闭着双眼正冲他微笑着呢。他笑了笑又叫了声"师父"，未见回应，就向前跨了一步连叫几声"师父"，还是没有回应。他慢慢走到慧莲师父身前叫了声"师父"，一见还没有回音，听了听没有喘气声，就颤悠悠地摸了摸师父的手，觉得又凉又硬，他意识到老方丈坐化了。他退了一步跪在地上不住地磕起头来，想起老方丈往日的恩德，禁不住落下泪来。

　　他想，师父既已过世，还是入土为安，就站起身来。突然，他发现师父身旁有两个包袱。一个包袱里装的是绿豆，足足有七八斤，另一个包袱里包着一床小棉被，打开棉被，被里包着一双崭新的僧鞋。他拿起僧鞋仔细看了看，认得是自己和媳妇俩做的。他突然明白了，这是师父特意留给他的，想起媳妇的梦，不禁泪流满面，痛哭失声。他轻轻地把师父抱下来，放在从柴房搬来的瓮内，用包袱皮把口封上。他想把瓮挪出屋去，却怎么也挪不动了。他想到村里找个人来帮忙，可瞥了一眼那包袱他有些舍不得了。他又挪了挪，还是挪不动。他想可能是师父不想离开这屋。于是就拿起锄头刨了起来，一锄头下去，脚下的地传出的不是实声，而是咚咚空声。他用锄头在地上四处敲划着，在房西南角挖出一块三尺见方的盖板，打开盖板，一股清凉夹着奇香的雾气飘逸上来。他点亮一支蜡烛，沿着石阶走了下去，除了烛光所照到的巴掌大地界儿，四周是一片黑暗，下了十几级台阶，他觉得脚下是一块平地。定了定神，觉得眼睛清亮多了。借着烛光，他逐渐看清了这间暗室。

　　这间暗室是间石屋，有丈把大小，北墙下有一石案，高约三尺，下饰莲

花镂刻,案前石地面凹下脸盆大的槽,槽中有多半下水,水甘洌泛着淡淡的清香。水中卧着五只小金龟。

李玉曾听奶奶说过,这寺之所以香火千年不断,就是因为有镇物,这镇物就是八只香龟。这八只香龟原是龙宫里金龟宰相的子女,因贪玩从大城县的泉眼中溜了出来,没承想一见风,身体大了许多,大过了泉眼,回不去了。这口泉眼神奇得很,无冬历夏只有半盆水,可就这半盆水,见天见地向外淘,总也淘不尽,大旱年是这样,大涝年也是这样,这泉眼口同村里的大街一般高,涨多大水,从未没过这口泉眼,因为这泉眼和海龙宫通着,善男信女们就在这泉眼上修了个寺,叫作龙泉寺。这口泉眼别听传得很神奇,可村里却没有一个人见过。这八只香龟,据说早年间被来憋宝的南蛮子憋走了几只,剩下的几只也就不知去向。打那时起,大城县就变成了十年九旱的穷县。

李玉喝了几口泉水,觉得精神倍增,三步并作两步跑了上去,准备把慧莲师父挪到暗室里来。可任凭他满身有使不完的力气,就是挪不动那只瓮。他只好将师父抱了出来,安置在暗室的莲花座上。安置好了师父,他又跪在地上给师父磕了三个响头,抬起头来一看,五只香龟趴在泉眼边,伸着脖子正冲他不停地点着头,暗室中的香气愈来愈浓。他赶忙又磕了十几个响头,才走了上来。

他搬着瓮走进柴房,准备把瓮放回原处。不经意间,他踢到一块破席头,发现一个拳头大小的小洞,伸手一抓,抓出一把高粱米来。高兴之余,他趴下身子,伸胳膊探寻了一阵子,感觉是个坛子,估摸着有二三十斤高粱米。这可把李玉乐坏了,他捡了两块破席头,铺在粪筐里,双手不停地向粪筐里捧米,溜溜地装了一粪筐。他把豆子和鞋压在上面,又拾了几把草把粪筐盖得严严实实。他走出柴房,将慧莲方丈的卧房又检查收拾了一遭,还觉得不踏实,就找来几件破家具堆在洞口,又往上撒了几把土,找来一把铜锁将门锁好,反带上庙门,一路小跑回到家里。

李王氏觉得肚子紧一阵慢一阵地坠着痛,豆大的汗珠随着阵痛一股一股地向外涌,她咬紧牙关,慢慢地抬起手来,捏指算了算,肚里的小东西才七个月,还不到落草的时辰。可这肚子一阵阵的坠痛却愈来愈紧,分明是这小东西要落草的征候。她觉得口干得很,叫了两声泰儿,没有回应。只好挣扎着下得炕来,扶着墙向水缸蹭去。她走到缸边,扶着缸沿儿喘了一会儿气,拿起挂在缸沿上的水瓢,斜着身子向下舀去。舀了几下,什么也没舀着。她慢吞吞地转过了身子,想看看缸里的水还有多少,可尽管把肚子贴到了缸上,头却怎么也伸不到缸边。她又喘了两口气,扭了扭屁股,用力向前一摆身子,头没探过去,肚子却重重地撞在缸壁上。只听得"噗"的一声,尖挺的肚子一下瘪了下去,一股热流从下身涌了出来。一阵钻心的疼痛使她再也站立不住,刹那间,她觉得天旋地转。她大叫一声,就昏倒在地。

李玉兴高采烈地回到家,边挪秫秸门边喊:"娃他娘!娃他娘!"喊了几声,没有回音。他臊不搭地掩上柴门,推开房门,屋里黑咕隆咚的什么也看不清。他定了定神,眯了眯眼,影影绰绰觉得缸边卧着个人。他的心一下子提到了嗓子眼上,哭叫一声:"娃他娘!"扔下筐就扑了过去,抱住了李王氏的头,把脸贴在她的前额上,觉得温得乎儿,提起的心又落了回去。

他点亮了油灯,用小草棍拨了拨灯捻,燃烧的灯捻噼啪响了几声,冒出一股黑烟,火苗儿跳了几下,亮了许多。他把灯盏移到水缸前放好,弯下身子想把李王氏抱到炕上去。他抽起李王氏的上身,觉得她身子抖动了一下,裤裆一下子鼓了起来。李玉知道是媳妇小产了。他赶忙连抱带拖地将娘儿俩弄到炕上,扯开媳妇的裤子,一个瘦得皮包骨头的秃小子蜷在胯下,一动不动。李玉心想,这小东西兴许是死了吧,可怪不得爹娘,谁让你不足月就他娘的瞎折腾呢。不是爹心狠,是你命不该来这个世上。李玉拿起片皮子的刀,在油灯上烤了烤,割断了脐带,提起孩子的两条腿,想把他先放在堂屋里,然后把炕烧热,给媳妇救醒。

提着死孩子,他不免有些伤心,好端端的一个大小子,刚落草,还没来得及看一眼爹娘,就没了,怪可怜的。可一想起昏迷的媳妇,气就不打一处来。他气呼呼地用左手将赤条条、血淋淋的小东西提高,抡圆了右手狠命地抽打着小东西的屁股,边打边喊:"捶死你,捶死你,俺捶死你这背时的鬼崽子,你娘要是有个好歹,哼!俺把你生吞了。"

被倒吊在半空的婴儿在他爹这么狠命的拍击下,堵在口中的血块被振了

出去。冰凉混浊的空气涌到嫩弱的肺里，不禁使他啼哭起来。

李玉慌忙将儿子抱在怀里，撩起衣襟将他裹紧。怀里的小东西突然不哭了，用小嘴不停地拱着李玉的胸膛，四下吸吮着。弄得李玉痒痒的，他小心翼翼地将儿子放到媳妇身边，用被子盖好，周边堆上茅草。

小东西叼不到奶头，又啼叫起来。婴儿的啼哭唤醒了昏迷的母亲。李王氏吃力地转过身来，将儿子搂紧，掀起上衣，将干瘪的奶头塞到儿子的嘴里。李玉的二儿子李英泰奇迹般地活了下来。

骨瘦如柴的李国泰一手拉着皮包骨头的五岁弟弟李英泰，一手挎着脏兮兮的小柳条筐，在街上慢慢地走着。筐里浮搁着几块碎皮头，是小哥俩儿寻了半个县城才寻到的。

第九回

黑大汉两脚踏破英泰梦
小刀刘一刀斩断莲英情

说来也怪,从英泰出生的第二年起,大城县是年年风调雨顺,龙泉寺的香火也渐渐兴盛起来了。转眼间英泰已是六岁。

这天国泰背着小筐拉着英泰去捡皮梢头。小哥俩来到一大宅院的马号前,马夫们在号里忙碌着,英泰眼尖,看见一大块从马鞍上换下来的废包皮扔在院中,就过去捡了回来,马夫们看见也没理会。

小哥俩儿别提有多高兴了。蹦着、说着、笑着离开马号。

国泰:"呵!这够爹钉十个后掌的。"

英泰:"才不是呢,能做一双大皮鞋。"

国泰:"怕是给你做还不够呢,哪有那么大块儿的整皮子呀,大小钉子眼儿都快连成片了。"

英泰:"就是够!哥,求求爹就给咱俩做双大皮鞋,你穿一天,我穿一天。"

国泰:"咱这就给爹送去,让爹也高兴一回。"

小哥俩儿快步向李玉的鞋摊儿奔去。转过几条街,还没到爹的摊儿前就听见吵骂声。

一个黑大汉怒气冲冲地责骂着李玉,李玉低三下四地赔着不是。小哥俩儿慢慢地向爹挪过去,战战兢兢地躲在李玉的身后,黑大汉边骂边斜楞着小哥俩儿。突然黑大汉不骂了,一把推开李玉将国泰的小筐夺了过来,哼了一声。

黑大汉指着筐里的废包皮,厉声问道:"哪偷来的?"

国泰吓得尿湿了裤子，英泰冲了上去，抓起那块废包皮，转身就跑，那黑大汉一个箭步冲过去，飞起一脚将英泰踹倒。英泰虽倒在地上，双手却紧紧抱住那块废皮子不肯松手，他转过身来。

英泰怒视着黑大汉说："不是偷的，是俺捡的！"

黑大汉一听更怒了，骂道："小王八羔子，这么点儿个东西就做贼，嘴还挺硬。"

黑大汉边说边向英泰踹去，李玉忙扑过去，跪在地上，双手抱住黑大汉的一条腿，苦苦哀求："老爷，老爷！俺的娃儿不会偷东西。"

黑大汉冷笑道："哪个贼会说自个儿是贼！"

黑大汉一脚踢开李玉，又一脚向英泰踏去，那一脚正踏在英泰的胯下，英泰大叫一声，就昏死过去。

李玉扑到儿子身上大叫道："你打死了俺的娃，俺到衙门告你去，告你去！"

黑大汉看了看一动不动的小英泰，对李玉说道："告我！看你到哪儿能告下爷爷我，我还告诉你，今后就别想在这片地界混，这地界不养贼。"

李玉一边喊着泰儿，一边用手摩挲着英泰，过了好一阵子，英泰"哇"的一声哭了出来。李玉和国泰爷俩赶快给英泰弄回家去。

英泰的胯下肿了有三五天，郎中说这孩子的一只卵蛋被踢碎了。李玉找个能识文断字的先生，求他写个状子，要到县衙去告状。那先生一听要告黑大汉，吓得腿都软了，头摇得似拨浪鼓，连说："使不得！使不得！"

李玉方知那黑大汉是蒙古那王爷庄园养的打手。他看告状无门，为了生计，只好忍气吞声地照旧上街摆摊儿修鞋。谁知他刚把摊儿摆上，就被庄园的人给踹翻了，他换了好几个地方，方圆百十里都摆不成摊儿。百般无奈，只好举家北上，去京城找发小沈兰玉。

沈兰玉九岁净身做了太监，现今已三十出头，眼下在兰贵人处当差，前两年，在北京海淀大有庄买了所宅子。

李玉一家人就在大有庄村边的柴房安了家。李玉在街上摆了摊儿，又修起了靴子，老婆到沈兰玉宅上干些杂活，国泰、英泰兄弟俩沿街拾些破烂、碎皮头。生活虽不富裕倒也凑合。

国泰、英泰看着沈家的气派，未免心生羡慕，和爹娘吵着闹着要进宫当公公。

转眼间宝泰、升泰和大姑娘相继来到人间，李王氏屋里屋外地忙活，自然就去不了沈家帮佣，家中生活未免艰难，常常是吃了上顿没下顿，李王氏看着不知何时能长大的一窝秃小子，未免落下泪来。傍晚，李玉垂头丧气地走进家来。李王氏知道当家的今儿个又没有进项，叹了口气，和李玉商量。

李王氏："他爹，咱也别揣着三四个带把的假充富户了，要不咱也送一个到宫里，说不准混出个人样儿，兴许能光宗耀祖？"

李玉："唉，难呀！你看看，咱村里有多少人进了宫，又有几个有出息的，死的死、残的残，有的人都没了，家里还欠着一屁股净身的钱呢，那沈兰玉不就是因他哥没了，欠着饥荒，拿他顶了缸嘛。"

李王氏："唉，谁说不是呢，可眼下这日子可咋过呢？他爹，要不央求央求沈老爷，把老二挂上档子？我在沈家那阵子，三乡四邻的求着进宫的人老了去了。"

李玉："他娘，我也不是没想过，你看看咱家这两块料，一个比一个窝囊，但凡有个机灵点儿的，我又何尝不想送一个过去呢，成不成气候都甭去想，只是眼下倒能剩下些嚼谷，我看这小三儿倒透着机灵，要不等两年？"

李王氏："唉，我说，他爹，三儿才多大呀，不等三儿到岁数，那哥俩儿说不准早饿死了。"

李玉："看看，说叫老大去，你说将来指着老大撑这家，就咱这家还有什么值得撑吗？说叫小三儿去，就跟挖了你的心头肉似的。偏心眼儿！"

李王氏抹着泪说："手心手背都是肉，俺哪个不疼呀！那老二不是叫人打碎了一个蛋儿吗，怕是将来也娶不了媳妇呀。"

这天早上，李王氏特意给英泰煮了两个鸡蛋。英泰递给哥哥国泰一个，国泰又推给了弟弟。

李王氏抽泣着说："儿呀，不是娘心狠，咱家穷，娘也是没法子呀，从今往后，娘想疼也疼不上你了，你就把这俩鸡子儿都吃了，快吃，娘看着

你吃！"

李英泰："娘，俺哥不吃，要不您和弟弟吃了吧，宫里有的是好吃的，等我混出个人样，见天见地给娘送好吃的。"

李王氏一把将英泰搂在怀里，泣不成声。

李玉带着英泰来到方砖胡同小刀刘的宅子。小刀刘拿出一张契约，指点着李玉签字画押，很不情愿地拿出一块二三两重的潮银子递给李玉。李玉双手接了过来，眼巴巴地望着小刀刘不肯离去。

小刀刘："钱货两清，还慎着什么？"

李玉："刘爷，沈老爷说买断能给十两呢。"

小刀刘："哼，那得看是不是那块料，要不是沈爷的面子，谁待见要这破烂货呀！您还觉得不上算，我这吃了大亏，又和谁讲理去呀，走吧，您嘞！没闲工夫伺候您！"

英泰被带进一间大房子。房子中间有一个小窄案子，案中铺着细炉灰，案旁有一个炭火盆，火盆边上煨着一只精巧的铜壶，上边坐着一个小洋铁壶，炭火正不紧不慢地吐着火舌，轻轻地舔着小洋铁壶，小洋铁壶吱吱地冒着带辛辣味的蒸气。一个胖大汉递给英泰一碗配了药的热酒，命他喝下去。英泰哪喝过酒呀，抿了抿，摇了摇头。胖子皮笑肉不笑地说："乖儿子，趁热快喝了，喝了待会儿就不知道痛了。"英泰一仰脖，一口气灌了下去。胖子笑道："真看不出这小子尿头滞脑的，倒有股狠劲儿，好小子，快把裤子脱了。"英泰羞涩地望着胖子，不肯脱。胖子狠呆呆地说："再不脱，我可连裤子一块儿割，看你穿什么！"英泰麻溜地脱下裤子，小心地叠好放在小马扎上，用双手捂着残缺不全的小鸡鸡，慢慢转过身来。胖子笑道："捂什么捂，待会儿爷割下来，还还给你，让你捂它一辈子呢。"

英泰被绑在案上，又进来一个瘦子，和胖子两人劈开英泰的大腿，紧紧按住。胖子用手拨了拨英泰的小鸡鸡说："刘爷，这倒省事儿了您嘞，半拉蛋，难怪这小子捂着不让看呢。"小刀刘："省他娘的鸟事儿，提拉都不好提拉，难怪死乞白赖地送来！少蛋的东西。"说着拿起一把尖刀在炭火上烤了烤，左手连肉棍带阴囊一把抓起，右手一刀下去，英泰大叫一声，昏死过去。

小刀刘将一套阳具向小筐里一放，提起装着热辣椒水的小洋铁壶向伤口浇去，然后又从裤腰上摸出一寸多长的麦秸插到英泰的尿道里，提起小铜壶，灌上蜡水，冲一胖一瘦努了努嘴。

胖子解开捆绑英泰的绳子，瘦子向昏死的英泰脸上喷了几口凉水。英泰"哇"的一声哭了出来。胖子呵斥道："号什么号，再号把麻猴子号来了，看不把你活吃了。"英泰"嘎"的一声止住了哭。一胖一瘦将他架起，拖着他在屋里不停地遛着。遛了半个时辰后，将他拖到一间暖烘烘、密不透风的小房里，将他放在一张小床上，两人带上门，喝酒去了。

英泰在痛苦中一天天地煎熬着，每天有个稍早阉割的小孩给他送饭。

第七天，胖子进来，拔出插在尿道中的蜡柱，一股又臊又黄的尿液从尿道流了出来。胖子笑道："乖儿子，起来吧，没事儿了。"

英泰在小刀刘家学习宫中各种礼仪，凭服饰识别主子的身份、官阶及伺候主子吃喝拉撒抽睡的各种方法及规矩，倒也是像模像样的。尤其是那伺候主子抽大烟，烟泡烧得非常地道，因此经常伺候小刀刘等吸大烟。可是，这回话总是回不清楚，总像是嘴里含着东西，呜嘟嘟说不清楚。

小刀刘及胖、瘦俩搭档阉完了几个孩子，叫英泰等几个孩子伺候着吃喝。几杯酒下肚，小刀刘问英泰伙房里还有什么菜，英泰呜嘟嘟地支应着，小刀刘听着就气不打一处来，一掌扇去，给他扇了个斤斗，接着骂道："他娘的！你他娘的嘴里含个球，咋他娘的总是呜嘟嘟的，今晚别他娘的歪着了，先把舌头捋顺了再睡，赶明儿再他娘的说不清楚，看我咋修理你。"

瘦子拿起酒杯说："刘爷，值不得，值不得怄这么大气，来，来，来！走一个！"

老哥几个慢慢地喝着，英泰等小心地伺候着。酒酣耳热之时，瘦子指着英泰说："刘爷，您老可知道这小子为什么说不清楚话吗？"

小刀刘："为吗？舌头没捋顺呗，赶明儿咱像驯鸟一样抽出这小子舌头捋一捋，捋他娘的软了，就他娘的说清楚了。"

瘦子一把将英泰揪过来，说："把舌头吐出来！"

小刀刘一看，英泰那舌头又肥又长，瘦子拍了一下英泰，嚷道："再吐！

再吐！他妈的都吐出来！"

小刀刘："这他娘的哪是舌头呀，比他娘的吊死鬼还他娘的长！看来，捋是他娘的捋不过来了，赶明儿得用刀子修修了。"瘦子神秘地说："刘爷，这可能派上大用场呢。"

小刀刘："能派上他娘的什么大用场，回话回不清楚，还不惹主子生气，三脚两脚叫主子给踹死了，他娘的！爷可是赔本赚吆喝了。"

瘦子又拍了拍英泰说："吐出来！卷个圈！"

英泰将舌头吐出来打了个圈。那圈足有一寸半长，圆圆的像个肉棍。瘦子说："动一动！"

小刀刘盯着这超长超大的舌头，连眼皮都舍不得眨了，眼睛渐渐亮了起来。他放声大笑起来："哈！哈！这他娘的哪是舌头呀，简直就是一只小狗蛋！哈哈！驴蛋！哈哈！小金蛋！"

瘦子："刘爷，这可是难得的活儿呀！"

小刀刘："他娘的，真他娘的是地道的舔盘子的玩意儿。"

瘦子："爷圣明！爷您真他娘的圣明！来，来，来！走一个！"

老哥俩击掌大笑，小刀刘说："烧两泡？"

英泰不知这两位爷为何而笑，也听不明白两位爷说的是啥意思，见两位爷要抽大烟忙说："小的伺候爷去。"说着就过去扶小刀刘。

小刀刘奸笑着将他推开说："乖儿子，爷今儿个不用你伺候，他娘的！这桌酒菜爷赏你了，吃吧！喝吧！吃饱了喝足了，就回房挺尸去吧，美美地睡上一觉，明早儿你也不用早起，睡他娘的个懒觉，擦黑，爷带你逛他娘的窑子去。"

英泰看着酒菜，哪敢吃呀，他忐忑不安地钻进被窝，却怎么也睡不着，明天，明天，明天会怎样呢？

天还没亮，他像往常一样起来，先打扫院子，然后去挑甜水，挑满了缸，又去烧茶炉，烧上茶炉赶忙去伙房扒拉几口剩饭，赶忙去给师傅们泡上头过儿茶，然后垂手立在八仙桌旁，等着师傅们到来，好冲二过茶。

瘦子哼着小曲走了进来，英泰赶忙过去请安。

瘦子:"唉,谁叫你起来的,夜儿个不是说好了叫你睡个够吗?"

英泰:"奴才不敢。"

"她娘的!有什么不敢,狗尿苔,上不了席面的东西!"小刀刘边叫着边走进屋来。

英泰吓得赶忙跪下磕头如捣蒜。瘦子忙把小刀刘拉到一边,贴在耳根嘀咕了几句,小刀刘笑笑点了点头。

瘦子:"傻小子,刘爷这是疼你呢,刘爷气你不睡觉,起这么早,快起来睡觉去,养足了精神,爷带你找乐子去。"

天刚擦黑,小刀刘、瘦子带着英泰来到王寡妇斜街一所院子,伴当忙把二人引进堂屋,当家的沈姐一溜儿小跑迎了过来:"哎哟!刘爷,张爷,少见啦,是不是嫌咱家姑娘伺候不周到,跳槽到小班去找乐子去啦?前儿个,刚从苏州买来几个姑娘,水灵着呢,两位爷,要不要打个茶围?没地界儿甭去那小班花那冤枉钱!"

小刀刘:"哪儿的话呀,爷疼你闺女还疼不过来呢,谁他娘的愿去小班,净他娘的瞎哼哼半天,不干实事儿。"

沈姐瞅了一眼英泰笑道:"哟,还带个雏儿来呀,怕是倒插烛都找不着北。"

瘦子笑道:"沈姐真不愧是个行家,这小子虽然没那活儿,舔盘子确是块料。"

沈姐:"别胡呲了!舔盘子的好货,就是咸肉庄也没几个像模像样的家伙。"

瘦子一拍英泰说:"吐出舌头来,叫你亲娘见识见识。"英泰忙吐了出来。瘦子又一拍,"卷起来!"

沈姐的眼睛都看直了,看着看着脸一下子就变潮红了,一直红到脖根。小刀刘"嘿嘿"了两声,见沈姐没反应,凑过去香了她一口。沈姐不好意思地说:"赶快西屋给三位爷摆酒!叫香兰、香玉来伺候二位爷。"

小刀刘横着膀子进了西屋,伴当们赶快摆上六盘凉菜,温了一壶京黄。说:"三位爷慢用,香兰、香玉马上就过来伺候爷,这位小爷……"小刀刘得

意地笑道："这位小爷不用你张罗，去，去！赶快再添一副碗筷来。"伴当赶忙退下，英泰赶忙上前伺候。

小刀刘一拉英泰，把他按在椅子上说："这位小爷，今儿个你也叫他们伺候伺候你，品一品这当爷的滋味！"

英泰颤声道："小的不敢！小的不敢！"

小刀刘："他娘的，你就当是演戏，也要把这当爷的味儿给我演出来！演不好，回去我吊你三天。"

瘦子温柔地拍了拍英泰说："傻小子，别怕，咱到这地界儿来，就是找乐子来的，别惹刘爷生气，今个儿咱当回爷，长长见识，乖儿子，听话，演得好，天天带你来玩儿。"

正说着香兰、香玉进得房来，给两位爷请了安，挨着两位爷入座，娘姨进来斟酒布菜。香兰双手捧起一只装满茶的细瓷杯敬献给小刀刘说："刘爷，可有些日子没来了，可想死香兰了。"

小刀刘："别净给爷灌米汤，你他娘的相好的还少哇！"

香兰："瞅爷说的，真没良心，香兰心里只有爷，除了爷，哪有什么相好的，爷不来，香兰日日以泪洗面。"

小刀刘："他娘的，说的比唱的都好听。"

香玉将酒递给瘦子："没良心的，有日子不来看老娘，先灌两碗黄汤。"

瘦子："哎，哎，我这不是看你来了嘛，我还给你淘换了块翠玉项坠呢。"

香玉："你能舍得给我买翠的，怕是弄块秀玉糊弄我吧？"

瘦子从怀里掏出项坠，香玉一看，虽然成色不太好，但也说得过去，脸上不免露出一丝笑容，可却不伸手去接。

瘦子："来，爷给姑奶奶戴上，我的亲亲小姑奶奶，今儿个可不能和爷较劲儿，得好好伺候伺候爷。"

香玉："哦，原是黄鼠狼给鸡拜年——没安好心！我说呢，太阳从西边出来了，石头也能榨出油来！告诉你，今儿个，什么活老娘都伺候你！"

伴当给英泰上了个粗茶碗，英泰稍一迟疑，挺了挺脖子，伸手欲拿，瘦子忙止住，说："小爷，别急，这是浑茶碗，不能喝，等换过了细的再喝。"

正说着，沈姐满面春风地走了进来。瘦子笑道："来了，来了！"

小刀刘："这可是我亲儿子，你可得给爷调教出来，别他娘的弄出个四、六不靠谱，叫行家子笑话！"

沈姐："错不了，可你拿什么谢我呢？"

沈姐转身走到英泰下手位，英泰忙起身欲打千儿，沈姐一把托起，将他轻轻地按在椅子上。随手从娘姨手中接过一只细茶碗，双手捧给英泰。瘦子看英泰不知所措，就说："这杯可以喝，这叫定情茶。"

瘦子起来给沈姐作了个揖说："我和刘爷谢了，谢谢当家的亲自调教，这傻小子还真有点儿傻福气。"

英泰和沈姐喝完定情茶，沈姐又送了个皮杯给英泰。喝了几巡酒，沈姐欲带英泰走。小刀刘对沈姐说："看把你急的，悠着点儿，心急吃不了嫩豆腐，爷有正事儿还没说呢。"

沈姐笑道："这可是你说的，好！有什么正事儿您就说吧。"

小刀刘："那活儿自然不用盼咐，你一准调教得不错。可明早上，你可得叫他伺候你梳头。"

沈姐："我还想给他梳头呢，你看，这辫打得松不松紧不紧的，多背时呀！"

小刀刘："当家的，要说这孩子梳的头，还马马虎虎，就是花样不多，太古板，麻烦当家的指点指点，尤其是女人头，多下点功夫。"

沈姐："老奸巨猾的东西，咱可先说在前头，这孩子将来出了好价钱，咱也不多要，只要两成。"

咸丰六年（1856），英泰要进宫了，小刀刘将用油布包好的干阳物递给英泰说："这是你身上的物件，进宫时要验证的，到死时要归身的，好歹也算是个全尸，拿好了。"

英泰双手接过来，揣好了，给小刀刘磕了八个响头，垂着头哽咽不止。

小刀刘温和地说："起来吧，进宫是喜事儿，不兴哭哭啼啼的。"

英泰又不停地磕头，哽咽地说："英泰谢谢爷的栽培、提携，英泰忘不了爷的恩情，英泰一定混出个人样来，好好地孝顺爷。"

小刀刘呷了口茶说:"要说恩嘛,爷对你还真有点儿,有多少人想走这条路,搭了人情来求,都入不了门儿。要说情嘛,爷她娘的一刀断了你一世的情,可说不准儿又成全了你,跟着你那爹娘又有什么鸟出息,留着那玩意儿也是个累赘。这倒好,六根清净,倒可一心向佛,不存邪念了,你他娘的要是得了赏钱,可他娘的别瞎抖搂,拿来放在高公庵,别以为爷稀罕你的银子,爷是为你着想,你将钱先存放在庵里,是备着你养老用的。去吧,去给你那几个师父磕几个头去吧。"

英泰过来给瘦子磕头不止,瘦子抿着嘴偷偷地笑着不出声,英泰也不敢抬头,就不停地叩,越叩越响,瘦子绷不住劲儿了,上前拉起他说:"得了,得了,见好就收吧,咱爷儿俩谁和谁呀,用不着行那么大礼。"

英泰呜咽道:"俺舍不得师父呀!"

瘦子心中也有些不是滋味,心想:兴许我没看错,这小子不是那忘恩负义的东西,这小子现今这两下子,如碰见合适的主子,日后兴许能发达起来呢。我不妨点拨点拨他几句。

瘦子将英泰拉起说:"站好了,乖儿子,爷们儿有几句话要告诉你。"

英泰垂手立着敬听瘦子交代。

瘦子:"你既盘上这营生,这辈子就只有这一条路走到黑了。你万万不可忘记自己的身份,今生今世你就是一个奴才!到宫里得势也罢,不得势也罢,主子宠你,就是把你宠到天上去,你也不能找不着北,主子永远是主子,你永远是奴才,就算老天开眼,你小子爬个总管干干,充其量也不过是个大奴才!这是最最重要的立身之本,记住了吗?"

英泰:"奴才记住了,打今后奴才生是奴才,死也是奴才,奴才至死不忘张爷的教诲、提携。"

瘦子:"这第二嘛,就是不能露白。"

英泰有些坠入雾中,听不明白,又不敢问,只是更虔诚地聆听着下文。

瘦子:"你的盘子功和梳头的功夫,不是我说大话,现今宫里没有人能在你之上,算是拨了份儿啦。这是你的本钱,知道吗?"

英泰:"奴才这点微末功夫,全是张爷您赐的,奴才不敢张扬。"

瘦子："这功夫，第一不能滥用，第二不能用老了。一般的主子，不要轻易用，她若是自身都难保，没人待见，你伺候她舒服了，她倒是舒坦了，可你又能得到什么呢？赏几个小钱，等她一不得志，就一味儿地作践你，咱爷们值吗？这叫费力不讨好。她若是被处分了，你还得跟他吃挂落儿，为嘛？因为你和她近。所以呀，你要看准主子，那没起色的主子，你日常随大拨学的就足够应付得了，这是不能滥用，记住了吗？"

　　英泰跪地叩头说："谢张爷点拨，奴才终生不忘。"

　　瘦子将他拉起说："不能用老，就是总得有新鲜玩意儿，你就那么两下子，跟程咬金似的，三板斧，后面没戏了，就不叫有本事儿了。就拿这梳头来说吧，说来这宫里的头，也没什么，呆板得很，哪有外边的花式呀，你将外边的稍带一点儿，可就鲜亮多了，有三五种法式相互一掺和，就翻出几十种花式，你学了那么多花式，这辈子都够你受用的了，你说，是不是呀？"

　　英泰："是，奴才若遇到合适的主子，见天见地给她弄新花样。"

　　瘦子："怎么弄？"

　　英泰："将沈姐、香玉教的活儿尽数使出来呗！"

　　瘦子叹了口气说："那你可就死定了！"说罢，把头摇得和拨浪鼓似的。英泰吓得"扑通"一声又跪在地上，全身不停地颤抖，冷汗直冒，停了半响，方说出："张爷，救救孩儿，我的亲达达，亲爹呀，您可不能见死不救哇，孩儿我可不能一进宫就没了命，孩儿还寻思着咋报答您呢。"说完又磕头如捣蒜。

　　瘦子想，这小子看来不是那没良心的东西，我都教他到这地步了，他就要进宫了，若不教齐了他，我这赌注不是白下了吗？还没等他娘的揭盖就他娘的瞎了。瘦子将他拉了起来。

　　瘦子："当今，这大清国的女人漂亮不漂亮，俗话说得好，'汉人看脚、旗人看头'，这旗人都是大脚片子，和汉人就没得比了，所以这头就得鲜亮。可说来也怪可怜见的，这宫装最时兴的就是'两把头'，两把头又能出什么幺蛾子呢？说来也不过就是'紧翅''拉翅'两种花样。自打乾隆爷下江南，将蛮子娘们儿的高髻引进了宫，但有所改动，以区别旗、汉之不同，像日常教

你们的牡丹头、荷花头、钵体头等就是这么个套路。这种头个矮点儿的梳还中看，个高的梳就不合适了，这是为什么呢？嗯？乖儿子！"

英泰："儿子想不明白。"

瘦子："道理很简单，因为梳上这路头，个高点儿的，一蹬上花盆底儿，不就成'杉篙'了吗？说说看这高个儿旗人应梳什么头？想想香玉教的发型。"

"堕马髻！"英泰脱口而出。

瘦子："掌嘴！我就知道你得这么说，你这不是找死吗？！旗人是马上得天下，这么说不是犯忌吗？"

英泰吓得又不知说什么好，眼巴巴地祈望着瘦子。

瘦子严肃地说："宁肯少说、不说，也不能犯忌！少说、不说撑死挨顿板子，这一犯忌，脑袋可就要搬家了。别他娘的眼巴巴地望着我，香玉还教了你什么头？"

"哦，对！巴巴头。"

瘦子笑道："还他娘的臭屄屄呢。他娘的，说点儿好听的。"

英泰："平三、圆髻、连环髻、双盘髻、双飞蝴蝶髻、长寿髻、苏州撅……"

瘦子："行了，行了，归里包堆，这些为什么合适？"

英泰："它比高髻挫一块儿，配上花盆底儿，正合适。"

瘦子："对喽！榆木疙瘩脑袋也开他娘的窍了。你说的这都是垂髻，乖儿子，你万万不能将窑子里学到的发型生搬到宫里去，如那样，就不如不学了，学会了，不是找病嘛！明白吗？"

英泰："亲爹！孩儿明白了，只要以宫里式样为根本，稍加一点儿蛮子式，就鲜亮极了。"

瘦子："总算没教个棒槌。"

英泰又跪下给瘦子叩头，说："孩儿永远不忘爹爹的恩情。"

瘦子："另外，这宗盘子功，你现今还小，不着急用，你给我记着，这功夫，不能是人就用，犯不着，得看准了人，找准了时候才成。好，咱爷俩就说到这儿吧，去吧。"

英泰："爹，您就赚好吧！"

第十回

莲英胜春初显身手
墨玉观音乍逢高人

转眼英泰进宫一年多了，虽说是干的杂役，天天被一群太监们呼来喝去，但总比在老家因捡碎皮头被人追打辱骂好受多了。虽然吃的是师父们的残羹剩饭，可就这残羹剩饭比家里过年时吃得还好。因为机灵勤快，他倒也没挨多少打。只是伺候不着主子，净给比自己早进几年的奴才们服务，心中未免有些不平。他在细细地观察，慢慢地学习，静静地等待。

近日来，懿主子因嫌头梳得不鲜亮，将梳头房的太监们打遍了，二师父沈兰玉也挨了不少板子，大师父刘多生也被扣了半年钱粮。梳头房的太监们一听说派谁去，都吓得腿软了。

英泰进房给沈兰玉打了个千说："师父，赶明儿叫我去伺候懿主子梳头吧。"

沈兰玉侧过身来，惊诧道："什么？你活腻了吧？"

英泰"扑通"一声跪在地，哽咽道："师父，徒儿见您老人家挨板子，心里不是滋味，想替师父去受罚。"

沈兰玉慢慢移了移受伤的腿，扶着炕沿，斜靠在铺盖上说："傻小子，你那份孝心爷领了，起来吧，这不关你的事儿。好在你不在梳头房当差，好生干你的活儿去吧。"

英泰："师父！俺会梳头！"

沈兰玉苦笑道："你会什么呀，梳头房哪个不会，哪个不比你强？主子是近来心情不好，找人作筏子，挨不着你的事儿，咱用不着替别人顶那个缸。"

英泰："徒儿专门学过梳头。"

沈兰玉："市井那些个野样式上不了台面，傻小子，这是宫里，宫里自有宫里的规矩，可不是闹着玩的。快别瞎添乱了，哼！弄你个棒槌去伺候主子梳头，搞不好你再丢了小命，我这腿还不得吃你挂落，真给打折了。别瞎闹了。"

英泰："师父，我真会，是张心田张爷一手调教的。"

沈兰玉"哦"了一声，扶着炕沿站了起来，说："是那个瘦子吗？"

英泰："是，就是那张爷。"

沈兰玉详细询问一番，说："这倒可以去试试，可你为什么不早告诉我你会梳头呢？"

英泰："刚　进宫，徒弟两眼一抹黑，哪敢张扬哇。现今见着师父受苦，徒弟才想冒死一试，主子要是不中意，打徒儿几板子，也算替师父挨了，万一主子满意了，师父不是脸上也有光嘛。"

沈兰玉："难得你这份孝心，走，你扶我到刘总管那儿去，请他老人家示下。"

二总管刘多生听完沈兰玉一番话，冷笑道："老沈呀，我说你也这把年纪了，进宫也有年头儿了，咋老犯迷糊呢！你弄这么个利本去伺候主子，万一弄出个不是来，你丢了饭碗不说，还连带一伙弟兄们挨板子受罚。"

正说着呢，传事太监慌慌张张跑来说："二总管，懿主子传你呢。"

刘多生："主子传我什么事儿？你慌什么？"

传事太监："主子正发火呢，梳头房的弟兄们一锅烩，都在挨板子呢，都打背过气了好几个了。二总管快走吧！"

刘多生一路小跑，刚迈进大门，就听见噼里啪啦的摔瓶罐声，间杂着懿主子的怒骂声，他赶忙放慢了脚步，蹑手蹑脚地向前蹭，蹭到窗前，踮起脚尖，小心翼翼地从窗缝向里瞄。可不得了，太监们跪了一地，就连安大总管也跪在懿主子脚下，磕头如捣蒜。懿主子云鬓散乱，发簪坠地，步摇乱颤。他诚恐诚惶地向后蹭着，心想：三十六计溜为上，先溜了再说吧。忽听得懿主子骂道："那个装神弄鬼的假道士呢？咋还没滚过来呢？"

安德海小声回道："奴才已派人传他去了。"

懿主子一脚向小安子踹去，骂道："没用的东西，再去传那狗奴才。"

刘多生一瞧这阵势，今儿个这顿打骂是非挨不可了，只好硬着头皮三步并作两步冲了进去，跪在地上边磕头边说："奴才该死，奴才该死！"

懿主子吼道："掌嘴！"

刘多生抡圆了胳膊左一下、右一下向自己脸上扇去。鲜血顺着嘴角一股股沁出，沁出的血在巴掌重击下激起一团团血雾，缓缓落下，不一会儿就染红了身前的地砖。

懿主子闹了半天也累了，摆了摆手说："算了吧，都给我起来吧。"

众太监磕头谢恩毕，战战兢兢垂手站立。

懿主子："狗奴才们给我听着，明儿个再给我梳不好头，看我不一个个扒了你们的皮！都给我滚！"

刘多生垂着头跟着安德海身后，走进他的房间，忙和众小监们伺候着他。安德海呷了口茶，说："老道，明儿个可咋办呀？"

刘多生迟疑了一下，说："依我看，主子发火不是为了梳头的事由。"

安德海："废他妈的话，谁他妈的不知道是为那四只臊狐狸整日迷着圣上，圣上有日子没来咱这院子啦。"

刘多生："小的真不知主子是为四春恼火。"

安德海："臭道士，你他妈的别揣着明白装糊涂。"

刘多生忙连连说："小的不敢！小的不敢！"

安德海："臭道士，平日里就他妈的你鬼点子多，今儿个咋的啦，你他妈的快想个辙。"

刘多生："小的琢磨着，那四春嘛，那四春嘛……"

安德海："别他妈的兜圈子，有屁快放！"

刘多生："其实懿主子已觉出来了。"

安德海："主子觉出什么了？你别他妈的一段段往外挤，他妈的！连屁带屎一股脑全他妈的给我倒出来！"

刘多生："四春的梳头丫鬟是南派的，不同于宫里的式样，所以圣上看着

新鲜，其实，这也没什么，新鲜几天也就过去了，回过头来，还不是眷顾咱们主子。"

安德海自言自语道："可不是嘛，那四只臊狐狸就仗着头鲜亮，硬撑着脸盘，要不谁待见呀。""喂，道士，你说得对，是这么码子事儿，你，你他妈的赶快找一个会梳南派头的试试，兴许成。"

刘多生："有是有一个，就怕……就怕……不大妥当。"

安德海："先弄来救急，有什么妥当不妥当的。"

刘多生："他是小刀刘那边的，不是咱们毕家的。"

安德海："这又有什么，他们还能翻起个什么浪来，把咱爷们搅翻了，没那么大道行。"

刘多生："据老兰子说他那个徒弟会梳南派的头。"

安德海诧异地问："他哪个徒弟会？我咋不知道呢？他妈的，兴许是你们瞒着我？"

刘多生："我有什么事儿敢瞒着大总管您呢，我也是刚知道的。"

安德海："那你个臭道士刚才为什么不说，也省得自己抽他妈的自己一顿大嘴巴子。"

刘多生："小的没禀过大总管，没大总管示下，甭说挨嘴巴子，就是被打断腿也不敢多说半句没边的话呀。"

安德海想了想说："那小崽子到底会不会梳头呀？"

刘多生："小的也没把握呀。"

安德海："你也不问明白了再来回。净干些没屁眼的糗事儿。"

刘多生苦笑道："冤枉呀，大总管，我不是还没顾上问，就自己掌上嘴了嘛。"

安德海笑道："谁说不是呢，这臭兰子，真他妈的不是个玩意儿，要是夜儿个将他篮子里的破烂货告诉你，兴许你就躲过这一顿协和大巴掌了。"

刘多生："大总管的意思是……"

安德海："屎都顶到屁眼门儿了，不拉成吗？我都被主子踹了一脚，你没听主子说明儿个要扒弟兄们的皮吗？赶明儿真伺候不好主子，谁都没好果子吃！顾不得那么多了，是骡子是马只好拉出来遛遛啦。明儿个叫那小崽子上。"

刘多生："大总管，要不咱们先审审，也好有个底儿。"

安德海："对！臭道士，这他妈的屁才刚有点儿人味。"

刘多生小心地问："小的这就去传那小崽子？"说完等着安德海的示下。

安德海笑着斜楞着刘多生，半晌儿不说话，刘多生不自在地轻轻地扭动着身子，两眼直巴巴地盯着他的脚。

安德海觉得绷得差不多了，才说："臭道士，别玩小心眼儿啦，你那点鬼门儿心思，以为我看不出来吗？怕什么呀，只要有爷我在，甭管是毕家来的，还是小刀刘那儿来的，都冒不过咱爷们儿去，没这两把刷子，早叫人给踩在脚下了。"

刘多生："大总管圣明，小的确实是怕小刀刘那窝里出来的占了咱们的先儿。"

安德海："坦坦的，没事儿，你去吧，我心里有数儿。哦，对了，顺便寻摸个头发厚点儿的宫女过来。"

刘多生道声"喳"，退了出去。不一会儿，沈兰玉带着李英泰进得屋来，请过安，垂手立在一旁。安德海从头到脚慢慢地品着李英泰。等看到李英泰腿微微有点儿颤，才慢条斯理地问道："叫什么名字？"

李英泰"扑通"一声双膝跪下说："回大总管，小的叫李英泰。"

安德海："跟谁学的梳头哇？"

李英泰："回大总管，小的跟张心田张师父学的。"

正说着，三个宫女走了进来，向安德海行了礼，垂首立在一旁。安德海指了指左首的一个说："给她梳梳，叫爷看看你的手艺。"

那宫女坐在板凳上，李英泰站在她身旁，头只到她的肩，安德海说："拿个马扎叫她坐，哦，不！还是拿个小凳吧。"

李英泰并不急着动手，左看看，右看看，近看看，远看看。然后胸有成竹地跪在安德海面前小声问道："小的请大总管示下，梳个什么样式的头呢。"

安德海笑眯眯地反问道："你斜楞半天了，你说呢？"

李英泰："回大总管，小的不敢妄断。"

安德海："为什么不敢呢？"

李英泰："回大总管，小的不知是梳主子头，还是梳宫女头？"

安德海哈哈大笑地说："好小子，问得好，比你师父有出息！"

李英泰又跪下磕了头说："谢大总管，这都是我大师父、二师父调教的。"

安德海："是不是你小子还要问是宫式还是南式。"

英泰一脸天真地回答道："回大总管，小的刚正想着呢，还没来得急请示呢。"

安德海笑道："好小子，爷就给你出个题：宫式，又不能纯宫式，要糅上些南边的味儿。明白了吗？"

"回大总管，小的明白了。"李英泰说完了，不停地磕头，就是不起来。刘多生明白他的意思，在一旁冷笑静观着。沈兰玉有些沉不住气了，又不敢插话，急得满头是汗。

安德海细品了一会儿各人的表情，才说："起来吧，立那儿等着。"李英泰又磕了个头，站起来，垂首立在一旁。安德海向房外走去，临到门口还回过头来，"嘿嘿"奸笑了两声。

沈兰玉如坠在云里雾中，看看刘总管神态自若，眯着眼不知嘟囔什么呢，再看着英泰倒也是并不慌张。

沈兰玉赶忙凑过去，给刘多生作了个揖说："道长，大总管咋出去了？"刘多生也不搭理他，只是那嘴一张一合的，不知念的是什么经。沈兰玉又是作揖又是打千，并不停地说："道长，道长，我的好道长，你要急死我呀！"

刘多生睁开眼嗔怪道："嚷什么嚷，大总管请法器去了。"

沈兰玉一头雾水地问："请什么法器？派什么用场哇？"

刘多生："拿妖！"

沈兰玉："拿哪门子妖哇，别糊弄我了，道长。"

刘多生用二指一指沈兰玉道："呔！拿你这只臭兰子。"

正说着安德海转了回来，后面跟着双手捧着乾隆雕漆首饰盒的两个梳头房小太监。安德海坐稳了，吩咐俩小太监打开首饰盒，问李英泰："你跪地不起，想求的就是这个吧。"

李英泰忙双膝跪下说:"大总管圣明!"

安德海:"好机灵的猴崽子,巧妇难为无米之炊,没家伙,咋干活儿呢,去,给爷露一手。"

李英泰凑上前去扫了一眼雕漆盒中的首饰,拿起梳子,插在腰带上,移了移小凳子,站了上去。先散开了宫女的头发,麻利地梳理起来。不一会儿,就将宫女的头打散又分成左、右两绺,然后从盒中选了一对如意纹金质发簪,将宫女的头盘成薄鬓垂式双髻,又选了一对下衔三缕白串珠,每缕中间置三颗红宝石的五彩金凤步摇分插置在两鬓,然后下来走到首饰盒前,仔细看了看盒中的耳坠,又回头望了望宫女的头,果断地拿起一对单钳大小南北双珠葫芦形耳坠,给宫女穿在最下端的耳孔上。他转到前面看了看,就快步跪在安德海面前说:"请大总管掌眼。"

安德海:"为什么这双髻比大拉翅短了一大截呢?"

李英泰:"回大总管,因这位姑姑的脸型稍瘦,若头上出翅太长,就显得脸型不圆润了。"

安德海:"宫饰多喜一耳三钳的耳坠,你咋一下就去了两个呢?"

李英泰:"回大总管,因步摇是三缕儿,耳坠若再用三钳,就有些个雷同了,又显得杂乱,故小的斗胆去了两钳。"

安德海指了指中间一位宫女说:"你看着再给她梳一个。"

梳完两个头已是二更天了,安德海打了个哈欠说:"猴崽子,伺候爷烧泡烟去。"

第二天一早,李英泰就垂首立在安德海廊下伺候着。伺候安德海梳洗穿戴完。安德海说:"走,伺候懿主子去。"

不一刻来到主子房里,安德海吩咐李英泰在明间候着,自己走进里间去了。懿主子歪在床上一脸倦容,看来是一夜未睡好,安德海小心翼翼地请了安,垂首立在雕漆描金百鸟朝凤床前。半晌,她才瞄了他一眼,突然她眼前一亮,一下子坐了起来吼道:"转过身去!"

安德海哪敢背对着主子,慌忙跪下说:"奴才不敢,奴才不敢!望主子可怜可怜奴才吧。"

懿主子说:"我叫你转过去,就给我转过去。"

安德海连连一磕着响头,就是不敢起来。

懿主子怒道:"你再不起来,给我转过去,我可就把你交给慎刑司了。"

安德海无可奈何地爬起来,退了三步,才慢慢转过身来。

懿主子仔细地望着他,望了好一阵子,说:"好鲜亮的头呀,梳这么鲜亮的头,今儿个是要找哪个黄花姑娘对食呀?"

安德海听她的言语中已没了怒气,就转过身来笑道:"什么事儿也瞒不过主子这慧眼,奴才刚想美美,就叫主子给看穿了。"

懿主子:"是不是和那臭道士合计好了,说吧,今儿个又准备弄哪块料糊弄我。"

安德海:"奴才昨夜儿个一夜未睡,叫那臭道士驮着我,四九城寻摸遍了,也没找到个会梳头的,奴才一急,就狠狠地踹了那臭道士几脚,主子您猜怎么着?"

懿主子笑道:"横竖不是踹出个小老道来?"

安德海:"您把底儿全抖搂出来了,奴才没法说了。"

懿主子坐在炕沿说:"传那小老道进来伺候吧。"

安德海转身走出去,将李英泰带了进来。李英泰伺候懿主子梳完头,安德海同李英泰各执一面镜子,让她前前后后照了个够。

懿主子笑着问:"这叫什么头呀?"

李英泰:"回主子,这叫莲英胜春头。"

懿主子一指安德海说:"是他教你瞎编的吧?"

李英泰:"回老佛爷,是大总管、二总管和二师父带着奴才弄了半宿才弄出的。"

懿主子对安德海说:"你早这么用心,不就省得惹我生气了嘛!"

安德海躬身答道:"奴才咋不记得主子生过气呀。"

懿主子说:"以后,见天见地就他来给我梳头,唉,他是哪个房的?叫什么名字?"

安德海:"回老佛爷,他在沈兰玉房,叫李英泰。"

懿主子："将他调到梳头房吧。"

李英泰忙双膝跪下说："谢主子。"

李英泰还没来得及磕头呢，就听懿主子说："英泰这名字不好，打今儿个起，你就叫莲英吧。"

李英泰忙边磕响头边说："莲英谢主子赐名！莲英谢主子！"

懿主子对安德海说："赏他五十两银子，再赏他两块尺头，做两件新衣服。"

李莲英双手捧着懿主子赏的银子和尺头，跟在安德海后边进了他的房间，将东西放在桌上，退了几步，跪下给他边磕响头边说："奴才谢大总管提携。"

安德海呷了口茶说："起来吧，下去吧。"

李莲英又打了个单腿千，后退出门，转身刚要回房，却听安德海叫道："回来！"李莲英忙转回房来，跪在房中。

安德海："主子赏的东西为什么不拿走？"

李莲英："回大总管，这都是大总管的功劳，小的怎敢。"

安德海："主子不是说赏你的嘛，既是主子赏你的，你就拿了去吧。"

李莲英："回大总管，没有大总管劳神操持，主子咋会赏呢，奴才不敢。"

安德海："是赏你的，你就拿去吧。"

李莲英："回大总管，那就算是小的借花献佛，算小的一点点孝心吧。恳请大总管笑纳。"

安德海笑道："小猴崽子，难得你有这份孝心，爷有的是银子，你就拿去吧。"

李莲英："谢大总管，小的不能拿。"

安德海："为什么不能拿？"

李莲英："回大总管，小的进宫多日，一直没得机会给大总管尽点孝心，直到今日方有小的尽孝心的机会，恳请大总管成全了小的这点心愿。"说完又跪地磕头。

安德海等他磕了十几个响头，方说："起来吧，爷收下你这份孝心。"

李莲英高兴地又磕了三个响头，连说几句"谢大总管"后，方起身双手

垂立在一旁。

安德海:"小李子,走,给爷烧个泡去。"

李莲英尽心尽力地伺候着他。安德海一边吞云吐雾,一边透过一缕缕烟雾,眼睛似睁似闭地瞄着他。他隐隐地感到这小子虽然面貌平平,可骨子里却透着一些过人之处,究竟是什么过人之处,一时也整不明白。

看着他装烟、吹捻、点泡那娴熟的手法,他未免心中有点不安,就轻描淡写、和颜悦色地问:"小李子,你这点泡的手艺跟谁学的呀?可真地道呀!"

李莲英:"谢大总管夸奖,小的这手艺是张心田张师父一手教的,只要大总管舒坦,小的愿见天见地伺候大总管。"

安德海听到"舒坦"两字,心中一振,瞄了他一眼,突然有所醒悟,又猛吸了口烟,将舌头卷起,嘴唇噘圆,连吐几个烟圈,又缓缓调了几口气才问道:"那瘦子还教你什么啦?"

李莲英警觉地答道:"回大总管,可多了,伺候主子梳洗打扮、穿戴、上菜进膳、沏茶倒水等,小的这点微末功夫都是张爷调教的。"

安德海诡秘地一笑说:"这么说,瘦子对你小子不错,他那名冠四九城的绝技想必是也传给你了?"

李莲英心中明白他想盘问的是那玩意儿,就故作不知地说:"回大总管,恕小的无知,小的真不知张师父还有什么绝技。"

安德海:"舔盘子呀!"

李莲英迷惑不解地望着他,一脑门听不懂的憨态。

安德海一字一顿地说:"舔——盘——子的——功夫!"

李莲英笑道:"回大总管,小的打小就会这门功夫。"

安德海诧异道:"你打小就会?谁教你的?"

李莲英:"回大总管,是跟我爹学的。"

安德海:"难道你爹当着你的面给你娘舔盘子?"

李莲英立马答道:"是呀!"屈身打了个千,更正道,"回大总管,是这么码子事儿。"

安德海神情凝重起来，心想：乖乖不得了，遇着碴本儿了，这小子是家传的，练的是童子功，难怪他妈的这鬼舌头又长又厚呢，他妈的，那臊娘们儿要是一旦受用了，还他妈啦巴子，有我什么好果子吃了。家传童子功，再加上瘦子言传身教，这还得了。看来，那臭道士早就知道这一出，所以吞吞吐吐不跟我挑明了，还假模假样地说他妈的怕小刀刘家的占了咱们毕家的先，我说咋看这小子有点邪行，原来是有这门邪功夫。妈的，他爹也不是个好鸟，从小就当着孩子面跟他娘演练这熊功夫，也不知寒碜！

安德海眼中渐渐地泛出凶光，带着杀气说："你他妈的这门功夫，都他娘的谁知道？"

李莲英打了个激灵，耸了耸肩，缓了口气说："回大……"

安德海打断他说："少废话，把回呀回的给我省了，啰里吧唧的。"

李莲英："回，回，啊，宫里没人知道。"

安德海："难道臭老道、臭兰子你俩师父都不知道吗？"

李莲英："奴才没禀过奴才的两位师父。"

安德海："为什么？"

李莲英不好意思地说："奴才说不出口。"

安德海心想，这小子身怀这门绝技，只待伺候主子们，也许真没对那两块料说。也不知哪位主子受用过，待我慢慢套套这小猴崽子。

安德海："要说也是，这也不是什么光彩的事儿，遇见谁也不会满大街张扬。"

李莲英："谢大总管体谅奴才。"

安德海一脸坏笑地说："可惜了的，这门子功夫，那你进宫后，就没找机会练练，丢了多可惜呀。"

李莲英："宫里又不缺吃不缺喝，所以小的就再没练过。"

安德海色眯眯地盯着他说："和爷说说，你爹咋当着你跟你娘练这功夫的？"

李莲英红着脸，却存心卖着关子说："奴才不好说出口，就是那么档子事儿。"

安德海："又没外人，跟爷说说，爷疼你。"

李莲英："每次俺爹施展完这功夫，俺娘都会笑着说，说……"

安德海一下子蹿了起来说："快说，快说，你娘她说什么了？"

李莲英："俺娘说：'看你爹这盘子舔得多干净，都不用刷了'。"

安德海瞪圆了眼睛"啊"了一声，像泄了气的皮球，失望地歪在圈椅上。停了一刻，突然放声大笑起来，一阵狂笑，逗出一口痰堵在嗓子眼咳不出来，憋得脸红脖子粗。李莲英不知所措地站在一旁，几个小太监快步冲上前，又是捶背又是摩挲胸，好一阵子，他才"哦"了一声，一个小太监赶忙跪在地上，冲着屋顶张开大嘴。安德海咳了几下，一口黄痰吐到小太监嘴里。小太监起身走到屋脚，将痰再吐到痰盂里。

安德海接过小太监奉上的香茶，慢饮了半盏，心想：满拧了，他妈的，满拧了，我和他说的不是一道局，真他妈的是和尚、道士同一道场——唱的不是一路经。既然知道他不会盘子功，刚才那份儿担心也就不知飞到哪里去了。

他笑道："你可真哏，小猴崽子，拿爷打镲是不是？"

李莲英慌忙跪下连连说："奴才不敢，奴才不敢！"

安德海："起来吧，下去吧。"

李莲英起身欲退，安德海说了声"慢"，又对贴身小太监安九说："去取五十两足色官银来。"

安九取来银子，安德海对李莲英说："你这猴崽子挺诚实，也很好玩儿，给爷解了闷儿，爷赏你五十两银子。"

李莲英又跪下磕头说："小的不敢，小的不敢！"

安德海怒道："他妈的！爷赏你敢不要吗？别自找不自在。"

李莲英谢道："奴才谢大总管赏。"

安德海："这就对了，将主子赏的一并拿走，抽空儿出去找个裁缝，做两套鲜亮衣服，好服侍主子。"他转过脸来指着身边几个太监厉声说道，"你们几个要敢揩他的油，仔细你们的皮！"

一连几天，李莲英伺候着懿主子梳头，他牢记着瘦子的话，尽心地以宫廷头为主，稍加一点儿南派的味，变着法儿地做到天天不一样，日日有不同。

一日懿主子见他衣服上有几片鹅淋，皱了皱眉说："前些日子我赏你的尺头，你咋没拿去做几件衣服呢？"

李莲英："回主子，奴才这两天没得空，这就去做，这就去做！"

懿主子瞥了一眼安德海说："是不是有人截了我的赏？"

李莲英："回主子，没有，压根就没有！"

懿主子指着安德海说："那银子是不是进了他的腰包？"

李莲英："回主子，奴才是想孝敬大总管来着，大总管不但镚子儿没收，还赏了小的呢。"

懿主子笑道："他那么抠门儿，一个子儿掰两半花的主儿，能舍得赏你，我才不信呢！"

安德海听着他们说话，心中那个得意呀，心想：臊娘们儿，幸亏我早料到你他妈的有这一手，不然，今儿个不就窝头翻个儿——显他妈的大眼了嘛。

懿主子用眼角余光扫着安德海，笑问李莲英："他赏了你多少银子呀？"

李莲英："回老佛爷，大总管也赏了奴才五十两银子。"

懿主子突然脸一沉，冲安德海说："安大总管，你够趁的哇！"

安德海赔着笑脸说："奴才不是见他给主子伺候得周到，才替主子奖励他的嘛，好让他全心全意地伺候主子。"

懿主子冷笑道："既然你是替我赏的，干吗抠抠搜搜就赏那么点儿呀？索幸，你再拿一百两银子，替我赏他，再放他半天假，叫他去做几件衣服。省得他穿着满身鹅淋的脏衣服来见我。"

安德海心里骂了一句："姥姥的，这个反复无常的婆娘。"无奈地拿出一百两潮银子，对李莲英说："赶快去糊弄件新衣服，赶明儿再穿这叫花子都不要的烂袍子，看我咋整治你！"

李莲英夹着尺头出了神武门，沿着桶子河向东疾步走去，顺着景山东墙折向北，过了马神庙，就到了吉安所。他犹豫了一下，想了想二师父告诉的路，试着向东拐，又折向北走了一段路，估摸着是内府大街，就又向北走了一段，见到路东有条胡同，猜想大概是奔七间楼去的方向，就拐了过去，走

了没几步，就看见一溜晃子，他进了一间专做太监服装的裁缝店。

掌柜的是个五十岁出头的宝坻人，瘦高，白净面皮，眼珠略有点凸。见李莲英夹着尺头闯进店来，眼珠滴溜一转，就掂量出是个刚巴结上主子的小太监，心中暗喜，一阵儿小九九在胸中噼里啪啦乱响，有了底数，就装作没看见他。

俩小伙计忙笑脸迎了上去，一个接过尺头，另一个忙将他让到草梨木八仙桌旁，看座，上茶。

伙计："这位爷，是来做两套宫装？"

李莲英："你给看看，这些料能做几套？"

伙计："是您老自己做吗？"

李莲英点了点头，小伙计拿起尺头掂了掂说："这位爷，您这些布料做三套富余点儿，做四套又差点儿，您看，这样好不好，我们店里给您添点儿料，做四套？也省得糟蹋了那点儿料头儿。"

李莲英："嗯，我怎么听师兄们说，这些料做四套没问题。是不是你们见我头一次来，欺生呀？"

掌柜的一脸堆笑走了过来，一拱手，操着夹着宝坻味儿的官腔说："这位爷，您师兄说得对，您要是做四套也中，还能给您剩点儿料头儿呢，我再用那剩料头儿，给您拼出个褡裢来。"

李莲英迷惑不解地望着掌柜的，张大了嘴，却不知说什么好。

掌柜的笑了笑说："为嘛？因为您比他们稍矮一点儿，这用料自然就省了不少。"

李莲英高兴地说："掌柜的那就依您说的，给我做四套吧。"

掌柜的把装着旱烟的小笸箩递过来，说："这位爷，您先抽一袋？停停，我就给您量尺寸。"

李莲英："不啦，掌柜的，这就量吧，麻利点儿，俺还有事儿呢。"

掌柜的边量边和他聊着，掌柜的突然不量了，站在一旁，仔细地打量着他，半天不说话。给李莲英看毛了，不知所措地摆弄着大衿儿。

掌柜的作个揖说："这位爷，小的给您请安了。"说着，欲弯腰打个千。

李莲英打小就没受过这么大的礼,从来都是给人家打千、磕头,突然有人,这么把年纪的人给他行大礼,他实在是承受不起,慌忙起身将掌柜的扶起,连连说:"使不得,使不得!大叔,您请起。"

掌柜的起身抱拳道:"这位爷,小的今日不给您行礼,以后就是想巴结,怕是都巴结不上您了。"

李莲英:"这位大叔,说哪儿去了,俺哪有那福分呀。"

掌柜的:"请问这位爷台甫?"

李莲英:"俺姓李名莲英,字乐元。大叔贵姓?"

掌柜的:"哈哈,真不是一家人,不进一家门,小的也姓李,名瑞生,字雪亭。"

李莲英:"既然都姓李,我就认您这叔吧!"

李掌柜:"这可不中,俺一个小买卖人,哪敢和您这大贵人攀亲戚呢!"

李莲英:"俺又算是哪门子贵人呀,不过是个小奴才。"

李掌柜:"俺刚才给您量衣服,一摸方知,您有仙骨,后福无量。"

李莲英:"大叔,李大叔,您可真会开玩笑,俺个奴才,哪来的仙骨呀,哪有什么后福哇!"

李掌柜:"可别叫我大叔,俺可担待不起,如不嫌弃俺这做小买卖的,俺比您虚长几岁,叫俺一声大哥,都委屈您了。"

李莲英高兴地说:"那兄弟我就认下您这大哥了。"

他说着就拜了下去,李掌柜忙跨上一步将他托起。

李掌柜:"兄弟,你不光命中有福,还有禄呢。"

李莲英:"大哥,别逗兄弟了,干俺这行当的,哪来的禄呢?"

李掌柜一本正经地说:"兄弟,如果做哥哥的没看错的话,你能穿上锦鸡方补的官服。"

李莲英吓了一跳,说:"大哥这话不靠谱,俺宫中大总管最高才能赏个雁方补,也就是四品,那锦鸡方补是正二品,想都不敢想。"

李掌柜:"兄弟,要说不靠谱,起先刚摸到兄弟的骨时,哥哥我也有点疑惑,咱这大清国内官确实是没有二品的先例,可俺仔细一观您的面相,再掐

指一算，这四品挡不住，也只好向上升，升一格吧，内官为阴局，升不上去，只好向上跳一格，就落在了二品上，是不是呢？咱爷们儿也不抬杠，日后自有分晓。只怕是日后您发达了，不认俺这哥哥了。"

李莲英信誓旦旦地说："大哥，您这话就见外了，甭说什么品不品的，只要兄弟在，就认定您这哥哥了。"

李掌柜从脖子上摘下一块墨玉观音说："这是开了光的观世音菩萨，算是哥哥我给你的见面礼，你可不能嫌弃呀。"

李莲英自打出生，从来就没被人看重过，这场面确实有点儿承受不了，眼圈有些潮红地接过墨玉观音，哽咽地打着千说："兄弟谢过大哥了。"

李掌柜："既然是自家兄弟了，做哥哥的，就别光说好的，也得和你说点不好的。"

李莲英："大哥但说不妨！"

李掌柜："你命中有一大克星，有一劫。"

李莲英心想："俺这哥哥可不是一般人，可不是嘛，那安总管不就是俺的克星吗？"就拱手说道："大哥既然已看破，快告诉兄弟如何化解。"

李掌柜叹了口气说："没别的法子，只一个字'忍'！"

李莲英重复道："忍、忍、忍……"

李掌柜："兄弟呀，人的能耐大小，就在这一个'忍'字上，你要不在这'忍'字上下功夫，甭说三品、四品了，还有性命之忧。"

李莲英再拜下去说："兄弟记下了大哥的金玉之言。"

李掌柜说："兄弟，你先喝口茶，哥哥去去就来。"

不一会儿，李掌柜从里间拿出一套太监服来，对李莲英说："给你现做，咋也赶不出来，你着急用新的，先拿这套救急。"

李莲英惊奇地问道："大哥咋知道俺急用呀？"

李掌柜："这点小事儿，兄弟你一进门儿，不用看人，听你的脚步声俺就听出来了。"

李莲英觉得，真是遇见高人了，忙问道："大哥刚才说兄弟有一劫，还有性命之忧，望大哥明示。"

李掌柜："兄弟，天机不可泄露，时辰不早了，改日得闲你再来吧。"

李莲英忙从怀里掏出二十两官银，说："大哥，兄弟不知今日能认得哥哥，急切中，未带什么礼物孝敬大哥，这几两银子，望哥哥笑纳。"

李掌柜："兄弟，这可使不得呀，情做哥哥的领了，这银子断断不能收的哇！"

李莲英："大哥要是不认俺这个兄弟，俺就收回。"

李掌柜："兄弟，这是咋说的，看来恭敬不如从命，好，哥哥就收下了。"

李莲英："大哥，这就对了。"

李掌柜："兄弟，你听哥说，这银子做哥哥的收是收了，可算是兄弟暂寄在哥这儿的。"

李莲英："大哥，这可不行！"

李掌柜："兄弟，听哥一句话，你在宫里打点多，开销大，今后有什么转不开磨的时候，尽管到哥这儿来拿，千万别自个儿憋屈自己。"

李莲英抱着这套新装，离开了裁缝店。

第十一回

安德海过笼痰筒谑莲英
恭王爷巧计密谋杀阉人

安德海看着进退有序、礼仪有加、不苟言笑、少言寡语的李莲英，总觉得心里不踏实。因为救急和无奈使李莲英获得了给慈禧老佛爷梳头的差事儿。这差事儿对李莲英来说，无疑是巴结主子的绝好良机。可对于自己却是潜在的危机。

他每天看着在眼前晃来晃去的李莲英，总觉得像一把利剑，时刻会插到自己的胸膛。更像是火器营弹药库的炮弹，随时会把自己炸得粉身碎骨。他忧郁地琢磨着，琢磨着。渐渐地觉得后背发凉，这股凉气慢慢地充斥到全身。他下意识地呷了一口茶，可这口茶，堵在喉头怎么也咽不下去，他剧烈地咳嗽着，脸被憋得紫红。安九赶快跑过来，又是摩胸又是捶背。折腾了好一阵子，他突然觉得气顺了。咳嗽两声，一大口痰涌到了喉头。安九赶忙跪在地下，仰起了头，张大了嘴。安德海把一大口痰吐在了安九的嘴里。安九慢慢站起身来，向后退了几步，然后转过身来走到痰盂边，小心翼翼地把痰吐在痰盂里。安德海长吁了一口气说道："九儿，你这'过笼痰筒'伺候得不错！"安九躬身答道："九儿谢爷抬举，这点儿微末功夫还不是爷调教得好。"安德海看着毕恭毕敬的安九，突然有了主意。

晌午，安德海斜卧在烟榻上，安九赶忙过去装烟准备伺候。安德海摆摆手说："叫莲英来伺候吧。"李莲英赶忙过来，装烟点泡，伺候安德海抽了三泡烟。安德海看着李莲英熟练地装烟点泡的动作，似笑非笑地点了点头，突然咳嗽了两声。安九一个箭步冲过来，跪在了烟榻前，张大了嘴。安德海把痰吐到了安九的嘴中，坐了起来，突然一脚把李莲英踹到了地下，骂道："你这个眉高眼低的狗奴才，这点眼力见儿都没有，日后咋伺候主子？九儿，你们几个好好教他这过笼的本事。免得日后丢人现眼，叫我也在主子面前跟着担不是。"

从此，安九等十几个太监，只要一咳嗽。李莲英便跪在面前仰着头张开嘴，用'过笼痰筒'的功夫小心伺候着诸多师兄。师兄们经常故意把痰吐在他脸上，却说他不尽心伺候，接长不短的，挨师兄们的一顿暴揍。

天刚擦黑，李莲英伺候师父沈兰玉吃了晚饭后，侍候师父抽了两泡烟，又转到桌角去倒茶。沈兰玉斜眼看着徒弟拖着一条腿，一瘸一拐地踅来踅去，问道："你那腿怎么瘸了？是不是抢了安九那帮小子伺候西佛爷梳头的美差，被人当了出气筒，拿你作筏子？"

莲英笑笑答道："回爷，瞧您说的，哪有那回事儿。安爷他们教我掼跤呢。"沈兰玉站了起来，走到躺柜边，打开躺柜拿出几片牛皮片子，递给李莲英。李莲英莫名其妙地看着牛皮片子，有四块是一尺长、三寸宽，一块两尺多长、半尺宽，不知沈爷是何意。沈兰玉笑笑说："臭小子，这是爷早年用的护身符，今儿爷赏给你，正好派上个用场。那四块小的绑在两腿的侧面和后面，那块大的绑在后腰上，免得棍棒伤了腰腿。"

李莲英"扑通"一声跪下，含着泪说："莲英谢爷救命之恩，日后万一莲英有了出息，一定尽心孝顺您老人家。"

沈兰玉爷俩正说着，刘多生走了进来。沈兰玉招呼刘多生落座，李莲英送上两杯茶。刘多生说："兰子，听说东岳庙来了个混沌天师，虽有百十来岁，却是纯阳未泄。胴体不男不女，不阴不阳。咱家可得琢磨琢磨是咋回事儿，别让人家把咱装在鼓里。"

这混沌天师，一头乌黑的头发，一撮山羊胡。白净的面皮泛着红光，没有一丝皱纹。黑白分明的眼球，不时射出一束束蓝色的微光，令人见之未免有些心寒。匀称的体型，轻盈的步伐，浑身充满了青春的活力。东岳庙的众道士有的估摸他二三十岁，有的猜他三四十岁，可他却对东岳庙道长说道："小道今年九十九岁。"跟随他的十几个弟子们却说，自从跟随师父起，师父

就说是九十九岁。

混沌天师每日在庙里练功时，总是披着一个绣花紫色道袍。脱去道袍却是赤身裸体地演练道家的功夫。众人发现，混沌天师两胯之下竟然空无一物，无不惊骇。一时间名震京城，众多信徒敬若神明，虔诚地顶礼膜拜。众多王公大臣争相邀其到府中，一睹仙容。

这天，安德海把刘多生招来，两个人慢慢地品着茶。安德海一言不发地凝视着刘多生。刘多生认真地品着茶，耐心等待着安德海的吩咐。约莫有半个时辰，安德海忍不住问："臭老道，东岳庙那边是怎么回事？"

刘多生："东岳庙有什么事儿？小道真的不知道，这半个多月，小道从没出过宫，就连白云观都没去过一次，咋知道东岳庙那边有什么事儿呢？要不咱这就派个人去打探打探什么事？"

安德海挥了挥手说："滚你的吧，臭老道。要是有事儿瞒着咱家，仔细你的皮！"

这混沌天师一时间名冠京城，穿梭于王府和京城贵族之家。这一天被庆王爷的四格格请到王府。

混沌天师在徒弟们的陪同下，在王府大堂给王府的家人表演了一套道家拳术。众人一看全裸的天师，无不惊愕。

庆王府设宴款待混沌天师，饮了几杯酒，庆王爷的大阿哥载振起身，向混沌天师拱手作揖问："敢问天师，这是何家功夫？"

天师："道家。"

载振："恕我孤陋寡闻，我曾研习过道家各派功法，却未曾听说过此种功法，愿闻其详。"

天师："贵公子既研习过道家，《道德经》自是烂熟于心了。"

载振："略知一二。"

天师："既如此，请公子不妨诵诵二十八章第一节。"

载振："知其雄，守其雌，为天下溪。为天下溪，常德不离，复归于婴儿。"

天师："可原本是为天下鸡，而不是为天下溪。若是，请问公子，何为复归于婴儿？"

　　载振："愿天师赐教。"

　　天师："这是归于自然的呼吸方法，公子学识渊博，必定习过不少练功之法，请问公子如何调气？"

　　载振："吸气入腹，用意念导至丹田，然后用意念冲及全身。"

　　天师："这是世俗通用的调气之法，所谓气功大师为赚钱而广收弟子的经营之法。实则道家练气之法，应似婴儿自然呼吸之法，何必用意念呢。"

　　载振："难道这些大师是骗人的？"

　　天师："有些是，但也不全是。"

　　载振："愿闻其详，还望天师不吝赐教。"

　　天师："用意念导至丹田，确实是一种练功的方法。但不适合初练之人。因为初练之人，元气未固，未能充沛全身。这时用意念强冲，气血妄行，不循行正路，以致气血失和，甚至于走火入魔。故老子云：'专气致柔，能如婴儿乎？'就是这个道理。所以初练习功法的人，一定要循序渐进，不可操之过急。在天门一旦开合时，一定要守住雌，守住雌，即是静。归根曰静，静曰复命，就是这个道理。"

　　载振起身拱手谢曰："先生一番宏论，令小生受益不浅。"

　　从此混沌天师便在庆王府教习府中众人练功，并用气功之法治好了福晋的不寐症。四格格将混沌天师引荐给慈禧老佛爷。慈禧正因这几日睡眠不好，烦躁不安。于是立刻传见混沌天师。

　　混沌天师在宫中赤身裸体地为慈禧表演了一套道家功夫。慈禧太后看着赤身裸体、没有阳具的混沌天师，看着目瞪口呆的安德海说："你要是早学会这种功夫，也就不用挨那一刀，把你那零碎东西全割掉，直接就进宫来了。"慈禧说完，便冲着安德海哈哈大笑起来。安德海尴尬地答道："喳，喳，老佛爷教训得是。"

　　于是，混沌天师便和慈禧在宫里练起功来。慈禧痴迷得竟懒得上朝处理政务。

　　山东按察使丁宝桢进京述职，等候慈禧召见。可等了十余天，竟无一点

儿消息。

安德海小心翼翼地问慈禧何时召见丁宝桢。慈禧不耐烦地说："不懂事的狗奴才，这点儿小事你去叫他去见皇帝、恭亲王吧。"安德海转身欲去。慈禧看着不按常规、慢慢退出宫门而转身欲去的安德海吼道："掌嘴！打死你这个不知规矩的狗奴才。"

安德海捂着脸退了下来。安九、李莲英等赶忙过来伺候。李莲英小心翼翼地托着一盏茶，欲伺候安德海喝一口茶。安德海突然急速地咳嗽起来。安九迅速转到背后，轻轻地为安德海捶起背来。李莲英忙跪在地下托着茶盘，扬着头张大了嘴，等待接痰。安德海咳嗽了几下，突然"嗷"的一声，满嘴血水夹着痰，吐了李莲英一脸。呷了一口茶，漱了漱口，喷了李莲英一身。然后一脚把李莲英踹倒，骂道："不识抬举的笨奴才，这点过笼痰筒玩意儿学了这么多天都学不会，还他妈的洒汤漏水的，掌嘴！"

安德海来到毓庆宫，向同治皇帝传达西佛爷的懿旨，因刚被掌了嘴，难免说话含混不清，言语略有生硬。

同治帝大怒骂道："狗奴才！你也敢教训朕。"

安德海便道："奴才是什么身份，怎敢教训皇上，可这是老佛爷的懿旨，奴才不敢不传于皇上，皇上您掂量着办吧。"

同治帝大怒，抓起桌上的均窑净瓶，向安德海扔去，砸在安德海脑门上。安德海抱着头，一溜烟跑了出去。同治帝怒气未消，拿起裁纸刀在空中乱划。大吼着："杀、杀了他，杀了他，朕非杀死他！"慈安皇太后从套间走了过来，拉起同治的手，笑着问道："皇帝要杀了谁呀？"同治气哼哼地说："小安子、小安子、小安子，这个狗奴才！"慈安皇太后拉着同治帝在黄花梨罗汉床上坐下。宫女赶忙献上茶来，慈安皇太后挥挥手叫侍从们全退下后说："皇帝，消消气。小安子这狗奴才飞扬跋扈得很，犯下对皇上大不敬的罪，确实死有余辜，该杀、该杀，可也得顾着你皇额娘的面子……"同治抢着说道："她不是我皇额娘，不是！只有您是……您是我皇额娘，皇额娘我一定要杀了他。"慈安皇太后小声说道："杀个奴才并不是什么难事。"同治皇帝："皇额娘快教我，怎么杀了小安子。"慈安皇太后说："额娘也……也没什么好主意，回头跟你六叔合计合计，看看他有什么好主意。"

恭亲王奕䜣正在总署衙门后堂和丁宝桢喝茶谈天，忽报安德海来传懿旨。恭亲王奕䜣令丁宝桢回避于屏风后面。

安德海捂着头走进中署衙门后堂门前，犹豫了一下，停住脚步。抹了抹头，整了整理衣服。然后进堂来传达了慈禧太后的懿旨："令恭亲王奕䜣和皇帝接见丁宝桢，丁宝桢就不必进见慈禧皇太后了。以后外署官员进见全以此为例。"

恭亲王奕䜣："公公可否给本署透露一下皇太后这是何意？"

安德海："老佛爷说了，皇帝一天天大了起来，还政于帝是迟早的事。皇帝也得历练历练，方可撑起天下大事，老佛爷望恭亲王鼎力相助。"

恭亲王一边细细品着安德海的话，一边慢慢打量着安德海，漫不经心地问道："公公这头？"

安德海苦笑道："这……这是皇上所赐，奴才去向皇上传达老佛爷懿旨，没承想皇上突然耍起小孩子脾气，对奴才又打又骂，还要杀了奴才，这事儿王爷也可得为奴才做主。"

恭亲王笑道："哈哈，原来是这么回事，本王还以为公公随着天师练功，出现异状，头上长角，要变成祥瑞麒麟了呢。"

安德海："王爷取笑小人了，俺一个奴才，哪有那福分跟天师练功啊。"

恭亲王："这欲神欲仙，得到仙人的眷顾全靠缘分，公公福分不小，将来必成正果，不要着急，慢慢来。"

安德海："哼，这个不阴不阳的什么天师不知用了什么妖术，把老佛爷迷得五迷三道的。"

恭亲王："那公公可得和太后说道说道。"

安德海："唉，王爷有所不知，太后被那天师迷住了，连见都不待见奴才，这不，临来奴才向老佛爷禀个事，没地界儿地挨了一顿协和大嘴巴。"

安德海临走向王爷说道："求王爷也劝劝皇上，好歹见见那个丁宝桢，免得奴才无法复旨，王爷安康，奴才这就回去复旨了。"

恭亲王送走了安德海。丁宝桢从屏风后转了出来。恭亲王问道："你全听

到了，以为如何？"

丁宝桢欲说又不敢说，恭亲王明白丁宝桢的心思，说道："本署安排你在后堂聊天，而不在大堂，就是要你畅所欲言，不必顾虑，但说无妨。"

丁宝桢起身拱手谢道："属下谢王爷眷顾，有不妥之处还望王爷海涵。"

恭亲王颔首并挥挥手，示意丁宝桢继续说下去。

丁宝桢："王爷身为议政王，并兼署总理各国事务衙门，许多治国之名策，御外寇之妙方，常常是议而不决，决而不施，何也？皆因太后以妇人之见，优柔寡断。听信奸佞小人之言，好大喜功，任人唯亲，致使奸佞小人结党营私，误国误民。如此下去则国之不国，难以御外敌之辱，富国强民。"

恭亲王："以按察使之见，将何以处之？"

丁宝桢："以属下之见，现在正是大好时机。眼下太后不是正在随天师潜心练功、养生、追寻长生久视之道吗？属下以为：不妨叫太后尽情去练功养生，如果入此道，哪还有心思干预朝政呢……"

恭亲王奕䜣随即入宫，与慈安皇太后及同治皇帝密谋一阵儿。

次日，慈安皇太后和同治皇帝在养心殿正殿召见丁宝桢。恭亲王携丁宝桢来到养心殿前，吩咐丁宝桢在外等候，自己则直接进入养心殿西暖阁。

丁宝桢在小太监的引领下来到养心殿，小太监吩咐丁宝桢在此稍候。养心殿正殿中央有一个稍低矮的平台，台上设有皇帝的宝座，宝座上方悬挂着雍正皇帝御笔亲书的"中正仁和"的匾额。宝座后屏风两侧书有乾隆御笔书写的对联"保泰常钦若，调元益懋哉"，宝座前是皇帝的御案。

慈安皇太后、同治帝和恭亲王陆续从西暖阁走了出来，依序落座。丁宝桢随即行三拜九叩大礼。同治帝说："王爷说你为官清廉，才智过人，保举你为山东巡抚，朕依奏特旨批你为山东巡抚，总领山东事务。望你能秉公执法，刚直不阿，尽心为朝廷办事。"

丁宝桢忙又跪下隆谢皇恩，高呼："万岁！万岁！万万岁！"皇帝赐座后，屏退左右。君臣四人在殿中密议了一个多时辰。

慈禧皇太后和混沌天师在静室修炼功法，严令任何人不得打扰。安德海不敢造次，只得在下处饮酒消愁。想着往日可随便进出慈禧寝宫，是何等的风光,今日却被一个臭老道占了先。越想越气,便大声向安九吼道:"去把咱家那臭老道喊来。"

刘多生一路小跑奔了过来。刚迈进门槛,就被安德海扔的烟枪砸在胸前。刘多生赶忙跪下,连连磕头说:"小的该死,小的该死。"安德海怒气未消,抄起茶盏,又连汤带水甩了过去。安德海连砸带骂,发了一顿狂后。冲刘多生吼道:"给我滚得远远的,我要再见到你这个臭老道,仔细你的皮!"

刘多生连滚带爬逃了出去,回到下处赶忙换了污脏的衣服。沈兰玉和李莲英闻讯过来问候。沈兰玉问道:"老道,这是咋回事儿?"刘多生定了定神,突然明白了,呷了一口茶说道:"哼哼,还不是因为那个混沌天师拔了份儿,安总管是有气没处撒,拿我作筏子,哼,有本事你找那个正主去呀。"

安九见安德海消停点了,小心翼翼地说道:"爷不是一直想出去风光风光,这不正是个时机嘛,平日里爷哪有这么闲暇?先叫那个臭道士风光几天,等爷回来再收拾他也不迟。"

安德海伺候慈禧用膳,见慈禧很高兴,就恳请慈禧皇太后允许他去广州置办龙衣一事。慈禧正嫌他碍手碍脚,就答应下来。

安德海在宫外聚集了二十多个随从,直奔通州张家湾码头。到了码头先查看两艘官船,见船上仆妇、用具一应俱全,并备有七八个妙龄女郎和一组皮黄戏班优伶、相公,笑得合不拢嘴,命船工插上龙凤旗起航。

安德海边饮酒,边抓摸搂抱着妙龄女郎,听着皮黄相公的演出,一路弦歌笑语不绝于耳。安德海借着酒劲儿喷道:"哈哈,乾隆爷当年下江南,也不过如此。"

丁宝桢得到同治皇帝密令后,赶忙令人传话给德州知州赵新:"太监安德海违制擅自出宫,汝要严密监视,若到辖区,立即逮捕,及时向本府禀告。"

赵新听到传话后,心里犯嘀咕。这安德海是慈禧太后眼前最得宠的红人。俺一个小小德州知州如何得罪得起?这丁巡抚是俺的顶头上司,也得罪不起呀。忙找来师爷、幕僚商量对策。师爷和幕僚也觉得这事非常棘手。商量了大半夜,最后商量出来一个明哲保身、但求无过的万全之策,即派船跟踪安德海的官船,不用公文而用便条及时通知丁宝桢安德海的行踪。这样,既向

丁宝桢交了差，又没有留下任何把柄给安德海。师爷告诉赵新，按本朝规定，便条是不能附于奏折中的。丁宝桢即使上奏，不管办得办不了安德海，与咱们全无干系。

丁宝桢不断接到德州知州赵新的便条，便条的内容只有一个，就是报道安德海官船行驶的具体位置，是不是已抓捕却只字未提。丁宝桢知道赵新不敢抓捕安德海。忙将传令兵招来，他令通知东昌府参将程绳武在东昌境内抓捕安德海及其随员。传令兵走后，丁宝桢觉得尚不稳妥。又把山东省总兵王正起召来，命他即赴泰安，务必将安德海一行抓捕归案。王正起听到命令后却迟迟不肯动身，丁宝桢怒道："还不赶快去办！"

王正起小声说道："巡抚大人有上谕吗？请出来叫末将看一看。"

丁宝桢没好气地说："没有！"

王正起："那有兵部或其他衙门的文牒否？"

丁宝桢摇了摇头说："都没有。"

王正起："那叫末将如何抓捕？"

丁宝桢："有本抚的命令就够了。"

王正起："那请您写个文书，押上个公章，总可以吧。"

丁宝桢："难道本抚就支使不动你了？"

王正起："那倒不是，还是有个凭证好。"

丁宝桢："王总兵，若是拿不到安德海，你这总兵也就干到头了，我在济南府大堂等你，不用多说，去吧。"

程绳武带着马步军校，沿着运河两岸一路尾随着安德海的官船，跟踪了一天一夜，却迟迟不敢动手抓捕安德海。次日上午到德州打探情况的军士回来报告："启禀参将，小的探明，德州赵知州只派遣了数股暗探，暗中尾随官船，每日数次快马向上峰汇报情况，并无其他动向。"

程绳武心想：连知州都不敢抓捕，我一小小参将，何必惹这麻烦呢？于是也每日快马上报官船行进方位。

马步军白天顶着烈日，晚上披着星星，饿了嚼口干粮，渴了喝口运河的水，困了打个盹儿。两天两夜下来，未免怨声载道，私下悄悄议论。

夜深人静，官船泊在运河岸边。马步军众下马的下马，卸甲的卸甲，横七竖八地卧在两岸。

军士甲："他奶奶的！这趟他妈的是什么鸟差，连口热茶热饭都没混上。"

军士乙："听说要抓捕安大总管。"

军士甲："抓捕？我看是护送吧，咱们头儿，有几个胆儿敢抓捕安大总管？人家在京城里，可是脚面水平蹚，傍上西佛爷，连王公大臣都得对他点头哈腰。跺一跺脚，前门楼子都要晃三晃的主儿。多大气焰！就是把咱们这几百个弟兄的胆儿都装在头儿的肚子里，哼，不是小看他，我谅他也不敢。"

官船上灯火辉煌，安德海正在饮酒作乐。几个随船而来的妓女、相公和沿途官员孝敬来的黄花姑娘们，叽叽喳喳地围在安德海身旁献媚取宠。戏子们在船上正演京剧《翠屏山》。安德海突然大叫："停，停，停！"霎时间船上鸦雀无声，随侍的伴当、妓女、相公和黄花姑娘不知所措地站在一旁，连大气都不敢喘一口。戏班班主战战兢兢地过来问："爷不爱听这一出？请爷点一出，小的去安排。"安德海喝了口茶骂道："你也太不知趣了，尽演什么打打杀杀、血了吧唧的烂戏。快给我换个又好玩又好看的应景戏。"班主被吓蒙了，一时间想不起演什么戏好，又不敢问安德海要看什么戏，呆呆地杵在那里。

一个妓女撒娇地搂着安德海说："爷，叫他们演出《盘丝洞》好不好？这出戏又哆又浪，可好玩儿了。"

安德海拧了一下妓女的脸叫道："就听你的，好！叫他们两下锅（梆子、京剧同台演唱称为两下锅）。"

班主这时也缓过气来了，说："爷真会点戏，这出戏又浪又骚，一准叫爷高兴。我这班里有两个角，一个曾在玉成班拜田纪云为师学过河北梆子，另一个在鲜鱼口的德顺和同王春德学过京戏、昆戏。安爷，您先喝两杯，小的下去安排安排。"

《盘丝洞》开演。那两个角，一个用梆子调，另一个唱京剧腔，荒腔走板地对唱着荒淫浪荡的淫词。把安德海一伙人笑得前仰后合，色心大起。那几个蜘蛛精半露着酥胸，随着舞步，一群人风流快活了好一阵子。安德海露着坏笑说："明儿个爷赏你们一人十套衣服。"一群男女赶忙跪倒，参差不齐地高

呼:"谢爷的赏!"

安德海举起酒杯说:"今儿个谁都不准穿衣服,咱们就这么样喝酒。"

两岸的官兵或坐或躺着羡慕地盯着灯火辉煌的官船,听着船上的靡靡之音,浪荡的笑骂声,瘆人的号吼,禁不住心猿意马。富裕的官兵烧起了烟泡,随着喷起的烟雾,恍惚间也置身于官船之中。稍富的官兵,从怀里掏出皱皱巴巴的锡纸,慢慢地摸索平了,然后又摸出一个小料器瓶子,借着船上的余光,用小铜勺挖出一小撮烟膏,抹在锡纸上,用火石引燃几根柴火棍。然后把锡纸放在火上烤,待锡纸上的烟气一起,赶忙张开大嘴,将嘴扣在锡纸上,把那升起的烟雾全部吸入口中,缓缓地吐了一口气,似乎也觉得随着这口气挤进了船舱中。下级官兵握着小铜烟锅,一锅一锅地吸着潮烟。士卒们抱着自制的榆木疙瘩烟斗,一边把玩,一边吸着土烟叶。跟随的挑夫们嚼着干硬的煎饼,小口抿着发了霉的地瓜酒,眯着眼睛,盯着官船。

一个士兵小头目说道:"老公骑骟驴。"一个新兵蛋子木讷地问道:"哥,什么骑山驴?山驴是什么驴?"众兵听完大笑。那小头目笑着说:"小利本儿,过来,过来,爷告诉你。"那新兵蛋子傻乎乎地走了过去。那小头目左手抓住小兵的裆下,右手冲裆下一挥说:"就这么咔嚓一下,你就变成了骟驴。"众兵笑得前仰后合。

一个抽土烟的士兵说:"瞧,瞧瞧人家,一个太监还能弄点儿事儿,咱们全须全影儿,却捞不着一根毛。"

抽潮烟的士兵说:"那不还是裤裆里拉胡琴儿,闲扯嘛。"

小头目笑道:"你们知道个屁,这叫'舍得'。"

众兵不解地齐声问道:"啥叫舍得?"

小头目说:"哈哈,这叫舍得了屌,才有屌事儿。你们谁想弄点儿屌事儿?不妨叫爷帮你也骟了。"

抽潮烟的士兵说:"歇菜吧,您嘞,俺还留着那个小宝贝逛窑子去呢。花上三百文能逛半宿,俺可舍不得俺的小宝贝,你们谁舍得谁去。"

这天上午,安德海一行离开了东昌地界,官船渐渐地驶向了泰安县界。参将程绳武如释重负,喘了一口粗气说道:"三天了,这阉人终于走了。弟兄们,打道回府。"众官兵拖着疲惫的身体,无精打采,稀稀拉拉地跟着参将往回返。

官船到达泰安县泗水码头。泰安县知县何毓福率县城众官员及衙役在码头上跪迎安德海一行,献上来几桌孔府私家菜和几坛孔府自酿的羊羔美酒。

安德海像模像样地端坐在甲板上,随从们喊道:"传泰安知县上船觐见。"

何知县率众人鱼贯登上船来,跪了一甲板。安德海咳嗽了一下,打着官腔说道:"起来吧,咱家本想在贵县徘徊几天,顺便到孔府祭奠一下孔子,拜会一下衍圣公。无奈圣命在身,不敢耽搁。"

何知县心想,有侮斯文,凭你一个太监有何资格去祭孔,拜见衍圣公,真真是恬不知耻。心里虽是这样想,可嘴上却敷衍道:"大人是太后身边的人,光临敝县,犹如太后亲临,若可造访孔府,那可真令本县蓬荜生辉哇。"说完献上川资三千两官银。

官船沿着泗水,继续向南行。水面宽缓而平阔,两岸垂柳依依。安德海坐在甲板凉棚下饮着孔府羊羔酒,吃着孔府佳肴,美滋滋地望着两岸景色。透过树丛,隐隐约约看到一片硕大的房舍,忙拿起千里镜仔细一看,屋顶竟是金色琉璃瓦。大叫道:"反啦,反啦,是哪个反贼敢使金色琉璃瓦。停船!上去勘察勘察。"

一个随从小声地说道:"爷,那是乾隆爷的行宫。"

安德海一惊,呆了一下,尴尬地诡辩道:"哪有的事儿呀,爷岂不知道乾隆爷下江南的故事,那行宫是建在江南的,这里肯定是预备接驾用的,可预备是预备下了,没承想乾隆爷不稀罕来,留下这个物件给自己脸上贴金吧。"

随从说:"爷圣明、爷圣明,要不小的们怎么知道这个典故呢。"

众人齐拱手贺道:"爷圣明!"

安德海得意地学着老生捋了捋胡须,一捋却发现没戴髯口。放下手来掩饰道:"你这个猴崽子,还挺有学问,给爷说说这儿还有什么景致。"

随从:"子在川上曰碑就在此地。"

安德海哈哈大笑道:"你小子可真哏儿,该说爷在船上,你却说你这个小子在船上,哈哈,哈哈。"那随从赔着笑脸跟着哈哈了几声,没敢再说什么。

第十一回

突然一艘插着令旗的快船驶了过来，一个牙牌大声报道："启禀大总管，前方水面不安宁，总兵大人叫小的告知大总管原路返回。"

官船上顿时像开了锅一样，上蹿下跳，大呼小叫。安德海故作镇静地叫道："叫什么叫！叫什么叫！再叫，爷把你扔到河里去。"

众人停住脚步，惊惶失措地望着安德海。一个随从战战兢兢地走到安德海面前说："爷，是不是传何知县派兵保护？"

何知县奔上船来。安德海问："前面是怎么回事？"

何毓福茫然地不知如何回答。安德海学着太后的腔调说："太后将一方土地交与你治理，你不思整顿吏治，保一方平安。你可知罪吗？"

何知县："在下不知安大总管这话从何说起？"

安德海："你这地界响马作乱，刁民闹事，连秦琼也穷得反了，你的罪可大大的了。"

何毓福心想：这是哪跟哪儿啊，怎么响马、秦琼都上来了，一定是这个鸟太监听说书的说《隋唐演义》着了迷，还没醒过味儿来。于是拱手笑道："安大总管说笑了，如今治下仰赖太后洪恩，海晏河清，国泰民安，太平得很，太平得很。"

安德海听不明白何知县夹着闽南腔的官话怒道："把你那鸟舌头捋直了再说话，呜嘟嘟的不知说个啥。"

随从赶忙过来，把快船来报的情况向何知县说明白。何知县急道："这不可能，在下得知安大总管光临本县，早已派下兵马，沿途保护大人周全，待在下去查查，去查查。"

突然间从南边传来枪炮声。众人大惊，安德海拉住何知县的胳膊说："何知县救我，何知县救我。"

何知县说道："请大人下船，到本县避避风再说。"

一行人刚要下船，只见不远的官道上尘土飞扬，枪声大作。跟着"轰"的一声巨响，南边水面上的一艘小船爆炸起火。

几艘战舰围住了官船。总兵王正起登上官船，扶起趴在地下瑟瑟发抖的安德海说："山东总兵王正起救驾来迟，望大总管恕罪。"

安德海哆哩哆嗦地站了起来，张着大嘴，却说不出话来。

王正起："启禀大人，前方有叛军作乱，末将正在派兵围剿，请大人移船到济南府暂避。"

安德海："全听将军安排，将军安排！"

船到了济南码头，安德海心神方定，待看到列队整齐的马步众兵，顿时来了精神嚷嚷道："给爷备轿。"

王正起："回大总管，世面不太平，怕是没找到抬轿的轿夫吧。"

安德海："怎么着也得给爷备个大鞍车啊。"

王正起："这乱哄哄的，哪找大鞍车去？"不论王正起怎么说，安德海就是不肯移步。一个武将举起了手中的旗子，向后面船上摇了摇。

安德海轻蔑地一笑说："那爷还是回到船上，等丁抚台来拜访爷吧。"

双方正在僵持不下，突然背后三声炮响，喊杀声不断。安德海吓得瘫倒在地上。

王正起："众将官，快来保护安大人周全。"

两名军健架起了安德海，众兵推搡着安德海的随从，向济南府奔去。

到了济南府门前，王正起说道："安大人稍后，容末将通禀一声。"

惊魂未定的安德海摆了摆手说："快去，快去。"

王正起进了大堂，向丁宝桢禀告："禀大人，安德海押到。"

丁宝桢："将军辛苦啦，下去歇歇吧。"

王正起退出大堂，从角门悄悄溜了出来，等候在角门外的师爷和幕僚们拱手相贺。王正起拱手谢道："谢谢众位的妙计，咱们的戏唱完了，看看府台大人怎么唱，走、走、走，咱们到大明湖听戏去。"

安德海来到大堂，见丁宝桢正襟危坐在案后官椅上，两旁还坐了不少官员，却没一个人下来迎接自己。不免怒道："丁宝桢！你把山东治理得不错哇，等爷回京，参你一本，叫你知道知道爷是谁！"

丁宝桢："一个内侍竟敢大言不惭地说参人，本抚看你是活腻味了吧，你不知大清铁律，内侍参政者斩？"

安德海一时语塞，不知如何回答。

丁宝桢一拍惊堂木问道："阶下站的可是安德海？"

安德海脱口答道："是。"丁宝桢："作何而来？"

安德海："我坐船来的呀。"

丁宝桢苦笑了一下，心想和这个不学无术的市井无赖，说正经官话，他听是听不明白的。就改口问道："我问的是你为何竟敢偷偷地溜出宫来？"

安德海的一个随从仰着脖子说道："安大总管是奉了慈禧皇太后的圣谕出来公干的。"

丁宝桢勃然大怒："本抚在问话，岂容你个奴才多嘴！拉下去给我重重地打！"众衙役"喂"的一声，将这个随从拖了出去。

众衙役"喂"的一声，先吓了安德海一跳，安德海跟着就清醒过来，大大咧咧地说道："爷是奉了皇太后的懿旨，到广东去采办龙衣的，你想怎么着，丁宝桢？"

丁宝桢："那懿旨呢？拿出来。"

安德海冷笑着指指着自己的脸说："在这贴着呢，你可要看仔细了。"

丁宝桢："那通关文牒呢？"

安德海："爷可不知道什么牒不牒的，没有，你能怎么？"

丁宝桢重重一惊堂木，说："你这个大胆狂徒，一没圣旨，二没文牒，犯了大清律法，依法当斩，给我推出去斩了。"

安德海吼道："我是奉了皇太后的命令去……去广东置办龙衣的，你们敢把我怎么样？还想杀我？是你们这群东西想找死吧。"

众官吓得不知所措，泰安县知县何毓福忙跪在丁宝桢面前，力劝丁宝桢上奏朝廷，等候朝廷旨意下达后再做处理。众官员跪了一地，哀求丁宝桢三思而后行。安德海得意地插着手说："你……你杀我呀，你杀我呀，不杀我，你是狗娘养的。"

丁宝桢怒道："狗奴才！死到临头，你还敢嘴硬，我五日京兆，看我斩不斩得了你，将这狂徒给我绑起来，验明正身，推出去斩了。"

众衙役七手八脚地把安德海绑了起来，扯下裤子，笑道："少蛋的玩意儿还挺横。"

安德海瘫在地下，大汗淋漓，昏死过去。两个衙役拖着安德海押出大堂，刽子手扛着鬼头刀，紧跟其后，凉风一吹，安德海清醒了过来，绝望地大叫："不能杀我，不能杀我，老佛爷呀，他们要杀奴才，救救我吧，快来救我哇。"

一个衙役呵斥道："你个屁玩意儿。孬种、孬孙子，刚才那横劲儿都哪儿去了？他奶奶个熊，给爷们唱一段，叫爷们也听听你这公鸭嗓是什么味道。"

安德海声嘶力竭地叫道："丁大人，丁大人饶了小人吧。亲达达，亲爸爸，你饶了小人，小人保你一生荣华富贵，升官发财。亲爹，亲祖宗，饶了奴才吧……"

为安德海求情跪在地下的众官惊恐万分，叩头如捣蒜，小声嘀咕着："山东府大祸临头了。"泰安知县何毓福突然想起了什么，忙站起身来，用手一指安德海的随从问丁宝桢："抚台大人，这些人、这些人如何处置？"丁宝桢："录了口供，画了押，游街示众，全部斩首，连同安德海的尸体一起暴尸三天。"

第十二回

天师得宠凤凰窝
莲英入道白云观

　　混沌天师在慈禧卧房中施展功法。他先用推拿按摩之法舒展开慈禧背部肌肉，然后用双手食指依次点按华佗夹脊穴，再用拇指轻揉督脉各穴，再将慈禧翻过身来，用仙人揉腹法慢慢地揉摩着慈禧的腹部。揉摩了一刻，慈禧感到腹中暖烘烘的非常舒服，接着肠鸣，不停地打起嗝来，放起屁来，觉得胃腹之胀的感觉全没有了。天师沿着任脉用双掌发起功来，不一会儿，慈禧便安然入睡了。

　　慈禧一觉醒来已经接近午时，李莲英忙进来伺候慈禧梳头洗脸。慈禧觉得神清气爽，对着镜子一照，见自己面容红润，好像又细腻了许多。不禁大喜说："莲英啊，这天师还真有两把刷子。他人呢？"李莲英："回老佛爷，他还在西厢房练功呢。"慈禧说："传膳给他。"李莲英回道："回老佛爷，小的昨晚上给天师准备了宵夜，今儿个早起来又传了早膳。可天师他一口未动。"慈禧说："把他传来。"

　　混沌天师披着道袍，精神抖擞地走了过来，向慈禧作了个辑，道声"吉祥"，含笑站在一旁。慈禧笑眯眯地问道："天师为何不进食？想必是他们安排的食物不可口？天师想吃什么尽管说。"

　　天师："小道正在辟谷，故不进食。"

　　慈禧问道："辟谷是怎么回事？"

　　天师："就是五谷杂粮一口不吃。"

　　慈禧："要辟几天？"

天师："一般辟谷最少七天。"

慈禧笑道："那不饿死了？"

天师："贫道收的徒弟们熬过七天不吃不喝后，方可拜师。"

慈禧："那他们可吃些瓜果蔬菜？"

天师："不可。"

慈禧："那不把徒弟全饿死了？"

天师："不但一个没饿死，而且有不少已经得道了。"

慈禧："我可练不了这劳什子的玩意儿。"

天师："老佛爷您不用练，您是西王母转世，有享尽人间富贵的命。凡夫俗子岂可同老佛爷您同日而语？"

慈禧："那天师可辟谷多少天呢？"

天师："少则十天半月，多则三五十年。"

慈禧颇感兴趣地问道："天师都在哪儿辟谷练功啊？"

天师："贫道小时候先到青城山学道，可入道得辟谷七天。可贫道却辟了七七四十九天。"

慈禧："看来你可真用功啊。"

天师："不是贫道用功，是他们把贫道忘了。"

慈禧笑得前仰后合，喘了一会儿气，问道："那后来呢？"

天师："后来有个师兄打扫山洞发现了我，见我端坐在那里打坐，叫了几声师弟，见没有回应，忙过来听了听，摸了摸。发现贫道没有了呼吸，赶忙回禀玉真子大师。玉真子大师说：'我的徒弟来了，难为他将上世的龟息之法带到今世来，慧根很深，慧根很深！待为师去唤醒他。'"

慈禧好奇地问道："什么是龟息之法？"

天师："据说古时候闹灾荒，一对小夫妻抱着孩子去逃荒，一路走来，没吃没喝。万般无奈，只好把孩子放在一口干涸孤井内。转过年来，小夫妻俩来到孤井旁，准备寻到孩子的尸骨带回去安葬。没承想那个孩子却活着，正和一个大老龟嘴对着嘴吹气呢。回到家后，听道观的师父讲，这孩子和乌龟学会了龟息之法，故能生存下来。后来这孩子得道升天了。"

慈禧:"这龟息之法怎么练?"

天师:"简单说来就是憋住气。老佛爷,您看那老乌龟浮上岸来吸一口气,能沉在水底几天不动。这就是龟息,故而能够长寿,古人说龟长寿,就是这个道理。"

混沌天师天天陪着慈禧练功、说故事,慈禧太后天天对天师有所赏赐,两个人竟在静室中赤身裸体地练起功来。

这日,天师伺候完慈禧,突然跪在地下,痛哭流涕地说:"老佛爷,咱俩缘分已尽,贫道要走了。"

慈禧惊道:"你说什么鬼话,不许你走。"

天师抱着慈禧的光腿哭道:"贫道德不配位,真真得走了。"

慈禧怒道:"你敢走,我就杀了你。"

天师:"何劳老佛爷动手,九天玄女要收我归天上去,九天玄女昨日托梦于我,说贫道犯了天条,泄了元阳,要缉拿回天庭受审。"

慈禧:"那梦里子虚乌有的事儿你也信得。亏你还是个修道之人呢,没事,没事儿,有我呢,他们拿不了你去。好了,好了,起来吧,这些天也辛苦你了,放你两天假,回去休息休息,养足了精神再过来。"

慈禧赏了混沌天师一大堆东西,命李莲英亲自护送天师回东岳庙休息。李莲英押着五车金银官锭、珍宝古玩、绫罗绸缎,毕恭毕敬地护送天师来到东岳庙。

一行人来到东岳庙,李莲英要回去交差,天师说:"大总管莫着急回去。"

李莲英惊道:"天师,这是哪里的话,奴才不过是一个梳头房的小太监,如何担当得起大总管的称呼。"边说边摇头,把那个头摇得跟拨浪鼓似的。

天师笑道:"大总管莫谦,这大总管一职不过是迟早的事儿。随贫道进屋来,贫道有物什赠予大总管,可助大总管早登此职。"

两人进得房来,天师的徒儿们献上茶来。天师挥挥手,徒儿们退了出去,关上了房门。天师慢慢地喝着茶,细品着满腹狐疑的李莲英,和颜悦色地问道:"你的盘子功是张心田所授?至今未派上用场。"李莲英一惊,跟着不由自主地跪下说:"徒儿望恩师指点迷津。"跟着不停叩起头来。天师把李莲英扶了起来说："算你诚实，看来贫道并没揣摩错了人，可以收你为徒了。"李莲英跪在地下磕了八个响头，连叫三声"师父"。这一回，天师未加阻拦。看着叩头不止的李莲英说："好徒儿，起来吧，为师有话与你说。"李莲英站起身来，恭敬地立在一旁，静听天师吩咐。

天师："既然收你为徒，也不能叫你白叫了几声师父。"

李莲英："徒儿可是发自内心地叫您师父的。一日为师，终身为父，徒儿愿孝顺您一辈子。"

天师凄凉地说道："没机会了，没机会了，这辈子没机会了。"

李莲英笑道："天师如此硬朗，又得太后如此眷顾，如何不能颐养天年？天师无须多虑，好日子长着呢。"

天师叹道："若没有太后眷顾，或许贫道能多活几日？没日子啦，没日子啦，为师去后，你要好自为之，徒儿可要牢记为师临终之言。"

李莲英说："瞧师父说得怪瘆人的，过两天，徒儿亲自来接师父进宫。"

天师说："徒儿大总管，时间不多了。长话短说，若说张心田教你的盘子功，伺候一般主子是富富有余，得心应手。可伺候老佛爷就差着力道了。为什么呢？因为老佛爷深通男女之道，不是一般人所能伺候得了的，光靠盘子功是对付不了的。得加点料，也不知道能不能糊弄过去。"

李莲英又跪在地下边磕头边说："师父救救孩儿。"

天师扶起李莲英说道："徒儿不必多礼，听为师给你说。你学到的盘子功，只是形似，够不上神似。你要回炉去找张心田，那也无济于事，因为张心田的本事就这么大。这可不是挤对你师父，照我看来，你学的那点技巧，加上你得天独厚的硕大舌头，满宫有一个算一个，无论是主子还是宫女，全不在话下，可你小子偏偏遇到了这么一个道行绝高的主子。也算你小子有福，幸亏没给你主子用过盘子功，否则，你轻则挨顿板子，重则身首异处。"

李莲英边听边想着安德海接长不短地被慈禧又打又骂，终于明白了安德海被打被骂的缘由，不由得背后冷汗直冒，双腿哆嗦了起来。天师看着被吓坏的徒儿说道："为师也没有工夫传你真功夫了，好在为师尚有些和着藏药配制成的经过千年水沉、蚁漏的上好尖庄檀香，等我拿来送与你。"

说完天师转身进了密室。不一会儿搬出一只越南花梨木箱子，打开箱子，一股奇香夹杂着怪怪的药味泛了出来。霎时间，令人精神恍惚，如梦如幻。天师赶忙盖上箱子说："徒儿呀！你可给我记牢了，以后，只要用盘子功伺候老佛爷时，必定要点燃此香，方保你无事。这里还有个药方，传于你。依方制成药丸，每日早晚各服一丸。如此，此香香气可使老佛爷如梦如幻，徒儿你却清醒得很。既满足了老佛爷的欲望，又使老佛爷终身离不开你。"

李莲英拜服地犹豫了片刻，硬着头皮祈求道："恳请师父抽时间再为孩儿多配点，所需银两，孩儿明日送银票过来。"天师叹道："配不了了，配不了了。你道是寻常之物？为师说配就能配得的吗？不用说这经逾千年风摧水沉、虫吃蚁咬、地陷山崩磨砺出的尖庄沉香，就是这些藏药，怕是几十年也配不齐呀。天地间，神灵之物是可遇而不可求的。这近万只神香，就是天天用，也够你用三十年的，还不够吗？徒儿呀，不可太贪，否则，你早晚栽在这个'贪'字上。"

李莲英跪在地上连连磕头说道："孩儿知错了，孩儿知错了！再也不敢了，再也不敢了。"

天师冷笑了一声，没再说什么。挥挥手，叫李莲英退去。

李莲英叫小太监们搬着箱子装上车，回宫去了，天师赶忙将大徒弟召唤过来两个人密谋了小半夜，方各自睡去。

次日，到午时还未见天师起来练功，众徒弟觉得有点反常，赶忙过来叩天师的门。叩了半天未见动静，忙推门进来。见天师赤条条地躺在榻上，已然故去。众徒弟们跪地大哭，赶忙飞报大师兄。大师兄过来一眼看到案上有张字条，拿起一看，见上面写着"赤条条地来，赤条条地去"几个大字。认得是天师的笔迹，于是跪地大哭。

大师兄吩咐师弟们为师父设灵堂，送讣告，置办孝服、楼库，而小殓、易箦、停尸等程序暂停，待申报老佛爷，听候懿旨。

慈禧太后接到天师仙逝的报表，心中有些疑惑，对李莲英说："夜儿个还好好的，怎么说走就走了？"李莲英凝思着，不知如何回答。慈禧寻思着：莫非这臭老道腻味了伺候我，想溜，用诈死糊弄人，哼，没那么容易。想明白了这一层，对李莲英说道："你去给我仔细看看，他是真死还是装神闹鬼诈。哦，对了，叫咱们那个臭老道也一块儿去看看。你弄不明白他们道里的弯弯绕儿，那诡计多端的臭老道兴许能看出些门道来。"

李莲英和刘多生来到东岳庙，刘多生对未入殓的天师尸体从头到脚仔细端详着。一只手捂在天师的鼻孔和嘴上，待了片刻，确认果真没有呼吸。然后用手指依次按压颈部两侧，再用三个手指头分别按压两处腹股沟，然后在双脚踝上方又用手摸了半天。摇了摇头，对着尸体沉思起来。李莲英跟在刘多生身后，一声不吭地看着刘多生的一举一动。刘多生用拇指指腹用力按压着尸体的膻中穴，然后抬起手来，把头贴近按压过的部位，眯着眼仔细看了看。又用单手中指点按下腹丹田穴十几下后，转到天师尸体的头部，把右手掌心贴在百会穴处，待了片刻，放开手，围着尸体绕起圈来，嘴里不停地小声嘟囔着：不失其所者久，死而不亡者寿。

刘多生问身边的一个小太监："宫里的仵作到了吗？"

小太监："回刘爷，到了，在外面候着呢。"

刘多生："叫他进来验尸吧。"说完就坐在西边的官帽椅上。

李莲英凑了过来，小声地问刘多生："道长，您什么时候叫的宫里仵作？"

刘多生："咱俩出宫时啊。"李莲英："道长，人家都报丧了，还用叫宫里的仵作吗？"

刘多生说："傻小子，不叫仵作，谁回去交差呀？"

李莲英给道长作了个揖说："徒儿愚笨，望道长点拨点拨。"

刘多生："傻小子，要是你一个人来，怎么回老佛爷都行。可老佛爷把我拎来了，回不好娄子就大了。"

李莲英一想是这么个理，姜还是老的辣，难怪老佛爷说他诡计多端呢。赶忙笑着说："还是老佛爷圣明，知道小的处理不了这事儿，才把道长您搬出来。"

刘多生诡秘地一笑说："你小子是揣着明白装糊涂，跟我都耍起小心眼来了，有长进，比你师父强。"

仵作报道："无脉搏呼吸，确系死亡。但尸温降得有些慢，好似刚死半个

时辰的光景，胯下尸温更高，小的不明何故。"

刘多生淡淡地说："填殃榜报尸格吧。"

李莲英到沈兰玉房中，给沈兰玉请安。向师父沈兰玉汇报了一天的情况，并在房中像模像样地模仿起刘多生验尸的怪异现象。

沈兰玉告诉李莲英："刘老道可不简单呀，他是道医高手，能治疑难病症，断人生死富贵。"李莲英心有余悸地告诉沈兰玉好像自己的一举一动，刘多生都知道。

沈兰玉笑了笑说："不用说你了，宫中哪个犄角旮儿、王府宅第中，无论是谁放个屁，道长都知道是什么时辰放的，放的是香屁还是臭屁。"

李莲英惊道："敢情道长道行这么深呢？徒弟怎么没听师父说过呀。"

沈兰玉："徒儿呀，那时你没有起色，为师跟你说了也没有什么用，如今你就要飞黄腾达，师父得为你好好谋划谋划。"

李莲英不解地问道："这宫中是安大总管的天下，连师父您和刘道长都得看他的脸色行事儿，哪轮到我有什么好果子吃啊。"

沈兰玉："小安子不过是一只不知天高地厚的傻狍子，用他那点微薄的道行，得了老佛爷一时的宠幸。狐假虎威地横行霸道，怎么样，如今真是死有余辜啊。"

李莲英："安大总管他死了？"

沈兰玉："死了，死得很惨，现在正在济南暴尸街头呢。"

李莲英："可没见折子和奏本提及此事啊。"

沈兰玉："用不了几天，满京城全天下就都知晓了。"

李莲英："师父，这消息是真是假？您是怎么知道的？徒儿可是真的想不出个一二来。"

沈兰玉："网站快递！"

李莲英疑惑不解地问道："什么叫网站？什么叫快递呀？"

沈兰玉："道家网站，飞鸽快递。"

李莲英如坠入五里雾中，呆傻痴茶得像根木头桩子杵在那里。

沈兰玉："道家的建制就像一张庞大的蜘蛛网，大清的版图上无处不在，各省有省站，乡县有分站，庄铺有小站。海外琉球、安南、越南、高丽等也都有站点。各站全有信鸽，有消息需要传送，一般消息，如传达总站指示的，则从总站用快马和信鸽一站接一站地传递。有重大讯息，则用信鸽直达，比皇家八百里加急文书还要快。"

李莲英："皇家也用信鸽传书啊，也挺快的。"

沈兰玉："皇家传递，审阅检查环节过多。比如皇帝要飞鸽传书一个文件，文件太大，信鸽传递不了。小文件，还要上书房、军机处等各部衙门拟稿，皇上阅批后才能传出，到各省要经过各省的衙门口一道道转递，啰了吧唧。道家的程序就简单得多了，而且有一套内部的暗语符号，比如说发个箭头、刀叉盆罐之类的符号，对方就知道什么意思了，就知道该干什么了。再说，这个组织机构，从汉代成立起，经过这么多朝代，始终未变。就如同孔子是历朝历代的素王，历朝历代的皇帝都要祭祀孔子会见衍圣公一样。可历朝历代的皇帝呢？只祭祀本朝的先祖，少有祭祀前朝的。宫殿的建筑、楼堂馆舍也大有不同。朝廷的更迭，一般都是当朝把前朝的建筑全部毁掉，再建新城。道家则不同，十方丛林几乎全是从古代一直延续到今天。"

李莲英仔细思索着沈兰玉的话，突然想到一个问题说："师父，徒儿有点不明白，道家竟然这么厉害，那他们要是建了国，不就能一条道走到黑，一千年一万年都是他们的了。"

沈兰玉说："你说的这事儿我也不明白，我问过道长，道长只嘟囔了两句，好像是'无事则可取天下，有事则不可取'。我到现在也没闹明白。"

李莲英心里不断地叨唠着"无事则可取天下，有事则不可取"，他娘的，可真邪了门了。难道是闲着没事儿，取来天下玩玩，有营生干，就不玩天下了？

李莲英躺在床上，怎么也睡不着。苦苦地捋着这些天发生的一幕又一幕，却怎么也弄不出来个头绪来，坐起来抽了几袋水烟，烦躁不安地在房里走来走去，不经意间看到床下天师给他的花梨箱子。忙把箱子拉出来，打开箱盖，一股浓烈的香味扑鼻而来。他取出一炷香，把箱盖盖好。慢慢地端详着，把玩着这炷香，放在鼻子前面嗅了嗅，只嗅到一点点淡淡的檀香味。猛然间想

到天师曾提到张心田,天师怎么知道张心田教我盘子功。盘子功、张心田、天师、檀香被一条无形的绳索穿了起来,在昏暗的灯光下晃来晃去。难道他们都是一伙的?是了,他们全是道教中的人物。网站快递、飞鸽传讯、安德海之死一下涌到心头。李莲英想安德海之死一定和道教有关。不由得打了一个寒战。又想到不阴不阳的刘老道,他会不会是道教的首领?唉,不管是不是,反正是得罪不起的人物,还是小心为好。

到了接三日子,大师兄命师弟去请阴阳先生来。

师弟问道:"师兄,宫里的仵作不是验完了尸,已经开了殃榜了吧?"

大师兄:"你好糊涂,宫里的仵作是开给宫里用的,没给咱们留下半张纸,咱们回山怎么交代呀,快去吧。"

师弟找到阴阳先生的宅子,报了混沌天师的死讯。阴阳先生给了一张印有自家堂号的黄纸条,嘱其贴在门口,自己却不动身。经过三请,方起身来到庙里。先向天师行过礼,然后验视天师的面部,又摸了摸手指甲。问明天师的生卒年月后,即用白纸开具殃榜。小师弟们拿着殃榜,飞速报与顺天府衙门。

报殃榜的人走后,东岳庙门外设置对锣对鼓,灵堂前设置的清音顿时响了起来。大门口、二门口外沿途"全份儿"回事人员各就各位。

早上鼓敲得正热闹呢,刘多生带着一堂楼库来拜祭。棚房的棚工把一座彩纸糊的两层楼安放好。这座楼库是硬山重檐式,高丈许,宽约四尺,厚约一尺半。糊淡蓝色瓦,两檐有兽头,前有窗棂、门户、墙壁为蓝色,窗棂、明柱为红色。两侧配有松枝鹤鹿等纸活明器。

刘多生送了敬仪以后,来到灵堂前,太监们抬来了七桌"饽饽桌子"上供。这饽饽即是在当时满汉面食店定制的"七星饼"。七星饼是白色的,上面有七个小孔,只蒸七成熟。五个摞一块算作一份儿,一层摆放十几份,一层之上架上红油木板,再摆放第二层。刘多生见摆完了七层,过来作揖施礼。

中午鼓、清音奏响。庆王府四格格过来祭拜。随后,各王府宅第祭拜之人络绎而来。

天刚擦黑儿,东岳庙内外燃起灯烛,一片灯火辉煌。李莲英过来祭拜。

放完焰口，庙内做起了水陆道场。

大师兄对李莲英说："师弟，师父临走时交代，过了头七，就要回归山林。"

李莲英："怎么也得过了七七呀。头七就撤不合规矩。"

大师兄："师弟，在教之人，不必向俗人那么较真，况且回山还要做大法事儿呢，还望师弟海涵，回禀一下。"

李莲英回到宫里，先去见了刘多生，把大师兄的意思告诉了他。刘多生说："你快去禀告老佛爷，按老佛爷示下办。"

慈禧听了后问李莲英："你可看仔细了？那天师果真没缓过来？不对呀，当年他在青城山辟谷七七四十九天，没有了气息，小道士们都认为他死了，可他却是活的，会不会跟咱们耍花活呢？你把刘老道叫来。甭管活的死的，叫老道去把他火化了吧。"

李莲英去传刘多生，告诉刘多生老佛爷要火化天师。刘多生一言不发地跟着李莲英去见慈禧。

慈禧问刘多生："老道，你给我说说那天师真的死了？"

刘多生："回老佛爷，真的死了。"

慈禧："他可是会辟谷啊。听说一次能辟个三年五载的，这才几天哇，会不会又是辟谷啊？"

刘多生："回……回老佛爷，奴才仔细地摸了他全身的经脉，确实是经脉俱断，辟谷之人虽无气息，可经脉还在运行，只要经脉尚存，三年五载是不妨事的。一旦经绝脉断，那定是驾鹤西去了。"

慈禧："他既是得道天师，怎么能说去就去了呢？老道，你得给我说清楚了。"

刘多生："人间的缘分已尽，况且得到老佛爷的眷顾，天师资质稍差，德不配位，也只好归天去修炼了。"

慈禧怒道："你可是说是我害死了他？"

刘多生"扑通"一声跪倒在地边叩头边说："奴才不敢，奴才不敢！"

慈禧气哄哄地说："臭老道！你给我说明白了，说不明白，让你和那个天师一块儿去西天。"

刘多生："要说这天师，练到这种地步，也是数一数二的人物了。老子说：'吾不知谁之子，象帝之先。'指的就是这种境界，象帝之先又是什么呢？太极生两仪，两仪生四象。两仪既是，阴阳已分离，好像是太阳和月亮，太阳白天普照大地，月亮则在黑天笼罩山川。那么太极是什么呢？是一个阴阳合璧的大圆球，阴阳雌雄并未分开，同处一体。太极之前即是混沌世界。老子云：'有物混成，先天地生。寂兮寥兮，独立而不改。'即是此也。天师的功力在混沌与太极之间，因为还不纯，故谓之为'浑'。若是单遇到帝，或者是后，则绰绰有余。可偏偏遇到阴阳一体、帝后同身的王母娘娘，被王母娘娘的阴阳之火一激，他应接不暇，却如何招架得住呢。就是神仙下凡，也怕是招架不住哇。"

慈禧听了非常受用，笑笑说："老道，起来说话。"

刘多生谢了恩站了起来。

慈禧："照你这么说，那天师真死了？"

刘多生："那天师虽说是死了，可又重生了。"

慈禧仔细琢磨着这句话，半晌没有说话。

刘多生："老佛爷岂不闻佛说'不生不灭，不垢不净，不增不减'，生即是死，死即是生嘛。"

慈禧："你这个臭老道，真能臭转，胡编乱造。你是道士，却乱弹起佛经了。就好像那唱皮黄的，不经意间夹杂着昆腔一样。"

刘多生："观世音菩萨，原来是道家。"

慈禧哈哈大笑，笑了好一阵子，说："说你胖你还喘，顺杆往上爬，可能耐死你了，你给我转一转观世音的故事，转得好有赏。要是转显了，莲英啊，给他剃光了头，送到姑子庙去。"

刘多生："那观世音菩萨降生于铜川帝王之家。"

慈禧插话道："你是说海外也有个铜川？"

刘多生："回老佛爷，是大清国陕西的铜川。"

慈禧笑道："又胡喷了。"

刘多生："奴才怎敢在老佛爷面前胡喷，那铜川有个大香山寺，香山寺后面的山洞里，还有观世音菩萨的肉身呢。"

慈禧："那观世音菩萨不是海外的吗？"

刘多生："海外的观世音菩萨是个男身，长着小胡子。大清国的观世音是个女身，这女的观世音可比男的观世音厉害得多了。"

慈禧问："怎么个厉害法？你给我说说看。"

刘多生："老子说：'天下有始，以为天下母……天下之牝……牝常以静胜牡。'就是说的女的比男的厉害。"

慈禧："你别给我胡呲什么老子儿子的，没词了，就开始云山雾罩，胡说八道。"

刘多生："老佛爷，您看那《西游记》里，那孙猴子可是个能耐种吧，遇了难没辙的时候，还不得眼巴巴地盼着观世音女菩萨来救吗？"

慈禧："这是为什么啊？"

刘多生："因为西王母、观世音、老佛爷全是女的呀。"

慈禧笑得前仰后合。

刘多生趁着慈禧高兴的劲儿，赶快把话题又转了回来说："所以呀，甭说天师，就是天神下来，也抵挡不住老佛爷一个小手指头。"

慈禧："你刚才说那天师虽然死了，可又重生了。那他重生到哪儿去了？"

刘多生："奴才不知，要等到过了七七后，没准儿有些端详。"

慈禧："为什么？"

刘多生："因为他的魂魄现今正在奈何桥上看着咱们呢，有点舍不得过桥。"

慈禧："那魂魄也有情义吗？"

刘多生："是呀，人们常说：十年修一饭，百年修一宿。也就是说前几辈有十年的交情，今世才有共进一顿饭的机会。前几世有百年的交情，方可做得一日夫妻。所以魂魄走到奈何桥上，都会依依不舍地向今生今世告别，可望来生再相聚。"

慈禧："可下辈子谁认得谁呀，怎么相聚呀？"

刘多生："有月老给撮合呀，民间常说千里姻缘一线牵。两个人不管是隔

山隔水,素未谋面,即使是前世只有百年修行,那今世也得了了一夜情,方可圆满,皆大欢喜。"

慈禧:"老道,照你这么说,他既有情,咱也不能无义呀。"

刘多生:"老佛爷圣明!我们接三、放焰口、祭库、送库、烧活、伴宿、出殡下葬、做道场,就是表现我们的情谊呀。"

慈禧用手一指李莲英和刘多生说:"你们两个去把这事儿给我办得妥妥的。免得传到天上说咱娘们儿无情无义。"

李莲英听着刘多生和慈禧的对话,心想:这老道可不一般,没有提一字儿反驳的话,就把老佛爷烧天师的念想给抹平了。

头七之前,刘多生一直在东岳庙忙碌着,李莲英也每天过来转转,可慈禧并未发话叫天师尸骨回归青城山。过了三七,慈禧还未发话,李莲英来到东岳庙,见刘多生正在经棚里和道士们一起诵经。白云观方丈高仁峒正主持着诵经。李莲英不认得高仁峒,就问庙里的一个小道士:"哪位道长是你们庙里的方丈?"

小道士:"不是,他是白云观的方丈,我们庙里的老爷去武当山了。"

李莲英疑惑地问:"你们庙里的老爷?"

小道士:"是啊,其他道观住持都叫方丈,只有东岳庙住持称老爷,我们老爷还有仙鹤补子呢。"

李莲英大吃一惊,心想这仙鹤补子是正一品文官穿戴,一下弄不明白其中的缘故。见李莲英不说话,那小道士得意地说:"听说是雍正爷御封的呢。"

小道士引领着李莲英走过岱宗宝殿、育德殿、玉皇殿,进戟门,进了庑殿,草草地看了地狱七十六司和八十四神,再向东转向北看广嗣殿、太子殿。一路走过三茅真君祠堂、吴全节祠堂等。又转了娘娘殿、斗姆殿、关帝殿、灶君殿、文昌帝君殿、喜神殿。来到御座殿,李莲英听小道士讲康熙爷、乾隆爷等各位"爷皇上"全在此坐过,所以才叫御座店。李莲英赶忙进殿,向御座磕了几个响头,刚出殿门,有个小太监跑了过来传话,刘道长和高方丈在膳堂等着您呢。

李莲英进了膳堂,见豌豆黄、甑儿糕、驴打滚儿、杏仁儿茶、莲子粥、荷叶粥、炸三角儿、苏造肉、酱肘子、熏鱼儿等小吃凉菜摆了一桌子。刘多生正和高方丈边喝边聊着。见李莲英进来，忙招呼入坐。

刘多生说："臭小子，你先尝尝这苏造肉，虽说是从宫里传出来的，可比宫里做得还地道。"

李莲英尝了一口，觉得确实不错。

刘多生又指了指炸三角说："这炸三角本是京城走街串巷小商小贩卖的东西，可这里加上点荤腥就比外边的东西好吃多了。"

膳堂道士给每人端来一碗汤，李莲英喝了一口，觉得鲜美无比，忙问："这是什么汤，鲜死我了。"

高仁峒说："没喝过吧，这叫鲍肺汤，乾隆爷下江南时在苏州喝过，赞不绝口，就把做汤的厨子带到京城来。可这厨子到了京城，却怎么也做不出苏州的味儿来。御膳房就把这厨子开缺了，这厨子到东岳庙入了道在膳堂里当差。他心有不甘地继续研究做这个鲍肺汤。可做这个鲍肺汤得用新鲜鲍鱼的肝儿才行，这京城地界不好寻。他试着用各种淡水鱼的鱼肝儿做，都没成功。后来他用黑鱼的鱼肝儿切丁，卤水豆腐打小块，把云腿、建菇、虾仁用铁棍拍成泥，用熟猪油搅拌。竟然和苏州味道差不多，不是老食客很难分辨得出。一次，乾隆爷到东岳庙来喝了此汤，大加赞赏。听了原委后，重赏了这位厨子。回宫后，写了'尹彭之髓'的牌匾赐给东岳庙。后来东岳庙失火，这块牌匾也毁于火中。所幸的是这汤的做法却流传下来了。"

这时后厨又送来一盘肉。刘多生笑着说："趁热吃这刚出锅的赛螃蟹，这可是地道的东岳庙的拿手菜，满京城是蝎子拉屎独一份儿。"李莲英看着明明是肉，可刘老道偏说是螃蟹。吃了一块，确定是羊肉。就对刘老道说："道长，孩儿吃的明明是肉，可道长却说是螃蟹，孩儿不明是什么道道，恳请道长给孩儿说说，免得孩儿日后露怯。"

刘多生："这道菜原名叫烧羊肉，京城里的回回馆子都会做。先把大块羊肉放在锅里，配上各家不同的调料，用大火烧开，用小火慢炖一个多时辰后捞出来，用香油炸成金黄色，趁热切成片，浇上用姜末、豆豉、青酱和醋调好的调料就可上桌了。外焦里嫩，因其味道鲜美异常，胜过海鲜，被宫廷文

人称作赛螃蟹。"

李莲英："道长说得神乎其神，叫孩儿开了眼。可这羊肉京城的回回做得很地道，如何成了蝎子拉屎独一份呢？"

刘多生笑道："难怪老佛爷喜欢你，你可真是猪八戒喝磨刀水——内秀哇！凡事都要刨根问底整个明白，臭小子，我先问你，京城的回回们烧羊肉用的是哪儿的酱？"

李莲英脱口而出："当然是六必居，天源的。"

刘多生："六必居天源酱园的酱是地道的京城味道，宫中御膳房常年用来调味，可天天用来未免絮叨了。这里用的是苏造酱，也是当年乾隆爷带回京城的，后来，也是在宫中用得絮叨了，才改用天源六必居的换换口味，宫中不用的苏造酱，就落户到了东岳庙。臭小子，教你个乖，回头你带点回去给老佛爷尝尝鲜，一准儿叫她赞不绝口。"

李莲英拱手谢道："孩儿谢道长提携。"

刘多生："看咱们尽扯闲篇儿了，有个正事儿，还得和你说说。你得空到白云观去去，我和方丈说好了，收你为徒，把入道的事体儿办一办。这样大家说起话来都方便。也省得藏着掖着，黑不黑白不白的了。"

东岳庙是张天师第三十八代孙张留孙筹资兴建的。元成宗铁穆耳于元大德八年（1304）封张留孙为玄教大宗师、正一教主，统领道教三山。张留孙得到元朝最高统治者的认可为国教的首领，自然要在元大都兴建自己的办事机构，这就是东岳庙建成的缘由。东岳庙的工程刚开始施工，张留孙却羽化升天了，后其弟子吴全节继承先师的遗志，历时六年于元至治三年（1323）竣工。元英宗硕德八剌赐名东岳仁圣宫，作为东岳大帝之行宫。元泰定二年（1325）长公主出资建昭德殿，作为帝妃寝宫。明清两代帝王不停兴建。到清晚期建成具有六进院落占地九十六亩端庄宏伟的庙宇。由于是皇家敕建东岳庙，故有资格使用帝王专用的黄色琉璃瓦。大庙门前建了一座雕花三开门，七层顶绿琉璃瓦超豪华牌坊。牌坊前后刻有"秩祀岱宗""永延帝祚"八个大字，据说为明首辅严嵩手笔。山门位于通惠河边，去庙门有三里之遥，每日早晚道士们要策马去开闭山门。

这一日，李莲英来到白云观，方丈高仁峒为他主持了入道仪式。做完仪式高仁峒为他引荐了诸位师兄师弟。

两人到客厅用茶，高仁峒为他讲解了道家的道术、经书、诸神仙和清规戒律等基本知识。李莲英不解地问道长为何东岳庙如此气派。道长讲道："本朝雍正年间有位道士叫娄近垣，云游到京城，本想挂单在东岳庙，可东岳庙是子孙庙不接待外人，他只好到白云观挂单。"

正赶上雍正帝继承皇位不久，心力交瘁夜不能寐。常在睡梦中大叫"西边来了个老道"而惊醒。

内侍们在皇宫西侧搜索，在白云观发现了刚挂单的娄近垣，将他请进了宫里。

这娄近垣是饱学之士，深通道家占卜、符箓、祈禳、禁咒诸术，又会内观、守静、服气、胎息、内外丹养生之法。他告诉雍正帝这是亡灵作祟之故，应做道场超度亡灵方可保得平安。雍正依言封八位皇兄弟的亡灵分别为掌管风、云、雨、雷、冰、雾、雪、霜的神，并在京城分别盖了八座小庙，称作故宫外八庙。

做了道场，建了庙宇，加之娄近垣的内外丹药调理，雍正帝的病体一天一天地渐好，龙心大悦。

娄近垣因治病有功，赐掌管道禄司大印，统管大清国道教事务的一品文职官员，并兼任东岳庙住持，赐住大光明殿。

娄近垣虽是东岳庙住持，但因是大清国的命官，故各级官员民众称他为娄老爷，而不敢以方丈相称。

娄近垣获此殊荣，命东岳庙的道士将明朝的满发也剃成满人式半发，蓄起了辫子以表示对大清朝的忠诚。东岳庙道士这一特殊发型一直到清朝灭亡后，才恢复汉家打扮。

过了七七，天师的灵柩还停在东岳庙西跨院。慈禧心想：不管你是真死假死，不为我所用就得死，岂能容你活在民间。就吩咐李莲英和刘多生去将天师火化了，遣散所带到京城来的道众还俗回原籍。

第十三回

二婶用情三姨太
老爷腾笼换后院

天师有个徒孙姓张，虽是男生却长有女相，不太漂亮还有点显得老，师兄弟们给他起了个外号叫"张二婶"。这张二婶因家境贫寒，入道教来原本是想混口饭吃。入教后得以温饱，随师父练就了缩阳术和女工之活计。听说遣返回乡，心中有些怵头，不愿回乡再过那种苦日子，想在外边混混，挣点钱再回乡光宗耀祖。

这张二婶换上女装，抹上脂粉，把自己打扮成一个中年妇女的模样，走街串巷入宅门，做起女工的活计，却也挣了些小钱。

这一日来到大兴张华乡一所大院落，当家女主人要考考他的活计究竟怎样，就让他先绣了一个白缎地彩线网绣万字几何纹荷包。绣好后拿给主人一看，主人非常满意，就让他再绣一个缎地打籽绣刘海戏金蟾四合如意云肩。

这四合如意云肩，简单点就用扎花，这扎花是硬片，且只扎一面，虽然正面也很好看，可背面暗针线头凌乱俗称"顾前不顾后"。这张二婶见此家家底殷厚有钱挣，几房姨太太又年轻漂亮，就用尽心思玩起双面绣来。绣好了，这家女眷和女佣争相传看，对这"两面鲜灵儿"的云肩赞不绝口。于是这个要做马面裙，那个要做琵琶坎肩。大太太拿出料来，要做一套石青缎堆绫绣平安富贵纹挽袖对襟褂、马面裙。二太太拿料要做一件宝蓝缎绣花人物纹镶云肩挽袖大襟袄。三姨太人长得漂亮却未生育，要做一件白缎地平金绣百子图挽袖女袄……

张二婶为难地说："这么多活儿，我就是干到老了也干不完呀。"三姨太笑着说："我的女工虽然不如你，可也拿得出手，给你打个下手，麻烦你再费心教教我。"大太太接着说："叫家里的女眷都由你带着做活计，除了工钱外，每月从账房再给你支三十两银子，你看如何？"

张二婶每日在绣房中做起活儿来，女眷们有的支起了花绷子，张二婶拿出画样，指导着绣起活计来。三姨太在裁板上铺起要做的衣料，丫鬟拿来烧热的熨斗，三姨太赶忙在衣料上喷了几口清水，把衣料熨烫平整。然后把张二婶拉了过来，叫他帮助剪裁。张二婶用手掌丈量着三姨太的肩、胳膊的尺寸。当量三围时，未免春心暗动，有意加了点劲儿摸索起来，三姨太嫣然一笑，抬起手来把张二婶的手从胸部推开说："轻点儿，粗手粗脚的像个大老爷们儿，把人家都弄得又疼又痒。"张二婶尴尬地一笑，就轻轻地继续量着。

量完了尺寸，张二婶打开包袱拿出一个小锦盒，打开锦盒，三姨太伸过头来看了看，见盒里装着十几块寸半圆二分厚的梅花形、桃形、葫芦形、梨形五颜六色的粉板。知道是画衣服样子用的，可做得这么精致的粉板还是第一次见到。就问张二婶："这么精致的粉板，二婶是从哪儿淘换来的？"

张二婶："外面可淘换不到，这是宫里造办处苏州制的。"

三姨太："这么稀罕的物件还是抬起来吧。"

张二婶："给美若天仙的太太用，值得，值得！来来来，我教您画样。"说完叫三姨太拿着粉板，手把手地在衣料上画起线样来。两人未免勾肩搭背，边说边笑地画起样来。

这张二婶和三姨太整日摩肩擦背，说说笑笑，未免对三姨太的情越陷越深。想起自己往日常被师父们训斥鞭杖，被师姐师哥、师弟师妹们耻笑，哪一个像三姨太一样知冷知热、送汤送水地疼着自己？

张二婶又在想，三姨太为什么如此体贴自己？一是三姨太不知道自己是男儿之身，二是有求于我，想把自己打扮得更水灵，好得到老爷的眷顾。哎，这女人都是水性杨花，不外乎是为了钱和色而取悦于老爷。这事儿不能莽撞，得探明白了再下手。万一炸了锅，我可就死无葬身之地了。

这天歇晌的时候，张二婶对三姨太说："您这三寸金莲裹得如此齐整，就是京城里大户人家的太太、小姐也叫您给比下去了。"

三姨太嫣然一笑说："咋个好法，你倒给我说说看。"

张二婶："这金莲如过了三寸就是品外了，可三寸之内还有若干讲究。"

三姨太："什么讲究？"

张二婶："叫作肥、软、秀。"三姨太："咋这多讲究，你倒给我说说什么叫作肥、软、秀？"

张二婶："这肥是指肥而圆润，软是指软则柔媚，秀是指秀则芳雅。"

三姨太："哎哟，我裹了这么多年脚，真真不知道还有这么多说法，可委屈了你这个大脚娘们儿比我们裹脚娘们儿懂得还多。哎、哎，二婶可你为什么没裹脚哇？"

张二婶叹了一口气说："我们家七个姐妹没有一个弟兄，我是老小。爹死了后妈就把我当作男孩儿养，我也以为我就是个男孩。"

三姨太说："你要是个男孩就好了。"

张二婶心中一喜忙问道："为什么呀？"

三姨太笑笑说："那你就可和我们老爷一样，妻妾成群了呀。"

张二婶刚有点微热的心，一下子被浇凉了，痴呆呆地坐在椅上。三姨太叫了他几声都没答应，忙走过来用下手敲了他头一下，大叫一声："张二婶！"张二婶一激灵慌忙站起，不由自主地打了个千儿答道："喳。"三姨太哈哈大笑："这做派还真有个爷们儿的范儿，赶明儿，我找两件老爷的旧衣服，装扮装扮你，他们一准儿看不出来你是个女的。"

张二婶慌慌张张地转身说："我去干活儿了。"

三姨太对着他的背影说："喂、喂，明天早上你替小翠伺候我梳洗打扮。那小翠把手划破了。"

次日一早，张二婶赶忙过来伺候三姨太梳洗打扮。张二婶给三姨太梳了一个双飞蝴蝶髻式头。三姨太对着镜子左照照右照照，越看越喜欢，用手轻轻地摸了摸后面，对小翠说："快把镜子拿来叫我看看后面。"三姨太左看看右看看，前看看后看看，越看越喜欢。对着镜子仔细端详着自己的头和脸，觉得比夜儿个靓丽几分，美滋滋地问小翠："你会不会梳这样的头？"小翠没好气地说："奴婢见都没见过。"

三姨太："那可得好好学学呀。二婶，这是什么头呀，我咋也没见过。"

张二婶："这头叫作满汉通吃。"

三姨太笑道："什么叫作满汉通吃呢？"

张二婶说："就是一半满一半汉，也就是满人的头融入了汉人的梳法，汉人的头夹杂着满人梳头的式样。"

小翠说："我当什么新鲜式样呢，原来是个骚鞑子头啊，怪硌硬人的。"

三姨太斥道："越来越没样了，自己不会梳，还不说好好学学，哪么多污咕拉撒的闲话，这里指不上你，哪儿凉快哪儿去吧。"小翠一肚委屈地走了出去。

三姨太："二婶，把裹脚凳搬过来，我来裹脚。"

张二婶："不用搬了，我伺候您。"

张二婶把春凳顺在卧榻前，双手轻轻地把三姨太的左脚捧在怀里，慢慢地解开稍松的裹脚布，捧着那柔软秀丽的小脚，不住赞道："好俊的金莲！"情不自禁地俯下身用嘴咂啃起来，三姨太一惊，急把小脚抽回，用手拍了一下张二婶说："你……你……"脸一红嗔怪道，"没正形的糟老头子，这把年纪了还那么二二乎乎。"

说完三姨太连脖颈子都羞得通红，赶忙拿起绣花帕子，捂住了双眼，心突突地跳个不停。不禁想起这是新婚之夜对老爷说的话咋一下又蹦出来了呢。老爷当年就是这样猴急猴急地啃着我的小脚，啃了一个时辰，又捧着小脚把玩到鸡叫方才入睡。老爷最中意的就是娶了我这双小脚，而不是这个活生生的人。

三姨太定了定神，把脚向张二婶怀里一伸，柔声细语地说道："好好地裹你的脚吧。"

张二婶给三姨太裹完了脚，从怀里拿出一双金丝镶嵌的三寸金莲鞋给三姨太穿上。

三姨太笑道："这么俊的绣鞋又是从哪个娘们儿脚下淘换来的？"

张二婶："这是从保二爷那淘换来的。"

三姨太："真不赖歹，想不到你竟是从那一生下来就含着玉的宝二爷手里

弄来的。"

张二婶："姨太太你弄拧巴啦，这个保二爷不是那个宝二爷。"

三姨太："这倒打趣得很，你倒说说这俩宝二爷的零碎儿，给咱娘们儿解解闷。"

张二婶："那个含玉的宝二爷是一本儿奇书里面儿写的。那本书叫情……情什么？哦，《情缘录》，哦哦，对了，不是，是《情僧录》。"

三姨太叹道："这因情憎恨的事儿是经常有的。"

张二婶心中暗喜，心想：这大门不出二门不迈的娘们儿毕竟是少见多怪，待我慢慢调理她。

张二婶："这书里说的是和尚和宅门里的娘们小姐，道姑和府里的公子爷们稀奇古怪的勾当。"

张二婶滔滔不绝地讲起了《情僧录》里边的风流情场。难免有些添油加醋、随意杜撰。三姨太听得如梦如痴，春心荡漾。看了一眼得意忘形的张二婶，脸色慢慢地沉了下来说："快别净说这腌了吧臜的玩意儿啦，我想听听那个保二爷。"

张二婶："那个保二爷其实不是个爷。"

张二婶估摸着三姨太已心猿意马，有些承受不起了，也就顺势讲起了保书舫。

保书舫是善耆家的大格格。她放荡不羁，比当时京城里的男流氓还流氓，京城的流氓地痞全尊称她为保二爷。她勾结南北衙门（当时俗称刑部为南衙门，步军统领衙门为北衙门），专事包揽诉讼、衙门中捞人的勾当，还凭借父亲的权势做捐官鬻爵的生意。生活糜烂，养了不少小鲜肉。她和号称"震京西"的大屯乡土豪劣绅肖大鹏结为把兄弟。

保书舫喜欢女扮男装行围打猎、驱车跑马、听戏、赶庙会、逛二闸、滑冰、玩冰船。隔三岔五地在永定门外和东直门外和京城贵胄子弟、富二代子弟驱车比赛。

肖大鹏在她的车轴两侧找人安装了长三十厘米的三棱刮刀，时称"拐子"。当保书舫看到哪个人、哪辆车不顺眼时就超过去一别，用拐子将其马刺伤。

保书舫又酷爱骑自行车，她的三枪僧帽车的后轴两侧分别安装一个十厘米左右的铁棍，也叫拐子。看哪个骑车的不顺眼，她超上去一拐把，突出的拐子插到别人车的前轱辘辐条中，造成车倒人摔。

三姨太："这个女人可够爷们儿的，保不齐他和汉人一样，也是小脚？"

张二婶："瞧您说的，她和我一样也是大脚片子。"

三姨太："尽和我逗哏呢，大脚片子怎么穿三寸金莲呢？"

张二婶："假三寸金莲胎上头固定在一块板上，这板和大脚片子的鞋垫差不多大小，板上有孔可用来系鞋带。"

这种假三寸金莲是当时贵族士大夫、上流社会的高档奢侈品，有着广泛的社会需求、丰厚的利润。从两宋开始，历朝历代的顶级工匠大师们纷至沓来，由此衍生出令人眼花缭乱、五彩缤纷的把玩物件——"三寸金莲"，这种三寸金莲的材质，有金的、银的、铜的、玉石的、象牙的、犀角的、骨料的，等等。总之，集世界各地物产材料之精粹于一小小三寸金莲之上。

清朝于1644年定都北京，满八旗子弟兵及其家属迅速汉化。对于裹小脚这么美好的事物自然不能让汉人独享。于是裹小脚之风也随之风靡一时。虽然当时朝野亦有反对的奏议，但很难阻止满族妇女的爱美之心。顺治帝归天，摄政王多尔衮主政。考虑到满族妇女如果都裹小脚，若返回原籍地，则无法生活。多次劝诫均无果，于1664年以康熙帝的名义下旨严禁满族妇女裹脚。

圣旨大意是：一、即日起必须放开。二、圣旨下后，再有裹脚者严惩不贷。三、亲王、贝勒、世子家眷如有裹脚者交宗人府定罪。四、满八旗子弟家眷有裹脚者革职，全家发配宁古塔。五、所辖官吏知情不报者同罪。

康熙亲政后，诸大臣将禁满族妇女裹小脚也列为多尔衮的罪状之一。满族妇女们则载歌载舞，等待圣上允许裹小脚的恩泽。可是左等没等来，右等也没等来。通过内侍才知道，此类奏折全部留中了，也就是说康熙对此既不说对，也不说不对，保持沉默。

满族妇女们弄不成美丽的小脚，可于心不甘，于是流行于民间的假三寸金莲就流进了满族妇女群中。满贵族、官员们也喜闻乐见，推波助澜。

假三寸金莲最早见于两宋时期，据《武林旧事》《东京梦华录》记载，当时宫廷流行一种舞蹈叫作"踢弄"，是由宫廷舞娘穿套上金质三寸金莲当庭表演的舞蹈，以腿脚功夫见长。据宋人笔记记载，南宋表演"踢弄舞的佼佼者，艺名就叫'吴金脚'"，这种宫庭舞类似于西方的踢踏舞。随着岁月的沉淀，逐渐发展成近代戏剧的"跷功"及普及于民间庙会、节日、喜庆不可缺少的"踩跷会""某某短跷会"等。

上有所好，下有所效。皇室贵族的推崇，在两宋期间就悄然流向民间。一方面是地方文艺团体争相学习，表演踢弄舞。另一方面是民间由于各种原因而未裹脚的成年妇女们，重新燃起再塑美丽的三寸金莲梦想。各式各样的人造三寸金莲，多少满足了她们对美的追求，抚慰了多年缺美少爱的心灵。

满皇室贵族、八旗弟子及其家眷对康熙的做法虽大有不满，但在皇权专制之下，也只能敢怒不敢言。在皇权淫威之下，裹小脚的美梦被挤碎了，只好另辟蹊径。

真的三寸金莲做不成，就钟情于假三寸金莲。于是乎，在利益的驱使下，民间各式各样、五花八门的假三寸金莲源源不断地涌入各大王府、贝勒府、满八旗子弟宅第中，慢慢地流入皇宫。宫中的嫔妃、侍女们用上假三寸金莲，突然间个高了不少，裙袍加长后，为配合假三寸金莲行走时保持平衡，则不得不把步伐放慢，并扭动腰肢，抬头挺胸，尽显女性的妩媚。因为要不停地摆动身体，致使头上的花冠、大拉翅等头饰不停地颤抖，在灯光下明暗交错，幽深未测。加之耳垂上的步摇在肢体晃动下，发出轻微有节奏的撞击声，好似人间仙境，于是令龙心大悦。如此，则改变了宫鞋式样，创造出一新款式——花盆底。

张二婶口渴了，脱下三姨太一只金莲，倒上茶水，有滋有味儿地品了起来。三姨太看着他喝茶的样子，眼睛慢慢地模糊了起来，仿佛觉得老爷就在自己的身边，情不自禁地把身子歪了过去。小翠走了进来，告诉三姨太，大太太叫她去吃饭。三姨太赶忙推开张二婶，夺过三寸金莲自己穿上，羞答答地走了出去。

吃完了饭在绣棚里干活，三姨太懒懒地看着大家忙活着，不停地斜楞着张二婶。张二婶低着头干活，假装没看见。过了晌午三姨太绷不住了，有一搭无一搭地说："满汉通吃，不知道这保二爷是不是也弄这满汉通吃的事由啊？"张二婶只是低头干活，并不搭言。

三姨太站起身来，狠狠打了张二婶个暴栗说："问你话呢，你怎么不支应一声？"张二婶捂着头唰道："我忙着活儿呢，不知道三姨太问我什么。"三姨太刚开口说那个保二爷，张二婶儿没等他说出来"满汉通吃"几个字，就打岔说："这保二爷是肃王府的大格格。"

七姨太笑道："这鞑子就是邪行，连个娘们儿也充能耐梗。既是老大叫大爷不就结了，叫什么二爷呀？"

五姨太说："你知道什么呀，那大爷是王八，就是说书的说的武大郎，旗人不认得字，看不得书只好去听书。听了那么一句半句的，就往自个儿头上套，想必是她宾服武二爷是条好汉，就自赞自许地称自己为二爷。人家武二爷有多大本事啊，三拳两脚就打死一只大老虎。她能打什么呀？怕是拍个蝇子都拍不着，连二婶儿都打不赢。"

张二婶连忙摆手说："姨太太可别拉扯上我，说实在的就咱们这一宅子的老少爷们儿兴许都打不过她一个娘们儿。"

三姨太："瞧你这尿样，还真是武大郎卖豆腐人——尿货软。你一个娘们儿家家的，干爷们的事儿干不了，就老老实实地干点儿娘们儿事儿，你裹脚给我裹得挺舒坦，擦黑儿给我裹脚去吧。"

三姨太歪在美人榻上，张二婶解下裹脚布，将三姨太的小脚放在木桶中，边洗边揉捏起来。

没一会儿，张二婶拿出一双房中用的软绣鞋递给三姨太说："这是我给城南宅门里娘们儿做的绣鞋，珍贵得紧呢，就截了一双下来，给您穿上挺般配。"

三姨太看着鞋上绣着精美的春宫图未免春心荡漾，低下头来默默地把玩。张二婶给三姨太裹完脚，穿上绣鞋。三姨太在脚踏上踱了几步，美滋滋地说："亏你惦记着我，不松不紧正合适。"这一夜自然成全了好事。

张二婶和三姨太宛如新婚蜜月，一个是久旱逢甘露委身相许，另一个是

尽心伺候使变了十八般武艺，两个人如胶似漆相亲相敬。自打张二婶搬进三姨太房里来住后，三姨太在众人面前话也少了，在绣棚里低头认真做活计，张二婶和几个姨太太、丫鬟、小姐们说笑三姨太也懒得搭腔。七姨太觉得有点儿不对劲儿，再仔细看看三姨太，脸上的一点蜡黄和淡淡的几颗雀斑竟然全都不见了，白白净净的脸微微透出了几许红晕，显得比以前又靓丽了几分。她有些疑惑，找个机会把小翠拉了出来。

七姨太："小翠你跟我说说，张二婶在三姨太房里都干了什么？"

小翠说："不就是裹裹脚、按按摩那点事儿嘛，他干了还省得我好多事呢，我倒乐得清闲，巴不得呢。"

宅子的主人张文华乃是京城的望族。其先祖张华在西晋时期和卢氏家族就是燕赵地区的两大氏族，宗庙在涿州。北京地区有十余个张华村皆是张氏一脉。先人张据说是女皇武则天殿试钦点的探花，在唐玄宗还是太子时的侍读，和内侍高力士等一同铲平了太平公主及其党羽，辅佐李隆基登上皇位，诏为中书令。为稳定北方局势，以皇家御林军"右羽林军将军"身份到北京戍边。在京白纸坊地区建立大都督府，改革兵制，减二十万府兵归田。招募京师地区少数民族壮士为宿卫，保卫京师。张说善于文辞，当朝诏书律令多出于其手，被誉之为"燕许大手笔"，封燕国公，有《张燕公集》流传于世。张氏族人借势在大兴建立张华村，一直繁盛到今世。

这张文华中了进士后，在外省任了几任学政。今日致仕回家，荣归故里。

张文华异常喜爱在外任上收留的这八房小妾，今致仕回乡自然要带着这些小妾享受晚年。

张文华的夫人育有两子一女。二房生子时难产而逝，留下一子，其他姬妾并无出。于是张文华便以无出为由写了休书遣散众姬妾。

第十四回

肖大鹏落水漕河滩
富三爷赔罪宾晏春

都快入夏了，京郊大地一春天也没有下场像样儿的透雨。杨树把叶子卷起来，相对的叶子合在一起，好像是虔诚的信徒双掌合十启降甘露。皇上隔三岔五地带领群臣去大高玄殿祈雨。众百姓到龙王庙上香膜拜，祈盼甘露。整个京城官民赤诚的心终于感动了上天。

带着潮湿味儿的东南风涌进了京城。京城一片欢呼声："下雨啦，下雨啦！"京郊百姓跪在田间地上，尽情地享受着上天赐予的洗礼。

稀稀拉拉的雨点落在干旱的浮尘上，砸出一个个小坑，飘起一团团尘雾，雨渐渐大了起来，把那欲想升起的尘雾彻底压了下去，化作泥浆，向低处流去。

一夜的透雨荡去了保书舫心中的烦躁，叫了肖大鹏，自驾上四轮儿洋马车去二闸散心。路上一辆骡车艰难地在泥泞中挣扎，沿着深深的、窄窄的车辙缓慢地前行着。突然车子一歪，一侧的车轮儿陷入一个深坑中。仆人和车把式踏着泥泞，连推带拽欲把车轮拖出深坑。

保书舫一看前面车的尴尬样儿，笑呵呵地对肖大鹏说："肖爷，这木头轮子就是太笨，这地界儿还得咱们这胶皮轮子得劲儿。"

肖大鹏笑道："是啊，京城谁能跟保二爷比，二爷露一手，给他们看看。"

保书舫左手一拉缰绳，右手一挥鞭子，狠狠地抽在马屁股上，大喝一声"驾"。洋马车从侧面蹿了过去。溅起的泥水劈头盖脸地溅在仆人和车把式的身上，就连站在车前指挥的管家身上也溅上了不少泥点子。车把式一抹脸上

的泥水，不禁破口大骂："他奶奶的……"下面的脏话还没出来就被仆人捂住了嘴。仆人大喝道："找死哇，那可是洋人的马车。"车帘儿掀开，坐在车里的方伯根问道："咋回事儿？嚷嚷个啥？哪个不开眼的爷们儿赶超咱的车。"管家忙说："爷，是保二爷和肖大爷的车。"方伯根说："混账东西！见了二爷还不行礼请安，这点儿规矩你们都不懂。"管家小心翼翼地答道："回爷，保二爷的车太快奴才们没反应过来。等看清楚是二爷和肖爷时，他们的车也没影儿了。"

方伯根道："看来保二爷今天是给足了面子，没拿拐子刺咱们就算是万幸。"管家心想，这泥泞路上他想拿拐子刺也刺不着咱们呀。可这话不能对主人说否则主人就没了面子。于是管家恭维道："爷说得对，可不是嘛，那是保爷给主人的面子，换上别的车早给刺翻了。"

保二爷和肖大鹏来到二闸，坐到临河水轩二楼雅座儿上，边喝着茶，边嗑着瓜子儿，剥着花生。岸边一群围着兜兜、光着屁股的小孩儿扬着头向二楼喊道："扔啊，扔啊，快点儿扔啊！"保书舫从肖大鹏的褡裢里随手抓出一把铜钱向河里甩去。小孩儿们纷纷跃入河中，潜下水去。眨眼间几个小孩浮上水面来，踩着水，高举着双手，双手捧着刚扔下去的铜钱。肖大鹏的伙计欲过去接钱。

保书舫喊道："甭拿了，都赏给他们吧。"

仆人们忙垂手应道："喳。"保书舫从西服上摘下一个小巧的金别针儿，递给跑堂的说："你悄悄划船到河中间儿，别让他们看见顺到河里去。然后叫他们去捞，告诉他们谁捞到了，爷赏他一块大洋。"

跑堂的接过别针儿，小心翼翼地说："二爷，这么小的玩意儿怕是这帮孩子捞不起来，别糟蹋了这好东西，您抬抬手，给换件大点的。回头寻不到，这么金贵的洋玩意儿，小的就是想赔也没地儿淘换去啊。"

保书舫说："别胡呲，再小也是个物件，要是捞不回来，你这营生也就做到头了。"

跑堂的拿着别针儿下楼去了，跳上了一艘小艇向河中划去。背对着保书舫小声嘟囔着："真他妈的屎壳郎拉车——假充大牲口，一个骚婊子披张洋皮以为爷就不认得你了，归里包堆，你还是个骚鞑子，甭说这么个别针儿，爷就是拈下你几根毫毛，照样一根不落得给你捞上来。"

方伯根等众人来到二闸。一下车就看到保二爷跟肖大鹏坐在二楼的晾台上观景呢。方伯根一抖袖子跑上楼来，冲着保书舫和肖大鹏打了个千儿请安道："二爷、肖爷，您老吉祥。"

肖大鹏看到保书舫爱搭不理的样子，赶忙介绍道："二爷，这位爷是工部侍郎方大人。"保书舫拱了拱手，说了声"幸会幸会"。

方伯根说："肖爷，您高抬我了。小的只是在工部下属的小衙门水部混口饭吃。"

保书舫问道："方大人来此看来是巡视水情了？"

方伯根初次见名贯四九城的保二爷，未免有点紧张。忙又打了个千，结结巴巴地说："爷……爷……爷圣明。是是是是，那码头漕……漕……漕运的事儿。"

保书舫："真没想到你们水部是怎么钻营的，这回真干点儿人事儿了。来来来，方大人坐坐坐，给二爷唠叨唠叨你们那点儿事儿。"

方伯根一下子蒙了，丈二和尚听不明白怎么回事儿。

保书舫笑得前仰后合，笑了一阵子咳嗽了起来。肖大鹏忙过去敲敲背，然后端起茶盏送到她嘴边，轻轻地说："二爷，二爷喝口茶。"

她喝了口茶，看着呆若木鸡的方伯根未免又大笑起来。这一笑，一口茶全喷了出来，喷了方伯根一脸。方伯根一抹脸，赶紧起身跪下一边自扇嘴巴，一边说："小的该死，小的该死。"

保书舫还在不停地开怀大笑。肖大鹏递过潮烟说："方大人，抽一袋。二爷一见到您就这么开怀大笑，看来二爷跟您缘分不浅啊。二爷可有日子没这么高兴过了。"

方伯根是个绝顶聪明的人，刚才这一闷棍打得他真的有点儿晕，抽了袋烟立马明白过来。待保书舫平静下来，起身又给她打了个千儿说："肖爷说得是，俺跟保二爷缘分可真是不浅。还没见到保二爷的佛面，在路上保二爷就赏给了几坨子泥金。一见面儿，保二爷又口吐莲花，度了小的来到佛界。幸

会呀，幸会。这几辈子都修不来的福分哪。"

这么一折腾，保书舫突然喜欢起方伯根这个人来了。对下人说：“去车上把冰箱取上来。"

仆人们搬上来一个冰箱。这冰箱近三尺高、两尺宽窄，用锯末压成一寸厚的板制成。冰箱内分三层，每层都有一个铜盘子。最上一层铜盘子较大，用来放置天然冰，下面两层铜盘堆放着冷冻食物。

保二爷吩咐仆人拿出奶酪、奶卷、乌塔、乳酪等食物，和方伯根等共同享用。

方伯根一边品尝着冷食，一边琢磨着自己怎么才能经营座冰窖，发笔大财。

突然外边儿响起了紧凑的锣声。保书舫皱了皱眉头说：“他奶奶的，净添乱。一个耍猴的跑这儿凑什么热闹啊！找几个人给他轰走。"

方伯根一听到锣声，心中一喜，马上想好了解围词儿：“二爷，二爷不能轰，这可是为了好事儿而敲的锣声。"

保书舫：“哈哈哈！真想不到你们水部衙门弄点儿事儿还玩这个哩格儿楞，还要敲锣打鼓围观吗？快、快、快，咱们麻溜地看热闹去。"

保书舫疾步向楼下奔去，肖、方二人相视一笑赶忙跟上，来到车前保书舫吩咐道：“肖爷，我驾车你带路，咱俩坐前边儿，方爷就别坐你那个破车了。坐我的车，快点去。"

方伯根一踏上车踏板儿，车身往下一沉，吓了方伯根一跳。晃了一下差点儿摔下来，赶忙抓住门把手蹭进了车厢。心想：这洋玩意儿就是邪行，咋整的？这弹簧这么松软。情不自禁地在车座上颠了起来。

保书舫乐道：“想不到方大人这么猴儿急，刚上车就美得屁颠儿屁颠儿的。回头爷在车上跟着你颠一回，玩一炮车颠儿。"

方伯根不停地念叨着：“车颠儿、车颠儿，跟我在车上玩车颠儿？我说这车邪行呢，簧这么软。这洋人琢磨出这么个邪行的车来，原来是为了在车上干这种事。想当年隋炀帝的羊车不就是干这种事的吗？洋鬼子高头大马、五大三粗，定是羊车拉不动才换成了马车。这鞑子娘们儿爷可奉陪不起，刚才一阵漕运的锣声给我救了驾，看来还得在漕运上下功夫。"

漕运是中国水路运输的一个重要环节，在历史的长河中形成了一套管理完美的制度、系统，历朝历代都设有专门的管理机构。唐设"置转运使"，宋代这个机构叫"置发运使"，元代分工细化设置都、漕司二使，也就是初步形成了粮食从原产地到目的地的进、集、调、存、送的物流模式，明清两朝设置漕运总督。漕运有了一系列冠以"漕"字的名称。漕运的船叫作漕船，漕运的粮食叫作漕粮漕米，专职负责漕运的军队叫作漕军，漕运的士兵叫作漕兵，清政府为了和正规部队表示不同叫作漕丁。因漕运事征来的民夫叫作漕夫。

漕军、漕兵、漕夫工作性质专业性很强。故大多是世袭子承父业，历代传绵不息。这些人组成家庭就叫作漕户。这些兵、丁、夫常年地门当户对地联姻，逐渐形成了一个庞大的社会团体。

在清朝时，漕字的专业队伍就几十万人，分工越来越细，有专管仓库的、有专管河道的、有驾驶船的。

专管河道水坝水闸的负责日常的河道、水坝、水闸的维修，遇到兴修水利和洪灾等特殊时刻，朝廷调集来的民工军队由各段漕军负责带领下达具体施工任务。漕军、漕丁、漕夫的开支项目由清政府单独列支拨款，逐渐地形成了我们现代语所说的"军转工"。这批专业部队叫他们去打仗，虽然比不上正规部队，但却始终保持着军人服从命令、严格纪律的风范。

沿河两岸有几拨漕夫正光着膀子，抡着大锤向水中打着木桩，以便防洪固堤。闸头站在固定闸板的石阶上，指挥着漕丁卸下闸板，十几个漕丁裸着全身在水中操作着。

保书舫看着漕丁健美的身材、隆起的肌肉有些魂不守舍，那古铜色的肤色一下子吸住了她的眼球。啊，那相公堂子里的相公一身白嫩瘦的细肉不过是给男爷们把玩的物件，嗲声嗲气的娘娘腔不过是引逗爷们儿多掏几个子儿。哼，男人嘛就得有点儿男人味儿，平白无故装神弄鬼地扮成女人。嗯，也不知这南蛮子怎么想的，弄出这么一批稀奇古怪的人来。

她突然想起府上的洋画片儿。那些浑身溜光的男人一身疙疙瘩瘩的肌肉，

第十四回

后背和肚皮还凸起五六块大疙瘩，粗了吧唧的，哪有漕丁这么匀称。她目不转睛地盯着这些漕丁在水中操作，不免口干舌燥叫了一声："拿冰水来。"

她一口气喝了半杯子冰水，肚子虽然是凉快了些，可全身燥热难耐，她发疯地向河里奔去。肖大鹏一把没拉住她，坠入河中。

放下了几块闸板的河道水位暴涨，湍流不息的激流卷着保书舫向下游奔去。

肖大鹏边跑边大叫着："救人哪，救人哪。谁救起保二爷重重有赏。"肖大鹏见没人应声，又大叫道："赏银十两，二十两，五十两哇。"

重赏之下必有勇夫，十几个漕丁放下活计，沿岸向下游跑去。奔到一处水流渐缓较平阔的弯处，一齐跃入水中，救起了在水中挣扎的保书舫。

几个全裸的漕丁抓住她的脚踝，倒提起被水呛晕的保书舫，用力敲打她的后背，河水咕嘟咕嘟地从她嘴里冒了出来。漕丁把她放平在泥泞的河滩上，有的摁胸，有的掐人中。

肖大鹏和方伯根呼哧带喘地跑了过来。肖大鹏指挥仆人把保二爷抬上车。保二爷挣扎着有气无力地叫着："不、不、不，我要在这儿和他们大战三百回合。"肖大鹏和风细雨地说："好，好，好，我把这几块料全拘到府里去陪二爷玩儿。"

仆人们抬起保书舫向车上走去，肖二爷转身要跟上，几个光屁溜的漕丁挡住了肖二爷的去路。肖大鹏喝道："让开。"一个漕丁说："爷是不是忘了什么东西呀？"

肖大鹏："大爷我能忘了什么东西？横是把屁留在这儿了。"

漕丁笑着说："可也是呢，爷的屁怪金贵的，五十两银子放个屁，可不能光听响闻不到味儿啊。"

肖大鹏本是京西一带土流氓，在京西一带坑蒙拐骗，无恶不作。他视金钱如祖宗，只往里进，不往外出，真是磁公鸡铁仙鹤一毛不拔。叫他真拿五十两银子出来，那不是要他命吗？肖大鹏怒道："孙子，爷身上从来不带钱，一边玩儿去。"

肖大鹏的几个打手奔了过来，把这个漕丁打趴在地，然后拥着肖大鹏扬长而去。

一个眉目清秀、书生打扮的男子挡在了前面，肖大鹏不认得这个人，方伯根确认的是清帮京津冀运河段分舵的舵主张顺。

张顺原是河北武清人，原名叫张希青，是漕运官员的后裔。从小饱读诗书，舞文弄剑，本想参加科举，弄个出身脱离漕籍。考了个秀才，几届应试举人不中，心灰意冷也就不在仕途上去争奔什么了。由堂叔引荐入了青帮，因是漕军后人，从小在水里泡大，练就一身好水性，因羡慕《水浒传》里的浪里白条张顺，入青帮后索性就改名叫张顺。

方伯根在水部供职，这漕运的事自然也是水部职责所在，自然跟水上的黑白两道多有往来。看着土流氓肖大鹏遇上了青帮舵主张顺，还叫起了茬把儿，心想这可有乐子看了。他知道青帮的人有理有面儿，凭自己这点儿面子，自个儿一出面这戏就没法演了，所以并不急于出去解围。其实心里更想叫张顺教训教训肖大鹏，叫他吃点儿亏长点儿记性，以后自然不敢在我面前拿大。

张顺拱手作了个揖，笑眯眯地挡在肖大鹏身前说："这位爷，这就是您的不对了，应下的事儿总要兑现。人也救下来了，应下来的赏钱就赏给这些兄弟们吧。他们苦哈哈的也不容易。这位爷您大人大量，有些君子风度才是，别跟一帮下人过不去。"说着又举起双臂，双手抱拳，恭恭敬敬地给肖大鹏行了个礼。

肖大鹏不过是个土流氓，在他那一亩三分地上作威作福惯了，又巴结上了肃亲王的千金，就更不知道北了，不懂得正规江湖的规矩。他若懂得，就是拿出五十两银子，再赔上几句客套话，这事儿也就算结了。

肖大鹏："怎么着？劫道吗？大爷我没工夫听你啰唆。水里凉快，到水里凉快去吧。"

张顺笑着说："这位爷要到水里凉快去呀，好买卖呀！兄弟们听着，一会儿把他摁在水里，不拿钱，就让他在水里凉快凉快吧。咱也不多要，刚才捞那个娘们儿，他说给五十两，是不是哇，这个是带把儿的爷们儿，总得加一杠，是吧？"众漕丁拍手叫道："好好好，得给他放点血。"

一个打手冲了上去，用手去抓张顺的肩。张顺待他抓到肩上时，迅速抬

起右手,抓住他的手背,一翻腕这打手就向下跪去,张顺顺势给他下巴一拳。这打手下巴吃了一拳一仰头,张顺举右拳狠狠地向他脸上砸去。这一下那打手的脸上开了花儿,血呀、鼻涕啊、眼泪啊,像砸碎了的油盐酱醋瓶,来了个满脸花。张顺一拨弄他的肩,给他转了个向,说了声"下去凉快去吧",跟着一脚把他踢到河里。

张顺冲肖大鹏一帮人招招手说:"哪个想下去凉快凉快的就过来。"

其他几个打手看这阵势全不敢上前。他们仗势欺人,一窝蜂打群架还行。不过过去在乡里打的是不会功夫的普通百姓。这帮人欺软怕硬,遇到硬茬儿吧,顿时就先尿了。这时也顾不得肖大鹏了,纷纷往后退。

这肖大鹏自从认得了保书舫,经保书舫引荐,曾在相扑营拜师学过掼跤。自以为不得了,摔个张顺应该没问题。就左摇右摆、左踏右晃地摆起了摔跤的架势。

张顺一看这花拳绣腿的把式就乐了,说:"想单挑吗?爷就陪你玩玩,叫你见识见识什么叫真正的玩跤。"于是张顺也学着肖大鹏左晃右晃地摆起了相扑营摔跤架势。肖大鹏刚欲近身,给张顺一个漂亮的"小德和",四仰八叉地把他摆倒在地上。肖大鹏一个鲤鱼打挺蹿了起来,向张顺扑过去,拉开架势,伸手欲抓张顺的手腕,拧他的胳膊,给他来个绊腿摔。张顺喊一声"来得好",顺势抓起他的手臂向前一带,伸脚给他来了个小别子,肖大鹏一下摔了个狗啃泥。肖大鹏虽然心里有点儿怵头,可这份儿确实跌大了。于是他并不近身去攻击张顺,在张顺面前手舞足蹈了起来,把在相扑营学的什么踢、挑、踹、扭、蹦的功夫逐一演练起来。张顺待了一阵子说:"光说不练不是好把式,光练不干没有好身手。来、来、来,给爷露两手。"

肖大鹏却是心怯嘴硬,小声嘟囔着:"有本事你过来呀。"张顺向前跨一步,肖大鹏就向后退一步,没退几步就退到了河岸边。肖大鹏站在河边儿就不敢再嘟囔了。张顺一跺脚,肖大鹏一惊,身子一仰掉到了河里,小半截身子站在河里双手举起来乱摆。张顺笑道:"想练练水跤吗?"边说边向前走了两步。肖大鹏赶忙向后一退,没承想这河道坡道很短,一个倒栽葱滚进河里随波流去。

张顺吩咐漕丁："把他捞上来，别让他淹死了，淹死了跟谁要钱去啊！慢慢捞，叫他尝尝这运河的水是甜的还是咸的。"

几个漕丁在水里把肖大鹏托起，待他浮出水面一吸气就往下一拽，呛他一口水。玩儿了一会儿，把他扔在河滩上。肖大鹏离开了水面趴在河滩上，吸了几口新鲜空气醒了。虽然是醒了可他仍然趴在河滩上不肯起来，装起尿来了。

张顺对肖大鹏的家丁说："拿银子来赎你们家爷，连走了那个娘们儿一共一百五十两。少一两我就切你们家爷一块肉抵债。"

张顺又看了看站在河滩不敢上岸、被扔在河里的那个家丁说："爷就开恩了，这个狗奴才的钱就不要了，不过哥儿几个你们得好好伺候他多喝几口运河水。让他咂摸咂摸这运河水的滋味，以后少来这儿，找不自在。"

一个家丁过来手里捧着五两银子。对张顺说："这位爷你行个方便。先让小的们扶着我们爷回去，小的们身上就带着这几个钱，您先拿着，回头给您送来。"

张顺一瞪眼："没门儿，现钱交易一手钱一手货。少半个子儿都不行。"

方伯根三步并作两步赶忙来到张顺面前，一拱手说："哎哟，这不是张爷嘛，兄弟我来晚一步，没看见热闹。这是咋回事儿啊？"

其实张顺早就看见了方伯根，也不点破。笑一笑也一拱手说："原来是方大人哪，哪阵风给您吹到这儿来了？什么事儿我也不太清楚，您要感兴趣不妨问问那几位奴才，呵呵。"

方伯根知趣儿地将那几个家丁拉到一边，假模假式地嘟囔了几句，然后回到张顺面前说："张爷，这几个奴才确实拿不出那么多钱。爷，您看这样吧，到手的买卖哪能叫爷不赚钱呢！兄弟我先替他垫上。就算您给兄弟的面，把他们放了吧？"然后从怀里掏出了一百五十两现银，双手奉上。

张顺并不去接这个银子，笑了笑说："叫方大人破费，叫做兄弟的怎能心安理得？"

方伯根："张爷，这是说哪儿的话呀？这笔钱也用不着兄弟出，冤有头债有主，欠债还钱，杀人偿命！该谁出谁就得出，您说是这个理儿吧？可话又

说回来了，嗯，就是兄弟破费点儿，给张爷整碗酒喝。我看那还是可以的，望张爷笑纳。给足了兄弟这点儿面子。谢谢您啦，张爷。"

张顺："既然方大人这么说，兄弟就依了你，恭敬不如从命。这样吧，我拿五十两银子，是那个娘们儿的救命钱。"说罢拿了五十两银子，转手递给光屁股的漕丁说："兄弟们，拿去分分吧。要不然可就白忙活了一场。"

几个漕丁接过银子，向张顺行了个大礼说："谢谢张爷。"张顺一摆说："不用谢，这是你们应得的。"

张顺一转头，看见一言不发的闸头两眼冒光地紧紧盯着那漕丁手里的银子。走过去拉着他的胳膊，靠着他肩膀，贴着耳朵悄悄地说："别揩他们的油，还有一百两呢，那里有你一份，看我的。"

张顺对方伯根说："我就看着方大人的面子上，放了他们。既然方大人是面子上面的人，咱们依江湖规矩办，你把人带走吧。"

方伯根："那是那是，三天后兄弟在果子巷把角的宾晏春酒楼定下席面，把双方都请来，叫这不知天高地厚的玩意儿当场向您赔礼道歉，并亲手奉上那一百两银子。"说完一拱手，转身一挥手，对肖大鹏的家丁说，"抬你家爷回去吧。"

方伯根驱车来到宾晏春酒楼。方伯根为什么选定这家酒楼呢？

咸丰、同治年间北京知名的酒楼有致美斋、福兴居、广和居、龙源楼、同兴楼、时丰斋、裕兴园、万福居、同心居、泰丰楼、如松馆、便宜坊等。这些酒楼有一个共同的特点——大多是满族人和宫里的太监出钱，由汉人出面经营。为什么会出现这种满汉合作的格局呢？因为满族人是吃钱粮的，所谓吃钱粮说白了就是供给制。满族人生下来报了户籍，每月就可以领到一定的生活费。生活无忧，不必为生计忙活。

清政府入关后，汉人居多。为了维持满族人的统治，他们拼命地汲取学习汉文化，以汉文化统治中国。在康熙时期，康熙皇帝御笔朱批了历代文人名臣论各个朝代兴衰专辑《历代史论》。在康熙十六年（1677），由皇家书局武英殿印了五百套，发给众大臣。

汉大臣看过这个批注后佩服得五体投地。确认无疑，康熙是汉文化传承的继承人。

一本书、一个批注咋会有这么高的评价呢？首先一点，中国的古书是没有标点符号的。要读书人自己点，这就叫作断句。清初汉文人挤对满族人说："满洲鞑子会作个诗词，那也算不了什么，有本事把'四书五经'断断句给我们看看。要能断下来，我们就服气。"民国时期有个著名的学者叫刘大年，因为古文断错了一个标点而自愧。从此发誓再不著书立说。由此可见，断句是检验一个文人够不够格儿的标准。

清政府除了学习汉文化以外，还有一个明文的规定，即满族人有钱粮供给，一律不准参加经营汉族人所经营的生意买卖，不准依靠权势与汉人争利。

康、雍、乾后，满族贵族的汉文化功底已和汉文人不相上下，也要参加科考。清政府为了维持统治又规定：满汉分考，不可侵夺汉文人的功名。

因为有了这两条规定，所以满族人不能自己独立经营开馆子。为了不违法，就只好暗中出钱找汉人来经营共同分利。

宾晏春酒楼是汉人独资开的。掌柜的姓季，山东泰安人士，是赵立草的娘舅。由于一年四季店里的果菜、肉类、副食皆由小屯赵家的佃户供给，自然比市面上便宜了不少。他家经济实惠，两元一桌的宴席吸引了不少京城中等收入的顾客。由于地处南城，会馆众多（所谓会馆就是各省市驻京办事处，当时南城有近百家），是各省进京考进士举子们的安息之所。故，此地也是未入仕的举子们的聚居场所。官面上自有外甥赵立目照顾维持，赵立目又常请洋人在此就餐，各衙门自然不敢寻事滋扰。因此，京城各商业行会、帮派组织发生纠纷，议事平事都愿在此设宴举行。

方伯根进了酒楼，和季老板寒暄了几句就说："麻烦季老板，大后天晌午给兄弟留个官座。"

季老板也不问什么事儿说："这话是怎么说的？这么件小事儿，方大人派一个人捎个信儿不就结了，何必亲自来？"

方伯根客气地说："这不是一来顺路，二来俺想娘舅了嘛！"

季老板笑道："谢谢方大人您啦，老惦记着我这个老棺材囊子。那我就安排几个菜，咱爷儿俩喝两盅，要不把你兄弟立目也叫来？叫他带几个洋妞来

陪酒。"

方伯根："不了，舅，我还得知会一声那个小混混肖大鹏。"

季老板："哦，是不是那个在小屯儿跟咱家抢地泼粪的恶霸？你跟他弄出什么碴本儿了？"

方伯根简单地说了一下，就驱车去找肖大鹏。

肖大鹏正在家里生闷气呢：被人弄到水里灌了个饱，还约到有梁子的赵家去现眼，日后可叫我怎么混？这方伯根也不是个玩意儿，尽拿大爷我开涮。看爷我以后变个法子儿，整治整治你。不信保二爷整治不了你这个小屁官儿。

肖大鹏一见一身官服的方伯根，一下子就矮了半截。没有后台站在身边，想横也横不起来了。再一想，不是人家替自己掏了五十两银子，弄不好到现在自己还在水里泡着呢。哼！那五十两银子我也不还给他。你是想巴结保二爷而掏的，挨不着我的事儿。

肖大鹏："叫方大人笑话了。兄弟刚才落……落……落汤鸡的一副模样。"

方伯根就用妓院的行话打了个岔："哪个爷们儿没落过水呀，肖爷落个水，人家羡慕还羡慕不过来呢。"

肖大鹏虽没逛过八大胡同，这一点他是有自知之明的，知到了那种地方，甭管花多少钱都是粗茶碗，永远捞不着细的，哪有落水这节目呢。人家说自己落水，是高抬的自己。不免有点飘飘然，仿佛自己真的在八大胡同落过水。得意地胡吹道："方爷您真会逗哏儿。兄弟当年在小班儿虽说是落了水，可却碰上了个挨城门的。"

方伯根就坡下驴地调侃道："肖爷没养个外宅？"

肖大鹏："方大人竟拿小的开涮，养个外宅那得多大挑费呀？比正经八百娶八个媳妇儿钱都得花得多。磨磨叽叽地光弹个琴呀弄个曲呀，一点儿都不实惠，大爷我是小孩儿打醋直来直去，弄不惯那尿玩意儿。"

肖大鹏："方大人，我刚才琢磨了一下，咱是不是换家馆子呀？"

方伯根："好不嘛的，为什么要换呢？你准备换哪一家呀？"

肖大鹏："泰丰楼，地界又好，档次又高，比老赵家的饭菜做得好吃多了。"

方伯根一听泰丰楼就明白了。那是保二爷的亲弟弟在北衙门供职的富三投资开的馆子。这小子安排到那儿去摆酒，哪里是赔罪呀，分明是想借势欺人，找回这个场子。方伯根不清楚他和富三的交情究竟有多深，就为难地说："说好的事儿，怎么能说变就变呢，你安排那地方，人家张爷也未准见得去。你安排好了吗？"

肖大鹏："还没安排呢，我正准备去呢。您是正差儿，这事儿甭管怎么说，也得和您商量商量啊。"

方伯根心想，这小子既想赖账又想为难人家张顺。我不妨先叫这小子去办办看，看他道行有多深，和富三的交情有多铁，就说："既然肖爷有这么铁的关系，那兄弟，我只好听信儿了。"

肖大鹏信誓旦旦地说："方大人，您就坦坦儿地候着吧。我这就过去一趟，回头一准儿给您信儿。你先到上房烧一泡。咋样？"

方伯根说："客气了您嘞，您去办您的大事儿。我得去老赵家跟人说一声把席面退了。"

肖大鹏一见到富三，哭丧着脸说道："三爷，你可得为我们做主啊。兄弟我和保二爷都被人欺负了。"

富三压根儿就看不上这肖大鹏，已听下人禀告知道是怎么一码子事儿。心想，这会儿正没什么事儿，不妨拿这个无赖开开涮，解解闷儿。于是就故似惊讶地说："哪个不长眼的敢在肖大爷头上动土，难道他们不知道肖大爷'镇关西'的名号吗？"

肖大鹏："一群光屁股的河工，在二爷身上乱摸乱动。"

富三："哎呀，我当什么事儿呢，我那宝贝姐姐就喜欢这一口。摸就叫他们摸去吧，你又添什么乱呢？"

肖大鹏："二爷这么金贵的身子，哪能叫那又脏又臭的下人们糟蹋呢！"

富三："哦，于是肖爷就把人打了。横是打死了人，叫人家讹上了，是吧？没事儿，不就打死个人嘛，这事儿爷给你平。"

肖大鹏哭笑不得地说："三爷呀！不是我打了他们。是他们打了我，还把我扔到河里去了。"

富三:"怎么会呢?这我倒有些不信了。肖大爷儿这么大的本事,号称'镇关西',怎能在小阴沟里翻了船呢?啊,不可能,不可能。大爷儿,别哄我开心。"

肖大鹏:"三爷,您是不知道,他们仗着人多,要是单挑,我早给他们撂趴下了。"

富三:"一窝蜂打群架是肖大爷儿的拿手好戏、看家本领,咋叫人家给偷学去了呢?回头我去收他们的学费。"

肖大鹏气急败坏地说:"三爷,我的亲亲的好三爷,不是那么码子事儿,他们把我扔在河里灌我的水还不算,还要我摆酒赔罪,赔上一百五十两银子。"

富三:"哪路混混儿这么大气焰,这可得跟他们好好说道说道。"

肖大鹏:"是这么个理儿啊,三爷。小的我吃点儿亏被他们打一顿,扔在河里不算什么。可打狗也得看主人啊,保二爷还在场,这不明摆着跟肃王府过不去嘛,定是逆党。小的我有个主意,把他们骗到泰丰楼,回头三爷带着步军,一准儿将他们拿下。"

富三怒道:"别拿肃王府说事儿,我还不知道,你他妈的你呀。是个什么厌玩意儿?盘上了我那个不着调儿的姐姐,绕世界打着肃王府的旗号,狗仗人势,惹是生非,到处招摇撞骗。你他妈的可知道把你扔河里的人是谁呀?不着调的玩意儿。"

肖大鹏低三下四地哀求道:"三爷,甭管怎么说,那咱们也不能叫他白欺负了咱们二爷呀。"

富三:"欺负?你二爷她喜欢得不得了。还敢跟我说欺负,正经八百地掏两个子儿,把那几个河工弄到你家里来,叫我那不着调的姐姐和他们玩儿玩儿车颠儿,挺美的事儿,怎么叫你办砸了。"

肖大鹏垂首站在一边儿,不敢言语。

富三:"大后天我也过去捧捧场。"

肖大鹏以为富三骂他一顿,还真要过去给自己捧捧场,顿时来了精神说:"三爷,您给我撑面儿,谢谢您啦,可咱不能去赵家那破馆子呀,掉价儿啊。"

富三："你小子把嘴放干净点儿，赵家那破馆子？你又不是没去过，忘了上回你跟孙子似的上人家那破馆子，给人家赔礼道歉那档子事儿了吗？哈哈，你这是二进宫。嘿嘿，我还真得过去瞧瞧你那熊样儿。"

肖大鹏自言自语地说："三爷既然不是给我捧场，去那儿干吗？"

富三："瞧你那贼眉鼠眼的德行，我哪有那闲工夫给你捧场啊。我是给张顺和赵老五捧场去了，那方大人跟我也是朋友，给你垫上的钱加点儿响还给人家。哦，对了，到了那天你跟我一块儿去，省得你不自在。"

肖大鹏心里这个美呀，心想：富三爷真给爷们儿面，怕那批人到时再踩咕我，给我撑场子来了。说得也是啊，甭管咋的，爷我毕竟也算是你的大舅子哇，自家人能不想着自家人吗？

肖大鹏："谢了您哪，三爷。有三爷到场看谁还敢执拗。"

富三不耐烦地说："滚他妈的你臭鸭蛋吧，欠收拾的小舅子。"

肖大鹏一愣，在老北京这"小舅子"三个字儿是骂人的话。若是在乡里，哪个敢称他小舅子，他必然大打出手。可富三这么说他一点儿脾气都没有。心里自慰道：打是疼，骂是爱，不疼不痒拿脚踹。富三爷在自家没有当着外人这样骂我，这是爱我呀。

这一天，肖大鹏早早地来到了宾晏春酒楼。他没见到富三爷的车，不敢独自进去。就在拐角猫着四处斜楞着，等着富三爷。方伯根在门口迎接着宾客。张顺、赵立目等人陆续进了酒楼。

肖大鹏正担心富三诓他没来，急得火烧火燎的。突然见富三的车过来，三步并作两步地奔到富三的车前，请了个安说道："三爷，您可来了，可急坏小的了。"

富三掀开车帘说道："急什么呀？是尿憋的还是屎催的？瞧你那副尿样儿，就知道窝里横。"

肖大鹏伺候富三下了车，富三漫不经心地问道："银子带了吗？"

肖大鹏："什么银子呀？"

富三："给人赔罪的一百两银子啊！"

肖大鹏红着脸说："没带呀，小的想有三爷出面儿，还用带银子干吗，就

没带来，哎三爷，您候着，我这就回去取。"

富三冷笑道："哼，我就知道你这个老抠儿是属狗逼的，只进不出。不带银子，你来干什么呢？甭回去取，我给你带来了。"

说完，吩咐管家拿一百六十两银子给肖大鹏。

肖大鹏吃惊地说："不是说好了一百两吗？干吗多给他这么多？"

富三："那六十两银子是叫你还方爷的。我夜儿个不是跟你说了嘛，叫你给方大人带个响儿。我估摸着一准是你黑不提，白不提，没还给人家方大人。是不是这码子事儿啊？你那点儿小九九，我还不清楚吗？"

富三回过头对管家说："这钱算你放给肖爷的印子钱，叫他画押按手印。"

管家从怀里掏出契约说："喳，回爷，小的早备好啦。"说完拿出印盒，拉着肖大鹏的手摁上了手印。

肖大鹏心里这个别扭哇，暗骂道："他姥姥的，这叫什么事儿啊？小舅子放高利贷竟然放到姐夫头上来了。我他妈的这几天怎么这么背？喝凉水都塞牙，放屁都砸脚跟儿。"

方伯根引领着富三和肖大鹏进去和大伙儿见面。富三和大伙儿见过了礼后落座喝茶。肖大鹏站在一边儿，站也不是，坐也不是，连个大气都不敢喘。

张顺笑眯眯地盯着富三和肖大鹏心里琢磨着：这富三爷不知道是唱的哪一出，骑驴看唱本走着瞧吧。

赵立目见大家都不出声，笑着起身打了个圆场说："三爷，一桩区区小事。咋把三爷也惊动了，这可是咋说的？"

富三起来向赵立目拱手道："五爷，我是负荆请罪来了。"

说完拱了一圈手，一指肖大鹏说道："哎，我这不长眼的小舅子不知天高地厚，冒犯了张爷，惊扰了各位爷。兄弟我实在过意不去，向各位爷赔罪啦！"说完深深一揖。

众位一听富三当众管肖大鹏叫小舅子，忙笑着站起来还了一揖："三爷说的哪里话，自家兄弟不打不成交嘛。"

富三拱手说："得罪了众位爷啦。我这小舅子不过是个坑蒙拐骗的土流氓，真他妈的是蚂蚁拴豆腐——提都提不起来。众位爷，兄弟我今天把话撂这儿，以后见到这混球儿但凡做出一点儿不合规矩的事儿，该打就打，该骂就骂，千万别手下留情。这也是我今天拘他来的主要目的。"

富三说完一指肖大鹏："他妈的，小舅子。还杵在那儿干什么呢？赶快给众爷们赔礼道歉！"

待肖大鹏向张顺等赔礼道歉完，富三吩咐下人抬上来三坛子皇宫用的内黄酒说："兄弟带了几坛的薄酒，这三坛子放在酒楼里大家喝。到走时，外边还有，一人捎上一坛子，算给兄弟一个面子。"

众人纷纷道谢。方伯根招呼众人入席。

第十五回

专制千年天然冰
始入寻常百姓家

三伏天儿吃点儿冷冰箱饮,喝点儿冷冰水,那可多得劲儿啊。席上方伯根有一搭无一搭地对富三说:"三爷,这酒楼里如果弄个冰箱,镇上点水哇、酒哇、水果什么的,那可多得劲儿呀!"

富三:"方大人这不是明知故问嘛,您在水部供职,这点事儿也不是不清楚。"

我国是使用天然冰最早的国家之一,《周礼》中已经设置管理使用天然冰的官员叫作"凌人"。到清光绪之前北京冰窖只有官窖、府窖两种。

清初北京官窖只有雪池冰窖(在今北海东门外)和德胜门冰窖(在今德胜门外护城河北岸西侧)两处。这两处冰窖全建于明朝万历年间,清朝由内务府奉定苑和工部水司管理,负责向皇宫、六部、皇家祭祀的坛庙和亲王大臣们提供天然冰。乾隆年间因扩建圆明园又增设了海淀冰窖(在今海店镇西)。

府窖是专供王府用冰的冰窖,设立条件非常严格。必须是立过大军功的王爷,经皇帝御批后方可建立。清八大铁帽子王,几代清帝只御批了六个铁帽子王建府窖。

所以在清末北京城只有三座皇家官窖,六家府窖一共九座冰窖。富商官员有能力也不敢自行建立冰窖,那可是僭越的大罪,谁敢越制擅建必杀头无疑,所以清末老百姓使用冰这是根本不可能发生的。方伯根在水部供职,自然清楚这个事儿。正是因为清楚这个事儿,所以就琢磨变通的方法,自己怎么能拥有冰窖。

他自己也没想到，他的一番操作，竟开创了天然冰走向民间的先河。

方伯根说："正是因为兄弟在水部才知道这些事儿。实话说吧，兄弟想弄个冰窖，这不也是为了众位爷、各府官员都方便嘛。皇上日理万机，咱们做臣子的哪能老叫皇上为给谁冰不给谁冰、该向六部送冰了、该给西苑送冰了这些鸡毛蒜皮的小事儿劳神呢。我这也算是为皇上分忧、为国家效力、为爷们着想嘛。三爷，您劳劳神儿想个法子。"

富三想了想问道："方大人上本了吗？"

方伯根："哎哟，我的好三爷，这事儿兄弟我哪敢上本呢，只是和水部奉定苑的同僚瞎磨叽磨叽而已。"

富三："他们怎么说？"

方伯根："他们一听鼓捣冰窖的事儿，顿时全吓尿了。连连拱手说：'不可能，不可能。这犯上的事儿万万不可做，不可做，方大人，你就死了这条心吧。'三爷您想，现下朝廷正在锐意改革。京城这么大的水面儿，建个冰窖也不是什么大事儿。变个法儿，给通融一下。"

富三陷入沉思。方伯根向赵立目挤了挤眼睛。赵立目插话道："方大人弄冰窖的事儿，找三爷就对了，就在三爷家的府窖上做文章。"

一句话点醒了富三。以府窖的名义联合经营，当下这可是京城蝎子拉屎独一份赚大钱的买卖。

富三看了一眼坐在桌上的肖大鹏说："哎，小舅子，你的事儿完了，这里没你什么事儿了，你先回去吧。我告诉你，我们爷们儿聊的事儿，你如果敢出去乱说，看我不打断你的狗腿。滚他妈的臭鸭蛋吧！"

肖大鹏情不自愿地走了出去。

富三说："当今的府窖在打磨厂这儿，盖在这儿就是因为离王府近，要是经营嘛，这地界儿就小了点儿，可众位爷都知道，那地界儿想挤出巴掌大的一块儿地儿都有点儿难哪。"

方伯根说："这好办，咱把府窖移到永定门外不就结了。那地界儿宽敞，想盖多大就能盖多大。"

第十五回

富三："这倒是个好法子，可移动府窖总得找个来由啊。"

方伯根："就以打磨厂地区水质不清为由，三爷，您看如何？"

富三高兴地说："行，方大人，真有你的。得亏是您在水部供职。永定门外建冰窖的地您去买，移府窖的事儿我去和老爷子说，叫老爷子给皇上个本。"

方伯根："各位爷，真要是做冰的买卖，这利可海了去了。可这利大婆婆妈妈的事儿也就多了，冰上的、窖内的，不都得请人吗？还有那水果、蔬菜，保存节起的货、年起的货得到德胜门冰窖，挖个把式来。"

赵立目听着方伯根嘟啵一会儿说："众位爷，我看这样吧。咱们不如攒个局，大家都入个伙儿，这么大的事儿，也不能叫方大人一人忙活呀。"

众人齐说好，问赵立目掏多少钱一股为合适。

赵立目："我看有个百八十两银子就够了，先把事儿立起来，待冰窖皇上一批，一开建，那大把的银子不请自来啦。"

张顺说："五爷，您说的是梦话吧。京城这帮有钱人比猴都精。您站在城门垛子上一忽悠，他们就掏钱了？您嘞，您把京城这帮爷们儿都当二傻子看了？"

赵立目："张爷，嗯，说起这经营之道，您确实有点儿不明白，老辈子的玩法现在已经不中了。这点儿要学学洋人搞预售。"

众人齐问："什么叫作预售？"

赵立目："洋人的做法是，一桩买卖只要立了项，还没建就提前筹钱。比如说建个房子要卖吧，还没施工就把地段价位全公布出去，提前收预售金。预售金可以打折，买的人有便宜可占，有闲钱的人算做投资，自然愿意掏这笔钱啦。这洋人做买卖啊，可不像中国人这么实在，备齐了钱再办事儿。"

张顺把一百两银子交给方伯根说："听五爷这么一说，我倒开了窍。既然五爷说眼下有百十两银子就够了，您就把这钱拿过去，算作大家的股份吧。至于预售的事儿，还是叫五爷去操办吧。"

方伯根推辞了半天，还是收了银子。

富三一琢磨，这事儿有点儿大，怕是要顶雷。就说："五爷，我看这样吧，到时候您联系联系，给洋人送点儿冰。这样就是上面追查下来，或是有人从中作梗告到皇上那儿去，皇上冲着洋人的面子，那告状的本子还不是留中，黑不提，白不提了嘛。"

赵立目："三爷，给洋人送冰，这是桩好买卖。这洋人讲究公平交易，咱可不能不收钱，破了这个先例。三爷，您就赚个好吧，等着兄弟给你收美国人美刀、英国人的英镑、德国人的马克。哈哈哈哈。"

张顺问道："五爷，您跟我们说说怎么预售？"

赵立目："提前卖冰票啊。经营京城里甜水井的水三儿，他们的经营方法是先送水，后收钱。咱们学着洋人的做法先卖票，提前就把钱收了。可印成各种冰票，有年票，有季度票，有月票，还有散票，卖给洋人的要印得漂亮些。这不就没开张，钱就先到账了嘛。"

众人七嘴八舌地聊起来了冰窖的建设、冰窖的前景，不免兴高采烈地大杯小盏地喝起酒来。

富三爷一边听着大家聊，一边在仔细琢磨着这利弊。心想：这冰窖的买卖一旦做起来确实是一本万利。这赵老五还要卖冰票，弄得满城风雨。这么大的动静，那些无事生非的谏官能不上本吗？眼眉前儿的，我承袭个贝勒爷那是板上钉钉子的事儿。凭着王爷和太后皇上的关系，兴许太后、皇上一高兴，提前赏个贝勒爷当当也是无有不可的。我要牵扯到这个事上，叫他们奏上一本，太后、皇上这么一怒，我这贝勒爷不就泡汤了嘛。富三爷看了看方伯根，心里有了主意。临走时拉了方伯根袖子一下，方伯根会意就跟了过去。

来到富三的外宅，富三屏退了左右说："方大人哪，你是不知道我们家里的事儿。别看在外面我能撑个门面，可在家里大小事儿全做不了主。"

方伯根："三爷，这话是怎么说的呢？您是铁定的王位继承人，吐口唾沫都能砸个坑。这肃王府除了王爷就是您说一不二啦，哪有那掰不开镊子的事儿啊。"

富三："哎，这事儿您是不知道，我们家的老爷子也不知怎么的，就是特别宠着大格格，大格格那个不着调儿的爷说什么老爷子都听，干什么事儿老爷子都由着她。就是她干出来再出格的事儿，老爷子一句埋怨的话都没有。

第十五回

我看就是天叫她给捅塌了，老爷子也得替她扛着。可我要办点儿什么事儿呢，十有八个九个都叫老爷子给驳回。"

方伯根："三爷，老爷子那是爱护您，是真疼您。您是王位的继承人，当然不能留下一点儿瑕疵，也不能给那些言官抓住一丝把柄。这是王爷为您着想啊。保二爷则不一样啦，她再怎么爷们儿，终归是个女流之辈，是个大格格，一嫁人就不是府里的人啦。王爷是个明白人，所以她在府里一天，王爷就由着她一天。她就是闹出再大的事儿，朝廷又能把她怎么着？撑死闹个太后指婚。三爷，你也别当回事儿。"

富三："方大人啊，我跟你说这些，不为别的，我这不正是犯愁的嘛。"

方伯根："唉，三爷有什么可愁的，俗话说得好，车到山前必有路，船到桥头自然直。"

富三："方大人，大格格的事儿我才不操那份闲心呢。我是担心冰窖的事儿，我要是禀告了老爷子，叫老爷子驳回。那可不是连回旋的余地都没有了，可不是坑了我，坑了你，连带着大伙儿。"

方伯根知道富三这是叫自己去找保二爷顶这个缸，他一直等着富三把这事儿说破。心想：看来这个富三爷别看年轻，在官场上也算是个老油条了，又要办事，又把后路想好了。我也别慎着了，还是我说吧。这年头什么事儿比赚钱更重要。

方伯根："三爷，您看这样行不行？兄弟我找保二爷说说看。"

富三："还是方大人脑袋瓜子灵，我怎么就转不开磨呢，方大人去说一准灵。"

方伯根："不知二爷现在干什么呢？我过去看看。"

富三："背不住正在弄她那些蛐蛐呢。"

方伯根回到家里，拿了一堂二十四个赵子玉制作的蛐蛐罐儿，驱车来到王府去找保二爷。

保书舫看见赵子玉的罐儿喜欢得不得了，说："真没想到方大人还有这么好的罐儿。来来来，我给你展展我存的罐儿。"

方伯根跟在保书舫身后来到花厅。看到花厅里二三十个八仙桌上摆满了蝈蝈罐儿。正中八仙桌上孤零零地放着一个硕大的澄泥盆儿，一看款识是赵子玉做的。方伯根拿起来仔细观赏一下说："哎哟，我的二爷呀，您可让小的开了眼啦。这么大的盆儿，小的还是第一次见。这么漂亮的盆儿，也只有赵子玉做的。啧啧，这料也好，做工也细。也只有赵子玉能做出这么大的盆儿。我那儿还有他女婿李焕章做的盆儿，比这小一号。据说这李焕章虽然得到赵子玉的亲传，可毕竟手艺没超过他的岳父。二爷，这是从哪儿淘换来的？"

保书舫："我说方大人哪，这您这不是揣着明白装糊涂嘛。这是宫里的旧物，祖上传下来的。听我爷爷说赵子玉一生只做了三个这么大的盆儿，全在宫里，民间是见不到的。这个盆儿是乾隆爷赏给我祖爷爷的。"

方伯根凑趣地说："那是，那是，二爷说得是，这么金贵的玩意儿只有帝王贵胄之家才能收得。"

保书舫："哈哈，方大人可知道那张桌子为什么只有一个大盆啊？"

方伯根："二爷，恕小的愚笨，小的恭听二爷教诲。"

保书舫："家里原来也有几堂赵子玉的罐儿，也不知哪个败家子儿给送人了，剩了一堂，又叫我那傻爹送给戏子了。可就这个大盆儿啊，不知咋的，老爷子没舍得送。你拿来这一堂正好给我补上，省得光弄个盆儿在那儿压桌，孤孤单单的。"

说完，叫仆人把方伯根拿来的罐儿摆放在这张八仙桌子上。

保书舫："方大人今日来这是有事儿吧？说说看，是要跟谁打官司，还是要办谁，爷一准儿给你办了。"

方伯根就把想利用王府冰窖做买卖的事儿跟她说了。保书舫仔细琢磨琢磨，觉得不是什么难事儿。突然想起和他约车颠的事儿，就说："这事儿我看行，和老爷子说去一准儿行。可这事办成了，你怎么谢我呀？"

方伯根："二爷想要什么好玩意儿，小的尽力去办。"

保书舫："那好吧，方大人，先陪我玩会儿车颠儿。"

方伯根："啊，是，那是二爷抬举小的，小的哪儿是二爷的对手啊。你还没上手，小的就败下阵来了。"

保书舫："看你那个尿样儿，还是个爷们儿呢。我看你呀，也就是弄个病

歪歪的南方娘们儿瞎鼓捣鼓捣也就是了。"

方伯根："那是，那是，二爷说得是，小的怎敢跟二爷练呢。二爷，您看这么着，我把二闸那几块料弄来，陪二爷练练。"

保书舫："这还像个人话，这不，这两天我身子不得劲儿，要不我早去二闸找他们去了。"

方伯根："不劳二爷去二闸，回头小的把他们带到府上来，不就结了。"

保书舫："我看还是到小屯儿去合适，荒村野岭的弄个洋车，和几个野人，比正经八百的王府好玩儿多了。"

方伯根："那是，那是，还是二爷会寻乐子，二爷看哪天合适，小的先寻五个给二爷送去。"

保书舫："大后儿个吧。五个不够，你先弄十个过来。到时候你监场做提调，二爷我叫你开开眼。"

方伯根来到二闸外沿河的一个随墙小门，这是庆丰闸闸头老曹的家。

随墙门儿正对着河。院子里用猴头砖压了七八间房。小院儿虽不大，收拾得倒也齐整。

老曹把方伯根让到了上房。方伯根从仆人手里接过两个方纸包说："曹头儿，这两包高碎您留着慢慢喝。"

老曹："哎哟，方大人这是咋说的？您来就来吧，还带什么东西。"

方伯根："这不是寻你有点事儿嘛。"

这老曹心想：你也没少来我这儿，从来也没见你带过什么东西，全是等我孝顺你。今儿这是怎么了，太阳从西边出来了。堂堂方大人却给我送起礼来了。哼，黄鼠狼给鸡拜年准没憋好屁。

老曹："方大人，有什么事吩咐一声不就得了，怎敢麻烦您亲自跑来一趟，叫小老儿心里怪不落忍的。"

方伯根："想跟您借十几个漕丁用个三两天。"

老曹："方大人，这您是知道的，现在正是汛期，防汛是小的职责。这些漕丁一个都不敢放出去的。"

方伯根："是这么回事儿，肃王府的府窖取冰那段河段今年不知怎的了，杂草丛生，不太干净，想跟您借几个人清理清理。"

老曹："方大人，您这不是多此一举吗？肃王府多大的气焰，府窖里的界大线的（今工程师）自然会安排，这事儿哪轮到我们去干呀。您这不是逗我玩的吗？"

方伯根："哎，我说曹头儿。这您是不知道，府窖里这批干活儿的人，在河道上取个冰啊，在窖里码个冰啊，节起、年起全是行家里手没得说的，可这下水割水草的活儿他们却干不了。说句笑话吧，他们有的连泅水都不会，也就能在冰上干点儿活。"

老曹："方大人到人市招点儿零工不就得了嘛。"

方伯根："曹头儿，若是寻常的活儿，我不早这么办了嘛。这王府的活儿我不得小心点儿才是。不知根不知底儿的杂人，哪敢乱用啊。您这些漕丁是父一辈儿、子一辈儿的，知根知底，所以才找了您哪。"

老曹说："方大人，我这儿的漕丁是一个萝卜一个坑。再说朝廷按季发着粮饷，把人借给您出去干活，那上面的头闸（大通闸）、下面的高碑店闸、花闸、普济闸几个闸头冲着老面子就是不告发我揽私活，也得笑我不安心闸头工作，想攀高枝啊。"

方伯根："我说曹头儿啊，你这是跟我拿糖啊，这漕丁沿河两岸不有的是吗？我又不是不知道，有多少漕户的子弟没补上缺呢。闸上要有事儿，没补缺的漕丁子弟能不搭一把手吗？还缺这十几个人吗？"

老曹："方大人哪，他们之所以搭把手，是因为他们身家性命都系在这条河上，也为了自家不受灾、不被淹，才出来抢险救堤的。方大人，既然你说到这儿了，我给您找几个没补上缺的漕户子弟把这活儿干上，您看怎么样？"

方伯根："曹头儿，我看这样吧。漕丁跟漕户子弟一样一半儿，您看这样行吧？"

老曹："行，就这么着吧，方大人。可还有个难处。"

方伯根有点儿不耐烦地说："有什么难处你就直说吧。"

老曹："方大人，我这可是为您想啊。这些孩子破衣拉撒的，到府上去干活儿有点儿不体面吧，别给您丢脸哪。您掏两个子儿给他们弄套行头，这不

算难为您吧？"

方伯根拿出十两银子说："行，曹头儿，麻烦您给他们置套干净的衣服。这人嘛，我得瞧瞧，选一选，别净弄些人模鬼样的歪瓜裂枣给我，我可丢不起那份人。"

老曹："哦，原来方大人不是找做工的来的，是寻小相公来的。哎，你还别说，我这儿还真有几个眉清目秀的小后生。回头交给方大人教习教习，教他们学点儿规矩，回头方大人给他们找个好营生，那可出息大了。"

方伯根挑了四五个长得端正的漕丁和十几个后生说："曹头儿您说得是，我还真得教教他们规矩，教他们怎么伺候主子，怎么跟主子回话。嗯，这几块料我今儿就带走了。干完了事儿给您送回来。"

闸头老曹心里这个乐呀，心想你带走了正好，还省得我花钱给他们置衣服了，就说："方大人，您甭着急送回来。您带走了我放心，他们跟着您学，还会学到不少本事。有大出息，有大出息。"

方伯根嘿嘿一笑："我说曹头儿啊，您造化大了，赔等着这帮小子孝顺您吧。"

方伯根吩咐管家："带这帮小子到澡堂子泡个澡，换身干净衣服，再来见我。"

方伯根心想："这娘们儿不好伺候，我得去找五爷找个洋教头。"就驱车来找赵立目。

赵立目听完了方伯根的叙述，哈哈大笑："我说方大人哪，好好的官不做，却要当什么老鸨子。真有你的，亏你想得出来。"

方伯根尴尬地一笑："五爷，这不是没法子嘛。摊上这么一个不着调的骚婆子，您说要不把她伺候舒服了，咱那冰窖还有谱吗？为了生意，没法子呀，叫您笑话了，五爷。"

赵立目起身一揖，恭敬地说："方兄，小弟如何敢笑话您？这么漂亮的招数就是诸葛在世也甘拜下风啊。哈哈，妙、妙、妙，走，咱俩去小白楼。"

方伯根："哎，我说五爷你饶了我吧，那洋妞咱可消受不起，比君代家差多了。要去我还是陪您去君代家吧。"

赵立目："方兄，你这是说哪儿去了？咱不是去找洋教习吗？"

两人来到东单小白楼美国妓院。靳东听说赵立目来了，马上迎了过来，将两人引入客房。

这靳东是美国西部牛仔的后裔，和一个牛仔本杰明相好。这本杰明听说遥远的东方有个中国，用黄金铺地，用珠宝盖房，就带着靳东漂洋过海来到了中国。先在广东番禺十三行里混了个差事，干了两三年，挣了些钱，就来到北京谋发展。本杰明来到北京没两三个月，就染上猩红热，一命呜呼。靳东在小白楼谋了个差事，她不但人长得漂亮，又会说一口流利的中国话。没多久就混上了领班、大堂经理。赵立目娶的洋媳妇儿大洋马爱丽丝就是她给牵的线儿。

三个人边喝着咖啡，边吃着甜点，边聊着。

靳东："五爷，方爷，您说的这保二爷听着倒像个苏格兰人。五爷您是知道的，听说我们祖上就是苏格兰人，被那英国人流放到美国西部去的。难道保二爷这一支飘到中国来了吗？"

赵立目："看把你能耐的，说风就是雨，那保二爷是地地道道的中国人，是镶蓝旗的格格，按英国人的说法就是公主。"

靳东："英国的公主？那爱尔兰的公主可真没这么出格的。偷个情，搞个私会，有个三两情人也是正常的。可总得宾着点儿皇家的颜面，悠着点儿啊。按你们京片子的话说，驴粪蛋表面光嘛。"

方伯根听着靳东一口纯正的北京官话，还带着俏皮话儿笑道："靳小姐，这要是没看见人哪，光听见您说话，准把您当成北京的大妞。"

靳东："哦，是吗？方爷。回头我跟五爷生个北京大妞给你搂搂，到时我跟他家爱尔兰的公主爱丽丝住在一起，按五爷家的山东话说齐人有一妻一妾嘛。"

靳东说完，给赵立目一个飞眼儿。

赵立目："哼，我要是跟你滚出来个种，非叫我们家老太太给我打到美国去。"

靳东："那不挺好的嘛，咱们到美国西部盖个大庄园，再到英国伦敦买个

大城堡，你再谋个爵士当当，多美的生活呀！"

赵立目："哎，我说靳东，先别做你的春秋大梦。先把眼前的事儿办了。回头你去找爱丽丝，你们俩在一块儿做那春秋大梦吧。"

靳东："五爷，误不了事儿。这不见着您高兴了嘛，才扯几句闲篇儿，我可记着呢，平时您就爱听我扯闲篇儿。"

靳东摇了一下门铃，进来一个侍者。她吩咐侍者去餐厅调三杯鸡尾酒来。

稍坐片刻，几人来到方伯根在观音寺街的一处宅子。在花厅摆下酒席，几个人就喝了起来。

赵立目喝了一会儿，没见动静就问："方爷，二闸带回来的那些货呢？"

方伯根笑了笑说："在界别儿的沂园泡澡呢，估摸着也该过来了。"

正说着，管家带着十几个仆人打扮的后生进来，在桌前站了两排。

赵立目和苏格兰妈妈嘻嘻哈哈地边说着英文，边指指点点。两个人叽里咕噜地说了好一阵子。赵立目指着两个人，叫他们走到身边来，问叫什么名字，一个说叫狗剩儿。

苏格兰妈妈也稍微听懂一些汉语，笑着用英语问赵立目："狗都不要的东西，怎么能取作人名？"

赵立目："好养活呗，我们这里孩子养大不容易，生下的孩子三岁之前，十个里边儿就有两三个夭亡了，能够活到成年的也就那么三四个。狗比人的生命力强，为盼孩子能长大成人，所以贫民之家不少孩子都叫什么狗剩儿。不过我觉得狗剩儿这名取得挺有意思的，和你们西方人说的上帝还有点儿渊源呢。"

赵立目蘸着酒水，在桌上写了上帝这个英文字儿，然后叫苏格兰妈妈转到桌对面再看这字儿。苏格兰妈妈用双手捂住了脸惊叫道："哎呀，天哪！原来上帝趴下却是条狗。怪不得中国孩子都叫狗剩儿呀，原来他们也是上帝的子民。"

说完在胸前画了个"十"字，然后从脖子上摘下一个十字架给狗剩儿戴上说："赵先生，这个孩子我亲自带。"几个苏格兰妓女鼓起掌来。

赵立目："缘分哪，狗剩儿还不赶快谢谢你妈妈。"

狗剩儿呆呆地站在那里不知所措，赵立目扫了一下方伯根等人，见他们也呆若木鸡，不知眼前发生了什么。他微微一笑，知道自己和苏格兰妈妈说的英文这些人听不懂，赶忙用汉语向他们解释清楚。

方伯根凑趣对管家说："赶快给这孩子带下去，把这短打扮扔了，换件长袍回来重新见礼。"

管家拉着狗剩儿出去了，方伯根想了想对赵立目说："五爷，我得过去安排一下。"说完也就跟着出去了。

苏格兰妈妈一耸肩一摆手，沮丧地说："难道他们不喜欢我。"

赵立目忙过来扶着她的肩，悄悄地用英语向她解释，她高兴得哭了。趴在他的肩上呜咽着哭了起来。

那个待在一边的小后生看出了这里的门道。等赵立目和苏格兰妈妈入座后，向前跨了半步行了个西方鞠躬礼说："爷，妈妈，还有我呢。"

赵立目笑道："达令，你看，你刚得到了个儿子情人，倒慢待了这个情敌。"

妈妈说："一样的，一样的，我也喜欢这个小兔子。"

赵立目说："达令，你可知道兔子是什么？"

妈妈："可爱的小动物呗。"

赵立目："北京的相公堂子的相公，俗称作兔子。这相公嘛，就是你们英美国的男妓，恰巧又叫你说中了。你再拿一个十字架给他也挂上吧。"

妈妈摆了摆手说："哦，对不起。我只带有一个十字架呀。"

赵立目对那个后生问道："你叫什么名字？"

后生答道："猴崽子。"

赵立目："多大了？"

后生："十六岁了，属猴的。我知道你们要我们干什么。"

赵立目大吃一惊问："难道你听得懂洋文？"

后生："听不懂。"

赵立目："既然听都听不懂，那你知道我让你们干什么？"

后生："既当相公又当鸭子呗。"

赵立目："你真是个猴崽子，鬼得很。可你又怎么能知道这么清楚呢？"

后生："这很简单，从你们说话的表情我就能猜出三四分意思，再听您两面翻译，这不就王八看齐——大概差不离了嘛。"

赵立目对这个后生感了兴趣问："猴崽子，你小小年纪怎么知道相公这个行道呢？"

猴崽子："我祖上是苏北人，四九城里有不少苏北人都是干这一行的。小时候我爷爷曾送我去拜师学京昆，他们看了看我的身段，说赏不了我这一口饭。"

赵立目心想这么机灵的孩子要卷到这烂事里，有点可惜，说："猴崽子，如果你现在还想去学戏，我可以给你找个师父。我看你做青衣不太合适，这可能就是他们没要你的原因。相公大部分都是学点儿青衣的。你可以学花脸，可以唱老生，还可以学武丑，这趟浑水你就别蹚了。"

猴崽子："爷，我不想去学戏。"

赵立目："那你想干什么呀？和我说说。"

猴崽子："方大人给我带来，安排了这个营生，我觉得挺好的。"

赵立目不安地问道："你这孩子有这奇怪的想法，不妨和我说说。"

猴崽子："庄子说，人生不过干两样事，食也性也。只要是人吃饱了没事儿干，就会饱思淫欲。现在正好有这个机会，我就从这两件事儿上做起。爷，您给个方便吧，让我试一把。"

赵立目对妈妈说："看来这个情人你也得收了。"

这时，方伯根带着一身文士打扮、干干净净的狗剩儿走了进来。狗剩儿像模像样地按照西方的礼节和妈妈重新见过了礼，妈妈高兴地把狗剩儿搂在了怀里。

这群人受了苏格兰式训练，伺候得保二爷舒舒服服。她把狗剩儿跟猴崽子留在了身边，认作干儿子，分别叫富三、富四。

保二爷和肃亲王说了此事儿，肃亲王上了本。没几日就批了下来，领了龙票。方伯根和保二爷商量好，原来的府窖还继续用着，就去找雪池冰窖的于、昶、耿三姓当差人。

原来这冰窖的"凌人"自古相传是世袭的。清王朝统治时期，官窑制定了严格的管理制度。每年冬季招收有技术的工人，复审合格后，要把姓名、住址登记于花名册上，并发给有编号的腰牌。凭腰牌方可去冰场做工。规定中还有窑方有解雇工人之权，工人无辞退之由，俗称"只许进，不许出"。到了清末经济萧条，民难谋生。官窑里又是自家的兄弟，不好辞退，人多为患。先是分为三班，于、昶、耿姓各带自家兄弟一年一轮换，三年一转。当值与不当值的按季领取钱粮，这时候国库空虚，官窑发的钱粮也相应减少。三家上下难免怨声载道，可这个特殊的行业民间是不允许经营的，所以这三家人也没有外发展的可能，只能怨天尤人。

正赶上昶家今年当值。于、耿两家当家的带上界大线的随方伯根来到永定门外河西岸的现场。看完现场，一行人来到宾晏春赵家酒楼就餐。

于老板："方大人这个窑可不小啊，甭说是府窑了，就是皇家三座窑加起来也没有您这儿大。怕是我们这两支人马全拉过来也不够用。"

方伯根："于老板，这没关系，人不够用，到时候再现招嘛。请几位爷来，用的是爷们的看家本事。至于长套（冰上作业工）那是粗活有把力气就成，由你们的老长套工带着他们干没问题。界大线又用不着他们，有你们两房这几位爷也就够了。至于短套（窑内作业工）嘛，我先招一批人，麻烦两位爷，带到窑里实习实习。"

耿老板："方大人，这冰窖的建立可有讲究呢。窖底得用柏木杆打桩，上好的石料砌成石帮石底儿，冰窖上层的地面要用大城砖围住才行。要不这个活儿我找几个人来给您干干？保您万年牢，你看我们那窑用了几百年了，没走一点儿样。"

方伯根心想，我这又不是皇家冰窖，要什么万年牢呀，刚拉上活儿，又想敲我一把。柏木桩儿、青石板得多大挑费。找个棚行，用榆木旧杉篙打个桩儿，上边儿拼凑上点儿石条，四周墙围子用三合土干打垒不就齐活了。

于是方伯根说："耿老板的心意我是心领了，咱资金没那么充足，比不了皇家，按皇家窑的建法咱也建不起。再说这几年来，兵荒马乱的也不那么安定，建个窑三五年塌不了也就行了。"

方伯根来到南城土地庙（今宣武医院）找到山海棚行。老板带着棚行一帮人马随着方伯根实地勘察了窖址，商妥了各项条款。山海棚行老板回去备料准备施工。

建冰窖的事儿方伯根安排得差不多，就去找赵立目。

他来到史家胡同西罗圈赵立目的外宅，大洋马爱丽丝迎了上来，先给他请了个中国式的蹲蹲安，然后欲行西方的亲吻礼，他向后退了一步一拱手说："行了行了，爱丽丝。你既嫁了中国人，在大清国的地界上，西方那一套就免了吧。留着等你荣归故里的时候再用吧。"

爱丽丝笑着把他引入书房说："方兄，先生和齐（如山）先生，正在客厅和德国领事说事儿呢。我陪您稍坐一会儿。"

仆人送上来咖啡和香槟酒。

方伯根问道："我说爱丽丝，听说您是英国公主，您老爹又是爱尔兰的亲王，好好的英国你不待着，做你的英国公主多滋润哪。没事儿跑我们大清国这穷地方来干什么？还嫁给了我们这小老弟赵爷，可你连他们家的门都没进去过。你不觉得委屈吗？"

爱丽丝："方兄，瞧你说的。没有委屈呀。你兄弟很可爱，我爱他，和他在一起就够了。我嫁的是你的兄弟，不是他的家。再说英国什么样我从来也没见过。"

方伯根奇怪地问道："难道你没在英国生活过吗？"

爱丽丝："是的，我没在英国生活过一天。你们大清国现在这么乱，帮我劝劝你兄弟，我说的话他不听。"

方伯根："这我就不明白了，我兄弟是个明白人。他这么爱你，为了你，他好几年不能回家，能不听你的话吗？和我说说你跟他说什么了他不听。"

爱丽丝："前些年在广州你们泱泱大清国被我们打得落花流水。现在呢？美国人、德国人、奥地利人、比利时人还有那个俄国人，就连小日本儿都想从我们手里夺一杯羹。你们大清国能好得了吗？所以我劝他为了安全，把家移到印度去。"

方伯根："移哪儿不好，为什么要移到印度去啊？"

爱丽丝："因为我生在印度。我父亲是英国驻东印度公司的经理，在那里做香料、茶叶、鸦片的生意，我妈妈是西班牙人，按你们中国话说，就是我爸爸的小老婆。后来我爸爸回英国了，把我和妈妈留在了印度。再后来我就在印度认识了我爸爸的一个远房亲戚，叫赫德。是我爸爸把他引荐给英国政府，派他到中国来做事儿的。他带我到中国来旅游。没想到在北京遇见了我的白马王子你的兄弟赵爷。我不顾家里的反对，就嫁给了他。后来的事儿，方兄你就都知道啦。"

方伯根："所以你撺掇着我的兄弟在英国买个大庄园。"

爱丽丝："是的，我要气气我的父亲，谁让他不带我回英国呢。我还要他买个爵士当当给我父亲看。"

方伯根："哈哈，爱丽丝想不到你这么有心计。你恨你父亲是想报复他吧？"

爱丽丝："没有，我的父亲很爱我。他走的时候跟我说过，他是基督徒，在英国是一夫一妻制。他和我的妈妈没有婚约，也不可能有，所以没法儿带我们母子回英国去。"

赵立目送走了齐如山和德国领事。来到书房和方伯根见过礼。方伯根和赵立目说明了自己工作的进展。

赵立目："这些常年吃官差的人，干活儿是没问题的，可就大手大脚。是啊，方大人，咱们不能按他们的路子走。您干得好，咱们要什么皇家的体面，用不着那么气派。找棚行再配上点儿瓦木工就齐活了，我看行。"

赵立目拉开书桌，拿出一个信封袋，递给了方伯根。

方伯根打开一看，全是银票，外国银行的，还有大清钱庄的，估摸约合两万两银子，说："五爷，这是预售的收入？"

赵立目："是啊，这只是一部分。我和几家使馆签订了合同，他们付了预付金。又悄悄地和几家饭庄私下签订了协议，也收了他们的定金。我叫权爷和几个汉民大的肉铺和回民的羊肉床子、鲜鱼口的水产铺子也去谈了。他们有点儿拿不定主意，看来是不太相信咱们能干这个营生。回头您把龙票给权爷，叫他们看看。"

第十五回

权宝贵拿了龙票，很快把事情办妥。赵立目在广和居安排了全鱼席，请内外客户大聚一场。

这广和居在宣外南半截胡同。当时京官中有善于烹调的南方人，多向该馆传授一些特殊的菜，全冠予自家的名号。如五柳鱼传自陶凫芗，叫作"陶鱼"，"潘鱼"是潘炳年亲授，"吴鱼片"传于吴闰生，江树昀指导做的豆腐就叫作"江豆腐"。

大家吃了个杯盘狼藉。各外国使馆的领事赞不绝口，纷纷在此设宴，请赵立目随宴讲解。赵立目请了当时京城有名的"菜圣"，也就是"吴鱼片"的传人内阁中书吴闰生。

这个吴闰生有点儿意思。他到了饭馆里，坐到灶膛前，亲自指导每一味菜的做法。等到上桌时，他却一口不吃，只看着大家吃。大家吃完了，他再回家自己做给自己吃。

爱丽丝请赫德在广和居一个精巧的小官座吃饭，从他父亲上论她管赫德叫叔叔，席上爱丽丝和赫德聊得甚欢。赵立目知道爱丽丝他乡遇故知，就很少插嘴，让他们爷俩叙叙旧情。赵立目看着墙上的对子"石根水怒水根石，天外山惊山外天"，是何绍基所写，仔细看着确实是何绍基之体，站起来仔细端详了一下，觉得是何之体，可是就是缺点儿什么精神，好像没魂儿的何绍基。

清末书法家、诗人何绍基，号东洲居士，著有《东洲草堂诗集》。为官时在京住处离广和居很近，是广和居的常客。后来被贬官闲在家中，虽说不上算穷愁潦倒，可手头毕竟没有那么富裕。虽然不太富裕，可好吃这一口却依然如旧，就在广和居等饭庄做起以字换吃的营生，因此广和居留下了何绍基不少墨迹。

赵立目仔细看了看印章和题跋，"蝯叟"两个题字有些生涩，一点儿不流畅，心想何绍基怎么能把自己的雅号写得这么烂。再拿放大镜仔细看了看印章，发现何绍基印几个字没有刀痕崖岸，显然是用小锉磨出来的，知道这是影印本，就谎称上厕所，溜出来去找张老板。

赵立目："官座那幅何绍基的字儿匀给我吧。"

张老板："既是五爷喜欢，就拿去玩吧。"

赵立目拿出一块大洋，放在桌上说："这是我替赫德先生买的。"

张老板看了看钱，把钱推过去说："哎哟，五爷这是咋说的呢，五爷要送洋人。小的愿意奉送，难得洋人也喜欢何绍基的字，待会儿我就叫跑堂的把它摘下来给爷带上。"

赵立目："这么没精神的字儿，也只能送给洋人。麻烦您嘞，给我找幅有精神的，我自己要。何爷虽作古了几年，可你家何爷的存货一定还有不少啊。照这个样儿给我挑个精神点儿的。"

张老板知道赵立目看出了其中的门道。心想既然你没点破，我也就装糊涂吧，说："五爷，您是不知道。自从何爷死后，高价求何爷的字儿的人却多了去了，小店也没剩几张了，抬起来当作镇店之宝了。"

赵立目拍出十两纹银说："麻烦您高抬贵手，把那幅精神的匀给我，这是那幅精神的价钱。至于那幅没精神的嘛，嗨，还按刚才说的这个价钱，我送给赫德先生。从此以后这没精神的字儿您尽管挂，尽管卖。赵爷我绝不多说一个字。"

张老板只好把何绍基这副对子的真迹匀给了赵立目。

赵立目带着爱丽丝在此陪外国客人盘桓了十几日，那官座里依然挂着何绍基那副对子。

方伯根、权宝贵等人自然是在紧锣密鼓地筹建冰窖的事情。

第十六回

于扒拉自制于八灰
赵三爷外宅养三娘

方伯根在窖前修建了窖神殿,请了窖神,选了吉日,敲锣打鼓放鞭炮地把窖神供了起来。

这个窖神就是济公和尚。当时建筑的冰窖、砖窖、煤窖、杠房、轿子铺等行业均供奉此神,俗称"醉济颠"。

入冻前,界大线的安排"涮河"。所谓涮河,就是在采冰段的下游放置闸板,使河水上涨,清除该段杂草和污物后提起闸板,放去污水,再放下闸板蓄水。数九后开始采冰,行内人称作"打冰"。打完第一茬冰,上游闸板提起放水,待冻实后再打第二茬冰。一冬天可打四五茬冰。各茬冰的质量和用途各有不同:一茬冰坚硬,可存放时间长;二、三茬冰净洁,可供直接食用;四茬冰薄软易化,一入夏要首先用掉;五茬冰则根据气候情况,若天气提早转暖就打不出来了。

当时皇窖的冰是正方形,约合现在的 0.5 平方米。府窖的冰是长方形,约合现在的 1 米 × 0.8 米。一个正方形、一个长方形以区别皇室的尊贵,一块小小的冰就能把皇权表现得淋漓尽致。

采冰前,界大线的师傅要根据冰面的面积大小,估算出一茬儿能产出多少块儿冰来,界大线的名称就是由此而来。界大线的师傅画好线后,手拿冰镩的打冰师傅就开始按线打冰,先是从最远处采,一排排向后退着走,这是为了方便进窖运输而设计的工作流程。

拉长套的工人把冰推拉到窖口,交由拉短套的工人在窖内分拨码放。

采了几茬冰后，赵立目、方伯根约了冰窖所有的股东一起参观了窖藏的冰，然后由权宝贵引领大家来到河沿房的后院，观看天然冰配套使用的器具。南海县举子陈阶平、香山县举子钟崇光等本届状元考试落榜的举子也均来到了现场。

大家先看了各种大小不一的冰柜，有客厅用的装水果、酸梅汤、冰水、绿豆汤的大冰柜，有书房、卧室用的小冰柜，有用于轿子上的、大鞍车上的配套冰箱和用于降温的装冰块儿的小瓷盆罐。

权宝贵带大家进了厨房，同文馆厨房承包人于八在观看大保鲜柜样板。

这保鲜柜有一米多长、六十厘米宽、七十厘米高，上方装着木盖儿，木盖儿上盖着棉被。保鲜柜用青砖砌成，青砖外絮了一层石棉，石棉外又立着砌了一层青砖，既固定了石棉又起了保温的作用。掀开木盖见柜里四壁光洁、细腻平整，大家用手敲敲却坚硬无比，不知道是用什么材料做弄的。

陈大照问权宝贵："权爷，里面四壁是不是抹的洋灰？我们广东那些华侨回来，盖洋楼都用的这玩意。"

权宝贵："陈爷，什么洋灰，洋灰从海外运来得花多少钱？这是中国的土灰，是于八爷的扒灰。"

众人听了"扒灰"两个字儿，不免笑了起来。于八小声地嘟囔着：这权爷当着这么多人也没个正形，净拿我打镲。

原来这权宝贵为了使大冰柜防水，想了不少法子。赵立目从德国公司弄了几袋洋灰（今水泥）。可这洋灰抹上去还是吸水。两人咨询了德国公司的技术人员，技术人员对他们说："这洋灰是有标号的，嗯，标号越高吸水性越低。"他们换了高标号的，可还是解决不了吸水、渗水的问题，但价格比低标号的要贵三四倍。

正赶上于八签完了供冰合同，买了冰票。来到河沿权宝贵前厂后店的车行，准备淘换个冰箱等用具给小环用。见到权宝贵正在折腾冰柜防水、防漏的问题。笑道："权爷，这算什么难事儿，撮点儿烧过的煤渣来不就解决了。"

于八运来一车煤渣，指挥着工人把它捣碎，过筛子，把细成面儿的煤灰用水闷上。过了一段时间，于八用手摸摸用水闷过的煤灰，然后拿起自己带

第十六回

来的一把木抹子、一个木托盘，在托盘上装上灰，然后用左手把托盘斜拿着。右手拿着木抹子把灰向上方推去，让推上去的灰又落在托盘上。然后再推去，推了几下就把灰抹在大保鲜柜内壁上。抹满了内壁后用木抹子慢慢地拍了起来。拍了有半个时辰，内壁上渐渐地出来浆水。于八又拿出铁抹子，轻轻地压着内壁，慢慢地把它擀平。随着他反复地压擀着，内壁越来越光滑细腻。干完这段活，于八和权宝贵边喝茶边聊着这个活计。

于八："权爷，就是砌灶曹家常用的手艺，用来砌台面。等干了以后，又硬又平，一点儿水都不吃。我常用他们家砌灶，这盘灶的功夫虽然没全学会，但自己盘的也凑合着用，就是没他们家盘的好使。这压台面儿的手艺可一点儿都不比他们家差。"

喝了一阵子茶，抽了几袋烟。于八又拿出一个喷壶向大保鲜柜内四壁喷上了一些水。于八把柜底依法操作完后，告诉工人每三个时辰喷一回水。

两天后，保鲜柜防水工程完成。果然如于八所说，既坚硬无比，又不渗水。

众人见了黄铜制、椭圆形的装冰器具有些像晚上起夜用的尿壶，不禁大笑道："权爷把夜壶也派上了用场，难道夜里撒的尿也要冰镇起来？"

权宝贵："众爷们真会开玩笑，这是放在帐子里降温用的冰壶。这不于爷订了两个。"

张顺笑着拍了拍于八说："八爷订两个干什么？嗯，我明白了，横是要把弟妹的尿冻起来兑酒喝。"

于八腼腆地笑着说："张爷说笑了，我是给我家小子订的。我是怕伏天太热，这不去年伏天我那小子热得起了一身痱子嘛。这权爷也是，起什么名不好，非叫冰壶，也难怪张爷想起了夜壶。"

钟崇光："如果嫌这个名不好，可以叫冰婆婆，这样就避开了那个壶字。当年我在江浙地区游学访友，冬天天冷，他们那儿又不兴用火炕，就在被窝里放个汤婆婆取暖。你还甭说权爷弄得这冰壶搞不好是仿人的汤婆婆做的，就是口大点儿。别的全一样。"

权宝贵："真叫钟爷说着了，我确实是仿着汤婆婆的样子做的，这钟爷的眼睛真尖。确实是口大了点儿,是因那汤婆婆灌的是热水,咱这冰壶是用来装冰的,口自然要大点儿了。"

众人边看着冰具,边品评着好坏,边提着改进方法和还应该新做些什么器具。七嘴八舌,说得好不热闹。

突然,方伯根的管家快步走了进来。扯了一下方伯根就要和方伯根到外边说话。

方伯根:"有什么话就在这儿说吧,这儿没有外人。"

管家:"那两家界大线的给咱撂挑子了。"

方伯根:"这是咋回事儿?好不唧儿的撂什么挑子,是嫌咱们伺候不周吗?"

管家:"回爷,不是这么回事儿。他们说现今年有点儿热,第五茬冰打不了。"

方伯根:"不是跟你交代过了吗,叫他们照打不误。"

管家:"他们说天热打不了那么厚,不合规矩,没法儿干。我对他们说,你们甭管规矩不规矩,也不用管厚薄,打出来就行。这两位却说,却说……"

方伯根:"他们说什么呀?你倒说说给大家听听。"

管家:"小的不好说。"

方伯根:"有什么不好说的?又不是你说的。说,爷和大伙儿都不会怪你。"

管家:"爷,他们,这可是他们说的。他们说咱这叫'狗贴饼子,不是人干的活儿'。说完就拂袖走了。"

富三怒道:"几个狗奴才,在皇家冰窖里干了几天活儿,就把自己当成了皇家的人,看我不打断他的狗腿。"

方伯根:"三爷息怒,三爷息怒,用不着跟几个狗奴才生那么大的气。我觉得这样挺好的,还省得我辞了他们。"

方伯根对管家说:"叫咱们二闸那些学徒来干。"

管家:"爷,他们干得了吗?"

方伯根:"把那个'吗'字给我去掉。有什么干不了?告诉他们大胆地去

干。这茬冰反正是成不了规矩，正好叫他们练练手，一开春儿，这保鲜柜里正好使用。用在保鲜柜子里的冰，再规矩的冰块儿不也得砸碎了嘛。这第五茬冰又薄又软又容易化，正好派上用场。"

立草回到家里，天擦黑喝了些茶，回到卧房，正准备休息。进了卧房，见房中冷冷清清，才想起媳妇回山东老家去探视老祖了。

立草媳妇儿赵王氏，没有大名，本家姓王，只有个小名叫小倩，生下来不久父母双亡，又没有爷爷奶奶。由老祖带着，一把屎一把尿带到三四岁。正赶上她舅舅接了赵家小屯三十亩地的营生，本来穷得叮当乱响的舅舅一下生活有了出路，自然想起外甥女也不能老叫她老祖那把年纪还得养着她，就把她带到了北京来。

到了北京，小倩的舅舅经营这三十亩地生活有了着落。到了年下交租子的时候，听说赵家要给小五子找个童养媳。她舅舅想，赵家是个大户人家，把她送过去，将来多年的媳妇熬成婆，横竖是比自己给他张罗婆家强，自己也自然和赵家攀上了亲戚。于是和赵家说了后，带了小倩叫老太太看了看，老太太挺满意，马上吩咐柜上给了三十块大洋。这小倩就成了赵家的童养媳了，称作赵王氏。

当时小五子只有三四岁。因为淘得厉害，又是老疙瘩，老太太不免有些偏心，哥哥姐姐又让着他。没承想这小子恃宠而骄，就更加闹得不成样子了。经常在哥哥姐姐身后扔摔炮，在下人的房门上拴上拉炮，往灶膛和取暖的炉子里扔二踢脚、麻雷子。

因淘得厉害，老太太想家里的人管不了，就想提前给他找个比他大点儿的外姓童养媳，没准儿能把他管住了。

当时，大家族为了传宗接代、人丁兴旺，当男孩儿十来岁时，就给他娶一个大个七八岁的女孩子做老婆好早生早育。大公子赵立德十一岁时给他娶了一个十六岁的大太太，到赵立德十八岁的时候已有了一儿一女。立德继承了祖业行医又娶了二房，今儿个又娶了第四房姨太。

这赵王氏入赵家时六七岁，赵家为了让她管住小五子赵立目，就让她和赵立目同吃同住。

你想那小五子岂是个省油的灯，哪能不捉弄她。吃饭时在她碗里埋个苍蝇，喝汤时往她碗里吐口唾沫、扔些灰土。可这赵王氏过惯了穷日子，饭碗里扒拉出来苍蝇，捡出来后接着吃；汤里有些灰土，也津津有味儿地喝到肚子里去。

这小五子在饭菜上没捉弄成赵王氏，就另出花样，在她被窝里撒上炉灰渣，她一声不吭地用小炕刷子扫去炉灰渣就睡。小五子又在被窝里放上毛毛虫、癞蛤蟆，这赵王氏从小在乡下是见惯了小虫和癞蛤蟆的，一点儿也不害怕。

这晚她刚要睡觉，一掀被子见到一条一尺（约33厘米）来长的长虫，吓得大叫一声，跑了出去。三哥立草住在小五子隔壁，听到叫声不知发生了什么事儿，开开门要看看，赵王氏扑在立草怀里哇哇地大哭起来。当时立草比赵王氏大一岁，立草轻轻地抚摸着赵王氏小声地安慰着她。

这小五子自然是挨了一顿板子。老太太叫他向赵王氏赔礼道歉，嘱咐他好生待看他媳妇儿。小五他不服气地和老太太说："一个死长虫都害怕，和她还有什么好玩的，这媳妇儿我不要，爱给谁给谁吧。"

这赵王氏经这一吓大病了一场，病好了说死说活再也不敢进小五子的门。

赵老爷子吩咐给他找个代读老师，让他开始学医。可这小子就是不入道，还经常恶作剧折腾老师。

赵太太心有余悸地对老爷子说："老爷您得想个办法，老这样下去就不行啊，这不成了二混子了吗？"

赵老爷子想了想说："看来中国这一套是拴不住孩子了。要不给他送到同文馆？叫洋人用洋办法管管。"

这中国顽童呀进了同文馆觉得什么都新鲜什么都好玩，对那洋腔洋调的外国话喜欢得不得了，像跟屁虫似的天天追着洋人的屁股后边儿说洋文。小五子入馆三个月就说得一口流利的伦敦英语，不到一年什么德国话、法国话全无障碍。外国教师很喜欢这个中国小顽童。美国教习带着他去飙车，英国教习带着他去打猎，法国教习带着他去吃法国大餐、化装舞会，德国教习带着他去骑电驴子，拆卸自鸣钟玩。

到了探家的日子他也不回家。家里来人接他，他藏起来和家里人捉迷藏。过春节的时候，大哥立德提前和馆里打了招呼，把他接回家来。

团圆饭上老太太把他搂在怀里说："小五子呀，听说你在那边儿学得挺好，也不淘气了，也不胡闹了。我和你爸、哥哥、姐姐都挺高兴，可你也不能玩儿野了呀，总得常回家看看呀。别的不说，你总得回来看看你媳妇儿啊。"

立目："妈，这个媳妇儿不是我的，我不要。赶明儿我给你娶个洋媳妇儿回来。"

赵老太太："大过年的别胡说八道，咱们中国人怎么能娶洋媳妇儿？再说你那些洋教习哪个人舍得把自己的女儿给你这个小混球啊？"

立目："反正不管怎么说，这媳妇儿我是肯定不要。要不你把她卖了吧？"

立本起来打圆场说："大家喝酒吧，喝酒，喝酒。喝完了酒，咱们去放鞭炮。"

吃完了团圆饭，已经到了午夜，小兄弟几个都出去放鞭炮了。赵长江和老伴儿在屋里闲聊守岁。

老太太忧心忡忡地对老爷子说："老爷，我本想找个媳妇儿管住咱家小五子。没承想小五子不喜欢这个媳妇儿。您听听他刚才说那话，还想弄个洋妞来咱们家。这要不是过年，不早就挨上板子了。老爷，您说把他送到同文馆叫洋人管管他，没承想他到了那儿也不学好，什么开枪放炮啊，骑电驴子呀，整个像个小洋土匪。这么小的年纪还和洋妞拉手勾背亲嘴，成个什么样子呀！这洋人也是，怎么一点儿礼义廉耻都不知道哇。"

赵长江："哎，我说夫人哪，你咋净说他那不好的呢，咋不看看他的好的一面儿呢。就说这洋话吧，要不看见人光听他说话，连洋人都以为他是洋崽子呢。大清国将来少不了和洋人打交道。说不定大了，他在皇上身边儿弄个六国通译也是不错的差事。他学枪、学炮、骑电驴子，我看也没什么不好。洋人不就是靠枪炮厉害，我们才打不过他们。我们大清国现在不是也在买洋枪洋炮吗？洋人不忌讳小孩子家，把看家的本事技术教他了，有什么不好？这洋人搂搂抱抱、亲亲啃啃，是他们当地的风俗。蛮夷之地，又懂什么礼仪呀。小孩子家不懂事儿爱模仿，等大了自然就好了。因他毕竟是中国人的种，不是洋种跑不了偏。"

老太太："哎哟，老爷，搞不好，那小五子别给咱弄出个洋种出来。"

赵长江无可奈何地叹了口气说："听天由命吧。"

赵太太："老爷，您看，要不然过了年就让他跟小倩圆了房？"

赵长江："这小子拧得很，备不住他真不要这个媳妇儿。要是叫他圆了房，还不知闹出什么幺蛾子来呢。看来这个小倩也拴不住他。等他大点儿了，知道男女之事，给他明媒正娶个大家闺秀，没准儿倒能收住他的心了。"

赵太太想了想说："老爷，我看这小倩儿跟咱们家小三儿倒挺合得来的。小五子不要，就给咱家小三儿得了。"

赵长江："那你就撮合撮合给小三儿吧。嗯，进了咱们赵家的门，总不能扔出去吧。"

这小倩自从离开了小五子，整天和立草黏在一块儿，一口一个三哥叫得可亲了。立草读书做功课，她在一旁添茶倒水。天热时为立草扇着芭蕉扇，时不时地投个凉毛巾帮他擦擦脸。吃鱼的时候她先把刺儿择干净了，然后喂在立草嘴里。天冷时，她为立草焐被窝。

立草也很喜欢小倩。有什么好吃的、好玩的东西都拿回屋里和小倩一起享受。小倩十一岁的时候就和立草圆了房成了夫妻，过了两年就为立草生了个姑娘。

小倩从山东探完老祖回来，就跟霜打了似的整天没有精神，立德开了几服汤药也没什么起色。老太太忧心忡忡地说道："不会是回到山东老家撞了什么祟了吧，回头叫她到妙峰山王三奶奶庙上炷香。"

小倩药也吃了，香也上了，法事也做了，可全无效，身子骨却是一天不如一天。

这天小倩对立草说："三哥，你赶快娶个姨太太吧。我这病殃殃的也伺候不了你，没个人伺候你怎么能成呢？"

立草："咱俩从小一起长大的，青梅竹马，家里有你一个就够了。"

小倩："三哥，你原来不是说把那日本娘们儿犬子娶作姨太太吗？回头我

去求求老太太，把犬子姑娘娶回来。"

立草："你就别操这份儿心了，劳这个神干吗，好好养你的病吧。可千万别跟老太太提这个事儿，别找那不痛快。"

小倩："三哥，要不然你弄个外宅，把犬子姑娘养在那儿。"

立草："别瞎操心了。老太太要知道我找了个日本姨太太，还不把我唠叨死了。"

小倩："三哥，别说她是日本人，你给他改个中国名不就结了吗。"

立草："可做儿子的不愿意骗老家。"

小倩："三哥，其实老太太挺通融的。小五子也没有媒妁之言、父母之命，就娶了爱丽丝，两人还到教堂办了婚礼。老太太也不是没说什么吗？"

立草："可那爱丽丝到现在没有进过咱们家门啊。这是老五啊，老疙瘩老太太偏得厉害。我们这哥几个，除了老五，不管是谁要是闹出了这么一出，老太太敢叫家里人把他打出去。"

小倩："三哥呀，我这身子骨是一天不如一天了。这次回家看到老祖，老祖临终前拉着我的手说：'倩倩呀，这么多年你到哪儿去了？也不回来看看老祖，想死我啦。回头还像小时候一样，弄根绳拴在你腰上，老祖天天牵着你。老祖舍不得你呀。'说完老祖就咽了气。三哥，我总觉得老祖在召唤我呢。这几天身子越来越沉，我就越来越放心不下你。要不你趁我还有口气，先弄个丫鬟填填房，我心里还自在点儿。"

小倩说完泪如雨下。立草一边替她擦泪，一边安慰她："你别瞎想。咱家二爷的医术已经是很不错了。再说咱还有大爷和爹呢，四九城顶尖儿的名医差不多都在咱家了。听话，别胡思乱想，好好吃药。"

小倩："三哥啊，俗话说得好，治得了病救不了命。这命是有定数的，媳妇儿我自从来到你们赵家，真是苦尽甜来，跟你享了这么多年福，该知足了。看来我得去陪老祖了啊。"

小倩过去了。立草盯着用人小殓后，亲自来到斜木行（即现棺材铺），为小倩选了杉木十三元的棺材。管家王祖德到楼库店订了一堂明器。

经过接三、送三、祭送库、烧活一系列程序后，由西四牌楼同顺杠房抬到丰台黄土岗赵家墓地安葬。

还没出丧期，老太太就给立草张罗着相亲娶媳妇儿的事儿。这天，老太太拿着三四张女孩子的八字对立草说："三儿啊，这几家姑娘跟咱们家门当户对，也合了八字，你选一个，咱们好去相亲。"

立草："娘呀，我媳妇儿还没出七呢，这么早去相亲，是不是有点不合适啊？"

赵太太："有什么不合适的，咱们先琢磨着。等出了七再办，我觉得晚点儿了。你这儿又没有姨太太，老大不小的，没个女人伺候咋行呢？再说这小倩只是个童养媳圆了房，算不得明媒正娶。三儿啊，别那么较真儿。我知道你心疼你媳妇儿，你就是再心疼她，人走了也回不来啦。可日子是不是还得过呀？"

立草："我的亲娘啊！你叫儿子安安静静几天好不好？小倩的音容笑貌天天在我眼前晃。她怎么就走了呢？走了呢？"

老太太慌忙把立草搂在怀里哭道："儿啊，这是咋说的，别是小倩那死丫头鬼魂缠着你。叫什么不好，叫小倩。从她进了咱赵家这门儿我就吩咐过不许叫小倩，只能叫赵王氏，就是要避这个邪。可你们不听，当我面儿不叫，背着我一口一个小倩长、小倩短的，难怪她阴魂不散哪。儿啊别伤心啦，你们小两口儿的缘分已尽，娘再给你找个好的。苏东坡说'月有阴晴圆缺，人有悲欢离合'。你不是挺羡慕他跟王朝云那段事儿嘛，那王朝云死了，他还不是活得很潇洒吗？听娘的，赶快给娘娶个媳妇儿来。"

立草推开娘说："娘，放心，赵王氏的鬼魂不会缠着我的。就是从小一块儿长大的。她突然没了，儿子一时有点儿缓不过来。娘放心，过几天就好了。等出了七，儿子给你娶个好媳妇儿来。"

赵太太："三儿，只要你没事儿，做娘的就放心了，那相亲的事儿就放几天再说。"

这段时间，立草整天陪着女儿淑清，把对逝去的小倩一片情全倾注在女儿身上。

这天，立草正陪着女儿学画，门房报权爷来访。立草觉得有些奇怪，这

权宝贵和全府上下是熟透了的，一直就是个推门就进的主。他刚要问门房，淑清放下画笔跳起来说："爸爸，太好啦，我去接权叔叔。我也有好长时间没看见权叔叔啦。"说完一阵风地跑了出去。

立草拍了一下权宝贵的肩膀说："还铁磁呢，哼，这么长时间也不来看我。"

其实权宝贵来了几次，老太太怕他撺掇着立草去见那日本娘们儿，一旦这个情重的儿子趁赵王氏一死，把那日本娘们儿死乞白赖地收为姨太太，自己又不好从中作梗，就亲自召见了权宝贵，向权宝贵挑明了这件事儿，挡了权宝贵的驾。今日权宝贵先见了老太太，告诉老太太那犬子姑娘已经回日本啦，老太太才放他进来。

权宝贵自然不好说这一段，就说："三爷呀！您这儿忙着丧事儿，我那儿也没闲着呀。那车行和冰窖上的买卖忙得我四脚丫子朝天，没有一刻得闲。"

立草："别自赞自许啦。有小五子和伯根盯着，你忙个屁。是不是府里有人不让你进来？"

权宝贵："看爷说的，哪有那么档子事儿啊，我要进来不就抬脚进来了嘛。我是怕你伤心，你是个性情中人，小倩去了，叫你一人安静安静。我可是一片好心哪。"

立草："你小子有什么好心，还不是顺着老太太蒙我。"

权宝贵："哪能啊，走，走走，今儿我请你吃饭，向你赔不是还不行吗？都出了七了，你也该出去活动活动了。"

立草："好，我和老太太招呼一声，跟你去君代家。"

权宝贵驱车拉着立草直奔河沿儿去。立草说："兄弟，这是去哪儿？不是去君代家吗？这么多日子没见着犬子啦，这几天我也想明白了，回头在老五旁边儿买个房子，安置了犬子。"

权宝贵笑了笑说："哥哥呀，你好长时间没去河沿啦。兄弟在那儿淘换了两个宝贝，叫您展展眼，我估摸着哥哥你见了那宝贝，没准儿就不想去君代家了。"

立草："你这小子能淘换出什么好宝贝来？别弄个瞎猫死狗逗我玩。"

权宝贵:"瞧哥哥说的。兄弟我就是眼神再不济,跟哥哥玩了这么多年总还有点儿长进吧。您一看包您中意。"

两人进了河沿权宝贵的院。转到后院儿,见到两套整治一新的小院落。立草问道:"这是隔壁张家的院落呀,你把它盘过来啦?"

权宝贵:"是啊,我刚盘过来没多久。为了隐蔽些,把它原来的门封死了,从我那前院绕过来。"

立草:"那又何必呢?赚几个子儿,你就开始烧包。"

权宝贵:"金屋藏娇嘛。"

哥俩进了一处院落,穿过随墙门的门洞,迎面是一间东房。借着东房的山墙做了个影壁,倒也像模像样。门洞西边是两间客房,客房北边是三间正房,东偏房作为厨房。没有西偏房,西边压了个棚子,棚子有四口鱼缸。立草一看这鱼缸止住了步,过去弹指敲了敲,知道是澄浆烧制的"大八套"虎头盆,四个缸分别养着红绒球、狮子头、五花珍珠和水泡。进了一明两暗的正房。明间北墙前两尺齐着顶棚立了一个五尺宽的板墙,板墙上挂着一幅明沈周的立轴《杜康醉酒图》,依墙一堂草花梨圈椅。西边儿一架罗汉床,东边儿一个美人榻。转过板墙后边儿有一扇门,推开门是一个后厦。脚下是三尺余宽的一个青石铺的平台和西边院落的后厦连成一体。平台中间放着一张雕漆剔红茶几,茶几两侧放着两对锈墩儿。台下就是御河渠道,泊着一条小乌篷船,大有江南水乡的味道。

立草一看到这条小船,不禁想起了在江南和俞阶青同游的事情。高兴地说道:"大半年未见,真想不到你这小利本还真有长进,有情趣有情趣,够味儿。"

权宝贵尴尬地一笑说:"你不是说士别三日刮目相看嘛,这么多日子没见着兄弟,是不是得另眼相看啦?兄弟,我是猪八戒,喝磨刀水儿内秀着呢,好戏还在后头呢,哥您等着瞧。"

立草说道:"院子整治得不错,就是缺点儿人气儿。你这房是给良子准备的吧?回头咱去君代家把良子赎出来,给你填房。"

权宝贵拍拍手,西院后厦房里钻出来了爽朗的笑声。

随着爽朗的笑声，从西屋广厦的门里走出来两个花枝招展的汉装打扮少女。一个身穿月白缎打籽绣面锦上添牡丹花纹宽袖大襟袄的姑娘，就像一阵风一样刮到了立草怀里，趴在肩头抽泣起来。

立草呆呆地站着，心想：这权爷真不会办事儿，老是差点儿火候。叫局吧，也不把犬子一块儿叫来。哦，搞不好犬子在屋里猫着呢。枝子先出来迎接我，姐俩演着妻妾合璧的戏，这还差不多。

枝子偎在立草的怀里说："三爷有日子没见，可想死奴家了。您这是怎么的啦？难道是把奴家忘了？"

立草轻轻地吻了一下枝子说："哪能啊，我刚跟权爷说这里没活物，突然蹦出两个活物来倒吓了我一跳。"

良子向三爷行了个汉礼说："贱妾这厢有礼啦。"

立草向身着紫红缎绣花蝶纹大镶边挽袖衬衣的良子说道："你们俩冷不唧儿地蹦跶出来，吓了我一跳，我还以为到盘丝洞了，这不刚缓过劲儿来。良子呀，这是权爷给你置的行头，穿这么喜庆有什么喜事儿啊？"

良子刚要说话，权宝贵打岔说："到屋里说话，到枝子屋里说话。"

权宝贵和良子在前面引路，枝子倚着赵立草紧跟其后，从后厦走进西屋。

这是一座五间的正房，三间是明堂。明堂东西墙各有一扇门通着东西耳房，离门二尺横放着一架黄花梨镶大理石双面屏风。靠北假墙前放着紫檀长几案，假墙上挂着湘绣《秋江饮马图》。几案前自是一套配套的紫檀八仙桌，桌上一个小巧玲珑的玻璃鱼缸，缸里养着两条红色凤尾小金鱼。东耳房墙上挂着一架德国宝星牌挂钟，挂钟下挨着墙放着一对儿铁梨木香几，几上放着汝窑净瓶。西耳房靠着外墙北边放着一架金漆镶嵌烟榻。

赵立草心中惦记着犬子，无心观赏房中的摆设，对着西屋叫道："快出来吧，别跟我藏猫猫玩了。"

权宝贵、良子、枝子三人一愣，顷刻明白立草的心思。枝子有些失落感，用双手不停地抚摸着自己的衣襟。权宝贵说："三爷屋里没有人，这是枝子姑娘的房间。"

赵立草："你既然叫局，为什么不把犬子也叫来？难道咱们还差了那点儿钱？"

权保贵不知道怎么回答，枝子赔笑说道："哎哎哟，原来三爷心中只有犬子一人呀，把我们都不放在心上。可惜了的是犬子已经走了，就是现在连发十二道金牌传票，怕是也传不来了。"

赵立草身子一软，险些摔倒，良子手疾眼快一把扶住立草。枝子跟着过来，两人把立草搀到烟榻前，扶他慢慢坐下。立草伤心地叹道："犬子……犬子也跟小倩一块儿去了，走了？"

权宝贵："三爷您想到哪去了，犬子不是那个走了，是这个走了。那个走了是死了，这个走了是回老家去了。"

良子："我的爷呀，你啰了吧唧的说了什么呀，快别说了。你再说三爷更糊涂了。亏你还是个京油子呢。什么走啦，回老家去，嗝屁了，不全是一个意思。犬子她好着呢，只是现在已不在君代家了。"

立草："难道她从良嫁人啦？"

良子："没有，她辞了馆，回日本看她妈去了。"

赵立草得知犬子没死，心中清净了许多。想起老太太的话："小倩走了，可日子总得过呀。"是啊，"月有阴晴圆缺，人有悲欢离合"，犬子回日本啦就让她去吧。可从来没听说过犬子有个妈呀，这事儿有些蹊跷，看来这帮人都在瞒着我。我得慢慢地打听打听。这枝子也是我的老相好，犬子在时有时我们三个人一块儿玩儿，现今犬子不在身边，枝子也是不错的姑娘，养个外宅，还是说得过去的。赶明儿我去君代家，下点儿功夫，把那美羊稚子弄到手，娶成正房太太。美羊稚子、枝子也是不错的一妻一妾呀。

想到此，赵立草心情一下舒坦多了，一把将枝子搂在怀里，轻轻地向她耳语道："嗯，小宝贝儿，别生气。三哥对不住你啦。自从小倩走后，你三哥我就一直心神不定，吃嘛儿嘛儿不香，干嘛儿嘛儿不成。这不见了你刚缓过点劲儿来嘛。"

枝子幸福地依在立草怀里，心里那个美呀：三爷最喜欢的两个女人半个月内全不知不觉地在人间蒸发掉了。苍天眷顾我呀！哈哈，谢谢佛祖，把三哥赐给了我。阿弥陀佛，阿弥陀佛！枝子亲了立草一口说道："三爷，您放

心。今后的日子长着呢。贱妾一定把爷伺候得舒舒服服，周周到到。"

立草笑眯眯地向权宝贵说："权爷，谢谢您的一番苦心。"

良子笑道："三爷可真哏儿啊。该谢的不谢，不该谢的瞎打赏。"

立草："是啊，有权太太在，爷这厢有礼啦。"说完站起来，像模像样地学着戏子的做派，向良子深深一揖。

良子忙起身还了一个蹲蹲安，学着戏腔老生念白道："三爷万福哪，三太太金安啊。"一个"啊"字拖了足足有半刻钟的腔。大家齐声叫起好来。

立草举手赞道："正宗谭派的范儿，不进宫补个外差、当个贡奉有点儿可惜了的了。赶明儿家里唱堂会，你可得露一手啊。我听你这拖腔偷气的招数，没准儿比乔蕙兰更胜一筹，老太太听了一定高兴。"

一提到老太太，赵立草未免有点黯然失色。权宝贵忙把话岔开："良子说得对，三爷要谢我可真不敢当。为嘛儿呢？这两房家具，嗯，嗯，是方大人置办的，座钟和挂钟全是五爷从德国使馆弄来的，外边河道那个乌篷船是张顺张爷的存货。她们俩身上穿的这几套衣服是于八爷的太太小环从那王府裁缝家淘换来的。哦，对了，前边花厅旁还有一间洋酒吧，是爱丽丝一手操办的。这爱丽丝还送了她们俩几套洋服和首饰。哎呀，那洋裙子袒胸露背的，她们俩都不好意思穿。归里包堆说正格的，良子说得对，要谢应该谢谢他们，我充其量不就是一个跑堂的嘛，三爷，看哪天攒个局？喝他个一醉方休。"

良子推了一把权宝贵说："我的爷呀，赶日不如撞日，就今儿个吧，叫他们公母俩歇歇。我去厨房安排饭菜，你也别闲着，把那该谢谢的几位爷都请来，别忘了叫于八爷把小环太太也带来。"

权宝贵："不太合适吧，这不叫现提了吗？"

良子："这不是在外边儿吃饭，自家聚餐，没那么多讲究。三爷，您说呢？"

立草："现在现叫他们过来确实有点仓促了。虽是自家人，谈不到提了不提了的，总觉得有点儿不合适。再说，我好长时间没出院门儿，也好长时间没见枝子姑娘了，叫我们俩叙叙旧。过几天吧，发个请柬正儿八经地把这些人都请来，再叫个堂会，大家一起热闹热闹。"

良子一举洋手帕唱道："喳，贱妾悉听三爷吩咐了呀。权大将军，咱们打轿回府啦。"说完拉着权宝贵走了出去。

立草拉着枝子，钻进了乌篷船。丫鬟、用人送上茶点，在一旁伺候。立草望着枝子半天不说话。枝子说："这里有满芝伺候三爷就行了。"挥了挥手，用人和丫鬟们退去。

立草诧异地问道："满芝是哪位姑娘？"

枝子："就是贱妾呀。贱妾进了这道门，就和君代家没有任何瓜葛了，现下是宛平县郭员外家的闺女，叫郭满芝。这是我家郭员外给起的名。"

立草："这么大的事儿，我怎么不知道呢？"

枝子："前一阵子三爷不是正忙着倩姐的事儿嘛，大家不敢打扰您，就商量着做主啦。爷要是不中意这个名儿，可以赐个名儿给贱妾呀。"

立草："满芝这个名字起得挺好的，又是亲家所起的，就这么着了吧。既是从娘家带来的名字，以后大家就叫你满芝吧。把枝子这个名字忘了吧，从今以后就再也没有枝子这个姑娘了。"

满芝起身请了个安高兴地说："谢谢三爷赏脸。"

立草："以后你和小倩一样，就叫我三哥就成了。"

满芝："哎哟，我的爷哟那怎么成？倩姐从小跟着爷，青梅竹马那是什么情分呀，满芝就是再不知道天高地厚，也不能越了这点儿礼数啊。"

立草呷了口茶，吃了半块萨其马。沉思了一会儿说："我这些天关在院子里，好像是与世隔绝了，外边儿这些事儿一概不知。哈哈，就连自己娶了个媳妇儿都不知道怎么娶的。你倒细细给我说说看，免得他们把我当棒槌看。"

满芝知道立草想打听犬子的事儿，怕自己不高兴，所以没有直说。心想：反正你心爱的两个女人都已经不在了。我郭满芝这偏房眼眉前儿是坐定了，只要把你伺候好了，给你生个一儿半女，兴许还能扶正了呢。就把犬子和美羊稚子的事儿原原本本地讲给立草听。

这犬子听说立草死了夫人。心想：什么夫人哪？不过是一个圆了房的妾。这男人嘛，哪个不是一样的，离开了女人怎么能活呢？哼哼，死得好。用不了几天他憋不住了，就得心急火燎地来找我泄泄火。待我把他伺候得舒服了，

夫人是肯定做不成的，养个外宅看来是一点儿问题都没有的。

犬子天天把自己打扮得美轮美奂，一心等着立草到来。有老熟人叫条子她全不应局，客人到院里来，摆下酒席，点她的局她也一概回绝。这可违了妓院的基本规则。妈妈们先是劝解，后是冷嘲热讽，再是骂骂咧咧。身边的娘姨、龟奴少了收入，渐渐地和她耍起了脸。老板成赖正治先是劝说，后是托人给立草传信，全无音信。不免大怒，大骂起犬子来。犬子哭着拿出银钱，叫自己的车夫去把立草接来。这车夫进了赵宅门房，门房传了上去。管家王祖德来到门房告诉车夫，我家三少奶奶丧事期间，眼下不会去君代家，我们老太太和全家正忙着给三爷续弦呢，怕是这一年半载的也没工夫去你们家了。

因犬子不接客，娘姨、伴当、大茶壶没了进项。这车夫是拉包月的，那包月钱犬子是断然不能少的。按说这车夫比别人好得多应该知足，可那包月钱对他来说毕竟是小钱儿，他从来没有看到眼里。想那犬子生意红火时，天天有进项，隔三岔五地碰上个冤大头嫖客挥手一扔几两银子也是常事儿。就拿这位赵爷来说吧，经常用犬子的车，回回有打赏，一个月下来比那包月的钱还要多。

车夫回来自然添油加醋地说赵爷永远不会来了。犬子不信，叫他天天守在赵爷家门口。想办法给赵爷传个信儿。车夫心想："你这不是耽误我发财嘛，这赔本的买卖大爷我干不了。"于是就求成赖正治给自己换个主。

成赖正治怒气冲冲地来到犬子房中，进了房收了怒态，笑眯眯地跟犬子说："犬子姑娘，这赵爷一时不来你心里不痛快，闹两天小脾气这是可以的。可总不能这么闹下去吧，咱们这是买卖。俗话说铁打的营盘流水的官，咱们这儿是曲了拐弯儿的院子转着圈儿的嫖。那赵爷对你再好，也和一般客没什么两样。他要是真的对你好，不早就替你赎身从良了吗？忘了他吧，别丢了咱本身干的营生。你总得替你这一伙子人着想，他们总得混口饭吃哪。好啦好啦，起来洗洗涮涮，打扮打扮，准备接客。"

犬子："我不接客，从今以后什么客都不接。"

成赖正治："犬子姑娘，这就是你的不是了。干什么吆喝什么，既然我们干的是这一行，就得吆喝这一行的事儿。别耍小脾气啦，该干什么干什么去吧，接不接客可由不得你。"

犬子嚷道："打死我也不接客，你给我滚滚滚。"

成赖正治冷笑道："不接客，你可以赎身从良啊。我把话撂这儿，想给赵爷做个偏房什么的，你那是痴心妄想，一厢情愿。赵爷能娶你这个破烂货？他不过是寻你开心而已。叫我滚，这是我的一亩三分地儿。要说滚，该滚的是你。你既然不接客，这就给我滚出去。"

犬子突然明白了自己的身份，起身给成赖正治跪下求道："成爷，求求你，容我几天，赵爷一定会接我出去的。"

成赖正治："赵爷接你出去？别在这儿白日做梦了。如果赵爷能接你出去，这赎身钱我一分都不要。可是如果赵爷不来接你呢？你说怎么办？"

犬子："赵爷一定会接我出去的。"

成赖正治："那我们就重签一份契约。写明白了，如果这个月内赵爷来接你我一分不要。这个月底赵爷不来接你，赎身钱那可得翻倍。"

犬子不停地哀号道："赵爷，赵爷一定会接我。"

成赖正治："好，那我们现在去签约吧。"

犬子不停地抽泣着，成赖正治不停地催促着。过了好一会儿。犬子一咬牙说："签就签，不过限期必须改到年底。"

成赖正治："没门儿！要签就按我说的签，不签你就该干什么干什么。老老实实接客去。"

犬子吼道："我不签也不接客。"

成赖正治："好，好好，那我只能按院里的规矩来办了。"

成赖正治走出房门，向两个院里的打手说道："犬子姑娘皮肉有点儿紧。你们去帮她松松筋骨。"

犬子被打得遍体鳞伤，娘姨给敷上药。良子、富子、枝子等众姐妹一一抽空过来看视慰问。

美羊稚子和下人拿着一蒲包水果和一盒东洋创伤药，走了进来说："姐姐受苦啦，这些人下手也太狠了，早晚要遭报应的。来来来，换上咱们带来的东洋创伤药，这药还是鉴真和尚东渡带过去时传过去的。虽然上千年了，可

原汁原味儿的方子一直没变，哪像现在的大清国满街全是假药。"

犬子欠身说："谢谢妹妹啦，快请坐。"

美羊稚子："姐姐，快躺下，千万不要起来。别乱动，好好养你的伤，我就坐在你床边儿就好啦。这样咱们姐俩好聊天儿。"

犬子："我也正想和妹妹好好聊一聊呢。有些体己的话，要跟妹妹好好说一说。"说完摆摆手叫下人们全出去。

犬子："妹妹和三爷真是天造地设的一对儿，姐姐我只有羡慕的份儿了。"

美羊稚子："姐姐这是咋说的？姐姐傍了三爷这么多年了。妹妹我到现在还没见过三爷的面儿呢。姐姐这话真是没来由。"

犬子："妹妹呀！我虽和三爷傍了这么多年，可能算是白傍了，怕是连个外宅都混不上了。"

美羊稚子："那三爷是个有情有义的人，听说是老太太从中作梗，不然你这如夫人不早就当上了。可这老太太也怪，他们家小五子娶了个大西洋马，这老太太不是认头了吗？咋三爷就不行了？"

犬子："三爷也太孝顺了，怕惹他妈生气，要不然我不早就从良了嘛。"

美羊稚子："这次三太太去了，你也不用住外宅了，直接进家门儿不就是新三太太了吗？"

犬子伤心地落下泪来说："妹妹呀，哪有那样的美事儿啊。人家家里正张罗着找一个门当户对的媳妇儿呢。我沦落到这个地步，连边儿都挨不上。我估摸着三爷一娶了新太太，新太太再带着几个叫三爷称心如意的陪房丫头，怕是三爷连养我外宅的心思都没有了。"

美羊稚子："姐姐，成事在天，谋事在人。你总待在这种地方，那可真是一点儿希望都没有了。我说你不如早出去，到外边儿再运作。太太做不成，叫三爷养个外宅，我看应该是没问题的。"

犬子："妹妹呀，现在一切都晚啦。姐姐要是头两年想到此就这么办，兴许现在已经是三爷的外宅了。眼眉前儿黄花菜都凉了。"

美羊稚子："姐姐，成不成放在一边儿，努一把试试看。"

犬子："我说句心里话，妹妹你可别多心。有什么不对的地方，您可多担待。"

美羊稚子："咱们姐俩是站在一条船上，有什么话你就放开地说吧。你看我像那小肚鸡肠的人吗？"

犬子犹豫了一下，一狠心说道："妹妹呀！自从你进了这个门儿，三爷叫了你的花酒，我就没有这个节目了。"

美羊稚子："姐姐这话好没道理，三爷虽摆了我的花酒，那是应付场面。我们连面儿都没见，有什么戏呀？妹妹我要和姐姐比起来，还是王奶奶和玉奶奶差那么一点儿。你和三爷相好，傍也傍了这么多年了。说实在的就是三爷真娶了你，我只有羡慕，却没一点儿记恨。我会真心实意地祝福你们。"

犬子拉着美羊稚子的手说："谢谢你啦，姐姐我是过了岗的人了。姐姐求求你，你嫁给三爷吧。姐姐把三爷让给你了。"

美羊稚子："姐姐这话说得更没道理。你是三爷的妻呀，还是三爷的妾？拿什么让给我？"

犬子柔声哭道："你说得对，我既不是他的妻，也不是他的妾。可不管怎么样，我们毕竟傍了好几年了。我和三爷的感情是不是夫妻胜似夫妻。不说那虚头巴脑的东西，从感情来说，这样行不行？"

美羊稚子沉思不语，过了一会儿说道："恕妹妹无知，没能体谅到姐姐心中的苦衷。可你为什么要让给我呢？"

犬子："第一，妹妹你是清官人。第二，你是杨家的后人，和他们赵家的后人倒是真的门当户对。起先我真是嫉妒恨你，恨老天不公。现在想明白了，这一切都是命。认命吧，不认又有什么办法呢？"

美羊稚子："谢谢姐姐，没把妹妹当外人。姐姐还是好好休息吧。我该回去了，我会经常来看看你。"

第十七回

赵立纲结识王瑶卿
谭鑫培赐名谭金培

过了两天,良子的胞妹富子去干面胡同,应了日本汉学家松本太郎叫的局。

犬子突然失踪了,犬子失踪的原因众说纷纭。娘姨说头天晚上伺候犬子睡下,第二天早上就不见了。院里的打手们说犬子失踪那天晚上他们听到动静,有黑衣人翻墙而过,几个人追了下去也没有追到,犬子可能是被人绑票了。成赖正治轻描淡写地说回东瀛看她妈去了。

犬子失踪的第二天,松本太郎来到君代家,接走了美羊稚子。

立草听了满芝的讲述,禁不住落下泪来说:"这是咋整的?这不叫我既对不起人又对不起鬼了吗?"

满芝:"事已至此,三爷也不必难过了。犬子姐姐不是说了嘛,这全是命,认命吧。命让我这个破铜烂铁陪伴着爷,爷着实是委屈了。权当爷可怜我,叫我替犬子姐姐尽一份情,尽一份心意。等过了这一阵子,爷娶了新太太,腻味的时候,憋屈的时候,到这里来散散心,贱妾也就知足了。"

立草将她搂在怀里喃喃地说:"命啊,认命吧。"

立草回到家里给老太太请安,看见老太太的客厅里摆弄着冰柜,知道是权宝贵送来的。

老太太:"你们弄得这冰这玩意儿挺不错。三伏天省得眼巴巴地盼着宫里边儿赏赐点儿冰。再说宫里赏赐那点儿冰紧巴巴的也不够用啊。这下可好了,自家有了想怎么用怎么用。这些天你猫在屋里一直没出去,大老爷们儿呢，总得出去干点儿事儿，也不能叫宝贵一人忙着，你好歹给他搭把手。"

立草："只要老太太你喜欢，这冰我们可劲儿地供着您用。儿子接长不短地就到那边去和他们一块儿忙活着，事太多的时候就住在那边。老太太您尽管放心啦。"

老太太："儿啊，只要你好好的，妈心里就高兴。妈现在心里惦记的事儿就是给你找个好媳妇儿，这不这两家的姑娘八字也不错，你看看选哪家的合适，妈给你提亲去。"

立草："我的亲娘哦！这事儿妈就替儿子做主了吧，儿子一百个放心。只要您看着中意，儿子肯定就看着喜欢。"

老太太心里别提有多舒坦啊，心疼地说道："儿啊，你在外边儿忙着，没个女人是不行的，不插忙儿的养个外宅也不是什么大不了的事儿。大老爷们儿嘛，总得有个女人伺候着。"

立草借机说道："话说也巧了。这不他们给儿子说了一个，这不是儿子正想讨妈的示下吗？"

老太太："养个外宅，这算是什么大事儿啊。都这么大的人了，这点事儿还要妈来做主，这点儿你得向你五弟学学。"

老太太说到这儿，突然觉得自己有点儿说秃噜嘴了。忙找补道："可这老五啊，有时做的事儿也真叫人是不受应儿，可他还爱钻个牛角尖儿。你记得小时候他说要给妈找个洋媳妇儿来，我和你爹都认为他是小孩子胡说八道呢，没理会。谁承想他果然找了个大洋马，闹得我到现在心里都硌硬着呢。三儿呀！你从小就乖，就懂事儿。在这事儿上，听妈的话，你可不能学小五子。养个外宅虽然不是什么大事儿，可你真要是在外面养个什么西洋马、东洋马，叫邻里们笑话。"

立草："瞧您说的，儿子可没那么大的胆儿，这点儿可比不了五弟。他们给儿子说和的是正经人家的女儿，是宛平县城有头有脸的张大户人家的女儿。"

老太太长舒了一口气说："儿啊，那你就麻溜地把她收了房。你在外边儿忙活着，有个人伺候你妈也就放心了。你这媳妇儿嘛，妈就替你拿主意啦。

这合婚，相亲，放小定，放大定，还有不少婆婆妈妈的事儿呢，看来妈可得忙一阵子了。这些事儿全不用你操心，妈带着你的几个嫂子一准儿把这事儿办好。你就坦坦地等着娶个好媳妇儿吧。"

立草和权宝贵在宅子里安排了酒席、堂会。请了一班相近的朋友，算是哥俩圆房小庆的意思。

这立纲骑着洋车，带着贺礼，奔河沿而来。快到宝贵家，突然一阵儿胡琴之声引得他不免停下车来。这琴声听着怎么这么熟悉，是谢双林，还是孙佐臣？这院儿里住着谁？伴着西皮散板传出，芍药开牡丹放花红一片，艳闺天春光好百鸟争喧。原来这院里正在练唱京剧《四郎探母·坐宫》一出，这铁镜公主跟杨四郎唱得也是中规中矩。于是，立纲就坐在车梁上听完了一出还舍不得走，等着下一出。

这边儿圆房的酒席客人基本到齐，就差立纲一个，良子和满芝着急地望着立草。立草见场面喜庆的锣鼓一直在敲，也觉得叫大家久等不太合适就说："立纲是自家兄弟，不是外人。咱就开席了吧。等老四来了罚他几杯酒也就是了。"

权宝贵吩咐跟班三子出去迎一下立纲。

三子出门儿，一眼就看见立纲在那车辆上坐着发呆，赶忙过去叫声"四爷"。

这立纲还沉浸在戏中，喊了一嗓子"扭转头来叫小番"后说道："这句唱得有滋有味儿。"

三子拉了一下立纲说："四爷，大家都等着您哪。您倒好，在这儿听上戏来了，这又不是戏园子，没什么好听的。快走，麻溜地快去。等您半晌不来，那边儿都开席啦。"

立纲到了席上和众人打了招呼，就忙不唧儿地问权宝贵大院儿里住的是谁，权宝贵说："四爷呀，你可真是个戏痴，听见戏就走不动路。那胡琴声把你的魂儿都勾跑了，再听两句青衣的唱腔，连干什么来的都忘了。那王瑶卿和他岳父杨朵仙闹掰了，就和他弟弟凤卿租了这里的房子，憋着劲儿要大干一场呢，发誓一定要唱出个名堂来给他岳父看看。"

这王瑶卿是后来的四大名旦梅、尚、程、荀的指导老师。

他的父亲王彩林是苏州人士,道光年间跟一位姓李的昆旦进京,在卢沟桥落脚。那年月卢沟桥畔有不少客馆驿站,还有四五个戏园子。这是京西进京的交通要道,是官场士大夫进京求职、往来调换升迁的必经之路,有不少商栈仓库,这些商人出手都阔绰。跨刀(二流演员)的闲散艺人常在这里为富商官场演出。一是为了增加临场经验,二是因为这块戏份子高,三是跨刀的到了这儿,就有机会演主角。

王彩林拜了昆曲名小生谢肃玉为师,老师为他取艺名叫绚云,一出师,同徐小仙合作演出了《卖油郎独占花魁》,一炮就红透了卢沟桥。

"同光十三绝"中的名宿郝兰田很喜欢这个孩子,不但教他戏,还把女儿嫁给了他。

郝氏先生一女,又生长子,这长子就是王瑶卿,后来又生了次子王凤卿。

王彩林生了小儿子以后,戏剧生意每况愈下。正赶上市面上昆曲又不太吃香,京城百姓多迷恋于京剧。他渐渐地心灰意冷,无奈地离开了既不养小又不养老的梨园行,试着做些生意好养家糊口。正好有个同乡是做丝绸生意的,于是他就投了些钱,盘了个库房,支撑起一个货栈,做起东西蒙、新疆发货的买卖来了。虽不是大老板,但是收入还不错。

他生活稳定了,就想改变身份,不想让自己的孩子再吃这个开口饭,就把孩子送去了学堂。因自己是戏子出身,孩子参加科举是一点儿希望都没有,他就想把两个男孩儿培养成商人。

王瑶卿、王凤卿哥俩从小看着听着父亲唱昆曲,演昆曲。一听到琴声就忘了学习,情不自禁地跟着旋律哼哼起来。他的师兄田宝琳觉得王瑶卿的嗓子适合唱戏,是个唱戏的好苗子,就反复劝说王彩林叫瑶卿学戏,并主动要求为瑶卿开蒙。

王彩林只好答应下来,不准许两个孩子弃学、专吃唱戏这碗饭,并和两个孩子约法三章,若学习不好,就不要唱戏了。王彩林这条规定使这小哥俩奠定了丰富的文化知识。

小哥俩每天早起在永定河边喊嗓子,活动腰腿。喊完嗓子再去上学。下

了学田宝琳来家里教戏。

当年学习的规矩是先一句一句地教唱，唱会了再教身段，然后穿插念白。

田宝琳教戏的方法与众不同。他是先教念白，整出戏的戏词儿全部要念得滚瓜烂熟了，然后再教唱，上胡琴，走脚步，做身段。

田宝琳教哥俩的第一出戏是《彩楼配》，王瑶卿唱得像模像样。王彩林看着孩子们文化学习也没耽误，学戏又很认真，还天天在柜上学着做生意，别提心里有多高兴了，也每天早上起来带着两个儿子去河边喊嗓子，喊完嗓子回家带着他们做生意，晚上指导他们身段。谁知乐极生悲，王彩林这么没早没晚、没黑没白地折腾，没多长时间就一病不起。

临终前，他把王瑶卿拉到身边语重心长地交代道："儿呀！为父本来想让你考科举走个正途，可这条道上没有咱们家这号人的路。退而做生意吧，我又不是正经的生意人，也教不会你做生意。看来你也只能吃唱戏这碗饭了。你是长子，不管咋说都要挑起这个家来，要孝顺妈妈，照顾弟弟，念好书，学好戏。儿啊，这年头儿不兴昆曲，你只有唱好了皮黄成了角儿，才能有出息，才能光宗耀祖。"

王瑶卿跪在地上边哭边点头。王彩林咳嗽了两声，一口气没上来，就背过去了。不满十岁的他听完父亲的遗训发誓道："爹，您就放心吧，儿子一定要唱出个大角儿来，带着弟弟孝顺妈妈。"

王彩林死后，郝氏孤儿寡母生活没了着落，两个孩子全辍了学。

郝氏把女儿嫁给了旦角演员朱桂元为妻，卖掉了宛平县城的房子。结清了丈夫做生意该得的利润，就进了城在百顺胡同半租半借了父亲的弟子杨朵仙的房子，她和田宝琳、杨朵仙商量好，把两个儿子送到三庆班的椿寿堂搭班去学戏。

田宝琳觉得王瑶卿光学青衣戏路子有点儿窄，就给他加上彩旦、花旦、刀马旦的功夫。田宝琳正功是青衣，武功平平，就找师弟崇富贵来教武功。

王瑶卿一则天资聪明，二则牢记父亲的遗训，学习非常刻苦。不到一年时间就练会了虎跳、健子、抢背、吊毛儿等毯子功。

这崇富贵外号叫崇扒皮，早年和程长庚搭班，唱的是武二花，唱戏本事虽然一般，可武功功底确实不错。程长庚就让他转为教学，为程长庚的四箴堂培养了不少武功人才，程长庚去世后，由其子程章圃继承父业，以大老板的名字"椿"字为号改叫椿寿堂。崇扒皮继续留任教学。

过去学戏叫作打戏。因学戏的大多是小孩子，教小孩子学一样东西，光凭嘴说是没有用的。只有一招儿打，小孩子为了不挨打，就老老实实地学。学文戏都是打出来的，武戏就更不用说了。崇扒皮教学严格，所谓严格不过就是打人打得更狠一些罢了，因此留下了这么一个绰号。

王瑶卿天性本聪明，既爱学戏又立志要遵循父亲的遗训撑起这个家来，练起功来非常刻苦，崇扒皮非常喜欢这个不用打就扬帆自奋蹄的学生，就经常给他开小灶。教把子功时，同学们小五套一套还没练会，他已学完了"灯笼泡""二龙头""救急枪"等功夫。

师父崇扒皮向老板推荐他，给了个小角色，他练起功来就更上心了。一来终于可以在舞台上露露脸了，二来因为是搭班儿就有戏份，别提这心里多高兴了。

这一天他和大家一起练靠墙顶（靠着墙拿大顶）的功夫。平时崇扒皮只要求大家练一炷香的时间。可这一天，师父和别人聊天儿去了，聊得入港，把这群靠墙顶的孩儿们忘了个一干二净。师兄弟们一个一个地因为胳膊无力撑不住摔倒在地上，他还在咬紧牙关坚持着。过了半天师父也没回来，他胳膊一软，头就直接戳在地上，昏死了过去。

被师兄弟们用凉水一激倒是醒了过来。可没嗓子了，一句话也说不出来。本以为睡一觉就好了，可第二天早上起来，练得青衣小嗓没了，本音大嗓也沙哑了，发出声来被师兄弟们笑道跟踩了鸡脖子一样。这嗓子坏了，一两个月不见好，害得他在台上也没露成脸儿。

没嗓子了只好专心练武功。谁知道黄鼠狼专咬病鸭子。这天崇扒皮给他"围腰"，崇扒皮把一只脚踏在长凳上，拉过王瑶卿按在大腿上，然后双手向他的胸部猛摁下去，只听得他大叫一声昏死了过去。原来崇扒皮这一下摁断了他四根肋骨。其母郝氏含着泪把王瑶卿接回家去，请了丰台大屯乡接骨陈来医治。接骨陈处理完王瑶卿的伤交代道："肋骨的伤并无大碍，有一个多月"

也就好了。可这腰骨的伤怕是一两年也好不了，弄不好一生都会留下残疾。"

肋骨好了后，他因腰伤暂时无法练功。虽有腰疾，可唱戏的路子总得走下去啊，就拖着伤腰每天喊嗓练唱，因腰伤不好练花旦武旦，只好回过头来再学青衣戏。

田宝琳根据他的现状分析道：学武旦，腰已坏了没法学。看来武戏这碗饭怕是一辈子也是吃不成了。学花旦，虽然他肯下功夫，但能否在舞台上抢得开也很难说。青衣是自己的正功，其他彩旦、花旦、武旦虽略知一二，远远不及谢双寿。

当时京剧青衣有谢双寿、田宝琳、李永元三大派。

谢双寿拉得一手好胡琴。原攻正旦，先后在春台、四喜、三庆等班搭台。因其扮相既不漂亮又少精神，嗓音是该高的高不上去，该低的沉不下来，也只能唱二路。

谢双寿知道在唱戏上自己是不会有什么出息了，就改为教戏。谁承想这一改竟使他成了大家。他的学生王九龄、孙菊仙、张胜奎、陈德霖、余紫云、张耕云等个个出类拔萃，尽是各戏班的台柱子。

在田宝琳的撮合下，谢双寿收了王瑶卿这个徒弟。其母郝氏非常高兴，她本身又是戏剧界里边儿的虫，于是就与其兄在致美斋摆了四桌宴席，给王瑶卿举行了拜师仪式。

谢双寿先教了他三出打基础的戏。二黄唱段的《三娘教子》、反二黄的《祭江》、西皮腔的《彩楼配》。

王瑶卿知道自己要成角儿只有这一搏，因此非常用功。谢双寿对这个徒弟很满意。又陆续教了他《大保国》《二进宫》《祭塔》《金水桥》《武家坡》等十几出青衣戏。

谢双寿又教了他《小上坟》《铁弓缘》《大劈棺》等花旦戏。

这天，王瑶卿回百顺胡同看望母亲，郝氏检查儿子所学的戏。房东杨朵仙听到他的清唱声觉得嗓音不错，很有出息，也凑过来听他唱。看了他唱花旦时的身段，觉得不够浪，不够泼辣，就把自己的妖冶猥亵的看家本事尽数演给他看。

王瑶卿虽不喜欢杨朵仙大尺度的浪荡猥亵表演方式，但是他牢记着开蒙老师田宝琳的教导："学戏就要多学点儿，学杂点儿不吃亏。归里包堆学到手都是自己的手艺。说不准到什么时候就派上了用场。"

　　王瑶卿学了上百出戏。虽然在三庆班搭班，可管事儿的从来没给他分配过角色。

　　田宝琳和谢双寿都觉得自己出面不太合适，就让他自己去找陈德霖和管事儿的说。这陈德霖也是田宝琳的学生，按理说他应该管陈德霖叫大师兄。他因求人去办事儿不敢叫师兄，而尊称为陈先生。这个称呼让陈德霖很受用，觉得这个小师弟给足了自己面子，就爽快地答应了下来，找了三庆班当时的管事杨月楼。杨月楼就给他安排了一出戏——《祭塔》的演出。

　　戏目下来了，陈德霖摆出师父的架势教训他道："瑶卿啊，这上台演戏和学戏不同，我知道你学了不少行当，也学了不少人的唱法身段，可上台演戏就是演戏，青衣就是青衣，刀马旦就是刀马旦。你可不能给我唱混沌喽，头场戏唱砸了锅，一辈子都甭想成角儿。哼，怎么演好喽，你自己给我好好琢磨琢磨吧。"

　　《祭塔》这一唱段选自《白蛇传》的故事。白素贞于金山寺战败生子后，被法海请来韦驮摄入金钵压在雷峰塔下。若干年后，其子许仕林成人，高中状元衣锦还乡。听说了其父母许仙与白素贞的传奇故事，来到雷峰塔前哭祭。引出白素贞的一大唱段，全唱段有三五百字，确实是一大段表现自己的唱腔。可当时的演员演唱一直是坐在塔里，捂着肚子面无表情咿咿呀呀地唱，很难打动观众的心。

　　王瑶卿反复背诵着《祭塔》的唱词，琢磨来琢磨去觉得不能同于前人。只有在身段和面部表情上加以处理，才能把戏演活。他开始随着唱腔设计自己的面部表情和动作。

　　（唱反二黄慢板）"未开言不由娘泪珠双流，叫一声仕林儿细听从头。黑风仙它本是娘的道友。"这几句唱王瑶卿设计为面部表情平静，用谢双寿平淡无奇的唱法，肩身不动，只是眉目传情，流露出见到儿后的悲喜衷情。

　　"他劝娘苦修行自有出头。峨眉山同修炼千年的时候，只因为贪红尘下山

第十七回

西游。在临安收青儿主仆同走。西湖上遇儿父会合同舟。"这几句唱他用上了开蒙师傅田宝琳的正功青衣的演唱手法,稍加以耸肩移背的动作,眉宇间脉脉含情。

（快三眼）"借雨伞两下里姻缘成就。盗库银与儿父惹下祸忧,发配在镇江城凄凉难受。与青儿到彼处又结鸾俦。"这段快三眼的唱腔他想到白素贞是蛇不是人,就糅入了三分杨朵仙的浪荡表现手法。不停地扭动腰肢,前后摆动着双肩,眼中射出妩媚的光彩。

王瑶卿把三五百字的唱腔、身段按自己的意思设计好,反复演练熟了。由于准备得充分,不雷同于其他演员又有新意,演出时一炮打响,弄了一个满堂彩。京城戏迷四处传诵三庆班新出了个会做戏的小青衣,一时间誉满京城。

杨朵仙听到这个消息有些吃惊,就到戏园子里看了这出戏。回家后笑道:"他奶奶的,这孩子只学了我三分功夫,就红遍了四九城。奶奶的,他要是把我这点儿本事都学去了,还不把我淹得冒不出泡来。不行,这么块好料,不能便宜了别人,我得把在手里。"

杨朵仙找了媒人去提亲。媒婆扭来扭去地进了郝氏的屋说起亲来。

郝氏:"我说他婶子,杨老板的闺女我倒见过,模样也说得过去。就是岁数大了点,比我那小子大五六岁,我那小子现在还小。是不是您给寻摸个小点儿的把亲定了？要不过两年再麻烦您？"

媒婆:"我说他大姐呀,这年头哪家不是娶大媳妇儿,你没听说女大三抱金砖、女大五金如土嘛。您那公子小点儿、媳妇大点儿这是好事儿啊。大点儿的媳妇儿懂事儿会疼人,媳妇儿大点儿您不就能早抱上孙子了嘛。等将来您公子发达了,再娶个三房四房也不在话下。眼眉前儿的咱们得赶紧抱个孙子,这是正事儿。"

媒婆见郝氏还在犹豫,就说道:"我说姐姐呀！您家里现在的状况俺也不是不知道,过去老爷子在时那多风光啊,吃香的喝辣的。不是老爷子去了嘛,抛下你们孤儿寡母的没个依靠。这事儿,姐姐,你听我的,彩礼我能让您一个子儿都不掏。"

媒婆从怀里掏出五十两纹银，往桌上一放说："这下小定、下大定的钱够了，横是够了吧。你先拿去用，将来有大的用钱地方全包在我身上。"

郝氏心想莫不是她看到瑶卿要火了，先拿点儿钱押上一宝，将来再稳稳地坐收大加三的利，就把钱推了一下说："他婶子呀，我们家自从老爷子过去，是有些罗锅上山——前（钱）紧，但这点儿银子还是拿得出来的。"

媒婆："我说姐姐呀，这是哪儿的话。我们说媒拉纤儿的人全是门缝里伸手指头——抠门的主，哪有给人垫钱的道理，这钱是杨老板叫送过来的。杨老板说你们两家是世交，他还是您娘家老爷子的徒弟，正儿八经地论起来还得管您叫一声师妹。他也看好您家的公子，心甘情愿地提携他。一旦成了亲，您家公子就是杨老板的女婿。杨老板自然会安排他角色，你也知道这杨老板在四九城是脚面水平蹚，就是提了也把他提了成角儿。您家公子跟着杨老板混，这戏班的管事儿的冲着杨老板的面子，那戏份儿还不得宽着给。这婚事儿您要答应下来，杨老板说了，所有迎娶的钱他全包了。哎，我说姐姐呀，这么好的事儿，甭说四九城就是整个大清国都是打着灯笼也找不到啊。你仔细琢磨琢磨，过了这村还有这个店儿吗？"

王瑶卿娶了媳妇儿，又随着岳父进了四喜班。

这四喜班当时是个大班儿，是京城最佳的戏班，一直排在四大徽班之首。市面上有句话："三庆多生，四喜多旦。"王瑶卿学的是旦角儿，来到四喜班正是应工的地方。

到了四喜班，管事的排他第一出打炮戏《虹霓关》。李紫珊演头本夫人，杨桂云演二本夫人，王瑶卿演丫鬟。虽然反映还不错，可王瑶卿本人觉得还不如在三庆班的地位高，就找岳父杨朵仙发了一顿牢骚。杨朵仙只是不经意地笑了笑说："嗯呀，你还年轻得多历练历练。就凭你这两下子，能在四喜班有个角儿就不错了，那还不是看我的面子。"

一两年下来，王瑶卿的地位没有一点儿改变。他几乎每天都是演第四五次出戏，戏码也总是《落花园》《彩楼配》《探寒窑》《孝感天》这类不疼不痒的戏。

像《落花园》这出戏只是《二度梅》戏中的一折，是出三四流旦角儿的

对儿戏。一个诉苦,另一个安慰,平平淡淡,没有任何出彩的地方。戏园子都拿这出当开锣、垫场戏。

王瑶卿找到管事的想换换戏码。管事儿的笑笑说:"听说你妈贴饼子贴得不错,回头拿两个给我尝尝。"

王瑶卿不明白什么意思,就找岳父杨朵仙,气呼呼地说:"他说的这叫什么话呀,就是我们家再穷,也不至于吃棒子面贴饼子、啃咸菜吧。"

给杨朵仙逗得哈哈大笑:"说你是个棒槌吧,你他妈的还真是个棒槌。吃了这么多年戏饭,连个戏话都听不出来,我都替你发愁,将来你怎么在这行里边儿混。要换戏码得给人家管事的打饷。这打饷戏里的行话就是'拿贴饼'。学着点吧小子,奶奶的,这戏活儿里水深着嘞,慢慢地蹚着吧。"

王瑶卿:"我凭的是真本事,凭什么给他打饷?"

杨朵仙不耐烦地说:"那你就自己玩玩看。我看你呀,是死爹哭妈拧丧钟,不撞南墙不死心哦。去吧,去吧,麻溜地找你妈,去好好贴两个饼子,给人家送去吧。傻小子啊,我告诉你,这个钱省不得。"

王瑶卿回家去了,想了想,回家跟他妈什么都没说,也没给管事儿的拿贴饼。

第二天管事的来传戏码给杨朵仙。杨朵仙借机说道:"爷们儿啊!麻烦您抬抬手,给我那女婿换个戏码。这几出戏都唱了好几年了,甭说别人,我听得都有点儿烦。"

管事的:"瞧爷说的,咱们四喜班如今在四九城是拔了头份儿啊。要没有您照应,就是他本事再大,也进不来咱们这个班儿啊。我听爷的,回头给他换换戏码。"

管事儿都说完坐着慢慢喝茶,诡秘地看着杨朵仙。杨朵仙明白管事儿的是等着拿贴饼子呢。心想:不知道王瑶卿这小子听不听话,给人家打没打饷。哼,奶奶的,他妈的这小子还嫩着呢。这事儿我还别急着往里掺和,叫他自己历练历练吧。

管事的等了半天见没有下文儿,就告辞出来了。出了门儿唠叨道:"这小的是个是礼不懂的小利本儿,这老的揣着明白装糊涂,镚子儿不掏,这不拿我涮着玩儿呢嘛。"

管事的还是照常安排过去的老戏码，王瑶卿一生气就回了戏，他一连回了三天的戏。

第四天管事的来传戏码，皮笑肉不笑地说："你好大的面子啊！你老岳父和我打了招呼，央告儿我给你换换戏。看在他老人家的面子上，你今儿个就唱《沙陀国》的二皇娘吧。"

《沙陀国》这出戏花脸是主角，二皇娘不过是三四流的青衣唱的小角色。王瑶卿又回了戏，连回了几天。管事的笑眯眯地又给他派了《泗洲城》里一个次要人物的角儿，这个角儿王瑶卿一点儿都不熟悉，就去问杨朵仙。

杨朵仙一听就乐了说："傻小子，谁叫你舍不得拿贴饼子。这下可好了，人家叫你钻锅呢。"

"钻锅"是戏剧界流行的术语，是指演员不会的戏，现场学，现场唱。

王瑶卿："我会这么多出戏，《牧羊圈》《南天门》《坐宫》《金水桥》《汾河湾》，他给我哪一出的戏码我都能唱好。这不是难为人吗？"

杨朵仙："傻小子，你还年轻。别说你就会这么几出戏，就是你会再多的戏，人家不给你上台露脸的机会，你也没地方施展你的本事。和人家管事儿的赌气，值不当，赌来赌去，奶奶的，只能落得自己人财两空。"

王瑶卿："平心而论，说实在的，我的唱功在四喜班里也是数一数二的，怎么不给我个机会露露脸。"

杨朵仙："傻小子，你怎么这么轴呢？你以为你是谁？你不就是一个下九流的戏子，别把自己太当回事儿了。你要是长得俊点儿，从小把你当相公养，没准儿还好出头。"

王瑶卿："爸，您也没当相公，您的戏儿怎么那么高呢？"

杨朵仙："因为我会做戏。我知道我自己的情况，凭我的长相，凭我的唱功，按说也就是个三四流的角色。可我的身段、我的唱腔能把戏做活了。装扮不出青春靓丽的小娘子，咱就演那又浪又嗲的半老徐娘，不也是照样弄个满堂彩嘛。可就是这样，我从来不敢得罪管事的人，也常常给他们拿贴饼。你不想这个世道上谁没利谁起早呀。给了他们贴饼，他们会提前告诉你戏码，

免得你钻锅。这唱戏呀！奶奶的，不光是在台上唱，下边儿也得唱啊。你回头给人拿点儿贴饼，向人赔个不是。哎，闹到这份儿上，恐怕拿贴饼也不行了。回头我约人家到烤肉记或者砂锅居撮上一顿也就结了。"

王瑶卿："要去您自个儿去，我可不去。"

杨朵仙："小子，你这话可就没大没小了，不明事理了。我这是花钱替你办事儿，你还不乐意了。你再这么拧下去，这四喜班儿没你的位置了。"

王瑶卿："天下这么大，没有就没有。四喜班儿没有位置，难道我还找不到一个别的位置？去他娘的个四喜班吧。此处不留爷，自有留爷处。"

杨朵仙怒道："那你就找你那个留你这位爷的地方去吧。"

王瑶卿拿起一个老头乐，双手在腿上一磕，老头乐折成两半，把它扔在地下，扬长而去。

赵立纲悄悄地托着权宝贵，结识了王瑶卿、王凤卿哥俩。在家里就以到河沿帮三哥打点生意为由，天天和这哥俩泡在一块儿，吊嗓、唱戏、学身段。

他觉得王瑶卿确实是个唱旦角儿的好材料，很羡慕王瑶卿这个行当。恨自己受家庭所累不能下海，就找了肃王爷家的老二跟老四，求他们帮王瑶卿一把。

这富二爷跟富四爷也是京城有名的票友，一个唱花脸，一个唱花旦，整日里任嘛儿都不干，不是唱清音，就是赶堂会吼上一段。朋友圈儿里戏称他俩为二花、四花。

这二花和四花一见王瑶卿就喜欢得不得了。大骂管事的，糟蹋了这好的一个角儿，想找个机会把他推荐到宫里来唱戏。

这天二花和四花随着肃亲王来到宫里听戏。慈禧老佛爷点了时小福的《玉堂春》，李莲英慌忙告知时小福昨儿夜里没了，已经安排下人唱了。

那个演苏三的没唱了两句，慈禧就叫停，怒气冲冲地说："这唱的叫什么戏呀？唱不是唱，念不是念，不是玩意儿啊。你们谁给我找个角儿，能唱成小福子的一半就行了。"

二花凑到前面跪下说："老佛爷，奴才知道一个角儿，兴许和小福子差不多。"

慈禧："就你那耳朵啊，会听什么戏呀，梆子戏能听成昆曲。"

二花儿连连磕头说："老祖宗说得是，奴才哪会听戏呀，奴才听不出来，回头我把他传来叫老佛爷听听。万一老佛爷要是中意的呢，那也是奴才的一片孝心哪！"

慈禧回到玉兰堂去歇着了。李莲英小心翼翼地问道："要不奴才给那小子安排一出？叫老佛爷展展眼。"

慈禧："你也不用去传他。你一传他给他脸了，万一唱得不怎么的，弄到宫里来可不就是丢了咱们的脸了嘛。这样吧，你叫那个小叫天儿明儿个把他带到宫里来，就叫他唱《玉堂春》。"

小叫天儿谭鑫培叫人找来了王瑶卿告诉他明天随自己到宫里去唱戏，戏码《玉堂春》。

王瑶卿接了这活儿，赶忙去找谢双寿。谢双寿也为他高兴，告诉他宫里唱戏的规矩多，万万不可走神，临场不可瞎发挥。叮嘱他老佛爷听戏是一边儿听，一边儿对着"串贯"（当时宫里用的"总讲"，即现在的戏剧脚本）。

王瑶卿听着有些紧张。谢双寿说："你也不用紧张，其实宫里宫外演戏都差不多。唉，你没唱过堂会，这我可得跟你说说。戏唱得好坏先放一边儿，关键是别犯了忌讳。《玉堂春》这出戏中有一句词要留心，你可给我听好了。苏三出场后唱道：'苏三此一去好有一比，好比那羊入虎口有去无还。'这一句的'羊入虎口'给老佛爷唱，一定要唱成'鱼儿落网'，要用外边儿的原词儿唱，咱俩的脑袋就得搬家了。"

谢双寿看到王瑶卿张着大嘴、不知所措的样子解释道："因老佛爷属羊，'这羊入虎口有去无还'可是大忌讳呀，这可是要掉脑袋瓜子的词儿啊。"

戏唱完了，老佛爷回屋去歇着了。谢双寿高兴地说："好小子啊！我是边拉胡琴边担着心，生怕你稍一不留神唱错了词儿，上边儿找下来咱可就折了。不错不错，真不错，给咱家长了脸了。"

爷儿俩那儿正乐着呢，突然见李莲英奉命找下来了，把这帮人吓了一跳，不知道怎么得罪了老佛爷。

原来是戏词中崇公道说："不要害怕，少时督察大人开脱了你的死罪也就

是了。"接下去苏三应该接着唱，"苏三进了都察院，好似入了鬼门关"。可这两句在外边儿已经改成扫头了，不用唱了。王瑶卿没进过宫哪里知道，这谢双寿在外面教学，好长时间没进宫，也以为宫里跟外边儿改了。

谭鑫培、谢双寿、王瑶卿等戏子和场面跪了一地，李莲英传慈禧太后话："老佛爷问了，整出戏都唱了，干吗留两句偷这个懒儿啊？"

谢双寿磕头如捣蒜地解释道："请大总管回老佛爷，如今外边儿都是这么唱。这孩子刚进宫不懂规矩，还请大总管在老佛爷面前美言几句。"

李莲英说："那你们就在这儿候着吧，等我去回话。"

大家跪在地上不敢起来，等李莲英回话。过了好一阵子，李莲英回来传道："王大初次进宫，不知宫里的规矩，偷了懒儿，罚这次就不给赏钱了。给王大个腰牌儿，叫他以后进宫小心伺候，再有偷懒儿的事儿给我知道必定重罚。谢二多日不进宫，没看到宫里的总讲，今个儿胡琴拉得不错，就不罚啦。这小叫天儿明知宫里的规矩，和王大一起唱戏，也不对对词儿降不是，罚两个月的俸禄。这小叫天儿名字里有三个金，罚他去掉两个金。"

谭鑫培连忙磕头谢恩："谢老佛爷赐名金培。"

李莲英笑道："嗯，姜还是老的辣呀！还是老谭有心眼儿，这么一套乎上老佛爷赐名，一年赏的钱可比这罚钱多多了。而且还是年年有啊。哈哈，老谭真有你的。名字上去了两个金，却得到了一桶金啊，哈哈哈。"

谭金培忙磕头谢恩说："谢谢老佛爷赐名，可这事儿还得大总管周全。在老佛爷面前美言几句。"

李莲英："老谭哪，我给你请下来赐名的年赏，你拿什么谢我呀？"

谭金培："大总管啊，你要是给我请下来，我可真得好好谢谢您。我光吃这个老佛爷赐名就够风光了。那年年赐名的赏钱我全孝顺您啦。"

李莲英："老谭呀，你真会拿话填乎个儿人，明知我看不上你那点儿小钱，却拿着小钱儿忽悠我啊。"

谭金培："哎，是，大总管，小的不懂事儿了。这么着吧，我把我父亲唱高腔私密唱法说给您听听，这总成了吧？"

李莲英："这是你父亲之所以叫谭叫天的秘诀，我可承受不起，就这么着吧。"

李莲英把嘴贴到谭金培耳边悄悄地说道:"我琢磨着老佛爷挺喜欢这个新来的小后生王大,你多提携提携他。咱们做奴才的不就是哄着老佛爷高兴嘛,只要老佛爷高兴,能没咱们的好果子吃吗?老谭,你说是不是这个理儿?"

谭金培也小声地说:"谢谢大总管周全。只要是老佛爷喜欢的,就是只猫啊、狗啊、耗子啊,咱们奴才的也得善待呀,您就放心吧。"

李莲英哈哈怪笑着去了。

谭金培出宫后,就把王瑶卿拉到自己班里来,和他唱对儿戏。什么《汾河湾》《武家坡》《南天门》《御碑亭》《打渔杀家》等重头大戏全和他傍着唱。一个老生,一个青衣,一时四九城称两位为梨坛"双璧",这下给杨朵仙闹蒙了。心想:不知道这小子怎么傍上了谭金培。谭金培这么大的腕儿怎么会甘心情愿地屈就这小子。不光是杨朵仙,整个戏剧界谁也闹不明白这个王瑶卿怎么一下就蹿了起来。

王瑶卿心里明白这是借了赵立纲的光,沾了肃王府俩花儿的情。他把赵立纲视为知己,两人拜把子成了兄弟。白天唱完戏,晚上就到肃王府去唱义务戏,或是和两个花儿一块儿串戏。为的是还二花这份情。

这王瑶卿和谭金培一样,也获得了内廷供奉的职称。

慈禧老佛爷在颐和园做寿,王瑶卿自然也进园去当差。老佛爷听戏听得高兴了,突然点了一出《四进士》。

《四进士》这出戏,说的是明朝嘉靖年间,举人毛朋、田伦、顾读、刘题四人进京赶考。在京相识,意气相投,结为兄弟,四个人都高中进士。出京为官前四人聚会,到关帝庙拜别拜了关圣,发下誓言:做一辈子清官,绝不渎职。

刚到任,四个人在职的信阳地区出现了一桩人命案。

一个大家族田氏夫妻为了谋财毒死了亲弟弟,又把弟媳杨素贞卖给商人杨春为妾。杨素贞向杨春哭述了自己的悲惨遭遇,激起了杨春的正义之感,撕毁了杨素贞的卖身契,代她告状。

谁承想这四弟兄之一的田伦却是田氏的亲弟弟。田伦就给新上任的四兄

弟之一的顾读起了封求情信，并送上纹银三百两。

田伦下书的差役，恰好投宿在革职在家的宋世杰的店中。宋世杰偷看了书信，当顾读徇情押禁杨素珍时，上堂质问，却被顾读杖责后轰出大堂。

宋世杰指点杨春去巡抚处告状，这巡抚正是四兄弟之一的毛朋。毛朋接状，宋世杰当堂做证。毛朋秉公办案，判了田氏夫妻死罪，田伦、顾读及刘题均以违法失职问罪，为杨素珍申了冤。

这个杨素贞的角色一直是陈德霖唱。陈德霖唱完了他的戏，一看戏码，今儿个没自己的戏了，就出宫赶场子去了。升平署和所有在场的戏子全慌了。

老佛爷要听戏，那是耽误不得的，而且下一出就要上《四进士》。扮毛朋的谭金培和演宋世杰的范成盛没了搭档，也没法上场唱戏。谭金培一看王瑶卿在场就有了主意。

谭金培："大侄子呀，这出戏你会不会？"

王瑶卿："谭大爷，这出戏我不会呀。"

谭金培："大侄子呀没办法，救场如救火，你只好钻锅吧。"

王瑶卿真不敢钻这个锅，他没把握呀。范成盛也过来，要他钻锅。升平署的一群牙役们连连作揖，劝王瑶卿钻锅，并拿来升平署的总讲帮他串戏词。老谭把自己的琴师孙佐臣叫来。一群人簇拥着他就现场排练起来。

这孙佐臣虽是头一次跟他合作，可毕竟是琴师圣手，听了几句他的唱，拧巴拧巴琴把，调一调就找准了他的调。胡琴拉得让他唱起来舒服极了。

孙佐臣高兴地说："放心地唱吧，有我罩着你，出不了差。"

他硬着头皮唱了下来，还真一点错都没出。老佛爷听着也很满意，给他打了赏下来。

谭金培舒了一口气，心有余悸地说："大侄子，这钻锅火候差点儿还真不行，今天可真难为你了。"

第十八回

谭金培童心未泯冒进慈禧寝宫
王瑶卿仓皇出逃谢罪跪伤膝盖

话说那王瑶卿钻锅成功皆大欢喜。孙佐臣却觉得心里不痛快，心想：要没有我他怎么能钻锅成功呢？整出戏不都全靠着我这把胡琴盯着吗？你们个个全拿了赏，怎么也得分我点儿吧。于是就找管事的说要加双倍的份子钱。管事儿的做不了主，就找谭老板，说了这事儿。

谭老板心想：这个例子一开，干点事儿就想加钱，我这班子可就没法办了。你拉得再好，我不用你就罢了。于是就让自己的吊嗓子琴师徐兰沅顶替孙佐臣的位置。

这徐兰沅当时只有十六岁，自个儿觉得自己的技艺太差，和琴界号称"圣手"的孙佐臣差得不是一星半点儿，死活不敢答应。谭老板急了对他说："给你两条路你任选一条。一是从今儿起，你就给我上场子去拉，是骡子是马，给我拉出来遛遛，就是拉不好，我也不会怪你，下场继续给我拉，份儿钱照拿不误。二是如果你不上场，那吊嗓子也就不用你了，你就另寻主去吧。"徐兰沅硬着头皮上场去拉。谢天谢地，还真是中规中矩，没出一点儿差错，只不过没有孙佐臣的花活儿多。什么过门儿啦、换场啦，拉得比较平庸。可谭老板非常高兴，按照孙佐臣的戏份一半给他。一个十来岁的孩子能傍上谭老板，就已经高兴得不得了。谭老板又给了这么大的戏份，真是有些受宠若惊。

老佛爷觉得王大这孩子唱得不错，可是老让他唱老戏，他终究唱不过去这些角儿，撑死也就唱平了而已。突然间心血来潮，想自己给他编出戏，编

出戏是何等难的事儿，老佛爷这水平啊，可真编不出来，编不出来咱就改戏。

说干就干，老佛爷就从《玉堂春》下手。先把戏剧背景跟服装全都改了。这出戏戏台全换成红帐子，台上的蜡烛也换成红色蜡烛。戏中所拿的白羊角灯也换成红色的羊角灯。差人崇公道原本是蓝袍命人赶制红袍。苏三的囚服、枷栲、锁链也让人做成了红色。还别出心裁，把枷栲做成了葫芦状，染成大红色，弄了一个满堂红。

改完了场景服装，接着她老人家又改唱词。改完了唱词，叫宫内私学的小太监们唱。这小太监们找不着北，唱了个荒腔走板，惹得老佛爷很不高兴。又找了几个外班来唱，照样是唱不好。于是老佛爷就吩咐把新改的总讲给王瑶卿，叫他去唱。

王瑶卿接了这艰巨的任务，拿着总讲就去找师父谢双寿。

他到了谢双寿的家，师傅不在家，一问家人，知道师傅到自己那儿去了。赶快捧着总讲，叫自己的车夫伊犁马快速向家里奔去。

这车夫原来姓什么、叫什么谁也不知道。因为他拉车跑得快，所以大家给了他个称号叫伊犁马。这伊犁马像一阵风一样，很快就到了河沿。刚拐过弯儿来，就听见悠扬的琴声。他跳下车来向院儿里奔去。

一进院儿就听见赵立纲在他家里过戏瘾，和他弟弟王凤卿有板有眼地唱着《坐宫》这出戏。他进了屋，这仨人却谁也不肯停，还在继续唱戏。谢双寿边拉着胡琴边向他努了努嘴儿，挤了挤眼儿叫他坐下。因有赵立纲在场，他只好耐着性子听完了这一出戏。

谢双寿看了总讲，为难地说："这升平署改的戏词儿也太烂了。既不合辙又不押韵，甭说唱了，就我这胡琴都找不着北。我看叫四爷给改改词儿，串一串。"

王瑶卿气急败坏地说："万万改不得，万万改不得。这是老佛爷改的词儿，谁敢改动半个字呀，这就是圣旨。大家商量商量，看怎么办吧。"

立纲仔细看了看总讲说道："我看这样吧，我试着重新给断断句。"

王凤卿问道："这光断断句能行吗？"

赵立纲说："行，按总讲这个词儿，有的地方把原意全给闹扭了。就是勉强唱下来,词不达意,也叫人听不懂,不知唱的是什么玩意儿?"

王瑶卿吓得赶快捂住赵立纲的嘴:"我的爷呀,千万别胡呲,您这话要是传出去,脑袋就得搬家呀。您这重新断句行吗?老佛爷的金句,可是一个字儿也动不得的。"

赵立纲:"你放心,我半个字儿都不动,就能把意思扭回来。"

赵立纲见大家用疑惑的眼光望着他,用毛笔写了"民可使由之不可使知之"一行字,叫大家读。

王瑶卿三人一起念道:"民可使由之,不可使知之。"

赵立纲把整句断成:"民可使,由之。不可使,知之。"然后解释道,"如果这样断意思就全变了。'民可使,由之'就是说老百姓有一技之长可以使用,就由着他去吧。'不可使,知之'就变成了老百姓若是没有养家糊口的本领。那么为官者就要教会他。"

三个人似信似疑地听着,一起看着赵立纲所断的句,一遍一遍地读着,琢磨着,觉得还真是有那么点儿意思。

赵立纲不再理他们,任凭他们去看,他们去读,他们去琢磨。自己却一心一意地重新断起总讲来了。

不一会儿赵立纲断完了句。三人一看故事情节基本上是扭了回来,皆大欢喜。这谢双寿一边用手打着拍着,一边用嘴哩格、哩格、哩格儿楞地哼着。

谢双寿说:"四爷,您这意思是顺过来了,不扭了。可这唱是没法唱,就甭说唱了吧,这胡琴都不知道怎么拉,找不着辙呀。四爷这一句您给套上了'江阳辙',用西皮摇板没问题。可您接着又断在了'灰堆'辙上,这不逼着我硬变调嘛,变成反二黄?这要是拉出来,唱出来还不闹笑话,叫人家说咱们是利本。我看这词儿啊,就是京剧跟梆子两下锅都走不通。"

四个人八只眼睛,是你瞪我,我瞪你,都想不出辙来。

谢双寿:"哎,王大。这可不是挤对您,我不过是顺着老佛爷的叫法叫惯了。这老佛爷也是把我都叫成谢二,按你们京城的话来说,这不是二货的二吗?多难听啊!其实我还真不是行二。不过老佛爷叫我行二又有什么办法呢?只好由着她老人家了。我没谭爷这本事儿,弄不成老佛爷赐名,平白无

故地少了一个进项。这么说来，我还真成了二货了。哎，二货就二货吧。谁让咱只是个拉琴的，不是角儿呢。没那个份儿啊，但总比叫什么狗剩儿、狗鸡、狗蛋好多了吧。何况还是老佛爷叫起的呢，这么想起来也够风光的啦。又有谁的外号、小名是老佛爷给起的呢？"

赵立纲觉得谢双寿有话要说，不过是一时说顺了嘴，跑了题了。说不定有什么好主意呢。就打断他的话说："谢爷，您有什么好主意就快点倒出来吧。这都火烧眉毛了，不能再慎着了。"

谢双寿："这唱腔嘛，依我看得找孙佐臣去鼓捣，你当他那个圣手是白叫的吗？这琴上的难事儿，唱腔上的难点，我估摸着他总有稀奇古怪的鬼法子，要不然咋能叫圣手呢，这圣手可不是白叫的，没两把刷子，也担不起这个名儿。这不谭老板刚把他辞退了，你去找他一准成。"

王瑶卿有些为难地说："四爷，这句是您断的，本该请您跟我们一块儿去，也好和孙爷一块儿合计合计。可您跟我们这些戏子一块儿混，怕掉了你的身价。您能进我这个小门楼已经是高抬我们了。不敢造次，叫您再现眼。"

赵立纲："王爷，您说的这话我可就不爱听了。其实我也应该是这戏里的虫，谁知道投胎投错了，投到了广亮大门里。我要是生在小门楼，早就进科班学戏去了。唉，人生最大的遗憾，不过是干不了自己喜欢的事儿。连你的小门楼我都进了，怕什么？走，咱们一块儿去。"

谢双寿挑起大拇哥高兴地说："敞亮，四爷这话说得敞亮，是个纯爷们儿。四爷，你们几位在这儿候着，我去叫几辆洋车来。"

赵立纲："谢谢，不用了。我三哥就在隔壁，咱们走几步过去，坐上车直接走不就得了。况且自用的车，总比拉份儿的车体面吧。王爷你不是说怕掉了我的身价嘛，赵爷我就在这儿找奔吧，找奔吧。"

王瑶卿："直接去三爷的府上，怕是不合适吧。我们还是不要打扰三爷，叫几辆扫马路的洋车也就是了。我叫伊犁马去给寻摸几辆过来。"

赵立纲："没事儿，我三哥也是个开通的人。再说王爷您不是跟权爷也熟识吗？一块儿过去稍坐一下无妨。我请你们诸位到我府上去坐怕是办不到。到我三哥和权爷这儿坐坐，这点儿主我还是做得了的。走吧，甭慎着啦。"

王瑶卿："恭敬不如从命，既然四爷这么说，咱们就一块儿去吧。四爷，您稍等片刻，我换件衣服就来。"

王瑶卿进屋拣了一个老佛爷赏赐的玉如意和两个荷包，又拿了两匹父亲留下来的苏绣，用红布包好，叫跟班的装在伊犁马的洋车上。

几个人溜达着来到了权宝贵家门前，正要进院儿，听到一阵车铃声夹杂着马蹄响，一辆四轮洋马车拐了进来。王瑶卿、王凤卿、谢双寿赶忙止步垂手站立，冲着洋车低着头，连气儿都不敢喘。车夫伊犁马听到车铃声时，就知道是西洋人的车，已钻在洋车里，放下帘子躲了起来。王瑶卿的跟班儿猫在车后不敢露头。

赵立纲知道是五弟来了，就站在门前候着。赵立目在车上看到四哥和几个戏子，赶忙跳下车来，快步走到四哥面前右膝一屈，右手一垂打了个千，一本正经地说："四哥您吉祥！您这是攒堂会吗？怎么不提前支应一声。是不是想瞒着兄弟我呀？"

赵立纲刚要说话，见爱丽丝穿着西服裙、斜戴着西帽下车走了过来，给他请了个蹲蹲安，然后把洋手帕一摆说："四哥，您吉祥！"

赵立纲抱拳给爱丽丝回了个礼，刚要说话。权宝贵走了过来，和众位打了招呼说："各位爷们儿，别在外边儿戳着啦。快进屋去，到里边儿说话。"

进了前厅到了二门儿。谢双寿等几位不敢跟进垂花门，权宝贵明白他们的心思就说："不是唱堂会嘛，不进二门儿怎么唱啊！这外边儿南房地界儿窄也摆不开场面。走走走，麻溜地到花厅去。"

一群人来到花厅。赵立草携郭满芝和诸位见了礼。权宝贵把富子拉过来介绍道："这是俺屋里的。"

爱丽丝笑道："是你屋里的什么东西？炕笤帚、痰盂还是尿盆儿？"

赵立目嗔道："你这西洋鬼子，学会了三五句中国话，就别在那儿瞎卖弄了。等着听完了堂会长了见识，你再遥处去卖吧。"

爱丽丝说："达令（Darling），这堂会我又不是没有听过。四哥，你今儿这堂会搞得可不怎么的，怎么就来了这几个戏子？场面呢？哦，是了，还没到齐呢。"

第十八回 275

说着用手在脸盆上敲出鼓点儿来。敲了几下，她得意地笑笑说："怎么样？今儿我去个鼓老，小小蝎子儿掀门帘儿——给你们露一小手。"

爱丽丝逗得众人哈哈大笑，赵立纲忙说明来意。赵立草说："既然琴师和角儿都在这儿，我四哥又喜欢过戏瘾。就来几出毳儿戏（即不化装清唱）也好，叫人去请孙圣手不就结啦。来来来，我们先唱着。"

王瑶卿觉得不合适说："我看这么着吧，我去接圣手孙老。二弟，你先和四爷唱个打炮戏。我去去就来。"

赵立目觉得既然请人办事儿就得隆重点儿，这礼上断断不可缺，这点面子还是要的。于是就说："既然是去请圣手，就别用洋车了。用我的洋马车把大清的圣手拉过来，这多有里有面儿啊。王爷，麻烦您辛苦一趟。"

爱丽丝跳起脚来说："哈哈，这差事还是我去吧。"

赵立目说："你快别胡闹了。你要是去，不把人圣手吓尿了才怪呢，再说你也不知道他家住在哪儿。"

爱丽丝说："他家住哪儿，这不是小事儿一桩，带上他的跟班儿不就找着啦。洋马车，再载上我这洋妞没有请不来的。你们先玩儿着吧，我这去去就来，赌好吧。"

爱丽丝说完了就往外走，王瑶卿紧跟两步说，还是我跟你一块儿去吧。赵立目笑笑说："那就由他们去吧，咱们先唱唱玩儿着吧。三哥，要不然您先来一首古琴曲权作开场戏，然后叫四哥跟凤卿唱一出。"

赵立草弹了一首古琴曲《阳关三叠》。郭满芝情不自禁地离席，即兴随着曲声舞了起来。

王凤卿和赵立纲合作演了一出《坐宫》，王凤卿饰杨延辉，赵立纲饰铁镜公主，谢双寿拉琴。

赵立目听完了笑着说："四哥的嗓子可真亮啊！但是我觉得如果四哥要是唱苏格兰歌剧更合适。我说四哥呀，咱别唱那老掉牙的玩意儿了。咱也玩点洋的，唱点儿西洋的歌剧。"

赵立纲："那西洋歌剧我听都没听过，也不会唱。五弟你要会唱给咱们唱一段先听听。"

赵立目高兴地说："那么我就给你唱一段歌剧《米兰姑娘》。谢爷，请您替我操琴。"

谢双寿一边摇手，一边站起来给赵立目连连作揖说："使不得，使不得，五爷呀！连您家四爷都不会，我哪儿会呀！您快饶了我吧，我可没那个金刚钻，揽不了这瓷器活儿。"

赵立目："那我就先给您们清唱几嗓子，等爱丽丝回来叫她拿钢琴给我伴奏。"

赵立目咿咿呀呀地用英文唱完了一段。大家听着倒是挺好听，可是没有几个人听得懂。

赵立草略识英文，但就和大家说："你这不是对我们这群牛弹琴嘛。明知大家都听不懂洋文，偏偏用英文唱，你把它翻译成中文唱。"

赵立目笑了笑，就用中文唱起来。刚唱头一句"我的家乡真可爱"，谢双寿的琴就出声了，那琴声和歌声融为一体，花厅里顿时充满了掌声。

赵立目说："谢爷，真有你的，听了一遍就能找着旋律。"

谢双寿："五爷，这没什么。我以为西洋歌剧多难嘞，比起咱的西皮、二黄、反二黄、吹腔容易多了。五爷，赶明儿咱们弄堂会，甭说堂会了，就是戏园子去唱也没问题。我给您操琴，保准'炸锅'迷倒一大片。"

赵立目："好，谢爷，什么堂会呀，戏园子我倒没兴趣。我看到大使馆去唱，咱们一定能挣着不少洋钱。哎呀，不过得排练排练。这样吧，谢爷，待会儿我们那口子回来，她唱头一段儿用英文，叫她自己钢琴伴奏。然后我唱第二段用中文，您来用胡琴伴奏。第三段她唱英文，我唱中文，钢琴、胡琴一块儿来。咋样？三哥、权爷也别叫我那俩嫂子闲着叫她们伴舞。待会儿叫我们屋里的教他们几步简单的西洋舞步。哦，对了，四哥是唱青衣的，就跟咱俩嫂子一块儿舞吧。"

权宝贵拍着巴掌说："对着哪，咱们这就排练起来。将来唱堂会，头一个堂会就到赵家去唱，老太太看了一定很高兴。"

王瑶卿和爱丽丝驱车来到孙佐臣家的小胡同口。因为胡同太窄，车进不去，只好把车横在胡同口。

第十八回

王瑶卿说:"赵太太,您就在车上等着吧,我去把他叫来。"

爱丽丝:"这怎么可以呢?我们是请人办事的,总要进去见一下吧。"

王瑶卿:"太太,这里比不了你家几处大宅子,是几家合租的一个小杂院子,压了几个棚子,把路都占上了。又肮脏得很,一进院准能把你熏一个跟头。"

爱丽丝:"为了礼貌,那我起码也要在门口迎接他呀。"

两人来到孙家随墙门前。爱丽丝站在门口仔细端详了这个随墙门,觉得很新鲜。胡同里的大人孩子躲在自家门口,贴着墙挤在一起,露出半个脑袋瓜子,瞪圆了眼睛,大气不喘地像看怪物一样瞄着爱丽丝。

孙佐臣一出门,见到一个洋女人堵在门口,吓得转身就往院儿里跑,随墙门的门洞坑洼不平。一下子将他绊倒,摔在门洞里。爱丽丝马上冲了过去,搀扶起孙佐臣说:"先生,对不住了您啦。没有闪着您吧?"

爱丽丝一口纯正的北京土话让孙佐臣惊魂稍定。孙佐臣又是连连作揖,又是鞠躬,然后右腿向前一曲,右臂往下一放,打了个千儿,结结巴巴地说道:"爷,爷,大老爷吉祥。"

爱丽丝看着他惊魂未定、滑稽的表演,不由得哈哈大笑。孙佐臣不知所措地又连连地打起千儿来,嘴里不停地把北京爷们儿见面儿的一套词儿念叨出来:"太太吉祥,老爷吉祥,老太太吉祥,少爷吉祥,妞儿吉祥!"

王瑶卿捡起掉在地上的胡琴说:"孙爷,这是赵家的五太太,是特意来接您的。本来她是要进院去亲自请您的,我怕您老不方便,没让她进院儿,也没跟您说。对不住了您啦,还叫您闪了一跤。"

四个人进了花厅,和花厅里的人依次打了招呼,见过了礼。赵立草说:"孙爷、王爷、谢爷,您们几位在这里忙正事儿。我们也有点儿其他的事儿,就不在这儿给你们添乱了,到旁边厅里候着。等您们忙完了正事儿,咱们就开饭。"

赵立纲说:"三哥、五弟,你们都到五弟妹的酒吧那边去玩吧。我在这儿陪着他们几位就行了。"

孙佐臣看了两遍四爷断的句说:"四爷不愧是行家里手,这词儿不能改,您这么一断，断得太好了。凭我这点儿道行，还真不难，我能串下来，还能让唱的人舒舒服服地找着调。我先来给你们拉拉听听，然后咱们一合不就结了。"

他拉了起来。他在每一句的断句处，延长了过门的长度。高调转低调的时候，他用胡琴拉的曲子慢慢地把调降下来，反之则升上来。过门虽然长了些，但是他把他的二胡技巧充分地运用上了。以击鼓骂曹的配曲《夜深沉》为主旋律再糅入历代名曲。现发挥把这个过门拉得有声有色，还巧妙地把上一句跟下一句连接起来。

谢双寿边听边挑着大拇哥，佩服得不得了，自愧不如。王家哥俩轻哼着戏词儿，露出高兴的笑容。四爷赵立纲如醉如痴地听着那优美的琴声，激动得泪花儿四溅。"此曲只应天上有"七个字儿慢慢地涌上了心头。

权宝贵在花厅摆上了酒席。月盛斋的卤肉拼盘放在中间，旁边配上芥末三丝、炸饹馇、小葱拌豆腐、老醋花生米、豆酱、熏鱼（即猪头肉）、香菜末拌辣椒丝、煮毛豆、大葱段萝卜条蘸酱、红果拌白菜丝儿等京城下酒凉菜。

赵立目一看笑道："权爷，你可真能对付。除了月盛斋那个拼盘，其他都是野厨子的手艺吧。"

权宝贵："爷圣明，但也不全对。人家现在可是同文馆的大厨啊，今非昔比，鸟枪换了炮了，待会儿热菜上来叫爷刮目相看。您别看您在同文馆常吃他做的菜，等热菜上来，您准没吃过。等着瞧好吧您嘞。"

赵立纲说："我先和谢爷给大家唱唱这段来个垫场，然后再请孙爷跟王爷上场，献丑啦。"

连续两场苏三唱完了，大家听着非常满意。赵立纲和王瑶卿还要继续表演节目，爱丽丝迫不及待地从饭桌上站起来说："四哥，您和几位爷先吃点儿东西，闷两口酒。该我们上场了，等你们肚子里点补点儿东西，我们也唱完了，你们再来。"

说完，吩咐等在门口的仆人："把钢琴给我抬进来吧。"

仆人们在抬钢琴，爱丽丝把赵立目、郭满芝、富子拉了起来，然后又跟赵立纲交代了几句。

她站在琴边，深深地向大家鞠了一躬说："这是我遥远的家乡苏格兰的一首遥远的歌曲。虽然我生在印度，长在中国，没去过我可爱的家乡，可是我还深深地怀念着她。我们把这首歌《可爱的家乡》献给我的三哥、三嫂和权爷、权嫂，算是对他们两对新婚迟到的祝福吧，祝他们永远爱他们的家乡大清国的京城可爱的河边小院。同时，我们也把这首歌献给在座的各位。钢琴伴奏爱丽丝，二胡伴奏谢双寿，演唱赵立目、爱丽丝，伴舞赵立纲、郭满芝、权富氏。"

听着她的自报幕，谢双寿、孙佐臣觉得这洋人太啰唆了。哪像我们京剧，放个砌末，放个行头，大家就知道唱什么戏。

她自弹自唱完了第一遍。赵立目走到了琴边。谢双寿的胡琴随着钢琴伴奏的调子响了起来。

赵立目唱：

> 我的家乡多可爱，
> 既美丽啦又芬芳。
> 姐妹兄弟都和气，
> 父亲母亲都健康。
> 虽然不是大花园，
> 月季花儿常飘香，
> 可爱的家乡啊！
> 我不能够离开你，
> 你的恩惠比天长。

第三遍，爱丽丝用英语，赵立目用汉文合唱，配以伴奏的钢琴和胡琴，倒也珠联璧合、丝丝入扣。

郭满芝和权富氏边舞边噙着泪。她们自己都弄不清楚她们的家乡究竟在哪儿，是生在日本国，还是生在大清国？自己也闹不明白。

赵立纲把京剧青衣的身段用在自己随意发挥的舞步舞蹈之中。那上下左右摆动的水袖好似两列随风飘逸的蝶队,一会儿散开,一会儿聚拢,让人看得眼花缭乱。

一品丸子、扒苹果、把儿鱼翅、鸡茸银条、海参烧占肉、御笔猴头、清蒸桂鱼、九层鸡塔、诗礼杏仁、酱爆肉丁、蒜瓣樱桃肉、八仙过海闹罗汉等正宗孔府菜摆上桌来。

赵立目看着这一桌像模像样正宗的孔府菜说:"权爷,您可真能跟我开玩笑,真会打岔儿。这么正宗的孔府菜,那野厨子能做得出来?您是怎么把衍圣公在北京的府里的厨子给糊弄出来的?他们家的厨子从来不做外卖。我可真宾服您了,有这个门道儿。赶明儿跟他们约一下,给我们家老太太做一桌。"

正说着呢,只见于八肩上搭着毛巾,用托盘端着一个大海碗走了进来,放在桌上笑笑说:"这是淮扬菜的大煮干丝,嗯,各位爷尝尝味儿对不对口?"

赵立目问道:"八爷,这一整桌儿地道的孔府菜都是您整治的?"

于八:"是呀,怎么?做得不够味儿?五爷您多指教。"

赵立目:"不是不够味儿,是太够味儿了。刚才权爷说你鸟枪换炮了,我还不信呢。真是士别三日,得刮目相看啊!"

于八:"五爷,您过奖啦。一些热菜我还能对付,可这拼盘儿啊,雕个什么冬瓜南瓜啊,雕个胡萝卜我可就雕不出来了。这不练了一年多了,都没学会。五爷,我跟您说光那刻刀就一大匣子。我这粗手笨脚地耍惯了厨刀,玩不转那小巧玲珑的玩意儿。"

王瑶卿、谭金培等唱的慈禧改编的《玉堂春》老佛爷非常满意,传话赏赐众戏子游观稼轩。

谭金培和王瑶卿两人坐在观稼轩前用树根做的凳子跟椅子上,看了一会儿湖光山色。就站起来,边走边聊起来。谭金培看到庄稼地里有个大房子,拉着他走了进去,房里有个大床。

谭金培心想这是不是慈禧老佛爷睡的床啊。自己想上去坐一坐,但终究不敢。可是又不甘心,于是就对王瑶卿开玩笑地说:"大侄子啊,这是老佛爷睡的床,你不妨上去坐一坐。"

王瑶卿："既是老佛爷睡的床，咱们做奴才的，甭说坐一坐，是碰一碰也没那个胆儿啊。"

谭金培："你就当扮戏嘛。"

王瑶卿："既是扮戏，那您怎么不上去坐一坐呀？"

谭金培："我扮的是男角儿，坐上去有点儿唐突。而你则不同啊，你扮的是坤角儿，坐上去无妨。"

王瑶卿就脱了靴子上了床，拉起床被子裹在身上，就和谭金培聊起天儿来了。

突然间听到外面太监"打吃"的声音，两人知道慈禧太后过来了。王瑶卿吓得赶忙跳下床，坐在地下穿靴子。谭金培惊魂未定地到床前整理被子。两人刚要出屋，老佛爷已经进来了，看他们俩在屋里也没说什么，转头对李莲英说："赐他们吃小米粥和小窝头。"

两人跪地谢恩。王瑶卿刚才蹬靴子的时候没注意，蹬掉了一颗裙边儿的小葫芦。这一跪左膝盖正好硌在小葫芦上，跪在地下起不来了。慈禧吩咐谭金培把他扶了起来。他忍着痛扶着谭金培，一瘸一拐地跟着去吃慈禧赐的小米粥和小窝头。

王瑶卿火了，他又被请回福寿班。他们演出的《四郎探母》阵容非常强大，超过了京城其他几个班儿。许荫棠饰杨四郎，王瑶卿饰公主，周长顺饰佘太君，胡素仙饰四夫人。只要演《四郎探母》就满座，四九城的观众都爱听王瑶卿的戏。即使这样，他们的戏虽然受欢迎，但也压不了大轴。因为还有几个老演员在他们上面呢！

因为王瑶卿是个角儿了。虽然年轻，但是跟他的师兄兼师父王德霖拿同样的份儿。许荫棠拿的份儿钱虽比王瑶卿高，但是他心里有些不平衡。觉得王瑶卿虽然是后起之秀，但这戏份儿也蹿得太快了。就联合了陈德霖等几个老戏子找管事的说："这天天满座的戏太重，把我们老哥儿几个都快累趴下了。您得给点儿'贴钱'（奖金），要不然的话我们就回戏歇了。"管事的没法，心想反正戏园子天天满座也挣钱，就答应下来了。

孙佐臣知道这事儿心里也不平衡。心想：我和你们一样，都是老炮儿啊，你们把钱加上去了,怎么不带着我呀。别人不说就说你陈德霖吧,你真正算得了他娘的什么人家的师父呀,你们俩是一个师父教出来的,真真的,就算是师兄弟还差不多。就是岁数大点儿,你也没有你的师弟唱得好。凭什么你多拿钱呢?可我又凭什么多要钱呢?刚跟谭老板要求涨点份儿,份儿没涨成却叫人家给开缺了。这拉胡琴的算个什么玩意儿哇。

胡琴这个行道原来是杂耍艺人乞丐们用的器物,从皮影戏用它伴奏起才稍稍提高了些地位。中国的士大夫阶层玩儿的是古琴,根本不把胡琴当个正式的乐器。民国时期的音乐大师刘天华小时候钟爱二胡,被他的秀才父亲刘宝珊发现后,把二胡摔在地下,踩了个稀巴烂。胡琴这个乐器在大清国以前不过是民间艺人所用的乐器而已。民国时期,经过刘天华的创作推广,才登上民族音乐的大雅之堂。

孙佐臣原是河北高阳人。其父亲是土戏班子的场面人,是戏班子的鼓老,又拉得一手好京二胡。他从小跟着父亲学着戏曲场面上的这些事儿,什么锣呀、鼓啊、三弦、月琴、大小阮等场面上的器物无一不会。不幸年幼父母双亡,流落街头,被一个卖艺的盲人收养。他跟着卖艺的盲人走街串巷,一路拉着二胡拉到了北京城,在京城的老妈堂子卖艺为生。后来盲人得了花柳病死了。他被家乡高阳在北京的戏班收留。那盲人虽然死了,可那盲人也是民间拉胡的高手,盲人那点儿精湛的技艺都被孙佐臣继承了。沿街卖艺的经历、下流妓院老妈堂子的演出又丰富了他的演出经验。再经过若干年戏班的磨炼,出类拔萃的他终于在京城戏班中被称为圣手。虽是圣手,可拿的份儿钱比起角儿来说差得不是一星半点儿。好在傍上了谭金培,天天有戏演,天天有戏份。如今离开了谭金培,王瑶卿当上了清廷供奉。自从王大唱《玉堂春》在宫里唱火了,王大在宫里所唱的戏全由他伴奏。可宫里的戏是隔三岔五才有,况且角儿拿了大钱,他那点儿小收入还不够每月的开销。老佛爷改编的《玉堂春》也移到了民间来唱,自然也是由他来伴奏。其他的戏他和谢双寿是一人一场傍着王大唱。他总想找个茬儿,逼着谢双寿回去教学。自己独揽王大的一切戏。这次这个好机会绝不能放过。

他挑拨王大说:"这福寿班的人就是心黑。您看这天天满座,还不是全凭

着您这个台柱子嘛，您那点儿份钱我都替你寒碜。"

王瑶卿："少是少点儿，可是我跟我师父拿得一样多，又怎么能说什么？"

孙佐臣："你真是谦卑得很。他算你哪门子师父啊，他也是田宝琳的徒弟呀。不过就是比您早入了师门几天，岁数大点儿罢了。"

王瑶卿："是这么回事儿，可话不能这么说。当初人家帮了我，没有人家也就没有我的今天。就冲帮我这份情又长我几岁，尊声师父也不为过。"

孙佐臣："理是这么个理，可事儿不是这么码事儿啊。他们老哥儿几个多拿了钱，怎么不带着你呀？这个天天满座，观众可不是冲着他们老哥儿几个来的，是冲着您来的。又不是拿他们家的钱，干吗那么偷偷摸摸地自搂呢？所以我说福寿班里边儿的人也不是东西，给他们涨了钱干吗落下你呢，这不明摆着这帮人欺负您年轻吗？您要是不信，您先回一天戏看看，观众要不闹着退票算我白说。"

第二天王瑶卿果然回了戏，戏迷们没见到王瑶卿，大闹剧场，要求退票。管事的好说歹说，说王瑶卿因病今儿个没唱，答应明天肯定到场才劝退了众人。

管事的连夜找到王瑶卿就给他下戏码。王瑶卿说这几天戏份太重，累得自己嗓子有些紧，得歇个十天半个月的才能缓过来。管事的听他的嗓音哪有什么紧不紧的事儿呀，分明是拿糖叫板要涨戏份。就说："王老板，咱们谁都不容易，这么着吧，我给您涨十吊戏份。您看怎么样？"

王瑶卿："瞧你说的，那多不合适啊。我现在拿的和我师父是一边儿多。那几位老先生拿的份钱虽然比我多，可人家毕竟在这戏场上泡了这么多年。好么欠的给我长戏份儿，不但我的脸挂不住，就这几位老先生的脸也挂不住啊。再说这不是也叫您为难嘛，您跟班主可怎么交代呀？"

管事的明白了王瑶卿知道了贴钱的事儿就说："王老板您考虑得周到。谢谢您能体谅我们办事儿人的难处。那我就每场戏单给拿些贴钱，不让他们知道这总可以了吧？"

王瑶卿笑道："那我就谢谢您赏口肥的噜的了。"

第二天散了戏，管事的悄悄地塞给王瑶卿一个小包。孙佐臣在远处远远地瞄着这一幕，抿着嘴儿悄悄地笑了起来。尾随在王瑶卿的后边儿，一起回到了河沿的宅子。

孙佐臣说："今儿个是不是没见饷啊？那管事的真是不会办事儿，要不然就是答应了你一总给？我说王爷呀，这可不行，一码说一码，您可不能白白地受人欺负。一总给的事儿，总是不靠谱。您可不能叫人家诓了，这冤大脑袋的事儿咱不能当。您听我的，不见饷咱就给他回戏，我就不信治不了这帮尿玩意儿。"

王瑶卿一声不吭地耐心听着孙佐臣在那嚼舌头。等他嚼完了，从怀里拿出一个小包来，当着他面儿把这个小包打开说："孙爷，人家给了。"

孙佐臣伸出手来要去拿，突然觉得不对，就把手缩了回来尴尬地一笑说："给了就好，给了就好。我是怕您吃亏呀，所以夜儿个才告诉您这个事儿。这也就是您哪，要是换了别人才不管这闲事儿呢。人家多拿点儿，少拿点儿，又不是给我的。碍着我什么蛋疼呀。没事儿多管这闲事儿干吗，我看您今儿也累了，就不用吊嗓子了，我就回去啦。"

王瑶卿拿出小包儿的一半儿钱递给孙佐臣，淡淡地说："孙爷见面儿分一半儿，这是您的。"

孙佐臣并不去接银子，而是笑着说："哎哟，王爷，这怎么成呢？我不过是气不过，才给您透了这个底儿嘛。这贴钱您是应得应分的，没我什么事儿，没我什么事儿。我可不是那见利就上的人哪。"

王瑶卿："孙爷，这话是咋说的，要是没有您点拨我，我还在那儿傻唱呢，也亏得您点拨我才有了这份儿贴钱。这是您应得的，拿着吧，拿着吧，就别跟我客气了。"

孙佐臣："您是个重义气的人，看来我没看错。以后再有什么难处的唱腔掰不开腻子尽管跟我说。我估摸着以后再也不会碰到像老佛爷做的唱腔这么难掰的腻子了吧。"

王瑶卿又从怀里掏出五两银子塞给孙佐臣说："上回您给《玉堂春》串了下来，老佛爷给了赏赐，孝敬您那一份我一直给您留着呢。本想找个正儿八经的场合请您吃顿饭，再亲自当着众人的面奉送给您，也给您长长脸。这不

是赶这几天忙嘛，没顾得上这事儿，慢待了您了，慢待了您了。您多包涵，您多包涵。孙爷呀！以后您跟着我唱戏，不管是在宫里还是在戏园子，我全会从我的赏钱和份儿钱里边儿拿出一些贴补您，您可别嫌少啊。"

孙佐臣双手紧紧地攥着银子激动地说："瑶卿呀，今后您的戏随意去唱。尽情地现场发挥，甭管您怎么唱，我的胡琴一准能跟上您，就是跑了调走了板，一准儿给您找补回来。保证让您弄个满堂彩，场场满堂彩。用不了几年，您、您就能调班儿当上老板。"

这赵立纲跟王瑶卿俩人越走越近乎，惺惺惜惺惺，几乎寸步不离。只要王瑶卿在园子里唱戏，他是场场不落，散了戏，陪王瑶卿一块儿回到河沿。有时在三哥的宅子吃喝串戏，爱丽丝和五弟来时还教他们两人弹钢琴，郭满芝和权富氏两姐妹儿也跟着一块儿学。四个人经常一起练琴，切磋技艺。俩人还经常回到瑶卿的宅子抵足而眠。

过了冬至快到年关了，两人携手去逛海王村庙会。一进了庙会门就碰见了唱花脸的金少山。这金少山刚跟王瑶卿搭上戏唱《霸王别姬》。王瑶卿把赵立纲引荐给金少山。金少山心里有点儿纳闷，这正经八百的公子怎么跟咱们戏子泡在一块儿了？再说泡也没有这么个泡法啊。大庭广众之下同来同往，成何体统？这位赵公子也有点儿意思，真不怕丢了自己的身份。

三个人就结伴儿在海王村里边逛。一个小伙计打扮的人走了过来，给三位爷问了好，然后对金少山说："金爷，我刚才在前面鼻烟壶那摊儿上看着您的画像了，要不要过去展一眼？"

金少山一听到鼻烟壶，顿时就来了精神，拉着两人就直奔鼻烟壶摊儿上去了。

摊主和金爷是老相识了，见到金爷忙打招呼："最近来了批好货，您看哪件中意？"

金少山看了半天，没有自己中意的就说："掌柜的，没见着您摊儿上进来新货呀。这玩意儿过去不都看过了吗？"

摊主从怀里掏出一个丝绸小包袱儿，拆开一层又一层的绵纸包装，只见露出一个五彩绚丽的"钟馗嫁妹"烟壶说："您展一眼看看这玩意儿地道不地道？我收了这物件就没敢在摊儿上摆，知道您喜欢这玩意儿，就一直给您留着呢，要不然的话早就出手啦。"

金少山拿着鼻烟壶，在手里把玩着。壶高六寸，扁圆形做成琵琶状，在洁白如玉的质地上画出数朵彩云，俩小鬼提着灯站在头一个彩云上头疾行，后边跟着两个小鬼儿，一个撑着破伞，另一个捧着宝瓶。左边儿一个小鬼儿担着琴剑书箱，右边儿一个小鬼一手牵着癞驴，一手拿着冥册。中间一只白耳朵、白蹄子乌黑锃亮的黑驴和穿着红袍、戴着官帽、头插簪花、手拿大折扇的钟馗骑在上面。后面紧跟着一辆鬼推车，薄薄的纱帘钟馗妹若隐若现。在内画壶这么小的面儿上用工笔重彩勾了这么多人物和器物确实难得。金少山见后边儿的款识是康熙，有点儿拿不准是不是宫里的物件，就转手递给王、赵二位说："帮我展一眼。"

摊主："金爷，这可是康熙爷用过的鼻烟壶，金贵得很哪，是一个王府少爷，从府里顺出来换点儿钱花。您要看着中意就拿去玩儿吧。这么好的物件儿，我没敢拿给别人看，一直留着等您看呢，再说一般人他也不配呀。"

金少山："开个价吧，多少钱？"

摊主："五百两银子。"

金少山想了想说："我出三百两，匀给我吧。"

两人讨了半天价，最后摊主说："金爷，您看着鼻烟壶上钟馗的小像，那不就是活脱脱的一个您老人家嘛。这么着吧金爷，我实话跟您说吧，我是四百八十两银子收来的，我就给金爷个面子，一分不赚，四百八十两匀给您。"

金少山确实是喜欢这个鼻烟壶，但这个价位确实超过了他预测钱数的底线太多。心里想："我假装走开，兴许他还能落点儿价。不是看着我的面子吗？嗯嗯，只要他落下二三十两，给足了我面子，我就当一回冤大头。"于是就说："掌柜的，我拿不出那么多钱。您匀给别人吧。"说完转身拉了两个人就走了。

掌柜的看着三个人离开了摊位，一声没吭，小心翼翼地把鼻烟壶包起来揣在怀里。见三个人走远了，笑着对那引来金少山的伙计说："这鱼在逗食

呢，斗两下您还不咬钩，我还不信这个邪了。这钱是赚定了。哼哼，不宰你宰谁呀？虽说你把戏唱到宫里去了，那又有什么？还不是屎壳郎拉车——假充大牲口，归里包堆您就是个戏子。"

金少山心里只有那个鼻烟壶，没有心思再看其他物件就说："二位爷，要不咱回去把那宝贝收了吧？这么好的玩意儿，我怕留不到明儿个。多花点儿就多花点儿吧，谁让咱爷们儿喜欢呢。再说钱这玩意儿不就是王八蛋嘛，花出去了是自己的，多花点儿钱买个喜欢也值。这卖破烂的也太不懂事儿了，哪怕你再落十两银子给足了我面子。我能不收吗？"

赵立纲："金爷，咱今天已经出来了，就不能再回去。如果回去，咱们的面儿可栽大了。绷他两天再说。"说完拉着金爷走出了海王村。

临别时赵立纲说："金爷，听瑶卿说今儿晚上到您那儿去说戏。我这个棒槌想到您那儿蹭个戏，您看成不成啊？"

金少山以为自己听错了。这四九城里有里有面有身份的公子哥儿，还从来没有一个到他家里来过。甭说是家里了，连同一桌吃饭的份儿都没有。就说："嗯，赵爷，咱可不兴开玩笑，我那耗子都不拉屎的地方，可不是您去的地方呀。"

赵立纲："金爷，我可是认真的。我和王爷俩如同亲兄弟一般。天天在一块儿吃，一块儿玩。今晚一定到您府上去拜访，还望您笑纳给个面。不看僧面总还要看王爷的佛面吧。"

金少山突然间喜欢起这位没有一点文人酸架子的少爷了。

第十九回

金少山识真假钟馗嫁妹鼻烟壶
齐如山怒东洋正山次郎诈国宝

赵立纲来到五弟的家，正赶上齐如山也在场。他觉得齐如山也不是外人，就直接向赵立目索要"钟馗嫁妹"的鼻烟壶。

赵立目奇怪地问道："难道四哥也钟爱这口？从来没见过你吸过鼻烟儿啊。"说完拿出来一打"钟馗嫁妹"的鼻烟壶。

赵立纲一看这十几个鼻烟壶和摊主卖的一模一样，顿时就蒙了，他问："五弟呀，你咋淘换了这么多来？这神形兼备的画壶是高手一个个画出来的，绝不可能十几个都一样。看你这玩意儿像是机械生产的，难道洋人用机器来生产画壶吗？这是真的还是假的？"

齐如山哈哈大笑："当然是假的了，真的他没拿出来给您看。"

赵立目："齐爷，就您能多嘴，也不怕闪了舌头。我四哥呀，从来不吸鼻烟，不知道拿着鼻烟壶要打发哪个不识货的小利本儿。我怕他老人家糟蹋了东西，就拿几个仿制的叫他玩儿。四哥，您可别介意。你老人家要是真喜欢这玩意儿自己用，我给您拿真的去。"

这一真一假两把鼻烟壶乍一看还真看不出区别来。再仔细看，原来这真壶的驴毛是一根根画上去的；假壶是用墨渲染后，用小刷子刷出来的。真壶钟馗的胡须使用传统人物画法钉头鼠尾描，一笔一笔画上去的，假壶只是棍状的线条。再仔细看，就能看出真壶假壶人物开脸儿的功力不是差着一星半点儿的喽。

赵立纲疑惑地问："五弟呀，您做这么多假壶干什么？难道您指着这个发

财吗？咱不至于的吧。"

齐如山："四哥呀！难道您真不明白你五弟的心思？如今这四九城洋人渐渐多了起来。他们到处搜刮中国的文物运回国去。我们这些有识之士怕国宝流失，就仿造了一批字画和文物，蒙洋鬼子。可中国这么多玩意儿，都制成赝品，咱也没那能耐。就把个人家里藏的，能做多少就做多少吧。没法子呀，少损失一点儿是一点儿，外边的事儿咱们也管不了，可再不济咱们也得留点念想啊。您五弟做了这些鼻烟壶是因为洋人喜欢，尤其是西洋人到处淘换。我们和西洋人见面的机会多，互相赠送点儿小礼物什么的，就做了这么一批鼻烟壶，还有其他的物件，纯粹为的是国宝不外流啊。"

赵立纲："这赝品几乎可以以假乱真，如果没看到真壶，还真不知道是假的。没想到民间还有这样的高手啊。"

赵立目："四哥呀！我看您宅在家里都宅傻了。民间哪有这么高的高手啊！这些高端技艺都在皇宫里控制着，绝不允许流落到民间。民间一旦发现好的东西，只要皇上喜欢了。东西就会流向皇宫，再也不会出来了。"

齐如山看着赵立纲还不明白这里边儿的道道儿，就原原本本地向他说起来。

齐如山去参加德国使馆举行的酒会，见到各国大使馆的官员们捧着鼻烟壶，边赏玩边往自己的鼻子里抹着。抹完了相对打着喷嚏，然后哈哈大笑。齐如山扫了一眼他们用的鼻烟壶，知道是庙会上的摊儿货。

日本汉学家正山次郎走了过来对齐如山说："齐先生，看他们西洋人，淘换个摊儿上的破烂货，就玩得不亦乐乎。听说您收藏了不少鼻烟壶，有不少上等的精品，以那郎窑青花吐沫釉'独钓'的鼻烟壶最为珍贵。改日我到府上拜访，您拿出来让我展一眼。回头您帮我捡几个上等的鼻烟壶，等我回国去献给我们天皇。哦，对了，我看您最好弄一批鼻烟壶，打发这些西洋人，二三流的货足够对付他们的了。如果德国皇帝喜欢上咱们的鼻烟壶，再吸了咱们的鼻烟，再打上几个喷嚏，鼻子一痛快，说不定就领着兵到京城来找鼻烟壶来了。哈哈。"

齐如山："正山君，西洋人未必喜欢鼻烟壶。这些人玩鼻烟壶，不过是图个新鲜而已,从未见过这玩意儿。玩儿几天玩儿腻了,也就扔到一边儿去了。"

正山次郎:"是呀,他们西洋人野蛮得很,懂得什么。哪像我们大日本国,个个都懂得中国文化。我看您那个吐沫釉的鼻烟壶不如匀给我算啦。"

齐如山:"一件小玩意儿本值不得什么,可这是祖上传下来的玩意儿。虽不值什么,但总是个念想。"

正山次郎:"齐先生,如果要想留个念想,不如我替您保存着。您不妨琢磨琢磨,眼眉儿前大清的地界可不太安宁啊。前一阵子你们在广州禁了人英国人的烟,结果怎么样啊?招来了英国的炮舰。泱泱大清国叫人家打得一塌糊涂。你们大清国惹不起西方野蛮人,却来挑衅我们大日本国,买了德国人的铁甲舰,叫英国教练来训练。怎么样啊?还不是叫我们的木船打败你们的铁甲舰。"

齐如山怒道:"那是你们日本人搞阴谋诡计,开着日本的船,挂着英国人的旗子,偷袭我们。要是列好了阵对着打,谁败谁胜还难说呢。"

正山次郎:"齐先生,咱俩是朋友。兵不厌诈这事儿您也不是不知道。难道您现在还在讲宋襄公蠢猪似的仁义吗?您看现在西方各国的兵舰都泊在中国的沿海,那可不是吃素的,一旦打起来玉石俱焚,您有什么好物件不妨叫我替您保存着,这样可以免遭战火。战后,我再奉还给你,岂不是两全其美吗?"

齐如山:"正山君收藏的中国宝贝已经不少了,得好好保存着。万一要是开了战,战后还麻烦您归还给我们。"

正山次郎:"那是自然的,等大清国改名为大日本国,存在日本国的文物都要拿回来的。您说是不是这么个理儿啊。"

齐如山冷笑道:"看来你们日本人要和西洋人联起手来对付我们大清国。实话告诉你吧,我们大清国是宁可玉碎也不瓦全,宁可把几千年的文物砸烂了,也不留给你。"

正山次郎:"您这又是何必呢,中日两国是亲兄弟。不像那西方蛮子一点儿交情都没有。"

齐如山："中日两国是兄弟，有这样的兄弟吗？"

正山次郎："是亲兄弟呀！齐先生这么大学问，难道对历史一无所知吗？我们的徐福老前辈为逃避秦暴政，来到日本，建立了日本天皇制度，可用的还是暴秦的郡县制。为什么呢？那还不是以子之矛刺子之盾，还不为的是要光复大陆嘛。鉴真大和尚带着一群高僧来到日本，从此日本的外道魔教，归入唐朝佛教的正途。而你们大清国呢？什么西方的耶稣教，加上满族人的萨满教，算什么玩意儿啊？告诉您齐先生，正宗的佛教在日本。您们的藏传佛教不是在中国弄丢了吗？还不是从日本反流回来的嘛。再说，自从贵妃娘娘一族到了日本，日本的皇族又融入了大唐的血脉。您们那文学作品，戏曲唱本还觍着脸去说、去唱、去演杨贵妃，也不嫌害臊。您是知道的，贵妃娘娘的真身墓是在我们日本山口，在你们国境内只有衣冠冢。唐明皇赐给贵妃娘娘的两尊佛像现在我们还供在贵妃娘娘墓前。而你们呢？一朝一代地更迭，杀戮。哪像我们的天皇，现在得有一百代了吧，始终不移一直遵循着秦朝的制度。一百代的天皇，虽然是参差不齐，但是大家都想光复大陆。这种光复是墙内兄弟之间的争斗，和唐太宗玄武门之变杀兄逼父没什么区别。您说中日是不是亲兄弟呀？"

齐如山沉思不语。

正山次郎看着齐如山沉默不语，说："齐先生啊，中日两国，就好像我跟您咱俩是兄弟一样。既然是兄弟胳膊肘就不能往外拐呀。您说是不是这个理儿啊？"

齐如山："甲午之战后你们大批向东北移民，那又是什么理呀？你倒给我说说看。"

正山次郎："在光复大陆、避难于日本的大陆居民又回到原住地，有什么不可以呀？"

齐如山："正山先生，这是赤裸裸的侵略。别把'侵略'这个词儿套上光环，说得那么漂亮。"

正山次郎："齐先生，您要说是侵略那就算是侵略吧。可我们却没有侵占大清国一丝一毫的土地。"

齐如山："那么台湾呢，不是被你们占去了吗？"

正山次郎："齐先生，那不是占，那是交换。甲午之战后，我们日本国要的是长城以北那块儿地界儿，那满洲鞑子不答应。说是什么他们的龙兴之地，就拿台湾跟我们换。要说侵略嘛，这满洲鞑子才是真正的侵略。齐先生，据我所知，您的祖上不也是抗清英雄吗？你们历朝历代修长城，为什么只修到山海关这一线，而不再向东北修了？因为山海关以内才是你们的祖居地，山海关以外不是你们华夏民族的地界。我们占领满族人的地界是替你们汉人报仇雪恨哪，因为那地界本来就不是你们的。您的祖上也是抗清英雄，想必是反清复明的热血还流淌在您的血脉之中。我们经营东北和您的反清复明实际上是异曲同工之妙啊！说一千道一万，咱们才是亲兄弟呀！那满洲鞑子舍不得东北，非要给我们台湾，我们有什么办法呀？看在中日友好的分儿上。我们就先代管着台湾，等我们把东北经营好了，你们汉人也得了天下。甭管你们是不是真的复明，只要是你们汉人得了天下，我们就把台湾还给你们。"

齐如山；"此话当真？"

正山次郎："当真。不信你可以去问问伊藤博文。您和伊藤博文也是老朋友了吧？当年伊藤博文来到中国，要辅佐你们大清国。李鸿章嫌人家在官场上太嫩，做不了大清国的官。结果怎么样？做不了中国官儿的伊藤博文做了日本国的首相，打败了你们大清国。更有意思的是：曾想投靠李中堂门下的伊藤博文，严格地说，他应该算是李鸿章的学生吧。这师生俩却签署了《马关条约》，你说，这算不算是大清国的奇耻大辱啊？我和伊藤博文谈过，我们日本国只占领满洲鞑子的土地，绝不侵占汉人的一草一木，我们说这话的时候，英国的赫德也在场，他也是您的老熟人啦，不信你都可以去问问。我们日本国这么做，完全是为着你们汉人着想啊。你想是不是这个理儿啊？谁让我们是亲兄弟呢。"

齐如山又陷入了沉思，无言以对，痛苦无奈的心情逐渐涌在了脸上。

正山次郎："现在是东洋西洋的大兵压界，我们不妨联起手来，恢复你们汉人的天下。这不也是你们求之不得的事儿吗？干吗要拒绝我们？"

齐如山："要是你们得了天下，会归还给我们汉人吗？"

正山次郎："咱是亲兄弟，就不说两家话。这种可能也是完全有的，就是日本人要是万一统一了中国，也比满洲鞑子统治得好啊！汉人和日本人自古至今都是学习的孔孟之道、儒家文化。我们日本国只有日本话，却没有日本字，都是用的中国的汉字，和现在大清帝国内的各少数民族又有什么不同啊？再说你们称赞的盛唐，盛唐文化你们保留多少啊？有机会我带您到京都和奈良去看一看。那是真正的大唐王朝的城啊。你们现在大清国的地界儿还找得到大唐的建筑吗？齐先生，您是个聪明人，不妨好好想一想，我说得对不对？"

赵立目和齐如山正在同文馆里聊天儿。齐竺山走了进来悄悄地说："山东的义和团把事情闹大了，他把洋人的教堂给烧了，还杀了教民。洋人不干，来到总理事务衙门交涉，要求捉拿罪犯，严惩凶手。太后、皇上和鬼子六等正在开御前会议，商议对策。"

齐如山："这不是一件小事儿，五爷，我总觉得正山次郎是不是提前知道了这个消息，才一反常态那么猖狂。过去他跟咱们说话都是彬彬有礼的，大有学者风度。夜儿个说起来却是张牙舞爪，简直像个流氓地痞，话里话外透露出东洋西洋要联起手来对付大清国呀。"

赵立目："看来两宫又要木兰秋狝啦。不过正山次郎的话倒是提醒了我们。齐先生，正如您说的，我们得做点儿准备。眼眉儿前嘛，咱也没别的办法，先把咱手中的好物件该藏的藏，该转移的转移，能复制的就复制它一些。这洋兵如同虎狼之师，烧杀抢掠，如同家常便饭。"

齐竺山："我去过德国，我看德国的军队纪律挺严明的。"

齐如山："我的傻哥哥呀，别那么书呆子气十足。那是在他们本国，没有战事自然是规规矩矩的。一旦开战，哪有什么文明之师啊。哪一国的军队统帅在攻城前不都许诺：将士们一旦攻下城来，奸杀劫掠三天不犯法。当年曾剃头哥几个的湘勇攻下南京城抢了多少东西？他们奉旨撤勇后，那些勇载着他们抢来金银珠宝的大小船舶布满了长江、湘江，整整运了一个多月。一路上络绎不绝，真是壮观哪！"

赵立目："齐爷，咱们说正事儿。我估摸着您那'独钓'壶仿起来有些难，那套烧窑技法已经失传了。我这儿有一套钟馗系列的壶，还有什么仕女壶啊，八仙壶啊，倒是容易仿得很。因为什么呢？因为窑工技艺虽然是失传了很多，可这工笔重彩的活儿都没失传，能干这类活儿的工匠现在还有不少。咱们按行活的加工方法做起来，一点儿也不难。齐先生啊，您那'独钓'的奇壶为了安全起见，我看还是抬起来吧。您不妨运回老家去，把它藏好。"

齐如山："五爷呀！我把它存在德国大使馆不就得了吗？您家的那些宝贝是不是也该收拾收拾，找个地方藏起来。我听说汉代封日本国的金印流传到您家里了，宋朝封日本的诏书也存在您家里。这些东西西洋人不知道，小日本儿可明白得很。要不也存在西洋人的大使馆和银行里边儿？"

赵立目："齐先生啊，您这是从哪里听来的小道消息，这些劳什子，甭说我都没见过，我都没听家里人说过。"

齐如山："五爷呀，您没见过这不稀奇，因为您是老五。家里有镇宅之物，咱们汉人的规矩都是传大不传小。再说您整天跟着洋人混，还娶了洋媳妇儿，您那守旧的老爹能跟您说吗？凡事宁可信其有，不可信其无。您不妨旁敲侧击地跟老太太絮叨絮叨，叫他们老两口儿有些防备。您这些东西可不像我那鼻烟壶，那是国宝级的文物，还是防备点儿好。"

赵立目和齐家几个兄弟在青龙桥外租了个偏僻的地方，办了一个小作坊，先开始仿制鼻烟壶。可请来的工笔重彩画家，虽然画技不错，但那是在宣纸上。一往瓷胎上画，就空有一身本事画不出来了。两人找到方伯根，请教这是怎么回事儿。

方伯根笑道："两位爷呀！这往瓷胎上画画，根本就用不着那么好的画工，越是好画工越是做不了这活儿。这是另一套画法。那瓷胎是湿的，吸水太强。动作做稍慢一点儿，就成了一个大疙瘩。这事儿好办，造办处这类画瓷胎的画工有的是，我划拉几个又老实又可靠的给您送去。光画工还不成，还得找几个窑工给您支个窑。再弄俩上彩的、喷釉的、烧窑的。哈哈，您那就成了地地道道的造办处外活儿加工点儿啦。"

不到一个月，百十来个鼻烟壶烧了出来。大家又开始筹划烧大的瓷器。

赵立纲听完齐如山的一番话说："幸亏金爷没买，要是买了，不是叫你们

二位给宰了一把嘛。"

齐如山："四哥，瞧您说的，我们可没那么黑。我和你五弟卖给外国人也就百十两银子一个。熟的朋友来了白送，不熟的最多也就收个三五两银子算了。不知道摊主是从哪儿上的货，杀熟嘛是摊主们常用的技巧。在那种摊位他不杀熟，杀得着穷人吗？可惜呀，那摊主辛辛苦苦设了个局，叫您跟着这么一搅和，没挣着金爷的钱。四百八十两，虽然是多了点儿，可这点儿钱对金爷来说确实是个小钱。他爸爸金秀山在清宫里边儿当供俸，唱了这么多年的戏，那底儿厚着呢。"

赵立纲拿了一把仿造的鼻烟壶，把那真壶推还给五弟："五弟呀，我拿这个送给金爷就行了。"

赵立目："四哥何必那么小气呢，两个都拿去，一块儿送给金爷。咱们炎黄子弟不兴蒙自己人。那金爷喜欢这玩意儿，横是不会匀给外国人吧，再说这小件玩意儿也不是什么国宝，你拿去吧。"

金少山光着脚丫子坐在迎门的八仙桌边吃着饭。因他有热症，在家里总是光着脚，后来英年早逝，也正是因为这个热症。晚饭是烧的一盆儿带骨头的排骨，再加两个寸碟小菜。他喝一口酒，啃一口排骨，然后把那带着厚厚肉的排骨递给卧在他身边的蒙古爱犬"傻黄"。傻黄有滋有味儿地啃着骨头。卧在一旁的另一只京巴爱犬"乌鱼儿"不吭也不叫，也不凑过来抢，静静地看着傻黄吃排骨。

金少山吃完了晚饭，用人们收拾了碗筷，他就躺在老榆木烟榻上。用人拿过来一杆烟枪和相应的烟具及一大块煮熟的猪肝放在茶台上。他撕一块猪肝儿递给京巴乌鱼儿，然后自己就烧一泡烟。不一会儿金少山的烟瘾过足了，乌鱼儿也吃饱了。他得意地说："这多滋润啊。我饭也吃饱了，烟也抽足了，两个孩儿也饱了。哈哈，滋润哪。"

他的徒弟吴松岩（吴珏璋之父）来了，进来给师父请了个安。金少山教了他一句唱后，就给他讲起戏来了。用人走了进来对金少山说："王大爷和赵四爷他们来了。"

金少山对吴松岩说："你给他们引到客厅，别忘了吊你的嗓子啊。哎，他妈的这少爷羔子真他妈的来了,我得赶快穿上袜子,好歹得有点儿礼貌。"

金少山心想这四九城的少爷羔子,他是头一个到我家来的。这是多大的面子啊,我也得周全点儿,别弄成个没里没面儿的夹层了。怎么跟他见礼呢?打千、作揖?这也有点儿太俗气了吧,哎,他们家跟洋人勾勾搭搭的,我就给他来个洋礼。

金少山美滋滋地来到客厅。王瑶卿和赵立纲赶快起来躬身打千问安。金少山却像模像样地给两人行了一个鞠躬90度的东洋礼说:"赵先生好,王先生好,是哪阵风把两位仙眷吹到我这茅舍来了?来来来,两位先生请坐,别站着啦。上茶!"

这"上茶"两字好似叫板。金少山就搂不住了,不免咿咿呀呀地学着钟馗的笑声哼了几句。

王瑶卿心想这个小玩闹,从小就淘。都这么大岁数了,还把自己当小孩儿自己逗自己玩,还这么顽劣,少家教。赵立纲心中涌出八个字:"童心未泯,痴心不改"。一下子喜欢了金少山这个戏子,觉得金少山和自己是同类人。可自己未免有些伤感,觉得自己不如金少山。金少山虽然事业有成,成家立业了,可不分场合,按理来说我第一次初访,他也总得像模像样地装点样子给我看吧。他这一番似乎无礼的表现却是最大的礼。自己呢,遇到这种场合还得宾服着点儿,规规矩矩地按传统礼节行事儿,一点儿不敢乱了分寸。唉,自己是禁锢在礼的套子里的可怜虫。什么非礼勿听,非礼勿视,非礼勿动,那不过是奴才痞子借着孔子的嘴胡说八道而已。

他拿出一真一假两个钟馗嫁妹鼻烟壶和一只八仙过海鼻烟壶递给金少山。金少山爱不释手,捧着两个壶,就势歪在大漆罗汉床上。这时候的金少山心里手里只有这两把壶,早把那两个活生生的人忘在一边儿了。他觉得脚热,手被两个壶占着,就蜷起腿来,用左右脚互踢着袜子,踢了几下终于把袜子踢到了地上。蒙古犬傻黄用嘴叼起袜子放在脚踏上,然后蹲坐在床前静静地看着主人。京巴乌鱼儿凑到赵立纲身前不停地摇着尾巴,用嘴拱着赵立纲的脚。赵立纲俯下身来,抱起京巴轻轻地撸着它。

乌鱼儿突然挣脱赵立纲跳上罗汉床,舔起金少山的光脚来。金少山痒不

可耐，连忙坐起来。看见赵、王二位，不好意思地说："对不住了二位爷。"然后对站在一旁呆若木鸡的徒弟说："今儿个就到这儿吧，下课了，你回去吧，别忘了练功。"

他抱起乌鱼儿亲了一口说："好孩子啊，他们和爸爸不一样，是不脱鞋袜的。"

金少山陪着二位聊了一会儿天，喝了一会儿茶，约定明天一起去隆福寺请二位吃爆肚。

临走时金少山突然对赵立纲说："四爷，麻烦你个事儿。明天您先借我几个仿制的钟馗嫁妹壶来，我给朋友展一眼，完了就还给您。"

两人出了金少山的门儿。赵立纲问道："今天我们来可叫金少山的徒弟受委屈了，直挺挺地站了一个多时辰，什么也没学到。"

王瑶卿："没有的事儿，他学了不少东西呀。从我们一进门儿到他退出去，他一直在练功学东西呀。"

赵立纲："咱们一进门儿，端着个膀子来迎着我们，活脱脱地像个杖头木偶。我们和金爷说话，他却像个泥菩萨似的立在那儿一动也不动。"

王瑶卿笑道："没入梨园门儿，难怪您不知道梨园这些规矩。这是祖祖辈辈传下来的，可大有道理呀。"

赵立纲："可不是嘛，我平时最多也就是吼两声嗓子。您还真得给我说道说道这梨园的规矩，免得我以后出去露怯。"

王瑶卿："师父家经常有客人来，徒弟们要凑过来听，不就耽误了练功了嘛。所以师父得给他找点儿事儿干，不能叫他们分心。这个徒弟是学花脸的。这学花脸的徒弟，一进门就得直挺挺地站着。您看着是站着，其实是在练功。行话叫'耗腰耗腿'，花脸身段上的工架有三看：看腰、看膀子、看脖子。这三处的功夫不到家，若是上台走台步，使身段，那才叫一个难看呢。没有这硬功夫，上台不是端着肩膀，就是软腰眼儿。唱戏的苦啊，要一时一刻地练功。不把功夫融化在日常生活里，上台就没有个戏样，那一上台就松松垮垮，没法儿看了。我学刀马旦那阵子，一进师父门就给绑上长跷，站在两块半拉子砖头上，一站最少一炷香。就是寒冬腊月，穿着单裤在院里站跷也是四脖子汗流啊。回到家里也不能闲着，要绑上短跷。干什么事都得踩着跷，就是晚上睡觉也不能闲着。尤其是练武生、练武丑、练刀马旦的晚上睡觉不能睡床，只许睡在一个宽板凳上。为什么呢？就是时时刻刻叫你的腰绷上劲儿，时时刻刻能够保持身体的平衡。老辈儿们说"台上一刻钟，台下十年功"就是这个道理，这是个硬道理呀。如今四九城的票友啊，大多吃不了这个苦。怎么办呢？只好唱唱老生，学学青衣，秀两把嗓子自娱自乐，玩个票而已。当然也不乏有自寻苦吃、下狠功夫的人。这些人一般都是过于痴迷戏曲，大多要走下海这条路的。俗话说拳不离手，曲不离口，就是这个道理。您看那好武丑做起矮子来前不拱膝，后不见腚，就好像天生的三寸丁儿一样。这就是他们师父平时严格训练出来的。"

赵立纲和王瑶卿一起来到椿树下斜街金少山家，准备一起去逛隆福寺。

金少山看着赵立纲带来的一打子"钟馗嫁妹"鼻烟壶，笑道："我说我的四爷呀，您可真实在。哪用了这么多呀？有一两个就够了。咱别带那么多，拿两三个，剩下的您先搁到车上去，回头一总儿都给您拉过去。"

三个人出门来，金少山说："咱们先去趟海王村，我请您们两位爷先看一场戏。人生如戏，人天天都在戏中啊，挺好玩儿的呀。"

那个引领金少山到摊位上的托飞快地跑到摊前儿上气不接下气儿地嚷道："瓷器，金爷他们那几个又来啦。"

摊主兴奋地说："我就知道他们放不下这一口，也合着咱们该咱们发财。哼哼，二进宫嘛，四百八十块可拿不去喽。看我的，咱俩半个月的烟酒钱全齐活了。"

金少山等几位来到摊儿前，摊主哭丧着脸说："金爷，您们几位爷今天来得可真不凑巧。那个壶夜儿个被我一个瓷器拿走了，压了三十两银子在这儿，说是给一个主看去，他说那个主愿意出六百两银子。这不回来跟我商量嘛，他要留五十两，剩下都给我。我怕金爷您喜欢这玩意儿，再来要。我叫他拿去了，金爷来了，拿不出来，这话可怎么跟金爷说呢？所以我就没敢答应他，告诉他们等两天再说。金爷您别急，今晚上我就找他要回来。"

金少山："老板啊，难为您想着我。真得好好谢谢您啦。没承想那天没拿

走，竟出了这么多事儿。看来还真得麻烦您把它寻回来。"

摊主："爷圣明啊，我这不是也着急出手嘛。这么一进一出，难免又让爷多破费几两银子了。唉，怪对不住您的了。该打该打，欠揍。"摊主说完就在自己的脸上拍了两下，然后一副无可奈何的面目看着金少山，心里可别提有多得意了。

金少山从怀里摸出一个壶递给摊主说："老板，您看看是不是这一个啊？"

摊主一惊接过来，拿在手里看着。仔细看了一会儿说："看着还真像我那只。怎么能到了金爷您手里啊？这我可想不明白了。"

金少山说："夜儿个一个捎客，不过也是老朋友了，拿过来给我展一眼。我一眼就看中了，就是你给我看的那个壶，叫他匀给我，他说回去得跟老板商量。我就把这个壶留了下来，押了他一百两银子。"

摊主有些迷糊。怎么到手好好的买卖被哪个浑小子给搅黄了？他拿眼瞟了一眼那个托儿，心里犯嘀咕是不是这小子自己想独吞这桩买卖，把我给甩了，可这穷小子手里也没有壶啊，到哪儿又淘换出来一个壶的啊。不行，少赚点儿，这桩生意我也得做，不能便宜了截货的，忙说："金爷看着这个壶，真像我那个壶。可我这眼拙，也闹不清楚这个壶是不是那个壶。甭管是不是吧，金爷这么样吧。您把这壶还给他，还是拿我那一个吧。"

金少山怪笑道："前儿个我不是手紧，舍不得花那么大的钱嘛，所以没拿这个壶。您要还是原价，我还是拿这个。怎么着也能省出百十两银子来呀。谁的钱也不是大风刮来的，掌柜的，您说是不是这道理呀？"

摊主："金爷，我也不是不识趣的人。一客不烦二主，就按您前儿个开的价，三百六十两银子匀给您吧。"

金少山："掌柜的那叫人多不落忍哪，平白无故您亏了一百多两银子，那不是个小数啊。"

掌柜在心里琢磨，看来你今天是来压价儿的。不知道对方给他开的什么价，我慢慢地探探这个傻狍子："金爷您是咱们的老主顾，衣食父母啊。说实在的，我知道金爷喜欢这个烟壶，见到了这么好的烟壶，就没跟人家怎么讨价，匀了过来准备孝顺爷的。可这价儿太高，小的我一时拿不出这么多钱来，又怕东西丢了，对不住金爷。和兄弟们借钱吧，金爷您也知道，我们这旮旯都是一帮穷兄弟，谁也一下子拿不出这么多钱呀。没法子呀，为了金爷，只好借了蹦蹦利。"

金少山："掌柜的，您真够意思，够朋友，这么讲义气，金爷我也不能白了你啊。就您这份儿情就叫我承受不起。"

摊主乐道："爷圣明，什么情不情啊，义气不义气呀，只要金爷高兴，我心里就乐呵了。百八十两银子在我们这儿是大钱，在金爷那儿，不过就是小菜一碟儿。只要金爷一高兴，拔根汗毛来都比我们爷们儿的腿粗。跟着金爷混，能在乎这点儿小钱儿吗？"

金少山："夜儿个，我想甭管多少钱把你这件儿东西收了，谁让咱们爷们儿喜欢这类货呢，拿不到手心里别扭，拿到手那心里多高兴哇，有钱难买高兴啊。这年头儿挣点儿钱不容易，无利谁起早啊，人家开点儿虚头，就让他开点儿吧，谁让咱们爷们儿喜欢这一口呢。"

摊主："爷圣明，遇见这么圣明的爷，我这辈子也是没算白活。放心吧，您那以后只要有好东西，我一定先让爷展一眼。"

金少山："可这档口来了个蹭吃蹭喝唱花旦的戏子，他告诉我说他看见一个'钟馗嫁妹'壶只要三十两银子。"

金少山皮笑肉不笑地看着摊主。王瑶卿心里这个乐呀，心想爷也可真会逗闷子。赵立纲心里乐开了花儿，心想这金爷真会做戏呀，台上做戏粉墨人生，世间做戏人生粉墨。

摊主气急败坏地说："戏子的话，金爷也能信？"

此话一出口，顿时觉得不对。赶忙用手打了几下自己的嘴说："打烂你这张臭嘴，叫你这么说话没遮拦。"然后向金少山连连作揖说，"对不住了金爷啊，对不住了金爷，我的意思是说这类小人的话不能信。"

金少山哈哈大笑，唱了两句打严嵩的西皮散板"叫声尊管你试听，三百两银子值多少？有道是脸面值千金"。

摊主："爷唱得好，说得对，这银子值什么呢，人有脸树有皮，人总得要脸吧。这小人的话您不能信，他们这批人不要脸，咱可不能不要脸哪。"

金少山:"可这不要脸的人说,如果我要,马上就给我去拿去。"

摊主:"金爷别听他胡呲,他到哪儿拿去呀?这是康熙爷喜欢的物件儿,满四九城,我敢说也就这么一两件。他要能拿出来,我白给他三十两银子。"

金少山从怀里又掏出来一只"钟馗嫁妹"壶递给摊主:"哎呀,掌柜的,你说邪行不邪行,他说完了就从怀里掏出来这只壶。您展一眼跟这只是不是一样?"

摊主顿时就晕菜了,恨不得找个缝儿钻进去。

金少山一伸手念白道:"拿将来。"

摊主惊魂未定地问:"拿什么呀爷?"

金少山:"三十两银子呀。"

摊主腿一软差点儿摔倒,赶忙扶着桌子立了起来,抹了抹脸,定了定神说:"金爷真会开玩笑,这包袱抖得真漂亮。可叫小的长见识了。"说完冲着旁边儿的几位笑笑说,"金爷真没把咱们爷们儿当外人,经常这么样地跟咱们开开玩笑,逗逗闷子。"

摊主见没有人应他的话,机智地脱下帽子拿在手里,学着书场上收费人的样子叫道:"收牌啦,收牌啦!"

金少山一笑,对王瑶卿跟赵立纲说:"人家都收牌了,下回书咱们不听了,爷们儿,咱们走吧。"

说完金少山掏出三两银子往摊儿上一扔说:"逗了半天咳嗽,耽误您发财了,拿去喝杯酒吧。"

快进年关了,隆福寺庙会热闹非常。卖煎饼的、卖灌肠的、卖糖杂面的、卖杏仁茶的、卖豆腐脑的、卖羊胡子糕的、打糖锣的、卖猴拉稀的,一个摊儿挨着一个摊儿。耍猴的、耍小耗子的、吞铁球的、卖膏药的、练杂耍的、玩儿蛇的、牵老虎的,随处可见。

金少山在玻璃器摊儿上买了个"不不登"玩了起来。王瑶卿赶紧提醒着:"金爷小点劲儿吸可别闹个'倒掖气'。"

"倒掖气"这个词来源于老北京的一种玻璃制品,又叫"噗噗噔",俗称"不不登""响葫芦""鼓珰"等。此玩物由玻璃制成,淡茶色,薄如纸,玲珑剔透，形状似喇叭，平底儿，但没有喇叭口。玩的人用嘴对着口吹气，吸气就会发出"不不登"的声音。这种玩意儿又薄又脆，特别容易破碎，有时不慎玻璃屑会被吸入口中，造成伤害。因此，老北京把它引申为乐极生悲的意思。"倒吸了一口气"也是由此引出的派生词。

几个人吃了碗扒糕。走到一个摊儿前，旁边立了一个货架子，货架子上有不少玻璃和匣子，匣子里装着一组组的戏曲人物。这种戏曲人物使用黏胶泥做成的人头，用纸浆糊成胎，用各色各样的材衫色绵纸剪裁缝制成戏装，就是每个人物的下面儿没有脚，齐脚脖子的泥胎上粘着一圈猪鬃。这是老北京有名的工艺品"鬃人儿"。把这种鬃人儿放在铜茶盘中，用木槌轻轻敲击茶盘边儿，鬃人儿就会随着震动团团乱转。鬃人儿的胳膊是用细铁丝吊成的，会随着震动来回摇摆，老北京人形象地称作"铜茶盘子里的小戏"，是儿童们钟爱的玩具。

他们三个人敲着铜盘子，玩了一出《群英会》，又玩了一出《失街亭》，金少山觉得盘里人少，玩得不过瘾，说："换个人多点儿的给我玩玩看。"

摊主："你们爷们儿都玩了半天了，到底是要还是不要啊？您们几位爷哪怕是先收他一组，我就给您拿好的让您展一眼。"

金少山也不问价儿就说："把那《三娘教子》和《取洛阳》先给我包上吧。"

摊主高兴地掀起摊桌下边儿的布帘儿，拿出三个玻璃匣子摆给大家看。

这是一大组大型鬃人《八大锤》戏曲人物。岳飞岳元帅在山头观战，盘中是陆文龙大战四锤，严成方、何元庆、岳云、狄雷，四锤将在旁边压阵。那镏金的"八卦紫金锤"，镀银的"宝瓜亮银锤"，真铜真铁的"青铜六合锤""镔铁轧油锤"做工非常精致。四个小一号的锤"擂鼓瓮金锤""梅花儿錾银锤""八椤灌铜锤""生铁一字锤"也完全是按照真锤的比例缩小制成的。

三个人把这一组戏曲人物放在铜盘中玩了个够。金少山高兴地说："掌柜的，你给我包起来吧。"王瑶卿赶忙到掌柜的跟前，悄悄地问："掌柜的多少银子？"

摊主笑眯眯地伸出两根手指头。王瑶卿："二十两银子？"

摊主冷笑道:"这位爷,您可真会打岔儿。二十两银子连这个里边儿的用的金子的钱都不够,一口价儿二百两。"

王瑶卿吐了吐舌头,金少山说:"不贵,掌柜的,您快给我们包上吧。还有什么像这样的好东西,不妨拿出来给我们爷们儿看看。若是看中了,咱们一包会。"

摊主:"谢谢爷啦,照顾我们小本儿生意。我家里还有一出《阳平关》的小戏,比这个人物还多,也个个人物做得精致,没得挑。那曹操的阴险,赵云的威武,黄忠的老迈,许褚的粗犷,王平的沉稳,做得跟真戏的人物一模一样,真是没得挑的。可惜就是今儿个没带来,要不然让爷展一眼。"

金少山高兴地说:"爷们儿你还真懂戏,麻烦您嘞,回家给我取一趟吧。我们哥儿几个在这儿逛逛,待会儿到那爆肚冯那儿吃爆肚。我的车就候在口,你坐我的车去,这样快。"

几个人继续向前走。前面一个小摊儿,小得出奇,只有别的摊儿的桌子三分之一大。桌前放一个三层小木架,上面一层放着用驴皮做的不及一尺高的皮影戏人物,中间一层是用高丽纸糊的皮影人物。下面一层是用木条、竹子、秸秆制成的桌、椅、板凳等小型皮影戏道具。这显然是一个卖皮影戏全套设备的幌子。

皮影戏的人物分为"人头"和"身腔"两部分。人头是按照戏曲的生、旦、净、末、丑的人物需要用驴皮雕成脸谱,人物的面貌和神情及头上的巾、冠、帽、盔一体雕成。身腔则是制成的蟒袍、扎靠、褶裙、大氅等戏剧服装。人头和身腔靠一套子母扣连接互换。

皮影戏起源于东汉时期,祖师爷是李少翁。至今皮影艺人每年腊月都要祭拜他。班固的《汉书》中记载:"上喜接士大夫,拔奇取异,不问仆隶,故能得天下奇士。"当时在汉武帝周围服侍的方士有上千人,他们上天入地驰骋于南北极之间无所不能。

适逢汉武帝的宠妃李夫人病逝,汉武帝问李少翁还能否相见,李少翁答可以,但是阴阳之间不能说话。李少翁就用驴皮雕成李夫人像,夜深人静,摆上酒席,请汉武帝入座,在武帝面前拉上一道绢帐。熄掉帐前灯光,只留帐后灯光。绢帐上就出现了李夫人的芳姿。

这是皮影艺人公认的皮影戏之始，其实在此之前皮影戏民间已存在。秦皇汉武都是中国历史上的君王，李少翁为汉武帝做皮影戏，这鼻祖就归在他身上是最合适不过的了。

随着佛教在国内宣传普及的需要，皮影艺人也自然而然地加入了这个行业。因中国的观世音菩萨生在、长在、成佛在陕西铜川，这些艺人就另奉观音菩萨为皮影戏之祖。这些佛教信徒艺人演唱劝人积德行善的佛经故事，宣传看戏可以解脱灾难，使观众大增。这也是皮影戏的唱腔以秦腔为主的原因。

随着科学技术的发达，他们制作的观世音菩萨，脚踏莲花，手托宝瓶，慈眉善目，金光四射，光彩夺目，每当演到这时，演员全体肃立，虔诚的观众会顶礼膜拜。

宋代是皮影戏的大发展时期，宋耐得翁《都城纪胜》记载："凡影戏乃京师人初以素纸雕镞，后用彩色装皮为之。"在使用过程中，纸皮影易损坏，条件好的戏班子尤其是皇家戏班多用兽皮。加工方法是先用硝把兽皮鞣软，洗涤后片成极薄的薄片，再涂上桐油晾干。雕成人物、动物、花鸟虫鱼、飞禽走兽、桌椅门窗、城池、桥梁、轿车、楼台、各种兵马日常用具等，这样说来皮影戏使用驴皮应该是始于宋代，是不是这样呢？留给考古学家去考证吧。

清朝入主中原后，使皮影戏大大发展。康熙在平定三藩之乱打准噶尔、解放台湾等战斗中的部队配有皮影戏人作为军中的娱乐活动。据故宫档案中提供的资料：康熙朝乐部共有八名官员管理皮影戏，可谓重视程度之重。

这摊主姓旭，三十岁出头，向赵立纲打着招呼说："四爷，您来啦。"

赵立纲："三哥，近来生意可好？"

金少山和王瑶卿觉得两人的称呼怪怪的，这堂堂赵四爷哪儿来的三哥呀？这是怎么论的？

第二十回

面人汤妙手捏人像
郭满芝温言诉衷情

原来赵立纲小时候就认识旭摊主。那时家里经常请小戏（当时京昆被称为大戏，皮影戏被称为小戏），老摊主带着班子到赵家来演出，总是带着小旭。小旭当年十来岁，经常在院里和立纲哥儿几个一块儿玩弹球、拍洋画、挺牌、拨老根儿，是撒尿、和泥、放屁、崩坑的总角之交。小旭排行老三，故称为三哥。立纲非常喜欢这个小哥哥，经常跟他屁股后边儿转，两个人还撮土为香结拜为异姓兄弟。小旭十来岁起就在京城各庙会盯摊儿，立纲经常去摊儿上找小旭玩。稍大一些，小旭懂事儿了，没人的时候就叫立纲四弟，一有外人就改称四爷。可立纲改不了这口儿，不管有人没人见了小旭总是叫三哥。

小旭从桌子下边儿拿出一个蓝布包袱，把人头夹册拿出来让大家挑。

金少山拿起一个钟馗的人头说：“嘿嘿，这不是我嘛。"又拿几个青衣的人头举给瑶卿说，"这个有点儿像你，可是又有点儿不像。哦，是你师兄陈德霖，哈哈哈，跟这个老小子扮相真是一模一样。”

金少山又拣出一张花旦的人头对王瑶卿说：“你老泰山在此瞧着咱们那，快来拜一拜吧。”

王瑶卿一看这个花旦，还真跟自己岳父杨朵仙扮得一模一样。

几个人挑了十几个人头和几个身腔。金少山要给钱，小旭老板不肯收说："几位爷光顾小摊，听着几位爷说笑怪有趣的。两位既是四爷的好友哪能收钱了，就算爷给小的个面子吧。”

金少山拿出一只潇湘竹竿儿翡翠嘴金锅小旱烟袋递给掌柜的说:"也好,那就留个念想吧。"

三个人来到面人汤的摊前。摊主汤子博和三个人都相识,虽算不上至交,起码是半熟脸儿。金少山看了看玻璃匣子里的金陵十二钗的面人笑道:"这他妈的也太漂亮了,满四九城也找不出这么样儿好看的一个妞儿来。"

当金少山看到《战宛城》的曹操,《连环套》的窦尔敦,《丁甲山》的李逵,不禁批评道:"这曹操的膀子不圆,窦尔敦的脚步不对。这、这、这李逵根本就没有身段。"

边说边打开匣子,把几个人物拿了出来说:"我给你修修。"可面人毕竟是面人,哪经得住他的三摇两摆呢。曹操的胳膊断了,窦尔敦的靴子掉了,那李逵更惨,一下子叫他掰成了两半儿。

金少山不好意思地说:"汤老板,对不住了您嘞。我这不但没修好,还全他妈的给弄坏了。唉,干什么的就是干什么的,不能串行啊。您这些值多少钱?我加倍赔给您。"

汤子博:"瞧爷儿说的。我捏得不对,早就该毁掉了重捏,要不是爷儿慧眼看出来了,我还不知道这姿势怎么摆的呢。这么着吧金爷,麻烦您把这几个姿势给我摆一摆,叫我看一看,完了我捏好了给您再看,如捏不好,您再毁了,我再重捏。"

金少山一指隔壁的爆肚冯说:"汤老板,要不这样,咱们一块儿到他那儿喝一杯给您赔个不是,完了,您再捏好不好?"

汤子博笑笑说:"谢谢您了,金爷,我就不去了,几位爷尽管去吃,去喝。一会儿我捏好了拿给您看。"

金少山给汤子博摆了几个姿势,然后来到爆肚冯的摊儿上。要了两盘肚仁,三盘肚领。

冯掌柜的说:"我再给您来个两爆的百叶,您看怎么样?"

金少山:"这是你爹拿手的绝技,我看你爹没在,所以没敢点,你这小子行吗?"

冯掌柜:"金爷,爆出来您尝尝,要不是我爹爆的那个味儿,扔在地下喂狗。"

这两爆是老北京的老式爆法，即用滚水爆一遍，再用热油爆一遍。火候不好掌握，没有十几年的功夫是不敢爆的。

几个人喝着京黄，吃着爆肚仁、肚领觉得味道不错。正说着呢两爆百叶上来了。金少山夹了一筷子，尝了尝大叫："哎呀，他妈的，你这小子还真行，盖了帽了，超过你老子了。俗话说教会了徒弟，饿死了师父，你可别把你老子饿死了。"

冯掌柜："谢谢爷夸奖，只要爷吃得舒服，小的就踏实了。哎，说来我们那老爷子也真够轴的，还真是饿死的。前一阵子他得了噎嗝，什么东西都吃不下去，就这么活活饿死了。临死前他把这手艺传给了我，叫我给他爆一份儿吃。我给他爆好了，拿着筷子夹了一块放他嘴里。老爷子含在嘴里舔了舔，脸上露出笑容，点了点头。我知道老爷子这是认可我啦，别提有多高兴了。我正高兴呢，老爷子突然咳嗽两声，把那块肚吐了出来，就嗝屁了。您说他是不是轴啊？要是早教会我，不早尝上我这一口了吗？叫我连点儿孝心都没尽上。真轴哇，轴得气人。"

面人汤捧着重新捏好的曹操、窦尔敦、李逵给大家看。金少山挑起大拇哥赞道："小汤子呀，还真有你的，我就那么比画两下，你入丝入扣地捏出来了。真他妈的不是那白吃干饭的货，就是老谭看见了也没得挑啊。瑶卿你那什么戏都会教的师父田宝琳见了也没得说呀，他也挑不出一点儿渣儿来啊。"

面人汤："瞧爷说的，还是爷的身段拿得稳。我这手艺呀，就是照着瓢画葫芦。连瓢都没看见过，可怎么画葫芦呢！几位爷说，是不是这么个理儿？"

说完面人汤又打开一个纸盒子，叫几位看，只见盒子里三个人围在一张桌子上坐着，一个在喝酒，另一个在用筷子夹东西，还有一个在说笑。三个人一看正是自己，忍不住齐声叫好。

金少山："这些爷们儿都要了，爷们儿开个价吧。连那几个弄坏了的一块儿算上，可别给我省钱。"

面人汤："我这儿是明码标价，捏一个面人，两个大子。玻璃匣子另算钱。这一个、两个、三个，这多少个？我也数不过来了，这么着吧，爷就给五吊钱齐活儿。"

金少山拿出五两银子递给掌柜的。面人汤说："哎呀，我的爷呀，满打满算都用不了一两银子。您给这么多银子，是不是连我摊儿都要卷包会呀？这小的可承受不起。"

金少山唱道："积德才生玉树苗，几两银子何足道。"

唱完说："拿着吧，这是手艺钱，就像我们唱戏的唱得好就多拿份儿钱，你这玩意儿做得好多拿点儿手艺钱，也是该着的，你要是嫌少，要不我再给您添点儿？"

面人汤连连说："谢谢，谢谢爷！这就不少了，够了，够了。我就是盯一个月的摊儿，也挣不了这么多钱哪。"

正说着呢，皮影戏的摊主抱着《阳平关》的人头夹子送了过来。

金少山只留了一套皮影戏的人头和身腔，其余的都分给赵、王二人。分完了对面人汤说："掌柜的，麻烦您了，把我们三个人吃饭的这个玩意儿再捏两个。要不然就这一份儿，我们仨人要打起来，这怨谁呀？"

老太太把赵立草叫回家来说："三儿啊，你在外边儿这些日子，妈可忙坏了。还没白忙，还真有好人家的姑娘。真的不错，这家我看行。这家姑娘姓李，叫李思思，是当今学政李翰林的外甥女，扬州人士，从小生在扬州。她老子中了进士，就把家迁到京城来了，和李翰林住一个院儿。后来他老子放了外任，做了苏州知府，她也随她老子在苏州住了几年。那阵子不是闹长毛嘛，苏州那地界不太安宁，她父亲就把女眷都送回了北京，留下他两个哥哥在任上，没承想这爷仨全死在了长毛手下。"

老太太禁不住拿出手绢抹起泪来，立纲忙劝老太太："这么多年的陈芝麻烂谷子还惹老太太伤心，再说咱们跟他们家也不熟啊，老太太何必那么伤心呢啊。"

老太太："可说得也是，你还甭说，跟咱们家还真有点儿渊源。那做媒的说他们家和俞探花他们家是姻亲，得空你问问你那侄子陛云有没有这档子事儿？"

立草："放心吧老娘，明儿我就去问。"

老太太："原来我还有点儿不太乐意。为什么呢？这姑娘稍大了点儿，

二十岁都出头了，这么大的姑娘还待字在家肯定有问题呀。做媒的说，自从她家里出现了变故，这姑娘立志要撑起这个家，不是琴棋书画之世家绝对不嫁，最不济招个养老女婿也罢。我听了挺喜欢，问那媒人为什么要嫁给琴棋书画世家呢？你猜猜那做媒的怎么说？"

立草没有说话，给老太太倒了一杯茶。老太太呷了一口茶说："原来那姑娘别看是个女子，也是琴棋书画的高手。你看拿了一篇她抄的《金刚经》，那漂亮的字体简直是欧阳询再世啊。"

说完，老太太拿着《金刚经》给立纲看。立纲看着这绚丽的字体有些熟悉，似曾相识。转念一想就说："老太太呀，现在临欧体的人很多，尤其是闺中的女孩子家，有的是闲工夫，这算不了什么。"

老太太："怎么能算不了什么呢，临到这种地步也不是容易的事儿。还有啊，听说她围棋下得非常好，至今未遇上过敌手。古琴也操得非常好，据说听了她的琴都甘拜下风。我琢磨着，这么好的媳妇儿哪儿找去呀，岁数大就大点儿吧。冥冥之中不是给我儿子留着的嘛，三儿你喜欢下围棋，也喜欢操琴，这琴瑟相合的姻缘，打着灯笼都找不着。这不是该着吗？儿啊，就这么定了吧。"

立草："听娘这一段话，好像听的是一场书。既然是这么好的媳妇儿，娘说娶咱们就给她娶来吧。说不定娶来个王熙凤，天天逗老太太开心呢。"

赵立草听了老太太一番话，心想：怎么有点儿像美羊稚子呢，可她却是李翰林的内侄女，和那个日本姑娘根本挨不着边儿，这是怎么回事儿呢？她的父亲又是苏州知府，父兄都死在长毛手里。照这么说，跟那个美羊稚子是一点儿关系都没有了。生在扬州，长在苏州，是个地地道道的江南女子。江南风景秀丽，人杰地灵，这是几朝古都的所在，南北文人，迁客骚人的聚会之处。岸芷汀兰，郁郁葱葱，必然孕育出才艺双绝的奇女子。又流连于京城跟苏州之间。有点意思啊，去问问俞陛云吧。

离开老太太他没有回河沿，就直接驱车去找俞陛云。

俞陛云："这李翰林是我爷爷的弟子，论起来我得管他叫一声世伯呢。听说他有个弟弟是在苏州，是不是任过什么知府啊什么的，咱们也并不清楚。

长毛攻下苏州屠城的时候，苏州人三停被杀了两停。长毛攻苏州的时候围个水泄不通，南北交通要道早已切断。再说长毛儿围城前，苏州人天天花酒，哪有那么长的远见呀。江南的士大夫只有在京城长期稳定地做官儿，才置了房产定居了京城，才会把家眷迁到京城来。说实在的，我们在南方的暖窝住惯了，真的不愿意北上。这京城又干又燥，一刮起沙尘来铺天盖地，整个京城都是混沌的，看不见天日。南方的女眷细皮嫩肉，哪经得起这么一吹呢，一个个都皴成了黄脸婆，一入冬天寒地冻，冻手冻脚的。手肿脚裂，没个营生谁愿意到北方来呀！至于苏州知府父子三人同时遇难，这事儿我觉得有些蹊跷。长毛在苏州虽然是杀了不少人，但是大部分都是老百姓。像知府这么大的官儿，而且父子三人全遇难，这事儿总得有点儿说辞吧。"

赵立草自言自语道："哪儿来了这么个姑娘？难道是天上掉下来个林妹妹？"

俞陛云："李翰林家虽然我是去过多次，但从没听说过有个大岁数的待嫁姑娘。不过也是，我们师生间只谈一些科举和学问的事儿，他家内眷的事儿世伯倒是从来没跟我提过一个字儿。不过要说我来进京参加贡考的时候，他家有这么个才艺双全的奇女子，不和我说也是有可能的。谁知道我能不能考上贡生呢，等我考取了贡生，那进士是手拿把攥稳稳的了。没想到我又中了头甲三名，那时有多少达官贵人和我提亲，他家要是有这么个奇女子，能不向我提吗？论起来我们两家的关系总比你们两家的关系近多了吧。"

赵立草："说得也是，这个女子，按道理来说应该是你的。"

俞陛云："三哥，哦，不，三叔，我可没有一点儿跟三叔争夺这个女子的意思啊。"

赵立草："贤弟呀，咱俩还有什么争不争的事儿啊。再说我那时候有妻室，你那时候也没有定亲，李翰林家最有条件争夺到你这个乘龙快婿呀。"

俞陛云："是啊，三哥，如果他们家有这么个奇女子，我不早就娶了过来了嘛。还能留到今天，让咱们俩都烦恼。"

赵立草："贤弟呀，你说会不会是美羊稚子啊？"

俞陛云："三哥呀，我怎么觉得有点儿像。哎，咱俩瞎掰扯什么呀，你娶过来不就全都知道了嘛。"

赵立草回到了河沿外宅。权宝贵已经摆上了酒席。他和郭满芝、权宝贵、权富氏等人喝了一会儿酒，觉得身上有点乏，就先回屋自己睡下了。

迷迷糊糊中，他乘着云驾着雾来到一处雾气茫茫的大海边。涨潮了，海浪轻轻地拍打着岸边奇形怪状的礁石，好似哀伤的琴声，又好似女人轻轻呜呜咽咽的哭泣声，听得他心里有些烦，就快步地向岸上硬岸走去。可他怎么走也走不出来这柔软的沙滩。他走累了，站着回头看看自己在沙滩上留下的足迹。这足迹并不是向上而跟海岸线平行的痕迹，被海浪冲刷得缺一块，少一段，似有似无，斑驳陆离，都是残缺不全的脚印。他歇了歇，变了变方向。确定了向上的方向，赶忙快步走去。他走啊走，跑呀跑，跑了半天，走了半天，还是回到了原来的怪圈。他筋疲力尽地坐在沙滩上。潮水在慢慢地上涨，慢慢地上涨，没过了他的脚，没过了他的腿，没过了他的腰。突然间一个巨浪把它抛向空中，把他扔在一片荆棘中。衣服被刮得稀烂，已不见踪影，裸露的身上是一道道的伤痕。他挣扎着要站起来，可自己的下体被荆条缠住动弹不得。他绝望地四处观望，可天是黑漆漆的天，岸是黑漆漆的岸，水是黑漆漆的水。他什么也看不见，他绝望了。突然间一声惊雷，一道巨大的闪电把海边的夜空照得如同白昼，巨大的光亮晃得他什么也看不见。雷声滚滚，震耳欲聋。一束闪电变成了几十条，变成了上千条，上万条。他慢慢地看清了眼前的一切。不远处有一朵鲜艳的花朵在怒放，那是一朵盛开的牡丹花，花朵出奇地大，花瓣上凝集着一滴滴的水珠。那一滴滴的水珠慢慢地汇成一个水柱，向下流去。水柱一离开花瓣就散成了一团红色薄雾，那红色的薄雾好像流淌的鲜血一样红。立草恐怖了，腿脚不能动，就用双手向前刨去。他大叫一声，提起手一看，满手沾满了荆棘。双手的荆棘中却扎起一朵花瓣中穿满了刺的蜡梅。

"三哥醒醒，三哥醒醒。"满芝用手边抚摸着他边轻轻地叫醒他。

他出了一身冷汗，身上的内衣湿漉漉的。她忙把湿衣服替他褪下。把汤婆子里的温水倒到脸盆里，淘洗了一块手巾板。一边帮他擦干身上的冷汗，一边心疼地问道："三哥是做噩梦了吗？别怕别怕，我在你身边。"说完把他拥在怀里，慢慢地抱着他的头吻着他的脸。

他慢慢地抬起双手，看到修长细嫩的双手好好的，一滴血都没沾。想起刚才的梦，觉得有点儿奇怪。就对她说："我饿了，给我弄点儿吃的吧。"她说："想吃点儿什么？我把厨子叫起来，叫他们做。"他说："弄点儿稀的溜的吧。"她说："涮点羊肉，要不要来个海鲜暖锅？"他说："太腻歪了，来点清淡的吧。"她说："要不煮点儿白菜豆腐，加点儿虾皮，您看怎么样？"他说："别弄得那么复杂，做碗疙瘩汤就行了。"她笑道："这好办，用不着惊动厨房我就给爷做了，您等着吧。"

满芝下厨去给他做疙瘩汤。他躺在床上眯着眼，接着回味着那个梦。

那牡丹花瓣为什么滴红泪？传说那贵妃娘娘初嫁给唐玄宗的儿子李瑁的时候，拜别父母那一刻滴的就是红泪。冰天雪地中，冻结在腮上，像两串晶莹剔透的血珠。

> 蜀绢诗词如梦声，琴杆谈笑慰平生。
> 寒梅春燕弱柳边，牡丹秋残隐东瀛。

他一遍又一遍地背诵着美羊稚子的诗。"寒梅春燕"自然是指唐明皇，宠爱的另一个妃子是号称"梅妃"的江采萍，"牡丹秋残"自然是贵妃娘娘啦。

唐人小说《江采萍传》记述：高力士为唐明皇四处寻访女色。在江南访到江仲逊的女儿江采萍，深受明皇喜爱，封为贵妃。因她特别喜欢梅花，故赐号为"梅妃"，并特意为她建造了一座梅亭。

当唐明皇得到天生丽质难自弃的儿媳杨玉环后，就把梅妃抛在脑后，引出一番幽怨的故事。安史之乱，杨贵妃被赐死于马嵬坡，梅妃死于乱军之中。若干年后郭子仪平定了安史之乱，唐明皇回到宫中，一天偶然走到梅亭边，不禁伤感万分，倚在梅亭，昏昏睡去。朦胧中见梅妃缓缓走来诉说别情。两人正在亲热，突然一阵阴风刮来。杨玉环突然现在身前，两个女人一见面醋意大发，厮打了起来，打得两个妃子头发散乱，满身是血。一声巨响，一下子撞毁了梅亭。李隆基惊醒，原来是南柯一梦。

庄生晓梦迷蝴蝶，立草心想：不知道是李隆基在梦中还是我在梦中。难

道这杨贵妃的后人过了千年以后还在记恨当年的事情吗？我倒成了现实版的唐明皇了。这美羊稚子不就是杨贵妃嘛，这犬子不就是江采萍嘛。想那个时候我打美羊稚子的茶局，犬子醋劲儿那个大呀。若是两人真成了我的妻妾，不大打出手才怪呢。可这美羊稚子不但没见过面，连声音都没听到过。真有些朝云暮雨的可遇而不可求的神仙味道了。那犬子呢，确实是实实在在的人，一个床上滚了这么多年。但愿老娘给我娶来的不是美羊稚子，要是美羊稚子，她俩打起来我可怎么办呢。唉，瞎想，就是美羊稚子又有什么关系，犬子不在身边，跟谁打去呀。就是将来和满芝住在一起，也打不起来，因为满芝没有那么大的妒意。哈哈，有点儿意思，这美羊稚子好似那牡丹花，这犬子好像那带刺儿的蜡梅。这郭满芝像什么花儿呢，哦，像日本的樱花。

牡丹、蜡梅既然打不起来，那还有什么怨恨呢。你们俩远远地遥望着樱花儿往复开谢吧。想到此，不禁心中成诗一首。起来挥笔写道：

咏花

牡丹花瓣滴红泪，荆棘刺血染蜡梅。
山口长安多少恨，樱花陨落海风摧。

满芝端着一盆疙瘩汤进来，看见书案上的字说："三哥，你一边喝疙瘩汤，一边儿给我讲讲这是什么意思。"

满芝听完笑道："哥，您就直接写大老婆跟小老婆打架不就得了。何必说什么牡丹跟蜡梅呀？那两朵花儿平白无故的，自个儿开自个儿的，犯不着去打架呀？"

立草解释道："作诗跟说话不一样，要讲究意境，要用比喻的手法来说话。"

满芝笑道："听三哥这么说，作诗挺简单的，那我也会作诗了。"

立草吃惊地说："你也会作诗？你倒作一首给我看看。"

满芝想了想说道："有了。"说完走到桌前，拿起一张纸，歪歪扭扭地写道：

> 牡丹花儿大，蜡梅瓣儿小。
>
> 大小来打架，头脸一块抓。

满芝惹得立草哈哈大笑。笑了好一阵子说道："真想不到我们满芝，还真有点儿情趣。除了格律不对，意思还可以。赶明儿起，我教你诗词格律，你一定能写出很好的诗来。"

满芝站了起来，深深地作了一个揖："谢谢师父，打明儿起我就开始学作诗，一定超过卓文君、李清照给师父看看。"

立草笑道："真想不到樱花志向不小啊，要胜过牡丹、蜡梅。"

满芝不好意思地说："师父，我不喜欢那樱花，我可不是樱花。那日本国的什么劳什子樱花我从来也没见过，也不知道它长得什么样儿？"

立草问道："那你喜欢什么花儿呢？可把自己比成什么花儿呢？"

满芝顿时来了情绪，又拿起一张纸写道：

> 相公说我是樱花，
>
> 可我从未见过樱花。
>
> 要说我是什么花，
>
> 漫山遍野的喇叭花。

立草看完哈哈大笑，突然觉得她比美羊稚子跟犬子更可爱。漫山遍野的喇叭花，好句子。梦中的烦恼全无，也不再去想那乱七八糟的梦。把满芝拥在怀里，轻轻地亲吻着她，拥着这朵可爱的喇叭花，慢慢地移向卧室，一室皆春。

立草要大婚了，他有些舍不得满芝。未来的妻子到底是谁，还是个谜。管她是谁呢，反正是给老太太娶的，只要老太太高兴，这就得了。以前在君代家和犬子好，满芝不过是一个替补。她缺少仕女的风韵，也没有小家碧玉的劲儿头，像个平民百姓家的小媳妇儿。对夫君百依百顺，没有嫉妒，没有怨恨，只是安安静静活在自己的小圈子里。不管自己娶了谁，看来她都能够

接受，不会给家里添一点点儿乱。她虽然粗俗，但带着一股灵气儿。她不看中牡丹、蜡梅、樱花这类名花，甘愿做一只漫山遍野、随处可见的喇叭花儿。多现实啊，对自己的定位多么的准确。犬子想做外宅，她就倾尽全力地帮助犬子，对自己将来的归宿没有一点儿谋划。哎，她真是实实在在地活在当下，是个地地道道的好媳妇儿，我也不能白了她，怎么也得给她弄个妾的身份吧。

立草："满芝，办完了事儿，我想和老太太挑明了，把你接回家去住。"

满芝："三哥，快别添那个乱了。还不知道爷娶个什么样的太太呢，容得容不得我呢，到时候再把我卖了，也是说不准的事儿啊。"

立草："我是想给你个正式名分，不能老这样，黑不提白不提地委屈着你。"

满芝："三哥，你娶了媳妇儿，家里一大摊事儿，老爷子、老太太、哥哥、嫂子、弟弟、妹妹上上下下跟那乱麻似的，理都理不清楚，就别为我这点事儿添乱了。三哥，您是知道的，犬子姐姐一直想做爷的外宅。她把赎身的钱、买外宅的钱和将来过小日子的钱全准备得妥妥当当。我当时多么羡慕她，多么想她被爷养在外边，过几天舒心的日子呀。到头来怎么样？还不是狗咬尿脬———一场空嘛。"

立草："当时你没为自己想想以后的事儿吗？"

满芝："瞧爷说的，我有什么可想的？我和她们不能比呀。犬子姐姐写个什么字儿啊，画个画儿啊，弹个琴啦，还都像回事儿，人也比我长得漂亮。就是这样的一个人哪，遇到了三哥，她心都毛了，一心一意地想嫁给三哥。我们这些从脏地方出来的人，哪会被人看得起呢。就是三哥想把她娶回家里去，可家里边儿也容不了她呀。三哥能养她作为外宅，她就心满意足了。她为了能成为三哥的人，用尽了心思去谋划这个外宅，她并不在乎大小、豪华与简陋，凭自己能力能置个窝，和三哥有个自己的地方，就阿弥陀佛啦！"

立草："难为她了，她到哪儿去了？她为什么不等着我？"

满芝冷笑道："等着，爷您叫她怎么等？她一心一意只想着三哥，什么客人都不接。在那种地方干的是那种营生，您说她不接客能行吗？因为她不接客，没少挨老板打。就是这么被老板打，姐姐还跪在地下求他们，容她在这儿等着三哥。后来我们知道老板要把她卖掉，悄悄地告诉她，我们和她一起筹划着怎么赎身，赎了身在外边儿等着三哥不就踏实了嘛。姐姐良子就借着应正山次郎的局，和正山次郎商量好，由正山次郎来赎人。没想到成赖正治技高一筹，把我们都给玩儿进去了。唉，人家毕竟是商人哪。我们这些人小打小闹的，怎么能玩过正经的商人呢。后来的事儿您就都知道了。"

立草哽咽道："我一定要找到她，找到她。"

满芝："我们何尝不想找到她呢！权爷、五叔他们动用了各种关系，到现在都没有一点儿信息。爷呀，那时候大家瞒着您，并不是有意想瞒着您。是怕您伤心啊，倩姐刚走，再弄出这么一出，不是雪上加霜嘛，您受得了吗？"

立草不禁失声痛哭大呼道："我算是什么东西呀？真是既对不起人，又对不起鬼。"

满芝把立草抱在怀里，轻轻地抚摸着他的头，像哄孩子一样地拍着他的后背说："三哥，我们一起去找，一定能找着她的，别哭了，别伤心。大老爷们儿的，怎么跟小孩子一个样儿呀。"

立草："犬子不在了，是我害了她。我一定要把你接回家去，不能再让你受一点儿委屈。"

满芝："三哥，爷的心我领了，快别瞎说了，我哪儿有什么委屈。这么好的宅院儿，犬子姐姐梦寐以求的宅院，可她连门槛都没迈进来。这不是天上掉馅饼，砸到我脑袋上了嘛。俗话说祸不单行，福不双降。这么大的福气，我是做梦都想不来的，我知足啦。爷，我敢说天上掉馅饼的事儿再也不会砸到我脑袋瓜儿上啦。我说我的爷呀，您就安安心心回家娶您的媳妇儿吧，那可是父母之命、媒妁之言正儿八经地娶来的媳妇儿啊。我们哪儿能跟人家比呀！简直是一个是天，一个是地呀。人家毕竟是你们赵家的三媳妇儿，是我的大太太呀！有机会我能给大太太行个礼，磕个头请个安什么的，就知足啦。爷您甭惦着我，好好地和您的大太太过日子吧。她再给爷生一两个儿子，那真是正道啊。权富氏、权爷也都是我的老相识啦，爷，放心吧，坦坦地去吧，我这里真的挺好的。我现在是躺在蜜罐里甜着呢，真不想丢了它。"

李翰林家送了四十八抬嫁妆。一阵儿忙碌后，赵立草终于入了洞房。新

娘的头披着盖头，盘腿儿坐在床上，通房丫头站在一旁伺候着。立草掀开新娘的盖头，丫头铺好了床，请新婚夫妇上床。一对新人上床后，丫鬟放下围幔，慢慢地退了出去。

一宿无话，第二天一早丫鬟伺候着两位新人起来。通房丫头捧着贞洁巾去上房给老太太回话。老太太和迎亲奶奶、送亲奶奶共看了贞洁巾，笑着点了点头，说："下去吧。"

两个新人拜了父母，认了六亲，回到自己的房中。立草仔细地端详着新婚的妻子，觉得和美羊稚子送的照片上的杨贵妃确实长得一样。再仔细看看，虽然没见过美羊稚子的真容，觉得就是美羊稚子，但又不敢确认，一时不知说什么好。原想着给老太太娶媳妇儿，自己尽到了夫妻之情也就罢了。这老太太闹什么哩格儿楞，竟然把美羊稚子给我娶回家来了。怎么可能呢？他不知道说什么好，也不知道怎么打开这个话匣子。无奈之下只好操起琴来，依旧弹那首《鹿鸣》以探究竟。

立草弹完《鹿鸣》静候回音。新娘笑了笑，坐下来回敬了一首。立草倾心听着琴。这曲调好像自己从来没听过，中间有些音节是熟悉，但又分辨不出来是什么曲牌。

新娘弹完曲子，嫣然一笑说道："贱妾献丑啦。"

立草慌忙起身，深深一揖说道："小生孤陋寡闻，自以为识琴，可从未听闻过这首曲子，望娘子赐教。"

新娘："这是我们李家存的古琴曲，密不传世，夫君自然不知有什么好奇怪的。这首曲子叫《幽兰》，传说孔子周游列国，所言不被采。自伤生不逢时，借幽古兰花而作《猗兰操》，后经南朝琴家丘明整理，更名为《幽兰》。贱妾这里有唐朝的手抄本，夫君有意可以一观。"

立草单刀直入地问道："娘子可是美羊稚子？"

新娘："夫君，那个美羊稚子已不存在了，贱妾叫李思思。"

立草："请问娘子和杨贵妃有什么关系？"

李思思："贱妾确实是贵妃娘娘的后人。"

立草："难道贵妃娘娘东渡以后又生育了？"

李思思："没有，贱妾是寿王李瑁的后人。寿王李瑁和贵妃娘娘育有两子。马嵬坡事变后，在高力士和陈玄礼的安排下，贵妃娘娘避难在扬州等待平乱以后再返回京都。娘娘的家族人等和两个儿子也陆续来到扬州。娘娘在扬州期间还和明皇有书信诗词往来。平乱以后明皇的御驾返回长安。高力士传来消息不久将到扬州接娘娘圣驾回宫。以后传来的消息就不太妙了，力士被贬流放黔地，明皇被软禁。在大唐为官的扶桑忠臣阿倍仲麻吕等接娘娘到扶桑避乱。娘娘不忍离去，执意要在扬州等明皇。在左右跪劝下娘娘含泪登上了海船，留下大公子在此等候圣驾。娘娘走后，大唐军队封海。大公子改名叫王存柱，四处逃避追捕。若干年后落户在苏州，恢复原姓，当今朝上的李翰林和贱妾都是此一支寿王余脉。"

立草："这么说来，娘子根本就没去过扶桑？"

李思思："贱妾从未离开过中土。"

立草："美羊稚子又是怎么回事儿呢？"

李思思笑道："夫君，那不过是贱妾心血来潮，一时胡闹而已。"

立草："这胡闹也胡闹得太大了点儿了。怎么能闹到那种地方去的，有失身份。"

李思思："夫君莫怪，贱妾在这里给您赔礼了。"说完起身给立草行了个蹲蹲安说，"贱妾若是不到这种勾栏瓦肆，怎能寻到如意的郎君哪！"

立草："一派胡言，简直是胡闹之极。"

李思思："夫君莫生气，贱妾入了赵家门儿就再也不敢胡闹了。"

立草心里有些不痛快，转身走向书房。心想：这李思思就是美羊稚子。这是什么套路？把我都玩进去了。那对弈、弹琴、作诗的美羊稚子虽未有只言片语，但大家闺秀的气质表现得淋漓尽致，有一种朦胧的美，让人神往。可这娶回家的李思思呢，说小了是长不大的小女孩儿顽皮胡闹，说大了不就是泼妇的底子嘛。可自从她进门以后，对长辈是敬，和哥嫂、弟妹都搞得和和睦睦，亲友朋友面前从没有失过礼，晚一辈的孩子们也都很喜欢她。唉，美羊稚子、李思思典型的两面人。这么一块让人琢磨不透的料，怎么叫我给摊上了。她没有青梅竹马小倩的温柔、激情释放犬子的奔放，也没有满芝的

善解人意。说实在的，她叫我爱也爱不起来，恨也恨不起来。立草转念又一想，唉，反正是给老娘娶的。只要老娘高兴，家庭和睦，我和她相敬如宾，罢了。

立草从抽屉中拿出美羊稚子送的那函信件，看着那个哑谜。

中原问鼎矫诏传，文仲子胥释前嫌。
忘点徐公脸前痣，未换三宝二千年。

立草正看着呢，李思思端着一碗莲子汤走了进来说："贱妾煲了一锅莲子汤，已侍奉过父母，这一碗夫君慢用。"瞄了一眼书桌上的信件，转身欲退出。立草忙道："娘子慢走，我有一事不明，想要请教。"

李思思："贱妾才学疏浅，夫君说请教，过了，有什么话夫君尽管问。"

立草把信件递给她说："请问娘子这是什么意思？给我解释解释。"

李思思："这是日本国皇宫的三件镇宫之宝，是贱妾给夫君出的哑谜。'中原问鼎矫诏传'指的是中土王朝封日本国的金印玺，和中土各国诸侯的封印完全一样。当时因为日本土著人比较矮小，故印文为'倭奴国印'四个字。'文仲子胥释前嫌'那是春秋战国时期的一把宝剑，文仲和子胥分属两个敌对国，互相厮杀。但他被他们的君主赐死时，用的却是同一把剑。'忘点徐公脸前痣'是一面精美的铜镜。'未换三宝二千年'不是什么物件，只是指日本国二千年来一直遵循秦朝的郡县制，至今已经百代天皇未改其制。"

立草："娘子说从未离开过中土，那怎么会有机会见过日本国皇宫的三件宝物呢。"

李思思："夫君，日本国一直是中土的一个封国啊，官方和民间往来非常频繁，一直没有间断过呀。因为贱妾的家族虽然有一部分流落到日本国，但是大部分都在中土啊。流落在外的中土人士，每年总要派人回来祭祖的。历朝历代的在中土的贵妃娘娘的后人也常去日本拜谒贵妃真身墓呀。"

立草没再说什么，只是低着头看着那封信函。李思思把立草拉起说："这么晚啦夫君，该休息啦。"

李思思并没有把立草拉到自己的房间，而是拉到了通房丫头李灵泉的房前说："贱妾今日来月事了身子不舒服，不能伺候夫君枕席，今晚您在她这儿睡吧。"说完鬼魅地一笑，把立草推了进去。

　　李灵泉的卧房光线有些阴暗。她斜倚在美人榻上，头枕在右手臂弯上，期盼的眼光盯着房门，竖起耳朵听着门外的动静。她在焦急地等待着立草的到来。她觉得心烦意燥，那烦躁的气流在胸中荡漾着，几乎要冲炸她的肺。她慢慢地吸了几口气，好像气平息下去了。她又吸了几口气，那股烦躁的气流从后脖颈直接冲到脑袋瓜儿上，在脑袋瓜儿里到处乱窜乱撞，撞得她昏昏欲睡。蒙眬中她觉得有什么东西从头顶冲了出去。好像两只蜜蜂在她头顶嗡嗡嗡嗡地乱叫，又好像一对蝴蝶在她头顶翩翩起舞。"哇哇"两声乌鸦的叫声，驱跑了头上的蜜蜂和蝴蝶。她听到两个人的脚步声和思思立草说的话，不禁心跳加速，热血沸腾，一颗滚烫的心恨不得冲出喉咙奔到门前去。可门被推开的一刹那，她又闭上眼睛在那儿装睡。

　　立草进屋来，坐在对面圈椅上，仔细端详着躺在美人榻上的李灵泉。这些天来忙得他无暇顾及这个通房丫头，借着昏暗的灯光立草觉得怎么像犬子。哦，是我大意了，美羊稚子既然可以变成李思思，那么通房丫头就是犬子也就不稀奇啦。可水火不相容的两个人，怎么能融到一块儿去呢？一个大太太，一个通房丫头，有点儿意思啊。他情不自禁地叫了一声犬子。见躺在美人榻上的女人没有反应，就站起来慢慢走向美人榻要看个究竟。

　　李灵泉突然翻身在地，跪在地下说："是老爷来啦，小女子刚才睡着了，怠慢了老爷，望老爷恕罪。老爷请宽坐片刻，小女子这就给老爷铺床去。"

　　立草坐在美人榻上看她铺床。她铺好了被褥，犹豫了一下，从枕下抽出一条白绢，放在铺好的被褥中间。立草心想，看来不是犬子。是个没开苞的通房丫头。哈哈，老子要二度梅花开了。

　　李灵泉伺候立草更衣躺下，轻轻地亲了一口立草说："爷稍候片刻，等小女子洗洗就来。"

　　两个人颠鸾倒凤，云雨间立草觉得怎么这么熟悉。

　　立草起身披上衣服点亮了灯，打开床幔站在床边静静地看着李灵泉。这

张脸依稀是犬子的脸型，只是清瘦了些，可脸上淡淡的两片黄褐斑却不见踪迹。立草轻声问道："你到底是谁？"

李灵泉坐了起来也披上衣服说："小女子是李灵泉啊，是从小伺候太太的丫鬟。"说着举起了屁股底下的贞洁巾递给立草。

立草拿起贞洁巾仔细看了看，不免自己觉得有些尴尬，低下头儿来言语。李灵泉转身躺下，冲着床里给了立草一个后背。

立草鼻子"哼"了一声，心想闹了半天是个"挨城门的"。

这"挨城门的"是旧京妓行的一种职业技术手段，简单点，就是用细软的皮囊包裹一点用盐水稀释的鸡血，行房前放入阴道中假充处女。复杂点儿的，要用药物把阴道变窄，再装上人造处女膜。因为城门是千人进万人出的地方，所以旧京嫖客就把这种做法叫作"挨城门的"。

立草拿起贞洁巾闻了闻，确认确实是人血。他有些迷茫了。

第二十一回

愤青皇帝百日维新
虚伪圣人沽名钓誉

光绪二十四年四月二十三日（1898年6月11日）皇帝颁布由光绪皇帝的老师、协办大学士、户部尚书翁同龢所拟的《定国是诏》正式宣布变法维新。

> 数年以来，中外臣工讲求实务。多主张变法自强。迩者诏书数下，如开特科、裁冗兵、改武科制度、立大小学堂，皆经再三审定，筹之至熟，甫议施行。唯是风气尚未大开，论说莫衷一是，或托于老成忧国。以为旧章必应墨守，新法必当摈除，众喙哓哓，空言无补，试问时局如此，国势如此。若仍以不练之兵，有限之饷，士无实学，工无良师，强弱相形，贫富悬绝，岂真能制梃以挞坚甲利兵乎？
> 朕惟国事不定，则号令不行，极其流弊。必至门户纷争，互相水火，徒蹈宋、明积习，于国政毫无裨益，即以中国大经大法而论，五帝三王，不相沿袭。譬之冬裘夏葛，势不两存。用特明白宣示，中外大小诸臣，自王公以及士庶，各宜努力向上，发奋为雄。以圣贤义理之学，植其根本。又须博采各学之切于时务者，实力讲求，以救空疏迂谬之弊。专心致志，精益求精，毋徒袭其皮毛，毋竞腾其口说，务求化无用为有用，以成通经济变之才。
> 京师大学堂为各行省之倡，尤应首先举办。着军机大臣，总理各国事务王大臣，会同妥速议奏。所有翰林院编检、各部院司员、各门侍卫、

候补候选道府州县以下各官、大员子弟、八旗世职、各武职后裔,其愿入学堂者,均准入学肄习。以期人才辈出,共济时艰,不得敷衍因循,徇私援引,致负朝廷谆谆告诫之至意。将此通谕知之。

——《德宗景皇帝实录》

《定国是诏》发布若干年后,康有为海外逃亡归来。戊戌变法的志士大多已不在人世。他开始自吹为自己所做,说皇上召见自己,在皇上面前一蹴而就写成此诏。

此论一出,为了圆这个论,他编造了一系列的谎言。

皇帝为什么叫他写这个诏书呢?他讲是翁同龢到他的寓所见他,带走了他的上皇帝书。

为什么翁同龢能够去他的寓所呢?因为他有公车上书的壮举。

当有人问道:"谭嗣同还有你弟弟康广仁等都为变法献身,而为什么你不献身呢?"他说:"我本想在京城赴死。可皇帝有重任派我,叫杨锐传出衣带诏,我只好奉命而行。"

有人问衣带诏呢,他又编出了:清兵沿路堵截,防止他外逃。他机智地闯过了清兵为他设置的二十三道卡。为防止此衣带诏落入清兵手中,对皇上不利,他把它毁掉了。

一系列的谎言使康有为登上了圣人的高峰。事实究竟如何呢?我们不妨根据清宫档案、当事人日记、当时的中外新闻报刊报道还原一下当时真实的情况。

康有为(1858—1927),原名祖诒,字广厦,号长素。广东南海人,光绪进士,授工部主事,但未就职。光绪二十四年(1898)参加戊戌变法。变法失败后流亡国外。清灭亡,民国建立始回国组织保皇会,鼓吹君主立宪,反对民主革命。1917年化装潜入北京,参加张勋复辟活动,旋即失败。

翁同龢从未会见过康有为。康有为自述:

光绪二十三年十一月十八日(公元1897年12月11日),光绪师翁同龢清晨来到米市胡同南海会馆，转达了光绪帝对康的赞赏。他拿出《上清帝第五书》给翁同龢看，翁看后表示同意康的见解，挽留康留在北京不要回南方，并表示要把他推荐给光绪皇帝。

这一天（1897年12月11日）翁同龢的日记如下：

> 晴，风止，大寒。早入，外折一，见起三刻。明发，一李秉衡开缺，自请却未提，一裕禄授川督，裕长等调任。论胶事，上述慈谕看照会稿甚屈，以责诸臣不能整饬，坐致此侮。臣愧悔无地，因陈各国合谋图我，德今日所允，后日即翻，此非口舌所能了也，词多激愤，同列讶之，余实不敢不倾吐也。散时尚早，小憩出城，赴总署发罗氏电，令洞察德英合谋状南洋电，催信隆租船案，将船姑放。英德沟通状已露，裕朗西电，美谋大连湾。窦使照会云，德有利益英当均沾，特未揭破胶口耳。遣人告海靖，余等即往，伊推却云有要事不能候，然则变卦显然也。写荣侄信，小山信。贡物共三百三十四两，交立君。

康有为一直想拜见翁同龢这个事情是真的。但翁同龢拒见，这确实是事实。一个在科举制度中获得桂冠状元的当朝大儒，同治、光绪两代帝王之师，时任户部尚书的翁同龢怎可轻易下阶见一介布衣康有为呢？早在光绪十四年（1888），康有为曾找关系托人上书要求拜见翁同龢，被拒之门外。

翁同龢在光绪十四年十月十三日日记中明确记述："南海布衣康祖诒上书于我，意欲一见，拒之。"

康有为并不甘心，还是痴情欲见翁同龢，过了半个月，他又托一个能随时进出翁宅的叫盛伯熙的人，带一份自己的文章进呈翁同龢，以便引起翁同龢对自己的重视。翁同龢日记中亦有所记载。

翁同龢日记光绪十四年十月二十七日："盛伯熙以康祖诒封事一件来，欲成均代递。然语太讦直，无益祇生衅耳，决计复谢之。"

光绪二十四年正月，他通过自己的南海县老乡张荫桓（时任总理衙门大

臣），参加春节团拜。之所以能参加官员春节团拜，是因为他第六次进士考试终于取得了进士身份，有了这个进士身份，张荫桓方可给他提供参加总理衙门团拜的机会。他在团拜会上借机大肆宣传变法维新的思想。翁同龢听到他所言，在日记中是这样记载的："（1898年）初三日：传康有为到署高谈时局，以变法为主，立制度局、新政局、练兵局、开铁路，广借洋债数大端，狂甚。"

康有为近十年来一直标榜自己和翁同龢如何如何谈得来，翁同龢如何如何赞赏自己的变法维新的观点。这一做法，终于传到了光绪皇帝的耳中。在光绪皇帝决定变法前的两个月，光绪向翁同龢索要康有为所进的上书，1898年5月27日翁日记：

上命臣索要康有为所进书，令再写一份递进，臣对"与康不往来"，上问何也？（光绪不高兴地问为什么？）翁同龢答道："此人居心叵测。""日前此何以不说？"（光绪问：以前你为什么不说？）"近见其《孔子改考制》知之。"（翁同龢只好解释说：我最近看了他的《孔子改考制》后才知道）

1898年6月11日光绪帝下《定国是诏》，宣布变法，百日维新从此开始。

四天后也就是6月15日，光绪帝下硃谕，将翁同龢开缺（撤职），命离京回原籍。原文如下：

> 协办大学士翁同龢近来办事多不允协，以致众论不服，屡经有人参奏，且每于与召对时，咨询事件任意可否，喜怒见于辞色，渐露揽权狂悖情状，断难胜枢机之任。本应查明究办，予以重惩，姑念其毓庆宫行走多年，不忍遽加严谴，翁同龢着即开缺回籍，以示保全。钦此。

一个从1876年开始，作为五岁光绪皇帝的老师，兢兢业业地陪伴着光绪皇帝从幼年走到成年。突然被光绪开缺返回原籍，二十二年的情谊难以忘怀，翁同龢上表要求谢恩辞行，光绪不允。

第二天，宫中透露消息给翁同龢，光绪帝将于午时两刻出宫。这位父亲般的老臣急忙赶到宫门口，跪在道路右边磕头谢恩辞行。可光绪帝只回头望了一眼，未发一言而离去。（翁同龢6月16日日记："余急赴宫门，在道右磕头，上回顾无言，臣亦黯然如梦，遂行。"）

光绪帝干什么去了呢？清宫档案记载：光绪帝召见康有为、张元济。

所谓"公车上书"，首先我们要弄清一个概念，什么是"公车"？公车并不是车，是泛指有举人身份的人。因为按照清代的科举制度，学士通过乡一级秀才考试后，方可到省参加举人考试，取得举人身份者，可进京参加每三年一次的进士考试。举人进京考试，由省地方政府免费提供交通工具车船及食宿，这就是所谓的公车。当然有大多数家庭富裕之举人自行上路也允许。

关于公车上书，光绪二十四年三月十三日《国闻报》是如此报道的：

> 顺德麦孺博，新会梁任公两孝廉，夙具爱国之忱，天下争传其学问，文学犹其末也。此次入都，适值俄人要约旅、大之时。两君遂约同两广，云贵，山陕，浙江众公车，于三月初六日上书都察院，力陈旅，大之不可割。不意是日堂官无一到者，孝廉等又以入闱在迩，不能再诣察院，若出闱则事已大定矣。盖其书始终不克上达云。

在这之前的一次公车上书，是发生在光绪二十一年（1895）三月二十八日。因《马关条约》签订后，台湾要割让给日本。台湾进士丘逢甲（台湾出生，祖籍今广东蕉岭，光绪十五年进士）等人写了请愿书，恳请清政府不要把台湾割给日本，并到北京各个省市驻京会馆联络了一千三百余名举人们签字。丘逢甲等二三十人于三月二十八日将请愿书送交都察院。据当初新闻报道，有百余名京城闲散人员尾随其后看热闹。

当时变法上书的重量级人物有：

胡芸楣：同治年间进士，"小站练兵"第一人，上书《变法自强疏》。

张之洞：晚清重臣，洋务派领导人之一，发表《劝学篇》，内篇有正权，外篇有设学、变法。

严复：毕业于英国格林威治皇家海军学院，上书《上今上皇帝万言书》。

第二十一回

徐致靖：光绪年间进士，戊戌变法前任礼部尚书。徐致靖是真正的清末维新变法的领袖人物。康有为是体制外徐致靖的追随者之一。戊戌变法失败后，是慈禧原定处死戊戌变法人士的第一名。因为和李鸿章、张之洞等重臣关系密切，荣禄又在慈禧面前长跪不起，为徐致靖求情，方免死刑。康有为的变法维新论述大多来源于徐致靖。

戊戌变法失败，自誉为领袖的康有为比谁跑得都快。

1898年9月19日，慈禧太后晚饭后突然由颐和园返回皇宫，把光绪皇帝囚禁在瀛台。康有为第二天一早就从北京逃到天津。他是第一时间得到了光绪被囚禁的消息，这个消息他从何处得知呢？这要从康有为在北京活动、居住的"狡兔三窟"说起。

一、宣武区米市胡同南海会馆。米市胡同七树堂这个地方是大家熟知的康有为故居。这是康有为在北京一个对外公开的工作场所。其实常年在这个地方驻守的是他的弟弟康广仁和其他弟子。他白天偶尔会在此露一下面，基本不在此过夜。

二、宣武区上斜街番禺会馆。这个地方是他会见两广人士、弟子谈天吃喝的地方。

三、东城区烧酒（今名韶九）胡同金顶庙。这是他主要居住、写作、活动的场所。他为什么选在这个地方呢？因为他的南海同乡张荫桓的宅第就在烧酒胡同南边紧邻的锡拉胡同。张荫桓曾是清政府驻美国、西班牙和秘鲁三国公使，1890年回国后在总理衙门任职主管外交事务，并担任清政府官办外语学校——同文馆总提调（馆长）。烧酒胡同和锡拉胡同中间有一个南北小夹道，来往很方便。康有为居住在此就是为了通过南海老乡、首长处得到较多、较快的宫廷消息。

1898年9月19日晚，他从张荫桓那里得到了光绪被囚的消息。他谁都没有通知，就连他的亲弟弟康广仁都没有派人告知一声，就仓皇出逃了。

9月21日，慈禧公布了光绪皇帝因病不能上朝的谕旨，并下旨逮捕维新变法人士。当时执行这一逮捕命令的是九门提督江朝宗。江朝宗是官场的老油条，他怕慈禧去世后，年轻的光绪皇帝执政后找自己算这笔账。因此只嚷却不抓人，给变法维新人物留出三天至五天的逃亡时间。

据当时的《中外日报》报道："北京9月24日午刻，发来专电云，皇太后垂帘后即传旨将张荫桓、康有为拿办，并将御史宋伯鲁革职，梁启超革去六品顶戴，举人，一体拿办。"

谭嗣同、杨锐等在光绪变法时任职大臣官员，本有机会逃走，但他们宁死而不逃亡。当时的《申报》用醒目的大标题"视死如归"作了如下报道："有西人自北京来述，中国朝局即变，即有某国驻京公使署中人，前往康氏弟子谭嗣同处，以外国使馆可以设法保护之说讽之。谭嗣同曰：'丈夫不做事则已，做事则磊磊落落，一死却何足惜！且外国变法未有不流血者，中国以变法流血者，谓自谭嗣同始。'"

梁启超也要陪着谭嗣同等就义献身，可被在京的变法人士扭送到日本大使馆躲避。据当时报纸报道：梁启超和时在北京的日本首相伊藤公纸上笔谈写有"吾三日内即须赴市曹就死，愿有两事奉托"等语表示愿陪同谭嗣同等人同赴阴曹地府。后在伊藤等人的劝说下，在日本浪人的护送下离开了北京，前往日本避难。

张荫桓也拒绝了美国、德国、俄国、西班牙，日本等国的外交干涉而服从清政府的裁决去流放外地。

康有为伪造衣带诏，这么多变法人士英勇就义，康有为独自逃命，这对康有为在他的弟子们和信徒中的威信大打折扣。为此，他伪造了光绪皇帝密令杨锐带给他的衣带诏。

这个伪造的衣带诏欺骗了中国人民近一百年。后经档案、历史学家和台湾故宫博物院拿出当初光绪皇帝给杨锐的原件才被戳穿，但我们现在的教科书中叙述这段历史仍没有改正过来。

康有为是戊戌变法的鼓吹者、参与者，这个历史事实不容抹杀，但一己之私自称圣人，歪曲的历史也应该纠正过来。

赵立草去见俞陛云，告诉他所娶的媳妇儿李思思就是美羊稚子，并向他诉苦道，他喜欢叫美羊稚子的李思思，不喜欢叫李思思的美羊稚子。

俞陛云叹道："得到的东西总是不如没有得到的好，这是人之常情。但总

比得不到好吧。想当时我们陪三哥去打她的局，一局盲谈，我就觉得有点儿意思了。以后真成了三哥的屋里人，闲来无事相坐对弈是多有情趣的事儿啊。然后你二人再琴瑟相合，以琴诉情大有司马相如和卓文君的意思，三哥，这真是难得的姻缘呀。如果真的得不到，三哥会不会思念一辈子啊？"

赵立草："说实在的，目前这种状况我真愿意思念一辈子。永远保持辗转反侧、求之不得的状况，倒比现在得到的好。贤弟，您说一个李思思就够我烦的了，可这李灵泉我看明明是犬子，她却不承认。你说她不承认也罢了吧，老相识了，何必弄个挨城门的事儿来糊弄我。"

俞陛云："按说不至于，可能她有什么难言之隐。三哥，您不是确定是人血吗？如果是人血就不是挨城门儿的事儿，可别冤枉了人家呀。"

赵立草："贤弟呀，不瞒您说，我也有些疑惑。从面貌上来看，似犬子又不似犬子，云雨间的动作套路有些像犬子但又不像。"

俞陛云："三哥，这面貌嘛，却好说明白。易容术在我国已经流传了几千年。现在再加上西方的玩意儿啊就更精了。那床上的动作，只要宾服着点儿也不难做到。在妓行里的人，因为伺候的人多了，要适合每一个伺候人的口味，她们会变换各种床上的动作来取悦不同的客户。三哥，您忘了吗？当初咱们在苏州青云楼那个叫小云的姑娘不就是人见人爱、老少通吃的姑娘嘛。三哥，南派的姑娘咱都没走过眼，怎么能叫北派的姑娘弄糊涂了呢？想必是三哥思念犬子的旧情，一叶障目，自个儿把自个儿闹糊涂了。"

赵立草："最让我闹不清她到底是不是犬子的原因，是因为体味儿，她的体味儿跟犬子完全不一样。"

俞陛云："三哥，哪天我过去会她一会，我也见过她多次了，说不定能看出什么端倪来。您大婚的时候，您的夫人跟通房丫头都没得机会看。"

赵立草："可也是的，甭说您了，就是我都没得机会看，入了洞房都没分清楚个子丑寅卯来。这个大婚哪，我看也就是这么回事儿，真没什么意思。"

赵立草从俞陛云处出来，想了想就驱车来到河沿。他从靠河边儿的后罩房悄悄溜进了郭满芝的院子。

郭满芝坐在花厅晒着太阳，手里拿着花绷子，正在绣花儿呢。见立草进来大吃一惊，立草忙示意不让她声张。她小声地笑问道："爷这又是哪一出啊？蔫儿不出溜地溜过来吓了我一大跳。"

赵立草："我是怕惊动了那两块料。"

郭满芝："他们俩不在，去逛庙会去了。"

赵立草："那你为什么不和他们一块儿去呢？一个人在家里多没意思是哇。"

郭满芝："本来我是想去的。可这左眼皮从早上起来就一直在跳。扒了眼起来，刚要洗漱，看见两只喜鹊在门前的树枝上叽叽喳喳地叫，琢磨着不知道今天有什么喜事儿，就懒得跟他们出去了。没想到这喜事儿却应在了爷过来。还没过满月呢，爷不该出来。"

赵立草："真是心有灵犀一点通啊！我只不过是怕你寂寞，过来看看你而已。"

郭满芝心里别提有多甜了，深情地望了立草一眼说："大太太可好？贱妾在这里祝福你们万福金安。"

赵立草跟她详细叙述了李思思和李灵泉的事儿。

郭满芝："爷，这有些不对路子呀。这大太太都承认自己是美羊稚子了，犬子姐姐为什么不承认自己就是犬子呢？她傍着爷这么多年，按说不至于啊，新婚不如久别，高兴还高兴不过来呢，哪至于藏藏掖掖的，兴许真的不是犬子姐姐。"

赵立草："没准儿真如你说的不是犬子，要是犬子就不该跟我弄什么挨城门的事儿。"

郭满芝："按说犬子姐姐也知道，爷在这方面是行家里手，也犯不着在关公面前耍大刀啊。"

赵立草："不过这大刀耍得也太真了，把我都弄蒙了。"

郭满芝："爷，这做挨城门的事儿分粗活儿跟细活儿。粗活是对付新来的雏儿。细活儿是用来对付新接的老炮儿的。可对于常客是从来不用的，也没有必要用啊。因为常客太熟悉了，玩不好就玩显了。这体味儿的改变就更难了，需要内服汤剂，外用熏香。捐客们常来院子里推销，价格可不菲呀。爷

不是这条道里的人，不知道这里边儿的道道，水可深着呢。如果是犬子姐姐，犬子姐姐这是为什么呢？"

赵立草："唉，现在给我弄得也是稀里糊涂，弄不清楚这李灵泉是不是犬子？"

郭满芝："爷，要说这也容易。"

赵立草："怎么讲？"

郭满芝："爷得空把李灵泉带来，叫我们见见面，不就小葱拌豆腐——一清二白了嘛。"

赵立草有些不相信地说："凭你？能成吗？连我都闹不清楚。"

郭满芝信心百倍地说："一准儿成！"

赵立草："为什么？"

郭满芝："因为我们都是女人。"

赵立目和齐如山哥儿几个正在同文馆里聊天儿。

齐竺山："皇上把他的师傅给开缺了。"

齐如山："估摸着这是老佛爷的意思，不是皇上的意思。您想啊。他写了《定国是诏》应该先拿给老佛爷看，这么大的事儿，怎么能直接就发了呢？这么多年的官场历练，不应该呀。"

齐竺山："可也怪呀，这些天发了二十多幅圣旨老佛爷怎么不吭声呢？"

赵立目："竺山兄，您看没看过提线木偶和大街上耍猴的？"

齐竺山笑着对齐如山说："这五爷就是没有正形，这时候提什么提线木偶和耍猴的。"

齐如山："大爷，五爷可不是没有正形，五爷这话是话糙理不糙。您想想老佛爷能放权给皇上吗？要放早就放了。皇上大婚以后就应该归政给皇上吧。可怎么着呀？玩儿了一把皇上亲爹醇亲王上奏：皇上在处理政事上经验不足，恳请老佛爷训政，为了大清国的长治久安，恳请老佛爷继续训政，再带他一段儿。老佛爷假意不允。众亲王诸大臣跪了一地，磕头不起恳请老佛爷继续训政。那老佛爷才好似不大情愿地答应了下来。这次皇上要变法，是事先到颐和园请示了老佛爷，经过老佛爷允许才敢干的。皇上就是那个被老佛爷牵着线的木偶，就是街上被耍的猴儿，虽然那猴儿从箱子里拿出官帽，自己戴上，拿出官衣，自己穿上。这不过是表演给人看的，其实呢，猴儿不过就是想讨好主人，混一两口吃的而已。"

齐竺山："可这圣谕下得有点儿不合时宜。早不下，晚不下，非等到翁师爷六十大寿这天才下。前几天咱们老爷子过去，还陪着他老师抹了几把眼泪呢。老爷子回来嘟囔着说，这翁同龢是同治、光绪两代帝师，全是老佛爷钦点的。翁师从光绪五岁起就授业于他，至今已有二十多年。于情于理都不能这么不近人情吧。"

齐如山："大爷，咱们老爷子也糊涂得紧。他老人家哪里知道这是李中堂在报复翁同龢呀。满族八旗贵胄，恨李中堂恨得牙根儿都疼。翁常熟也常站在这一边儿来挤对李中堂。其实也不尽然。两人结仇，主要因李中堂弹劾其兄翁同书而起。后来翁同龢任户部尚书，中堂左右人言翁同龢公报私仇，经常克扣北洋水师的军费，致使北洋水师惨败。我觉得中堂左右人的说话有点儿言过其实。两个重臣有点儿矛盾，互相找找别扭是自然的，都是官场上的老油条了，也不至于玩得这么大。这不有好事者，唯恐天下不乱，还写了这么个对子：宰相合肥天下瘦，司农常熟世间荒。这次则不然。皇上要变法，才十来天就发了三十余道上谕，六部和封疆大吏都有抵触情绪，已触到了老佛爷的底线。李鸿章能不明白嘛，他既讨好了老佛爷，又扳掉了老冤家。何乐而不为之呢？五爷说得对，那皇帝就是个被牵线的木偶，被耍弄的猴儿，再蹦跶也蹦跶不出圈儿去。"

赵立目："我看哪，皇上是想做英明之主，可是他没有做英明之主的本事。当前首要之急，是取得一统天下的权力。没这个权力，发什么《定国是诏》啊。这不是胡闹吗？这不是愤青吗？这翁同龢也是，跟着皇帝这么胡闹。"

齐如山："这一点也看出来老佛爷的高明。她给皇上选老师，选的是学富五车的学者，而不是能应付朝政的能臣。看她对付曾国藩的手段，真可以说是不让须眉呀。曾国藩以团练之兵打败了长毛。虽然是兵多将广，可从来不允许他称军只能称'勇'。可他的部下呢？李鸿章的部队可以称为淮军，左宗

第二十一回

棠的所属可以称为楚军，仗打胜了湘勇撤掉了，淮军、楚军却成了大清的正规部队。曾国藩成了个光杆司令，老佛爷封他为毅勇侯，死后赐'文正'谥号。把一个文韬武略的全才玩弄于股掌之间，多高的手腕儿啊。翁同龢是个地地道道的书生，'四书五经'，八股文章，诗词格律，中国历代科举成名的臣子玩儿的一切，他无一不精。可君君、臣臣、父父、子子读得太多了，未免有些迂腐。老佛爷正是看中了他这点迂腐，才让他当两代帝王之师。所以才会不合时宜地发出《定国是诏》这篇上谕。他也是不会做事，先和老佛爷通过气儿，不就什么事儿都没有了嘛。这上谕看是谁发，只要老佛爷认可皇帝发的上谕就能执行下去，否则我看悬。皇上再一意孤行下去就是一场闹剧呀，不好收场。"

齐竺山："皇帝召见了康有为，并授予了工部主事，皇上会不会重用康有为呢？"

齐如山："不会的，康有为那点儿东西全是从礼部尚书徐致靖那儿趸来的，没什么新鲜玩意儿。他几次钻营想通过翁同龢得到皇帝的接见，没承想连翁同龢都懒得见他，就更不要说皇上了。听说这次他是走了他老乡张荫桓的路子。这张荫桓毕竟是担任过驻美国、西班牙、秘鲁三国公使，在对外交往上也是难得的人才。可这张荫桓毕竟是李鸿章的门生，怎么能越过老师推荐这么一个不着调的人呢？"

赵立目："南方人一旦成了点儿气候，自然要拉帮结派，提携自己的乡亲，以扩大巩固自己的势力。这点儿跟北方的人员不同。北方的人员爱单打独斗，缺少团结互助的精神。"

几个人正聊得热乎，陡云过来找赵立目，和齐家几个兄弟自然是熟人，也就一块儿聊了起来。

俞陡云："这张荫桓在做公使的几年间写了一本日记，叫作《三洲日记》，回国后抄写了一份叫作《奉使日记》，呈献给皇上。皇上爱不释手，命书局刻印成版本发给各大臣看。不外乎叫这些孤陋寡闻的大臣们了解一下外国的风土人情、政坛事例而已。可笑的是，有的大臣知道了外国女人不裹脚，竟向皇上上书，要求变法从女人不裹脚开始。皇上把这上书给了老佛爷看，请求老佛爷认可。老佛爷笑道：'裹脚是汉人娘们儿的事儿，我们满族娘们儿从来不裹脚。咱们要下这个上谕必然遭到汉人的反对。何必惹这个麻烦呢。'就给驳回了。所以这次的《定国是诏》就没有请示老佛爷，自己要独断专行地发行了。这不是引得老佛爷不高兴嘛，才造成翁同龢被开缺的事儿。"

齐竺山："听说皇上批准了康有为起草的《京师大学堂的章程》。"

俞陛云："那是梁启超起草的。在广东的时候，十来岁的梁启超考中秀才后，曾拜过康有为为师。最近好像他们关系处得不是特别好。康有为那个人您也不是不知道，沾得着沾不着边儿的事，只要是好事儿，他就往自己脸上贴金。他这一群弟子们啊，又是写文章，又是演讲，到处吹嘘他，把他奉为帝师。眼下皇上不是也疏远了他了嘛。"

齐如山："我看这京师大学堂建立未见得是什么好事儿。你们想啊，废除了几千年的科举制度，这成千上万的读书人没有了出路，他们能赞成新政吗？"

赵立目："没有实权，干什么事儿都得看人家脸色。这皇上当得也够窝囊的。"

齐竺山："听说最近康有为经常去徐府找徐致靖（时任礼部右侍郎）。"

俞陛云："他不入流，没有上书皇帝的权力。他和徐致靖既是老乡又聊得来。有的折子，确实是徐致靖替他上传的。这不是徐致靖给皇上上了《保荐袁世凯折》了嘛，听说是康有为的意思。"

齐竺山："这袁世凯曾参加过康有为办的'强学会'，是一个圈儿里的人。"

赵立目："这河南人能和广东人一块儿整点事儿干，真有点儿意思了。"

齐如山："看来是各有各的小九九啊。"

赵立目和俞陛云一起来南横街自家宅院。老太太留下赵立目说话。俞陛云自己过去看立草。

立草夫妻俩和李灵泉正在花厅喝茶聊天。陛云给新婚夫妇道了喜后，被让到客位上坐下，丫鬟上茶。刚要说话，上房丫头过来说老太太找三太太有事儿。李思思忙向大家道了个安，就跟着丫头去了。

第二十一回

俞陛云看着立草说："三叔，看来近日气色不错呀。待小侄给你卜一卦看看，日后运气如何。"

赵立草："怎么又忘了咱们的规矩？这没外人，咱们还是以兄弟相称为好。"

俞陛云向李灵泉努了努嘴儿说："当着婶子的面儿可不能失了礼数，叫人家笑话呀。"

李灵泉："瞧俞爷说得好没道理。您婶子去上房了，这儿没有婶子。"

俞陛云故意逗她说："哦，我知道了，您是管家婆婆。"

李灵泉："俞爷高抬了。小女子只不过是个陪房丫头。"

俞陛云："失敬失敬，原来是如夫人，大内总管呀。"

李灵泉："您们哥俩儿还是爷们儿在这儿聊吧。小女子告退了。"

俞陛云："看来我来得不是时候，要走也是我先走啊，哪能您走啊。"

赵立草："你们俩瞎逗什么咳嗽啊？都走了，我和谁说话去？贤弟呀，咱们还是兄弟相称，这样做哥哥的觉得舒坦点儿。来，灵泉你坐下，咱们一块儿听听他给我算命。"

俞陛云拿出几枚铜钱在茶几上摆了摆说："三爷，这是一个天佑卦。"

赵立草："怎么讲？"

俞陛云："卦云：两女一夫，上下相怯，阴气乘阳，遂用耗虚。三爷，得注意点儿身体啦。赶明儿个，我把东岳庙老道送我的采阴补阳真经送给您看看。"

赵立草："俞爷，麻烦您也给如夫人算上一卦如何？"

俞陛云又拿起茶几上的铜钱摆了摆说："三元总禄将败卦，淫蛊之象。"

李灵泉不语，赵立草问："这卦怎么讲？"

俞陛云："卦辞是这样的，'一镜破，照二人。心中结，不同心'，爻辞是，'死生有命，富贵在天，命禀有生之初，非今可易。莫之为而为，非我所能。必当顺受而已'。"

李灵泉心里明白，俞陛云在故弄玄虚。就说："先生可会测字？"

俞陛云："那就请如夫人赐一字，小生测测看。"

李灵泉拿起笔来想了想，写了一个"火"字。

俞陛云看了一会儿说："'火'字为人事多急，未有事时言便出。朱雀玄武咸池并，夫妻和谐难两立。"

李灵泉冷笑道："看来我的命运不济，不知先生有什么解法？"

俞陛云："去此宅西北三里处，上三炷香，买一套和服。穿上和服坐上东洋车，再东去一里许到河沿权记车行将洋车兑给车行。临河上三炷香，用和服和女主人换成汉装。即为凤凰涅槃可解矣。"

李灵泉心想：去西北三里处，那不是君代家嘛。再东区一里河沿，那不是权宝贵家嘛。俞探花啊俞探花，算你厉害，真会装神弄鬼。我倒想看看你这个探花还有什么花招，我把他推给三哥，看三哥怎么说，就说："先生这个解法倒也是新奇得很。三爷，您看怎么办呢？"

赵立草："灵泉，你要是信就按先生的办。"

李灵泉："三爷，您信吗？"

赵立草："我是宁可信其有，不可信其无。我看就按先生所说的办吧。"

李灵泉："我现在是大门不出，二门不迈，一心一意只跟着太太。命好命坏，也不用去管它好了，由它去吧。"

陛云告辞，赵立草送到门口。陛云说："三哥，她就是犬子。没错，一点儿都没错。"

俞陛云走后，赵立草说："灵泉，俞先生给咱俩命里算了，我看还是按先生的解法去做吧。"李灵泉死活不去君代家，赵立目只好带她来到河沿权宅。

李灵泉、郭满芝、权富氏三个君代家的旧识都大吃一惊。权富氏高兴地叫道："三爷，真有您的，您怎么找到了犬子姐姐的？"

李灵泉冷冰冰地说："我不知道你说的犬子姐姐是谁，我是太太的陪房丫头灵泉。"

赵立草简单地说了一下俞陛云算命的事儿。郭满芝笑着说："既如此，我们分头去做。三爷先和权爷去喝茶聊天。富子妹妹，你带几个人到后边儿备好香案，我和灵泉姐姐到我屋里准备准备。"

赵立草一笑，拉着权宝贵走了。权富氏愣了一下说："郭太太，那您就陪

着灵泉姐姐，我去后边儿布置布置。"

李灵泉听到郭太太三个字，不免醋意大发。待来到郭满芝的富丽堂皇的房子，五味杂陈，一起涌上心头，心里这个不是滋味儿啊。心想："好你个三爷。我才离开几天，你就把我的闺密弄成了太太，真真的是没有良心啊。"就不阴不阳地说："郭太太恭喜你呀，终于修成了正果。"

郭满芝："犬子姐姐，我哪有那么大的造化呀！这房子、这地方原来是权爷和五爷几位爷为姐姐准备的。因一时找不到姐姐，我就暂时先住着。这可好了，既然见到了姐姐，就物归原主吧。"

李灵泉哼了一声说："你没那么大的造化，难道我就有了？你这不是诚心踩咕人嘛。我不过是个陪房丫头而已。"

郭满芝："犬子姐姐，快别说什么陪房丫头了，何必那么糟蹋自己，你在我心中永远是姐姐。"

李灵泉："哼哼，说得轻巧，你有这陪房丫头的姐姐，岂不是降低了您郭太太的身价儿啊！我可不认识你，别瞎攀。"

郭满芝："犬子姐姐，你不认识我，我可认识你。我不会忘记那年我得了重病，躺在床上等死，是姐姐把我抱在怀里，一口一口地喂药，一口一口地喂饭，我才活过来的。难道姐姐忘了吗？姐姐对妹妹的救命之恩，妹妹我终生不敢忘。"说完跪在李灵泉面前，趴在李灵泉的膝盖上哭了起来。犬子想起往事也不免落下泪来。

郭满芝："姐姐，你不知道。倩姐走了，三爷托五爷买房子把你接出来。三爷急着去找你商量。可找不到你，急得都快疯了。后来是权爷跟五爷几个人商量的主意，才整治了这两处院子。三爷第一次来到这个院子，还以为姐姐在这儿呢，遥世界地找姐姐。后来我没办法才把你的事儿跟三爷说了。三爷听了后大哭道：自己对不起鬼来又对不起人。那鬼自然是倩姐了，那人可就是姐姐您呢。三爷心中只有这么一鬼一人。我们哄着三爷在这儿等姐姐。姐姐可不能辜负了三爷和我们的一片心哪。"

犬子心也软了，心中暗喜。三爷心中还是疼我呀。这美羊稚子是不是知道这一切？是不是她安排的？三爷把她娶进房来，看着对她也是一般般。我得想个法儿，把她挤出赵家门儿。哼，我才是赵太太呢。她俯下身来，轻轻地亲着满芝说："好妹妹，姐姐谁都能忘了，怎么能忘了妹妹呢！"

郭满芝："那姐姐现在的所作所为到底是为什么呢？"

李灵泉："我不想让过去的犬子存在三爷的心坎儿里。你想那种地方出来的人嫁给三爷，总是让三爷有些不光彩吧。在世面上，虽然人家看着三爷的面子不说什么，背后总是要戳三爷的脊梁骨的。我想给三爷一个全新的李灵泉，而不是犬子。"

郭满芝："姐姐，三爷可不是那种人。别人爱怎么说怎么想，三爷就是三爷。三爷爱的是过去的犬子姑娘，而不是现在的李灵泉。姐姐，你还做什么通房丫头，搬出来吧，好歹这里是你的家。"

李灵泉："这怎么可以呢，那我不是占了你的窝嘛，那你怎么办呢？"

郭满芝："姐姐，说实在的，我给你当丫头，我就心满意足了。这里真是姐姐的窝，姐姐搬到这里。不管怎么说，确实是一家之主。人们常说宁做鸡头，不做牛尾。姐姐看那富子，权爷家里虽有妻妾，可往来的这些有头有脸的人不是尊称一声嫂子，就是叫一声弟妹，富子天天美滋滋的。三爷对姐姐可比权爷对富子好多了。姐姐，你说是不是呀？"

李灵泉："好妹妹，你的心意我领了，姐姐全知道了。可是三爷为什么不跟我说这些事情呢？"

郭满芝："那是因为三爷太爱姐姐了，不想让姐姐伤心，所以什么事儿都瞒着姐姐。姐姐不也是一样嘛，为三爷吃了那么多苦，不也是一声不吭嘛。好了，姐姐，我看早点儿搬过来吧。姐姐搬过来了，我也有个伴儿。我们还像过去一样，好不好啊？"

李灵泉："唉，都走到这步地界了，哪能说搬就搬过来呀。和老太太和李思思家里怎么交代呀？等等再说吧。"

郭满芝："那和三爷怎么说呀？三爷过来一说俞爷算卦的事儿，我就知道俞爷也是为了姐姐和三爷好。俞爷和三爷一样，也想看见过去的犬子，而不是现在的灵泉姑娘。"

李灵泉："就是过来也得找个体面的办法呀，就这么直接过来总不是事

儿吧。"

郭满芝："我去和三爷说，叫三爷弄八抬大轿把姐姐抬来。"

李灵泉："闹那么大动静，你不是叫三爷为难嘛。"

郭满芝："要不和五爷说？姐姐和爱丽丝一样，到教堂去和三爷办个什么婚礼，咋样？"

李灵泉："越说越没有谱，你又不是不知道。那五爷跟爱丽丝到教堂办了婚礼，可到现在爱丽丝也没进过赵家的门儿啊。他们赵家规矩大，妹妹可别惹那个麻烦，千万可不能再给三爷添堵了，这一段已经够他受的了。甭管怎么说，好歹我是进了赵家的门儿。既然进来了，就不能轻易地出去。"

第二十二回

光绪帝变法失败禁瀛台
义和团扶清灭洋乱京城

转眼间,光绪的新政已经推行了一个多月。诏令、上谕发了好几十份。可是没人给执行,这些诏令和上谕在六部之间传来传去,只是各部官员谈话间的笑柄而已。光绪大怒,撤掉了礼部尚书怀塔布、许应骙等首恶大员。可是新政还是在那儿转来转去,推行不下去。光绪一怒之下把六部堂官一刀切全部革职。为了推行新政,他选了拥护新政的官员:内阁侍读杨锐、内阁候补中书林旭、刑部候补主事刘光第和江苏候补知府谭嗣同加四品卿衔,在军机章京上行走。史称:"以国政击于四乡,名为章京,实则宰相也。从此新政皆四人行之,密招传授,亦交四人焉。"

他觉得李鸿章是他推行新政最大的障碍。为了新政能推行下去,这块石头必须搬掉。就降旨开去李鸿章在总理各国事务衙门行走之职。开去李鸿章之后,他又颁《妙选才能,以议庶政》谕:在中央设置三、四、五品卿和三、四、五、六品学士以起用支持新政之人(据说当初慈禧答应光绪二品以下官员可以自主选定)。

被革职的官员在颐和园玉兰堂跪了一地,恳请慈禧太后废止光绪新政,重新训政。慈禧太后不置可否,令众人退下。

礼部右侍郎徐致靖上书举荐康有为、黄遵宪、康广仁、梁启超、麦梦华、宋伯鲁等为懋勤殿大学士。因破格提拔人数太多,光绪皇帝不敢独自做主,命谭嗣同拟了诏书到颐和园去见慈禧求得认同。

慈禧皇太后见了诏书,史载:"太后不答,神色异常。帝惧而未敢申说。"

光绪帝闷闷不乐地从颐和园回来，心想提拔多了人不行，我用老佛爷给我的权力提拔一个总说得过去吧。于是就召见了拥护新政的强学会的会员直隶按察使袁世凯。两人密谈后，光绪帝立即擢升其为侍郎，令其专办练兵事务。并暗示云："人人都说你练的兵办的学堂甚好，此后可与荣禄各办各事。"袁世凯磕头谢恩后退去。

康有为没谋得大学士的地位，心有不甘。于是就四处打探，寻找机会。终于打探到太后将于九月在天津阅兵的时候废掉光绪帝，就想利用强学会的人员谋废太后。他将此想法和新军的一个下级官员、强学会的会员毕永年讲了。毕永年觉得自己官小兵少，难当此任。借从天津回京之际见了谭嗣同，告诉了谭嗣同康有为的所作所为。谭嗣同说："九月阅兵之事是子虚乌有，不要听外边胡传。太后要废黜皇帝，何必借兵势呢，一句话即可。即使真有阅兵，康先生此作也不可，此举将使皇帝陷于危地，我亦将如之奈何？"

军机处门庭若市。杨锐、林旭、刘光第、谭嗣同，自以宰相自居。求职的、献策的络绎不绝，外埠电函像雪片一样飘进军居处。四个人忙着整理成堆的电函和要求代上书的文稿，仔细筛选后马上草拟成上书的奏折。圣谕又一张张地飞了出去。

光绪帝兴奋地批着奏折，脚下不停地打着喜庆的鼓点儿。珍妃在一旁喜滋滋地望着皇帝，为皇帝研着朱墨，不时地亲自给皇帝斟一杯参茶。

珍妃："皇上这次提拔新军首领袁世凯是非常英明的。这样皇上就有了御林军。新政加上御林军的保证，就可以顺利地推行下去了。用不了多久，天下就是皇上的天下了。"

光绪帝高兴地盼咐太监支一万两银子给珍妃，然后对珍妃说："爱妃，你不是喜欢玩相机吗？去购置点儿东西，好好地玩玩吧。"

珍妃："谢皇上赏，臣妾用这笔钱开一个照相作坊，专门给皇上照相，臣妾一定给皇上照出来一张漂亮的照片，放大出上万张，发到县乡，叫普天下的臣民顶礼膜拜，庆祝皇上的丰功伟绩！"

光绪帝兴奋地倒拿起一只大抓笔来，当作鼓槌，在龙案上敲起皮黄开门点子"扎多依"来。敲了一阵子，然后把笔一扔笑道："到时候朕下旨叫全国唱一个月大戏，普天同庆。"

珍妃嚷道："对对对，普天同庆。吾皇万岁，万岁，万万岁！"

光绪帝接见提拔袁世凯的消息很快被荣禄知晓，他赶忙跑到颐和园告知慈禧。

慈禧正躺在烟榻上抽大烟。李莲英在一旁伺候着。

荣禄："老佛爷，皇上又提拔了个人。"

慈禧："提就让他提吧，提几个嘴上无毛的穷书生，叫他们瞎折腾折腾去吧。"

荣禄："老佛爷，这次提拔的是小站练新兵的袁世凯。"

慈禧心中一惊，马上坐了起来。喝了口茶，想了想说："你去将聂士成的武毅军调入天津，防范袁世凯妄动。命董福祥的甘军进驻长辛店候旨。"

光绪二十四年八月初三日（1898年9月18日）光绪帝两次召见袁世凯。慈禧听报后，立刻宣布取消光绪帝独立处理政务的权力，规定从即日起一切奏章均需呈慈禧皇太后后方可定夺。

安排好政务后，慈禧马上驱车来到紫禁城。

光绪正在养心殿召见军机大臣。太监突然禀报，太后回宫了。这突如其来的消息使光绪帝惊恐万分，匆忙出门迎驾。慈禧见他惊慌之状，更信其召新兵谋己。一下轿指着他数落道："汝以旁支，吾特授以大统，自四岁入宫，调护教诲，耗尽心力而使得成婚亲政。试问何负尔。安敢调兵囚我，尔真禽兽不如也。"

光绪帝吓得身子颤抖着，说不出一句话。过了好一会儿才小声嘟囔着："儿臣绝无此意。"

慈禧啐了他一口说："吾养了你二十多年，汝却听信小人之言，算计我。痴儿啊痴儿啊！今日无我，明日得有汝乎。"说完踏进养心殿，将龙案上的奏疏全部抄走。

慈禧气呼呼地来仪鸾殿发布懿旨称：光绪帝因病不能临朝，仍由太后训政。

军机章京谭嗣同得知慈禧夺回光绪的皇权后，焦急万分，在他的寓所里

踱来踱去。他想去死谏老佛爷，求她收回成命，但他根本没有办法见到老佛爷。他想去找大刀王五救出皇上，可马上想到这根本办不到。大刀王五那些镖师虽然武功不错，护个标还是可以的。可是要去大内救皇上，这事儿恐怕不行。王五虽然是讲义气，对自己是两肋插刀。可他那些镖师呢？怕是难以做到，不要说去大内救人了，只怕他们听到这种事儿，吓都吓死了，谁还敢乱动。他又想到康有为，这个人干这种事儿不行，可他在舆论宣传上毕竟是一把好手，又是新政的坚定支持者。对，去找他，在舆论上给清廷施加压力，赢得时间，然后再徐徐图之。

他驱车来到米市胡同七树堂康有为宅。没见到康有为，康有为的弟弟康广仁也不知道其兄在何处。

夜已深了，街上的店铺已经关门儿了。车在坑坑洼洼的路上颠来颠去，缓缓地向自己莽苍苍斋挪动着。道路两旁深宅大院儿的灯火断断续续，忽明忽暗地映在车窗上。他突然想到一个人——袁世凯。他好像在黑暗中看到一丝光亮，好像在沉水中捞到一根稻草。事急从权，这是最后一点希望了。他命车夫紧急奔向法华寺袁世凯在京的住处。

袁世凯也正在房里踱来踱去，慢慢地梳理着一天所发生的事儿。皇上迫不及待地两次召见他觉得有些突兀。

第一次召见，皇上问他怎么加快新政的步伐。他见两位军机章京和一些臣工均在，所言怕有所泄露，对自己不利。就说："纵观古今变法非易，非有内忧，必有外患。恳望圣上不可操之过急，徐徐图之，步步经理。若操之太急，必生流弊。变法尤在得人心，人心所向，上下一心，方可成事。"

上问："依卿所见，怎样才能得人心呢？"

袁世凯答："必须用真正明白时务、老成持重之臣，方可为之，如张之洞等。若其赞襄主持，方可仰达圣意。"

这张之洞虽然赞成变法，但他毕竟是老佛爷的人，皇帝没有表态。

第二次召见。皇上开门见山地问道："朕新近提拔的这些臣子，哪个可以担当重任？"

袁世凯："皇上新提的这批臣子，确有明达勇猛之士。但阅历太浅，办事儿不够缜密，倘有疏漏，必然累及皇上。望皇上慎重。"

袁世凯觉得皇上有事儿要交代自己。不知是皇上不信任自己呢，还是和自己一样有所顾虑，不敢当着众人说。正琢磨着呢，家人突报谭嗣同来访。他随着仆人向客厅走去，一路在想：难道是皇上不好说对我说的话，叫他过来传达？他在客厅外的缝隙中看了一眼谭嗣同，见他一副心急火燎的样子，心中有了主意。

他慢条斯理地走进客厅，见到谭嗣同慌忙趋步向前，恭恭敬敬地行了一个大礼说："军机深夜造访敝处，想必是有言妙道教诲在下。"

谭嗣同刚要开口，袁世凯用手势制止说："军机章京，这里说话不方便。请随我到书房，那里比较稳便。"

两人进了书房，等袁世凯把门关上。谭嗣同迫不及待，冒失地说："荣禄近日向皇太后献策，要废去皇上，你知道吗？"

袁世凯心想：果然是嘴上没毛，办事不牢。我和你没有那么深的交情。你身居军机章京要职，怎么连点儿城府都没有，难道不懂"交浅言深"的忌讳吗？心里虽然是这么想的，可是嘴上还是恭恭敬敬地说："在下不过是外班的一介武夫，哪能和章京相比，整日里在宫里陪着皇上办事儿，信息畅通啊。来来来，坐下喝杯茶，不着急，慢慢说来，叫我也长长见识。"

谭嗣同急问道："侍郎认为该怎么办？"

袁世凯心想：不知他是秉承皇上的意思来见我，还是过来试探于我？就巧妙地把球踢了回去，说："我乃一介武夫，不闻政事，只知道听从皇上和朝廷的调遣。章京身居要职，博学多才，年富力强，随便出个主意，我就是想三天也想不出来呀。在下洗耳恭听章京教诲。"

袁世凯毕恭毕敬的样子、谦卑的语言让谭嗣同看着听着心里非常舒服，高度紧张的心一下子松弛下来。咳嗽了两声，挺了挺腰。拿足了军机章京的派头说："本署令你速回天津，带兵拿下荣禄，就地正法。你代为直隶总督，然后带兵到北京包围颐和园，在颐和园再等上谕吧。"

袁世凯一惊，心想：这么大的事儿，你几句话就冒了出来。杀荣禄，对于我来说做起来并不难。可包围颐和园，你们要干什么呢？难道要囚禁老佛

爷？那老佛爷虽是女流之辈，但我可不是对手。肃顺等顾命八大臣不是都倒在她的脚下嘛，恭亲王奕䜣多大的本事，不是被老佛爷玩得团团转，说让你下去就得老老实实在家闭门思过，说让你上来就得兢兢业业地为佛爷干事儿。我一个小小侍郎，老佛爷要杀我不就跟踩死一只蚂蚁一样容易。这老佛爷我可得罪不起，颐和园是断断不能围的。可你叫我杀荣禄，也是得罪老佛爷的事儿啊。我可怎么办呢？这边儿是皇上，那边儿是老佛爷。得罪哪头都是死罪一条。看来我也只有一条路好走，老老实实地回小站，在兵营里泅着，先保住自己这条命再说吧。

一刹那间他就想明白了自己的处境，就反攻为守地说道："章京这个策略非常好，那就把皇上的圣旨拿给我，我照着圣旨去执行。"

谭嗣同："我没有圣旨。"

袁世凯："那这事儿可有些不好办了，军机，您想想我一个小小的侍郎要杀直隶总督，没有圣旨是不是名不正言不顺哪，有些不好办吧。好歹您也得给我押个军机处的文书吧，叫在下依章办事，名正言顺。"

谭嗣同："你就按我说的去办就行了。"

袁世凯："那么这是圣上的上谕，还是军机的钧旨？"

谭嗣同觉得不好回答，气急败坏地说："别管那些乱七八糟的事儿，你按我所说的执行就行了。"

袁世凯不语。过了一会儿，谭嗣同情绪稍缓说："皇上待你不薄，破格提拔你，你应该感谢皇恩。现在皇上有难，我们做臣子的就是粉身碎骨也要为皇上效力。你按我说的去做，事成之后，自然有你的好处。我们会论功行赏的。"

第二天，袁世凯坐在去天津的火车上，还在琢磨昨天发生的事儿：看来皇上急不可待要抢班夺权了，老佛爷能答应吗？皇上虽说是正统，可从幼年继位到现在一直没有实权。凭几个嘴上没毛的书生，就算加上我这点儿兵，实力悬殊太大，成功的胜算非常之小，几乎等于没有。老佛爷是不是老了，目前国内外局势又如此混乱。各列强瓜分大清之举势在必行，山东的拳匪闹得如此厉害，老佛爷想归位于皇上，让他去应付这个乱局，自己则在颐和园颐养天年。唉,不管怎么说,让皇上跟老佛爷去斗吧。我静观其变,等看清了哪边的势力大,再倒向哪一边。袁世凯从天津站下车,坐上来接他回小站的军车,军车走在马新大道上,他突然在俩驿站的中部发现了临时的兵营,他警觉地问来接他的副官:"我去京城时这儿没有兵营,这兵营是怎么回事儿?"

副官:"回大帅,这是这两天新建的。"

袁世凯:"谁建的?"

副官:"是聂士成的武毅军。"

袁世凯心中大叫一声不好,马上令车夫改道去直隶总督府见荣禄。他脑袋瓜飞快地转着:看来老佛爷已有防范,防的是谁呢?在此布兵自然防的是我。好悬哪!幸亏皇上召见我时,没说一句不利于老佛爷的话,不然在京城时我就身首异处了。回小站坐观其变,看来是门儿都没有啦。哈哈,老子的机会来了。我得旗帜鲜明地站在老佛爷一边。他妈的,什么新政,滚他妈的蛋吧!

他来到直隶总督府,细心观察着周围的一切,发觉警戒卫队比过去多了一倍还多。心想:难道荣禄知道我要来杀他,在这里布兵等着反杀我?他忐忑不安地向门房递了名片。门房笑着说:"总督正在大堂等着侍郎到来。侍郎请随我来。"

从门房到大堂的路上,他看到三步一岗,五步一哨。手持兵器的卫士表情严肃端着洋枪,好似是临战状态。他一下子明白了,什么大堂,这是白虎节堂。"哼,荣禄,你当我袁世凯是泥捏的吗?看我跟你玩儿一把。"于是,他就从容不迫地向大堂走去。

两人见过礼。荣禄拱手祝贺道:"恭喜项城,听说皇帝又升了您的官儿,可喜呀,可贺呀!"

袁世凯笑道:"有人叫我来取你项上的人头。"

几个卫士紧张地举起枪,把枪对准袁世凯。袁世凯假装没看见,笑眯眯地望着荣禄。荣禄挥挥手,卫士退下。

荣禄吩咐一声上茶,然后揖手说道:"侍郎坐下说话。"

袁世凯心想：平日里我们相见总是在你的书房，今日你在大堂摆出这种阵势，看来你还是怕我，分明要把我拿下。拿我，哼，骚鞑子，恐怕没那么容易吧。就笑笑一拱手唱起了林冲的一段儿唱："白虎堂落陷阱英雄气短，怎能够沥肝胆洗雪沉冤。"

这荣禄本也是个戏迷，常在府里玩玩儿票，过过戏瘾。听了袁世凯这段唱，自然明白袁世凯是在埋怨自己冤枉了他，再看他孤身一人进入大堂，自然不是行刺来的。于是尴尬地一笑说："本署才刚在大堂处理公务。急于见项城，心想项城又不是外人，在哪儿见不是一样嘛，好好，项城一句'怎能够沥肝胆洗雪沉冤'唱得有味儿，唱得有味儿。请请请，请到我书房喝茶去。"

戊戌变法失败后，慈禧想废掉光绪皇帝。上有所好，下有所效。端王载漪、崇绮、徐桐上奏请求废立。消息传出后，大清王朝没有一点儿反对意见，各国驻华公使却不干。为什么呢？因为跟他们签的赔款合同是以光绪帝的名义压的玉玺，他们怕废掉了光绪帝以后赔款没有着落，所以坚决不同意。一些曾经主战的大臣们一看机会来了，上书要跟外洋人开战。

慈禧和荣禄商量，荣禄觉得打洋人是打不过的。既然他们不同意废掉光绪皇帝，那我们先立一个大阿哥。叫光绪皇帝在那个位置上先虚坐着，反正他已经翻不起什么浪来了。一待时机成熟，那不是一句话就把他废了嘛。

两个人议来议去，经过深思熟虑，决定立端王载漪之子溥俊为大阿哥。

这载漪是咸丰的亲弟弟，慈禧的小叔子，从小喜欢舞枪弄棒，后来在神机营当差，洋枪洋炮玩得非常利落，每次比武都能名列前茅。当时的亲王、郡王子弟都钻营于文职，只有他乐意在武职上大显神通。慈禧见到非常高兴，就指婚把自己亲弟弟桂祥的女儿嫁给了他，有意培养他成为一个掌握兵权的贵族，作为自己的心腹。慈禧想早点儿给他封王，可是他的父亲奕誴还在世，继承了王位。按大清惯例，一个王府不能有两个王爵。正赶上瑞怀亲王之子瑞敏郡王奕志殁后无嗣。慈禧太后遂降旨让载漪过继给瑞敏郡王为子，以后晋封为端王，封他为总理衙门大臣，掌管军机营，实控军事外交之大权。

慈禧虽然立了端王载漪之子为大阿哥。可各国公使都不买账，还是力挺光绪皇帝。慈禧想借助庆贺新年之际，让大阿哥与各国公使见面，借此造成既定事实，然后废掉光绪，让大阿哥继位。可各国公使拒不参加新年见面会。慈禧很恼怒，就想把各国公使赶出京城。

义和团起山东，不到三月遍地红。
孩童个个拿起枪，保家卫国逞英雄。

祸不单行，福不双降。慈禧皇太后以迅雷不及掩耳之势平定了戊戌变法。光绪皇帝被囚于瀛台，"戊戌六君子"在菜市口被斩，追随光绪帝变法的激进人士纷纷流亡到了国外。

起于山东西北部的拳匪越闹越大。在以端王为首的清廷贵族的默许引导下，他们更改了"反清灭洋"口号为"扶清灭洋"，正式命名为"义和团"。

有了"扶清灭洋"冠冕堂皇口号的一团伙在京城建立了盘坛口。

京城义和团的第一个坛口设立在于谦祠堂，位于今天的东单南西裱褙胡同路北二十三号，这里原是明代名臣于谦的故居。

于谦（1398—1457），浙江钱塘人（今杭州）。

明英宗正统十四年（1449）夏，蒙古境内瓦剌部首领也先率军南下进攻明朝。明英宗在太监王振的怂恿下御驾亲征率五十万大军御敌，在土木堡（今河北怀来）被瓦剌军击败，明英宗也被瓦剌军俘虏。瓦剌铁骑挥师南下，搞得京城内人心惶惶，满朝文武大惊失色，翰林侍讲徐有贞主张放弃北京南逃。兵部左侍郎于谦主张坚守北京城，时任监国的郕王朱祁钰采纳了他的建议，提升他为兵部尚书，全权保卫北京城。

于谦马上调兵遣将，抢运军粮，修造军器，选拔将领，发动百姓，加固城防。

很快于谦调集了二十余万勤王部队，集结在北京城外。于谦率军与瓦剌军激战了五天五夜，终于取得了北京保卫战的胜利。

北京保卫战胜利后，1450年，朱祁钰称帝，即明代宗，国号为景泰。在朱祁钰称帝的景泰年间（1450—1457），宫廷工匠们烧制出著名的工艺品景泰蓝。景泰蓝工艺品经过清朝发扬光大后，一直兴盛到20世纪80年代。

景泰蓝是明代景泰年间的一种传统方法烧制的工艺品。因其色泽鲜艳，晶莹剔透而备受人们喜爱。它的制作工艺精细复杂。其简单流程分为做胎、掐丝、点蓝、烧蓝、打磨几道工序。

做胎，是用红铜制成瓶、盆、炉、蜡台、盆等形状。

掐丝，是将细铜丝用黏合剂在胎上粘出山水、花鸟、人物等各种图案，喷上银粉、铜粉、硼砂等混合物。放到火中烧，使其固定。

点蓝，其实不光是蓝，五颜六色什么颜色都有。使用含有不同元素的硝石就会产生不同的颜色，含铁的为褐色，含铀的为黄色，含铬的为绿色，含锌的为白色，含铜的为蓝色。艺人用硼砂、碱粉将这些硝石粉料填在用铜丝、铜条隔出的小方格中。因以蓝色主调为主，所以叫作点蓝。

烧蓝，是把铜胎烧得里外通红，最少要涂三次料，烧三次。

打磨，就是铜胎每烧一次就用磨刀石水打磨一遍，最后用椴木炭水打磨。

从工艺角度来看，金丝镶嵌、花丝镶嵌都同景泰蓝有相似之处，实际上景泰蓝应该属于珐琅这个工艺制品之中。玩主将它叫作景泰蓝，是对明景泰年间制品的一种肯定、赞许的不科学叫法。

这种以年号命名的工艺品，使很多人误以为这种工艺是景泰年间始创的。其实不然，在它之前的宣德炉也是同一种工艺。景泰蓝工匠们奉禹为祖师就可以佐证这种观点。

禹建立夏朝后用九州贡铜铸造了著名的九尊青铜鼎，镇守九州。鼎上刻有各种图案。因鼎与景泰蓝都是用铜做基础材料，所以，该行业供奉禹为祖师爷。

景泰蓝在明景泰年间制造工艺达到了最高峰。景泰年间的成品色泽晶莹剔透。红色的就像昌化所产的鸡血石，紫色的就像紫色的水晶石，蓝如靛，白如脂，黄如汁。清代所铸的景泰蓝虽然数量大，器物造型多姿多彩，颜色总不如明代景泰年间的鲜亮。到清代后期的仿制品更是黄中发绿发红，白色涩干，无论如何也达不到景泰年间的制作水平。究其原因，应是景泰年间使用的硝石已被采尽，就选用了新的硝石。新的硝石还是沿用老硝石工艺的制作方法，没有任何改进，因此出现了上述的不良效果。因其存世数量大，品种多，新的制品不断涌入市场，价格又不贵，就成了老北京人家摆放的玩物、互赠的礼物。20世纪90年代前一对半尺高的景泰蓝天球瓶只能卖到五六十元的售价。

即使这样，20世纪80年代前，景泰蓝作为北京特有的工艺品，其制作水平还是领先于世界，并畅销于全球各地。20世纪80年代中期日本同行将北京景泰蓝工艺流程细节全部录制下来，带回日本去研究，并对日本景泰蓝工艺流程用现代科技手法进行改造，使现代景泰蓝制作的工艺水平高于北京，夺走了大部分国际市场的份额，使北京及全国各地的景泰蓝产品滞销。

瓦剌军战败后，被迫将被俘的正统皇帝朱祁镇等送回北京。这时候的代宗朱祁钰已继承了王位。宫中造办处烧制出的景泰蓝使他爱不释手。朱祁镇失去了王位心有不甘，忙着策划重新夺取王位。

这一对亲兄弟，因土木堡之变，皇位更迭，兄由君变成了臣，弟由臣变成君。作为弟弟的君，每天在忙着组织生产景泰蓝，把玩景泰蓝，对失去皇位的哥哥没有一点儿防范。

当时主张南逃的翰林侍讲徐有贞在代宗朱祁钰朝失去了往日的辉煌，心存怨恨。其和失去皇位的朱祁镇同病相怜，一拍即合。

徐有贞联络了石亨等文武旧臣，终于在景泰七年（1456）发动了宫廷政变。

朱祁镇重新夺得了皇位，改年号为天顺。他把弟弟所喜欢的景泰蓝物件儿全部清理出宫，致使一部分工匠流落在民间。徐有贞上奏章称于谦欲引外藩入继大统。于谦由此定罪，被判为死刑。

直到明成化二年（1466），大赦天下，于谦才得到平反昭雪，朝廷将他的故居改为忠肃公祠。明万历十八年（1590）在祠中设立于谦塑像。

清入主中原后，于谦祠被废，塑像被砸烂。光绪十五年（1889）光绪帝下旨重新修建忠肃公祠。因祠堂离当时举人考试进士的贡院不远，有不少杭浙一带的举子便寓居于此。

在清廷主战派王爷的支持默许下，于谦祠成了义和团的坛口。

这个坛口初建有百人左右，他们头系黄布，裤脚裹黄色布袋，号称为乾

字团，取自"乾字尚黄"之意。

于谦祠堂设坛后，星星之火的义和团运动很快就在京城发展成燎原之势。

开始于城内是以青少年为主的练神拳活动，一早一晚三五成群地在胡同僻静处练拳。在端王和庄王的支持下，拳民成百成群，有个小空地儿就有拳民在练神拳。发展壮大的义和团分成乾、坎两团。坎团着红衣，区别于乾的黄色。史载："上自王公卿相，下至倡优隶卒，几乎无人不入团。向仅一街一坛，或两三街一坛，既则一街三四坛或五六坛矣。"每坛有百余人，京城内有上千座坛。乾团打出了"灭洋扶清"的大标语，坎团则打出了"助清灭洋"的大标语。

他们专以洋人为难。在各国洋人的公使馆前围堵集会喊打倒洋人的口号。他们想杀洋人却杀不了。他们举着大刀向洋人冲去，还没到洋人跟前儿呢，就被洋枪撂倒。义和团的团员恐惧了，他们就转向围攻教堂，把教民称作"二毛子"，杀不了洋人就杀二毛子。这些教民二毛子躲进了教堂，也拿起洋枪来对付义和团。义和团也不敢攻击教堂了。怎么办？就烧洋货，砸卖洋货的店铺。什么洋钟表店哪、洋汽车行及修理厂、洋服装店、洋食品首饰店，见一个砸一个。后来发展成代销洋煤油，煤油灯店也不能幸免。这些代销商也被视为二毛子，抓起来后严刑拷打，并在街头斩首示众。

四九城的混混儿也看到了机会，他们穿戴上义和团的服饰，明目张胆地抢劫商店。

载漪利用他熟悉洋枪洋炮知识的本事，组织神机营的洋枪手改造了洋枪的子弹，叫洋枪击发后只冒火没有弹头，不能伤人。

他对慈禧说，义和团都是神兵，这些神兵刀枪不入。慈禧不信，他就用改造后的洋枪子弹打义和团的神兵给慈禧看。慈禧看后大悦，认为冥冥中有神来助我。众大臣欢呼雀跃，得意忘形。

载漪向慈禧建议向列国开战。慈禧有点犹豫，她恨洋人支持光绪，一直想把洋人驱出京城，但又惧怕洋人的军事力量，问："能打过列强吗？"

载漪："怎么打不过呢老佛爷？目前洋人的大队人马不在京城，只是看摊的那点儿人。十几个公使馆，归里包堆算起来不过千八百个兵，其余的都是文官哪会打仗呀。咱们光义和团在京就有十几万人，老佛爷您也看见了这些人都是刀枪不入的，再加上董福祥的甘军，就是挤也把他们那点儿兵挤扁了。"

慈禧："要是洋兵再来围攻北京可怎么办呢？"

载漪："这个老佛爷就不用担心了。您想啊，洋人的国离咱们这么远，就是发兵没有两三个月也到不了沿海口岸。等咱把洋人驱逐出京城，再把义和团的天兵天将和董福祥的甘军派去驻防沿海口岸，洋鬼子们一准儿打不过来。老佛爷，您就放心吧。"

慈禧虽然心里觉得有了点儿底儿，但是总觉得有点不踏实。于是决定召开御前会议。

光绪二十六年五月二十日（1900年6月16日）。她决定在中南海仪鸾殿东暖阁召开御前会议。阁中跪满了人，品阶低的都跪到了门外。慈禧把软禁的光绪也叫到了阁内和她并肩而坐。

不少大臣对拳匪在京城作乱大为不满，希望董福祥的甘军镇压义和团。几位重臣却主张向洋兵开战。

光绪责备道："不可弹压乱民，以免失去人心。"

载漪的儿子没替换成光绪，心中有气。仗着自己是慈禧的亲侄女婿，就打断光绪的话讥讽道："好，此即失人心之第一法。"

光绪反驳道："人心何足恃，只能添乱而已。尔等喜言兵，又怎么样呢？中日一战，创钜颇深，后果有目共睹。今夕各国之强，胜于日本十倍。列强若联合谋伐，中国如何抵御之？"

载漪："董福祥刚征讨完回民叛乱，英勇得很，用他去打洋人当无敌。"

光绪："董福祥骄悍难用。洋兵武器厉害，而且兵精非回民可相比也。"

慈禧说："我就依靠董福祥了。"

慈禧一锤定音，全场鸦雀无声。

要用兵兵部就得下文。兵部尚书徐用仪是荣禄提拔起来的亲信，深得慈禧重用。可是他却惧怕洋兵，这次站队却站在了以光绪为主的主和派一边，和慈禧相左。他把慈禧的"我就依靠董福祥了"错误理解成去镇压义和团。

可他毕竟是官场老油条，圆滑世故，没敢贸然拟文，就到荣禄府上探探口风。这荣禄虽然是慈禧的人，也和他一样惧怕洋人。心里明白，和洋人开战，没有一点儿胜算的把握。他明白慈禧"我就依靠董福祥了"这句话的意思不是针对义和团，而是针对洋人。可是他不敢去劝阻慈禧和洋人开战的决定。就说："是啊，这个事儿还没有最后定下来呢，可以等着圣上和老佛爷的决定再下文才成啊。这两天还要继续开御前会议，你可以在会上表个态嘛，把你的想法说一说。有什么事儿我给你罩着，放心去说吧。"

果然，次日慈禧继续召开御前会议。光绪帝虽然是被囚禁的皇上，可他毕竟是皇上，还得由他主持会议。

是打义和团，还是打洋人，与会的众大臣各自怀里揣着自己的小九九都不发言。光绪点名让兵部表态。

这徐用仪在戊戌变法中曾被光绪帝撤去总理衙门大臣要职，仅保存兵部尚书之职。戊戌变法失败后他虽然恢复了总理衙门大臣这个要职，可他心有余悸，不敢轻易表态。

光绪帝见他畏畏缩缩的样子，拍案而起怒斥道："国家大难临头，你仍然如此搪塞，不哼不哈，难道这样就可以了事儿了吗？"

徐用仪被吓得浑身哆嗦，更张不出口来。慈禧知道徐用仪是自己的人，想用他来反驳皇上，就鼓励他说："皇上意在和，不想用兵，我的心很乱，今日廷议，你可对皇上畅所欲言。"

徐用仪心想：昨日我与荣禄谈的是打不打义和团的问题，怎么今天变成了和洋人开战不开战的问题了。就说："皇上，臣以为用兵非中国之力，却不能由中国先开战。"

光绪见这一直反对自己的人，却和自己的意见一致。他哪里知道这是荣禄从中捣的鬼呀。遂坐下用和缓的语言说："对列强宣战不是不可以说，但是要知道中国积弱，兵又靠不住，难道用现在的乱民以求一战，能有胜的可能吗？"

徐用仪不知道说什么好。载漪挺身而出，反驳光绪道："义和团扶清灭洋是一片赤诚之心。如果再把这个人心散了，国家还能靠谁呀？"

光绪："义和团不过是一批乌合之众，难以与血肉之躯和洋枪洋炮相对抗，你空谈什么人心？拿着人命当儿戏。"

　　第二次御前会议没有结果，就散会了。

　　慈禧很恼怒，心想：这么吵来吵去，再吵个十天半个月也吵不出结果来，第三次会议自己上来就直接表态向列国宣战。老佛爷一表态，全体一致通过。光绪心有不甘，还希望荣禄劝劝慈禧说："我们的兵不能依靠，打不了仗。好在兵权在你手中，希望你慎重。我说不上话，你可以劝劝老佛爷。不要鲁莽开战。"荣禄没有表态，他明白慈禧已决定开战，劝也无用。

　　既然是对列强开战的大局已定，慈禧命礼部侍郎许景澄通知各国使臣。光绪对许景澄说："不能轻易开战。朕一人死不足惜，但天下生灵怎么办呢？要好好再商量一下啊。"

　　慈禧斥责光绪道："皇上尽管放心，不要误事。"

　　满堂的王公贵族文武大臣。没有一个敢说话的。这时突然有一人高喊："臣有本奏。"慈禧、光绪和众大臣皆吃一惊。定睛一看，原来是庆亲王奕劻。

　　光绪心中暗喜，心想终于有人站出来替自己说几句话了。慈禧虽然不动声色，但心中难免恼怒。心想你一个远支亲王逞什么能啊，可他在御前会议上公然叫喊，又不能不让他说话。

　　庆亲王："至于开战与否，微臣不敢妄议，全凭皇太后及皇上做主。臣以为端王所说义和团是天兵天将，刀枪不入，何不用它去冲锋陷阵，董福祥甘军可殿后压阵。如果是这样，胜则是朝廷所胜，败则是义和团所败，与朝廷无关。宣战攻打使馆，不过是驱除洋人离开肘腋之地，这也是先帝夙愿。微臣以为要洋人洋兵回国断断不可能，可迫他们撤离京城到外埠开办使馆。义和团义兵众多遍及各地，可令他们协防沿海驻军抵御外侵之洋兵。"

　　光绪听了默不作声，慈禧点头赞许。肃亲王马上站出附议。殿中各大臣也看出门道争着附议。众大臣协商后，决定先发照会，叫各使馆官员家属及护兵迅速离京。照会原文如下：

照 会

光绪二十六年五月二十三日（公元1900年6月19日）

为照会事：现据直隶总督奏报，称本月二十一日，法国总领事杜士兰照会内称，各国水师提督统领，限至明日早两点钟，将大沽口各炮台交给伊等收管，逾此时刻，即当以力占据，等语。闻之殊为骇异。中国与各国向来和好，乃各水师提督遽有占据炮台之说，显系各国有意失和，首先开衅。现在京城拳会纷起，人情浮动，贵使臣及眷属人等在此使馆情形危险，中国实有保护难周之势，应请于二十四点钟之内，带同护馆弁兵等，妥为约束，速即起行前往天津，以免疏虞。除派拨队伍沿途保护并知照地方官放行外，相应照会贵大臣查照可也。

——《义和团档案史料》，故宫博物院明清档案部编

这个照会发到各国使馆。各国使馆人员不但不撤离京城，而且向总理各国事务衙门要求允许他们从铁路运兵到京城来保护自己的使馆。总理事务衙门竟然批复了该要求，发电报通知直隶等各省及铁路部门。电报原文如下：

"洋兵护馆，准由火车运送，但人数不得过多，致碍邦交。"

铁路局每日回电报各国运兵状态：

"各国护馆洋兵均已齐至车站查点数目英兵五十名，美兵五十名，日兵二十二名，意兵四十名，法兵七十五名，俄兵一百名，已乘车进京。"

又电："各国护馆洋兵到达车站时，经铁路局查检人数，大致兵数，先行电陈，英国兵官三员兵七十二名，美国兵官七员兵五十六名，意国兵官三员兵三十九名，日本兵官两员兵二十四名，法国兵官三员兵七十二名，俄国兵官四员兵七十一名。共计各国兵官二十二员兵三百三十四名。均随带枪械，开单呈报前来。"

各国驻京城使馆又要求总理衙门允许驻秦皇岛、山海关、旅大、青岛、威海等地官兵进京。

慈禧召集众官员商议后，一致认为照会不起作用，那么我们就开始宣战。宣战文书如下：

上　谕

光绪二十六年五月二十五日（公元1900年6月21日）

光绪二十六年五月二十五日，内阁奉上谕：我朝二百数十年，深仁厚泽，凡远人来中国者，列祖列宗罔不待已怀柔。迨道光、咸丰年间，俯准彼等互市，并乞在我国传教。朝廷以其劝人为善，勉允所请，初亦就我范围，遵我约束。讵三十年来，恃我国仁厚，一意抑徇，彼乃益肆嚣张，欺凌我国家，侵占我土地。蹂躏我民人，勒索我财物，朝廷稍加迁就，彼等负其凶横，日甚一日，无所不至。小则欺压平民，大则侮辱神圣。我国赤子仇怨郁结，人人欲得而甘心。此义勇焚毁教堂屠杀教民所由来也。朝廷仍不肯开衅，如前保护者，恐伤吾人民耳。故一再降旨申禁，保卫使馆，加恤教民。故前日有拳民教民皆吾赤子之谕，原为民教解释夙嫌。朝廷柔服远人，至矣尽矣！乃彼等不知感激，反肆要挟，昨日公然有杜士兰照会，令我退出大沽口炮台，归彼看管，否则以力袭取，危词恫吓，意在肆其披猖，震动畿辅。平日交邻之道，我未尝失礼于彼，彼自称教化之国，乃无礼横行，专恃兵坚器利，自取决裂如此乎？朕临御将三十年，待百姓如子孙，百姓亦戴朕如天帝。况慈圣中兴宇宙，恩德所被，浃髓沦肌，祖宗凭依，神祇感格。人人忠愤，旷代所无。朕今涕泣以告先庙，慷慨以誓师徒，与其苟且图存，贻羞万古，孰若大张挞伐，一决雌雄，连日召见大小臣工，询谋佥同。近畿及山东等省义兵，同日不期而集者不下数十万人。下至五尺童子，亦能执干戈以卫社稷。彼仗诈谋，我恃天理。彼凭悍力，我恃人心，无论我国忠信甲胄，礼义干橹，人人敢死。即土地广有二十余省，人民多至四百余兆。何难剪彼凶焰，张我国威。其有同仇敌忾，陷阵冲锋。抑或尚义捐赀，助益饷项，朝廷不惜破格悬赏，奖励忠勋。苟其自外生成，临阵退缩，甘心从逆，竟做汉奸，朕即刻严诛，决无宽贷，尔普天臣庶，其各怀忠义之心，共泄神人之愤。朕实有厚望焉！钦此

第二十三回

柏罗恩避难地窖中
克林德命葬牌楼前

有了朝廷的照会和宣战书，义和团一下抖了起来，原来被朝廷称作"拳匪"的义和团一下变成了"拳会"。他们在京城四处烧杀抢掠起来。前门外廊坊头条、二条等商业街已烧了三天，火还没有熄灭。京城的水会组织集结了京城的闸水队（即现在的救火队），终于扑灭了大火，才使火势不再蔓延。

同文馆里不少厨子、用人也参加了义和团。馆里的课也停了，京城有家的学员都跑到家里猫了起来。无处可去的学员，只好在馆里忧心忡忡地傻吃闷睡。馆里的洋教头纷纷躲进使馆，剩下的也没有几个了。

于八本想带着小环躲到乡下去，可又舍不得离开同文馆的买卖。虽说是市面上很乱，可馆里再不济也天天有钱挣啊。心里没了个主心骨，就和小环商量，让小环给他拿个主意。

于八："夫人哪，你说这京城里乱糟糟，咱们可怎么办呀？咱要不要躲到乡下去？"

小环："老爷呀，躲到哪儿我看都一样，再说您的家乡说什么也不能去呀。老爷，您那个侄子逃来不是说拳匪一天就杀了百十号的人哪。"

于八："那儿被杀的全是入了教的教民。咱们又没入教，乡里乡亲的，估计他们不会为难咱们的。"

小环："老爷，这话可不能这么说。他们要知道老爷在馆里给洋人办事儿，教一批中国人说洋话，一准儿把老爷您当毛子看待。恐怕三毛子都打不住，一准儿给您定成个二毛子，那还有命吗？"

于八："要不咱们俩暂时到五爷他们那儿避两天？五爷那儿有不少洋枪呢。他从小就跟德国人、美国人玩枪，玩得溜着呢。"

小环："老爷，这可靠不住。拳匪现在要杀的是洋人。那爱丽丝是个地地道道的洋人，比咱们还危险呢。咱可不能再去添乱。"

于八："可也是呢，这拳匪里没什么好玩意儿，夫人，您说我们馆里那个干什么什么不行的杂工二嘎子也围上黄布条，举着菜刀'夫吃夫吃'地叫着入了拳匪。我怕他带着神兵到馆里，到家里来闹事儿啊。"

小环："哎，先前神兵还不多，后来越来越多。家里茅厕也没人给淘了，吃的水也没人给送啦，淘粪的、送水的都脑袋上缠上一条红的、黄的带子，扛上一把大刀满大街地瞎逛游。看见谁不顺眼就说是二毛子、三毛子，当街就给宰了。老爷出门儿在外可要小心点儿啊。"

于八："夫人在家也要留点儿心哪。一有动静，你带着孩子就躲到地窖里边儿去。"

小环："老爷放心吧，一会儿我就去换上下人的衣服。"

于八："快换上吧，换上安稳些。我去馆里看看，夫人好生在家待着，别到处乱跑。"

于八刚下车，还没进馆，突然看见大师兄带着一帮弟兄向这边跑来，于八吓得赶快向里跑。他慌慌张张地跑进馆里，一不小心被石头绊了一下，摔了一跤。

德国教习柏罗恩正在房里擦着他的手枪，突然听到外面一声响，出来一看，是于八摔倒在地上，赶忙将他扶起。于八站起来顾不上说话，拉着柏罗恩就向自己的房间跑去。进了房间的明间，于八掀起烧炕的灶台。原来这灶台下是一个地洞，这是早年间房主人所修的一个避难窝。于八招了招手，柏罗恩也跟着钻了进去。他在下面把灶台的锅又举回原处。

两人拐进了一间地下暗室，于八胆战心惊地点亮了油灯，一手捂着肚子，一手摸着胸口，半天说不出话来。

柏罗恩一看这个小避难所还不错。靠里边儿墙边儿有个垫子，垫子上有个小茶几，垫子左边儿有个小水缸，水缸旁边儿有个笸箩，笸箩上盖着一条

粗布手巾。他掀起手巾一看，是一笸箩煎饼和馍。垫子右边是一个平常百姓家里起夜的虎子，虎子旁边是一个马桶。

这时候于八也缓过劲儿来对柏罗恩说："柏先生，拳匪进馆啦。"

这柏罗恩曾是德国的中尉军官，平时出去总带着支手枪，屋里还有几根长枪。赵立目的勃朗宁手枪就是他送的。正是因为军人出身，打过仗，见过阵式，所以别的洋教员都跑到自己国家的使馆去了，他没跑。

他气愤地问："有多少人？"

于八："有百十来个吧。"

柏罗恩："带着什么武器？"

于八："有大刀、红缨枪，还有火铳（土枪）。"

柏罗恩："那我们就只好躲一躲啦。"

大师兄布置好弟兄们，对带路的二嘎子说："你不是说还有洋人吗？带我去见见洋人。"

二嘎子带着大师兄来到了洋人的房间，一个洋人也没找见。二嘎子说："大师兄，肯定是于扒拉这个二毛子，给洋人藏起来了。"

二嘎子带着大师兄来到了李提调的官房。李提调和师爷周少泽正坐在屋里发呆呢。二嘎子见了李、周二人未免有些心虚，躲在大师兄身后不敢吭声。这李提调怒道："你们是扶清灭洋的拳会，我是大清国的官员。这里没有洋人，你们出去吧。"

大师兄："哼，你当我不知道，你们这些给洋人舔屁股的二毛子。交不出来洋人来，就拿你开刀。弟兄们给我搜！"

几个团员在桌子上发现了一枚印章。见印章上刻着曲曲弯弯的线条，不知道是干什么用的，拿过来给大师兄看。大师兄翻来调去看了半天也没看明白。就问李提调："嘿，这是什么玩意儿？"

李提调："这是总教习的印章。"

大师兄："干什么用的？"

李提调："签文件、文书盖章用的呀。"

大师兄："扯淡，你给我盖盖看看。"

李提调走到桌旁，打开印盒，沾上印油，拿出一张白纸，盖了一个章。递给了大师兄。

大师兄拿起盖了印章的白纸看了半天，又翻过来对着窗户照了照。想了想，自鸣得意地说："我看出来啦，这是天文。难怪你们都不认得呢。"

李提调不屑地说："这是总教习的印章。"

大师兄问："总叫什么呀？叫能叫出天文来吗？"

李提调："总教习是个人。"

大师兄："什么人？"

李提调："嗯，嗯，是个外国人。"

大师兄："他妈的，是个洋鬼子吧。"

李提调点了点头。大师兄怒道："你他妈的这个老东西竟敢冤我，这明明是天师的仙咒。你当我不知道呢。"

李提调："确实是总教习的印章。"

大师兄："你他妈的这个老东西竟敢污蔑天师，给我杀了。"

二师兄过去一刀，把李提调砍倒在地，师爷周少泽吓得惊叫一声，又赶忙捂住嘴在一旁哆嗦。二嘎子举着菜刀冲了过来，在李提调的身上又砍了起来，边砍边嚷："砍死你这个老混蛋，砍死你这个老混蛋！要你敢冤大师兄，看你还敢不敢，看你还敢不敢。"

大师兄拿着那张盖有印章的纸递给周少泽说："他妈的，你说这是什么玩意儿？"

周少泽颤颤巍巍地拿起那张纸，翻过来调过去地看了起来，大师兄不耐烦地嚷道："他妈的，瞎看什么，快说快说，再不说一刀把你给宰了。"

周少泽含混不清、惊魂未定地说道："回，回，回大师兄的话，这，这，这确实是天书。"

大师兄爽朗地一笑说："是什么天书？给我说说看。要是说得不对，小心你的脑袋。"

周少泽："这是洪钧老祖赐给贵教的天书，是用来发号施令的印信。"

大师兄："印信是干什么玩意儿的？"

周少泽:"印信就是皇帝的玉玺,发号施令的诏书上盖的凭证啊。"

大师兄心想:这可是个好东西呀,该着我走运,我把它献给坛主,坛主再献给山东总坛。我他妈的不就有好果子吃了吗?大师兄命令道:"把这个识得这弯弯曲曲天文的人和这上天赐的玉玺给我送到总坛去。"

这周少泽到了总坛,没两天就传出义和团的传单,散发得京城、河北、山东到处都是。这些传单一直流传到今天,被不少博物馆收藏。传单原文如下:

山东总团传出

洪钧老祖降坛云:年年有七月七日,牛郎会亲之日。众民传到此日之夜,家中老少不论男女,全要红布包头。灯烛不止向东南方。上香叩首,不需安眠,如果不为者,牛郎神仙能降坛亦不能救民众之难,传到十五日亦为此。自八月初一日众民不需饮酒,如果饮酒,一家老少必受洋人之害。九月初一日,初九日,为日之首。初九日为重阳之日,必将洋人斩草除根。如若不尊者,闭不住洋人之火炮。至十五日,众神仙归洞。此三日,七月初七日,十五日至九月初一日,不须动烟火多言。示书此单千万千万诚信,众善人急传一张,免一身之灾。传十张,免一家之灾,传百张免一方之灾。

不动烟火日,七月初七日、十五日,九月初一日、初九日。

传单下面盖着同文馆总教习的外文印章。

二嘎子带着义和团来到了伙房,见到厨师、菜案、面案、烧火的站了一地,得意地笑着说:"想不到吧,你们也有今天。"众人看着他低头不语,心里充满了怨恨。二嘎子扫了一下没找到于八,就大声问:"你们把于扒拉藏到哪儿去了?"问了三四声,见没人回答。就举着菜刀走到了大厨面前。把菜刀在大厨的面前晃了晃,说:"问你呢,于扒拉这熊玩意儿到哪儿去了?"

大厨:"我不知道。"

二嘎子叫道:"他妈的,我看就是你把于扒拉藏起来了。你不说我宰了你。"

大厨小心地赔着笑脸说："嘎爷，小的真的不知道。"

二嘎子："这嘎子也是你叫得的？这是神兵的称号，你也配！"

大厨："大爷，我错了，请大爷饶了我吧。"

二嘎子："你这个老不死的，竟敢管我叫大爷。你当我不知道，在他妈的你们山东这大爷就是王八，你敢骂我是王八，老子今儿宰了你。"说完上去就是一菜刀，把大厨砍倒在地。

二嘎子又举刀在配菜的面前晃悠。配菜的慢慢地向后退去，退到案板边，他心里有了主意，背着手欲抄起案板上的菜刀。只听"啪"的一声，一只胳膊连着膀子被砍掉。原来是二师兄心急手快一刀砍倒了他。配菜的倒在地下说了声："你这个下三滥的东西，早晚不得好死。"

二嘎子拿着菜刀在他身上乱砍，边砍边叫："看哪个王八蛋先死。"

二嘎子又问面案："那于扒拉不见了，那个外国鬼子呢？"

面案："洋人都各自回他们的使馆去了。"

二嘎子："胡说！早上我悄悄地进来查看了一下，看见那个菠萝还在他屋里睡大觉呢。怎么这一会儿就没了？是不是你把他藏起来了？"

面案："我哪有那本事啊，爷夸我了。"

二嘎子："我和你说吧，今天你交出个洋人来则没事儿，交不出来，看我怎么整治你。"

面案："爷，您这不是难为小的嘛，这么些年了，小的就从来没进过外教的房间，哪知道他们能在哪儿呢。"

二嘎子嚷道："他妈的，你们谁知道菠萝跟于扒拉在哪儿，赶快说出来，再不说就迟了，把你们都宰了。"

一群人全默不作声。突然有一个人嚷道："我知道。"

大家一看原来是烧火的崔头。

二嘎子高兴地说："这就对了嘛，早说出来，省得受那些罪。说吧，这两块料在哪儿呢？"

老崔向二嘎子招招手说："我就信得过你，早就知道你有出息。你过来我悄悄地告诉你。"

第二十三回　　363

二嘎子贴近老崔说："你说吧。"

老崔："在你们家呢。"

二嘎子本身就有一些彪，一时听不明白。再仔细想，坏了，他们抄自己家去了。这于扒拉平时就不待见自己，老想把自己开掉，要不是自己根儿硬啊，早被他开了，张慌失措地问老崔："他们到我们家干什么去？"

老崔在他耳朵边儿说："去肏你妈！"说完了抡圆了胳膊，就给了二嘎子一个大耳刮子，二嘎子被打倒在地。

二师兄上去一刀把老崔砍翻在地，命令道："这里的二毛子、三毛子没一个好东西都给我杀了，一个也不能留。"

义和团的团员一顿乱刀把厨房人全部都砍死了，然后冲出厨房，在院儿里边儿见一个杀一个。二师兄指挥大家把值钱的东西全运到了外边儿，然后下令点火，把一个同文馆烧成了一片废墟。

二嘎子起来对师兄们说："去抄于扒拉的家，说不定他把那菠萝藏在他们家里呢。"

车夫财头慌慌张张地跑到家里对小环说："夫人，二嘎子带人把同文馆给抄了，全馆的人都被他们杀了。"

小环焦急地问："老爷呢？"

财头："他们没找见老爷，我送老爷到馆里，老爷进去就没出来，横是躲起来了吧。这不我的车也被他们抢走了，我赶快跑回报信儿。夫人哪，我看您也得躲一躲。"

二嘎子带着义和团冲到了于八的家里，见丫鬟小翠正在客厅坐着呢。这二嘎子从来没进过于八的院儿，也没见过院儿里的人。他误以为小翠就是于八的老婆。对二师兄说："这就是于扒拉的臭婆娘。"

二嘎子走到小翠身边拿着刀，一边儿晃悠一边儿说："你们家那死鬼呢？快告诉我他在哪儿？不然老子宰了你。"

小翠闭着嘴一言不发。他见小翠不说话，就过来掐着小翠的嘴说："别他妈扛着了，赶快说吧。"

小翠把脸扭到一边，还是一言不发。二嘎子抚摸着小翠的脸说："他妈的，这个娘们儿还真有点儿姿色，听说原来是王府的丫鬟。于扒拉这个死鬼还真有点儿艳福。"

一群义和团团员笑着说："有这娘们儿，咱们哥几个，也不算白忙了一阵子。"

二嘎子说："可不是嘛，一个三毛子、大毛子没逮着，二毛子跑了。咱们一块儿玩玩三毛子，拿她出出气。"

几个团员把小翠摁在炕上，就开始扒小翠的衣服，小翠又蹬又踹，又咬又拽。可一个柔弱的女子怎么抵得住几个义和团大汉……

于八和柏罗恩躲在地窖里，听见外边儿好像没有动静了，说："柏先生，我出去看看，您在这儿待着，千万别动。"

于八出来一看，同文馆被烧毁了，院子里、厨房和房间到处都是死尸。又悄悄溜到街上看了看，没见到一个义和团团员。就回到地窖里和柏先生说："我去找辆车把您运走。"

柏罗恩："我和你一块儿走。"

于八："哎哟，我的爷呀，那可不中。甭说您的长相，就您这身儿打扮，碰到义和团可就歇菜了。听我的，您还是在这儿老老实实待一会儿。我一会儿就回来。"

于八连跑带颠儿跑到赵立目家。赵立目一听此事儿说："看来洋人的马车是不能用了。这么着吧，我这儿有骡车，咱俩坐骡车过去。悄不叽叽地把柏先生拉到我这儿来再说。"

他吩咐长随下边儿去备车，然后到屋里把腰里揣了一把手枪，又拿起一支长枪和一个子弹匣子。爱丽丝不安地看着他说："达令，我和你一块儿去吧。"

赵立目："你就别添乱了，老老实实在家待着吧，现在外边儿四处都在追杀洋人。你要一去呀，没准儿半路咱们就被人劫杀了。"

爱丽丝："那也很好啊，你不是说生同床死同穴吗？我们同过床，还没同过穴呢，那就同一回穴吧。"

赵立目："好了，好了，别闹了，我现在还不想跟你同穴，同床还没同够

呢，同什么穴呀，净说那些不吉利的话。"

爱丽丝扑到赵立目的怀里，眼泪哗哗地流了出来。

赵立目："好啦好啦，我又不是上刑场。就是碰上几个义和团，我一放枪就把他们吓跑了，没事儿，没事儿。你在家里给我们准备点好吃的，我那老师爱吃你做的广式煎虾饺、煎牛排，然后你再弄几个菜，等我们回来咱们一块儿吃点儿。"

赵立目他们驱车来到同文馆。看到满目疮痍的同文馆，气愤地骂道："简直是土匪，是强盗。早晚有一天老子要把你们这帮狗娘养的真他妈的赶尽杀绝。"

他把长枪交给长随，叫他守在门口。手握着短枪就和于八进了院子里。

柏罗恩从地道里出来，看见赵立目一把将他抱住，高兴得又是亲，又是啃。

赵立目挣脱了他，拉着他向外走。边走边说："老师，我们还没脱离危险，得赶快走。"

到了大门口。于八说："五爷，您和柏老师先回去吧。我得回家去看看，还不知道家里怎么样了。"

赵立目："也好，这样吧，我给你捎到河沿。到了河沿儿，你再用权爷的车去你家，也比你腿儿着去快得多。"

车到了河沿。权宝贵慌慌张张地跑了出来说："五爷来了，这么晚了，这是从哪儿来呀？进来待会儿吧。喝杯茶。"

赵立目把长枪递给长随说："拳匪把同文馆给烧了，我得赶快把柏老师转移到安全的地方，您陪着于爷到他家看看，有事儿没事儿都把于爷一家接到这儿来。于爷是拳匪盯着的重点对象，躲在咱们这里总比待在他家里安全得多。你也赶快进屋，拿根长枪来，再带上一匣子子弹。"

赵立目又对长随说："你跟着跑一趟，两杆长枪有个二三十个拳匪也不足为惧了。"

他们到了于八的家门口一看，随墙的小门楼塌了。于八爬过瓦砾进到院儿里看。多半的房子已经坍塌了，还有三四间正冒着烟。他急忙奔向小环躲的柴房底下的那个地窖前。这个柴房也塌了，烧焦的房架子横七竖八地在地上冒着黑烟。于八一边声嘶力竭地叫着小环，一边用手清除埋在土里的烧焦了的烂木头。

权宝贵一看这情景就知道小环躲在这个下面了，赶忙和车夫过来帮忙。

突然间臭气熏天，几个满身屎尿的人跑了过来。不顾一切地奔向众人哭道："老爷，你可回来了。"

原来这几个丫鬟和用人听到义和团的砸门声，忙跳进后院的粪池子中，躲过了一劫。他们不顾一切地帮助于八清理着柴房倒塌下来的物件儿。

权宝贵看了看倒塌下来的残砖乱瓦、废垣残墙，说："别光用手刨，赶快去找几把铁锹来。"

小环和两个孩子已经被呛得昏死过去了。大家七手八脚地把他们抬了出来，平放在院子里。于八趴在小环身上已经哭得是死去活来。权宝贵过来摸了摸小环身上还有热气儿，就把于八推到一边儿，掐起小环的人中来。掐了一会儿见小环不醒，有节奏地一下一下地按着小环的胸部做复苏，并指挥一个丫鬟掰开小环的嘴，往嘴里边儿吹气。没一会儿小环"哇"的一声要呕吐。权宝贵赶忙把她的身子移成侧面，用力捶她的后背。小环呕了几下，吐出一堆秽物，就醒了，愣愣地看着周围的人问："我这是怎么了？"于八哭道："夫人哪，你可活过来了，快吓死我了。"可小环并不回答于八的话，于八急得直跺脚喊道："这可怎么了，这可怎么了。"权宝贵说："看来是被呛晕了，先抬到车上再说。赶快再去看看你那两个孩子吧。"

于八这才想起他那两个宝贝儿子，正要抱起他那大小子。那大小子嗯的一声坐了起来，叫了一声爹。跟着二小子也坐了起来，揉了揉眼睛也叫了一声爹。二小子站起来叫了声："权大大好，叔叔好。"

权宝贵高兴地摸了摸他的头说："乖孩子，快跟你哥哥、你妈妈上车去吧。"

权宝贵把于八一家安排在自己河沿的老宅子里。郭满芝、权富氏赶忙过来帮助照顾。她们俩叫用人放了一木桶热水，和丫鬟们一起把小环抬到桶里帮她洗了个澡，给她换上自己的衣服，然后把她抬到炕上。郭满芝抱着她，

喂了她半碗渍酸菜的酸汤。这时权宝贵从王瑶卿的宅子里把四爷赵立纲已经接了过来。

　　赵立纲过来给她扎上针，然后点上了药香，满屋布满了香气。又拿出来一个小皮揣子和一个小玻璃瓶。玻璃瓶里装着酊剂。他用皮揣子在玻璃瓶里吸了点儿酊剂，然后移到小环的鼻孔，在两边鼻孔里都挤了一点酊剂。不大工夫，小环就醒了过来。

　　柏罗恩在赵立目宅子里吃完了饭，说："谢谢你们二位的盛情招待。同文馆已经被烧了，看来我也得到德国大使馆去住了。"

　　赵立目："老师，你这两天哪儿都不能去，只能住在我这儿。"

　　爱丽丝："是啊，现在外边儿很乱。虽然您是个勇士，可架不住他们人多呀！"

　　柏罗恩："德国使馆里有两百多名士兵。我去那里指挥他们打这些土匪。"

　　赵立目："先生，这个不行。京城里有十几万义和团，他们虽不是正规军，可有不少鸟枪和火铳。"

　　柏罗恩："这些乌合之众经不起正规军的冲击。回去把美国的、英国的、澳国的、意大利的所有外国使馆士兵全都联合起来。我要是指挥，估计用不了一个星期就把他们全打败了。"

　　赵立目："可董福祥的甘军还有洋枪洋炮。神机营、火器营这都是奉着太后的旨意，来对付你们外国使馆的武装人员的。"

　　柏罗恩："这么说不是进入了战争状况了吗？"

　　赵立目："确实是战争状况啊。我们大清政府不是已经向你们宣战了吗？"

　　柏罗恩："奇怪的宣战，如果要是宣战，要去打我们的国家呀。"

　　赵立目："各国使馆也是你们外国的领土啊。"

　　柏罗恩："他们攻打各国使馆，可是中国驻在各国也有使馆呢。如果我们也和他们一样，也去攻打你们驻外国的使馆，那么建交还有什么意思呀！使馆受所在国的军队保护，这是国际惯例呀。你们军队不去保护使馆，反而要协助破坏使馆，这违反国际法呀！"

爱丽丝："他们的国家就是这么乱七八糟，神神秘秘，不按正规路子出牌。从上到下，一群白痴。"

赵立目瞪了一眼爱丽丝。爱丽丝不屑地说："达令，难道我说的不对吗？难道你们这鸟国、鸟人、鸟政府净干一些乌七八糟的鸟事儿，还不许说吗？"

赵立目："我们有几千年的文化文明史你们有吗？"

爱丽丝："那是你们的过去，可是现在呢？"

赵立目："唉，华夏文明几千年来一直被外族侵略。自宋朝灭亡后，几乎就没有了华夏文明了。"

爱丽丝："达令，我也真想和你一起回到大宋，可是办不到啊。达令，等这段事情过去，你还是和我一起到英国去吧。英国虽是我的故乡，但是我从来没有踏上过一步。我真的想看看我的故乡到底什么样儿？"

赵立目："达令，故土难离呀！中国现在虽然是满目疮痍，四面楚歌，但毕竟是生我养我的地方。但凡能够苟且偷生谁也不愿意流亡海外。"

爱丽丝说："你不是说人挪活树挪死吗？你可以忘了，但是我忘不掉啊。我们又不是真的去移居海外，只不过是到海外去玩一玩、转一转、看一看而已。转上一圈儿，躲过这场灾难再回来不是很好吗？"

柏罗恩："是啊，赵先生，您是应该到海外去转一转，看看外面的世界，跟你们大清国真的不一样，过了这阵子我陪你到德国去转一转。我们德国也有皇帝，可是德国的皇帝不像你们那个老太后那么霸道。"

第二天齐如山过来拜见老师。双方互相问询后坐着喝着咖啡。

齐如山："先生要去大使馆去住。正好我今天听了个消息，太后让礼部官员去慰问各使馆人员。没准儿这正是个机会。"

柏罗恩："打仗就打仗嘛，搞什么慰问呢？这么奇怪的事儿，只有你们大清国才能发生。不可思议，不可思议！"

正说着呢，门房来报方伯根来访。

方伯根："朝廷派董福祥的部队保护各使馆安全。"

赵立目沉吟道："兵不厌诈，难道是老佛爷使计？兵不血刃就占领使馆。"

方伯根："听说是听了张荫桓的建议，肃王、庆王、那王都附议。这不朝

廷还吩咐给各使馆送去蔬菜水果呢，上边儿把这个差事交给了我去办理。"

柏罗恩："不可信，看来他们是要进攻使馆了，我得赶快回去。"

赵立目："不管是真是假，这倒是你回去的好机会。"

齐如山："先生可以跟着方大人的慰问队伍回使馆去。"

柏罗恩坐着轿子和方伯根的队伍来到了德国大使馆面前。见大使馆门外席子上坐了二十几个兵，三个一堆五个一伙，正坐在席子上喝酒划拳呢。

使馆大门紧闭。使馆墙上有人露出头和外边对话。方伯根要把蔬菜水果送进使馆内去。使馆内人说："放在门口即可，一会儿我们自己去拿，就不劳你们大驾，谢谢了。"柏罗恩迅速下轿，靠着使馆的大门，握着手枪看着前方和使馆内的人通话。

方伯根等人把蔬菜水果放在门口，退了回去。使馆大门开了个缝。几支洋枪对着外边，猫着腰出来几个使馆工作人员，仔细检查了，送来的水果蔬菜没有可疑物件，就和柏罗恩等一起进了院子关了大门儿。

肃亲王府由于离着使馆区太近，经常遭到枪炮的轰击。肃亲王无奈只好搬到北城暂避。保二爷把狗剩儿安排在董福祥的部队去当炮兵，把猴崽子安排到神机营去巡城。

围攻西什库教堂的是八旗炮营，阵地设在黄城西北角和西华门两处，每处用杉篙搭成架子，架子上铺上方木。方木上放了两尊铜炮，时不时地向西什库教堂轰两炮。

董福祥的军队在东长安街一带攻打东交民巷使馆区。地面进攻是有一搭无一搭，主要是用炮兵。炮位多设在天安门以东一带，因这里高墙林立，容易隐蔽。大使馆内只有轻武器没有大炮，炮位设在这里能打到使馆，没有挨打的可能性。

狗剩儿所在的炮位正在南长街南口。炮位的架子下面铺了一领席子，是炮兵们休息吃喝的地方。

狗剩儿买回来几盒儿盒子菜和七八壶烧刀子摆在席子上，招呼大家来吃饭。

上面的炮兵刚装好炮弹，准备放炮，就说："哥几个，你们先吃着吧，我们再来几下。"

上边儿放了两炮。坐着喝酒吃饭的小军官说:"凉咧吧,歇会儿再放。狗剩儿这小崽子还真会买东西,这家的盒子菜还是真有味儿,下来吃点儿吧。"

上面的炮兵说:"二哥,您太周到嘞。上边儿也不累。我擦擦炮就下去。"

狗剩儿撂下碗筷,马上就爬了上去说:"哥,你下去吃吧,这擦炮的活儿我来干。"

猴崽子跟着神机营四处巡城。带他的师父叫恩海,是个八旗子弟,也是有名的神枪手,三丈外一抬手就能打灭一个燃着的香头。大家都说他拔了份儿了。

"拔了份儿了"这个词组的创建,说起来还跟老外有些关系。原来英文第一叫作 first,外国人什么做的棒都称第一。四九城的爷们儿不服气,就借用过去拔贡的说法。你不是第一嘛,我就是在你们第一里选拔出来的第一,比你的第一还厉害。

德国公使克林德带着官兵打退了义和团的进攻,又率着官兵追杀义和团,并把缴获义和团的刀枪及杀死的义和团团员的衣物送到总署衙门,并提出抗议。在京城的各国使馆官员士兵都对他竖起了大拇哥大叫:"First!"

这天克林德手提着枪,坐着轿子行到东单牌楼的时候,正碰上恩海带队巡逻。猴崽子指着他的轿子说:"海爷,坐在轿子里的就是那个份思特(first)。"

恩海提着枪挡在轿子前面。克林德大怒,在轿子里冲着恩海开了一枪。恩海一闪身躲过了这一枪,一抬手也向轿子里还了一枪,一枪致克林德于死命。

洋兵冲过了八里桥防线,很快抵达北京城下,开始向北京城进攻。东直门和齐化门之间的城墙被轰出几个豁口,日本兵率先攻进城,英国军队的印度兵由东边门水关冲进了城里。京城被外国军队攻占了。慈禧带着光绪和大阿哥逃出了京城。

德国军队以克林德事件为由为难清政府,要率兵追击慈禧太后。清政府为了停战议和马上对克林德事件发布上谕。上谕文如下:

上 谕

闰八月初二日（公元 1900 年 9 月 25 日）

德国驻京公使克林德，前被匪戕害。业经降旨，深为惋惜。因思该使驻华以来，办理一切交涉事宜，和平妥洽，朕追念之余，倍深珍惜。著赐祭一坛，谈派大学士昆冈即日前往奠祭。灵枢回国时，并著南北洋大臣妥为照料。抵本国时，再赐祭一坛，派户部右侍郎吕海寰前往奠祭，用示笃邦交惋惜不忘之至也。

——《义和团档案史料》，故宫博物院明清档案部编

德国官员和清政府官员交涉，明确指出此人不是拳匪，而是你们神机营的军官，必须正法，不然德国政府不予甘休。

恩海得知消息后，不等清政府逮捕自己，就自己来到刑部大堂说："那个洋人是我杀的，一命抵一命，要杀要剐，随你们便吧。"

杀恩海这天，刑部在法场旁设置了很多椅子，请德国使馆官员、军人及各国使臣观看。

恩海在囚车上大叫："二十年后，爷们儿还是一条好汉。"

猴崽子端了一碗酒拦停了囚车并哭喊道："师父，徒儿给您送行来啦。"说完把酒端到恩海的嘴边儿喂了进去。

围观的老百姓议论纷纷。

观众甲："是条汉子，够爷们儿。"

观众乙："胆子可不小，竟敢杀洋人，这不是自作自受嘛。"

观众丙："就你个能孬种，瞎逞什么能啊？人家都往后稍，就你还往前冲，不杀你杀谁呀？"

观众丁："哼，他要是不杀洋人，洋人也不会打到京城来。这么处死他，便宜他了，应该叫他千刀万剐。"

……

光绪二十六年九月十四日（1900 年 11 月 5 日）。德国公使在各国公使和清廷议和的会议上，加入一款议和补充条款即要求清廷："派遣一个以亲王为

首的特别使团前往柏林。"(《英国蓝皮书有关义和团运动资料选译》)参加克林德的安葬仪式。

清政府派醇亲王载沣为专使大臣前往德国参加该项活动。

光绪二十七年五月初三日(1901年6月18日),德国驻华公使馆再次照会清政府要求于克林德"被害处用大理石竖立牌坊一座东西宽满崇文门大街"。清政府不敢违抗,即将其作为附件之一,连同十二条大纲一同并入《辛丑条约》。

经过一年多的时间,于光绪二十八年十二月(1903年1月)克林德碑终于竣工。白石柱座,四柱三楼,其上以拉丁、德、汉文字各书清帝"惋惜凶事之旨"。

曰:

> 国家与环球各国立约以来,使臣历数万里之远驻吾华,国权所寄至隆且重,凡我中国臣民俱宜爱护恭敬之者也。德国使臣克林德,秉性和平,办理两国交涉诸务,尤为朕所深信。于本年五月,义和拳匪阑入京师,兵民交讧,竟致被戕殒命。朕心实负疚焉。业经降旨特派大臣致祭。并命南北洋大臣于该使臣灵柩回国时妥为照料。兹于被害地方,按期品位树之碑铭。朕尤有再三致意者,盖睦邻之宜,载于古经。修好之规,详于功公法。我中国夙称礼仪之邦,宜敦忠信之本。今者克林德为国捐躯。令名美誉,虽已传播五洲,而在朕惋惜之怀,则更历久弥笃。惶望译读是碑者,睹物思人,惩前毖后。咸知远人来华,意存亲睦,相与开诚布公,尽心款洽。庶几太和之气,洋溢寰区,既副朝廷柔远之思,益保亚洲升平之局。此尤朕所厚望云
>
> ——《义和团档案史料》

坐落于崇安门大街西总布胡同西口的克林德碑整整立了十八个年头。直到1918年,在第一次世界大战中德国战败,中国作为协约国的一员,以战胜国的姿态拆除了克林德碑。

第二十三回

1919年，协约国要求德方修复克林德碑，修复好的克林德碑安放在中山公园社稷坛，改称"公理战胜"坊。1953年，亚洲及太平洋地区的代表在北京召开和平会议，会议决定将"公理战胜"坊改名为"保卫和平"坊，由郭沫若题字一直屹立到现在。

西什库教堂是北京四大教堂中的北堂，原址在中海西岸，地点叫作蚕池口，是康熙皇帝酬谢传教士的赐地。康熙皇帝当年得了疟疾，用中药治疗久不好。耶稣会传教士进奉西药，两天即愈。遂康熙赠地为谢。传教士在此建成大教堂历时四年完工。康熙亲自提匾额"万有真原"，并命名为"救世堂"。到乾隆年间，该堂基本废弃。道光七年（1827）被拆除。到咸丰十年（1860）根据《北京条约》的款项，又将该地归还给教会。法国大主教威尔在原址重建了大教堂。法国人运来一批飞禽，放置教堂内饲养，称之为"百鸟堂"。

光绪十二年（1886），慈禧皇太后要修整三海，将百鸟堂划入苑中。与法国公使签订了《迁堂条款》：拨给西什库一块地，约合20英亩供建新堂使用，并补偿拆迁费库银四十五万两。

北堂迁到西什库后，人们称作"西什库大教堂"。据《燕京开教略》记载：其堂之格局，堂内空地总长二十五丈四尺有余，正祭台前后左右计宽十丈。

进堂时，必经三排铁栅而入，铁栅正中有铁门，系巴黎巧匠所制，堂之正门建于高四尺五寸的青石平台上，台三面皆有汉白玉栏杆绕护。台的正中及左右有台阶儿三起。楼正面有长一丈二尺、宽四尺八寸的汉白玉一方。镌刻着耶稣善牧圣像。大堂正面两旁有中国式皇亭各一座，内藏皇帝圣谕石碑各一块。

堂之首层，其墙砖每块俱重六七十斤。堂中明柱三十六楹，柱基石皆汉白玉，柱顶俱镂菘菜叶形，玲珑可观，每柱计高四丈九尺，皆为美国运来的桧木。

堂之正身，有双尖洞牖十二，高约三丈。蔽以五色烧花玻璃，灿烂夺目，系巴黎所产。在大堂后面建有耶稣受难小堂，与大堂相通，间以玲珑隔扇。

大堂正祭台雕楼精致，金碧辉煌，尤为美观。正祭台外又配台九座，油漆描金，亦颇艳丽。正祭台后三面俱列歌座，在大堂正门内。建有乐楼，楼上设置巨琴，系法国所制，琴座为京城巧匠所雕。

自西什库教堂建好以后，该堂就成为京城地区天主教会活动的中心。

京城东西南三座教堂陆续被清军和义和团攻战后，一万多义和团团员在大师兄的带领下加紧进攻北堂。这群昔日以练拳为主的乡村青少年，以大红粗布包头，头正中掖着能避刀枪、子弹的关帝神马。粗布汗衫的外围围上大红布肚兜，黄布裹腿，红布腿带。手持长矛大刀，口中念的咒语。一拨又一拨地向西什库教堂冲来。

西什教堂的主教樊国梁早有准备。教堂内有法国武官恩利保率领的法国兵三十余名，还有七十余名洋人全部都拿起了洋枪。法兵在教堂两侧设枪眼六个，日夜守备。另有三千二百余名华人教民在教堂内避难，教民沿周围墙根深挖壕沟，构筑短墙，在墙内以木板搭架。挑选六百余青壮年教民，手持花枪与义和团搏斗。

第一拨冲击的义和团团员倒下后，第二拨在大师兄的命令下接着冲，跟着第三拨、第四拨全没有冲进西什库教堂。在教堂外留下一片尸体。

义和团、清军改用大炮轰击教堂。在教堂东边的旆坛寺前的空地上，架上了杉木架，请来了一尊刻有"无敌大将军"字样的神炮。第一发炮弹就炸掉了大堂的三个尖顶。在南边惜薪司胡同口，西安门城楼上大炮齐发，大炮轰塌了教堂的钟楼，打断了堂顶的十字架。在北海南门、西黄城根、北黄城处纷纷向北堂进行炮击。一天之内，大堂正面就遭受炮击八百余次。

义和团和清军还向教堂内挖地道，安上炸药，炸毁了堂内大部分建筑，炸死了数百名洋人和教民。

义和团围攻西什库教堂整整打了六十三天。随着八国联军进入京城，这场战斗和东交民巷使馆区的战斗才告结束。

第二十四回

珍妃怨沉珍妃井
天仙茶苑天仙进

四九城一被八国联军攻破，慈禧老佛爷觉得大势已去，决定弃京避难。珍妃跪在地下不肯离京，老佛爷怒道："赶快起来，随我去，再不走就来不及了。"

珍妃苦苦地哀求道："皇额娘，臣妾不走，皇帝也不能走。求皇阿玛叫皇帝留下主持大局。"

慈禧心想：皇上留下，门儿也没有。你们主持大局，还有我回来的日子吗？等事情过去，我不但回都回不来，还得叫你们给废了，有性命之忧。就说："如果你不走就死去吧。"

珍妃跪在地下不起，苦苦地哀求皇额娘叫自己和皇帝留下。慈禧一挥手，吩咐太监把她扔到井里去。

珍妃绝望地叫着李莲英："李安达，快救救臣妾，李安达，快救救臣妾。"

李莲英始终没有露面。珍妃被扔到了井里。

太监、宫女等随着慈禧、光绪、隆裕皇后、瑾妃及大阿哥自宫内徒步走出来。走至神武门时看见准备上朝的大臣。原来是京师形势紧张后，王公大臣、文武百官每日上朝不再走东西华门，而走神武门直入后宫。王公大臣、文武百官见到慈禧跪了一地。桂祥带着侍卫跪在地下问："佛爷这是要上哪儿去？"

慈禧余怒未消，挥了一下手，桂祥会意，即请慈禧上车。慈禧上了桂祥的朱伦紫疆大鞍骡车，桂祥坐在车外。此轿车上围蓝呢，下围红呢，原为清贵族特批之仪仗车。

光绪身着青洋绉大褂,手握一赤金水烟袋,上了伦贝子之车。

两宫上车后,各王公大臣或骑马或徒步随后扈从,千十余人由景山西街出地安门西行,出西直门后,天忽降小雨。从者皆未带雨具,悉被淋湿。

出西直门而向北行,经通颐和园之御道至高亮桥。慈禧、光绪等下车入桥头倚虹堂稍事休息。

休息后再行至颐和园,两宫下车入仁寿殿打尖。各王公大臣随进殿磕头问安。慈禧见庆亲王奕劻和端王载漪怒道:"都是你们闹的!"各王吓得顿首,叩地有声。慈禧没有再说什么。

此时庄亲王载勋,蒙古王爷那彦图,辅国公载澜、载泽、志均、定昌、大学士刚毅、赵舒翘等由京城先后赶来带有千余兵护驾。

大队过青龙桥,出红山口,过望儿山、西北望等地,于傍晚到达离京七十里之贯市。

贯市以羊房毗连,是京西北大镇。居民以回民为主,信奉伊斯兰教,其先祖为康熙镖师神弹子李五。时在京城前门外开有"东光裕镖局",李氏一族甚富有。

李氏族长闻圣驾到,穿戴好官服带领族群在道边跪迎。将两宫安排在礼拜寺大殿休息,并奉上丰富的晚宴。李氏族长见慈禧、光绪等没有被褥,忙令族中女眷赶制全新红绸被褥奉送。

此夜,慈禧太后宿礼拜寺大殿,光绪及后妃宿东西厢房。王公大臣亦由族长招待饮食,分别安排于民房中。其他随驾官兵多露宿街头。

族长命人连夜赶制驼轿三乘。围上黄布,供太后、皇帝和皇后使用,以免受鞍车在郊野荒地颠簸之苦。慈禧心情稍畅,授予李族长四品顶戴,并以五品顶戴赏于精壮回民驼轿把式,以显示皇室的尊容。

第二天中午行至南口。此地受乱兵散勇之骚扰、抢劫,居民大多逃入深山。众侍卫太监到处寻觅,获得少量小米和鸡蛋,仅够供两宫后妃熬粥充饥。其他随从人员只好到庄稼地里找食物。好在当时各地丰收,尚未收割,遍地杂粮、瓜菜,兵马得以进食。众随从喜道:"老佛爷福分绵长,得天之助。"

过了居庸关，前行四十里到关沟。山路坎坷难行，骑者只能下马行走，好在慈禧、光绪所坐的驼轿如履平地，免去了下轿步行之苦。在小山村过夜，这小山村又穷又破，只收拾出三五间房子，供两宫居住。更多随从随地露宿，忍饥挨冻，相当凄惨。

夜间下了半夜小雨，众人缺少御寒衣物，只能拾柴烧火，坐待天明。次日早上，黎明即出发，继续西行过康庄。天公不作美，雨却下得大了起来。队伍在泥泞中艰难地前行，平日在宫里养尊处优的宫女和太监们如何吃得了这般苦，他们几乎是爬行着跟着队伍前进。

到了午后，怀来县城在望。可面前横着一条河，河面虽不太宽，可山洪下泻，河水泛滥。好在驼桥比较高，在桂祥的指挥下，众多士兵在驼轿两侧扶持。激流拍打着驼轿，险些把轿子掀翻。不少官兵被洪水冲倒。

众人艰难地过了河流。爬上岸后，坐在泥泞的湿地上边儿休息喘气。

傍晚队伍到达怀来县城东门，知县吴永率领僚属在路旁跪迎圣驾。这是慈禧西逃第一次见到如此官场阵式。

吴永安排慈禧住在县衙，设宴款待，鸡鸭鱼肉、山珍海味供应充足。随行官员及士兵均有安排。吴永见慈禧、隆裕等均未带御寒衣物，马上把他眷属所用的棉衣、夹袄等贡献。慈禧破天荒地第一次穿上了汉人女子的服装。

这吴永三十多岁，外表文弱，书生气十足。可就这么一个文弱书生，却办事精干。以一边塞小县，在仓皇之间能够迎接圣驾，供应自如，实非易事。

慈禧非常高兴，降旨升吴永为知府，即刻换顶戴，待回銮后复升任广东道台。即派吴永往西路各州开办传驿，赴前站预备皇差。

各路勤王人马陆续到来。两宫的轿子由四人抬逐渐变成八人抬的知府与总兵用的大轿，围以黄缎以示皇家尊严。

到了山西太原府，仓库中尚存有乾隆南游及西巡太原时所用的仪仗銮舆，这时全都派上了用场。又新赶制龙旗二十四面，以壮观瞻。地方大小官吏、村乡士绅、钱庄老板、大小买卖商铺无不尽力报效。金银财宝，所用服饰，酒肉菜肴，应有尽有。侍卫队伍，渐有秩序。慈禧、光绪的西逃队伍逐渐恢复了皇家的风貌。

八国联军进京后，占领了皇宫，各国官兵们将宫内好的东西全掠走，视为己有。

京城里，钱庄商铺大多被抢劫一空。

八国联军和留在京城的清兵，开始肆意屠杀义和团团员，并逮捕拘禁主战的官员。

为了捕杀在京的十几万义和团团员，协调作战联军推举出德国陆军元帅瓦德西任八国联军统帅，庚子年七月十三日（1900年8月7日）德皇帝威廉二世正式任命瓦德西担任该职。

既是联军统帅，在京城就需要有统帅座帐办公的地点。瓦德西的参谋长、德军陆军少将许华兹建议将皇宫作为统帅府。德籍中国裔副官何甫认为兵源不足，若使用皇宫作为统帅府太大，难以警卫布防，召开会议又有诸多不便，建议使用西苑（今中南海）仪鸾殿作为统帅府。

京城中部的中海、南海、北海合成为三海，现称为中南海，原名太液池，是历代帝王的宫苑禁地。元代的皇宫即建在此。明朝为了破元朝的龙脉，压制元朝，所建宫殿东移即今日故宫的位置。故宫建好后，太液池仍为皇家禁地，因为在皇宫之西，故称之为西苑，又名西海子。由皇宫出西华门，过西华门大街进入西苑门便到达西苑。

清代承袭明朝的制度。以西苑作为皇家"演耕""阅射"避暑游玩的地域。据于敏中等所修的《国朝宫史》记载："周广数里，夹岸多槐柳，池中蒲藻交纷，禽鱼翔泳，为仙洲圣地。"燕京八景之一乾隆皇帝御笔亲书"太液秋风"碑现存在中海的水云榭内。

演耕，康熙年间在中海西岸南边建造了丰泽园之后，每年春天的演耕仪式就移到了此处。演耕时，先牵来一头牛。太监举起两米左右的长鞭甩出响声，牛开始犁地，称之为"打春"。这一专有名词一直延续到现在。不过太监挥甩长鞭的动作却演绎成了一种群众体育项目。全国各地的公园、城市的空旷处到处都有玩挥甩长鞭的人群，即始源于此。打完春后，皇帝拿起农具，在丰泽园前的空地进行农事操作，以展示勤劳和劝民耕作。此项活动一直延续到清王朝灭亡而止。

阅射，此项活动大约起于明世宗嘉靖三年（1524）。明世宗在此处建了一座大高台，在台上观武将骑射比赛。后把高台废掉，建造了紫光阁。经过历次修整一直保存到现在。

清代秋季武进士在紫光阁进行殿试，并在苑内进行骑射比赛。

清咸丰十年（1860）圆明园被毁。

那么驰名中外的圆明园究竟是什么样子呢？我们不妨大致叙述一下。

圆明园的初建始于明朝。明万历年间的学者蒋一葵在《长安客话》中说："高梁桥西北十里，平地有泉。滮洒四处，淙汩草木之间。潴为小溪，凡数十处。北为北海淀，南为南海淀。远树参差，高下攒簇，间以水田，町塍相接，盖神皋之佳丽，郊居之选胜也。"

蒋一葵这段文字告诉我们，在明万历年间（1573—1620）。这一地区已经成为文人墨客休闲度假的胜地。在此期间，著名学者、书法家米万钟在此以"海淀一勺"为意建勺园。孙承泽《春明梦余录》载："园仅百亩，一望尽水，长堤大桥，幽亭曲榭。路穷则舟，舟穷则廊，高柳掩之，一望弥际。"皇亲国舅们游米万钟的勺园后，羡慕不已。万历皇帝的外祖父武清侯李伟，为争奇斗富，于是在勺园的上游建造一座更规模宏伟的园林，以"水木清华"为意，取名清华园。陶允嘉《泽农吟稿》中这样记述清华园："缭垣约十里，水居其半，叠石为山，岩洞幽窅。渠可运舟，跨以双桥。堤旁俱植花果，牡丹以千计，芍药以万计。京国第一名园也。"

明末李自成进京，满族人入主中原，两园尽毁。清初诗人王士祯看到勺园园景旧画，凭吊了勺园、清华园两处遗迹。抚今思昔感慨万分，不禁洒泪赋诗一首。

西勺桥上月初生，西勺桥下水澄澄。
绮石回廊都不见，游人还问米家灯。

清康熙皇帝擒鳌拜、平定三藩之乱、收复台湾之后，天下太平。于是大兴园林建设，在清华园旧址上修建了畅春园，在玉泉山修建了静明园，在香山修建了静宜园。

康熙四十八年（1709），康熙将畅春园北一里许的后家屯的一座园林赐给他的第四子胤禛，并赐亲笔匾额"圆明园"。据《日下旧闻考》考其圆明园之意取自古文："圆而入神，君子之时中也。明而普照，达人之睿智也。"这时的圆明园，只是一座康熙皇帝给皇子的赐园。

待胤禛做了皇帝，即雍正皇帝，从雍正三年（1725）起，圆明园开始扩建。雍正皇帝在《圆明园记》中说："建设轩墀，分列朝署，俾侍值诸臣有视事之所，构殿于园之南，御以听政。"圆明园面积增至三千余亩。园中四十余景，有雍正题词的就有二十八个景。因雍正皇帝扩建圆明园为"御以听政"。从此，圆明园成为雍正帝常居处，成为雍正王朝的政治中心。只有举行重大典礼之时，雍正帝才回到紫禁城。

物换星移，转眼到了乾隆朝。康、雍两位皇帝给乾隆留下了政治稳定、经济高速发展的大好时期，为乾隆皇帝大兴土木，提供了很好的物质基础。乾隆皇帝不无得意地说："余临御四十余年。凡京师坛庙、宫殿、城郭、河渠、苑囿、衙署莫不修整。"

乾隆皇帝首先改扩了康熙、雍正年间兴建的畅春园、圆明园、静明园、静宜园，兴建了清漪园。并不遗余力地扩大圆明园，将圆明园附近的长春园、万春园连成一片。总面积可达六千亩。虽然从占地面积来讲，仅次于承德避暑山庄，但从艺术品位上来讲，远远高过承德避暑山庄。

圆明园的建筑群体，在乾隆皇帝的亲自指导下，个个小巧玲珑，千姿百态。虽比名山大川同类建筑要小，但大有青出于蓝而胜于蓝之举。而且能突破宫廷建筑的束缚，广取江南士大夫名园、优秀民居之长处。并在江南名园落成后，乾隆皇帝欣然命笔或作诗和写记。我们不妨略叙一二。

安澜园，仿自浙江海宁隅园，该园原是南宋安化郡王王沆故园。后经明万历年间，太常寺少卿陈与郊在其废址重建。因陈与郊号隅阳，故名为隅园。清雍正年间，大学士陈元龙告老还乡。购得此园为养老之所，加以扩建更其园名为"遂初"，陈元龙死后，其子陈邦直，天子门生，乾隆朝进士，翰林院编修，深得乾隆恩宠。特旨批假一年，修整园林，为乾隆第三次南巡在此园

驻跸做准备。陈邦直受宠若惊，快马加鞭、披星戴月回到家乡。为了迎接乾隆南巡，将遂初园扩建至百亩，为迎接乾隆南巡随驾的大批官员，新建亭台楼阁三十余所。沈三白在《浮生六记》中云："陈氏安澜园，地占百亩，重楼复阁，夹道回廊。池甚广，桥作六曲形。石满藤萝，凿痕全掩。古木千章，皆有参天之势。鸟啼花落，如入深山。此人工而归于天然者。余所历平地之假石园亭，此为第一。"

乾隆在此驻跸，龙心大悦，赞其结构甚佳。因此园林临近海塘，乾隆特赐名为安澜园，并御笔亲书。传旨工部将园景绘制成图，在圆明园中仿建。

狮子林，是元代著名画家倪瓒设计的。他的画作《狮子林图》，使其园广泛流传。乾隆南巡造访于此，令绘园林景图以宫内收藏的《狮子园林图》相对照。在长春园之东依图建造狮子林。竣工后，乾隆在狮子林和臣工们饮酒作诗。乾隆在《狮子林八景诗序》中说："狮子林之名，赖倪迂图卷以传。此间竹石丘壑皆肖其为之，冠以旧名，志数典也。"

瞻园，原是明初开国功臣徐达在南京的府第，清代为藩司衙署。乾隆南巡时驻跸于此。亦绘图仿建于圆明园中。乾隆与臣工在此作诗的诗注中亲笔写道："江宁藩司署中瞻园，即明中山王徐达西园之旧，是园规制略仿之。"

小有天园，原址在杭州南屏山下。乾隆南巡到此自叹云："为之流连，为之倚吟。"遂赐名为小有天园。乾隆回京后，在长春园思永斋东建小有天园，并作《小有天园记》。

上下天光园，一见此园名称，不禁让我们想起初中课本所载的范仲淹《岳阳楼记》："春和景明，波澜不惊，上下天光，一碧万顷。"我们不妨遥想此园中，模仿洞庭湖山水之美，偌大的池中漂着一叶扁舟，大有宋代词人张孝祥《过洞庭》之意境："洞庭青草近中秋，更无一点风色，玉鉴琼田三万顷，着我扁舟一叶。"

乾隆在《上下天光诗序》中说："垂虹架湖，蜿蜒百尺，修栏夹翼，中为广亭，縠纹倒影，滉漾楣槛间。凌空俯瞰，一碧万顷，不啻胸吞云梦。"

西峰秀色园，《日下旧闻考》中云："河西松峦峻峙，为小匡庐。"看来西峰秀色园是模拟庐山景象。

坦坦荡荡园，是仿杭州玉泉观鱼。

坐石临流园，是仿王羲之写《兰亭序》的兰亭园景。

夹镜鸣琴园，自然是从唐代诗人李白《秋登宣城谢朓北楼》"江城如画里，山晚望晴空。两水夹明镜，双桥落彩虹。人烟寒橘柚，秋色老梧桐。谁念北楼上，临风怀谢公"的诗句中化出。乾隆在《夹镜鸣琴词序》中说："取李青莲两水夹明镜诗意，架虹桥一道。上构杰阁，俯瞰澄泓，画栏倒影，旁崖悬瀑水，冲激石罅，玎琮自鸣，犹识成连遗响。"

杏花春馆，取自唐代诗人杜牧的《清明》一诗。

武陵春色园，取自晋陶渊明《桃花源记》。

蓬岛瑶台园，旧名蓬莱洲。上面的匾额"神洲三岛""瀛海仙山"等为其父雍正皇帝所题。乾隆将此园加以修缮，保持旧貌，以示不忘父皇之意，将蓬莱洲改为蓬岛瑶台园。借此向天下明示，现在不是雍正时代，而是乾隆时代。乾隆在《蓬岛瑶台诗序》中指出其父雍正建此园之出处为唐代山水画家李思训画作《仙山楼阁图》。乾隆在《蓬岛瑶台诗序》中说："福海中作大小三岛，仿李思训画意，为仙山楼阁之状，岧岧亭亭，望之若金堂五所，玉楼十二也。"

北远山村园，是仿王维的《辋川图》而作。

至于平湖秋月、柳浪闻莺、曲院风荷、三潭印月、南屏晚钟、雷峰夕照等西湖景色，就连景带名一起照搬入圆明园中。正是："谁道江南风景佳，移天缩地在君怀。"

在圆明园中还有一些印度、东南亚佛教形式的建筑，如供奉佛像的舍卫城等。

圆明园中有表现欧洲建筑艺术的园林，乾隆命当时在京供职的意大利画家郎世宁组建西洋建筑群。郎世宁奉命召集法国、意大利等国建筑师、园艺家们，以欧洲巴洛克风格为主调，巧妙融合中国园林建筑的艺术风格，先后建成六栋洋楼，俗称西洋楼。

海晏堂，是六座洋楼中最大的一座西洋楼。上下两层，十一开间。地面有水池，水池两侧各有六只兽首人身铜像。依次是：鼠、牛、虎、兔、龙、

蛇、马、羊、猴、鸡、狗、猪十二属相，分别代表子、丑、寅、卯、辰、巳、午、未、申、酉、戌、亥十二时辰，组成一座别具风格的大钟。每一时辰，有代表这一时辰的铜兽口中喷水。午时则十二只铜兽同时喷水，这就是"大水法"，现代叫作喷泉。

远瀛观，该观台基之下，有一半圆形水池，池中有铜鹿一只，做奔跑状。鹿两侧各有铜狗五只，从狗口中喷水射向铜鹿，此大水法，俗称"十狗逐鹿"。

我们今天看到的颐和园是光绪年间的建筑。光绪年间，把康、雍、乾时期的三山五园的清漪园重新规划建设，这项工程是由当时的皇家设计院样式房来承担的。样式房对皇家殿、堂、亭、台、楼、阁的结构尺寸设计主要依靠于传统的《营造法式》。为了便于帝王观赏欲建的殿宇亭台楼阁的大概形状，工匠们就要绘制建筑图画，制作建筑模型，即我们今天所说的效果图和沙盘。当时清宫样式房主持这样的工作的是一个雷姓的杰出匠人家族，故叫作"样式雷"。

其实样式雷家族是有传承的。可这话得分谁说，若是湖南人说叫作"策"，若是四川人说叫作"摆龙门阵"，若是北京人说叫作"侃大山"，若是文人说叫作"牵强附会"，若是市井百姓说叫作"臭拽"，若是地痞流氓说叫作"吹牛"，可若是外国人说则叫作"中国建筑科学史"。正是外来的和尚好念经，我们不妨看看外国和尚怎么念中国的经。

英国学者李约瑟在《中国科学技术史》中有一篇文章《中国文献中的建筑科学》。我们不妨摘录几段：

中国最早的字典，周和西汉的《尔雅》中，就有专门叙述有关建筑事务的一篇"释宫"，其中许多技术术语含义嗣后一直保持下来，很少改变和没有改变。以后出版的各种词典，经常有类似章节。清代一些学者，进行了有益的研究来解释古建筑名词的词句的含义。

主要文学传统中载有实际建筑方案的是《三礼图》。在东汉有两本同名的书。一本是著名注释家郑玄注的，另一本是与他同时代的阮谌注的。大约于公元600年,夏侯伏郎增加了一套重要的插图。

有关建筑平面图,可在《三礼图》第四卷中找到。包括明堂、宫寝制和王城。各个时代仪礼的作者们继续凭空想象,进一步说明这些建筑。如1193年李如圭的《仪礼释宫》和18世纪早期任启运的《宫室考》太庙的规划是与上述有关的研究。

然而,所有这些都停留在纯学术上。只涉及建筑的一般布局。而未涉及建造技术。有些脱离匠师和匠人们的实践。不过匠人中许多名字一直流传到现在,也很有可能学术和实践这两个传统曾有所接触。在8世纪,张镒可能知道像康誉素这样的人。在10世纪和聂崇义同时代的人物中,有许多是杰出的匠师,如宫殿建造者孟德预,铁匠兼门楼及寝宫的设计者李怀义。画家兼建筑制图员胡翼和郭忠恕。清代满人纳兰成德一定了解"样式雷"家族,包括像雷发达和他的儿子——圆明园最早部分的建造者雷金玉。

——李约瑟《中国科学技术史》

关于中国建筑模型的出现。李约瑟先生从二十四史之中的《南史》中找到了答案。李约瑟先生把这段《南史》翻译成了英文。中国学者又把这段英文翻译成了现代汉语。挺有意思的,现在试录如下:

在六朝时期,建筑图及模型已出现了。大约公元491年。据《南史》:崔元祖对皇帝说,他的外甥蒋少游就要到京城来了。崔元祖建议皇帝命令他制作一个(新的?)宫殿建筑的模型,("模")并留用他。但皇帝并不觉得可以遵从这一建议。所以,在绘制了宫殿的图画之后,崔少游就回去了。

——李约瑟《中国科学技术史》

李约瑟《中国科学技术史》翻译出版委员会将《南史》原文,列注于下:

> 永明九年，魏使李道固及蒋少游至，元祖言臣甥少游有班，倕之功，今来必摹写宫掖，未可令反。上不从，少游果图画而归。
>
> 17世纪姜绍书写过一段关于专门绘建筑图的画家的有趣笔记。虽然这些图并不是建筑方案。但毫无疑问能对业主和建筑者都有所帮助。这种画法叫"界画"，以区别于朦胧的山水画那种较为模糊的形象。
>
> ——李约瑟《中国科学技术史》

李约瑟在这里提到的姜绍书为清代学者，著有《韵石斋笔谈》一书。

当李约瑟先生仔细研究宋代李诫的《营造法式》一书中的建筑施工图。兴奋地向全世界科学界宣告："以致我们终于差不多可以谈到现代意义上的施工图了——这在所有文明中或许也是第一次。"

随着帝王的需要，建筑施工图和模型逐渐形成了两种用途。建筑施工图和成本预算，是由少数主管建设的大工匠所掌握。模型也就是现代意义的沙盘，则是大工匠们向皇宫帝王、主管工程的大臣们展示欲建宫殿园林效果的物件。模型的直观效果，使工匠们能少费口，尽快获得帝王的批准和所需资金。清代的样式房就是做这两样工作的机构。

民间则不同，因为从周代起建筑规模、结构、用料、装饰都有严格的等级制度的规定。像皇宫建筑用的庑殿式建筑结构，不但民间不能使用，即使亲王使用也算越制，被视为有二心，难免杀身之祸。对于门的要求，也有严格的限制。如"王府大门"是清代八个铁帽子王府的配置，"广亮大门"则是省部级以上官员的配置（详见笔者《旧时明月》一书）。像装饰用的彩绘"和玺彩画"只有皇宫可以使用，亲王最高可使用"旋子彩画"，等等，一般的士大夫乡绅就只能用苏式彩画了。

民间建筑的房屋厅堂、亭、阁、楼、榭单体建筑都有明确的尺寸规矩。这些尺寸结构，民间匠人则烂熟于胸，根本无须看建筑图纸。

1840年，英国资产阶级发动了侵略中国的鸦片战争。战争结局，清政府败北，签订了丧权辱国的《南京条约》，使中国社会走向半殖民地半封建社会。

1860年春，英法联军两万余人、军舰两百余艘再次侵略中国。四月占领舟山，六月占领大连、烟台，七月直逼大沽口外。当时清军的战神僧格林沁率骑兵迎战。在咸丰皇帝的掣肘下，在投降派大臣不发救兵、不发补给的内外交困情况下，顽强地坚持了十余天。僧格林沁表示要与炮台共存亡。可咸丰皇帝连连下旨："天下根本不在海口，实在京师。""万不可寄生命于炮台，切要！切要！以国家依赖之身，与丑夷拼命，太不值矣。"僧格林沁遵旨弃炮台逃走，直隶总督恒福向侵略者投降，侵略军一路乘胜北上。咸丰皇帝一边向热河逃亡，一边命其弟恭亲王奕訢为议和大臣在北京和侵略者谈判。

一座世界上最伟大的皇家宫廷建筑，于1860年10月18日被侵略者点燃，毁于一炬。

慈禧非常留恋她少年时代生活的圆明园，圆明园的一草一木和她都有深厚的感情。她在那里被咸丰皇帝宠幸，生下皇子同治皇帝，那里是她走向统治地位的起点。那一桩桩的往事、一件件的喜怒哀乐不由自主地涌上心头。

她被选进宫，安排在圆明园的桐荫深处。虽然见不到家里的亲人，皇宫园林毕竟比她破落的家庭强百倍。不少被选进来的秀女，别离父母家庭，被关在一个园子里，犹同囚禁一般，不免整日哭哭啼啼，以泪洗面。她经历过家庭的变故，对目前的一切非常满足，整日在院子里疯跑乱玩的个不亦乐乎。

京城地安门里，有个满族破落户家庭，这个破落户家庭的祖宗，原是叶赫部的子孙那拉氏，入关后因战功，封为承恩公。清代的袭爵，除铁帽子王外是每代递减，传到第十二代子孙名叫惠征，在官府里混个笔帖式作，靠着满族特供的钱粮糊口。到了二十多岁才混上了一个小小的司员（相当于今日的一般科员）。虽然是个小小的司员，也算是有了正式的职称，就娶了佟佳氏为妻。佟佳氏的父亲是朝中大员，佟佳氏倒是贤惠，小夫妻俩也是恩爱，嫁过来第二年生了一个儿子取名叫桂祥，隔了几年又怀上了。

这一夜，佟佳氏躺在床上翻来覆去怎么也睡不着。蒙眬中见屋里来了只怪鸟，定睛一看，是只凤凰。这只凤凰能人言，对她说道："娘，我带您看看天国的花园。"凤凰载着她在天上飞来飞去，飞进了一座城池，城中尽是奇花异草，芳香扑鼻，万紫千红。她站在花丛中，惊讶地看着这叫不出名儿的花

来。凤凰在她身边飞来飞去，好像是陪伴着她欣赏这花园中的景色，红彤彤的太阳在花园上空慢慢地升了起来，照得花园五彩缤纷，更加绚丽。在花园中慢慢地散步，心情无比愉悦。突然间，太阳发出万丈光芒，晃得她看不清花园中的景色，那凤凰见此情景，把翅膀一甩，那太阳竟隐入了云中，没了太阳的花园渐渐暗淡下来。突然间天空中又出现一轮明月，照得如同白昼一般。但这月亮的光未免有些惨淡，冷冰冰的，使她有些不寒而栗。那凤凰展开双翅飞到空中，围着月亮回旋不停，转了几圈突然用长尾一扫，竟把那月亮扫了下来，那月亮在空中变成一束白光，竟然飞入她的口中，钻进肚子里，她觉得五脏六腑如同撕裂了一般，她大叫一声，醒了过来，原来是南柯一梦。

惠征听到叫声也吓醒了，起身点亮了灯。见夫人大汗淋漓，喘息不止。佟佳氏捂着肚子对丈夫说了梦中的奇景。惠征听了也感叹不已，认为是个吉梦。

过了两天生下一个女孩儿，夫妻俩非常高兴。满族人跟汉人不一样，他们非常注重女孩，因为满汉不通婚，女孩儿可以被选为秀女，就有可能爬上高位。即使当不上皇后，弄个嫔妃、贵妃也比男孩儿出息大。

到了惠征这一代，满族人已经完全汉化。生在官宦世家的惠征琴棋书画、诗词歌赋的造诣已和汉文人没有多大区别了。

大女儿兰月，生下来就非常漂亮，深得父母亲朋的喜爱。可能是因为梦的启示，大家都认为她有仙骨神姿。比王嫱、杨贵妃还要漂亮，给她起了个绰号叫白玉观音。

惠征把自己所学会的东西尽数交给了兰月，这兰月也聪明，不到十岁，四书五经、诸子百家便读得烂熟。诗词歌赋也作得来，可下笔成章。还画得一手好画，写得一手好字。惠征非常高兴，在家里又教兰月玩起了吹拉弹唱。什么皮、黄、昆、乱、十不闲、民间小调，凡是他会的全部倒给了兰月。这兰月也是聪明，只要惠征唱一遍，她就能一字不落地唱下来，虽然是个女孩子，可生、旦、净、丑全能学得像模像样。加上天生有一副好嗓子，竟然是青出于蓝而胜于蓝，比惠征唱得还好，还动听。惠征非常高兴，又教起了乐器。父女俩在家里一个拉一个唱，一个唱一个拉，就玩了起来。佟佳氏觉得有点儿不像话。就劝丈夫说:"她毕竟是个女孩子,你不能像带男孩子这样玩儿。"

惠征:"我倒想带男孩子玩儿呢。你看咱们家那桂祥,尿得三脚都踹不出个屁来。我也不是没教过他。教他写个字儿吧,歪歪扭扭。教他画个画儿吧,他能把兰花画成木头棒子。唱个曲吧,三天都学不会一句。好不容易学会了吧,还荒腔走板没法儿听。"

佟佳氏:"那咱们也不能把女孩儿当男孩儿养啊。"

惠征哭丧着脸说:"夫人哪,我这不是自娱自乐,给自己找乐子嘛。我那点儿俸禄再加上桂祥那点儿钱粮,还不够咱们家嚼谷的。要不是我的老泰山、你的父亲接济咱们,咱们的日子简直没法儿过呀。哼,我要是有钱一定弄个场面,在家里弄个堂会。请岳父大人全家过来热闹热闹。唉,小子无能啊!只能跟姑娘这么自拉自唱地玩玩儿呀。"说完伤心地滴下几滴眼泪来。

佟佳氏看到家里贫寒,就求父亲给她的丈夫安排个挣钱的营生。没多久他父亲就给惠征安排了芜湖海关道台之职这么一个肥差。

到了芜州,惠征按照惯例请了一个绍兴师爷。这个师爷叫周树文,不但精通刑律,而且还大有才情,诗词歌赋、吹拉弹唱无所不通。当地俚语小调,无所不会。惠征一见如故,视为知己。公事办完,惠征经常请师爷到家里来小酌,那桂祥上不了台面,兰月便男装打扮过来凑热闹。佟佳氏呵斥兰月不要胡闹。惠征却不置可否笑而不言,他看着女扮男装打扮,比京城里的相公还要漂亮的兰月,心里总琢磨着她要是和桂祥换个个儿那不美死了。师爷知道他们满人女孩子不像汉人女孩子那么规矩,讲究那么多避讳,也就不以为意。

这兰月和师爷却聊得来,总是缠着师爷问这问那。周师爷也非常喜欢这个女孩子,总是有问必答,知无不言,言无不尽。感慨地对惠征叹道:"若是个男孩儿就好啦,虽然是满汉文人一般不同考,您的这位女公子若是个男孩儿参加满族科考,那状元郎是十拿九稳、手拿把攥的。就是和汉人文士同考,我看也输不了哪儿去。不弄个状元,弄个探花也是大有希望的。"

从此,这师爷把兰月当男孩子看待,江南戏曲、俚语小调尽数教来。这

兰月经常看到师爷拿着文档，觉得挺新鲜，挺好玩儿的，也向师爷请教，师爷耐心地给她讲解官样文章上下文的写法。

从师爷那儿兰月知道了赫塔晴岚、玩鞭春色、神山时雨、雄观江声、蛟矶烟浪、白马洞天、荆山寒壁、吴波秋月芜湖八景。

这惠征只要得闲就带着兰月游遍了芜湖的山山水水。兰月玩得非常开心，可父亲在衙门里有公事，不能每天陪着她玩儿。她就换了男装，带着丫鬟一起出去玩儿。

兰月穿上一件石青色的江州织长袍、苏州造的滚边儿黑马褂，脚蹬一双皂色缎鞋，头上顶着瓜皮小帽，帽子中间镶了一块碧玉，一头乌发打了一个男士的发样，丫鬟也男装打扮成男士模样，好在满族女人都是天足，叫人一眼看不出来是个女人，街上人都以为她是贵公子带着长随四处流荡。

这一天主仆俩打扮停当，出了道台门儿坐着轿子，出了芜湖城西门，在江岸里边儿游玩。这地方商肆酒楼一家挨着一家，是芜湖城有名的闹市。主仆二人正在街上闲逛，一阵悠扬的琴声飘到了兰月的耳中。那琴声好像勾了魂儿似的，勾着兰月一步步地走近。

这是芜湖有名的茶园，叫作天仙茶园。

"欲把西湖比西子""从来佳茗似佳人"，我国是茶的故乡，早晨开门七件事，柴米油盐酱醋茶。茶被誉为我国的国饮，英文（China）来称中国。可见茶在世界的地位之高。它已经成为传统文化的一个响亮的名片。从西沙群岛到漠河之滨，从帕米尔高原到乌苏里江，祖国无处不飘着茶香。

大茶馆、清茶馆、书茶馆、棋茶馆、落子馆、二荤铺、红炉馆、野茶馆、茶汤、茶棚好似天上的繁星点缀着祖国的大地，给国人提供了丰富的社交场所。我们就以老北京为点，简简单单地介绍一下茶馆的情况。

大茶馆一般都是庭院式的建筑，布置十分讲究，有雅座、单间。单间内桌、椅、几、榻一应俱全。散座是两人一茶几，水烟、旱烟、大烟皆具备。点心、饽饽、小吃、水果俱全。茶具一律用盖碗，文雅别致，这里茶馆吸收了南方茶馆的特色。来这里喝茶者大多是文人、闲人。喝茶形成了固定的礼仪，喝茶时不能漏口，盖碗打开先是用于拨茶，喝时则用于遮口。在这种茶馆里喝茶可以终日常饮，中午回家吃饭，下午回来还可以接着喝。堂官会把您的茶具、茶座妥为照应，俗称"泡茶馆"。老北京的大茶馆地安门外的天汇轩最为著名，其是东安门外的汇丰轩。我们从老舍先生的名剧《茶馆》中可以看到老北京大茶馆的模型。

红炉馆，因为是设有烤饽饽的红炉而得名。老北京把点心俗称为饽饽。红炉馆做出的饽饽比一般饽饽铺做出的要小巧玲珑。什么大八件、小八件样样俱全，还有专做艾窝窝、蜂糕、排叉、小烧饼的红炉馆。老北京把这类茶馆称作"窝窝馆"。

清茶馆，顾名思义是专门卖清茶的，陈设简单。一般是方桌、木椅，也有用盖碗，春夏秋三季。还在院内高搭凉棚，棚内坐散客，室内是常客，院内也有雅座，茶门前或棚架檐头上挂有木板招牌。刻着毛尖、雨前、雀舌、大方等上好茗茶的茶名。这些茶馆，清晨正点即开门儿，为的是服务于提笼架鸟、玩蛐蛐的一群人，再者就是一群闲人。清末的一老一少、破落子弟、市井杂民有早起的习惯，称为"（遛）早儿"，他们出来，提了鸟笼子，走出家门，或是在城内各公园、空地、小树林、水塘边儿，护城河两岸挂上鸟笼子，打打拳，站站桩，伸伸腿脚，活动活动筋骨。人和鸟都吸足了新鲜空气，便转回来进了茶馆。把鸟笼顺手挂在棚架上，要壶好茶，边饮茶边休息，边听鸟儿的叫声。清茶馆的老板为了招揽顾客，还帮助养鸟人组织"串套"即时进行"茶鸟会"。到冬天这里又成了玩蝈蝈、斗蛐蛐的场所。

棋茶馆，这类茶馆比清茶馆的档次要低很多。可数量却很大，用老北京话说，因为老北京的臭棋篓子太多。这些人多以车船店脚牙为主，以象棋为多，围棋较少。这些茶馆儿大多是露天的，设备比较简陋，以圆木或方木半埋于地下，上面钉上一个长条木板，画出几幅棋盘，两侧附有简单的木凳，可供喜欢博弈的茶客边饮茶边下棋。老北京人好赌，棋局也就变成了赌博的一种筹码。棋茶馆里经常有一些棋手在这里摆残局，明码标价，标好了一局多少钱，红黑两方由客人随意选。客人好奇逞强，往往陷入圈套，一旦输了还不服气，还要继续赌下去。好的残局棋手在这里的收入也是颇丰的。可老北京真正的下棋棋手却称之为野路子、野棋，不屑于与他们对弈。

野茶馆，多是以园林郊游相结合的茶馆和季节性的茶棚。北京人爱好郊游，春踏青，夏观荷，秋赏红叶，冬迎晴雪。还有好些人酷爱郊外的瓜棚豆架、葡萄园、养鱼池。俗话说"玩野了"就是这一类人的专用名词。于是，园林、郊外等地区便出现了不少野茶馆。如朝阳门外的麦子店，四面芦草池塘，环境幽僻，野趣横生，又如安定门外的六铺炕一带，四面四周一片瓜棚豆架，粉蝶翩翩，群萤乱飞，杂草野花一派田园风光。

书茶馆，在这种茶馆里喝茶不是主项，听评书是主要的内容，茶馆里三教九流，鱼龙混杂，既有诗意的官吏、在职的政客、职员、闲散文人、店铺老板、账房先生、伙计以及寓居的军阀、阔少，也有一些穷苦的大众，听评书交费不交茶钱而交书钱。高档的书茶馆布置考究，有的是藤椅藤桌，这显然是从南方学来的痕迹；有的是木桌木椅，墙上还悬挂有字画。茶馆请有名的说书艺人，说书的这些艺人被称为先生。收入由先生、茶馆老板协商分成。有名望的先生可以三七开，即茶馆三成，先生七成。一般则是四六、五五、倒三七、倒四六等不等。说的评书内容大致分为以下三种：

一、长枪袍带书。包括《三国演义》《两汉演义》《隋唐演义》之类说史的书。

二、公案书。《施公案》《彭公案》《包公案》《海公大红袍》等属于这一类。

三、神怪书。《西游记》《济公案》《封神演义》属于这一类。《聊斋》虽属于这一类，但有一个特定的专用名称叫作"鬼狐书"。

老北京著名的茶馆有东华门的东悦轩、地安门的同和轩、东安市场的仁义轩等。

天桥一带的书茶馆属于装修比上述茶馆儿简易，隶属于平民百姓的书茶馆。这里表演的内容主要是曲艺。如梅花大鼓、京韵大鼓、北板大鼓、唐山大鼓、梨花大鼓，种类很多。虽说也有说书的，但开始的时候只能说的是片段，知名的说书艺人绝不涉足此地。因为知名的说书艺人如果在这个地方说书，行话称为"撂地"，艺人一旦在天桥撂地，几乎就没有返回内城展示才艺的机会了。

落（在此读"烙"）子馆，是介于书馆和戏园的一种灵活形式。"落子"原单指莲花落等竹板书，后来包括大鼓、单弦等。因为每段的结尾常以"莲花落，莲花落"一类的句子作为衬腔和尾声而得名，实际上应叫曲艺馆比较合适。档次较高的设置等同于清茶馆、书茶馆类。如东安市场内的恒义轩，它是一座三层茶楼，楼下为清茶馆，楼上是落子馆和书茶馆，这类茶楼大多是清末的产物。

　　早期的茶馆是兼供酒菜的，是戏园子的前身，进而发展成以饮茶为主，听戏为辅。这一阶段的茶馆虽有戏曲等文艺演出，但只是收茶钱。戏曲等演出算是为了招揽顾客的一种经营手段。清末这类茶馆才正式分出戏园子。戏园子虽以演戏、曲艺节目为主，但茶也是少不了供应的一个项目。茶房在听戏的顾客面前摆放一碟瓜子、花生或者水果什么的叫作"伺候您"。加上伺候两个定语成分，这瓜子、花生、水果等一下子就翻了几倍价钱。这钱并不含在戏票中，但迎合了北京人要面子的心态，有钱的爷从不问价，一要就是一桌，随手一甩，扔出钱来，这钱总比"伺候您"的明码标价要高出许多。穷人好不容易攒了几个钱，进了戏园子也要摆这个谱，咬着牙要个一碟、两碟儿花生、瓜子也是常事儿。以满足既然进了进戏园子就不能掉这个价的面子。兰月所去的茶馆就是这个由书茶馆变成戏园子的较早形式，这类的茶馆是由南向北发展起来的。

　　兰月一主一仆两人，进了一个叫天仙茶园的戏园子。

第二十五回

谢秀才痴情高处落
周师爷巧舌平士怨

这家茶园的主人叫白开鑫。见来了一个少年公子，亲自过来，把她引导到雅座。兰月站在包厢里看了看，觉得离戏台太远。她看到紧挨着上场门的门口有一张茶桌，就走下来，在这张桌子上坐下了。兰月为什么选这张桌子呢？因为这张桌子离出场的演员最近，她才不管讲不讲什么身份去坐包厢。听完了戏她吩咐白老板，明天还来这张桌子，不能叫别人占了。兰月一连听了几天戏，听到得意处大声叫起好来，而且不管不顾，经常哈哈大笑。园子里的老板和演员们都是把她认作了相公。可这个相公从来只是两人听戏，也没有其他的傍家过来，渐渐地对她产生了疑虑，便开始派伙计悄悄地跟踪她。

这天散了戏，伙计跟着兰月见她进了道台府，就递上一钱银子赔着笑脸儿问看门儿的："大哥，刚才进去的是这家的少爷？"

看门的笑道："看走眼了吧！这是我们老爷的大小姐。"

伙计："大哥说得是，我是看走眼啦。大哥，您说可笑不可笑，光我看走眼还不算什么，我们整个园子的人，没有一个能看出来她是个娘们儿。"

看门的："那是因为从京城到芜州哪有一个娘们儿家家地去进戏园子听戏的呀，我们这位大小姐真是生错了身子啦。"

这兰月姑娘还平易近人，和一群戏子搞得火热，经常到后台和他们一起串戏。大家知道她是姑娘，就不称她为少爷改称兰小姐。

兰小姐很想在戏台上秀一把，可她毕竟还是有分寸的人，不敢造次。

正好道台衙门后花园有个戏台，兰月吩咐仆人把它打扫了出来，隔三岔五地把戏班子请来。开始的名义是孝顺母亲佟佳氏的堂会，后来就变成了他们父女玩票过瘾的场所。

惠征每逢办完公事儿便带着兰月到后花园游玩，溜达一会儿，父女俩就在戏台上玩起票来。兰月还经常约了开心茶园的场面，陪他们父女俩玩票。

这兰月的戏瘾特别大，父亲办公去了，就一个人在戏台上玩，她一会儿扮老薛宝，一会儿扮三娘，一会儿扮薛平贵，一会儿扮王宝钏，一会儿扮杨四郎，一会儿扮铁镜公主。

后花园里的锣鼓之声、琴箫管之音、略带女音的老生唱腔、圆润高亢的青衣声调，随着一阵阵的清风从后花园飘到了外面。

这后花园的戏台和外边的街道只有一墙之隔。芜湖的戏迷、穷愁潦倒的秀才、游手好闲的地痞流氓，三五成群地聚在墙根外听戏，有的人还爬到树上向院里窥视。

芜湖有个穷秀才叫陈诗真，虽然两次举人都没有考中，但吹拉弹唱却是样样精通。父亲死后，自己又撑不起这个家，虽然家境每况愈下，一年不如一年，可他天生就是一个风流坯子，天天倚在墙外听戏。打听到里边儿唱戏的是道台的女儿，未免想入非非。于是就把自己镶入什么《会真记》啦、《西厢记》啦的男主角，盼望有一天梦想成真。他也想一睹兰月的芳容，看到别人爬树，他也想爬树，可这爬树毕竟不是这个穷秀才的专长，爬了几次都没爬上去，只好听听爬上去的人讲道台的女儿如何如何漂亮，过过耳福而已。他风雨无阻地一连听了几个月，渐渐地痴魔起来。睁开眼是兰月的声音穿透他的心房，闭上眼是兰月招手拉他入洞房。

这一天他又来到后花园的墙外听自己心中的人儿唱戏。听着兰月唱："老爹爹清晨起前去出首，倒叫我桂英儿挂在心头。将身儿坐在草堂等候，等候了爹爹回来细问根由。"他痴呆地想："这个兰月姑娘太寂寞了，他爹爹不在，我进去陪陪她。可到现在我还没见着她的芳容。"痴呆的他顾不得斯文，和街上的店铺借来几把椅子，叠了起来，在其他秀才的帮助下，颤颤悠悠地爬了上去。

见戏台上一个旗装打扮漂亮的少女，一个人咿咿呀呀地过戏瘾。只听她

用女声唱道：

"一见驸马盟誓愿，咱家才把心放宽，你到后宫乔改办，盗来令箭也好出关哪。"

这身条、这扮相、这脸盘、这唱腔把他迷晕了。他觉得自己就是驸马杨四郎，这漂亮的小姐儿就是自己的妻子铁镜公主。朦胧中他觉得自己和铁镜公主入了洞房，行起那夫妻之事。他幸福地趴在墙头，傻呆呆地看着唱戏的兰月，心里美美的。只听那兰月，突然间又变成男嗓唱道：

"一见公主盗令箭，不由本宫喜心间。扭转头来叫小番，备爷的千里战马扣连环。驸马爷过关。"

这兰月唱到"叫小番"的"番"字时，一下子把吊门儿拔高了一个八度，而且托腔一直维持这个高度不变。真是穿云破石，余音袅袅，绕梁不断。

墙外的一群穷秀才听到此大叫起好来，如幻如梦、如痴如呆的谢诗真在做他的美梦。众人一声好把他吓了一跳，腿脚一软，就从上面跌落下来。头正跌在一块石头上，顿时脑袋破裂，红的血、白的脑浆混在一块儿流了出来，一命呜呼了。

一群在外边儿听戏的乌七八糟的人，见死了人，怕牵连到自己，全叫着喊着一溜烟地跑了。兰月在里边听到外边乱哄哄的，不知发生了什么事儿，忙叫仆人出去打探一下。仆人回来说："小姐不好啦，外边儿跌死了一个秀才。"

惠征回来听到此事也大吃一惊，忙命周师爷去了解情由。周师爷详细了解了情由和惠征一说，惠征没了主意，吩咐兰月不得再到后边去唱戏。兰月不服气地说："他自己爬墙摔死了和我有什么关系，又不是我杀了他，我为什么不能唱戏？"周师爷一言不发地望着兰月，很佩服她遇事沉稳有见识，心想：如果是个男孩儿不是个小姐，肯定会有一番作为。可惜了，投错了胎啦。

那些地痞流氓、游手好闲之人一时间像乌云，被强风吹散得没有一点儿痕迹。一些穷秀才们却兔死狐悲，打听到道台是个没有主见的人，于是一群穷秀才就天天围着道台门口闹事儿。惠征见穷秀才越集越多，来势汹汹，不好对付，就去找总兵，要求总兵派兵弹压。这总兵看着惠征空手而来，心想：

你虽是上司，可是你管不着我这一摊事儿啊。隔着行道呢，求我办事儿，不拿出点儿意思来，放了个屁就叫我去闻味，我是那么好指使的吗？就打着官腔说："大人哪，这事儿不太好办。如果是一般百姓闹事，驱赶散了就完了。可这是有身份的秀才呀，下官不敢轻易动刑。再说事出有因，您也有些责任哪。如果派兵弹压，这事情可就大了，弄不好有人会借机弹劾您，那咱们可就得不偿失了。我看这样吧，您花点儿钱，给他们意思意思，把这事儿平了不就完了嘛。"

惠征回来和师爷商量。师爷心想：本来就不叫什么事儿，你要是早叫我去处理，何必去动用总兵，看来你是以上司名义命令总兵，白不呲咧的，没出一点儿血。叫人家给嗑回来了。活该，该我发财，俗话说"师爷不吃东，五谷不登"。

师爷："大人，目前紧要的是要把在道台门口这些穷秀才驱散，他们老围在道台门口，使衙门无法正常办公，影响咱们的正常收入。再说他们在衙门口大嚷大叫，也影响大人的声誉呀。"

惠征："你说这可怎么办呢？我已经找了总兵了，他不肯派兵弹压。我又无权调动这些兵，你说这可怎么办呢？"

师爷："大人，这不行，咱们可以请他们离开道台门口，叫他们换个地方。"

惠征："好好好，你马上去办，就叫他们换个地方。"

师爷坐在圈椅上看着坐在太师椅上的惠征，就是不动身。惠征站了起来，绕过条案，拉着师爷的胳膊说："我的好师爷呀，这都火烧眉毛了，你赶快起来去办这事儿吧。"

师爷："大人，您得支点儿银子。"

惠征："这个维护界面治安，本身就是他们爷们的事儿。他们要是不办事儿，看我不写个折子到府台去告他们一状。"

师爷："大人给府台上折子，一来一去，弄个个把月兴许还办不下来。"

兰月一直在帐后听着，觉得父亲做事儿太轴，就走了出来说道："周伯伯说得对，阿爸，您不能给府台上折子。就是您在府台那儿有面子，这一来一去也得个把月，何况您跟府台还没有这个面子呢。这折子上去了，可就没

有了下文了。要说您亲自到府台那儿去,就是您有面子,您不还得带点儿礼呀!我听那帮戏子跟我说:'衙门口口朝南开,有理没钱没进来。'您跟府台压根就没个面子,没个万八两银子,能给您办这个事儿吗?师爷去办,你还能省不少银子呢。"

惠征问师爷:"你说要多少银子?"

师爷:"大人,凭小的这张嘴有五百两银子,我看就够了。"

周师爷揣着银子找了一个带队巡逻的游击(游击是清朝中下级军官的名称),奉上五十两纹银,要求他驱散道台门前的穷秀才。

游击见了钱眉开眼笑,笑了两下,为难地说:"周师爷,您是知道的,这片地段本来不归我管。看在您的面子上,偶尔溜达一趟还是可以的。我带队驱散了他们,等我的队伍走了,他们又来了,可怎么办呢?要不要我找参将通融一下,派几个兵常住府台门口。"

周师爷:"军爷,道台门口派几个兵倒不必了。把这些穷秀才驱散了,他们再来是他们的事儿,咱们管得太深了,是不是也不是。您给我面子绕道去巡逻一下,我就非常感谢了。可您为我担待了事儿,我也不能白了跟您一块儿辛苦的那些兵啊。"说完又从袖子里掏出五十两纹银说:"这点辛苦钱,您代我给他们发发吧。咱们都是替人办事儿,只要面子上过得去就行了。"

游击:"既然周师爷这么有面子,咱也不能没有一点儿面子呀。我就替您担起了这个责任,多到道台府门前走走。"

游击带着队伍,驱散了闹事的穷秀才。队伍一走,穷秀才又聚在道台门口。反复多次,聚集的人越来越少。

还剩下十几个穷秀才心有不甘,就坐在道台斜对面的茶馆里商量怎么办。

秀才甲:"这天天叫大兵赶着咱们跑也不是个事儿啊,咱是有斯文的人,我看咱们也散了吧。这样弄来弄去把咱们弄一个妨碍公务抓起来,可就有点儿不上算了。"

秀才乙:"师兄,这事儿不能算完。咱们聚在这儿为的是什么?不就是想弄几个钱儿花嘛。钱没弄着,这些天咱不就是白干了吗?"

秀才丙:"师兄,我看这茶馆的位置不错,巡逻队一来,咱们别乱跑,就躲在这茶馆里。等巡逻队一走，咱马上就出来。"

秀才甲："这小茶馆儿偶尔坐坐，当作歇脚，不要茶还可以。要是整天在这儿泡着，不得掏茶钱啊，这钱谁掏？"

秀才丙："我看咱们大家凑点儿钱，每天就在这茶馆里边儿泡，和当兵的玩捉迷藏。那些胆儿小的都跑了，也好，弄出点儿钱来没他们的份儿。无利谁起早啊，弄出点儿钱来，咱们这几个人分，还省得弄个狼多肉少不好分。"

于是十几个穷秀才就天天坐在茶馆里边儿泡，和巡逻的大兵玩起了捉迷藏的游戏。

周师爷看在眼里，心想：看来我还有钱可赚。就不动声色地每天暗中瞅着这帮穷秀才，耐心地等着道台大人发话。

惠征看着秀才们还在天天闹事儿，虽然是人少了，可总不是个事儿啊，就找师爷商量怎么办。周师爷就来到茶馆儿和这帮秀才们谈。

周师爷进了茶馆向秀才们作了个揖，和颜悦色地和秀才们谈了起来。

秀才丙："周师爷，这都出了人命了，这么大的事儿，我们看着不公，所以才在这儿向道台请愿。这人命关天的事儿，道台大人不能总是躲着不见我们。如果道台大人总是不出来，我们就要去哭孔庙了，求孔夫子，为这冤死的秀才做主。"

众秀才七嘴八舌地和周师爷辩论起来。有的秀才说，府台小姐唱戏扰乱社会治安，有的说靡靡之音致使秀才走火入魔至死等。

周师爷毕竟是师爷，他熟知律法。对秀才们说："府台小姐在自己家院子里唱戏，是在自家院子里面儿娱乐，扯不上扰乱社会治安。谢秀才爬墙，有偷盗抢劫之嫌疑，人虽死了可以不追究责任。可物证人证都在，他也逃脱不了这个干系。若上了官府认真纠察起来，你们诸位也难免要负连坐责任，搞不好会被革去了秀才的功名。"

周师爷唇枪舌剑，把众穷秀才说得哑口无言。秀才丙小心翼翼地说道："周师爷，其实我们也不是为了别的。这谢师兄家里贫寒，不怕您笑话，他家穷得连个薄棺材都买不起。本来我们几个人想凑点儿钱把他安葬了，可手头儿拮据，也凑不起这点儿钱哪。"

周师爷:"我也知道你们读书人一心只读圣贤书,除了读书,也不会做什么营生。看在你们为同门师兄弟仗义执言、不顾前程的一片好心的面儿上,我就拉着老脸求道台大人赏点儿钱,把谢秀才给安葬了。唉,谁让咱们都是读书人呢,百般无用是书生啊。"

说完,周师爷掏了块银子往柜台上一扔对小茶摊儿老板说:"他们的账我结了。"说完转身到府台去了。

周师爷回到道台衙门,见惠征没在衙门里面办公,就直奔后院垂花门前的南房惠征的私人会客厅去寻惠征。

兰月坐在书房里正和她父亲唠叨这件事儿呢。惠征一脸愁容地说:"哎呀,你说这事儿可怎么办呢?这帮穷秀才跟我杠上了。这总兵也不给我主事儿。原本以为周师爷拿了这五百两银子就把这事儿平了,没想到这帮穷秀才还是不依不饶。丫头,你看如果我再拿五千两银子给总兵送送礼,求他抓几个穷秀才投在牢里,看他们谁还敢再闹事儿。"

兰月:"爹,这可万万不行,这秀才是不能动刑的。我听周师爷说,这童生一旦考中了秀才,就是有了功名的人啦。虽然没有职分,可和县太爷是平起平坐的。有秀才这顶帽子顶着,就是县太爷也不能对他们打板子用刑。若真犯了罪,要学政先革去了他秀才身份,把他变成草民方可用刑啊。过去您教我读书,'刑不上大夫,礼不下庶人'这句话一直没有真正理解。今天遇到了,才知道秀才的身份对一个草民是多么重要的。"

惠征:"哎,那咱们不是捅上马蜂窝了。这可怎么办,这可怎么办呀?"

兰月:"爹,你也别着急上火的。车到山前必有路,船到桥头必然直。我估摸着周师爷一定有办法的。"

周师爷走了进来,和他们父女俩见过了礼。惠征急切地问道:"怎么样?他们同意不再闹了?"

周师爷:"和他们谈得差不多了,还有点儿小事儿,解决了也就没事儿了。"

惠征:"什么事儿你快说。"

周师爷:"死了的这个谢秀才,到现在还没有安葬。"

惠征:"人都死了,也活转不过来了,不安葬,那是为什么呀?难道他们读书人就不知道入土为安这么简单的道理吗？"

周师爷："不是不想安葬，唉，他们穷得连买棺材的钱都没有。大人，您说他们可怎么安葬啊？"

惠征急切地说："咱们出，咱们出。"

兰月怕不谙世理、不知行情的父亲信口开河乱给价。开低了吧，事情办不好。开高了吧白添陷，就接过话茬儿问道："师爷您看拿多少钱合适？"

周师爷沉思了一会儿说："我看怎么也得一千两银子才能摆平这件事儿。"

惠征嘴一动刚要说话，兰月不等父亲开口就抢着说："好，就按师爷说的办。师爷是老江湖了，这又不是什么难办的诉讼大事儿。办这点儿小事儿随心应手，一准没问题。请问师爷这是不是一次性了断啊？不会给完了钱，这帮穷秀才见钱眼开，隔三岔五地就得寻点事儿，整点钱出来呀。"

周师爷心想：这个小骚鞑子可不得了。这小丫头片子，要是个秃小子干我们这行，还不把所有的人都比下去。她曾要拜我为师，我没答应她，虽然她很聪明可爱，可毕竟是个女流之辈呀。瞎乱学什么大老爷们儿做的事儿呀。我只零碎碎地教了她点儿东西，她却能运用自如，一边儿把我捧得高高的，一边儿又把口封得死死的。厉害呀！可惜了了，是个女孩子。我还得费点口舌跟他们说明白，免得这个明白事理的丫头在她父亲面前给我上眼药。

周师爷："其实这安葬费也用不了这么多钱。我之所以开出一千两，这里边就包含了打发这些穷秀才的钱。这些穷秀才之所以聚集闹事儿，都是钱闹的。本身按理来说他们根本不占理，谢秀才如果是他杀、谋杀，他们早就写到状子告到官府去。正因为没法儿告，才借机起哄，架秧子寻出点事儿来，弄出点儿钱来。这事儿要是草民，万万是不敢的，可因为是秀才，有秀才的身份，官府不好深管。他们就顶着秀才这顶帽子，恶心恶心咱们。大人、大小姐，放心吧，小的一定把这个事情摆平，绝不会留个尾巴，叫这帮穷秀才攥着。"

兰月站起来给周师爷行了个礼说："谢谢师爷了，师爷这么尽心地办事儿，我们就放心了。不过这个事是因我而起，师爷实际上是在为我办事儿，我也得向师爷表示点儿意思吧。小女子多了没有，也拿出二百两银子私房钱

谢师爷。不好意思啊，师爷，这钱小女子没带在身上。师爷先去办事儿，办完了事儿，小女子自然奉上。咱们谁跟谁呀，抬头不见低头见的，也不差这一时半晌。师爷你说是不是啊？"

周师爷打了个冷战，慢慢地退出去办事儿了。出了门儿他先装起来七百两银子，来到茶馆儿和等在那里的穷秀才们说："道台大人本来不答应，我死乞白赖地求大人，和大人说你们这些人不是草民，是十年寒窗苦读考下来的秀才，虽然这事儿他们不占理，可这些人前途无量啊，说不定哪位中了举人，中了进士，那也是有可能的，何必和他们结这个怨呢。我们今日行下风，定有后来雨呢。虽然这事儿本来跟我们无关，可我拿点儿钱出来，一来是安抚了死者，二来是给这些秀才一些赞助，鼓励他们好好学习，再接再厉，就算大人您做善事儿吧。好说歹说给你们请下来三百两赏钱，写个字据就给我拿去交差。"

这十几个穷秀才高兴得屁颠儿屁颠儿，忙向周师爷行礼道谢。周师爷拿了字据，一甩袖子厉声说道："钱我给你们要来了。从今往后，只要再看见你们聚众闹事儿，就告你们敲诈勒索，着学政先革了你们的功名。"

穷秀才们看着白花花的银子赶忙说："学生不敢！学生不敢！"周师爷用鼻子哼了一声，扭头走了出去。

这群秀子急不可耐地就在现场分起钱来。分来分去，分了二百五十两银子，全揣了他们个人的腰包，忍痛拿了五十两银子给了谢秀才的家属。谢秀才的家属跪地给他们磕头，痛哭流涕地感谢他们的仗义侠骨、高风亮节。

兰月不知道后续还有没有麻烦，佟佳氏每天又催着她学女红做针线，并把后花园上了锁，不许她进园子去玩，还不停地在她身旁唠叨女德之类的东西。兰月不愿听母亲喋喋不休的唠叨，就赌气到街上去转。转来转去还是觉得天仙茶园是她的乐土，就整天泡在那儿，到了饭口也不回家去吃饭。她性格开朗，出手大方。天天传芜湖城里的名菜馆送菜到天仙茶园请戏子们吃，她和戏子们大吃大喝。还不忘记照顾场面等戏园子里边儿的工作人员，只要她来到戏园子里，戏园子里所有人的伙食就由她包了，而且还天天打赏。戏园子上下把她敬若神明，各自使出自己的招数哄她高兴。戏子们把各自家乡的舞蹈、俚语小调原汁原味地演唱给她听、给她看，并把全身的解数尽数传授与她。场面们也把自己最拿手的乐器技艺毫无保留地奉献与她。兰月在这块小天地里好像找到了自己的天堂。她天天泡在这里乐不思蜀，有时父亲来叫她，她也懒得回去。

佟佳氏生气地对惠征说："老爷，都是你宠得她，宠得她不知道北，哪有点儿丫头的样儿呀！您得好好管管这个丫头了。这丫头都玩儿野了，秃小子的都没她野，您说这样下去，将来可怎么嫁人呢？"说完拿出手帕在一边抹泪。

惠征："夫人哪，你也甭担心。刚出了那么大事儿，没把她吓着，我看就不错了。叫她出去散散心也好。"

兰月在园子里玩了几个月，觉得有点儿乏味。这些戏子们又撺掇着她穿上男装，伴着她到酒楼去喝酒，到其他戏园子去听戏，到野外去郊游，兰月高高兴兴地玩遍了芜湖各个角落。

兰月整日在芜湖城一时旗装男女打扮，一时汉装男女打扮。反正她是个衣服架子，怎么打扮都漂漂亮亮，叫人看得眼花缭乱。整个芜湖城上下都知道台有这么一个放荡不羁的兰月小姐。一时兰月小姐的大名如雷贯耳，传遍江南各省。想少交点儿关税的商人、夹带私货偷关漏税的官员、打秋风的阿谀奉承者，纷至沓来。惠征有些应接不暇，好在有周师爷支应者，倒也都对付得过去。这些人为了钻营，慢慢打听清楚兰月小姐在家中的地位，就除了给惠征送礼以外，另外付给兰月小姐一份大礼。他们知道兰月小姐爱打扮，就千方百计地从苏州各地淘换来什么"秋香绿沙富贵长寿纹大镶边堂衣""藕荷团花纱织仙鹤竹梅衬衣"等高档服装，为投兰月小姐所好，还送了不少汉装。

一些羡慕嫉妒恨的，想夺取道台这个肥缺的，又找到了弹劾惠征的资料。满族官员告他：不守族制，纵容妻女穿汉装。汉族官员告他：教子无方，妻女用人着洋服招摇过市，有伤风化。

弹劾惠征的各类文案投了上去，却总是没有了回音，因为上面有岳父照着他，下面有周师爷妙笔周旋，总算是有惊无险，过了一个又一个的风口

浪尖。

　　江南三月花开草长，百鸟鸣春。三月初七日是惠征的生日，这一年正好是他的四十岁大寿。惠征看着今天纸醉金迷、官运亨通、财源滚滚、奢侈豪华的生活，想起在京城命途多舛、告贷无门、穷愁潦倒，只岳父家帮带，过着城市贫民的生活，感慨万分，于是就大办起生日来。兰月和师爷一起为他写寿宴请柬，兰月还邀请了天仙茶园等三家戏班子，安排了南北大戏。

　　与惠征相识的和不相识的，见他炙手可热，谁不奉承他，都赶忙送礼道贺。就是他结怨的那些官员，见几次都扳不倒他，知道他根硬，也赔着笑脸，加入了送礼的行列。一时间府台前的一条街车马塞途，人声鼎沸，摩肩接踵。府台内高朋满座，祝寿声震耳欲聋。兰月先是身着男装，打扮成漂亮的公子哥儿，顶替他哥哥在门前接待来宾。宾客到齐了，改换成哥哥桂祥，木呆呆地杵在那里充数，她又换成女装，花枝招展地在父亲身边待客。看出来的，没看出来的，心里都跟明镜似的，都夸惠征福气好，不但官运亨通，还养得一对儿，知书达理漂亮的公子和天仙般的靓女。王举人情不自禁地吟道："天生丽质难自弃，一朝选在君王侧。回眸一笑百媚生，六宫粉黛无颜色。"惠征自然乐得心花怒放，喜气洋洋，乐得两片嘴都合不起缝来。

　　在欢娱之际，有人送来一份电报递给周师爷。周师爷一看电报大惊失色。犹豫了一下，不敢怠慢，赶快把惠征拉到一旁，俯耳说了几句话。惠征一听，赶忙把电报抢过来一看，是大舅爷发过来的岳父去世的报丧电报。惠征手颤抖了一下，跟着全身冰凉，一口浓痰堵在了嗓子眼儿上，咳了两下儿，没咳出来，两腿酸软就倒在了地上，昏死了过去。

　　一班贺客，各个魂飞天外，不知发生了什么事情，趁着慌乱，该溜的都溜了，该跑的都跑了。只剩下十几个和惠征结怨的官员和三五个平时和惠征谈得来的官员，向周师爷打听情况。周师爷摇摇头，摆摆手，一言不发。

　　桂祥从周师爷手里抢过电报一看，大叫道："不好啦！咱们的外公没了。"

　　佟佳氏听了儿子一声叫唤，身子一软也躺了下去。兰月马上吩咐仆人去请医生，然后从桂祥手里夺过电报看了一下，吩咐仆人和丫鬟赶快把父亲母亲抬到后院。

惠征将养了一个多月，渐渐地好了起来。在这一个多月中，衙门里的公事幸好有周师爷盯着，倒也对付得过去。需要惠征亲自处理的文案等事情，兰月就代父亲处理了。

这和惠征结怨的人，见他的靠山死了，弹劾条子像雪片般地飘了起来。朝里有人好做官，过去岳父在，王公大臣等看在他岳父的面子上，让大事化小，小事化了，总能平安地度过去。人在人情在，他岳父一死，谁还管这个闲事儿呀。没人出头儿为他说话，三弹两弹就把惠征弹劾下来了。朝廷下旨，惠征以敲诈勒索罪被撤任，调离芜湖，到安庆抚台接受审查。

惠征一家老小怀着沉重的心情搬离道台衙门，雇了十几辆骡车，向安庆走去。整个衙门竟没有一个官员出来送行，街道上还时时响起幸灾乐祸的鞭炮声。车队经过天仙茶园门口被拦下，原来是老板白开鑫率领一班戏子场面等员工为兰月小姐送行。兰月哽咽着说："我会永远记住你们的。"

兰月怀着惆怅的心情，不时回头望着逐渐消失的芜湖，怀念着道台府的后花园、她的乐土天仙茶园。骡车"吱吱呀呀"地响，兰月凄凄惨惨地泣。就这样"吱吱呀呀"、凄凄惨惨地到了安庆。

惠征全家到了安庆安置了下来，周师爷认为：撤任、接受调查在官场上不算什么大事儿。只要主管上司肯上折子保举，一般是没有什么问题的，惠征拿出几万两银子，周师爷四处打点，这个审查的事儿就不了了之了。可没有职称就没有进项，这样坐吃山空总不是个办法呀。

说来也巧，这安徽巡抚鹤山和惠征同是正黄旗人，收了惠征的孝敬钱，也对他有所照顾，什么审查之事就有一搭无一搭了，总算让他们全家过上了安静的生活。

佟佳氏带着女儿兰月携着重礼去拜访鹤山夫人，鹤山夫人看着既会说话又漂亮的兰月，不免动了心思。她想把兰月收为儿媳，两家人的话就密了起来，来往就多了。仔细一盘，这鹤山夫人和佟佳氏还有亲戚关系，两家来往就更紧密了。

这一年正赶上安徽北部水灾，惠征按照上边的意思捐了两万两救灾款，谋到了一个襄助办理财务的差事。惠征在差事上勤勤恳恳，早出晚归。天天

请同僚们吃喝玩乐，这些同僚们一来看着府台大人看中他；二来看着他出手大方，天天请客；三来知道他是满族人，正是百蛇之足，死而不僵，有府台大人的面子，有京城错综复杂的关系网，说不定很快就被起用。一时间马屁拍上了天，把惠征捧成了一个"精明强干，通于任事"的好官员。

鹤山夫人的枕边风，府台内外的好评如潮，惠征的谦虚谨慎，加上这府台也喜欢吹拉弹唱，两人一下子成了知己。这府台又有阿芙蓉癖，惠征就把自己存的上好的北土烟奉献给府台。

府台上了个折子，保举他会办全皖帐抚事务。惠征逐渐又抖了起来。满城的官员谁不与他交接，拍他的马屁啊。他美滋滋地等着上任的通知。

鹤山折子上去了，上谕还没有批下来，他却病了，整日腹泻不止。名医来了一拨又一拨，全摇摇头，束手无策。原来是他得了烟后痢，常年抽鸦片的人，虽然得到了一时的快感，可五脏六腑都受到了巨大的损伤，元气不固。用现代医学来说也就是免疫力低下，无法抵御消化系统细菌的侵袭。因当时抽大烟的人特别多，大多死于此症。由此创造了一个新的医学名称叫作"烟后痢"，医药无功，一直到现在都是绝症。据说，慈禧后来也是死于此症。

没几天鹤山就一命呜呼了，安徽省的事务暂时交由按察使负责。黄鼠狼专咬病鸭子，没想到这个按察使和惠征是个死对头。惠征在道台任上的时候，按察使省内、京城的官员朋友走私，被道台衙门扣住，多次找惠征通融。惠征这个吃喝玩乐的玩儿主，哪里懂得这些做官的诀窍，虽然周师爷多次提醒，该放手时就放手，不要结下梁子。可惠征却一意孤行，摆出一份儿清官的架势，照章行事。这梁子就越结越深。

这按察使一得了势，你想他能饶惠征吗？他把鹤山原来封存的惠征案底全部翻了出来，咬牙切齿地要置惠征于死地而后快。

没几天上谕下来，把山东布政使颜希陶升任为安徽巡抚。这颜府台一到安徽，按察使等一些和惠征有结怨的人，把惠征说得一无是处。什么以公谋私啊、吃空额呀、钻营拉帮派呀，等等，简直就是一个十恶不赦的贪官儿。惠征几次要拜访府台巴结巴结，可府台总是推托不见。

新官上任三把火，这颜府台刚升任，自然要搞出点什么名堂来，就想拿惠征开刀立威，于是就传见了惠征。

惠征闻听府台传见，赶忙打扮得整整齐齐，揣了两千两银子的银票来见府台。

颜府台见惠征只拿两千两的见面礼，嫌少，心中不高兴。一看惠征身穿的貂褂毛又密又油亮，比自己的貂褂好多了。就说："哈哈，老兄的财气很大，富可敌国，兄弟在山东就听说过了。甭看别的，就凭这件貂褂就比兄弟穿的翰林貂强百倍。兄弟真是自愧不如啊，看来老兄在道台任上没少发财呀。兄弟一到任就看到了这么多举报老兄的条子，看来兄弟还真得好好地查一查了。"

惠征刚想说话，颜府台端起茶碗示意送客。惠征无奈，只好退了出来。

他回到公馆和周师爷商量。周师爷认为："府台的胃口大，说查一查不过是借口，不外乎借机在您身上大捞一把。您可以准备一份厚礼，托人送去。先把查不查这个事儿摆平了，然后再运作帐抚之事，好在上一任巡抚有折子上去了，只要颜府台催一催，说不定就柳暗花明又一村了。"

惠征觉得也有道理，回到后堂和夫人及兰月商量。

佟佳氏："真没想到老爷的差事在这节骨眼儿上，陶府台却没了。看来咱们还得再花一份银子，重新疏通疏通。老爷，您老闲着，这也不是个事儿啊。花点儿银子，把差事落定了。您有了收入，咱们家就安定下来了。老是这么坐吃山空，到什么时候算一站呢，再说这颜府台和咱们同都是旗人，多少看在同是旗人的面子上，总得有个照应吧。"

兰月从父亲那里和师爷那里了解到了情况，认为事情没那么简单，就说："爹妈呀，我看不是这么回事儿，这颜府台跟我爹爹就不是一路人。他压根儿就瞧不起我爹爹，什么再查一查呀，陶府台把那个原来的案子全抹平了。如果不抹平了，怎么能保举您呢？我估摸着也没有什么太大的事儿。只是您这个差事嘛，估计就黄了。没有差事就没有收入，咱们在安庆这个地方坐吃山空，还不如回到京城去呢，好歹在京城咱们还有些亲戚朋友。爹呀、妈呀，这几年爹爹在任上挣的这些钱，咱们带回京城去，若没有大的开销，也够花上几年的。何必把这好容易挣来的钱在这里白填显呢？"

惠征有些不甘心，心想这帐抚之事前任已经报上去了，现任再催一催也算不了什么大事。我加把劲儿把府台摩挲顺了，府台见了钱，能不为我办点儿事儿吗？钱能通神哪！于是就把貂皮褂子送到皮货店收拾干净，拿回来后在里边加了二万两银票，用红缎子包好，写了个拜折，托人给府台送了去。

这颜府台收了礼，果然不提查账的事儿，见了惠征也笑眯眯地点个头儿。惠征心里很高兴，天天盼着帐抚那个差事儿下来，可等了一两个月，一点儿动静都没有。他又和周师爷到处送礼，到处托人情，势必要把这个差事拿下来。

惠征跟周师爷到处活动，到处打点，盼望早一天拿到这个差事，可活动了一年多，却一点儿动静都没有。惠征几年做道台的收入却花得精光，只能靠典当勉强维持生活。

这么不见功效的折腾，惠征心力交瘁就病倒了。佟佳氏把自己陪嫁的首饰、惠征收集的古玩、兰月把自己的衣物和首饰也全拿了出来换成钱，给惠征治病。

惠征的病一天比一天重了起来，家里又缺吃少喝，经常有了上顿没下顿，没多久就一命呜呼了。

娘几个悲惨的哭号声惊动了四邻。左邻右舍看着他家中的惨状，未免动了恻隐之心。就这家一两、那家二两募化了十几两银子给惠征换上了粗布寿衣，置办了孝袍。可棺材钱还没有着落，好在周师爷送来三十两银子奠仪钱，买了一口棺材，才把惠征入殓。

周师爷想起惠征生前的好处，看着惠征的遗孀和子女的惨状，就和几个同僚运作起来，给他们弄点儿钱。

周师爷要带着桂祥四处告帮，可那桂祥是个怵窝子不敢去。佟佳氏哭道："老爷呀！您白养了你这个废物儿子，这可叫我们娘几个怎么办呢？"

兰月："娘，您别着急，我跟周师爷去告帮。"

佟佳氏："我的儿啊，这事儿哪有女孩子家去办的，要不麻烦周师爷咱们花点儿钱租个孩子，来顶这个差事。"

兰月斩钉截铁地说："娘就这么定了，就是我去。我以前经常扮男装。何况这次是孝袍子裹身,谁看得出来男女呢。"

兰月出去告帮,虽然恭恭敬敬地在各家门口磕头,可大多数人家连门儿都不开,兰月深深地感到人间的冷暖。功夫不负有心人,磕了上千个头,终于拿回二百多两银子。

兰月和母亲商量把父亲的灵柩运回京城安葬,可这点儿钱根本不够。

周师爷仔细分析了情况,先和颜巡抚的师爷通了气后,就带着兰月到颜府长跪不起。颜府师爷向巡抚进言道:"大人这人都死了,总得给点儿面子吧,叫一个旗人姑娘四处告帮,也太丢旗人的面子了,传出去也有损大人的颜面。"

巡抚本来也和惠征没有什么怨仇,何况到任后,惠征还孝顺了二万多两银子,就吩咐师爷拿三百两银子作为奠仪,给跪在外面的兰月送去。

师爷出来和兰月、周师爷说:"巡抚给我拿三百两银子作为奠仪给姑娘。这个事儿得办得有里有面儿,巡抚给足了咱们面子,咱们不能不给巡抚面子呀。你先回去,我准备好文案马上就过去。"

师爷用隶书写了块牌子"巡抚大人赠已故道台惠征官银三百两奠仪"挂在车上,拐弯抹角地在街上转了半天,才到惠征的住处。见门口围了一堆尾随而来看热闹的人,就一边敲门一边嚷道:"小的奉巡抚大人钧旨,给惠征大人送奠仪来了。"

早已准备好的周师爷带着一身孝装的兰月赶忙开门迎接。兰月一迈出门槛儿,就跪在地下不停磕头谢巡抚大人。

这满城官吏都知道巡抚大人送了奠仪,心里跟明镜似的:这惠征的面子可以不顾,可巡抚大人的面子不能不给。于是,往日冷冷清清的惠宅门口一下车水马龙地热闹起来了,送奠仪人络绎不绝。

周师爷和兰月写谢帖都写不过来,赶忙印了一沓子谢帖,应付这个场面。

第二十六回

错送奠银成进项
一亢高歌引凰来

　　佟佳氏母子有了银子，周师爷帮他们雇了一艘去南京的小船。开船时只有周师爷一人来送行。他告诉兰月，安庆没有直达京城的船，他已托好了船主，到南京会再给他们去雇往京城的船。兰月跪地洒泪向周师爷拜别，哽咽着说："兰月忘不了周伯伯的大恩大德，今生有机会，一定报周伯伯的大恩。若是小女子无能，今生不能报得周伯伯的大恩，那就等来世定报。"

　　后来慈禧发达了，派人来寻周师爷到京城去做官，得知周师爷已故去，就命绍兴地方官给周师爷的后代修建扩大了家园。

　　这佟佳氏上了船，见到只有周师爷一人来送行，不免泪流满面。想起丈夫在时，带他们全家乘着巨大的官船到芜湖赴任，芜湖的文武官员站在码头迎接，码头上欢迎的锣鼓乐器声震天地，是何等的威风体面。今日坐着民用搭伙儿的小船，伴着丈夫的灵柩，灰溜溜地离开安庆，未免凄凄惨惨，整日在船上抹泪。

　　兰月是个孝顺的姑娘，就守着娘，常给她讲些笑话，说些故事，哄她开心。哥哥和妹妹也只知道哭泣，不知道该干点什么。一路上的吃喝等事务全由兰月一人操持。

　　这一夜船快到了采石矶，突然间阴风怒吼，浊浪排空。小船摇摆得不停，晃得在船上的乘客不少都呕吐起来。兰月累了一整天，正在船上迷糊，蒙眬中突然见到一个古装女子向她走来，大声叫道："快逃命！船要翻了。"兰月猛然惊醒，吓出一身冷汗。听着窗外狂风卷着巨浪肆虐地拍打着小船，突然间有所领悟，赶忙扶着船舱跌跌撞撞去找船老大说："老大，这么大的风浪，咱们是不是先找个地方避避风浪？"

船老大边稳住舵边说："小姐，谁说不是呢，这附近两岸陡峭，无法靠岸。我们正拼命地向采石矶划行，到了那边就可靠岸了。"

风更强了，雨更大了，船摇摆得更厉害了。兰月挣扎着要靠近船帮，好扶着船帮回到舱里，一个巨浪把她掀翻在甲板上。巨大的水流把她冲到舱门口，她赶忙抓住门槛，把自己拉进了舱里。她惊魂未定地滚进了舱，顾不得脱掉蓑衣，就跪在地下向苍天祷告起来。

船在风雨漂泊的江上，好似一片小小的树叶顺流向采石矶漂去，好不容易漂到了采石矶。风雨交加中船老大把船泊在沙滩上，船上人都下来，坐在沙滩上避风险。

这时风声更大，雨更猛烈，兰月跪在沙滩上透过雨帘四处斜么着，想找个小房子好安置母亲避风雨。可四周空空荡荡，什么也没有，连个小棚子都找不到。

"咔嚓"一声响，船上的桅杆被风吹断了。兰月忙爬到船老大身前求他把父亲的灵柩抬下来。船夫们你看看我，我看看你，谁也不愿意动。兰月想了想就大声喊道："每一个去抬棺的人，本小姐打赏二两银子。绝不食言，抬下棺材就来领钱。"

重赏之下，必有勇夫。船夫们踊跃地把惠征的棺材抬了下来。棺材刚抬上岸，一阵飓风把船卷到江心，跟着就侧翻了。

船主和船夫们跪在地下大哭了起来。搭船的乘客看到船翻了，自己生死未卜，也跟着哭了起来。一片哀号声顺着风向下游飘去。

下游不远处有一个官办民助的救生局，是由帮会组织和大船东、商人、绅士等出资的慈善机构，专门救治沉船落水的难民。当地官府也派了两个小官员在此协助工作。因为是捕捞局，两位又是官府派来的，故称为局座。

两位局座在这里管理着民间捐来的善款，并负责指挥调度救捞船，给救捞上来的遇难的船员、乘客安排食宿，发放救助款。这两位局座信奉佛教，大有菩萨心肠，算是难得的清官好官。平日里风平浪静时这两位局座是一人

一天值班，这两天正赶上大风雨，两个人都坚守在岗位上。两个人在局座房里一边下着围棋，一边喝着小酒。忽听得风雨声中夹杂着哭声，知道有船遇难了。两个人放下棋，把杯中的酒干掉，一抹嘴，迅速来到救捞船员的值班房，喊醒了熟睡中的船员。

带领一组救捞员迅速地登上了救捞快船，循声而去。

救捞船来到出事的岸边，黑咕隆咚的，只听见哭声，看不见人。两位局座带着十几个救捞员下船搜索。下跳板时，一位局座被风一吹，脚底一滑从跳板上摔了下去，幸好是沙滩水不深，才没有被卷到江中去。大家都劝他回船上休息。这位局座回头看了看，窄小的跳板让他心里有点儿发怵，就慷慨激昂地说："救人要紧！救人要紧！"

兰月等人见到灯光，看到了救星拼命喊道："救命啊，救命啊！"

局座等人来到跟前见到了失事船员和乘客。那个没落水的局座赶忙询问情况，落水的局座冻得哆哆嗦嗦地说："别在这儿杵着啦！有什么话到局里去说。"

到了局里，大家都脱去湿漉漉的衣服，换了干净的衣服。局座问完了出事的情况，登记了出事乘客和船主的情况后，就安排他们休息。

第二天一早，两位局座来到房里探望佟佳氏母子。兰月拿出三十两银子来感谢两位局座的救命之恩。两位局座坚决不收，齐说："道台夫人一家刚遭了大难，一路上用银子的地方多着呢。俗话说穷家富路，您们还是留在路上用吧。"兰月为他们的情谊所感，便问二人的姓名。落水的那位局座叫张德义，另一个局座叫吴道元。

兰月知恩图报，张吴两家后来官运亨通，财源广进，皆跟此善举有关。

兰月把翻船的船主找来，和他清算完了船费，又拿出五十两银子算是赔偿他一部分损失。两位局座看着兰月处理事情有里有面儿，不住地点头赞许。

兰月托两位局座雇船北上，两位局座说："小姐，这里没有到达京城的船，要到南京才雇得。我看这样吧，用我们局里的快船先把你们娘几个送到南京。到了南京，我们再帮您雇去京城的船。"

两位局座带着兰月一家四口上了快船。命快船开到沙滩上，将惠征的棺材抬到快船上。佟佳氏母子四人跪在沙滩上磕头感谢两位局座。

没两日船到了南京，捕捞局快船的船老大帮他们雇了去京城的船。因是捕捞局出面雇船，船主不敢漫天要价。最后谈妥了五十六两纹银包吃喝送到京城，捕捞局船主替他们付了十两纹银的定钱。

佟佳氏赶忙拿出十两纹银给船主。捕捞船船主不肯收说："这是局座的安排，怕您们旅途银钱紧张。嘱咐我们付定钱，剩下的大钱，等船到了京城你们再付就行了。一路保重。"说完挥手告别。

兰月既感动又过意不去。拿出三十两银子说："这话是怎么说的呢？怎么能叫您又出力又垫钱。何况您出面给我们雇船，叫我们已经省了不少银子了。这三十两银子您一定收下，这是给您们哥儿几个的辛苦钱，您个人忙活了一阵儿，咱们就不说什么了，可不能叫您的伙计们跟着您白忙活呀，您说是不是这个理儿？"

船主收了银子下船去，不停地挑着大拇哥儿赞道："这哪儿像个姑娘啊，挺漂亮的一个小丫头片子，可做起事儿来，比爷们儿还爷们儿。唉！可惜呀，投错了胎了，投错了胎了。"

船起了锚向北驶去，佟佳氏在船上清点钱物，可包着一千两银子的包袱怎么也找不到了，想了想，她记得在翻船前，这个包袱给了桂祥就问："桂祥，娘给你那个包袱放在哪儿了？"

桂祥揉了揉眼睛，迷迷糊糊地说道："娘，我不知道啊。"

原来在翻船前佟佳氏把装有一千两银子的包袱交给了桂祥。这是佟佳氏特意留出来的奠仪钱，准备到京后用来安葬惠征，整修一下承恩府用的。这桂祥在摇摇晃晃的船上接了银子，抱着银子自己手没地儿扶，摔了一跤。自己连滚带爬地下得船来，哪里还顾得什么银子不银子呀。

佟佳氏哭道："我造的什么孽呀，怎么养了你这么个废物点心，干点儿什么事儿都不让人省心。你说回去怎么安葬你父亲，咱们娘几个可怎么活呀？你怎么不掉到水里去，哼！你要是掉到水里去，我倒是省了不少心哪。这可叫我怎么办呢？怎么办呢？"

桂祥缩在一边儿不停地哭泣，小妹妹蓉贞也跟着哭泣。兰月凑到母亲身

边儿劝道："娘啊，已经都这样了，再哭再说他也没用了，哭也哭不回来银子。难道您真舍得哥哥到江里去寻银子？他要是万一想不开真投了江，您不更伤心了嘛。再说咱们手头儿这点儿银子付完船钱还是有富余的。娘不哭了，到了京城咱们就有办法了。"

佟佳氏："船到了京城，那段旱路也需要银子呀！咱总不能把你爸爸的灵柩扔在码头上啊。"

一下子没了一千两银子，本来就劳累了很长时间的佟佳氏再也支持不住就病倒了，兰月在船上小心地伺候母亲。

这一天船驶到了淮安城。船主把船泊好，带着伙计们上岸吃喝采购。佟佳氏母子四人在船舱里，等着船主给带来一些食物好开饭。

兰月推开窗户，看着外边儿的风景。畅想着如果父亲还在，一定会带她到淮安城里好好地玩儿一下。回头看了看甲板上父亲的棺材，转过头来看见傻吃闷睡的哥哥，伤心地落下泪来。

她拿出手帕擦干了泪水，凝视着岸边的一溜泊的各式各样的船。猜想着每一条船上是什么样的人家，哪一条船上是上京就任，哪一条船是携家旅游的。正看着呢，突然看见一个仆人模样的人，跑到船边，也不打招呼就登上船来。看见惠征的棺木高兴地嘟囔着："可找到了，可找到了，都快把我的腿跑断了。"说完一脚踏进船舱问道："船上有人吗？"

桂祥害怕得慢慢移到角落里，身子哆哆嗦嗦地发着抖。蓉贞睁大了眼睛看着进来的人，卧在床上的佟佳氏咳了一声，挣扎着坐了起来。可没有说话的力气了。兰月赶忙离开窗户站起来问道："这位爷，你有什么事儿？"

仆人道："我是提督衙门总案吴大人差来的，吴大人吩咐小的给道台大人送上奠敬二百两，你们是道台的船吗？"

兰月："正是，谢谢你们家吴大人。"

仆人高兴地说："这就好啦。小的一路跑了二十多条船。登上这条船看见灵柩，才知道找对了。敢问小姐您是道台什么人？"

兰月："我是道台的女儿。"

仆人把二百两银子递了过去说："麻烦道台小姐给我写一个回条，小的好回去交差呀。"

兰月高兴地提笔写了回条,仆人拿着回条一溜烟似的跑了。兰月把二百两银子奉给母亲。佟佳氏正是因为失了银子的事儿病倒了。正缺钱的时候,凭空无故来了二百两银子,真是绝路逢生啊!一下子就站了起来,病就好了一半儿。正好船主带着伙计吃喝回来,给他们带回来饭菜。佟佳氏琢磨着一定是惠征的灵魂在保佑着他们母子就说:"赶快给你父亲上祭!赶快给你父亲上祭!"

佟佳氏和兰月拣了几碗菜给惠征供上。佟佳氏带着子女正在祭拜丈夫,突然听到船头有人喊道:"提督衙门吴大人驾到。"

这吴大人叫吴棠,字仲宣,进士出身,由翰林外放知府,现在江北提督衙门统管文案,是个慷慨好义、仗义疏财之士。

佟佳氏听到喊声,赶忙坐了起来了。兰月整了整衣服迅速出舱,看见一位五十多岁的官员,带着两个仆人,就款步下来行完礼说:"小女子谢大人赏光,有劳大人光临,有请大人船上叙事儿。"说完将这位大人迎进舱来。

吴棠进得舱来,兰月赶忙伺候茶水。吴棠环顾了一下四周说:"不好意思,刚才叫仆人送来二百两银子。原是送给广州梅道台的奠仪,不承想送错了。请问你家主人是谁?"

兰月:"回大人,刚才确实是有人送来二百两银子。他说是送给道台的,我们就接了。谁承想确实送错了,银子分文未动,大人请这就拿回去。"

吴棠:"请问你家主人是哪里做道台?是你何人?"

兰月:"回大人,家主人曾任芜湖海关道惠征道台,小女子是惠征的女儿。"

吴棠和惠征没有交往,只在官场见过一次面。虽然他和惠征没有深交,可惠征女儿女扮男装、到处听戏、惹出事儿来的故事儿倒是知道的。又见兰月,果然是落落大方,口齿伶俐。就说:"原来是惠小姐,久仰久仰,我既和你父同僚为官,不妨祭拜一下。"

祭拜完了,吴棠又询问了一下他们的情况,就从怀里掏出一百两银子递给兰月说:"惠小姐节哀,一路上可别委屈了自己。"

说完就要告辞回去。佟佳氏手捧着二百两纹银请吴棠拿回去,吴棠红着

脸说:"大嫂,哪有这个道理。我是不知道惠大哥的灵柩经过此地,所以不曾预备。现在既知道,岂有不送奠敬之礼。大嫂、惠小姐就别寒碜我了,收下吧。"

兰月赶忙跪在地下给吴棠磕了头说:"谢谢吴伯伯!谢谢吴伯伯!"

吴棠后来官运亨通,那是自然的了。

这咸丰皇帝是个好色之徒,特别喜欢读白居易的《长恨歌》。每逢读到"汉皇重色思倾国,御宇多年求不得。杨家有女初长成,养在深闺人不知。天生丽质难自弃,一朝选在君王侧。回眸一笑百媚生,六宫粉黛无颜色"时不免浮想联翩,渴望自己得到一个"回眸一笑百媚生,六宫粉黛无颜色"的佳人来。他环顾着宫中的满族嫔妃,没有一个让他动情的。他想杨贵妃是汉人,也只有汉人的女子能长成杨贵妃那样色艺双绝的美人。上有所好,下有所效,各地官员四处觅寻倾城倾色的女子献给皇上。

没多久,皇上就有了四个绝色汉家女子。因为是汉家女子,皇上不能把她们放在皇宫里边儿和满族女子一样,给她们身份,就把四个女子安排在圆明园。又不能叫"昭仪",又不能叫"答应",更不能封为妃。可皇上临幸过的女子总得有个称呼啊。咸丰皇帝这时才智大发,把这四名女子分别赐名为:杏花春、海棠春、牡丹春和陀罗春。

这"四春"虽说算是咸丰皇帝的宠妃,可不在清皇宫后妃编制之中。满汉朝臣们不好深究,御使们又没有理由劝谏皇上。咸丰皇帝非常得意自己的这个创举,他就整天泡在圆明园里,和"四春"寻欢作乐。什么朝政啊,早丢到一边儿去了。连皇宫都懒得踏上一步,就不用说后宫了。

这件事儿急坏了孝贞(即后来的慈安)皇后。孝贞皇后是个贤惠的女子。皇上宠幸几个女子,本是无可厚非的。若是满族女子也罢,可偏偏是汉族女子,皇上至今没有皇子。万一哪个汉族女子生出一个皇子来,这大清的江山不就变了颜色了。她知道这件事儿,劝皇上是毫无意义的。怎么办?你不是在圆明园里和汉人女子厮混吗?我选几个满族绝色女子送到圆明园里搅你的局。于是就下了旨意点选满族秀女。

这大清朝点选满族秀女是有一定的要求的,女孩儿的父亲须是在四品官阶以上的，女孩儿的年龄要求由十四岁到二十岁之间。

兰月的父亲惠征是从三品官员，兰月这一年正好十八岁，完全符合点选条件。于是和兰月一起的六十余名满族女孩儿成了点选的对象。

经过几轮筛选，最后剩下十六名秀女，这十六名秀女必须经过皇帝钦点。孝贞皇后来到了圆明园，请咸丰皇帝亲自点选。因为是点选秀女的事儿，咸丰帝不好驳回皇后的请求，不得不回到皇宫来亲自参加点选。

兰月在皇帝点选时，听到叫着她的名字。抬起头来冲着咸丰帝一笑，咸丰帝的心里一动，不禁想起了"回眸一笑百媚生"的诗句。把兰月点为第一名，又胡乱点了三名凑足四人，算是完成了皇后的美意，转头就打轿回圆明园去了。

被选中的四个秀女，皇后每人赏五千两银子给家人。佟佳氏捧着银子，心里不是滋味儿，觉得这银子是卖女儿的钱。她觉得女儿很可怜，侯门一入深如海呀，何况这是皇宫。这放荡不羁、爱瞎胡闹的女儿能耐受得了宫中的寂寞吗？要是在宫中闹出点儿什么差错，不但丢了性命还要连累家族。唉，她突然想起了正白旗员外郎的儿子荣禄，兰月小时候两家关系非常好。荣禄比兰月大几岁，他总是带着这个小妹妹玩，兰月也非常喜欢这个小哥哥。两个人真是青梅竹马，两小无猜，自从惠征放了外任，两家就断了联系。惠征死后灵柩回到京城，荣禄代表家人过来拜祭，虽然是办丧事，可荣禄和兰月还是眉来眼去，用眼神传达着互相的爱慕之情。他们两人真是天生的一对呀。要不是因为选秀女的事儿，找人提个亲，成全女儿的好事儿，兴许女儿能过上幸福的一生。可自从惠征丢官去世后，家道败落，和荣禄的家族差了一大截子，没法儿开口。即使开了口，人家能同意吗？即使人家同意了娶咱们家兰月，可这嫁妆叫我可怎么办呢？要是家境好，早把兰月嫁给荣禄，也就不至于叫孩子去选什么秀女了，去做那些没边没缘的糗事儿。谁知道兰月能不能见到皇上呢？那么多宫女，百里挑一，千里挑一，想见皇上一面，比登天还难。若是没有皇上的宠幸，那些太监、苏拉还不把咱们姑娘挤对死。既见不到皇上，就得拿钱打赏那批太监和苏拉，这样才能少受点儿委屈。想到此，佟佳氏怕女儿受到委屈，就把皇后赏给家里的钱大部分托人带到宫里送

给兰月。

兰月被分在桐荫深处。秀女进宫第一件事儿就要学习怎么样伺候皇上，实际上就是性教育。给她们授课的老师叫卓玛，是西藏密宗的大师，秀女们称她为卓嬷嬷。

卓嬷嬷带着四个秀女来到一个大殿。殿中的雕像全是一对对裸身的男女，摆着各式各样的性交姿势，这是宫里对皇帝和宫女进行性教育的殿，有个美名叫作"欢喜佛殿"。那三个秀女一见到这种怪模怪样的样子，赶忙捂上了眼睛。兰月却看得津津有味，好像发现了一个新天地。

兰月虚心地向卓玛学习，好奇地问这问那，丝毫没有一点儿羞涩的感觉。兰月经常拿钱和礼物孝敬卓玛老师，她的嘴又甜，磕头拜卓玛老师为干娘，把个卓玛老师哄得美滋滋的，当真把她当作亲女儿来对待。

这卓玛毫无保留地把全身的解数全教给了兰月，并告诉她伺候皇上和练功不同，要用身体的每一块肌肉有效地伺候皇上。只有这样才能紧紧地把皇上留在自己的温柔乡中，使皇上离不开自己。

兰月和卓玛老师学了一身本事，可英雄无用武之地，三四个月过去了，连皇上的影儿都没见到。

她不甘于寂寞，开始活动了。她指挥着太监和苏拉们布置自己的桐荫深处住所。院子里种了不少名贵的兰花，房中适量地挂上了自己的字画，就连院子外墙的借景窗上也贴上自己画的兰花、菊花和自己写的诗词，心想：皇上看到这些字画能不进来嘛。

可左也等，右也等，早也盼，晚也盼，照旧没有盼到皇帝的踪影。

兰月的心情有点儿烦躁。心想：我进宫选中秀女干什么来了？"白头宫女在，闲坐说玄宗"诗句涌上了心头。虽然在宫里不缺吃、不缺穿，比家里的吃穿都要好得多。还有几个宫女、太监和苏拉伺候着自己。自己这么姣好的身材，美貌的面容，难道就这样儿困在桐荫深处，凄凄惨惨，冷冷清清地度过一生吗？如果是永远见不到皇上，我进宫当什么秀女呀。还不如嫁个小官吏、小商贩，就给他们做妾起码也能隔三岔五地见到个活人吧，多少也能得到点儿温存吧。嗯，在这里虽然房子比自己家的好，可整年整月整日，甬说是个真正的男爷们儿，怕是连个像样男鬼都找不到。哼！皇上不来见我，我得想办法见他。

她本身就随和，又爱交朋友。把太监和苏拉好像自己的家人一样对待，把伺候她的宫女，看成自己的姐妹一般。她又手头大方，凡是周围给她办一点儿事儿的人，她都慷慨地解囊打赏，而且她打的赏，一定比别人多。同样的事儿其他秀女打赏三钱、五钱银子，她出手就是一两银子起步。太监、宫女、苏拉们都愿意为她办事，她在圆明园仆役群中获得了好名声。圆明园里的太监不当差的时候都愿到她这儿来玩儿。看她写字，画画。听她唱歌、弹琴、吹箫、吹笛子。兰月把这个桐荫深处整个弄成了太监们的大茶馆，按现在的话说就是文化沙龙。太监们在这里喝茶、吃饭、唱戏，玩得不亦乐乎。兰月还教他们唱江南小调。这些太监认为这是个好主子，把她托起来，将来一定有香饽饽吃。

咸丰皇帝在圆明园总是在"四春"的住所转来转去，桐荫深处虽然是青树翠蔓、蒙络摇缀、参差披拂的好景致，可皇上的心思全在"四春"上，哪管什么景致的好坏。致使兰月所在的桐荫深处四面竹树环合，寂寥无人，凄神寒骨，悄怆幽邃，十分冷清，缺少人气。

皇上不来，怎么才能把皇上引来，兰月想用动听的歌声把皇帝引来。她查看了桐荫深处附近的地形，心一下就凉了。这么偏僻的住所就是把嗓子喊破了，皇帝也不可能听到她的歌声。她仔细地想了想，只有一个办法，求给皇帝抬轿子的太监想办法把皇帝抬来。

皇帝跟前有个抬轿的小太监安德海生得眉清目秀。虽是太监，可色心未泯，只要不当差，就泡在桐荫深处，欣赏兰月的美，放放眼色，心猿意马地想那些男女之事，朦胧中好像在云里、在雾里和兰月亲昵。兰月看在眼里，心想这个人倒可以利用一下。

这天安德海不当差，来到桐荫深处，兰月正在抚琴，他见四下没其他人，就大着胆子猴急地奔了过去亲了兰月一口。兰月放下琴说："臭小子！胆子可不小，竟敢打起老娘的主意来了。等我告诉皇上，仔细皇上扒了你的皮！"

安德海嬉皮笑脸地说道："哎哟，我的娘娘哟！您没看清眼眉前儿的形势

吗？主子迷恋着'四春'，哪儿顾得上您呢，您就别做那春秋美梦了。再过两年，新的小姐又来了，一茬一茬的小姐儿伺候着主子。您还不就一天一天地人老珠黄了。我看还是这么着吧，我求皇上赏咱们俩对个食（对食：宫中太监和宫女结成假夫妻）吧。"

兰月骂道："放你娘的狗屁！没本钱，还想干人事儿。"

安德海："反正闲着也是闲着吧。干吗不自己找点儿乐子玩。"

兰月："咱俩的事儿以后再说，你对我好，我心里是知道的，兰月绝不会白了你。眼下你帮我办一件事儿，我自然有好处给你。"说完拿出三十两纹银递给了安德海。

安德海赶忙揣到怀里问："姐，什么事儿？你说吧，不是吹的，我小安子在这片园子里还是脚面水平蹚，没有办不成的事儿。"

兰月："好，就这么着！办成了我再给你一百两银子。"

安德海一听还有一百两银子可挣，顿时来了精神，恭维地说道："兰主子，您说吧。我一准给您办成。"

兰月一字一顿地说道："把皇上给我抬到这儿来。"

安德海吓得一屁股坐在地下，结结巴巴地说道："您这不是要我命吗？您要真是主子，我天天把皇上给您抬来。"

兰月厉声说道："你抬来了，我不就真是主子啦。"

安德海慌慌忙忙地爬了起来，双手紧捂着银子，一溜烟儿地跑了。

秋天来了，满园子的红叶落了一地。兰月看着满园子的红叶，不让太监扫去。她呆呆地望着红叶，伤心地拿起笔来用隶书写道："桐荫深处多秋草，落叶满阶红不扫。"她对着镜子看着自己姣好的面容，不禁浮想联翩。进宫前周围的人都把她比作杨贵妃，说她比杨贵妃还漂亮。不管是杨贵妃漂亮还是我漂亮，这是谁也说不清楚的事儿。可眼眉儿前，我的命却不如杨贵妃。人家是集三千宠爱在一身。我呢？我只是色迷太监看一身。人家曾有过承欢侍宴无闲暇，春从春游夜专夜的美好时光。我却是春夏秋冬多闲暇，锦衾花帐谁与共。

冬天来了，满园子的沟沟坎坎，白雪皑皑。树上的树挂、屋檐下的冰柱把整个园子，把她的心全冻僵了。她看着满桌的菜肴，不禁感慨万分。提笔用行书写道："停杯投箸不能食，拨钗四顾心茫然。欲渡爱河冰塞川，将卧龙床雪暗天。"

春天来了，桐荫深处外边的山坡草儿绿了，她天天凝望着溪边一排排的柳树的柳叶一天天见长。"忽见陌头杨柳绿，悔教夫婿觅封侯"的诗句涌上了心头，不禁伤心惆怅：人家撺掇丈夫去封侯，是想过更好的生活。我呢？名义上算是皇帝的老婆，可是甭说皇上连碰都没碰过我一下，就是见皇上一面比登天还难。进宫这么长时间了，还是一个黄花姑娘。我比她还惨，她丈夫虽然去了，没准儿还有一两个孩子陪伴在她周围。我呢，到现在只是孤身一人，还不如不进宫来，选什么个劳什子的秀女，就是嫁个车船垫脚牙，也比在这里坐吃等死强。

夏天来了，圆明园各处虽说是比京城凉快得多了，可骄阳肆虐地烤着园里的每一寸土地。蒸起团团湿气，也是酷暑难耐。桐荫深处四周植被茂密、枝叶繁茂的高大的树努力阻挡着每一丝阳光的透露。四周的水塘又吸去了一些热浪，熏风吹来，无奈地退去了不少热气，觉得格外凉爽。兰月坐在院儿里乘凉，遐想着：这么热的天，皇上应该到这里来避暑啊。如果这个地方都不能吸引皇上来避暑，那可真没有我的好日子了。门前冷落车马稀，无奈对食太监夫了。

咸丰皇帝因园子里热得厉害，每天必到一个清凉的地方避暑。午饭之后，坐着八人抬的肩舆到水木清华馆纳凉，度过中午最热的时光，过了午后，天气逐渐凉爽了，皇上再琢磨去找哪儿春儿快乐一番。

从咸丰皇帝的华殿到水木清华馆有两条路，一条是直接穿过接秀山房，这条路既平坦又近便，另一条路就是绕个弯子经桐荫深处门前过去，这条路曲曲弯弯竟是羊肠小道，抬肩舆的太监都不太爱走。大家都明白宁走十里川、不走一里山的古理。没事儿谁找那个麻烦呢，放着康庄大道不走，非走那曲曲弯弯的小道。万一有点儿闪失，磕碰着皇上，那不是死定了。

兰月得到这个消息，看到了一线光明。她绝不能错过这千载难逢的好机会，就大把地撒着银子，布置着她美好设想。几个抬肩舆太监不当差的时候，

第二十六回

到她这儿来喝茶唱曲、找乐子时,她特意给每个人打赏五十两银子,吩嘱他们抬着皇上走这条路到水木清华馆去,还特意悄悄地多给了小安子五十两银子。

太监们高高兴兴地拿了银子,银子虽然是拿了,可谁敢跟皇上说换条路走啊。他们在皇帝面前连个气儿都不敢吭,只是美滋滋地偷着乐。反正这女人有的是银子,有银子就叫她去花吧,谁要是挡她花,那不是傻狍子吗?花光了银子,这么漂亮的妞,又唱得这么好听的曲,弹得这么好听的琴,咱爷们儿们不妨到这儿来消遣消遣,确实是个不错的营生。弄好了,弄个对食真真是个不错的买卖。俗话说:皇上不急,太监急。皇上他老人家不急,是因为美女太多玩不过来。俺们太监呢,虽是太监,可毕竟是有个男人之身,难免想着男女之事。

兰月不停地打赏,太监们有事儿没事儿的,都找点儿事儿往她这儿跑。装母亲送来皇后的那些赏钱的钱袋子一天天瘪下去了,兰月心里有些着急,她十分清楚如果光靠着这点月例钱摆下这么大的局,肯定是不够花的。可又有什么办法呢?不摆下这个局能招来皇上吗?夜深人静时,她对着月亮祷拜。希望美丽的嫦娥、憨厚的吴刚、可爱的小白兔能给她带来福祉。白天她依然是照旧打赏安排她的局。

一件事的成功不是凭空而来的。有时候看着是巧合,其实是给有准备的人预备的。

进了伏天,有二十多天没下雨,圆明园也是酷暑难耐。咸丰皇帝耐不住骄阳的暴晒,把只有一个薄薄的遮阳棚子的肩舆换成了轿子,在轿子里放了几盆冰以抵御翻滚的热浪。可经接秀山房去水木清华馆的路上缺少高大的树木,没有遮阳处,骄阳把轿顶几乎要晒爆,咸丰皇帝坐在轿里,虽然全身是凉飕飕的,可轿顶透过来的热气把他烤得头晕脑涨。

这天他多喝了两杯鹿血酒,一进轿,就感觉到上半身燥热难耐,全身瘙痒难耐,就没好气地吩咐轿夫们找有树荫的路去走。

安德海等抬着轿子向桐荫深处走去,一个负责打吃的太监飞也似的跑到了桐荫深处向兰月禀报道:"主子,小的们把皇帝引过来了。"兰月笑笑拿出二两银子打赏，然后拿着洞箫迈着坚定的步伐，满怀信心地走向了高处的小亭，向着路口的方向吹起了古曲《高山流水》。悠扬的箫声真好似那高山流水向桐荫深处的路口飘去。

咸丰皇帝坐在轿子里拐个弯儿，觉得轿子有些摇晃，刚要张口呵斥轿夫，突然间悠扬的箫声传到耳中，张开的嘴就没呵斥出来。张着嘴流着涎，竖起耳朵仔细听那时隐时现的箫声，真有那仙乐风飘处处闻的感觉。箫声突然断了，他听不到箫声，就叫停轿。下得轿来用两双手拱着耳朵仔细寻觅着箫声。箫声倒没有寻到，徐风吹来，林子里的树叶发出沙沙的声响，树荫下徐徐的清风使他感到分外凉爽，就信步向桐荫深处走去。清风一下吹去了他的头昏脑涨，他感到特别的惬意，一下子"别有幽情暗恨生，此时无声胜有声"的诗句涌上了心头。

突然间隐隐约约地又听到了琴声。他顾不得上轿，循着琴声一小步一小步地挪动，生怕听不清琴声。他又示意轿夫停步，生怕扰乱了琴声。

他听清了琴声是《凤求凰》。伴着琴声听到一个女生唱道：

凰兮凰兮从我栖，得托孳尾永为妃。
交情通意心和谐，中夜相从知者谁？
双翼俱起翻高飞，无感我思使余悲。

他慢慢地走近了园子，看到借景窗上的字画儿，觉得有点儿风韵。不免驻足观看。见上面写有兰月敬献字样，知道这个园子住的姑娘叫兰月。可这兰月是个怎样的姑娘呢？怎么也想不起来。但愿字画如其人，尤其这兰花，简单几笔没有拖累，就把兰花的风韵尽情地表现出来了，她会不会和兰花一样秀色可餐。他快步地走进了园子，要一睹兰月的芳容。

园子里的几个太监和宫女见到皇上慌忙跪了一地。他示意他们不要出声。仔细地打量着这几个宫女，没找出一个令他满意的姿色来。他有点儿失望心想：这才艺双绝的女子确实是凤毛麟角，可遇而不可求啊。这叫兰月的女子，有这么大的才气，会不会和这几个宫女一样，长相很平庸啊？他的心一下凉

了半截儿，就止住了脚步，不敢向前再迈一步。他怕见到一个东施、无盐女扫了他的雅兴。他进到屋子里，怀着复杂的心情看着墙上的字画。唉，他叹了一口气，自言自语道："兴致而来，兴尽而归。"心想：这满族姑娘估计也漂亮不到哪儿去。绝对赶不上"四春"，我还是找"四春"去消遣吧。把"四春"都传到水木清华馆，叫他们给我唱些江南的俚语小调儿，总强过这些古琴古曲的陈词滥调。他刚出屋门，刚刚迈步走到院里，还没走出院，悠扬缠绵的江南丝竹声轻轻地涌入了他的心头，他停住了脚步。听到一个女生用吴语唱道：

春雨晴来访友家，雨晴来访友家花；
晴来访友家花径，来访友家花径斜。
夏沼风荷翠叶长，沼风荷翠叶长香；
风荷叶翠长香满，荷翠叶长香满塘。
秋月横空奏笛声，月横空奏笛声清；
横空奏笛声清怨，空奏笛声清怨生。
冬阁寒呼客赏梅，阁寒呼客赏梅开；
寒呼客赏梅开雪，呼客赏梅开雪酷。

这一首江南歌楼酒肆的南曲《春夏秋冬四景》咸丰皇帝听得如醉如痴。他酷爱戏剧，可在皇宫中听的都是大戏。根本没听到过江南的小曲，虽然听不懂吴语。可那嗲声嗲气的缠绵声调，觉得耳目一新，春情激荡不由自主地循着歌声走去。

他轻手蹑脚地走到后院，见到一座假山，隐在绿竹之中，透过斑驳的绿竹，一个旗装打扮的秀女时隐时显，朦胧可见。他慢慢地向前挪，终于看清了一个穿着锦上添花八团吉福袍的女子，背对着他坐在绣墩儿上抚琴自唱。再看她那一柳细腰，香肩微颤好似风摆荷叶。两片乌黑的蝉鬓垂在脑脖子后，随着头脑的晃动，不时地露出白玉似的脖子。旗装两把抓头下压着一朵大红花儿。一对金步摇挂在耳垂上，随着音乐的节奏不停地乱颤，发出悦耳的金属撞击声，有板有眼地给曲子伴着奏。她下身穿着一条淡绿色的绸裤，散着裤脚，白袜花鞋。看那一双小脚虽赶不上汉族人的三寸金莲，可比一般满族女人的大脚片子却要小得多。他心想：那满洲竟有这样的美人，真是难得，可惜只看到她的侧脸。这侧脸就够迷人的了，估计这正脸一定是美过"四春"。原想咳嗽一声，将她惊动，怎奈正听得如醉如痴，不忍心打断美妙的乐曲声。

曲终兰月慢慢地站了起来，轻轻地叹了一口气。咸丰皇帝终于忍不住喝道："唱得好！"兰月听到背后有人说话，急忙转过身来，一看是皇上，赶忙跪下口称："小婢兰月叩见圣驾。愿吾皇万岁，万岁，万万岁！"

咸丰皇上看见了兰月的正脸，眉如翠柳，齿如含贝，两只水汪汪的大眼睛犹如两潭秋水，肌如白雪，腰如束素，赶忙扶着她的香肩把她拉起。他觉得她的双肩柔软滑腻，禁不住在她上半身乱摸起来。兰月半推半就，巧妙地用身体配合着皇上。皇上热血亢涨，使他忘记了皇帝的尊严，兰月在绣墩儿上把从卓玛学来的本事尽情用在皇上身上……

两人疯狂了一回，穿好衣服，相拥着回到了兰月的房中。皇帝传膳在桐荫深处，和兰月边吃边聊了起来。

咸丰："你刚才唱的是什么曲子？好听是真好听，可朕却听得不太明白，给朕说说看。"

兰月："回皇上，小婢子刚唱的是《春夏秋冬四景》连环曲，是明朝侯方域作的。刚才小婢子唱的是南方蛮语，有辱圣躬，望皇上恕罪。"

咸丰："别小婢子、小婢子地叫了。朕封你为兰贵人。"

兰月慌忙跪下磕头说："兰贵人谢皇上赏。"

皇上被兰贵人迷住之后，天天在桐荫深处，跟兰贵人黏在一起。太监们只好把奏章送到桐荫深处，皇帝也懒得看。兰贵人觉得这样不是个事儿，就读给皇帝听，听完了皇帝的意思，就代笔批在奏折上。咸丰皇帝很满意，一下子觉得自己轻松了不少，真是美人、朝政两不误啊。

兰贵人当年跟周师爷所学到的知识可有了用武之地，慢慢地她深通了治国之道，为咸丰死后治理国家近五十年奠定了良好的基础。

第二十七回

四万万人齐俯首
京城无一是男儿

在德裔华人何甫的建议下,八国联军的司令部决定设在仪鸾殿。可仪鸾殿已被俄军捷足先登,他们称为冬宫。这些俄国人从没见过这么富丽堂皇的宫殿,尽情地在里边糟蹋。他们觉得中国的宣纸比较柔软,就把整刀的宣纸拿来当手纸用,用完了整刀的宣纸,就把殿中存放的历代名字画儿用来擦屁股。

俄军无奈只好把仪鸾殿腾出来给瓦德西用,可他们并不甘心,就把殿里的东西能搬走的就搬走了,搬不走的瓷器等文物砸了一地。何甫招了百十个工人,整整打扫了半个月,方可勉强入住。

瓦德西入住了仪鸾殿,在殿内召开了八国联军联席会议。八国联军的首领一致认为这十几万义和团应该格杀勿论。京城里四处追捕义和团,一批批地在街上绞杀,大有屠城的味道。教民们见来了靠山,引领着外国兵四处捕杀义和团。京城中有不少城市贫民当时为了活命,也带起了义和团的标志,这些人也成了被捕杀的对象。

给洋人做事儿的仆役也借着洋人的势力趁机敲诈勒索起京城的同胞来。他们带着洋兵,以搜捕义和团为名,走街串巷,翻箱倒柜,把不少富裕人家收藏的文玩古物洗劫一空。

京城失去了秩序,四九城笼罩在腥风血雨之中。京城百姓处在水深火热之中,惶惶不可终日。老佛爷走了,皇上走了。京城没有主事之人,老百姓心里没有了底。没能追随两宫出逃的官吏、满族旗人断了钱粮,这些人因吃的是皇家的铁杆庄稼。老佛爷在时，年年有收入，月月有进项。他们天天是花天酒地，过着衣食无忧的供给制的生活，朝廷发的钱粮俸禄大多是月月光。一下子没有收入，他们心里没有着落。他们心中只有一个念想，赶快和洋人和谈，多赔洋人点儿钱，好叫他们早点儿撤兵。只要洋兵走了，老佛爷回京主持朝政，他们才能有过去贵族式的享受。这些人想到了李鸿章，他们觉得李鸿章对付洋人有一套办法，可惜呀，李鸿章因为变法得罪了皇上，被贬到南方去了。只要他回来，和谈一定成功。

商贾酒楼老板等人因市面混乱，洋兵、教民和依附于八国联军的清兵天天光顾，说是什么搜查义和团，其实不过是敲诈勒索，借机抢夺财物。他们也希望和谈早日成功，早日恢复正常秩序，好正常营业。

随墙门儿里的平民百姓没了正常的营生，也祈盼着和谈成功。

井窝子送水的水三，拉排子车、洋车的车夫，淘大粪扫街的杂役等一众群体也盼望着有个安定的环境，好保持他们微薄的收入。

四九城的流氓地痞借着洋兵进城之机个个都发了财，他们手里有了钱，也想过上安定的日子，享受一下吃喝嫖赌的幸福生活。他们知道打洋人是打不过的，他们希望有个人能约束一下洋人，别找自己的麻烦，叫自己能尽情地无忧无虑地享受就成了。

八国联军肆意的杀戮，洋教教民们的推波助澜，清兵的附庸，地痞流氓们的浑水摸鱼，一时间四九城成了大屠宰场。这股腥风血雨把京城各行各业各色人物企盼和平的愿望扫荡得干干净净。京城百姓们苟延残喘地活在洋人的枪炮下、自己同胞的刀枪下，惶惶不可终日。文弱书生们感慨地哀叹道："四万万人齐俯首，京城无一是男儿。"

在这腥风血雨之中，在老百姓的绝望之际，冲出一个奇女子，奇迹般地止住了这场杀戮，她就是赛金花。

苏州城里，虎丘和千人石旁的巷子里，住着一个绅士，叫赵文宝。祖上留有几十亩良田和桑园，虽不算大富，可也是小康之家，在苏州城里过着殷实的生活。娶妻王氏，多年不生育。纳了两个小妾，这俩小妾倒争气，没几年生了好几个孩子。可都不是正出，赵文宝心有不甘。

赵文宝陪着王氏经常到千人石附近去遛弯儿，王氏每次到千人石旁，总是背上香案，向石头顶礼膜拜，默默地祝福灵石能赐给她一儿半女。

有一天晚上夫妻俩共同做了一个梦，梦见一坨五彩缤纷的彩云从石头上慢慢升起，缓缓地移到他家的院子上空。彩云在院子里盘旋了一阵儿后，竟然悄无声息地钻入他们俩睡觉的帐子中。

王氏怀孕了，夫妻俩都认为精诚为石头所开。于是夫妻俩每天都去千人石上香膜拜。说来也怪，每逢夫妻俩到千人石前膜拜时，千人石上空总有一团彩云变幻着绚丽的色彩，不停地翻转起伏，一会儿构成若干个仙女的模样翩翩起舞，一会儿构成送子观音的模样，拿着净瓶，向人间洒着甘露。

怀胎十月，王氏生了一个漂亮的女孩，取名叫赵彩云。赵文宝夫妻俩对这个女孩儿格外宠爱，由于对彩云的宠爱未免冷落了几个庶出的孩子。这使两房妾心怀嫉妒，对彩云恨之入骨。鉴于对老爷和大房的敬畏，她们两人也不得不故作姿态，表现出对彩云格外的喜爱。彩云在一家老小真的、假的、敷衍的呵护下快乐地生长着，度过了幸福的童年。

彩云八岁的时候，父亲赵文宝突然中风，撒手人寰。母亲王氏撑起了这个家，可这小家碧玉出身的王氏却不善经营。昔日里对主人毕恭毕敬的佃户和桑农，一个个变得狡猾起来，土地租金和养蚕种桑的收入一下子跌到了丈夫生前的一半儿还不到。王氏四处奔波，疲于奔命。虽然呕心沥血地想改变现状，可一点儿成效都不见。整日的操劳和对丈夫的思念，没多久王氏就病倒了。两个小妾高兴地开始主持家务。她们俩先用小恩小惠笼络住了家里的仆人和佣妇，稳住了内院。然后私下答应给佃户和桑农们减租减息。这两项英明的决定使她们两人获得了家族的实控权。仆人和妇佣们开始敷衍慢待王氏，两个小妾还经常指桑骂槐地用恶毒的语言旁敲侧击王氏。

王氏感到自己的体力越来越不支。她唯一放心不下的就是彩云。她挣扎着病体要给彩云安排一条活路。她绝望地叫彩云把两个姨娘叫到床前。

王氏："两个妹妹，看来姐姐是不行了。姐姐走后望你们无论如何看在老爷的面儿上，要善待彩云，因为彩云毕竟是王家的骨血哇。彩云，快给两个姨娘磕头。"

彩云哭着听话地给两位姨娘磕了头。

两个姨娘把彩云拥在怀里，一人拉着一只彩云的手对王氏说："姐姐放心地走吧，彩云也是我们的闺女。我们俩会善待她的，会给他找一个好婆家。"

王氏挣扎着拖着虚弱的身体，用骨瘦如柴的手拉着彩云的小手，艰难地说道："儿啊，娘最不放下的就是你呀。你好好地跟两个姨娘过。将来招个上门女婿，撑起这个家。要像孝顺母亲一样孝顺两个姨娘。"

说完睁大了眼睛，心又不甘地咽了最后一口气。两位姨太太看着死不瞑目的王氏，不免心中有些恐惧。三姨太结结巴巴地说："快闭上你那个贼眼珠子吧，死就死了吧，干吗还在吓唬人。"说完用颤抖的手去扒拉她的眼皮，扒拉了好几下，可是就是扒拉不下来。彩云哭着用小手轻轻地抚摸了一下王氏的眼皮，王氏慢慢地闭上了眼睛。

王氏走了，两个姨太太掌管着整个家。她们各自偏着自己的子女，暗地里明争暗斗，希望有一天自己的子女主管这个家。两个人虽然说是在明争暗斗，但是她们俩清楚地知道，只要彩云在，就是潜在的最大威胁。两个人商量来商量去，决定把彩云卖掉。她们悄悄地找来了人贩子，悄悄地在彩云的饭菜里放了蒙汗药。等彩云被蒙汗药麻倒了，支开用人，叫人贩子趁着夜色把彩云带走了。

彩云被人贩子带走了后，两个姨太太煞有介事地四处寻找彩云。一把鼻涕一把泪地哭道："哎哟，你这苦命的孩子，你妈走了，你怎么也不见了，就这么狠心，舍得丢下你两个姨娘吗？"

人贩子把彩云带到了苏州，因彩云长得漂亮，被一个开书寓姓傅的老鸨子收留了，人贩子自然得到了一个满意的价格。

书寓实际上是官办妓院的一种代偿形式。为什么这么说呢？因为官妓、营妓、军妓在明朝之前的几千年来是合法存在的，是由政府统一管理的组织。到了明朝，法律明文规定官员不准嫖娼。这里指的不准嫖娼是不准嫖女性的妓女。可官员们也得娱乐呀，于是就钻了法律的空子。法律没有规定不准嫖男娼，这样就产生了两种后果。

一是以男性为主的相公堂子如雨后春笋般地发展起来。

相公，值得一提的是，这里所指的所有角色均只由男性扮演，由此而衍生出了一个特殊的行业名称叫"相公"。我们不妨引一段文章给大家分享。

"漱芳姓金氏，字瘦香，年十五岁，姑苏人，隶'联珠部'。秀骨姗姗，柔情脉脉。工吟咏、吹箫，善弈棋，楚楚有林下风致。其演戏最多而尤擅名者为《题曲》一出。其檀口生香，素腰如柳，比之海棠初开，素馨将放。其色香一界，几欲使神仙堕劫矣。其余《琴挑》《秋江》诸戏，情韵如生，亦非他人所能。而香心婉婉，秀外慧中，是真娜嬛书仙，岂菊部中所能靓耶！"

这是《品花宝鉴》中对清朝道光年间相公的描述。能吟诗作画，精通音乐，围棋水平也相当高。樱桃小嘴一点点，一张嘴泛出淡淡的香气来。腰细得像随风起舞的弱柳，肌肤就像出浴的海棠一样滋润。这么美若天仙的人物，就是神仙也要动情的。怎么读，怎么看，都像是一位十五六岁的妙龄女孩儿，但他偏偏却是个男子。这就是明清之际的相公。

相公又叫作"像姑"，民间俗称为"兔子"。

相公起初是从苏杭等地买来的男童。买来以后用各种手段使他们女性化。为了相公的皮肤白嫩，清晨起床后，用淡肉汁洗脸，喝蛋清汤。晚上睡觉前，全身敷上特制的药。如果皮肤过于粗糙，则用内服药令男童发高烧，周身生疮、溃烂。等溃烂到一定程度时，再内服犀角地黄汤等，外敷以珍珠粉为君药的防腐生肌粉。经过内服外敷的系列处理，原来男性黑漆粗糙的皮肤会变得又白又嫩。用这种方法改造皮肤非常昂贵，所以老板只对认为有前途的小相公才使用。为了使相公的身段秀丽，体态轻盈，小男孩在七八岁时就要用结实的布条缠裹腰部，并加大对腰部的练功强度，使腰部柔软，有一种弱不禁风的风韵。要缠足，这种缠足不同于女性的缠足。只是让足不要太大，娇小秀丽而止。还要缠胸，目的是使男性的胸肌不要太发达，举止神态也要学女子，丝毫不能有男子的阳刚之气。稍长即开始用女性的标准来梳妆打扮。

相公最出风头的时间，是十二三岁到十八九岁之间。这时才艺双绝的相公，是官吏富绅们青睐的宠物。

可相公毕竟是男性，达官贵人们要想玩弄女性，可又不能去妓院。这就派生出了第二种形式"书寓"。

在书寓里一年多的时间里,彩云的琴棋书画、诗词曲赋各种技能已超出了入书寓早几年的姐妹们,名列翘楚。她能用流利的英文和洋翻译对话。还能说几句俄文、日文、意文、葡萄牙文等日常用语。

彩云开始跟着姐妹们到花船上卖艺。只要有彩云出场献艺,花船上一片欢呼声。文人墨客在花船上有滋有味地听着看着彩云抚弄琵琶,"转轴拨弦三两声,未成曲调先有情。弦弦掩抑声声思,似诉平生不得志。低眉信手续续弹,说尽心中无限事"的诗句就油然涌上心头。

花船拐进一汪荷花荡上。临近几条花船的歌声贴着水面,泛着水音,飘了过来。船上的儒商大贾们来了情绪,点了一首《采莲子》叫彩云唱。彩云用温柔婉转的吴语唱道:"菡萏相连十顷陂,小姑贪戏采莲迟,晚来弄水船头湿。更脱红裙裹鸭儿。"一曲唱罢,那个点歌的儒商叫道:"好!好!好!好一个更脱红裙裹鸭儿。"说完随手打赏了十两纹银。

彩云在书寓上下的宠爱下生活着,大有小时候父母在时候的感觉,使她不禁怀念起了死去的父母。临近清明,她禀告傅氏,要回去祭祖上坟。傅氏欣然地安排了两个女佣和两个龟奴,陪她回去扫墓。

彩云父母的墓地在寒山寺附近的一座山洼里。墓地的西北方有一座大墓,是同治七年(1868)状元洪钧父母的墓地。洪钧而立之年中状元,被授予内阁大学士,曾任过顺天府同考官,历任陕西、山东等省乡试的主考,选拔、提携了不少人才。这些获得秀才、举人、进士功名的学子们自然奉他为恩师。每年冰炭两季孝顺银两自然丰厚。他这次丁忧在家,一路上又收到了不少奠仪和盘缠,使本来就富有的他更加殷富。

因为是归家来丁忧,作为状元郎的洪钧,在众目睽睽之下,自然要摆出一份格外孝顺的姿态。他常常住在墓中的院子里,为死去的亲人尽孝,闲暇时经常在园子周围遛圈儿。

清明节前,早上他为亲人们上过香、烧过纸后信步走出墓地。看到在自己亲人墓地下方有一个小坟堆,长满了荒草。看来是很久没有人来扫墓了,不禁感慨万分,大有恻隐之情。

他凝视着这长满荒草、长年没人祭拜打理的坟冢,回头再看看自己家富

丽堂皇的坟茔。有些于心不忍，况且两座坟紧挨着，也有些煞风景。他吩咐仆人将这长满杂草的小坟修整一番。

彩云坐着一乘小轿，在四个男女仆佣的陪同下来到自己父母的坟前。见有仆人正在打扫自己父母的坟冢，以为是两个姨娘突发善心，来祭拜自己的父母，忙下轿来致谢。仔细一看，这几个仆人并不是自家的仆人，一问方知是旁边墓地洪状元家的仆人。从仆人的口中得知洪状元正在墓地守孝，她给仆人们打了赏，并感激涕零地让他们代谢他家主人。并让他们转告自家主人，自己拜祭完自己父母的坟茔，过去当面致谢。

彩云拜祭完自己父母的坟茔，来到洪状元的跟前，向他磕头致谢。

洪状元看见这个貌美如花的少女一下子惊呆了，未免春心荡漾。拘于状元的身份和守孝的场景抑制住自己激情，冠冕堂皇地和彩云聊了起来，并请彩云吃了斋饭。

洪钧对彩云起了爱意，得知她还是清倌人，就想纳她为妾。可丁忧期间纳妾是违法的，好在三年守孝期马上就要到日子了。为了防止别人捷足先登，她派管家给书寓傅老板先送去一笔钱，将彩云包了起来，然后叫管家和书寓老板商量迎娶事项。

洪钧正在策划怎么迎娶彩云。给彩云的赎身钱两万大洋已经谈妥，其他如给彩云做的四季衣裳、打的首饰、仆佣轿夫等一切费用都不在话下。唯有一件叫洪钧为难，就是彩云的娘傅老板为了长自己的脸，要求洪钧按迎娶状元夫人的礼仪来完成婚姻大礼。洪钧有些难为地向正房夫人启口。正房夫人也是门当户对的大家闺秀，给他生了一个儿子，娶了朝中名臣陆润庠的女儿为儿媳。一家名门，怎能越制越礼去娶一个妓女呢？这婚事一下就陷入了僵局。

眼看热孝就要到期，洪钧还在为迎娶之事发愁。这一天收到了一封张荫桓的书信。

原来是张荫桓保举他做驻德国公使，要他丁忧完毕，偕公使夫人进京履职。他连忙和夫人商议此事。

洪钧："夫人哪，我要出使德国。不知夫人可否同行？"

洪夫人："老爷呀，贱妾已经是半老徐娘，这些年疾病缠身恐怕受不了那舟车劳顿，贱妾就不去了。家中诸多事务，你走后，还需二妹帮衬，二妹也不去了。"

洪钧："夫人哪，公使不带夫人有失国家的体面。你叫我如何是好？"

洪夫人体贴地笑着说："老爷呀！您不必为难。您把那个会说外语的姑娘带去，不就结了吗？"

洪钧："她不是诰命夫人，叫她去有些名不正言不顺。我是想叫你和她一起去，路上也好有个照顾。"

洪夫人："老爷一向聪明过人，遇这事儿怎么糊涂起来了？贱妾的诰命也是因爷所得，朝廷御赐的诰命服饰贱妾先借给她不就得了，等老爷凯旋，再归还于我不就结啦。区区小事，老爷何必如此闹心呢。"

洪钧："唉，要是这样，岂不委屈了夫人了？"

洪夫人："老爷可别这么说。为了大清国的体面，为了家族的兴旺，这算得上什么委屈。"

洪钧站起身来，深深地给夫人一揖道："小生谢谢夫人厚爱。"

洪夫人："老爷何必客气，何不用状元的仪仗，用我的凤冠霞帔把那个姑娘风风光光地娶回家来。这样于上既圆了国家的体面，于下又给家族增添了光彩，何乐而不为之。"

洪钧深感夫人深明大义，不愧是名臣之后。虽是女流之辈，但有大丈夫的行为。对此赞叹不已。

彩云身着诰命服饰坐着兰呢大轿，由状元沙灯引领风风光光地被抬进了洪宅。傅老板的书寓一下名声大震，生意日益兴隆。士绅们觉得洪钧越制，有的本想上本举报洪钧，当得知是洪夫人的义举，不免放弃念想，反而赞叹起来。

洪钧带着彩云来到京城，和京城故旧相聚了几日，见了皇上和太后，奉命由上海出使德国。

一行人上了德国公司的萨克斯邮轮，船出吴淞口，德、俄等国兵舰按照礼仪挂满旗，鸣礼炮送行。

彩云英语说得不错，可觉得要去德国还是学点儿德语好。洪钧觉得让翻译来教彩云德语有些不妥，就和巴克船长商议。巴克船长说，正好同船有个俄罗斯女人夏尔莎娃，会英语、德语，还会说中国话。于是由巴克船长牵线，就请了夏尔莎娃做彩云的德语教师。

萨克斯邮轮走走停停，近两个月才到德国。两个来月下来，以彩云的语言天赋，基本通晓德语无问题。在柏林住了几个月后，竟说得一口纯正的柏林德语。

公使洪钧带着彩云拜见了德国皇帝、皇后，会见了德国诸大臣和各国史官。彩云的美貌惊艳了四邻，德国皇帝称彩云为东方第一美人。德国皇后经常接彩云到宫里来请她喝午茶，和她聊些异国风情。彩云名气在德国如雷贯耳，大家都想一睹东方第一美人的风采。一时间中国驻德公使馆成了德国官员、各国驻德使臣的猎艳场所。

转眼间已到了任期，洪钧带着彩云回国复职。洪钧在京城买了房子。一妻两妾，儿子、儿媳、几个子女其乐融融。可好景不长，没多久，洪钧便一命呜呼。

洪钧死后，这个名门望族的家庭容不得妓女出身的彩云存在，好像这个家族从来没有彩云这个人存在。在送洪钧灵柩回苏州老家安葬的时候，彩云被迫离开了这个家族。

为了生存，彩云来到了上海，在上海开了一家书寓。打出状元夫人、德国公使夫人洪梦鸾的旗号，一时间门庭若市，富商大贾、达官贵人应接不暇。

洪状元的亲家、时任左都御史工部尚书的陆润庠大怒，命官府以有伤风化为名查封了该书寓，并勒令洪梦鸾不准使用状元夫人和德国公使夫人的名号招摇于世。

彩云无奈，辗转来到了天津，在天津租下了江岔胡同的"金花院"旧院。由于上海的教训，她不敢再用洪梦鸾的名字，更不敢打出状元夫人、德国公使夫人的旗号。

由于她开的是书寓，就她把金花院的原名改为金花班，自己取名为赛金花。虽然赛金花在天津开书寓没敢打出状元夫人、德国公使夫人的旗号，可大家都知道这个赛金花就是原来的赵彩云、洪梦鸾。小道消息不胫而走，竟然比正规途径传播得还快。赛金花火啦，火得一塌糊涂。洪钧在官场上的旧时相好、学生、弟子们相继捧场。

在高官富绅的怂恿下，赛金花把书寓开到了京城八大胡同。洪状元的学生、时任户部尚书的杨立山隔长不短地就过来，拜访他的师娘。铁路大员盛宣怀，浙江、江西两院巡抚德晓峰等也经常光顾。庆王府、庄王府等王府也经常请她带着金花班到王府去客串。一时间金花班成了八大胡同之首，赛金花成妓界的翘楚。

社会的需要使赛金花不得不扩大经营。现培养有些来不及，只好买了不少其他书寓清人、混人应付场面。

为了保持南派书寓的风格，赛金花亲自编写了书寓工作手册对新人们进行上岗前的培训，也就是后来大家所说的"妓女工作手册"。

八国联军进了北京，京城一片乱糟糟。两宫已经西逃，醇亲王的外交周旋并不能阻止八国联军的杀戮。又赶上克林德事件，八国联军在统帅瓦德西的领导下变本加厉地残害京城百姓。

正当京城百姓处在水深火热之中，一筹莫展之时，赛金花只身一人到皇宫前，求见瓦德西元帅。

第二十八回

淤泥自洁赛二爷
穷愁潦倒居仁里

赛金花得知八国联军的统帅叫瓦德西，记得在德国皇宫和德国公使馆见到过此人。虽交情不深，起码是面熟。于是彩云来到仪鸾殿前。用德语向守卫的兵说："我要见你们的统帅瓦德西将军。"

守卫德国士兵见到一个漂亮的中国妇女毫不惊慌、目无旁视地来到岗哨前，未免有些稀奇。等她说出一口纯正的德语不禁大吃一惊，慌忙中下意识地两个脚后跟一磕，挺直了腰板儿，行了一个军礼说："请问夫人是谁？我好通报。"

赛金花："你就说你们德国皇帝亲封的'东方第一美人'请求接见。"

这德国士兵并不知道"东方第一美人"这件事儿，见这个中国妇女又会说德语，又抬出了德国皇帝这么大的名头，不敢怠慢，忙说："夫人，请稍候等我去通报。"

一个中士走了过来，含笑地问道："如何能证明您的身份？"

赛金花拿出几张和德国皇帝、皇后的合照递给了中士说："这个可以证明我的身份。"

中士看到赛金花手中的照片大吃一惊，一个立正敬了一个军礼，躬身双手接过照片说："请夫人到值班室稍作休息。"

中士引领赛金花来到值班室，献上一杯咖啡。又给赛金花敬了个礼，然后拿着照片跑去向将军报告。

瓦德西在仪鸾殿前搭的军帐中接见了赛金花。

瓦德西："鄙人在德国时有幸目睹过夫人美若天仙的真容，使我难以忘怀，今日在你们的国家又见到您的尊容，真是无以言表。感谢您能来看我这个老朋友，有什么需要我效力的尽管吩咐。"

赛金花说："感谢统帅带兵平息了拳匪的叛乱，解救了京城的百姓，当小女子得知统帅即是德国时的旧相识，是特来表示谢意的。"

瓦德西听到此言非常受用，谦卑地说："哪里哪里，鄙人不过是奉命行事，贵国政府也太不像话了，怎么能纵容拳匪烧教堂杀害外国人，竟敢把我们的公使都打死了。贵国政府的作为实在为国际法所不容。破坏邦交，简直是和拳匪同流合污，应该得到应有的惩罚。"

赛金花："统帅有所不知，其实我国政府也是受害者。"

瓦德西诧异地问："请问夫人，此话怎讲？"

赛金花："我们的太后和皇上整天待在深宫里，根本不知道外面发生的事。几个亲王和大臣参加了拳匪，是他们一伙儿在作乱，这不是把太后和皇上都逼得逃亡去了。"

瓦德西："尊贵的夫人，既是这样，请您放心，我一定替你们把拳匪赶尽杀绝。"

赛金花："在京城的拳匪除了被杀的以外，他们害怕统帅威武的雄师都逃到了外地。我敢向您保证，偌大京城，真的没有一个拳匪了。"

瓦德西："鄙人可是听教民举报，京城尚有不少拳匪。"

赛金花："尊敬的统帅先生，那是误会呀！据我所知拳匪在京城作乱时，京城老实巴交的老百姓为了不被杀害，为了家里的财产不受损失，他们假意附庸拳匪。这些老实人也是出于无奈，我想以统帅的英明才智一定能明白这个道理的。"

瓦德西陷入了沉思。停了一刻，赛金花说道："小女子在德国几年，深知贵国的军队是仁义之师，是不会随意屠杀百姓的。京城的百姓感谢仁义之师还来不及呢，难道统帅还忍心向他们下屠刀吗？"

瓦德西招来华裔副官何甫，向他咨询了一些情况后，立即下令停止捕杀义和团，要所有的部队立刻进入维护北京秩序的行动中去。

何甫自去传达统帅的命令，瓦德西对赛金花说："非常感谢夫人的提醒。"

赛金花："哪里哪里，应该感谢的是统帅。统帅的英明决定使小女子由衷地感谢不尽。京城的百姓对统帅也会感恩戴德的。"

赛金花向瓦德西告别，瓦德西派车送赛金花回去，并一再叮嘱赛金花经常过来坐坐。

赛金花为了感谢瓦德西不屠城的决定，就带着金花班的所有人马去仪鸾殿演出慰问。她把仪鸾殿当成了堂会所在。

京城秩序逐渐地恢复稳定。瓦德西邀请赛金花视察京城新气象。

这一天，瓦德西和赛金花骑着高头洋马走遍京城的大街小巷。百姓们都知道是赛金花救了整个城的人，不禁向她挑起了大拇哥儿，尊称她为赛二爷。

看到赛金花骑马的英姿，京城的官僚和富商们为了感谢赛二爷拯救北京城的义举，纷纷送马与赛金花骑坐。赛金花的马厩之中就有了许多马，其中有四匹名马，分别是铁青皮、滚地雷、熏骅骝和墨里藏针。

京城的秩序稳定了，以恭亲王为首的朝廷和八国联军的和谈却久久未能达成协议，主要原因是以德国为首的谈判代表要求皇帝杀了慈禧以抵克林德之死而向德国表示诚意。

恭亲王对此不予置否，说实在的他心中也想借此废掉慈禧，若真答应八国联军的要求杀慈禧而谢罪，大清国的面子可栽大了，再说叫皇上杀慈禧根本做不到，不杀慈禧，最好是逼迫她退位，迫使她还政于皇帝方为上策。这个雷太大，弄不好把自己也炸着了，他自己不愿蹚这个雷，希望李鸿章早点儿来京，替自己扫清这点儿糗事儿，将来有什么骂名叫他这个汉人自己去担着好了。这雷就叫他去蹚吧，这黑锅就让他背着去吧。

朝廷早就下了旨意，调李鸿章回京主持和局。这李鸿章因戊戌变法被贬到上海任闲差。他之所以不尽快回京，一则是向朝廷叫板，以抬高自己的身价，他深知没有身价和名分，这个差事是无法承担的。二则是京城不大稳定，回京有生命危险，况且还有那么多政敌，胜算不大。

当李鸿章得知京城秩序已经日趋稳定，两宫又下旨，授权与他全权负责和谈事宜。他觉得自己的目的已经达到，在俄国卫兵的护送下回到了京城。

他得知德国之所以要杀慈禧，全是因为克林德夫人之故，这个夫人要为丈夫报仇，德使馆人员向她进言，杀害克林德全是慈禧出的主意。他以德国使馆的夫人的名义向瓦德西提出了这个要求，瓦德西为表示对克林德的尊重，在和谈过程中加此一项。

李鸿章觉得这个问题比较棘手，是谈判的关键所在。至于朝廷赔多少钱，那都是小事一桩。只要和谈成功，两宫返京，这战争赔款不是什么大问题。可这么一个德国女人却叫我如何对付。

李鸿章突然想到了赛金花。她能劝止瓦德西不在京城杀戮，必然也能劝止克林德夫人收回成命。李鸿章咳嗽了两声，嘿嘿一笑，自言自语道："以夷治夷是我和外国人打交道的法宝。这一次我变通一下，以女人治女人岂不是个妙招。"于是他召见了赛金花。

赛金花和克林德夫妇并不相识，于是通过瓦德西约见了克林德夫人。她带着李鸿章给她准备的山羊绒围巾、苏绣的西款裙子、精美的瓷器到德国公使馆去会见克林德夫人。为了显示她的身份地位和克林德夫人相匹配，李鸿章还特意为她准备了诰命夫人的服饰，并特意叫总理衙门为她印制了一面德文、一面中文的名刺（即现代名片）。

克林德夫人看到印有"中国驻德国公使夫人""德皇亲封的东方第一美人"的名片，未免有些吃惊。她从来没见到过中国的官员夫人有过什么名片。德国皇帝称赞中国公使夫人为"东方第一美人"这个事她是听说过的，可称赞跟亲封并不是一码子事儿啊。她有些好奇，况且瓦德西已经打过招呼，就接见了她。

克林德夫人一身正装虎着脸在等待着赛金花。

克林德夫人看到一个娇小秀美的东方女人，脚踏着三寸金莲绣花鞋，款款地迈着莲步，风摆荷叶般地走进了大厅，耳坠上的金步摇随着身体的摇摆发出悦耳的响声。这第一印象使她对她产生了好感，虎着的脸一下松弛下来，露出了一丝勉强的微笑。赛金花一口纯正的德语和她交谈，一下子拉近了她们俩的距离，使克林德夫人大有他乡遇故知之感，一时间忘记了自己是公使夫人的地位，大有两个久未谋面德国女人拉家常的感觉。

赛金花拿出山羊绒围巾帮她披在肩上。克林德夫人非常喜欢这个围巾，不停地用手轻轻地揉捏着这条围巾。赛金花又拿出苏绣的西服裙展开给她看。克林德夫人看到裙边精美的绣花，赞叹不已，爱不释手。

克林德夫人邀请赛金花到咖啡厅，亲自手磨了两杯咖啡请赛金花。两个女人聊起了家常，喝完了咖啡，赛金花觉得时间差不多了，就起身告辞，同时邀请克林德夫人到自己的寓所去坐一坐。克林德夫人爽快地答应了赛金花的请求。

克林德夫人如约回拜赛金花，赛金花请了会贤堂的厨子，整治了一桌会贤堂的拿手菜。

酒酣耳热之时，自然而然地谈到了克林德事件。

赛金花："尊敬的夫人，杀害贵国公使的是作乱的拳匪，都是一些没有廉耻的小人。"

克林德夫人："那可是穿着清朝军服的军人呀！"

赛金花："这个军人可是穿着军服的拳匪呀，夫人，您不知道中国的情况，有不少无知的高官和军人都参加了拳匪。他们杀人如麻，杀死的中国人比洋人多多了。他们还焚烧中国的店铺，前门外廊坊那一带大火就烧了三天呀。"

克林德夫人："难道不是你们皇上跟太后的主意杀害公使？"

赛金花："自然不是，皇上和太后慈祥得很，况且中德两国是友好的邦交国，如果不是邦交国的话，我怎么可能随我的丈夫出使德国呢？"

克林德夫人："可德国公使也不能白白地死去呀。"

赛金花："是的，不但夫人您不答应，就是我也不能答应。杀人偿命，欠债还钱，这是中国的古礼。夫人，我想这礼在你们德国也说得通吧。现在不是把那杀害公使的拳匪关在牢里等待处决嘛。"

克林德夫人："光处决一个杀害公使的人，这事儿就算完了吗？"

赛金花："这当然不能算完，还要在公使大人遇难处立一个牌坊。"

克林德夫人："我也听说过要给克林德立个牌坊，可这牌坊是什么东西呢？"

赛金花:"夫人,据我所知,你们德国为国家捐躯的英雄,在他的墓前刻一块石碑,立个铜像,刻上他的生平贡献,是不是这样啊?"

克林德夫人:"是的。"

赛金花:"因为克林德公使对中德友好的贡献之大,光弄块石头刻个碑是无法表达克林德公使的丰功伟绩的,所以皇上和太后决定按最高规格给克林德先生立个牌坊。"

克林德夫人:"怎么讲是最高规格呢?"

赛金花:"这是一个硕大的纪念碑。夫人,您可见过东四牌楼和西四牌楼吗?"

克林德夫人:"见过,辉煌得很。"

赛金花:"和这个牌楼差不多。东西四牌楼是木质的,为了地久天长,这个牌子是石质的。只有这样才能配得上克林德公使对中德友好的贡献。"

克林德夫人低头不语,仔细琢磨着赛金花的话,赛金花仔细观察着克林德夫人,知道她心有所动。消停片刻,赛金花说道:"夫人,中国的皇帝还亲自为克林德公使写了悼词。这个悼词就立在克林德公使殉难的旁边。并派一个亲王级别的大臣,亲自赴德参加克林德公使的葬礼,让中德两国百姓永远纪念克林德公使对中德两国友好的卓越贡献,这是多么高的荣誉啊!"

赛金花见克林德夫人咬紧牙关,半天未出声,眼中饱含着眼泪,强忍着未流下来。赶忙拿出一块绣花手绢轻轻地抚摸着克林德夫人的肩背说:"夫人要哭,你就大声地哭出来吧。哪个女人不会哭呢。"

克林德夫人"哇"的一声哭了出来,赛金花把她搂在怀里,替她抹着眼泪,轻轻地拍打着她的后背。

克林德夫人止住了哭声,接过赛金花手中的手绢,捂着自己的脸。赛金花见状,赶忙又拿出一块儿手绢也捂着自己脸做哭泣状。

克林德夫人诧异地问:"我因克林德公使惨死而哭泣,你又为什么哭泣呢?"

赛金花:"唉,我看着夫人伤心,想到克林德公使为中德友好而捐躯也跟着伤心起来。未免想到自己的丈夫死去,被逐出家门的伤心往事,忍不住落

下泪来。"

赛金花说着说着，一腔怨恨伴着热泪涌了出来。克林德夫人又把她拥在怀里，轻轻地安慰着她。两个女人相拥着哭了一阵子。

赛金花说："公使夫人，恕我冒昧叫你一声姐姐，行吗？"

克林德夫人："那可太好了，我有你这么一个妹妹，心里太高兴了。好，从今以后我们就这样用姐妹相称呼。"

赛金花："好，姐姐，过两天我陪姐姐去参加处决残害公使的凶手，以解我们姐妹胸中的怨气。"

赛金花终于说服了克林德夫人要皇帝和太后为自己丈夫抵罪的念想。

赛金花陪着克林德夫人参加了纪念克林德的各项活动。

赛金花和克林德夫人手拉着手进入克林德纪念牌坊落成典礼，在场的中外官员和参加人等报以热烈的掌声。外围围观的百姓闲杂人等挑起了大拇哥，交口称赞着赛二爷。

落成典礼后，曾在德国留学的辜鸿铭过来先用德语向克林德夫人问候。后用汉语轻轻地对赛金花说："你做的这些义举，于社会有功，于民众有功。苍天会眷顾你的！"

可苍天并没有眷顾赛金花，等待她的是接连的不幸和屈辱。

两宫回銮后，慈禧皇太后听到赛金花的事迹，想传见她并把她调到宫里作为女官。

满汉近臣竭力反对，他们劝说慈禧怎能召见一个妓女呢，这事儿做起来有失国体会叫人笑话的。倘若再叫她做女官，大清国的威严何在？成何体统！

慈禧有些犹豫不决就问李莲英："小李子，听他们说这个赛金花在德国人面前说了我不少好话，还救了我的命，是不是这么回事儿啊？"

李莲英："回老佛爷，这赛金花到底在德国人面前说没说老佛爷的好话，奴才确实不知道，这个倒有可能她是说了。要说赛金花救过老佛爷的命，那纯属胡扯。她一个下九流的贱人，她哪有那个本事啊。老佛爷的命是上天注定，跟她一点儿关系都没有，哪里还用得着她来救呢？"

慈禧："我琢磨着这个女人还不错，可她的身世嘛太下贱，确实是无法召见。你看看咱们赏她点儿什么东西，也不能白了人家呀。"

李莲英慌忙跪在地下说："谢老佛爷赏！"

慈禧笑道："我又没说赏你，也没说赏啥物件，你谢什么赏啊？起来吧！"

李莲英："老佛爷菩萨心肠，普度众生，我是替众生谢老佛爷的赏赐啊。老佛爷对众生这么大的恩惠，奴才不得不谢。您说是不是这个理儿啊？"

慈禧高兴地说："莲英啊，那你说咱们赏她点儿什么玩意儿好呢？"

李莲英："这个不需要老佛爷操心，回头奴才拣一个老佛爷赏给我的玉如意，弄两个荷包送给她就是了。"

慈禧："我要赏她，怎么变成了你赏她了！"

李莲英慌忙跪下，"啪啪"自己抽了自己两个嘴巴说："奴才该死，奴才该死！奴才拿个自己的玉如意、荷包赏给她就行啦，老佛爷赏给奴才的东西这么珍贵，怎能流落到一个下贱人的手里呢。奴才觉得只有我赏她才门当户对，老佛爷万万不可赏她。"

慈禧："起来吧，小李子。难得你也有这种菩萨之心。"

李莲英："瞧老佛爷说的，奴才哪有什么菩萨之心哪，不过是受老佛爷的启发而已。"

慈禧："弄不明白为什么你不让我赏，而是你赏呢？给我说明白点儿。"

李莲英："一来是我怕老佛爷赏她，她没这么大的福分，承受不起。二来是这种人，难免拿着老佛爷的赏赐招摇撞骗，做出些不体面的事儿来。"

慈禧想了想说道："就依你的，就这么着吧。"

赛金花虽然没被慈禧召见也没做成女官，但她的义举却让她的名气大振，一时间金花班成了八大胡同之首。金花班前门庭若市、车水马龙，赛金花相识的旧官僚、洪状元的历届学子纷纷过来捧场。富商们也趋之若鹜，到金花班一坐，满足他们的好奇心。她也成了京城诸多王府的座上客。

赛金花从早上起来一直忙到半夜，日日是应接不暇。金花班急速地膨胀着。

赛金花买了一个武清的李姓姑娘。这李姓姑娘长得既漂亮又聪明伶俐。

原来这个姑娘是武清乡绅子女,闹义和团时父母被杀害,房舍被烧光,她逃到舅舅家去避难。可舅妈并不待见她,不但把她当用人使,还经常有事儿没事儿找她的茬儿。

李姑娘整日以泪洗面,好在他的表哥对这个小表妹格外同情,常常偷偷地照顾她。一来二去两人就产生了感情,表哥发誓非她不娶,她也表示非表哥不嫁。

这天她在磨房里推磨,表哥从厨房里顺出点儿东西又提了个茶壶,拿了两个茶碗来到磨房。

两个人就在磨房里喝起茶来。表哥深情地看着她吃东西,越看越喜欢,就壮着胆子动手动脚起来。李姑娘依在表哥的怀里轻轻地央告表哥,叫表哥和舅舅、舅妈说早点把她娶了。

她哪里知道舅舅和舅妈给表哥早定了娃娃亲,两家亲戚商定等表哥考中了秀才就成亲。

表哥知道正经八百地娶她是不可能的,可把她收了房,又有些委屈了她。只好"是的、是的"地敷衍她。

表哥在她身上摸来摸去,未免春情荡漾,开始为她宽衣解带,要行云雨之事。李姑娘开始是拒绝的,在表哥的深情感染下,心想早晚是表哥的人,这事儿现在做虽然有点儿不合适,可生米一旦做成熟饭,舅舅和舅妈只好让表哥娶了她,就半推半就任凭表哥。

正在这时候,突然磨房门被推开,舅妈走了进来,大声吼道:"你这不要脸的小娼妇,还想勾搭我的儿子。也不看看你是什么东西,你也配!看我不撕烂你的嘴!"

表哥一溜烟地跑了出去。舅妈上去就给李姑娘两个嘴巴,然后抄起一把笤帚劈头盖脸地打了起来。

李姑娘被人贩子卖到了金花班。赛金花特别喜欢这个姑娘,格外地关照她。李姑娘按照金花班的规矩,认真地学习这一行的礼仪技能和为人处世的规范。可这李姑娘对学习外语没有天赋和兴趣,简单的各国语言的对话总是学不好,吐字不清。尤其是俄罗斯那卷舌音,她练了好几天也发不出这个音来。因此经常受到教习的训斥和惩戒。

李姑娘有些抑郁，想起了自己的表哥。不知道他还记不记得自己，记不记得两人的山盟海誓。她梦想着表哥突然出现给自己赎身，结为夫妻。即使不能明媒正娶，养个外宅总是可以的吧。况且自己身陷妓院，有这么个希望，也是一个很好的结局。她在想表哥一定会这样做，这个美好的希望使她一扫愁云，从抑郁中解脱出来。

她所盼望的表哥终于来了，李姑娘非常高兴。可眼前的现实是她以妓女的身份接待嫖客，表哥能答应把她养作外宅吗？她试探着向表哥表达了自己的心思，没想到表哥却一口答应她，然后色眯眯地看着她。

嫖客未掏赎金就和清倌人发生关系，南方的书寓一般不会发生这种事情。因为要使保持童身的清倌人卖出更好的身价，她们会放长线钓大鱼，活儿做得非常细致，使嫖客越陷越深，不能自拔。可不管嫖客怎么着急，不出大价钱就是不能让他得手，美其名曰卖艺不卖身。

南方的龟奴对这事儿看得很紧，可巧这个北方的龟奴是在北方的院子里干惯了的。对这种事儿也就有一搭没一搭，什么书寓啊，和妓院没有什么两样，归里包堆，都是干着一样的生意，就看管没有南方严密。

赛金花知道这种事情后，非常生气。认为李姑娘破坏了章规，打了她二十鞭子，并对监管不严的龟奴和娘姨都进行了处罚。

赛金花派人给李姑娘的表哥带话："李姑娘已由清倌人变成了混倌人，是你的人了。望你早日交赎金，把她娶走。"

她表哥嫌赎金太高，心想：不管咋的，反正我已得手了，就溜之大吉，从此没有了音讯。

李姑娘得知此消息，悲痛欲绝，抑郁症又复发起来，她越想越窄，由抑郁转成了焦虑。希望的念想一下破灭了，她一狠心就吞了鸦片自尽了。

一个妓女自杀，这本来不是什么大不了的事，可摊在赛金花身上就成了事儿。

赛金花到死都不知道做这个局的正是洪状元的亲家。陆润庠的女儿嫁给了洪状元的儿子，这是一段门当户对的姻缘。可这个做妓女的小妾，名声却

大过大房和二房。官员聚会团拜时都把赛金花的故事当作最大新闻来传播，各种演绎的说唱版本流行于市。

把赛金花怎么样和洪状元成婚，怎样以公使夫人的名义出使德国，怎样被德皇封为"东方第一美人"，怎样和德国皇后互称姐妹，怎样在德国就认得了瓦德西，两人在德国就偷情。在京城赛金花骑马时马惊了，时为德国统帅的瓦德西奋不顾身地勒住惊马。赛金花怎样和德国元帅瓦德西睡在仪鸾殿的龙床上，赛金花怎样使出了全身解数使瓦德西拜倒在她的石榴裙下。赛金花在仪鸾殿中和瓦德西，一住就是三个月。仪鸾殿失火赛金花和瓦德西光着屁股逃了出来。

所有演绎的主人公赛金花都是以状元夫人的名义出现，好像洪钧就根本没有大房、二房两位夫人。

这些演绎版本一时间成了京城各界人士饭后茶余的谈资，成了书场、酒肆、茶楼久说不衰的节目内容，被演绎出来的荤段子像潮水般涌进了陆润庠的心房，几乎压得他抬不起头来。他没法制止演绎版本，就把心中的怨恨发泄在赛金花身上。

他串通了刑部正堂孙家鼐把赛金花投在牢里，定了虐待妓女的罪，发配回原籍，永远不准入京。

赛金花被押回到了苏州老家，可她又不愿意去见她的两个继母。她在苏州已经没有了亲戚和朋友，小时候的出生地已经名存实亡。她在自己父母的坟前哭了三天，她多么想去她的丈夫洪钧的坟上祭拜一番，向自己的丈夫诉说诉说自己的委屈。可是她根本就做不到，洪钧的大房跟二房根本就不认这个妓女出身的姨太太。

苏州除了伤感已没有什么留恋了，赛金花只好到上海去谋求活路。

赛金花心情沉重地来到了上海，上海的旧相识给她腾出了公馆供她居住。一群社会名流络绎不绝地过来拜访她。她虽没有正式开书寓，可比其他的书寓红火得多，收入也颇丰。

沪宁铁路稽查曹瑞忠早就倾慕赛金花，他曾经非常羡慕洪状元有艳福，多年来一直琢磨着找一个和赛金花差不多的女子纳为小妾。他巡遍上海的书寓，总没有中意的姑娘能纳为小妾，真是玉宇多年求不得，得来全不费功夫。赛金花来到了上海，他欣喜若狂，感觉自己的机会来了。

曹瑞忠精通英国话，因为常年和洋人打交道，也略通些德国话、俄国话。他每次到公馆去都是用外语和赛金花交谈。赛金花对他也刮目相看，相聊甚欢，一来二去，渐渐地喜欢上了曹瑞忠。她想曹瑞忠虽然是岁数大了些，和洪钧年龄相仿，可他是真心实意地对自己好，虽然也是妾，可如果不进他的家门单住，和正妻差不了多少。仔细算起来，比当时嫁给洪钧还合适。

曹瑞忠在上海自己的宅院迎娶了赛金花，赛金花一下成了大宅院的女主人，非常惬意。日常她和曹瑞忠一会儿用中文交谈，一会儿用英文对话，一会儿两人再秀两句德语、俄语，她觉得非常有意思。看着富丽堂皇的豪宅，想到自己的后半生有了依靠，心中满满的幸福感。

谁知命途多舛，赛金花在大宅院里幸福地生活了两年，曹瑞忠就撒手人寰，离她而去。曹瑞忠去世后，曹家人收回了宅院。

赛金花只好又重开书寓，过回自己熟悉的旧生活。转眼间到了民国，民国有个议员叫魏斯灵，也对赛金花爱慕不已。这时的赛金花已年近四十，到了门前冷落车马稀的年岁，就嫁给了魏斯灵，随他来到了京城。魏斯灵在京城租了房子两人合住，在门楣上挂上了魏斯灵宅的牌子。

她多年没返回京城，京城的老旧相识纷纷来拜访。京城的富商和好奇者、仰慕者也踏进了魏宅，使魏宅一下子又变成了她经营的书寓。魏斯灵对她恩爱有加，不论她做什么都点头笑着默许。

议员的工作性质渐渐地使魏宅成了议员和同党聚会的场所。

真是祸不单行，福不双降。这一段美好的生活，没持续多长时间，魏斯灵就去世了。

赛金花本想重操就业，可自己已经是半老珠黄，力所未及。她又想再嫁人，可听到外间传闻她有克夫命，就只好放弃了这个念想。烦闷中她染上了抽大烟的恶习。没有收入再抽大烟，魏斯灵给她留下的几万块钱很快就花光了。一进入民国，大清国的亲王官员失去了铁杆庄稼，自己都自顾不暇，哪有能力去照顾她呢。她付不起豪宅高昂的房租，只好带着常年伺候自己的顾

妈夫妻俩，搬到天坛东边儿的居仁里一所小宅院居住。

这顾妈原是伺候她梳头洗漱的老妈子，顾妈的丈夫是她的车夫。他们公母俩跟着赛金花这么多年有了不少的积蓄。他们知恩图报，拿出自己的积蓄来供养着赛金花。可赛金花戒不了大烟，公母俩怕这点儿积蓄不够挑费。顾妈的丈夫就出去拉洋车，补贴点儿家用。顾妈把厨子杂役的活儿自己全包了下来。主仆三人相依为命，过起了京城平民的生活。

顾妈丈夫拉车的收入虽然比专职拉洋车的车夫少了很多，可洋车是自己的，是早年间赛金花买的，没有车份钱，因此实际收入并不少于专职的洋车夫。如果维持城市平民一家三口的正常生活，也还算作小康之家。可过惯了奢靡生活的赛金花虽然被迫降低了生活标准，但这挑费也不小。加上她的烟瘾越来越大，月月入不敷出。顾妈公母俩那点积蓄很快就垫光了。为了生活，赛金花只好拿出自己最喜爱的首饰和摆件儿叫顾妈的丈夫出去典当来维持生活。

赛金花闲着没事儿，每日睡到中午才起床。起来后就是一泡儿一泡儿的吞云吐雾。她把自己禁锢在简陋矮小的房间内，终日沉浸在吸大烟恍惚的世界之中。

顾妈的丈夫因赛金花足不出户，就黑天白夜拼命地拉车，用自己挣的辛苦钱勉强维持着家庭的开销。

连续半个月的大雨使他的收入大大减少，大雨使他们住的房子四处漏水。雨过天晴，他正在院子里收拾着房屋，突然听到久违了的敲门声。他赶忙开了小院门儿，一看是个穿着一身西服的白面书生，鼻子上架着一副金丝眼镜。

金丝眼镜问："请问这是赛二爷的家吗？"

顾妈丈夫忙答道："是的，是的，请问先生是谁？我好去通报。"

金丝眼镜答："我姓张，是北大的教授。来拜访赛二爷。"

张教授看到赛金花窘迫的情况，掏出五十块现大洋送给赛金花说："鄙人鲁莽得很，初次拜访没带什么礼物，这是一点小意思，望赛二爷笑纳。过几日我还要过来拜访赛二爷，有事向赛二爷请教。"

过了几日，张教授果然过来，拿出两百块大洋送给赛金花。

赛金花:"过去我和先生并不相识,怎么能收下先生这么大的礼呢。上次来先生已经惠顾于我,已叫我万分感激,这钱是断断不能收的啦。"

张教授:"二爷,您听我的,这钱您一定要收下。因为这钱不是我一个人的。"

赛金花心里想是不是哪个熟人托他送来的,又不好直接问这是谁的钱就说:"张先生,虽然我现在手头有点儿紧,可我也不能不明不白地收别人的钱财呀,先生,还是拿回去的好。"

张先生突然间对赛金花产生了敬意,心想:难怪她能做出那样的救国义举,真是个人物,不枉称了二爷!她真对得起二爷这个称号。就说:"二爷,您听我说,这是北京大学几个穷教授听说二爷为魏先生而不再嫁,也不重操旧业,感动得不得了。辜先生曾对我们说过:'您做过这些义举,于社会有功,上苍总会有眼的。'这些教授虽然您并不认识,可是他们却知道您,知道您的义举救了整个京城。京城的人们、全国的人民都不会忘记了您。过去您辉煌的时候,是看不上这点儿小钱的,可此一时彼一时,即使您洁身自好,也得为生计着想啊,不能太苦了自己,收下吧,往后还有,我们已发了消息,四处为您募捐,这是上苍对您的回报,您没有理由不收。等募捐款到了我还会给您送来,你要是不收,叫我怎么交代?收下吧,别让我落下个私吞募捐款的坏名声。"

赛金花收下了两百块大洋。可这张教授究竟是何许人也,她也不太清楚。

留洋博士张竞生(1888—1970),哲学家、美学家、性学家、文学家和教育家。

> 中国男儿,中国男儿,
> 要将双手撑天空;
> 长江大河,亚洲之东;
> 峨峨昆仑,翼翼长城;
> 天富之国,取多用宏;
> 炎帝之胄神龙种。

> 风火云龙，外国来同；
> 天之骄子我纵横。

这首流行于20世纪二三十年代的歌曲《中华男人歌》，由张竞生作词、刘半农谱曲。在当年的热血青年中广泛传唱。谁能想到这铿锵有力的词句竟然出自一个背负着"大淫虫"的北京大学教授之手。

张竞生生于广东省饶平县，原名张江流，字公室。张竞生的父亲曾在新加坡经商，是位归国华侨。张竞生读了达尔文的进化论后以"物竞天择，适者生存"之意改名为张竞生。

幼年时，曾在台湾人丘逢甲所办的汕头同文学校学习。青年时考入大清政府办的黄埔陆军小学学习。这所名为小学的学校实际上是清政府培养留学生的预科学校。他在该学校里学习法文。学习期间他因传阅了禁刊《民报》和剪掉辫子而被校方开除。

该校的副监督赵声是革命党人，介绍被开除的学生张竞生到新加坡去找孙中山。

张竞生后辗转到法国去留学，同在外国留学的蔡元培、李石曾、吴玉章等交往甚厚。

在法国留学期间，他读了德国著名的作家施特拉茨《世界各民族女性人体》一书，颇感兴趣。他经常到卢浮宫观看裸体油画，尤其是看到女性的裸体油画时，往往凝视几个时辰而不能移步。逐渐地，他对两性关系学有了浓厚的兴趣，在欧留学期间收集了不少这方面的书籍和资料。

回国后他在北京大学哲学系任教，开始大讲特讲性教育，极力主张性知识普及。北京大学是个兼容各派学说的学校，虽然有不少教授不齿于张竞生的"淫乱学说"，但是北京大学还是包容了他。

张竞生第一次提出计划生育的学说。

提起计划生育，我们都认为是马寅初先生提出来的，可那是1949年以后的事儿了。张竞生在20世纪20年代即向国民政府提交了"节制生育"报告，但没有被民国政府采纳。

他对西方的避孕方法非常推崇，认为这既可以满足性欲，又可以少生人口，可以让男女青年们过上有质量的性生活。

他在北京大学专门开了关于性教育、性普及的讲座。北京大学校方称他为"性博士"，大多教授讥笑称他为"大淫虫"。

每筹到一笔款项，他就亲自给赛金花送去，慢慢地和赛金花成为无话不说、无话不谈的知己。他和赛金花讨论了两性关系的技巧，两性如何配合相互达到性高潮等问题，并编辑出版了《性史》一书。

《性史》第一次从科学的角度详细论述了中外性生活的发源、发展过程，这是和《金瓶梅》一书最大的区别之处。

张竞生在北京大学开设了西方哲学史、法国唯物论、美的哲学和性心理学等课程，对当时的进步青年起了启蒙的作用。

《性史》一书打开了中国的潘多拉盒子。上海书市场出现了冒名"张竞生"性史第二辑到第十辑，里边掺杂了不少庸俗不堪博人眼球的淫乱故事，接着"性艺""性典""性史补""性史外传"等描写淫乱不堪的下流之作充斥半个书市。

张竞生为了维护版权，先是在报纸上发表了声明，然后到法院起诉。可他的努力被强大的社会洪流冲得乱七八糟。一时间社会上流言四起，竟对他发起了人身攻击，编出了他和赛金花现场合唱淫歌十八摸和操练性生活七十二法的故事。

《中华男人歌》的曲作者刘半农先生实在看不下去，就决心写点儿真实的东西为他和赛金花鸣不平。

为了写出真实的赛金花，刘半农决定采访赛金花，让她亲口说出自己的一生，以驳斥坊巷间的传闻。刘半农知道赛金花生活拮据，想借采访给她弄点儿钱。于是就跟琉璃厂海王村"星云堂"书店谈妥，写出的东西由该书店负责出版，但要先付五百块大洋作为采访赛金花的费用。

他觉得直接去赛金花家采访有些不妥。一是地方小，二是为了杜绝社会上的谣言四起把自己也牵扯进去。为了让赛金花能放松心情接受采访，他找到了赛金花的老朋友前清官员古琴家郑颖孙先生。郑颖孙先生爽快地答应了

刘半农的要求。

郑颖孙先生家住隆福寺西口，两人说好了每周请赛金花来两次，时间定为下午，由郑宅备晚饭。

赛金花被汽车接到了郑宅，刘半农带着他的学生商鸿逵采访了赛金花。采访过程中，由刘半农和赛金花对话，商鸿逵在场速记。

一个月内他们采访了赛金花七八次，刘半农还没来得及整理编辑书稿，突然病逝。

赛金花觉得刘半农对她有知遇之恩，也盼望刘半农的书能及早问世，为自己洗白，就写了一副挽联相送。

君是帝旁星宿，下扫浊世秕糠，又腾身骑龙云汉。
侬惭江上琵琶，还惹后人涕泪，谨拜手司马文章。

刘半农去世后，年轻的商鸿逵不敢自行处理这段采访笔录，于是就向胡适先生请教。胡适先生阅读了采访实录，给书定的调子，不加任何修饰，口述实录出版。书名就叫作《赛金花本事》。

管辖赛金花居住地居仁里一片的警察局片警叫普玉。普玉稍识几个字，梦想写篇文章在报纸上发表发表，也好有个吹牛的资本。他的小舅吴宗枯在《立言报》当编辑，他就经常去向小舅请教。吴宗枯就知道他文化底子太薄，大块文章写不得，因材施教，教他利用片警的工作便利收集点儿社会新闻、趣事儿拿来发表。因此《立言报》的边边角角不显眼的地方时常有普玉的豆腐块儿的文章，他成了《立言报》的兼职通讯员。

普玉对这个通讯员的名称非常得意，自以为自己虽不是大作家，也是个小作家啦。为了向大作家攀爬，他一边努力学习文化知识，一边借着片警之便在辖区内四处打听张罗新闻素材。

1936年的冬天好像来得特别早，10月底河面上就结起了冰碴儿，马路上冻上了一层薄冰。11月4日这天正赶上普玉值夜班儿。

北风吹着哨子钻进屋里来，普玉不禁打了个寒战。他打开门缝一看外面飘着雪花。片警和通讯员的双层职责使他想到路上会不会有倒伏，他迅速穿上了大衣到他的辖区巡视一遍。走到居仁里他听到了悲切的哭声。循声来到一条小胡同，拐进胡同口他马上辨别出是赛金花家顾妈的哭声。他三步并作两步开了赛金花家的门，确认赛金花已死。强烈的新闻意识使他飞快地跑回了办公室，马上给他的小舅吴宗枯打电话。

吴宗枯正在报社审当天报纸的初样，听到这个消息，飞快地跑到排版车间，重新排版，加上了这一个重大新闻。

早上，大街小巷"赛二爷死了""快看报啊！赛金花嗝屁啦"的报童呼喊声响遍了北京城的大街小巷。

赛金花已经在京城众生心目中销声匿迹了许多年，突然听到赛金花的死讯，不由得想起她生前救护京城众生的义举，得知她凄惨地死在平民窟里，纷纷捐款捐物地安葬她。

《立言报》编辑吴宗枯和片警普玉责无旁贷地负责起了这项工程。民俗学家张次溪建议把赛金花墓建在陶然亭，得到了大家的认可。

赛金花墓建在陶然亭内慈悲庵东北角的锦绣堆上。墓由大理石砌成，花岗岩的墓碑高两米，由洪钧的学生前清翰林樊增祥书写。墓四周刻了潘毓桂所作的前《彩云曲》，后《彩云曲》记述了赛金花辉煌灿烂的一生。著名书画大师张大千还特意为赛金花画了《彩云图》。一个端庄美丽的仙女踏着彩云来到凡间，栩栩如生地刻在石上。

附：作者回忆录一篇

五岁少奶奶——我媳妇

中华人民共和国成立后，父亲辞去了在青岛外国买办的职务，奉命调到北京政务院工作，因为他精通俄语、德语，能讲英语、法语，很快就被定为第一批使馆人员。

父母亲带着一岁多的我回到了南横街阔别了几十年的老宅。因工作太忙，把我寄宿在老宅中。

我太小，需要母乳。可母亲到京后参加了妇女革命工作太忙，没有时间哺乳我，婶婶和与母亲年龄相仿的姐姐们马上给我找了奶妈。父母亲安心地到分给他们的东单的房子去住了。

父亲去俄国工作了，母亲没有去成。据说按当时的规定，革命的夫妻只有在国外生的孩子能留在国外上学，在国内生的一律不准出国，只能放在政务院新建的幼儿园寄养。母亲毕竟是母亲，为了我，她留在了北京工作。新中国刚成立，百废待兴，有党的身份又有文化的母亲整日为党的事业、革命工作忙得不可开交，几乎没有时间看我。有时驱车路过抱一抱、亲一亲就是最大的慰藉和亲情。

我在一个姓宋的奶妈、一个看妈黑夜到白天的呵护下长到三四岁，族里按照惯例给我配备了洋车跟班儿和一个三十多岁的落魄文人作书童。我按照传统的中国习俗开始学习。

家里的武术教头、"天桥八大怪"之一、硬气功大家朱国权开始带我和侄儿们早起一起练功。下午著名京剧武丑叶家班叶盛兰的三哥叶盛章先生来教武术。我的哥哥姐姐管叶盛章也叫三哥,按辈分儿我虽小也只能随着叫,不能跟着侄儿、外甥们叫师父。朱、叶二人对我这革命的小少爷也客气,亲热地按着我的小名儿明明称呼为明弟。我练功不到位也从不重责,只是轻描淡写地打两下意思一下而已。

到了四岁,我按家族规定开始学医。比母亲还大的管家大姐盘腿坐在罗汉床上,文明棍横在腿上,吧嗒吧嗒地抽着旱烟袋说:"弟弟呀!你是赵家的人,是赵家的骨血,就得继承赵家的事业,学好本领。只有学到了本领,才能跟你哥哥一起撑起这个家。"

我无奈地答道:"姐,我知道了。"

大姐板着脸,不怒而威地说:"你练功不认真,你以为我不知道啊?三哥们没像打你侄儿们那么打你,是因为没有叫你正式拜师。他们拘着面子没好意思打你。这次请的带读老师,你要按规矩拜师,是打是骂,我可管不了喽,你看着办吧。"

我:"这个师父不是练武的,打不疼我的。"

大姐:"别嘻皮笑脸的,这个老师可厉害得很,你为了少挨打,好好学习吧。"

带读老师每天早饭后过来,先教针灸穴位歌儿,每天两个穴位。下午晚饭前带读老师来检查背过了没有。

十来天下来,我觉得很轻松。不但没挨打,还赢得了全院的一片赞叹声。可是中府、云门、尺泽、孔最是什么东西我并不知道,就问老师。带读老师并不给解释,和我说"你认得字了,自己看书就知道了"。

我云里雾里地背,越背越没兴趣,就懒散了下来。常背了前面,忘了后边儿,只是应付差事而已。带读老师先是用戒尺打手板。我找到大姐哭诉,大姐笑着说:"这回知道老师的厉害了吧。不好好学习,他还会用藤条抽你的屁股呢。小心着点儿吧,弟弟!"

我:"我不学了还不成。"

大姐:"不成!绝对不成。"

我:"我叫我妈跟您说。"

大姐："谁说全部不管用，你是赵家人，只要进了这个院子，就得按祖上的规矩办，没商量。学习就是学习，哪儿那么多事儿，背去吧，背不过来，老师打你可没人管。"

我挨了藤条，屁股被抽肿了。我大喊大叫地哭闹，盼望有人能救我，可嗓子都喊哑了，竟然没有一个人理我。

我去求姐姐们，她们笑着说："你好好学习，不就没人打你了吗？这点你得向你哥哥学习，你哥哥小时候就很少挨打。好好学习吧弟弟，学好了就没人打你，还有好果子吃呢。"

我去求拴哥，就是我的书童。

拴哥："少爷，这个忙哥帮不了你。我从小学习也是被打出来的。朱爷、叶爷没真打你，一来是拘着面子，二来是你没正式入师门。如果你要是入了师门，打死了也没人管哪。这拜了师了就得挨打，这是上千年来留下的规矩。我的好少爷呀！为了不挨打你得好好地学习呀。学习这个忙儿我倒能帮上您。我陪着您复习老师留下的作业。"

我去向我的车夫卜再春求救，让他拉着我去找我的妈妈。

车夫："少爷，您可别为难我。这事没有您大姐发话，借我三个胆儿我也不敢哪，弄不好还丢了饭碗儿。少爷，我能拉上您干包月的活儿是我的福气，也是咱们爷们的缘分哪。为了这缘分您学习上用点功不就齐活了嘛。别瞎想了，少爷，求求少爷，您饶了我吧。这事儿我不能办。我还告诉您，这院儿里谁也不敢办。"

我绝望了，想逃走去找我妈。

这天我一个人要溜出大宅门儿，门房大爷儿见到我一个人要出去，笑着问道："少爷，您这是要出去吗？"

我并不搭话，执意要向外走。门房大爷笑嘻嘻地拦着我说："少爷，您要出去，要和家里人支应一声，得有人陪着你才行。"

我不理大爷，强行要往外跑。大爷用身体挡住我喊道："少爷想出去玩儿，快来人，陪少爷出去。"

二姐住的跨院儿有个小门儿，没有门锁，两个门板中间各有一个木槽，两块木槽中间横插着一块方木条当作门闩用。二姐夫是日本留学回来的医学博士，在协和上班儿。整日里西服革履，头发梳得锃光贼亮。院儿里的人都悄悄地背地里叫他假洋鬼子。他几乎不走正门儿，每日里从这个随墙门儿进进出出，这是他和家人自家用的方便之门。

机会终于来了，趁着二姐的院子里没人我溜了出去。一出随墙门儿好似逃出了牢房，飞快地向下坡跑去，我要去找我妈妈。可妈妈在哪儿？东单在什么地方？怎么走却茫然不知，连跑带颠地就迷了路。大姐动用了家里的亲属仆佣、街坊四邻们，片警也参加了搜索。几个小时后我被押回到院子里。从此随墙门儿上了锁，我再也没有逃走的机会了。

大人们商量着怎么稳住我，觉得找一个童养媳最合适。正好父亲的一个同事的夫人办好了手续要出国，两家就定了娃娃亲，把她家的女孩儿媛媛接了过来。

媛媛是革命队伍里的孩子，大姐客气地称她为弟妹。院儿里上上下下都尊敬地称她为少奶奶。

媛媛一开始不习惯这个称呼，院子里一般大小的孩子们正儿八经地告诉她说得接新娘子坐花轿。

一群孩子玩儿起了过家家的游戏。他们把花匠抬土用的土筐中放了个小方凳当作花轿，几个小姑娘用线搅成一缕小绳在媛媛脸上搓来搓去开了脸，涂脂抹粉蒙上红头巾装扮成新娘。我骑着童用三轮车到跨院里把新娘接到自己的屋里来。一群孩子们高高兴兴地抬着小筐唱道："小分头儿二两油，娶个媳妇儿不发愁。"

孩子们的嬉闹声惊动了整个院儿，大家全站在院儿里笑着看热闹。八九岁学戏的大宝从屋里冲出来嚷道："别瞎嚷嚷，听我给你唱个正宗的。"

一登贵府喜气先，
斗大的喜字贴两边，
八台轿，大换班，
旗锣伞扇锣鼓喧，

走喜街，越喜巷，

走到新宅喜房前，

掀轿顶，撤喜杆，

新人下轿贵人搀，

铺红毡倒红毡，

红毡倒到喜堂前，

金火盆，火正旺，

新人一步跨过去，

一年四季保平安，保平安。

全院儿响起了一片掌声。

大宝唱完了说道："快弄个火盆儿去叫她跨。"

孩子们弄来一个花盆儿，点上几张纸算金火盆，扶着媛媛跨火盘。

一群孩子像模像样地主持了拜天地、拜父母、夫妻对拜等仪式。媛媛开始坐帐。大宝高兴地说："这扯帐的事儿，现找个婆婆来不及了，还得我来干。"

扯帐东，夫妻对拜咚咚咚。

扯帐西，两口子对坐笑嘻嘻。

扯帐南，这个媳妇儿挺难缠。

扯帐北，光屁股睡觉可真美。

该吃子孙饽饽了，孩子们从伙房弄来几个剩饺子叫媛媛吃。一齐问道："生不生？"

媛媛咬了一小口儿说："不生，就是有点儿凉。"

一群孩子笑道："错啦！错啦！你得说生才对。"

我和媛媛像模像样地做起了小夫妻。院里的孩子从此昵称我俩为小叔小婶儿。

我一直和奶妈宋妈一起住。媛媛进了这个院儿便三个人一起住。做完游戏后媛媛对奶妈说："宋妈，我已过门了，这里成了我和少爷的新房，打今天起您就搬回您的屋里去住吧，我和少爷在新房住。"

宋妈："可少爷还得喝奶呀，我搬出去谁喂奶呀？"

媛媛："少爷他都娶媳妇儿了，还喝哪门子的奶呀！"

宋妈："可大姐说要叫少爷喝奶喝到上学呢。"

媛媛想了想说："宋妈，那也好办，少爷要喝奶，到你屋里喝好了。反正这个屋是我们俩的屋，您不能住。"

媛媛摆起了少奶奶的架子，吃饭的时候，她不许我去饭堂，吩咐厨房把饭菜端到屋里来。从此厨房给他们开了小灶，两个人吃饭不够热闹，媛媛就经常把院里的孩子们叫来一起吃。他俩的新房一下变成了儿童嬉笑的天堂。

早餐，我和哥哥赵鸿彬都是去南横街的饭铺喝杏仁茶，吃芝麻烧饼加牛肉。媛媛进院后，她要和我一块儿吃。大姐只好依了她，每天派洋车和跟班儿陪着他俩去单吃。

大伙房的早餐，一般是大米、小米粥、馒头、花卷、面条、烙饼，配有酱豆腐和小咸菜。有时也会从外边儿买来油饼、薄脆、火烧佐以豆浆。每当有油饼、薄脆和豆浆时候，我就非常想吃，可伙房里不让吃，媛媛就去找大姐。

媛媛："大姐，我们今天不到外面吃了，就在家里边儿吃，可以吗？"

大姐："我说弟妹呀，那杏仁茶和芝麻烧饼夹牛肉可比大火烧夹油条好吃多了。你们俩还是到外边去吃吧，他们想吃还吃不着呢。"

媛媛："可是我们俩都想吃啊。"

大姐："明明、鸿彬他们哥儿俩家里规定是不能吃外边买的油炸的东西，那东西吃多了不好。听话，你们小两口儿还是去吃杏仁茶、芝麻烧饼夹牛肉吧。"

赶上再吃油条油饼的时候，出去吃饭的时候，媛媛不叫我吃，把早餐装在提盒里带了回去。媛媛叫我在屋里等着。一会儿小伙伴儿们纷纷跑过来。有的从怀里掏出油饼儿，有的掏出油条、薄脆，媛媛指着提盒说："这是给你

们带回来的，咱们换着吃。"媛媛和我两人高兴地吃了起来。可没有稀的，未免有点遗憾。正遗憾着呢，宋妈端着一个搪瓷大缸子走了进来说道："小姑奶奶，看宋妈给你弄什么来啦？"

媛媛掀开盖子一看高兴地喊道："豆浆，豆浆！谢谢宋妈。"

中饭吃红焖鲫鱼。这鲫鱼刺儿多，我只是放在嘴里嚼几口。咂摸咂摸味儿，就整块儿地吐了出来。媛媛说："啊，咋没吃就吐出来了。"我："刺儿多，没法儿咽。"

媛媛把一条小鲫鱼放在一个空盘里，用筷子和小手儿把刺全挑了出去说："你吃吧，这回没刺了。"

看着我吃完了，她说："你怎么这么笨呢，连择个刺儿都不会。"

我："过去都是他们择好了给我放在碗里，哪用我择刺儿啊。"

媛媛："嗯，那以后我替你择刺儿。这么笨，我真得好好地教你。"

我去上厕所，媛媛跟着。我说："我去撒尿，你跟着干什么？"

媛媛："怕你不会撒呀？"

我进了厕所欲站着撒尿。媛媛笑道："说你不会撒，你还真不会撒。撒尿要蹲着，哪有站着的。不然撒一裤子多埋汰。"说完把我摁在茅坑上。

晚上睡觉的时候，我上床就要钻被窝，媛媛用小盆儿端了一盆水把我叫起来说："听话，洗完屁屁再睡觉。"我不理她。她把我从被窝里拉了出来说，"水还热着，快趁热洗了好睡。"

宋妈隔着门缝听着，悄悄地笑着。等媛媛也钻进了被窝，然后蹑手蹑脚地走回自己的屋子去。

学的穴位多了，我有些顾前不顾后。有时忘了前面的难免要挨板子。媛媛叫拴哥把针灸穴位歌写出来。她和我一块儿抄写学习认字，写字。

我的学习好了起来，再也不想着逃跑啦。全家都很高兴，都认为这个少奶奶找对了。